KB148329

2019년
남산문학아카데미
청소년문학교실
문예작품집

서울특별시교육청 남산도서관

차례

발 간 사

남산 전체가 울긋불긋 화려하게 단풍이 들던 때가 엊그제 같은데 어느새 차가운 바람에 가로수의 나뭇잎이 날리고 옷깃을 여미게 하는 계절입니다.

2019년 남산문학아카데미 청소년 문학교실에 참여했던 청소년 여러분들의 숨결과 생명력이 느껴지는 작품들을 모아 한 권의 책으로 만들었습니다. 한 장 한 장마다 여러분의 문학적 감성이 고스란히 살아 있는 문예집을 발간하게 되어 매우 자랑스럽고 기쁘게 생각합니다.

예로부터 글은 마음의 창이라고 했습니다. 마음속에 있는 생각을 글로 다듬어 서로 나누는 기쁨은 더없이 귀하고 소중합니다. 이 문예집이 앞으로 작가의 꿈을 꾸는 여러분의 앞날을 윤택하게 해주리라고 믿습니다.

청소년 여러분,

여러분들은 지금 한창 꿈을 꿀 나이입니다. 아름답고 큰 꿈을 갖기를 바랍니다. 그 꿈이 여러분의 길을 열어가는 힘과 용기가 될 것입니다. 꿈을 이루기 위해 여러분이 가진 모든 것을 쏟아붓고 뜨겁게 불태우기 바랍니다.

아울러 열과 성을 다해 학생들을 지도해 주신 작가님들의 노고와, 뒤에서 자녀들을 소리없이 응원하고 지지해주시는 학부모님께도 깊이 감사드립니다.

다시 한 번 문예집 발간을 축하하며 항상 여러분들의 앞날에 꿈과 희망, 그리고 행운이 넘쳐 나도록 힘찬 응원과 격려의 박수를 보냅니다.

감사합니다.

2019년 12월

서울특별시교육청남산도서관장 손 영 순

수양버들

한양대학교사범대학부속중중학교 2학년 강민서

가끔 그럴 때가 있다. 오늘은 모든 일이 잘 풀릴 거 같다든가, 오늘은 모든 일이 잘 안 풀릴 거 같다든가. 오늘이 이런 느낌이 드는 날이다. 그것도 오늘 엄청 일이 안 풀릴 거 같다.

"빨리 밥 먹고 학교 가!"

또 엄마의 잔소리로 잠에서 깬다.

"아 늦었어. 밥 안 먹어."

아침부터 잔소리가 듣기 싫은 나는 대충 대답하고 집을 나섰다.

학교 지각 전까지 10분 남았다. 나는 학교까지 내 힘을 다해 열심히 뛰기 시작했다. 교실에 겨우겨우 지각 전에 도착한 나는 헐떡이며 숨을 돌리고 있었다.

"지아야. 너 그거 봤어? 이번에 틴트 신상 나온 거, 색 겁나 예쁘던데 학교 끝나고 사러 갈래?"

내 친한 친구인 유나가 말했다.

"아니. 못 살 거 같아. 이번에 엄마가 용돈 조금밖에 안 줬어."

나는 괜히 투덜거리며 말했다.

"그럼 어쩔 수 없네. 나중에 사러 가자."

아쉬워 보이는 표정으로 유나가 말했다. 1교시부터 이동 수업이라 우리는 책을 챙겨 이동했다. 이번 수업시간은 도덕이었다. 요즘 도덕시간에 효도에 대하여 배우고 있었다. 이미 다 알고 있는 걸 굳이 왜 또 하는지 모르겠다. 나는 대충 수업을 들었다. 마침 오늘은 4교시까지 단축 수업이라서 빨리 집으로 향했다.

'띠리링' 횡단보도에서 신호를 기다리는데 전화가 와서 핸드폰을 꺼내다가 틴트를 떨어뜨렸다.

"어? 저거 내가 가진 틴트 중에서 제일 비싼 틴튼데."

나는 재빨리 틴트를 주우러 갔다.

'빠앙-'

하얀 배경만이 가득한 공간에서 무언가가 보이기 시작했다. 죽기 전에 보인다고 하는 걸 뭐라고 하더라? 주마등? 내가 지금 보고 있는 것들이 주마등이라는 건가. 나는 그 주마등이라는 걸 보기 시작했다.

"응애, 응애."

아마 나인 것 같은 아기가 인큐베이터 안에 있었다. 그리고 작은엄마가 보였다.

"이렇게 예쁜 아긴데, 조금만 늦었으면 진짜 큰일 날 뻔했어."

작은엄마가 다행이라는 듯한 표정으로 말했다. 그러고 보니까 내가 태어날 때쯤 할아버지 49제인데 무슨 애기를 낳느냐고 할머니가 엄마한테 뭐라고 했다고 한다. 그래서 엄마는 산부인과도 못 가고 있다가 작은엄마 도움으로 겨우 산부인과에 가서 나를 낳았다고 했다. 그때 나도, 엄마도 죽을 위기였다고 했는데 진짜 다행으로 우리 두 명은 지금도 잘 살아있지 않은가? 갑자기 눈앞이 하얘지더니 다음 장면으로 넘어갔다.

이번에는 내가 한 5살 때쯤인 거 같다. 컴퓨터를 하고 있는 언니 뒤에서 나는 알사탕을 먹고 있었다. 알사탕을 먹고 있다가 언니한테 무슨 말을 걸려는지 입을 벌리다가 알사탕이 목에 걸린 나는 컥컥거리고 있었다. 컥컥거리는 소리를 들었는지 언니는 뒤돌아보았다. 언니는 당황한 듯 재빨리 엄마를 불렀다. 엄마가 달려와서 나를 보더니 엄청 놀란 표정. 이때 기억이 살짝 나는데 나는 진짜 숨이 안 쉬어지고 죽을 것 같았다. 엄마는 다급히 나를 일으켜 안고 명치? 배 부분에 주먹을 쥐고 나를 누르기 시작했다. 이 행동을 한 열 몇 번 반복하니 목에 있던 알사탕이 빠져나왔다. 나는 막혔던 숨을 내쉬며 울었고 엄마는 다행이라는 듯 한숨을 내뱉었다.

이 이후로도 많은 장면이 보였다. 이번 장면은 가장 최근인 내가 15살 중간평가를 끝낸 후의 장면인 것 같다. 나는 언니가 둘이나 있어서 가끔 언니에게 질투를 느끼기도 했고, 엄마아빠가 언니만 좋아하는 거 같다는 생각을 많이 했었다. 이때 큰언니 나이가 24살이다. 큰언니는 지방대 레저스포츠학과였지만 언니 성격이 하도 좋아서 교수님도 언니를 많이 아꼈다. 그 후 언니는 다른 대학교 물리치료학과로 편입했다. 언니는 편입 후 공부를 더 열심히 했고 언니가 열심히 한 만큼 언니는 거의 매번 전액 장학금을 탔다. 아빠는 신났는지 나한테도 기대를 했다. 언니는 초중고생활을 운동만 해왔고, 나는 평범하게 공부를 했으니까. 또, 작은언니는 사춘기가 오래가는 건지 공부도 안하고 맨날 그림만 그리고 앉아있으니 막내인 나한테 더 기대하는 것 같았다. 나는 그만큼 열심히 했다. 하지만 이때 중간평가 때는 진짜 하루 종일 울고 있을 만큼 망했다. 분명 나는 열심히 했고 노력했는데 결과는 안 좋았다. 분명 시험이 끝나면 다들 놀러가고 신난다. 물론 나도 시험이 끝나서 신나게 놀았다. 하지만 노는 내내 계속 시험 결과 때문에 웃어도 웃는 느낌이 들지 않았다. 친구와 놀고 나서 집에 돌아와서도 침대에 눕자마자 눈물부터 나왔다. 게다가 이때 시험은 내가 제일 자신만만해하던 과목을 망쳤다. 나는 내가 원망스럽고 내 자신이 싫었다. 그러면서 나도 모르게 엄마, 아빠, 언니, 친구들에게까지 화풀이를 해댔다. 어쩌면 내가 지금 이렇게 죽어서 주마등을 보고 있는 건 내가 너무 나쁘게 살아서가 아닐까라는 생각이 든다.

갑자기 내 앞이 밝아지더니 누군가의 장례식이 보인다. 사진이 잘 보이지 않아 나는 그쪽으로 가까이 가다가 누군가의 얼굴을 보고 멈춰 섰다. 나와 초등학교 때 가장 친했던 나영이다. 엄청 친했지만 중학교가 떨어지면서 가끔 만나서 노는 정도였고, 얼굴책에서도 맨날 나만 태그해서 사실 귀찮게도 느꼈다. 그 옆에는 항상 같이 도서관에서 공부했던 현서, 초등학교 때 친했고 얼굴책에서도 자주 연락한 세란이, 중학교 때 많이 친해진 유나, 항상 같이 다니고 놀던 같은 반 친구들 시은이, 유빈이, 가은이, 서현이 등 익숙한 얼굴들이 많이 보인다. 그렇게 주위를 둘러보다가 엄마, 아빠, 언니가 보였다. 엄마는 엄청 울고 있었고, 아빠는 넋 나간 표정으로 앉아 있었으며, 언니는 애써 눈물을 참는 것 같은 표정으로 서 있었다. 그러고 보니 내가 죽었었지. 이곳은 내 장례식이구나. 바보같이 이제야 깨달았다니. 나도 눈물이 나기 시작했다. 이렇게 일찍 죽을 걸 알았다면 더 잘해 줄 걸, 더 좋은 딸, 좋은 동생, 좋은 친구가 될 걸. 전에 봤던 주마등처럼 죽을 뻔한 적이 2번이나 있었는데, 그때부터서라도 잘해줄 걸.

* * *

평화로운 일상이다. 나는 퇴근을 하고 우리 딸 지아를 만나 에이마트에 들러

장을 봤다. 많이 표현하진 않지만 항상 나를 잘 도와주는 우리 딸이 너무 좋다.
"지아야. 먹고 싶은 거 있어?"
나는 기특한 우리 딸을 보며 물었다. 딸이 무언가를 말하는데 주변이 너무 시끄러워서 들리지 않는다.
"지아야 뭐라고? 안 들려."
내가 이 말을 하자 갑자기 주위가 조용해지더니 지아가 나를 빤히 보며 말한다.
"엄마, 나 낳아줘서 고마워. 항상 투덜거려서 미안해. 부끄러워서 말 못했었는데 진짜로 사랑해."
이 말을 하고 지아는 사람들이 많은 곳으로 들어간다. 나는 사라져가는 지아를 향해 손을 뻗었으나 닿지 않는다. 그 모습을 보는 내 뺨에는 뜨거운 눈물이 흐른다.
"아빠~!"
우리 귀여운 막내딸 지아가 달려온다. 나는 우리 지아를 안아들었다. 나는 지아를 보며 말했다.
"지아야 어디 갈까?"
지아는 고민하더니 웃으며 말했다.
"나 아이스크림 먹고 싶어!"
나는 지아를 내려놓고 아이스크림을 먹으러 가기 위해 걷기 시작했다. 갑자기 지아와 맞잡은 손이 가벼워지기 시작했다. 나는 걷던 걸음을 멈추고 지아를 바라봤다. 지아가 하얀 빛과 함께 사라지기 시작했다. 나는 사라져가는 지아를 잡기 위해 지아를 향해 양팔을 뻗었다.
"아빠, 항상 심한 장난 받아줘서 고마워. 맨날 아빠한테 잔소리해서 미안해. 그리고 맨날 날 사랑해줘서 고마워 항상 부족한 딸이었지만 아빠를 많이 사랑했어."
이 말을 한 지아는 결국 사라졌다.
"언니 뭐해? 나도 같이 해."
별로 내키진 않지만 나는 아무 말 없이 같이 하기 위해 옆으로 자리를 옮겼다. 그렇게 나는 동생과 함께 게임을 했다. 게임을 하던 중 갑자기 동생의 캐릭터가 움직이지 않는다. 나는 옆을 돌아봤다. 동생은 천천히 사라지고 있었다. 나는 너무 당황한 나머지 몸이 움직이지 않았다.

"언니, 항상 심술부리고 시비 걸어서 미안해. 내 장난 잘 받아줘서 고마워."

이 말만 남긴 동생은 결국 사라졌다.

쉬는 시간 종이 치고 약 2분쯤 지나자 지아가 나에게 왔다.

"오늘 학교 끝나고 피씨방 가자."

나는 마침 오늘 학원이 없어 흔쾌히 수락했다. 그렇게 우리는 많은 이야기를 나누다가 수업 종이 쳐서 서로의 자리로 가기 위해 움직였다. 나보다 앞서던 지아가 뒤돌아 나를 바라보더니 웃으며 말했다.

"내가 힘들 때, 슬플 때 내 옆에서 위로해 주던 거 고마워. 맨날 투덜거리고 장난 많이 쳐서 미안해."

지아는 다시 앞을 보고 걸었다. 나는 지아를 따라가려고 하는데 발이 떨어지지 않았다. 그렇게 지아는 사라졌다.

그렇게 지아가 죽은 다음날, 우리들은 꿈을 꿨다. 서로가 무슨 꿈을 꿨는지는 알 수는 없지만 누구와 관련된 꿈을 꿨는지는 알 수 있었다. 그날 지아의 책상에는 수양버들이 그려진 그림과 함께 이런 말이 적힌 쪽지가 있었다.

「모두들 고마워, 그리고 이렇게 금방 가버려서 미안해. 내가 없어도 내 몫까지 잘 지내줘. 사랑해. 정말 사랑해. -지아가」

심해

구일중학교 3학년 고다영

고래는 새를 사랑했다. 숨을 내뱉기 위해 올라간 수면에서 본, 흰 빛을 받아 하얗게 날아가는 새를. 단 한 번 본 그 새를 고래는 사랑했다.

푸후- 하얀 숨을 내뱉고, 고래는 날아가버린 그 새를 생각하며 수면 아래로, 아래로. 꼬리를 움직였다.

'너를 한번만 더 볼 수 있다면 말라비틀어져도 좋아.'

허나 심해에서 외친 말이 하늘의 새에게 닿을 리 없다. 고래는 그걸 알았고 그랬기에 새를 잊기로 했다.

그러다 어느 날.

-고래야. 희생이라는 것을 아니?

"아니. 나는 그걸 모른단다."

바다가 조잘조잘 흘렸다. 파도가 알려준 말인데, 그만 신기해서 귀를 기울였지 뭐야. 인간들이 하는 거란다. 남을 위해 자신을 비우는 거란다. 그래서 가라앉은 모래가 되는 거란다.

"인간은 이상하구나. 바다 아래는 차갑고 어두운데. 왜 모래가 되려는지."

-맞아. 참 이상한 것들이야.

바다는 꺄르륵 웃고 어딘가로 가버렸다. 하지만 옆에 있었다. 고래는 바다에서 살기 때문이었다. 문득, 고래는 희생이 검고 검을 것이라고 생각했다. 비어버리면, 까맣게 변하니까. 그래서 어느 날의 하얀 새가 떠올랐다.

"바다야. 하얀 것을 알고 있니?"

-그럼. 나는 태양도 마주보는 걸.

태양은 하얗고, 뜨겁단다. 하늘에 있는 것들은 전부 뜨거워. 하지만 가끔 구름이 검게 변하면 시리게 변하지. 해가 지고 하늘이 검게 변해도 차가워져. 차가울 때 인간들은 밤이라고 부른대.

고래는 새도 뜨거울 거라 생각했다. 이런, 나는 뜨거우면 말라버려. 하늘에 사는 하얀 새는 다시는 못 만나겠구나. 슬퍼진 고래는 아래를 향해 꼬리를 움직였다.

…… ……

"래가 죽었어."

"왜?"

아차하는 순간 다가 날 성난 눈으로 바라보고 있었다. 그의 눈에 가시가 있다면 날 찔러 죽이고도 남았을 거다.

"미안……."

"됐어."

우리는 한동안 말이 없었다. 자꾸만 쳐지는 공기는 탐탁치 않았지만 어쩌겠어. 다 내 죄니 감내해야지. 감히 먼저 입을 열 생각도 못하고, 나는 다의 입술이 떨어지기만을 기다렸다.

훌쩍. 코 먹는 소리가 났다. 놀라 앞을 응시하니 다가 뚝뚝 눈물을 흘리고 있다. 큰 눈을 덮는 짠 물, 물, 물. 나는 가방에서 티슈를 꺼내 그에게 건넸다.

"나… 나, 때문이야. 내가, 끄윽… 내가 래를 죽인 거야……."

"…아냐. 네가 왜."

"내가 래에게, 흑… 멍청한 짓 할 바에는 차라리 죽어버리라고 했어. 내가, 입만 닥치고 있었어도 래는 안 죽었단 말이야."

너도 알잖아! 고래가 너를, 새 너를 얼마나 사랑했는지 알잖아!

다가 바락바락 악을 쓰며 날 흔들었다. 너는 진짜 나보다 못됐다. 왜 너는 우릴 위해 날개를 꺾지 않았어. 하늘에 있는 것들은 다 뜨거워. 뜨거워서 우리는 데인단 말이야. 네가 하늘을 포기했어도. 네가 우리랑 함께하지만 않았어도. 네가 그날 내 머리 위로 비행하지 않았어도. 네가 그날 나타나지 않았어도…….

카페 안의 사람들이 죄 우리를 주목한다. 이러다간 쫓겨나겠군. 다를 진정시키는 게 먼저인가보다.

"그래 내 탓이야. 내 탓이야……. 고래는 나만 없었으면 살았는데. 행복하게 웃을 수도 있었는데."

나는 다를 끌어안으며 중얼거렸다.

"바다야. 미안, 미안해."

나는 너희의 온전한 세상에 들어온 불순물이었다. 물의 짠내를 맡으며 날자고 생각했던 게 화근이었다. 고래는 희게 빛나는 나를 보고 반했다. 허나 곧 잊기로 했다. 하늘은 하늘이고 바다는 바다니까. 그러나 그러지 못했다. 내가 그들에게 접근했고, 래는 날 보며 사랑을 다시 틔웠다.

"새야. 너는 희생을 아니?"

"그럼. 어미새는 새끼에게 먹이를 나누어 주는 걸."

"…혹시 물 밖에 있는 건 모두 희생을 하니?"

"아니. 안 하는 것도 분명 있어."

그렇구나. 고래는 그리고 말했다. 내일 또 보자. 해가 머리위에 있을 때, 여기에서.

그것이 그 만의 희생인 걸 깨달은 건, 한참 늦었을 때였다.

-고래야! 더 이상 해를 보지 말아. 너는 뜨거워지고 있어.

"어쩔 수 없어. 나는 오늘도 새와 약속했는 걸. 내가 오지 않는다면, 새는 밤밤까지 기다리다가 얼어버리고 말아."

-…고래야. 너는 왜 인간을 닮아가니?

왜 그들을 닮았어. 왜 어리석어지려 해. 그 길을 가면 종말에는 까맣게 비어버리는 것뿐이란다. 저 아래 심해에서, 어둡게 가라 앉는거란다. 너도 모래처럼. 결국 잊히고 말거란다. 고래야, 누구를 잡고 물어보렴. 모든 것을 꿰뚫는 나를 제외하고, 모래를 기억하는 놈은 없어.

"아니야 바다야. 아니야. 분명 나도 모래를 기억하고 있는 걸. 모래는 완전히 잊히지 않았어,"

-그래? 아둔해진 너는 네가 아니야. 가라앉든 말든, 마음대로 해.

… …

바다는 울다울다 잠들었다. 나는 그런 그를 업고 바다의 집으로 갔다. 도어록에 서로가 잘 알고 있던 번호를 입력하고, 바다를 뉘여 줄 때만 해도 나는 아무 감흥 없었다.

고래가 죽은 것도, 바다와 싸운 것도 현실감 없었기 때문이다.

"안녕."

현관문을 닫으며 고했다. 어느샌가 밀려드는, 목 안의 파도를 죽이고서. 바다에게 하는 인사였는지, 고래에게 하는 인사였는지는 모른다. 어쩌면 둘 다에게 하는 말인지도 모르지.

잘 지내라는, 살가운 인사는 입 밖으로 꺼내지 못한 채. 나는 뒤를 돌았다.

햇살

중앙중학교 3학년 곽다연

내 잠을 깨운 것은 언제나 그렇듯 원룸 창문 사이로 들어온 따뜻한 햇살이었다. 작은 입자의 먼지들이 날아다니는 모습을 시야에 담으며 나는 몸을 일으켰다.

"으음……."

내 옆의 사랑스러운 연인은 아직 단잠에 빠져있었다. 그녀에게 손을 뻗어 그녀의 뺨을 쓸어내렸다. 햇빛을 받자 가슴까지 내려온 검은 머리카락은 옅은 붉은 빛을 냈다. 장미 같아. 나는 그런 그녀의 머리카락을 사랑한다. 그녀의 작은 입술 그리고 노력의 산물인 굳은살이 박인 손끝까지도 모두 사랑한다.

내 손길에 몸을 뒤척이는 그녀 때문에 나는 쓰다듬는 것을 그만두었다. 밤새 나에게 시달려 피곤했을 그녀였다. 나는 조심히 일어나 바닥에 떨어진 속옷들을 주워 입었다. 작은 원룸에는 어제의 흔적이 적나라하게 그리고 고스란히 남아있었다. 짧은 한숨과 함께 나는 흔적을 치우고 아침 준비를 하기 시작했다.

오늘 아침은 토스트에 그녀가 좋아하는 장미 잼이었다. 노릇노릇하게 익은 빵과 버터 냄새가 집안 곳곳을 돌아다니기 시작했다. 나는 그녀에게 란제리와 속옷을 입힌 후 안아 올렸다. 갑자기 들려진 몸 때문인지 눈꺼풀을 몇 번 떨던 그녀는 눈을 떴다.

"시현아……."

투정부리듯 애교 섞인 목소리에 나도 모르게 입술을 이마에 비볐다. 아차, 했지만 그녀는 배시시 웃으며 내 입술에 짧게 붉은 입술을 대었다. 그런 그녀의 모습에 두근거리는 마음을 다잡으며 다정히 말했다.

"민아야 아침이야. 밥 먹고 약속 가야지."

그제야 식탁에 가까워진 자신과 고소한 버터 향을 인지한 것처럼 보이는 그녀가 작게 고개를 끄덕이며 속삭였다. "아침 고마워."

그녀가 서둘러 밥을 먹고 나갔다. 잘못 신은 구두를 두어 번 갈아 신으면서도 나에게 웃어보였다. 환하게 웃은 입과 보조개를 보이며 그녀는 내 뺨에 기습 뽀뽀를 하고 현관문 밖으로 순식간에 사라졌다. 좁은 방은 순식간에 조용해졌다. 기묘한 정적이 나를 감쌌다. 정적은 어딘가 불편했다. 나는 불편함에서 벗어나기 위해 서둘러 탁자 위의 부스러기와 식기를 치웠다. 마감이 코앞이다. 서둘러 글을 완성해야 했다. 그러나 이런 기분으로는 마감은 커녕 아무것도 할 수 없을 것이다. 나는 깨끗해진 식탁을 잠시 노려보다 머리를 식히기 위해 화장실로 향했다. 이유 없는 불편함은 나를 피곤하게 했다.

머리에 있는 물기를 털어내자 그와 함께 이상한 불편함도 나에게서 떨어져나갔다. 거슬리는 머리카락을 핀으로 대충 고정하고 노트북을 꺼냈다. 식탁은 곧 따뜻한 커피 한잔과 글이 쓰인 종이로 가득해졌다. 켜진 지 꽤 된 노트북과 깜박거리며 자신의 존재감을 부각시키는 커서에도 나는 몇 번이고 망설였다. 쓰고 싶은 것이 없는 것은 아니었다. 책상을 뒤덮은 종이들에는 수많은 글자들의 나열이었고 모두 내 생각이 담겨있다. 내가 꿈꾸는 세상이 담겨있다. 나와 그녀가 떳떳이 살아갈 수 있는 사회를 나는 글에 담고 싶었다.

나는 나 자신과 역량의 정도를 알았다. 항상 고민한다. 이 일을 내가 후회할까 하지 않을까. 나는 톨스토이처럼 아름다운 문장을 쓸 수도 없고 톨킨처럼 환상적인 판타지 세계로 사람들을 초대할 수도 없었다. 동경하는 헤밍웨이처럼 짧고 강렬한 문체로 남들을 사로잡을 자신도 없었다. 열망하는 괴테의 낭만적인 문체는 언제나 나에게 멀리 떨어져 있었다. 그럼에도 불구하고 나는 글을 쓰고 있다.

시간낭비 같은 수천의 글자가 나열되고 햇빛을 받아 증발해버렸다. 체감상 오래 지난 것 같지만 아니었다. 햇빛은 아직 밝았다.

"답답해."

듣기에도 힘이 빠진 형편없는 목소리가 정적을 갈랐다. 의도치 않았지만 진심이었다. 잠시 눈을 감았다 떴다. 써야 해. 써야 할 것이, 그녀에게 보여줄 것이 아직 남아있었다.

마음을 다잡고 쓰고픈 싶은 단어들을 조심스레 옮기기 시작하자 지필에 빠져드는 것은 금방이었다. 처음으로 용기 내어 속에 있던 날것을 꺼내었다. 다듬어지지 않아 보기 불편했다. 하지만 누군가가 이것을 본다면 조심스럽지만 단호한 행동으로 보였으면 좋겠다고 문득 생각했다. 굶주린 사람처럼 정신없이 글을 써 내려갔다. 정신을 차린 것은 노을이 창문을 통해 들어오고 난 뒤였다. 나도 모르게 아 하고 신음에 가까운 감탄이 새어나왔다. 아무것도 느껴지지 않던 손가락에 통각이 돌아온 것이 느껴졌다. 붉어진 손가락 끝이 조금씩 아려왔다. 용기 낸 모든 순간들이 잠시 나를 가득 채웠다가 사라졌다. 심장에 두근거림이 남아 있었다. 감히 이름붙일 수 없는 감정이 가슴을 가득 채웠다.

커서는 처음과 똑같이 깜박이고 있었고 종이들도 변함없이 흐트러져 있었다. 커피는 조금을 남긴 채 식어 있었다. 몽롱했다. 나를 향하는 빛은 채도를 더해가고 있었다. 어두움이 다가와도 무섭지 않다고 생각했다. 나는 그 이유가 무엇일지 짧게 고민하다가 그만두었다. 아침과 다르게 똑같은 정적이었지만 편안했다. 그뿐이었다.

어느덧 저녁이었다. 학과 약속 때문에 늦는 그녀에 저녁없이 문장을 다듬어 나아갔다. 문장을 고치기 시작한 지 3시간이 조금 넘어가자 속도가 느려지기 시작했다. 생각도 다른 곳으로 옮겨가기 시작했다. 아침부터 한 나절 가까이 글을 썼음을 상기하며 집중력이 얕아진 것을 합리화했다. 나머지는 내일로 미루고 노트북을 한쪽으로 치워버렸다.

지친 몸을 끌고 몇 발자국 앞에 있는 침대로 몸을 던졌다. 손목을 돌리고 허리를 스트레칭하자 듣기만 해도 아플 것 같은 소리가 크게 울렸다. 보나마나 내일은 손목과 허리뿐만 아니라 온 몸 구석구석이 쑤실 것이 분명했다. 비싸지는 않지만 나름 부드러운 이불의 감촉에 몸을 내맡겼다. 그리고 민아에 대해 생각했다. 그녀가 만약 고등학교 2학년 여름방학식 때 용기 내어 고백한 내 마음을 거절했다면……. 그때 나는 거절을 염두해 두고 있었다. 그럼에도 내 마음을 받아준 그녀가 너무 고마웠다. 내 첫 용기는 지금까지도 아름답다.

어느새 잠들었었는지 창밖이 검었다. 완전한 암흑은 아니었다. 하지만 밤이라는 것은 알 수 있었다. 가로등의 불빛이 창 사이로 들어왔다. 침대 옆에는 아직 아무도 없었다. 연락은 없었다. 슬슬 걱정되어 대충 후드티를 챙겨 입는데 비밀번호 눌리는 소리가 현관문 밖에서 들려왔다.

철컥 소리와 함께 문이 열리고 그녀가 들어왔다. 어두워 잘 모를 수도 있지만 5년 넘게 함께 살아온 난 알 수 있었다. 취했구나. 그녀가 휘청이며 신발을 벗는 모습은 위태로웠다.

"민아야, 많이 취했어?"

나는 얼른 다가가 그녀의 어깨를 잡아주었다. 휘청거림이 잠시 소강상태에 들어갔다. 혀가 꼬인 민아의 목소리가 들려왔다. 평소보다 늘어졌다.

"시현아 걱정 많이 했어? 내가 조금 많이 마셔버렸네."

말끝이 늘어지고 존대와 반존대가 오가기 시작했다. 나는 아무 말 없이 민아의 말을 들었다. 당차고 밝은 민아가 슬퍼할 일은 하나밖에 없다는 것을 나는 안다. 나랑 사귀고 동거하기로 한 그날, 그 선택을 하면서 우리에게 피할 수 없는 시련이기도 했다.

"왜 동성애가 나쁜 건지 모르겠어요. 시현이는 나를 좋아하고 나도 시현이를 좋아하는데…… 뭐가 그렇게 문제인지 모르겠어. 정말 아무것도 모르겠다고!"

아까보다는 또렷한 목소리로 흐느끼듯 말하는 민아의 목소리에 나는 입술을 깨물었다.

"언니…… 사랑해요."

"응. 나도 너무너무 사랑해 민아야."

민아의 목소리는 떨리고 있었다. 울지 말라는 말은 입 밖으로 나오지 못했다. 대신 사랑을 속삭였다. 어두운 작은 원룸에서 울고 있는 것은 민아뿐만이 아니었다. 우리는 서로를 가만히 끌어안았다. 따뜻한 온기가 마음을 어루만졌다.

우린 침대에 누워 서로를 마주보았다.

"시현아, 나 아직도 네가 고백한 날 기억하고 있어. 너 그때 엄청 긴장했잖아. 꽃다발이 엄청 부들거렸거든. 난 꽃잎이 다 떨어지는 줄 알았어."

웃음기 섞인 민아의 목소리가 귓가에서 아른거렸다.

"평생 못 잊어. 내가 정말 큰맘 먹고 한 일이었는데. 그러는 너도 만만치 않았어. 얼굴 터질까봐 걱정했다니까."

내 말에 민아가 짧게 웃었다. 나도 따라 웃었다. 이 후 우린 언제나 그렇듯 시답잖은 이야기를 했다. 아침에 먹은 장미잼이 맛있었다는 이야기부터 내가 처음으로 우리에 대해 글을 썼다는 이야기도 했다. 내 말에 그녀는 울 듯이 웃다가 용기 내어 고맙다고 했다. 나도 나와 함께 해주어 고맙다고 몇 번이고 속삭였다.

민아가 잠들었다. 나도 그녀를 따라 눈을 감으며 생각했다. 내일은 그녀에게 내가 쓴 우리를 보여주고 싶었다.

엄마

불암중학교 3학년 권미정

[PART 1]

“아, 진짜!” 앙칼진 목소리가 울렸다. “엄마! 내가 함부로 내 방 들어오지 말라고 했잖아!” 그 목소리의 주인, 혜민은 짜증난다는 듯이 발을 들어 바닥에 세게 내리쳤다. 혜민의 엄마, 미숙은 “아니… 난 네 방 정리해주려고 그랬지… 애초에 네가 방을 잘 정리했으면 이런 일 없잖아….”라며 우물쭈물거렸다. 혜민은 얼굴이 새빨개져서는 “아무튼 이제 절대 내 방 들어오지 마!”라고 소리를 꽥 지르곤 방 안으로 들어가 소리가 나게 방문을 세게 닫았다. 얼마나 시간이 지났을까, 미숙이 방 밖에서 혜민을 불렀다. “혜민아, 저녁 먹어야지.” 하지만 혜민은 “몰라! 안 먹어!”라며 다시 소리칠 뿐이었다. 미숙은 한숨을 쉬었다. 그러곤 작게 “이제 나 살 날도 얼마 안 남았는데 쟤를 어떻게 하면 좋을까….”라고 말했다. 그랬다. 사실 미숙은 얼마 전 시한부 판정을 받았다. 대장암 4기. 수술을 해도 완치가 될 가능성이 극히 낮은 병명이었다. 기간은 단 1년. 남편도 일찍 죽고 지금까지 딸아이와 무리하면서 살아온 대가였다. 딸에게 말을 꺼내려고 해도 허구헌날 싸우기만 하니 말할 시간이 없었다.

-몇 달 후- 웬일일까, 혜민이 미숙의 방문을 두들겼다. “엄마, 저…, 혹시 몇백만 원만 빌려줄 수 있어?” 하지만 그 이유는 돈이었고 집안 형편을 생각해서라도 거절해야 하는 부탁이었다. 하지만 미숙은 그런 딸아이의 부탁을 거절하지 못했다. 그래서 미숙은 아픈 몸을 이끌고 그 ‘몇백만 원’ 때문에 또 일터에 나가야 했다. 그러다 보니 당연하게도 병은 악화되기만 하고 약을 먹어도 통증이 가시지 않았다. 그래서일까? 미숙은 병원에서 자신에게 남은 시간이 더 줄었다는 통보를 듣게 된다. 앞으로 5개월. 그녀의 남은 수명이었다. 미숙은 앞으로 자신과 딸아이의 이별을 떠올리자 그저 한숨만 나왔다. -PART 1 FIN-

[PART 2]

혜민은 얼마 전, 자신이 성인이 되던 날 엄마가 쓰러졌다는 소식을 들었다. 그리고 황급히 병원으로 달려가 보니 의사에게 충격적인 소식을 들었다. 자신의 엄마가 대장암 4기로 시한부 인생을 살고 있었다는 내용이었다. 혜민은 의사의 멱살을 잡고 소리쳤다. "거짓말 마! 그럴 리가 없어, 그럴 리가 없다고!" 의사는 멱살이 잡힌 채로 "거짓말 아닙니다! 그런데 어떻게 하나밖에 없는 딸이신데도 어머님이 어떠신지 모르셨다는 말입니까?"라고 말했다. 혜민은 그 말을 듣고 굳어졌고 그 틈을 노려 의사는 재빨리 멱살 잡힌 걸 풀고 멀리 달아났다. 혜민은 굳어 있다 병실로 걸어 들어갔다. 그러자 '이미숙'이라 적힌 침대에 누워 있는 엄마가 보였다. 창백한 피부, 뼈 모양이 드러나 보일 정도로 마른 몸. 전부 고생했기에 생긴 일이었다. 혜민이 말했다. "전부 나 때문에 그런 거죠? 왜 아프다고 하지 않았어요?" 혜민은 주저앉아 울기 시작했다. 엄마가 아프다는 걸 알아채지 못한 자신에게 화가 나서, 철없이 엄마에게 짜증내고 화내던 과거의 자신이 원망스러워서, 아프다고 말하지 않은 엄마가 미워서였다.

-몇 주 후- 혜민은 뛰었다. 미친 듯이 뛰고 또 뛰었다. 그녀가 뛰는 까닭은 단 하나. 엄마가 위독하다는 연락 때문이었다. 그녀는 어느새인가 울면서 뛰었다. '엄마, 안 돼, 안 돼, 안 돼, 안 돼, 안 돼! 아빠, 제발 엄마를 데리고 가지 말아요.' 그녀의 머릿속에는 이 생각뿐이었다. 혜민이 병실에 도착하자 엄마 침대 주위에는 사람들이 가득했다. CPR이 돌아가고 있었고 그것에 연결된 줄과 그 끝에 달린 네모난 판은 어떻게 해서든지 심장을 다시 뛰게 하려 애쓰고 있었다. 하지만 그 노력에도 불구하고…. '삐--' 심장이 완전히 멈췄다는 신호음이 들리고 간호사 하나가 말했다. "이미숙 환자분, 9월 8일 오후 7시 23분 15초 사망하셨습니다." 내 심장이 무너져 내렸다. 내가 딛고 있던 땅이 무너지는 느낌. 내 시야에는 나와 엄마만이 존재했다. 의사가 주저앉은 나를 부르는 소리도, 간호사가 날 일으켜 세우려는 몸짓도, 아무것도 보이지 않았다. 난 엄마에게 다가갔다. 창백하고 차가운 피부, 깡마른 몸. 금방이라도 "혜민아--"하며 눈을 뜰 것 같은데. "아니야, 아니야, 아니야, 아니야-!!" 난 목이 터져라 소리를 질렀다.
-PART 2 FIN-

[PART 3]

5년이 지났다. 엄마가 돌아가신 그날로부터 벌써 5년이 지났다. 축 늘어지던 얇은 팔, 서서히 식어가던 창백한 몸. 그날이 아직 어제처럼 느껴진다. 그리고, 내 시간은 아직 엄마가 죽었던 그 날에 멈추어 있다. 내 몸은 점점 나이를 먹어가지만 내 마음은 아직 엄마가 죽었던 20살 그대로다. 내가 어렸을 때 좀 더 어른스럽게 행동했다면 엄마가 죽지 않았을 텐데. 내가 더 배려하고 더 양보했다면 엄마가 죽지 않았을 텐데. 이런 후회만 수천 번, 수만 번 했다. 후회해봤자 엄마는 돌아오지 않는다고, 그러니 이제 놓아달라고, 주변에서도 이야기를 몇 번이고 들었다. 나도 안다. 하지만 놓을 수 없는 걸 어찌할까. 놓고 싶어도 놓을 수 없는 걸 어찌할까. 아직 내 마음속에는 엄마의 흔적과 엄마의 말, 엄마의 행동 같은 엄마의 모든 것이 남아있는데. 어떻게 놓을 수 있을까.

그러던 어느 날, '띠링~' 문자가 왔다. 난 평소처럼 무시했다. 하지만 그 문자는 끈질겼다. 내가 볼 때까지 보낼 작정인지, 1분 간격으로 계속 왔다. 난 한숨을 쉬며 문자를 확인했다. '혜민아, 살아 있니? 살아 있으면 답장 보내.' '야, 죽었냐? 안 죽었으면 답장하라니까.' '너 아직도 너희 엄마 못 잊었냐?' '너 혹시 귀여운 생물에 관심 있냐?' '관심 있으면 연락 바람.' '여보세요. 진짜 죽었냐?' '경찰에 신고하기 전에 답장해라.' '조금 전에 말했던 그 귀여운 생명체 사진 보내니까 관심 있으면 연락 바람.' 보낸 상대는 '전수빈'. 예전에 대학에 입학했을 때 친하게 지내자며 들러붙던 여자애였다. 자기가 내 절친이라나, 뭐라나. 아무튼 그 여자애는 꽤 유용했다. 귀찮게 하던 애들이 싹 정리되었으니까. 그래서 난 문자를 싹 훑어보다가 그 '귀여운 생명체' 사진을 보았다. "헉." 난 순간적으로 숨이 막혔다. 아주 잠시지만 엄마가 잊힐 정도로 강력한 귀여움이었다. 통통한 뱃살, 전체적으로 하얀색에 군데군데 회색과 검은색 점이 찍혀 있는 그 생명체는 아직 어린 새끼였다. 이제 막 눈을 뜬 듯, 눈이 반쯤 열려 있는 그 생명체는 정말 귀여웠다. 난 정말 오랜만에 수빈에게 연락해 그 생명체에 대해 물어보았다. 수빈의 말에 따르면, 그 생명체는 수빈의 사촌이 키우는 어른 생명체가 낳은 생명체로, 그 집에서 감당이 되지 않아 다른 곳으로 보내려는 걸 수빈이 사진을 찍어 나에게 보낸 것이었다. 난 당장 수빈에게 문자를 보냈다. '만나자.'

밖으로 나가자 내리쬐는 따가운 햇빛이 낯설었다. 걸음을 재촉해 수빈과 만나기로 약속한 장소로 갔다. 수빈은 미리 와서 기다린 듯, 초조하게 주변을 두리번거리고 있었다. 날 본 그녀가 말을 하려고 입을 열었지만 난 그녀의 말을 막고 "그 생명체는?"라고 물었다. 수빈은 그런 내가 낯선 듯, 말을 쉽사리 꺼내지 못했다. 그러곤 "걔는 지금 너네 집 경비실에 맡겨놨어. 그러고 말이야…."라고 간신히 말을 했다. 난 그 말을 듣고 "고마워!"라고 말한 뒤 다시 집으로 뛰어가 경비실 문을 열어젖혔다. 놀라 눈이 동그랗게 변한 아저씨께 "죄송합니다."라고 웅얼거리듯이 말한 후 소포를 살폈다. 우리 집 번호가 적힌 소포가 여러 개였지만 난 하나씩 들어 안의 내용물을 살폈다. 다행히 두 번째 소포에서 움직임이 느껴지는 생명체가 발견되었다. 난 보자마자 잠시 '엄마'라는 존재를 잊었다. 그러곤 소리쳤다. "고마워!"라고. 그때부터 내 시간이 다시 흘러가기 시작했다. 엄마가 죽고 흑백으로 변했던 세상에 다시 색이 입혀졌다. -PART 3 FIN-

옆집 아이

동도중학교 1학년 김가현

내 옆집에는 내 또래 남자 아이가 산다
유난히 특별해 보이는
그런 아이

계속해서 쳐다보면
시간이 가는 줄도 모른 채
넋을 놓고 바라본다

초롱초롱한 눈빛
빛 바랜 검은 머리칼
터질 듯 빨간 입술

나도 한 발짝 더 가까워지고 싶다.
풀과 바람 같은 관계가 되고 싶다.
내가 먼저 다가갈 수 있다면 어찌나 좋을까

1년이 지난 후, 그 아이는 이사를 갔다
나는 아직도 그 집에 산다.
아쉬운 마음으로 나는 그 아이를 매번 떠올리곤 한다.

무인지대

상원중학교 3학년 김다솔

내가 15살 때 나의 심장은 끓고 있었다. 바이에른 지방 남쪽의 한 계곡에는 가을철이 시작되면, 알프스의 얼음장 같은 공기가 마을을 베며 지나갔다. 그럼에도 나의 심장은 이웃집 할아버지의 담뱃대마냥 식을 줄을 몰랐다. 그 불길의 장작은 계곡 아랫집의 맏딸 마리야였다. 매일 아침 아버지를 따라 계곡 아래 밭에 나갈 때마다 그 집 부엌의 작은 창을 통해 그녀의 붉은 얼굴을 볼 수 있었다. 난 아직 그녀에게 말을 걸어본 적이 없었다. 단지 세워진 지 얼마 안 된 학교에서 마리야가 자신의 친구들과 떠드는 것을 주의 깊게 들을 뿐이었다. 그것만으로도 나의 가슴은 녹아 심장이 쏟아져 나올 수 있었다.

카를 씨는 원래 베를린의 유명 대학에서 교수로 일했다고 한다. 그런 그가 왜 이런 시골에서 촌놈들을 가르칠 학교를 세웠는지 알 수 없었다. 단지 그가 베를린에서 일하던 시절을 수치스럽게 여긴다는 것을 알 수 있을 따름이었다.

성탄절 5일 전에 장학사가 학교를 방문했다. 그가 돌아가기 전 나를 불렀다.

"이보게, 자네가 토마스인가?"

가늘게 떨리는 목소리였다.

"그런데요."

"자네 기록을 봤네. 매우 뛰어난 재능을 갖고 있더군. 자네는 이런 깡촌이 아니라 베를린 같은 데서 공부해야 한다네. 자네 정도면 제국 장학금을 받을 수 있을 거야."

장학금 신청은 수락됐고, 나는 베를린에 가게 되었다. 아버지는 싫어하셨다. 그래서 역에는 카를 선생님과 형만 배웅을 나왔다. 내가 기차에 올라탔을 때, 선생님이 무슨 말인가를 했다. 언젠가 돌아오게 될 거라는 말이었던 것 같다. 잘 듣지 못했다. 왜냐하면 좌석에 앉자마자 마리야가 역에 나오지 않음에 낙심해 눈물을 흘리고 있었기 때문이었다.

베를린에서 지내는 1년 동안 나는 참 힘들었다. 대학의 학생들은 나의 바이에른 사투리를 비꼬았고, 발트 해에서 오는 공기는 알프스의 그것보다 심장을 차갑게 쓸어갔다. 내가 17살이 되던 해, 더 이상 마리야가 꿈에 나오지 않았다. 마리야가 결혼했다는 소식을 들었을 때도 내 눈에서는 눈물 한 방울 나오지 않았다.

시간이 흐르면서 나의 바이에른 사투리는 베를린의 표준 발음으로 바뀌어갔다. 더 이상 바이에른 사투리를 구사할 수 없음을 깨달았을 땐 이미 동공이 어둠을 삼킨 듯 텅 비어버린 후였다.

동경하던 위대한 학자들의 수업을 들으면서, 전쟁에 대한 예언이 지껄여져 있는 신문지들을 훑으며, 상실감을 느꼈다. 내가 무엇을 잃었는지 잘 알고 있었다. 베를린의 바람은 내 심장을 식히기에 충분했던 모양이다.

우리나라가 프랑스를 침공했다는 소식을 듣고 나는 입대했다. 전쟁이 나의 가슴을 뜨겁게 만들어주길 바라며, 참호 속으로 들어간 첫 날 같은 훈련소 동기 중 반이 죽었다. 참호 안의 우리 모두는 같은 눈을 하고 있었다. 전쟁은 뜨거웠다. 화형당하는 마녀의 눈물 같은 뜨거움이었다.

다음 날 나는 참호를 넘었다. 나 혼자 무인지대의 안개 속으로 뛰어가며 소리를 질렀다. 6발의 총성이 나를 꼬꾸라지게 했다. 기관총탄에 관통당한 심장에서 흘러나온 피는 생각보다 훨씬 뜨거웠다.

도리도리

신광여자중학교 2학년 김 민

고개를 도리도리
내 시선도 도리도리
고개를 돌려보니
내 옆에는 모르는 친구와
아는 친구

내 친구는 열심히 조사하고
자료를 모아 책을 만드네
고개를 도리도리하니
주변이 훤히 보이네

친구도 고개를 도리도리
나도 고개를 도리도리

실험

시흥중학교 1학년 김민서

이곳은 전쟁 중에 잡힌 포로들을 수용하는 포로수용소다. 말만 국가에서 지정해준 수용소지, 포로를 대상으로 실험하는 생체실험장이나 다름없다. 나는 그 수용소의 간부이고, 몇 년 동안 계속되는 전쟁통에 국경을 잘못 넘어온 전쟁 포로였다. 나는 그렇게 수용소장에게 발견되어 간부가 되었고, 아무도 그 사실을 알지 못했다. 그래서 나는 이 수용소에서 나갈 수 없다. 고향으로 돌아가고 싶은 마음은 굴뚝같지만, 도망치다가 발각되면 오히려 내가 실험 대상이 될 수 있기 때문이다. 내 전용인 작은 방, 그러니까 실험실은 모든 방을 통틀어 유일하게 창문이 있는 곳이다. 그곳으로 날씨를 보고, 전쟁 상황을 보고, 도망치다 발각되는 사람들을 본다. 오늘도 의자에 걸터앉아 그 작은 창문으로 지나가는 구름을 멍하니 응시하고 있었다. 철컥, 하는 소리와 함께 방문이 열리고 수용소장과 어린 아이가 들어왔다.

"새로 들어온 포로야, 번호는 529번이고, 이건 실험 차트."

수용소장은 내게 어린 아이, 그리고 차트를 넘겨주고 냉정하게 가 버렸다. 쾅, 하는 소리와 함께 방문이 닫히고 이 좁은 공간에는 나와 그 아이 둘만 남았다. 아무리 그래도 그렇지, 실험체로 아이를 쓰다니. 아무리 많게 봐도 10살이 채 안 되어 보이는 작고 꾀죄죄한 아이였다. 차트를 보니 남자아이였다.

"저기…."

어색한 적막을 그 아이가 깼다. 잔뜩 겁먹은 얼굴이었다. 아마 무섭겠지, 눈 떠보니 이상한 공간에 와 있고 자신을 이름이 아닌 529번이라고 부르니.

"여기 어디에요?"

뭐라고 대답해야 할지 막막했다. 정확한 이름인 포로수용소라고 하면 애가 겁먹을 거고, 평소 내 생각대로 실험실이라고 해도 겁먹을 게 분명하니 이렇게 말했다.

"전쟁 포로들을 보살펴주는 곳이야."

그 후에 아이가 받을 고통을 생각하니 괜히 거짓말했나, 라는 생각도 들었지만 곧 아이의 얼굴을 보고 생각이 바뀌었다. 다행이라는 표정이었다.

"그럼 저 좀 있으면 집에 갈 수 있어요?"

생각지도 못한 질문이었다. 어, 아마도, 라고 얼버무린 뒤 차트를 보았다. 아이에게 해야 할 실험 목록이 빼곡히 적혀 있었고 끝에는 이번 달까지 모두 끝내라고 작은 글씨로 적혀 있었다. 내용을 보니 이 아이가 받을 고통은 어마어마했다. 같은 실험을 받다 고통에 죽은 성인 포로들도 많았는데, 아이가 이 고통을 견딜 수 있을 것이란 생각은 전혀 들지 않았다.

"얘야, 이름이 뭐니?"

"529번이요?"

"아니, 그거 말고 여기 오기 전에 사람들이 널 뭐라고 불렀는지를 묻는 거야."

"…딱히 없어요. 마을 사람들도 형도 그냥 얘야, 라고 불렀거든요."

"나이는?"

"열한 살이요."

갑자기 내 머릿속에 집에 있던 동생이 생각났다. 내가 집을 나왔을 때 동생이 9살이었으니, 지금은 이 아이랑 같은 11살일 것이다. 그건 그렇고 이곳으로 오기 전의 내 동생과 너무나도 많이 닮았기 때문에 머릿속이 복잡해졌다. 오늘부터 당장 실험을 시작해야 하는데, 아이의 눈을 보니 전혀 시작할 마음이 들지 않았다. 하지만 해야 하는 일이기에 차트를 확인했다. 다행히도 처음 것은 그렇게 큰 고통을 주는 실험이 아니었다. 아이에게 이리 오라고 손짓을 했다. 그리곤 주사를 준비하고 약물을 투여했다. 문득 아이가 '마을 사람들도 형도 그냥 얘야, 라고 불렀거든요.' 라고 한 말이 생각나 물었다.

"형은 아직 고향에 있니?"

"아니요, 2년 전 쯤에 집을 나갔어요."

이 아이는 내 친동생이라고 확신했다. 어쩌다가 이곳에 오게 된 것인지 묻고 싶었지만 왠인지 물어볼 용기가 나지 않았다.

"잠깐 검사하는 것뿐이니까 너무 겁먹지는 마."

아이는 네, 하고 받아들이고 점점 어둑어둑해지는 창밖의 하늘을 바라보았다.

다음날이 되었고, 아이에겐 아무런 이상이 생기지 않았다. 차트에 이상이 없다고 체크했다.

"아저씨,"

"형이라고 해, 나이차이도 별로 안 나니까."

사실 나이차이가 별로 나지 않는다는 것은 이유가 되지 않았다. 그냥 오랜만에 형 소리를 들어보고 싶었던 것뿐이었겠지.

"형, 나 집에 언제 가요?"

아이가 창밖을 응시하며 말했다. 할 수만 있다면 창문 밖의 파란 하늘로 같이 날아가고 싶었다. 같이 도망가고 싶었다. 이곳에서 집으로 가는 길은 이미 알고 있으니, 도망치다가 걸리지만 않으면 고향으로 돌아가서 살 수 있었다. 사실 지난번에 도망치려고 경비병과 CCTV가 없는 쪽을 모두 확인한 적이 있다. 물론 실패했지만, 그래, 생각난 김에 도망칠 수 있게 해 줘야겠다, 라고 생각했다.

"얘, 나가는 길을 알려줄 테니까 잘 들어."

동생의 어깨를 붙잡고 탈출하는 방법을 설명했다. 이 아이가 도주하면 내가 실험체가 된다. 조금은 무서운 사실이었지만 지금은 상관없었다. 동생만이라도 이 무시무시한 실험장을 벗어나 내 몫까지 살아 주었으면 좋겠다.

"자, 이제 빨리 가."

"지금요?"

"지금 아니면 갈 수 없어."

그 말을 마지막으로 동생을 내보냈다. 위험 속에 동생을 보낸다는 것이 조마조마하고 슬펐지만, 곧 창문에 비친 동생이 걸리지 않고 뛰어나가는 것을 보니 마음이 놓였다. 그 순간 수용소장이 문을 벌컥 열고 들어왔다. 그가 둘러보더니 말했다.

"529번 어디 갔나?"

잠시 뜸들이다가 대답했다.

"…놓아주었습니다."

"뭐? 놓아줘? 포로를 놓아주면 어떻게 되는지는 알고 그런 행동을 한 건가?"

그가 소리쳤다. 그리고 즉시 나를 간부에서 포로로 바꾸어 입력했다. 수용소장이 그 자리에서 바로 실험을 준비했다. 그가 약물을 주사에 주입하며 말했다.

"사실 너도 포로였잖아? 살려준 것만으로 고마워해야지 어디 포로를 마음대로 내보내?"

수용소장이 들고 있던 주삿바늘은 그대로 나의 피부에 꽂혔고, 약물이 내 몸 속으로 들어오기 시작했다. 얼마 뒤 모든 약물이 내 몸 속으로 투입되었고, 그 순간 나는 몸이 찢어지는 듯한 고통을 받았다. 나도 버티기 힘든 고통인데, 어린 동생은 약을 투입하자마자 죽었을 수도 있겠다, 라는 생각이 들었다. 도망가기 전의 겁먹은 동생 얼굴이 눈에 비쳤다. 집을 나오기 전의 동생의 얼굴과 겹쳐 보이며 서서히 하나로 합쳐졌다. 창문 밖의 하늘은 여전히 푸른색을 띠고 있었고, 찢어져가는 고통 속에서 나는 그 푸른 하늘로 날아갔다.

색을 볼 수 없는 아이와 모래의 별

성재중학교 3학년 김민성

'색'이라는 것은 무엇일까, 그것은 나로서는 예를 들거나 말할 수 없는 것이었다. 나는 태어나면서부터 색을 구별할 수 없었다. '전색맹', 한마디로, 전부 흑백으로 보인다. 색을 보고, 느끼고, 불은 무슨 색이길래 그리도 정열적이라는 것인지, 바다는 무슨 색이기에 시원하다는 것인지, 나에게는 이런 평범한 사람들의 일상이라는 것이 도무지 다가오지를 않았다.

"그래서, 넌 이번 미술대회에 뭘 그릴 생각이야?"

친구가 물었다.

"글쎄다… 뭘 그릴까?"

우리 미술부에서는 매년 미술대회에 작품을 낸다. 올해로 중3인 나는 이번이 마지막 대회가 될 수도 있다. 내가 색을 볼 수 없어도 그림을 잘 그릴 수 있다는 증거가 필요한 것이다. 그렇지 않아도 반대가 심한데, 이번에 대회에서 입상하지 못하면 집안에서 내 말을 들어주는 이가 아무도 없게 될 테고, 그렇게 되면 나는 꿈을 포기하고 공부만 하다가 흔한 회사에 들어가서 좋지도 않은 일을 억지로 하며 내가 가지 못한 길을 한숨만 쉬며 올려다보아야 한다.

"그보다, 너, 이번에도 그 흑백 그림이냐?"

태어날 때부터 나는 세상을 두 가지 색으로만 봐 왔다. 검정과 하양. 무슨 색이든 내게는 그 두 가지 색 중 하나로만 보였다.

"응, 에베레스트 산이라도 그려볼까…."

"네가 밥 아저씨냐. 흑백이라도 좋으니까 고양이귀 미소녀를 그리는 ㄱ… 커헉."

말도 안 되는 소리를 하는 친구에게 명치를 한 대 후련하게 갈겨주었다.

"아! 왜애! 너 그림 잘 그리잖아!"

"추하다, 성주야. 그리고, 애초에 심사위원들이 그런 걸 봐주겠니."

어렸을 적, 나는 미술에 특별한 재능을 가지고 있다고 꽤나 유명한 아이였다. 하지만, 언제나 나의 그림은 흑백이었다. 나는 물감을 왜 칠해야 하는지조차 알지 못했다. 그 점을 이상하게 여긴 어머니는 나를 병원으로 데리고 갔고 그곳에서 나는 원 모양으로 점이 촘촘하게 찍혀있는 특이한 그림을 받았다. 그리고 나의 미술은 그곳에서 끝났다.

그래도 나는 지금까지의 노력을 버리기 싫었다.

무엇이 그리도 나를 매달리게 만들었을까, 그래도 나는 계속 그림을 그리는 것을 이어나갔다.

그리고 지금까지 왔다.

"뭐라도 먹을래?"

집으로 돌아가던 중 성주가 말을 걸어왔다.

"…그래."

오늘도 마찬가지였다. 미술 대회의 작품 제출 기한은 1달 뒤까지이지만 아직도 무얼 그릴지, 어떻게 그려야할지조차 감이 잡히지 않는다. 심각하다. 좋은 생각이 나질 않는다.

성주가 데려간 곳은 떡볶이 집이었다.

"매운 걸 먹으면! 생각도 잘 나게 될 거야!"

"……."

"민성아, 힘들겠지만 기운 내야지, 색을 칠할 수 있는 방법이라던가, 색 없이도 색 칠한 것보다 더 잘 그릴 수 있는 방법 같은 게 있을 거야!"

"고맙지만 다 시도해봤어. 물감에 써진 대로, 다른 사람들이 말하는 색을 그대로 칠해 보았지만 오히려 안 칠한 것보다 밋밋하다고 그러더라고. 뭐, 그래도 물어봐준 건 고맙다. 아무 말도 없이 먹고만 있기는 또 좀 그러니까."

그렇게 그 대화를 끝으로 계속 먹기만 하다 보니, 떡볶이가 잔뜩 얹혀져 있던 그릇이 텅 비어 하얀 바닥이 보이기 시작했다. 조금 남아있는 소스가 하얀 접시 바닥을 가리고 있는 것을 보니 마치 하늘에 먹구름이 낀 것만 같아서 내 마음도 덩달아 침울해졌다.

성주와 친해지게 된 건 초등학교 때부터였다. 전색맹이란 판정을 받은 나는 부모님에게 꿈을 포기하란 말을 듣고 방황하고 있었다. 그림을 그리지 말라는 말 또한 들었다. 그림을 그리지 말라는 어머니의 말은 절대적이었으나 나는 말을 잘 듣는 아이가 아니었다. 나는 몰래 그림을 그렸다. 하지만 그것 또한 곧

들통이 나서 우리 집에서 참고서와 도서를 제외한 모든 종이가 사라졌다. 초등학생이 종이를 살 돈이 있었을 리가 없었다. 준비물의 핑계, 버스비, 모든 핑계를 다 대어도 어머니는 준비물의 가격까지 꿰뚫고 계셨다. 초등학교에는 미술부 같은 건 당연히 없었다. 그런 나에게 유일하게 그림을 그릴 수 있었던 장소는 놀이터의 모래사장이었다. 모래 위라면 그림을 언제든지 무엇으로든 쉽게 그릴 수 있었고, 쉽게 지울 수 있었다. 내가 그렸다는 증거 또한 남지 않았기에 증거가 남아 어머니께 걸릴 일도 없었다. 그렇게 나는 구석진 곳의, 아무도 오지 않는, 노후된 놀이터의 모래 위에 그림을 그렸다. 하루에도, 아무도 보는 사람 없이 그리고, 또 그렸다. 그러던 중, 성주를 만났다.

"우와, 너 그림 되게 잘 그리는구나!"

"……."

"뭐야, 사람이 물으면 대답을 해야지!"

"……."

"음… 이런 아무도 안 오는 구석진 곳에 혼자서 있는 걸 보니, 너 친구 없구나?"

정곡이었다. 나는 친구가 없었다. 다들 한창 놀러다니기 바쁠 나이인데, 나는 재미없게도 이런 구석진 곳에서 허구한 날 그림만 그리고 있었으니 말이다.

"뭐…! 뭐야…! 아니야! 나 친구 많아!"

"풉… 참 많기도 하겠다."

"그러는 너도 이런 아무도 오지 않는 구석진 곳에 오는 걸 보니, 너도 친구 없는 거 아니야?"

"아… 아니거든요! 저 친구 많은데요…!"

존댓말로 말투가 바뀌어버렸다. 말에 확신이 없는 걸 보니 나 또한 그녀의 약점을 찌른 것 같다.

"하아… 됐다… 방해만 되지 말아줘."

"와! 그럼 봐도 되는 거네! 그럼, 보고 있을게!"

그렇게 말한 이후 그녀는 내 곁에 앉아서 저 멀리 있는 아파트의 그림자가 우리를 덮어버릴 때까지 앉아있었다.

그녀는 일어나서 엉덩이를 두세 번 탁탁 털더니 내게 말했다.

"정말 많이 그렸네! 거기다가 다 잘 그렸어!"

나도 모르게 활짝 웃었다. 색맹 판정을 받기 전에도 온갖 유명한 사람들에게서 무수히 많은 칭찬을 들었지만 오늘 그녀에게서 들은 칭찬이 내게 있어서는 최고의 칭찬이었다. 아무래도 나에게 있어서 최고의 칭찬은 유명한 사람들의 흔해빠진 칭찬보다도 진심어린 순수한 칭찬이었나 보다.

"고마워."

"응?"

"내 그림을 봐주어서… 정말로 고마워."

"고맙기는 뭘, 내가 고마워해야지!"

"아니, 지금까지 내내 혼자서만 그리고 있었거든. 그래서 아무도 봐주는 사람이 없었어. 내가 그림 그리는 걸 이렇게 오래 보고 있던 사람은 네가 처음일 거야."

"음… 그러면 부탁 하나만 해도 돼?

"응! 뭐든지!"

"그림 그리는 법을 배우고 싶어!"

"응?"

"우리 집은 말이지! 가난해서 미술학원을 다닐 돈이 없어! 그런데, 여기 세상 어떤 미술 선생님보다도 더 잘 그리는 사람이 있는데! 어떻게 그냥 지나가!"

"아니… 나는 그 정도까지는 아닌데… 그래도, 나로 괜찮다면. 좋아! 해줄게!"

그 날 이후로 나는 놀이터에서 혼자서 쓸쓸히 그림을 그리지 않아도 되었다. 최고의 관객이 옆에 있었으니까. 그 이후로도, 우리는 계속 그림을 그렸고, 내가 실력이 늘면 성주도 함께 그림 실력이 늘었다. 그리고 지금, 우리는 같은 중학교에 진학해 미술부에 입부했다. 중학교에 들어와서는 그림도 조금 더 자유롭게 그리고 학교에서 그림을 그릴 수 있게 되면서 자연스럽게 친구도 생겼다. 그렇게 해서 지금까지 온 것이다.

오랜만에 그동안 거의 찾아오지 않던 그 놀이터에 왔다. 여기를 매일같이 오던 시절에도 집이랑 워낙 멀어서인지 중학교에 온 뒤에는 한번도 찾아가지 않았다. 오랜만에 찾아온 놀이터는 예전과 다르지 않으면서도 달라 보였다. 모든 것이 너무나도 작았다. 항상 햇빛을 피할 수 있게 해주었던 놀이터 바닥 밑은 이제는 허리를 접혀야만 겨우겨우 들어갈 수 있게 되었고 앉아서 쉬던 놀이터의 나무로 된 발판은 이제는 앉아서 쉬기는커녕 밟고 올라가기도 힘들었다.

오랜만에 놀이터의 모래밭에 그림을 그렸다. 모래로 그림을 그릴 때에는 색을 칠할 필요가 없어서 참 좋았다. 아니, 애초에 칠할 수가 없다.

잠시 생각이 멈춘다. 다시 곰곰이 생각하다 이내 나는 책가방에 모래를 잔뜩 담고 학교를 향해 달렸다. 그렇다. 다른 사람들은 색을 칠할 수 있지만 나는 칠할 수 없기 때문에 내 실력이 밀리는 것이라면 답은 간단하다. 필요한 것은 약간의 생각의 전환이었을 뿐이었다. 내가 칠할 수 없다면 다른 사람들도 칠할 수 없는 그림을 그리면 된다. 그리고 모래로는 아무도 색을 칠할 수 없다. 나는 종이 위에 풀을 바르고 그 위에 모래로 그림을 그리면 되는 것이다.

학교에 도착한 나는 미술실에 달려가 빈 통을 열고 그곳에 내 가방에 잔뜩 담긴 모래를 부었다. 통이 가득 채워지고 가방이 가벼워졌다. 가방에 남은 모래를 툭툭 털고 나니 가슴이 후련해졌다. 더 이상 걱정이 없었다. 이 순간 유일한 걱정이 있다면 아마 내가 모래로 그림을 그린다는 사실을 내일 자고 일어나면 잊어버리지 않을까 하는 걱정일 것이다.

문을 열고 미술실을 나가며 뒤를 돌아보자 모래가 담긴 통이 보였다. 그리고 그 병은 다 저물어가는 주황빛 햇살을 받아 마치, 별처럼 빛나고 있었다.

봉분이 없는 무덤

구일중학교 1학년 김예은

제 1장
첫 만남

2000년대에 들어 우리나라는 도시화 및 정보화 시대로 발전하게 되었다. 도시화 이후 사람들이 도시로 몰려듦에 따라 교육수준도 상향되었다. 1900년대, 아이는 그저 노동력에 불과했지만, 정보화시대를 거쳐 '정보가 힘이다'라는 새로운 시선이 생겼다. 시선의 변함에 따라 아이들에게 사교육, 즉 학원을 보내기 시작했는데, 고학년이 될수록 너도나도 학원에 늦게까지 다니기 시작했다. 나도 어느 순간 부모님의 말씀에 따라 학원에 다니기 시작했는데, 나만 늘 친구들과 반대방향이었다. 뒤를 돌아봐서 친구들이 같이 하교하는 모습을 볼 때마다 마냥 부러웠다. 혼자서 하교한다는 것은 고작 몇 분일지 몰라도 정말 외로운 것이다. 고요하고 마치 이 세상에 나 혼자 있는 느낌이랄까? 나는 그럴 때마다 하늘에 떠 있는 달을 보며 소원을 빌었다. "같이 집에 갈 수 있는 친구가 생기게 해주세요"라고. 하지만, 그 소원은 고등학생인 지금까지 한 번도 이루어지지 않았다. 오후 9시 45분 자연스레 이어폰을 귀에 꽂고 어렸을 때부터 걸어왔던 하교길 "이젠 익숙해." 하지만, 그 순간도 잠시 어떤 생물체가 풀숲에서 튀어나왔다. "아 깜짝아!" 순간 놀라 나도 모르게 소리질렀다. 가로등 아래 위치한 풀숲에서 깜빡거리는 가로등 불에만 의존한 채 조심히 풀숲을 파헤쳐 봤다. 쫑긋 세운 귀, 에메랄드 빛으로 빛나고 있는 눈과 무언가에 베인 듯한 상처들과 길게 늘여진 꼬리. "야옹?" 그게 그녀와 나의 첫 만남이었다.

제 2장
치즈

'뭐야… 엄청 귀엽잖아?' 순간 놀라 소리쳤던 나의 목소리에 의해 그녀는 풀숲으로 다시 사라졌다. "아… 귀여웠는데… 사진 찍어놓을걸." 등불 아래 풀숲에 있었던 그녀의 실루엣을 따라 그려보고 다시 하교길을 걸었다. 그녀는 그날 이후로 보지 못하였다. 그렇게 몇 달이 지나 5월이 된 지금, 나는 그녀를 다시 보았다. 다른 사람들과 같이….

"야 돌 가지고 와봐"

"야 얘 왜 안 움직임?"

"야 피해봐. 피해보라고."

초등학생 5학년 정도 되어 보이는 아이들이 둘러서서 어떤 것을 계속 괴롭히고 있었다.

"야옹…."

어? 이 목소리는? 그녀의 목소리였다. 나는 충동적으로 아이들에게 달려가 밀쳤다.

"야. 누구야."

"헐, 야 고딩 누나야. 고양이 주인인가 봐."

"야 튀어!"

초등학생 애들은 골목으로 달려갔다. 아이들이 떠나고 남겨진 건 내가 몇 달 전에 봤던 그녀였다. 그녀 주변에는 돌멩이들과 나뭇가지들이 널브러져 있었다. 애들이 돌로 그녀를 때렸나 보다.

"애야, 괜찮니?"

쓱

내가 손을 뻗자, 그녀는 다리를 절뚝거리며 나를 할퀴었다.

"아, 안 돼! 뛰어다니면 더 악화된다고!"

나는 그녀를 안고 편의점에 달려가 물, 티슈 등을 사 그녀를 돌보았다. 다리에 묻어있던 혈흔도 없애고 츄르도 사 먹였다.

"어? 목걸이가 있네?"

빨간 줄과 쇠와 구리가 섞여 만들어진 듯한 목걸이에는 '치즈'라고 적혀 있었다.

"치즈?"

"냥?"

어? 대답했다. 주인이 있는 고양이인가? 주인은 어디 간 거지? 혹시 고양이를 잃어버리신 건가? 나는 다시 치즈를 안아 치즈가 있던 풀숲으로 갔다.

"치즈, 주인을 잃어버린 모양이구나. 내가 주인을 찾아줄게. 많이 보고 싶지?"

치즈와 말을 하며 걸어갔다. 다른 사람이 보기에는 혼잣말하는 고등학생처럼 보이겠지만, 난 그 순간이 행복했다.

"자. 도착했다. 그럼 난 이만 가볼게."

"야옹…."

치즈는 그르릉 소리를 내며 나에게 다가왔다.

"이렇게 귀여운 아이인데, 주인은 더 슬프겠지?"

치즈를 다시 풀숲에다가 놓자, 여기 주민인 듯한 아주머니가 소리질렀다.

"어? 학생! 걔 건들지 마!"

"네?"

"어머, 교복이랑 얼굴 좀 봐."

순간 내 교복을 봤다. 치마와 와이셔츠에 치즈의 발자국과 혈흔으로 가득하였다.

"학생, 얘 건들지 마, 얘 주인이 있었는데 버리고 간 거니까."

"버리고 갔다고요?"

"그래. 여기 살던 가족이었는데, 새끼였을 때는 귀엽다고 매일 안고 다녔는데, 지금 봐봐. 포동포동했던 살도 사라지고, 몸집도 커지고 더럽잖아. 이사갈 때 데리고 가기 뭐해서 버리고 간 거지 뭐. 차피 냅둬도 알아서 길가다 죽을 거야. 정 붙이지 말고 어여 가."

아주머니는 그 말을 남긴 채 사라지셨다.

"야옹?"

무슨 일 있냐는 듯 치즈가 쳐다보며 울었다. 치즈한테는 다른 나라 언어를 듣는 거나 마찬가지겠지. 이렇게 귀여운 아이를 그냥 버려버리다니. 사회 시간에 선생님이 잠시 머리 식히라는 듯 나눠주시던 신문에 있었던 '공장식 축산'과 '공장식 강아지'가 생각났다. 공장식 축산은 인간들의 고기를 위해 작은 공간에서 무분별하게 교배시켜 고기를 얻어내는 농장이고, 공장식 강아지는 더 귀엽고 작은 강아지를 얻어내기 위해 수많은 동물들을 교배시킨 다음, 일정수치 이상 크지 못하게 유전학으로 막아 파는 강아지이다. 결론은 인간의 욕구를 위해 동물을 희생시키는 거랑 변함이 없다. 주인에게 자기 자신이나 공장 주인이나 별 다를 바 없다 하면 분명 아니라고 얘기하겠지… 순간 욱해서 눈물이 나왔다. 눈시울이 붉어질 정도로 말이다.

"있잖아 치즈?"

"냐?"

"나 결심했어. 너, 나랑 하교친구하지 않을래?"

사람도 아닌 생명체에게 의미부여하는 내 자신이 한심하지만, 나는… 치즈 곁에 영원히 있고 싶다….

제 3장
마음의 상처

다음날, 치즈를 만나러 갔을 때 치즈의 몸은 다시 멍들과 혈흔으로 가득하였다. 또 아이들이 괴롭혔나 보다. 치즈도 나를 보자 급하게 달려갔다. 사람에 대한 트라우마가 생긴 게 분명하다. 주인에게 버려지고, 아이들에게 폭행을 당했는데, 안 생기는 게 이상하지… 살아가는 데 있어 가장 중요한 것이 있다. 그것은 사회생활, 인간관계 등에 영향을 미치는데, 그걸 흔히 마음이라 한다. 마음을 보호하는 건 '벽'과 '문'이 있는데, 벽이 얇으면 다른 사람에게 마음의 문을 쉽게 열고, 벽이 두꺼우면 다른 사람에게 마음의 문을 쉽게 열지 못한다. 벽이 얇았어도 트라우마, 폭행, 정서불안 등으로 벽이 두꺼워지곤 하는데, 지금 치즈의 마음의 벽은 두꺼울 것이다. 하지만, 나는 치즈가 마음의 문을 열지 않는다고 억지로 벽을 부수지 않을 것이다. 치즈가 문을 열고 나에게 올 때까지 기다릴 것이다. 시간이 오래 걸려도 늘 풀숲에서 치즈를 부르며 있을 것이다. 치즈가 아이들에게 폭행당한 날을 기준으로 몇 주가 지났다. 나는 매일 풀숲에서 치즈를 불렀지만, 눈이나 꼬리를 살며시 보여주기만 하였다.

"이제 그만 갈까…."

"야옹…."

자포자기하고 돌아가려던 찰나, 치즈가 나를 불렀다. 드디어 치즈가 마음의 문을 연 것이다.

제4장
봉분이 없는 무덤

치즈를 만난 지 서너 달이 지났다. 내가 하교길에 가로등 및 풀숲을 지날 때마다 치즈는 앉아서 나를 기다리고 있다. 오늘도 치즈에게 줄 츄르를 가지고 풀숲으로 향한다. 하지만, 도로에 번호판에 혈흔이 묻은 자동차와 가로등 밑에 사람들이 몰려있었다.

"에휴 어쩌면 좋아."

"헐, 피 좀 봐봐."

"이래서 길거리 동물들은 안락사 시켜야 해."

나는 순간 소름끼치는 생각이 뇌리를 스쳤다. 치즈가 로드킬 당했다는 것. 나는 주민들을 뚫고 치즈를 보았다. 치즈는 싸늘하게 누워있었다. 아아… 어제까지만 해도 같이 하교하던 치즈가… 내 눈 앞에서 죽었다. 내 눈앞에서 친구를 보내다니… 충격은 말로 끝나지 않았다.

.

.

.

치즈를 보내고 몇 년이 지나 고등학교 3학년이 되었다. 아직도 길거리에는 사람에 의해 죽은 동물들의 시체들이 많다. 아마 그들도 예전에는 생명이었겠지.

길거리 동물들은 벽돌이나 아스팔트에서 삶을 마감한다. 더 정확히 말하면 따로 주인이 없어서 봉분조차 없는 무덤에서 삶을 마감한다. 그들도 예전에는 주인이 있어 사랑을 받으며 자랐을 텐데… 치즈를 보낸 후 얼마간 나는 치즈 주인이 치즈가 죽었을 때 방관자들, 로드킬한 운전자보다 특별히 나쁘다고 믿었다.

< 한 해 버려지는 유기동물은 약 8만 2000마리로… >
< 자연이 고속도로로 바뀌면서 로드킬당하는 사슴들이 매년 증가 >
< 짧은 시간 안에 많은 고기를 주는 공장식 축산, 이대로 괜찮은가 >
< 작년에 이어 이번년도에도 꾸준히 인기가 많은 컵푸들 >

하지만, 매년 되풀이되는 뉴스를 보며 이상한 건 치즈 주인이 아님을, 우리 모두가 봉분이 없는 무덤 위에 살고 있음을 깨달았다.

어떤 것

송례중학교 1학년 김유준

볼 수 없지만 볼 수 있는 것
만질 수 없지만 느낄 수 있는 것
볼 수도, 만질 수도 없지만 분명히 있는 것

모두를 향해 갈 수 있는 것
모두를 향해 다르게 가는 것
볼 수 없으나 볼 수 있는 것

언젠가는 뜨겁게 부풀어오르는 것
언젠가는 가벼이 날아가버리는 것
만질 수 없으나 느낄 수 있는 것

볼 수 없기에 하는 막말에
상처받는 것
만질 수 없기에 하는 홀대에
상처가 곪는 것
볼 수도 만질 수도 없으나 분명히 있는 것

고마운 너에게

신천중학교 2학년 김정원

아프게 스치고 가는
날이 선 바람에 맞아
꽃이 하늘하늘 떨어진다

바쁘게 스치고 가는
무정한 사람 속에서
잠시 내 곁에 남아 준 너

스쳐진 자국이 아파
꽃잎처럼 힘없이 떨어지려 할 때
따뜻한 바람 불어오는 곳으로 함께
가자 했던 너

친구야
너다워서 고마워
친구야
언제나 고마워

이런 음악회

남서울중학교 2학년 김현주

흠칫하는 어깨 있습니다. 덜덜 떨리는 손가락 있습니다. 거무스름한 손톱 있습니다. 비틀거리는 중심 있습니다. 일렁이는 목소리 있습니다. 자꾸만 달아나려는 박수 있습니다. 시작되는 고요 있습니다. 시작되는 소리 있습니다. 마주치지 못하는 눈과 눈과 눈과 눈 사이의 공허 있습니다. 간질이는 심장 있습니다. 당신이 내게 자주 보이는 뒷모습 있습니다. 죽음을 목도하는 당신의 표정 있습니다. 당신이 무연히 바라보는 악보 있습니다. 작아지지 못하고 자꾸만 자꾸만 커지는 소리 있습니다. 자꾸만 자꾸만 흐려지는 문장 있습니다. 중얼거리는 입술 있습니다. 버석한 마음들 있습니다. 악보에 적어둔 마음들이 녹아내리고 있습니다. 자꾸만 달아나려는 박수 있습니다. 조금씩 조금씩 제자리를 찾아가고 있습니다.

상자인간

경성중학교 2학년 문현석

어느 날 상자인간이 내게로 왔다. 상자를 들고서. 나는 상자가 어떻게 상자를 들 수 있는지 이해가 되지 않았다. 하지만 나는 어떻게 상자를 들 수 있는지 물어보는 대신 왜 상자를 들고 있는지 물었다. 그는 대답하지 않았다. 그가 상자를 내 발 밑에 내려놓았다. 하지만 그는 여전히 상자였다. 그가 상자를 열었다. 상자는 비어 있었다. 사람들은 대부분 두 가지 목적을 위해 상자를 연다. 무언가를 꺼내기 위해서거나 무언가를 넣기 위해서이다.

지금 이 상자에는 아무 것도 없으니 그가 이 상자를 연 것은 무언가를 넣기 위함일 것이다. 그렇다면 무엇을 넣으려 하는 것일까? 그가 손을 들었다. 그의 손은 나를 가리켰고 다음으로 텅 빈 상자 안을 가리켰다. 나는 그것이 무엇을 뜻하는지 알았다. 나는 상자 속으로 걸어 들어갔다. 차례로 왼발, 오른발. 내가 상자에 들어가자 비가 내리기 시작했다. 상자 속에는 물이 차오르기 시작했다. 나는 물에 잠기고 있었지만 전혀 젖지 않았다. 어느 새 나는 물 위로 떠오르기 시작했다. 상자인간이 날 바라보았다.

"나는 진짜 상자가 아니야."

그는 늘 머리에 쓰고 다니던 상자를 벗었다. 나는 드디어 그의 얼굴을 볼 수 있었다. 놀랍게도 그는 나의 얼굴을 가지고 있었다. 나는 당황했지만 최대한 당황하지 않은 척을 하기 위해 노력하며 말했다.

"넌 누구야?"

그러자 그는 녹아내리기 시작했다. 한겨울에 만들어 냉동실에 넣어놓았다가 한여름에 꺼낸 눈사람처럼 급속도로 녹아내리고 있었다. 그의 형체가 알아볼 수 없게 되었을 때 나는 내가 가라앉고 있다는 것을 느꼈다. 나는 상자에서 빠져나오기 위해 허우적거렸지만 가라앉는 것을 부추길 뿐이었다. 나는 점점 더 심해로 내려갔고 심해의 밑바닥에 머리를 박으며 정신을 잃었다.

눈을 떴을 때 난 사막 한가운데 누워 있었다. 내 앞에는 자신의 상자를 손에 든 상자인간이 서 있었다. 그가 나에게 상자를 건네주며 말했다.

"이제 네 차례야."

내가 얼떨결에 상자를 받자 그는 한숨에 재가 되어 하늘로 날아올라 사라졌다. 이제 나는 그의 상자를 든 채 사막에 홀로 서 있다. 나는 그의 상자를 바라보았다. 이제 이 상자는 더 이상 그의 상자가 아니다. 내 상자가 된 것이다. 나는 상자를 열어 모래를 채워 넣었다. 더 이상 아무 것도 넣을 수 없을 만큼. 이제 다음으로 이 상자를 여는 사람은 꺼내기 위해 여는 사람이 될 것이다.

애매한 관계

대원국제중학교 1학년 박수원

0

나는 좋아하는 애가 있다. 그런데 고백데이에 내가 좋아하는 애가 아닌 다른 친구한테 고백을 받았다. 솔직히 그 아이에게 관심도 별로 없었고, 딱히 사귈 마음이 없었다. 근데 고백을 받아주지 않으면 너무 미안한 마음이 들 것 같아서 1주일 동안 고민했다. 내가 제일 친한 친구, 친한 여자애들한테 이 상황을 어떻게 해결해야 할지 물어보았다. 내가 고민했던 가장 큰 이유는 내 친구가 걔를 엄청 좋아했기 때문이다.

1

나는 중학교 1학년 OT때부터 좋아했던 애가 있다. 걔는 잘생기고, 운동도 잘하고, 공부도 꽤 하는 편이다. 내가 가장 반했던 부분은 가끔 심쿵 멘트를 할 때 너무 멋있다는 것이다. 근데 학년 초에 좋아하는 마음을 키우다가 다른 애가 좋아졌다. 솔직히 걔는 인기가 많았고, 나보다 더 예쁜 애들과 예쁜 연애를 하는 모습을 보며 포기했다. 근데 얼마 전부터 얘가 왜 이렇게 신경 쓰이는지…. 어느새 그 아이를 좋아하는 마음이 커져 고백을 해버렸다. 그런데 3일이 지난 지금 아무 답장도 안하고 있다. 심지어 나를 좋아하는 애가 있다며 소개시켜주었다. 역시 난 차인 것 같다.

0

드디어 마음을 정했다. 일단 받아줄 거다. 원래 친했는데 어색해지는 것도, 내가 미안한 마음을 가져야 되는 것도 너무 싫어서 일단 받아줬다. 그래도 싫지는 않으니까 잘 해봐야지. 그래도 내가 지금 좋아하는 애는 포기하지 못할 거 같은데 어떡하지? 심지어 이제 내 여친이 된 애한테 내가 좋아하는 애를 얘기하면서 호들갑 떨었는데 걔가 서운하게 생각하면 어쩌지….

1

내 고백을 받아줬다. 일주일이 지나고 나서 받아줬다. 이게 밀당인가? 아니면 내가 싫었는데 어쩔 수 없이 받아준 건가? 분명 고백을 받아줬는데, 이제 친구가 아니라 여자친구 남자친구인데 왜 더 걱정되고 서운하지? 아, 살면서 처음 커플 되었는데 너무 이상하다. 그래도 커플이 된 이상 최선을 다해야지.

0

날이 갈수록 여친보다 그 애를 향한 마음만 커져간다. 여친이랑은 스킨십, 데이트 한번 안하고 얘기도 잘 안 한다. 근데 하고 싶은 마음도 별로 없다. 애들은 지금 내가 어장 친다고 쓰레기라고 욕한다. 기분은 나쁜데 죄책감은 안 든다. 그냥 이 상황을 끝내고 편하게 내 마음을 드러낼 수 있으면 좋겠다. 지금 내 여친은 어떤 생각을 하고 있을까. 눈치 보이고 불편하다. 차라리 고백을 받아주지 말아야 했나? 오히려 받아줘서 걔나 나나 불편하기만 한 상태가 되었다. 지금 차기도 미안하고, 가지고 논 것 같아서 찰 수도 없다. 매일매일 걱정뿐이다. 이제 어떡해야 하지.

1

오히려 커플이 되고 내 남친은 나를 더 멀리하는 것 같다. 요즈음 매일매일이 힘들고, 괴롭다. 내 남친은 지금 나보다 그 애를 더 좋아하는 것 같다. 그런데 이렇게 어정쩡하고 애매한 관계로 벌써 22일이 되었다. 걔는 나에게 선물을 주지 않았지만 나는 맛있는 것들, 걔가 좋아할 만한 것들을 담아서 주었다. 그리고 편지까지 써서 주었다. 내 남친은 당황스러워 보였고, 창피해 보였다. 그래도 내 선물을 받고 기뻐하는 모습이 너무 귀엽고, 그런 모습에 남친을 싫어할 수가 없었다.

0

나도 모르는 새에 벌써 22일이나 되었다. 내 사물함에는 종이가방이 놓여있었다. 그 종이가방에는 내가 좋아하는 과자들이 있었다. 물론 내 여친이 줬겠지 생각했다. 근데 종이가방에 편지가 들어있었다. 편지가 들어있었기에 설마했다. 하지만 역시 그냥 여친이었다. 그래도 선물을 받으니 기분은 좋았다. 이 선물을 가지고 가기에는 너무나도 컸고, 부끄러운 감정이 있어서 편지만 따로 가지고 갔다. 내 절친은 그냥 당당하게 들고 가라고 했지만 그럴 수 없었다. 왜냐하면 나의 그런 모습을 그 아이가 볼까봐 두려웠다.

1

그날 선물을 받은 후로 관계가 괜찮아졌다. 이제 말도 좀 나누고, 농담도 했다. 그렇지만 스킨십을 해 줄 기미는 전혀 보이지 않았다. 하지만 이제 그런 것은 바라지도 않았다. 그저 얘기도 하고 내 남친으로 잘 있어주는 것. 내 남친으로 있으며 행복한 것이 내 바람이었다. 이렇게 소박한 꿈을 가지게 된 내가 너무 초라했다. 그리고 나를 이렇게 만든 내 남친을 미워해 보려 했다. 그런데 보는 순간 화가 풀리고 용서할 수밖에 없었다. 근데 그날 왜 선물을 들고 가지 않고 학교에 놔두고 갔을까? 궁금했지만 알고 싶지는 않다. 나만 다칠 수도 있으니까….

0

이제 걔도 나한테 충분히 실망한 것 같다. 내가 한 말을 대부분 알게 되었으니까. 내가 헤어지고 싶지만 그러지 못하고 있다고 한 말, 이제 우리는 커플이 아닌 거 같다고 한 말. 모두 알게 되었으니까. 누가 말했는지 아주 자세하게 알고 있는 것 같았다. 이제 끝인 건가. 내가 차기는 미안하니까 차라리 차였으면 좋겠다. 이제 상황이 모두 종료되고, 우리가 사귀기 전으로 다시 돌아오면 좋겠다.

1

요즈음은 내 남친의 절친을 통해서 남친이 한 말, 행동들을 지켜보고 있다. 이제 헤어지고 싶다는 생각을 가지고 있었다. 그리고 칭찬은 내가 아닌 그 애에 대해서만 하였다. 맨날 귀엽다, 똑똑하다, 예쁘다. 이제 나도 반은 포기한 상태다. 그냥 내가 찰까? 아무리 내가 더 좋아한다고 하지만 이건 너무한 거 아닌가? 차라리 나를 이렇게 초라하게 만들 거였음 차라리 고백을 받아주지 말지. 왜 나를 이렇게 초라하고 찌질하게 만들어버리는 거야….

0

이제 차야 될 거 같다. 어쩔 수 없이 일어날 일이었고 여친도 지쳐버렸다. 언제까지 타이틀만 여친 남친으로 지낼 수는 없다. 내 절친에게 도움을 좀 받아야겠다. 내 절친은 바로 내 여친에게 뛰어가 내가 헤어지자고 했다고 했다. 나는 만나기가 두려워 숨어있었고 학원 차가 오자마자 뛰어 들어가 버스를 탔다. 이제 어떡하지? 진짜로 헤어지는 건가? 무서운데.

1

오늘 저녁 안 좋은 소리를 들었다. 이제 헤어져야 한다. 걔 마음도 내 마음도 서로를 향하는 마음은 끝났다. 남친이 나를 피해 숨었다가 어떤 차를 타고 도망친 걸 안다. 이제 끝이다. 전화가 온다. 남친이었던 애의 절친이 전화했다. 나는 너무 황당했고, 어이없고, 짜증나고 온갖 생각이 뒤엉켜 있었다. 전화로 모든 것을 풀 수 있을까? 다시 사귀진 않아도 예전처럼 지낼 수 있을까? 복잡하다. 우리의 관계도 내 생각도. 전화를 받았다. 이제 무슨 얘기를 할까? 또 무슨 얘기가 들려올까?

0

내 절친은 눈치 없이 계속 전화를 해대고 웃는다. 지금 이 상황이 모두 절친 때문이라고 탓하고 있지만, 어차피 일어날 상황을 앞당겨 주었을 뿐 절친의 탓은 아니다. 내 절친은 전 여친에게 전화를 하고, 나에게 물어본다. "전화 바꿔줘도 돼?" 여러 생각이 겹친다. 받으면 난 무슨 얘기를 해야 하지? 걔는 나한테 무슨 이야기를 할까? 걱정이 돼도 엎질러진 물이니 마무리 짓기 위해서 전화를 받는다.

1

전화 건너편으로 원수의 목소리를 들을 수 있었다. 근데 목소리를 듣고 보니 눈에서 땀이 흘렀다. 내 옆에 있던 친구들이 당황해서 위로해주는데 더 슬펐다. 그래도 전화를 받은 이상 진정하고 이야기를 할 수밖에 없었지만 전화를 끊어버렸다. 그리고 전화를 다시 했다. 전 남친은 당황스러운 목소리를 감출 수 없었고, 그 목소리를 듣기에 더 짜증났다. 왜 받아줬는지 지금의 감정을 막 물어보았다. 내가 몰아붙이고 있었지만 너무 미안했고, 무서웠다. 다시는 만나서 이야기할 수 없을까봐 무서웠다.

0

너무 미안했고, 최대한 좋은 방향으로 이끌어보려고 하였다. 하지만 전 여친은 너무 화가 나 있는 상태였다. 그래도 나는 우리가 예전처럼 그냥 친한 친구로 지내자고 했고, 걔도 그걸 원했던 것처럼 급하게 그러자고 동의했다. 그리고 거짓말처럼 옛날처럼 지낼 수 있었다. 아무 관계도 아닌 그냥 친한 친구로 지냈다.

1

우리가 다시 돌아왔으면 하는 마음을 가지고 있었다. 그런데 전 남친이 먼저 제안을 하니 오히려 다행이라고 생각했다. 그렇지만 나중에 생색내려 했지만 너무 미안했고, 걔가 불편해 할 것 같아서 불편해도 예전처럼 행동했다.

0

그런데 지금 생각해보니 내가 좋아하던 아이를 향한 마음은 사라지고 전 여친을 향한 그리움, 사랑만 커져갔다. 그녀를 향해 되돌아가려고 했는데 그녀는 이미 다른 남자와 함께 있었다. 나는 그녀를 놓쳤다.

행운의 학용품

원촌중학교 2학년 박시우

www.charms4schoolstudents.com

이 사이트는 21세기 대한민국의 대학입시 지옥도를 조금 더 생생하게 보여줄 가상의 공간이다. 또한, 내가 운영하고 있는 인터넷 쇼핑몰 <행운의 학용품>이다. 내가 이곳에서 파는 물품들은 일반적인 문구류다. 사천오백 원짜리 샤프, 반 이상이 닳아빠진 지우개, 토끼가 그려진 유치한 디자인의 천 필통……. 이 물건들은 당장 어딘가의 문구점에서 살 수 있을 만큼 흔하고, 서민적인데다가, 무엇보다 중고 상품이다. 하지만 내가 판매하는 상품들은 없어서 못 살 정도로 인기 있다. 앞서 말한 것처럼, 제품의 어딘가가 독특한 게 아니다. 이 물건들의 주인이 뭔가 다른 것이다. 그것들의 주인은 바로 작년 수능 올 1등급을 맞은 학생들, 해외 유학생이나 명문대로 진학한 학생들이다. 전국의 전교 1등의 가방에 담겨 함께 일타강사의 수업을 듣고, 모의고사 답안지의 빈 동그라미 안을 새까맣게 칠해왔으며, 같은 반 아무개들의 부러움 섞인 눈빛을 받은. 한 마디로 말하면 '우등생의 가호를 받은' 특별한 학용품이란 말씀이다.

이쯤 되면 내가 이딴 사이트를 개설한 이유가 궁금해질 거다. 내가 작년 말에 할 일없이 뉴스 기사들을 뒤적거리던 때였다. 스물 넷, 군대를 다녀오고 나서 나는 대뜸 대학교를 자퇴했다. 이유는 없었다. 굳이 찾자면 대학교에서 배우던 모든 것에 흥미가 떨어져 버렸던 탓일까. 아무튼 공식적인 집안의 애물단지가 되어버린 나는 좁은 방안에 틀어박혀서 머리가 아플 때까지 인터넷을 했다. 중간에 졸다가 모니터에 머리를 찧으면 그제야 침대에 누워 열세 시간동안 잠만 잤다. 그래도 꼴에 취업 준비를 한다고 구직 사이트를 들여다보긴 했지만 결국 네이버 메인 화면으로 돌아오곤 했다. 내 인생을 챙기는 것보다 남 인생을 구경하는 게 더 재밌어서였다. 네이버 메인 화면에 크게 뽑힌 광고 하나가 눈에 들어왔다.

<자세가 아이의 성적을 바꿉니다. 자세교정 의자 굿체어>

크게 쓰인 그 문구 옆에는 이상하게 생긴 의자 위에 단정한 여자애가 앉아

방긋 미소를 짓고 있는 사진이 있었다. 손에 올백 시험지를 들고서. 나는 그 광고를 보고 피식 웃고 말았다. 물건이 어떻게 성적을 올린담. 애초에, 저런 걸 누가 사? 웃으며 광고를 클릭한 나는 깜짝 놀랐다. 구매자 수가 만 명을 훌쩍 넘었다. 물건이 성적을 올릴 것이란 믿음, 다시 말해 물건이 누군가의 인생을 바꿀 수 있다는 전혀 논리적이지 못한 믿음은 통했다. 특히 절박한 사람들에게.

뱀처럼 교활한 나는 당장 이걸 써먹어서 자식의 성적을 올려주고 싶어 안달 난 십대 자녀를 둔 부모들의 피를 빨아먹기로 결심했다. 준비물은 혹할 만한 멋진 광고 문구를 생각할 머리와, 판매할 무언가 이다. 그런데, 뭘 팔지? 새벽 세 시, 나는 모니터 앞에서 뿜어져 나오는 블루라이트 섞인 불빛에 의존해 연습장 위에 브레인스토밍을 시작했다.

스톱워치? 책? 노트? 별로, 별로, 별로, 별로. 문득 내 머릿속에 옛날의 기억 한 조각이 떠올랐다. 중학교 2학년 중간고사 첫날에, 어떤 애가 자기가 가져온 컴퓨터용 사인펜을 들고선 동네방네 떠들어댔다. "이거 우리 언니 컴싸다?" 라면서. 반 애들은 어째서인지 다들 우와- 우와- 했다. 한번만 빌려달라는 애도 있었다. 왜 그랬나 싶었는데, 나중에 보니 그 언니란 사람이 고려대학교를 갔단다. 그래. 이거야. 나는 곧장 노트 중앙에 '우등생 소지품' 이라고 휘갈겼다. 그랬다. 이게 내가 행운의 학용품을 개설한 이유다. 그리고 예상하다시피 그 뒤로 내 일은 술술 풀렸다. 반신반의하면서 올린, 서울대 경영학과에 합격한 여고생이 수능 시험 직전까지 썼던 하얀색 샤프가 인터넷 경매가 삼만 원에 팔렸다. 점점 입소문을 타면서 <행운의 학용품>의 방문자 수는 하루가 다르게 늘어났고, 파는 물건, 팔리는 물건의 수도 점점 커져갔다. 중고 학용품을 팔려는, 미래가 창창한 대학생들은 등록금 벌이도 할 수 있고, 나도 나름대로 이익을 챙길 수 있었으니 그야말로 일석이조였다. 하지만 솔직히 말해서, 다 해진 원가 오천 원짜리 필통이 오만 원, 칠만 원이라는 말도 안 되는 가격에 팔리는 걸 보는 게 좀 그렇긴 했다. 하지만 뭐 어쩌겠는가. 이게 내 돈벌인데.

무엇보다. 이런 식의 미신이 잘 먹히는 입시왕국 한국에게 영광을 돌리며, 나는 컴퓨터를 켰다. 바탕화면의 메신저 창에 알림이 와 있었다. 나는 곧장 문자 메시지를 확인했다.

-안녕하세요. 쇼핑몰 제품 관련해서 문의 드립니다. 파란 스티커 붙어있는 컴

싸 아직 남아 있나요?

3시간 전에 신우용이라는 사람에게서 온 문자였다. 특이하게도 프로필 사진과 배경 사진 모두 기본 사진이었다. 파란 스티커 붙은 거. 나는 포장해둔 물건들을 뒤적거리다가 제법 안쪽에 파묻혀있던 것을 찾았다. -네. 아직 안 나갔습니다. 답장을 보냈다.

보낸 지 약 3초밖에 안 된 것 같은데 답신이 도착했다.

-택배로 보내주실 수 있나요? 중요한 일이에요.

-괜찮습니다. 주소 알려주실래요?

-서울시 XX구 XX동 00아파트. 131동 408호입니다.

-와. 같은 동네네요. 거기 큰 공원에서 직거래하는 게 나을 것 같은데.

-그 편이 나을 것 같네요. 내일 낮 2시에 공원 입구에서 만나요.

다음 날, 나는 작은 박스 안에 물건을 넣고 공원으로 나갔다. 늦가을의 선선한 바람이 불어왔고, 하늘은 파랗고 맑았다. 나는 공원 벤치에 앉아 신우용을 기다렸다. 그리고 2시 10분, 10분 늦게 도착한 신우용은 회색 후드 티와 추리닝 바지를 입고 있었다. 뿔테 안경을 낀 그의 얼굴은 아무리 많아야 중 2로 보일 만큼 앳되었지만 약간 비뚤어진 자세와 살면서 미소를 지어본 적이 두세 번밖에 없어 보이는 굳은 표정이 그가 마냥 철없는 애가 아니라는 것을 보여주는 듯했다. 그는 나에게 손에 들려있던 아이스크림 하나를 건넸다. “늦어서 죄송……이거 하나 드세요.”

“고마워요, 여기 부탁한 거 있어요.” 나는 신우용에게 컴퓨터용 사인펜이 든 박스를 쥐어 주었다. 그러자 그도 후드 주머니에서 돈 오천 원을 꺼냈다.

내가 돈을 챙기자 신우용은 또 다른 아이스크림 봉지를 뜯으며 벤치에 털썩 앉았다.

“학생인 것 같은데 오늘 학교 안 가요?” 내가 물었다.

“예, 며칠 전에 제 형이 죽어가지고, 학교 일주일 안 나가도 된대서요.” 그는 무서울 정도로 덤덤하게 말했다. 신우용은 박스를 뜯어 안에 들어있던 컴퓨터용 사인펜을 손에 들고 이리저리 돌려봤다.

“이거 우리 형이 썼던 거예요. 누가 자살한 사람 펜을 쓰고 싶겠어요?” 퉁명스럽게 말을 뱉어낸 그는 말을 마치자마자 무례한 농담이라도 한 것 마냥 자기 입을 가렸다. "아 씨, 엄마가 이 말 하지 말라고 했는데……."

그리고는 체념한 듯 다른 손에 들린 아이스크림을 한 입 베어 물었다. 나는 멍하니 그걸 지켜볼 수밖에 없었다. 그는 아이스크림을 씹으면서 말했다.

"형이 엄청 좋은 치대 갔어요. 근데 대학 가고 몇 달 후에 자기가 직접……. 뭐, 예." 나는 난감함과 착잡함이 섞인 표정을 보는 것이 괴로워진 나머지 최대한 가볍게 물었다. "왜?"

"나도 몰라요. 형 친구들도요. 그런데 조금 예상은 가요. 형은 치대에 다니고 싶지는 않지만 별다른 하고 싶은 게 없어서 그랬을 거예요, 아마."

나는 신우용이 건넨 아이스크림이 손 안에서 서서히 녹아내리는 것을 느끼며 그 형의 이미지를 머릿속에 그려봤다. 어느 명문대의 넓고 깨끗한 강의실에 앉아, 이론 수업을 듣고 필기를 하면서 의무와 벗어나고 싶다는 욕구가 동시에 용솟음치는 기묘한 감정을 느끼고 있는, 평범하고, 불안한 대학생. 쿡 찌르면 땅바닥에 삐거덕거리며 쓰러지거나 혹은, 갑자기 큰 소리로 비명을 지를 법한 아슬아슬한 예비 사회인을.

그러거나 말거나, 서울 하늘은 오늘도 너무나 맑았다.

연필을 집어 들었다

마곡중학교 1학년 박예슬

연필을 집어 들었다. 그리고는 딱딱하고 차가운 연필을 손가락 사이에서 대여섯 번 정도 빠르게 돌렸다. 하지만 이내 무기력감이 찾아와 내 머릿속을 백지로 만들고 의식을 점령했다. 내 두뇌가 마치 먼지가 잔뜩 낀 유리창처럼 느껴졌다. 연필 돌리기를 멈추고 책상 위에 엎드렸다. 아무것도 하고 싶지 않다. 몇 초 뒤, 무거운 고개를 살짝 들자 탁한 황갈색의 책상 위에 연필을 느슨히 쥔 채로 힘없이 늘어져 있는 팔이 시야에 들어왔다. 자괴감이 밀물 때의 파도처럼 밀려들었다.

정신 차려 나야, 할 게 산더미처럼 쌓여 있는데 뭘 하고 있는 거야.

속이 답답했다. 나는 숨이 턱턱 막혀오는 이 막막함을 표현할 적당한 형용사를 찾아 머릿속의 단어사전을 열심히 뒤져보았지만 이내 포기했다. 그리고는 다시 미끄러지듯 허리를 숙이며 팔을 앞으로 뻗고 책상과 두 팔 사이에 만들어진 얕은 공간에 얼굴을 파묻었다. 방 안의 공기는 무겁고 축축했다. 금방이라도 허공에서 습기가 뭉쳐 만들어진 물방울이 떨어질 것만 같은 착각이 들었다. 창밖으로는 비가 추적추적 기분 나쁘게 내리고 있었다. 올 거면 제대로 시원하게 오고, 안 올 거면 그냥 아무 일 없었다는 듯이 뚝 그치든가. 왜 저렇게 애매하게 내린담.

몇 분간 아무 생각 없이 책상 위에 멍 때리며 엎드려 있던 나는 이내 나무늘보를 연상시키는 느린 동작으로 고개를 들었다. 그리고는 책상 위에 늘어져 있었던 팔을 움직여 옷매무새를 정리한 뒤에 어둠에 잠겨 있던 두 눈이 전등에서 내리쬐는 인공적인 빛에 적응하도록 두어 번 눈을 깜빡였다. 허리를 쭉 피니 관절에서 뚜두둑 하는 소리가 났다. 나도 예상치 못했던 선명한 소리에 살짝 놀란 가슴을 이내 안심시키고 나서 안면 위로 흘러내린 다갈색 머리카락을 귀 뒤로 넘겼다. 잠을 잔 것도 아니었는데, 책상 위에 엎드려 있다가 일어나니 마치 깊은 숙면을 취한 뒤 비몽사몽간에 일어난 것처럼 몽롱한 기분이 들었다. 의식이 반쯤은 잠의 바다에 잠겨 있는 기분이랄까. 졸리다.

여기까지 생각이 미치자 갑자기 나 자신에게 어이가 없어져서 나도 모르게 너털웃음이 입술을 비집고 새어나왔다. 하, 나도 참 멍청하지. 불과 한 시간 전까지만 해도 '오늘은 이 문제집을 다 풀고, 내일은 이걸 다 끝내고, 모레에는 오답 수정까지 해서 이 골치 아픈 숙제를 빨리 끝내 버려야지' 하면서 속으로 다짐하고 있었을 터였다. 내 기억이 틀리지 않았다면 이번 주에는 반드시 숙제를 제때 끝내기로 나 자신과 새끼손가락 걸고 약속하고 엄지손가락으로 도장 찍고 마음속으로 서약서까지 작성한 다음 복사해서 출력까지 했을 텐데 말이다. 그런데 지금은 이렇게 무척추동물마냥 책상 위에 늘어져서 흐느적대고 쉴 궁리만 하고 있지. 하하하하.

스스로 나 자신을 비웃어주었다. 하지만 각성은 전혀 되지 않았다. 문득 글이 쓰고 싶다는 생각이 갑작스레 머릿속에 찾아왔다. 아니, 어쩌면 그냥 쉬고 싶다는 생각이 든 것이었지만 그 나태한 생각을 '글쓰기'라는 내 취미생활 중 하나로 포장해버린 것일 수도 있었다. 내가 게으름 부리고 있다는 것을 인정하고 싶지 않아서, 적어도 내 할 일은 하고 있다는 언제 무너질지 모를 티끌 같은 마지막 자존심을 지키기 위해서 조그맣게 발악하는 것이랄까. 그래, 나는 분명 할 일이 산처럼 쌓여 있었다. 하지만 동시에 쉬고 싶다는 마음도 하늘을 찌를 듯했다. 공부해야 한다는 학생의 의무와 휴식을 취하고 싶다는 본능이 충돌했다. 머릿속에서 의무와 본능이 티격태격 열심히 다투는 동안 정작 내 몸뚱이는 아무것도 하지 않았다. 그러다가 이내 뚜렷하던 눈의 초점이 흐릿해지며 동공은 점점 풀어졌고, 활기차던 심장 박동은 느려졌다. 연필을 잡고 있던 손의 힘이 풀리며 스르르, 연필은 내 손아귀에서 빠져나와 책상 위에 자리를 잡았다. 눈꺼풀이 무겁다. 아무래도 본능이 조금 더 우세한 것 같다. 자면…… 안…… 되는……데……. 눈꺼풀이 사르르, 봄바람에 날려 허공에서 바닥으로 가라앉는 벚꽃잎처럼 살포시 내려앉았다.

얼마나 지났을까. 갑자기 정신이 번쩍 들었다. 의무감이 본능에게 한 방 먹인 듯했다. 나는 몇 번 눈을 깜빡이다가 의자에서 일어났다. 잠의 바다에서 가까스로 빠져나온 탓에 온몸이 노곤하고 무거웠다. 나는 휘청거리는 두 다리를 애써 움직이며 창가로 걸어갔다. 아직도 꿈속에 들어가 있는 듯한 기분이었다.

아직도 비가 조금씩 내리며 땅을 계속해서 적시고 있었다. 나는 잠시 동안 빗방울이 창문을 때리는 불규칙적이지만 경쾌한 소리에 집중해 보았다. 그리고는 창유리를 타고 아래로, 아래로 흘러내려가는 맑은 빗방울에 시선을 두었다. 빠르게 흘러내려가는 물방울이 있는가 하면 느릿느릿하게 흘러내리는 물방울도 있었다. 나는 눈을 비비고 팔을 뻗어 창문 손잡이를 잡았다. 방금 잠에서 깨어난 탓에 팔에 힘을 주기가 어려웠지만, 애써 손잡이를 당겨 창문을 열었다. 창문에 틈이 생김과 동시에 차고 눅눅한 공기가 안면을 강타했다. 잠이 깨고 정신이 확 들었다. 서늘한 공기가 순식간에 코로 들어와 기도를 지나서 폐를 채웠다. 뼛속까지 싸해지는 기분에 나는 몸을 짧게 부르르 떨었다.

문득 글쓰기 숙제가 있었다는 사실이 떠올랐다. 한동안 새카맣게 잊고 있었던 것이다. 나는 황급히 의자로 돌아와 책상 앞에 자리를 잡았다. 해야 할 일이 하나 더 생겼다는 사실이 내 어깨를 무겁게 짓눌렀다. 앞길이 막막했지만 하는 수 없었다. 시간상 먼저 글을 쓴 다음에 문제집을 풀어야 했다. 나는 턱을 괴고 글감을 찾아 머릿속을 헤집기 시작했다. 몇 분간 고심한 끝에 첫 문장으로 쓸 간단명료한 문구를 하나 생각해낼 수 있었다. 나는 그 문장을 새하얀 연습장 위에 흐트러진 글씨체로 빠르게 날려 썼다.

'연필을 집어 들었다.'

이 문장이 문단이 되고, 마침내 한 편의 글이 될 수 있을지는 나도 확신하지 못한다. 하지만 아마 그렇게 될 것이다. 왜냐하면 지금 당신이 이 글을 읽고 있기 때문이다.

A sweet voice

양강중학교 2학년 박정서

눈앞에는 하얀 빛이 춤을 추고 있었고 그것을 가만히 지켜보고 있었다. 이내 그 하얀 빛이 커지며 주위가 점점 하얗게 변하기 시작하였고 몸이 붕 떠있는 느낌이 들었다. 꿈인 것을 감지하고 꿈에서 깨어나려 하였지만 몸이 움직이지 않았고 그럴수록 더욱 몸이 붕 떴다.

어쩔 수 없이 몸이 떠오르는 대로 눈을 감고 가만히 누워있으니 들리는 새소리와 호수의 물소리.

눈을 뜨니 나는 싱그러운 풀잎들 위에 누워있었다. 하늘은 구름 한 점 없이 맑았고 햇빛은 뜨거웠다. 배가 고파, 자리에서 벌떡 일어났다. 저 멀리 보이는 도로를 향하여 걸어갔고 그곳 주변에 위치하여 있는 편의점에 들어갔다. 그러자 그곳에 있는 직원이 나를 향해 말하였다. "배고프신가 봐요. 이거 하나 드세요." 그리고는 유통기한이 지난 것이라며 나에게 삼각김밥을 쥐어주었다. 배고픈 건 어떻게 알았지.

그러자 나는 "아니에요, 제가 사 먹을게요."라고 말하며 주머니를 만졌다. 그러자, 지금 나에게는 돈이 한 푼도 없다는 것을 알게 되었다. 또, 지금 나의 옷은 무척이나 더러워져 있었다는 것을 알게 되었다. 그 모습을 본, 그 사람이 말하였다. "그냥 드세요. 어차피 유통기한 지난 것이니까 괜찮아요." "…감사합니다."라는 나의 말을 끝으로 편의점에서 나오려고 하였다. 그때, "저기…! 괜찮으시면 우리 친구할래요?"라는 아까 그 사람의 말. 대화도 얼마 하지 않았는데 친구로 지내자는 그 사람의 말이 이해가 안 되었다. "죄송합니다."라는 말을 하고는 편의점 밖으로 나왔다.

그러자 햇빛은 더욱 강렬해져 있었고 쉴새없이 나의 앞을 바쁘게 지나가는 사람들과 나의 볼에 흘러내리는 땀들 때문이라고 하고 싶을 만큼, 나의 마음은 점점 우울해지기 시작하였다. 여기가 어딘지, 나는 누구인지조차 알지 못하였다. 너무 힘들어 근처 벤치에 앉으려 벤치를 찾아 헤맸다. 그때, "저기요."라는 목소리가 들렸다. 아까 그 사람이었다. 옷 갈아입었네. 그 사람의 옷은 멋있었고 지나가기만 해도 이목을 집중시킬 조각 같은 외모를 갖고 있었다는 것을 이제야 알았다. 덥고 힘들어, 짜증이 났지만 참고 말하였다. "네? 왜요. 더워서 쉬고 싶으니까 더 이상 부르지 말아주세요." 그러자 그 사람이 말하였다. "더우신가요, 카페 가실래요? 시원하게 마실 거라도 하나 사드릴게요." 그 말에 나는 홀린 듯 그 사람과 시원한 카페 안으로 들어갔고, 상쾌한 기분으로 대화를 하다 보니 우리 둘은 통하는 것이 많다는 것을 알게 되었다. 그리고 그 사람 이름은 임태한이라는 것도 알게 되었다.

"다음에 또 봐요. 갈게요."라는 말과 함께 그 사람은 사라졌고 그와 동시에 나는 자리에서 벌떡 일어났다. "아 역시 꿈이었네." 머리가 지끈지끈거렸다. 그래서 다시 자리에 누우니, 울리는 전화벨 소리. 귀찮은 목소리로 전화를 받았다. "여보세요." "엉, 너 지금 뭐하냐." "자고 있었음" "너 학교 안 올 거야? 오늘 너 발표하는 날이잖아." 아 맞다, 오늘 자료조사 한 거 내가 발표하는 날인데… 망했다. 서둘러 전화를 끊고 급하게 나갈 준비를 하였다. 그리고는 학교를 향해 뛰었다. 툭- 뛰어가는 도중 누군가와 부딪혔고 "죄송합니다."라는 말을 하며 늦은 학교를 향해 뛰어가려 하였다. 그때, 나의 귓가에 그 사람이 속삭이며 지나갔다. "꿈에서 봐요." 순간 온몸에 소름이 돋았고 뒤를 돌아보니 아무도 없었다. 역시 헛것이 보이는 것일까. 늦은 학교나 빨리 가야지.

* * *

열심히 뛰어간 것 때문일까, 발표는 성공적으로 마무리하였다. 수업이 끝난 후, 피곤한 몸을 이끌고 집으로 돌아왔다. 소파에 잠깐 누워있었던 것뿐인데 잠에 들었다. 또 헛것이 보이기 시작한다. 이번에는 그 임태한 이라는 사람이 소파에 누워있는 나를 빤히 쳐다보고 있었다. 역시 몸을 움직일 수 없었다. 가위에 눌린 건가. 하지만 가위에 눌린 때에는 귀신이 보이는 것 아닌가. 귀신이라기에는 못 믿을 것 같은 이 사람이 보이는데, 이것은 무엇일까.

그 사람이 입을 열었다. "여주야, 나 기억해?" 기억 못 한다고, 난 너 누군지도 잘 모른다고 말을 하고 싶었지만 입이 움직이지 않았다. "너 지금 말 못하는 거 알아. 대답 안 해도 되니까 나만 말할게. 너는 나를 잊었을지 몰라도 나는 너를 기억해. 네가 너무 보고 싶었어. 이렇게라도 네가 내 곁에 있었으면 좋겠어." 한참동안 침묵이 흘렀다.

"…너도 이리로 와."

그리고 나는 깨어날 수 없는 꿈 속으로 잠들어버렸다.

목욕

서일중학교 1학년 박준호

하루의 삶을 끝내고
목욕물에 몸을 담근다

그 순간
내 모든 피로와 고단함이 먼지가 되어 사라진다

그 따뜻함이
별 거 아닌 따뜻함이 내 하루의 고단함을 모두 날려주었다.

목욕물이 내 몸을 파고들 때
나는 다짐한다, 그리고 생각한다.

나도 누군가에게 목욕물처럼 따뜻한 사람이 되고 싶다
나도 누군가에게 목욕물처럼 따뜻한 사람일 것이다.

나는 적어도 누군가의 고단함을 없애주는 사람이 되고 싶다.
아니, 그럴 것이라 믿는다.

23

성보중학교 3학년 방채환

안녕하세요, 저는 바지입니다. 성이 '바', 이름이 '지'냐고요? 설마 그럴 리가 있겠어요. 풀네임은 좀 긴데요, '하이라이즈 스키니 핏 크롭 워시드 데님 23'이에요. 간단하게 23이라고 불러주세요. 제가 걸려 있는 매대에 같은 숫자를 가진 친구는 아무도 없으니까 이름이 겹치는 일은 없을 거예요.

전 지금 매우 설레요. 절 데려가 줄 수도 있는 사람이 가까이 왔거든요. 여기에 있으면 똑같이 생긴 친구들만 있어서 지루하고, 저희 특유의 석유 냄새와 쿰쿰한 곰팡이 냄새 때문에 고통스러워요. 가끔 이곳에서 나갔다가 돌아오는 선배들은 모두 바깥이 여기와 비교도 되지 않을 만큼 즐겁고, 향기롭고, 밝고, 행복하고, 또 북적북적한 곳이라고 했어요. 제 일생의 소원은 바깥세상으로 나가는 것이었어요. 물론 여기 있는 모두가 그렇겠지만요.

"호호, 고객님. 선물하시나 봐요."

"아뇨, 제가 입을 건데요."

누군가에게 들려지는 느낌이 났어요. 제가 낙점되었나 보네요. 기대되는 마음으로 주인님을 바라봤어요.

"네? 음… 그러면 좀 작지 않을까요? 좀 더 큰 치수도 있어요."

"이걸로 한다고요."

생각했었던 주인님과 괴리가 있는 모습에 제 안위가 살짝 걱정되기 시작했어요. 아까까진 설렜지만요. 주인님의 배, 허벅지, 종아리는 제 안에 들어가기에는 많이 푸짐했어요. 곧 떨어져 나갈 단추에게 인사해야겠어요. 심지어 주인님에게서는 원래 있던 곳보다 더한 악취가 났어요. 주인님은 직원의 만류에도 기어코 계산했어요. 어두운 앞날이 어른거려요. 다시 돌아올 각오를 해야겠군요. 전 깜깜한 쇼핑백에 담겨 어딘가로 이동했어요.

"계산이요."

어라, 동지가 생겼네요. 파운데이션이라는 친구래요. 듣자 하니 얼굴을 하얗게 하는 화장품인 것 같아요. 걔의 뒷면에는 '17호'라고 적혀 있으니 그렇게 불러야겠어요. 17호는 걱정해요. 자기가 화장대 맨 뒷구석에 처박힌 애물단지가 될 것 같다나요. 제가 보기에도 17호의 색은 주인님의 피부색과 많이 차이나요. 우린 서로의 암담한 미래에 대해 위로의 말을 나누었어요. 그래도 넌 좀 더 낫겠지, 라면서요. 기대했던 밝은 세상은 검은 쇼핑백에 가려 보이지 않았어요. 쇼핑백이 마구 흔들려서 구역질이 났어요.

곧 주인님의 집에 도착했어요. 좁은 한 칸짜리 방이었어요. 부모님과 함께 살지 않는 걸까요? 그곳은 다이어트 식품 상자와 운동기구, 다 먹은 배달음식 그릇, 컵라면, 옷, 화장품 따위로 발 디딜 틈 없이 어질러져 있었어요. 서로 전혀 어울리지 않아 이질감이 있지만, 오히려 그래서 더 지저분해 보여요. 저도 저 풍경의 일부분이 되는 걸까요? 저는 갑갑했던 쇼핑백만 벗겨진 채로 아무렇게나 던져졌어요. 17호의 행방은 알 수 없었어요. 주인님은 퀴퀴한 냄새가 나는 이불을 대충 펼쳐서 그 위에 누웠어요. 그리곤 핸드폰을 켜서 그 위로 무심하게 손가락을 놀리다가 돌연 자기의 배-라기 보다는 뱃살이라는 표현이 정확하겠으나-와 핸드폰 액정을 번갈아 쳐다보곤 푹 한숨을 쉬었어요. 그러다가 벌떡 일어나 체중계 쪽으로 가서 그 위에 한 발을 올려놓았어요. 곧 고개를 절레절레 저으며 내려와 다시 누웠지만요. 그 과정은 좀 추하긴 했지만 웃겼어요. 빈둥대기를 한참, 갑자기 문을 여는 소리가 울렸어요. 주인님은 깜짝 놀라서 팔을 휘저으며 엉거주춤한 자세로 섰어요.

"어, 엄마…."

"아우, 이놈의 계집애! 집이 돼지우리야, 아주. 이건 또 뭐야."

주인님의 어머님이라는 분은 다리를 휘저어 절 마구 밟았어요. 살살 다뤄줬으면 하지만, 입이 없으니 전할 길은 없었어요. 반품이라는 좋은 방법을 꼭 알려주고 싶어요. 어머님은 저를 거칠게 잡아올려 이름표를 살펴보다가, 어째선지 못마땅한 표정이 되었어요. 그리고 절 패대기치셨어요. 이런, 더 구석으로 이동하게 됐군요. 먼지가 묻어서 찝찝해요.

"어쭈, 허리가 23? 네가 구십 살이 될 때까지, 아니, 죽을 때까지 이건 못 입을 거다."

"무슨 말을 그렇게 해! 나 다이어트 한다니까! 빨리 나가!"

"살 뺀다는 년이 컵라면을 처먹어?"

어머님은 손가락으로 방의 구석을 가리켰어요. 그곳엔 오늘 외출 전까지 오랜 기간 바깥에 나가지 않았던 것을 증명하는, 다 먹은 라면 컵들이 쌓여 있었어요. 그런데 모순적이게도 그 옆엔 다이어트 식품 상자가 쌓여 있었어요. 뜯지 않았거나 아주 많이 남은 것들이었어요. 또, 아직 조립하지 않은 운동기구들도 있었어요. 주인님의 살에 파묻힌 작은 눈에서 턱까지 물방울이 흘러내렸어요. 전 주인님이 우는 이유를 짐작할 수 없었어요.

"왜 울어, 울기는! 어서 방이나 치워!"

말씀과 달리 어머님이 직접 쓰레기들을 봉지에 담았어요. 왜인지 어머님의 눈시울도 붉어졌어요. 두 사람 사이에는 한참 동안 대화가 없었어요. 저는 그냥 널브러져 있었어요. 주인님이 절 원래 있던 곳에 돌려놓기 전까진 제 쓸모가 없을 것 같아서요.

"버려! 입지도 못할 거, 바르지도 못할 거 왜 샀어."

"입을 수 있어! 충분히 들어가!"

투두둑- 툭 뿌지직-

단추가 튕겨 나갔어요. 저에게 신경이 없는 것은 하늘이 제게 준 유일한 축복이에요. 두둑, 하고 어딘가 망가지는 소리도 났어요. 반품되긴 글렀구나 싶어요. 꿋꿋이 절 다리에 끼워 넣으려는 주인님의 근성이 대단해요. 다만, 주인님이 왜 저를 고집했는지는 도무지 이해할 수 없어요. 저와 똑같이 생긴 더 큰 바지들도 많았는데 말이지요.

사람들은 모두 자기보다 작은 치수의 옷을 입고, 더 하얀 피부를 가지고 싶어 하는 걸까요? 전 인간이 아니라서 잘은 모르겠어요. 하지만 조금 피곤할 것 같다고는 생각해요. 어쩌면 못된 사람들이 주인님에게 날씬한 체형과 흰 피부를 강요하는지도 모르죠. 다들 그런 것을 좋아하니까 나도 거기에 맞춰야지, 하는 것일 수도 있어요. 만약 그렇다면 주인님이 좀 불쌍하다고 생각해요. 자신이 진짜 어떻게 하고 싶은지 알지 못하는 거잖아요. 주인님뿐만이 아니라 바깥의 모든 이들이 그럴지도 몰라요. 주인님이 닮고 싶어한, 마르고 피부 하얀 사람들도 그렇게 눈치를 볼지도 몰라요. 아름다움의 기준은 각자 다를 수 있는 것 아니었나요? 꼭 세상이 정한 것에 자신을 끼워 넣어야 하는 거였나요? 만약 그렇다면, 바깥세상은 제 생각보다 별로네요. 원래 있던 매대와 비교도 되지 않을 만큼 즐겹고, 향기롭고, 밝고, 행복하진 않은 곳이었어요.

"쯧쯧, 그러게 뭐하러 터무니없는 사이즈를 골라서는."

"그래, 안 맞는 거 아니까 그만 좀 얘기해. 나도 처음에는 별다른 생각 없었어. 체중이 좀 늘었구나, 먹는 양을 좀 줄여야겠다, 했지. 근데, 난 도저히 쟤 뚱뚱한 것 좀 보라고 수군대는 걸 견딜 수가 없었어. 밖에 나가기가 무서웠어. 학교에서도, 길거리에서도, 심지어는 혼자서 영화관에 가도 그러니까! 그냥, 살이 더럽게 안 빠져서 바지라도 제일 작은 걸 사 보고 싶었다고. 이제 됐어?"

아, 이제 알겠어요. 주인님은 제게 집착할 수밖에 없었던 거예요.

전 다시 패대기쳐졌어요. 이번엔 주인님의 손으로요. 단추는 어디 있는지 모르겠어요. 터진 실밥이 나풀거려요. 지퍼는 어딘가 어긋난 듯 어정쩡해요. 17호는 어딘가의 구석에 날아가 처박혔어요.

어머님은 말없이 집을 나가셨고, 전 다시 아까처럼 널브러졌어요. 주인님은 눈물을 닦고 텔레비전을 켰어요. 프로그램에서는 뚱뚱한 개그맨들을 우스꽝스럽게 묘사하고 있었어요. 왠지 기분이 나빴어요. 주인님도 저와 비슷한 기분이었는지 리모컨 버튼을 다시 눌렀어요. 채널이 바뀐 화면에서는 마르고 예쁜 여자 아이돌이 춤을 추고 있었어요. 주인님은 그 춤을 따라 췄어요. 아주 작은 손짓으로요.

밤의 꼬리

성내중학교 1학년 성소윤

오늘따라 비가 세차게 몰아치었다. 마치 니오베의 눈물*처럼 둔탁히. 목덜미를 스쳐 등골 사이로 비가 흘러내렸다. 운동화라도 신고 올 걸. 검정 우산을 든 나는 대로변 한 가운데서 고개를 숙이고 발밑을 내려다보았다. 새하얘진 발가락과 슬리퍼의 밑창. 그리고 하수구에서 밀려나온 물들은 내 발을 집어 삼킬 마냥 덤벼들고 있었다. 저기에 뭐라도 있는 것인가. 비가 많이 오다보니 시덥잖은 물소리도 천둥과 같았다. 물은 불어나고 불어나 사람들의 무릎을 덮었다. 모두 검은 우산을 쓰고 물 사이를 가른다. 인어 같은 다리의 움직임. 폭우에도 도시에 바다가 생기던가. 이 물음에는 그냥 넘어가려 한다. 뭐, 그럴 수도 있지. 어느새 물은 턱밑까지 차올라 구역구역 내 입속으로 들어온다. 마치 빈 공간을 채우듯이 입속으로 몰아친다. 바다가 되어버린 밤의 거리는 어둡다. 오직 하나의 가로등만이 비에 가려 희미한 빛을 내뿜는다. 검은 우산의 개수도 불어나고, 물도 불어나 사람들을 집어삼킨다. 수면에 남은 건 검은 우산 꼭대기뿐이다. 족히 오십개는 넘어 보인다.

퐁.

퐁.

퐁.

물수제비를 뜨는 듯한 청량한 소리.

칙칙한 우산사이를 가르고 노란빛이 감돈다.

발 아래를 내려다보니 시원한 느낌과 부드러운 감촉이 사람들을 감싼다. 인어의 꼬리.

그것은 분명 인어의 꼬리였다. 이제 모든 사람들이 오색찬란한 꼬리로 밤의 거리를 밝힌다. 암담하던 앞길에, 타들어갈 듯이 붉고 노란 빛깔이 자리잡고 밝힌다. 다행이다, 하고 숨을 돌리는 사이에 사람들의 몸은 붕, 하고 떠오른다. 검은 우산을 들고 인어의 몸을 한 사람들이 아득해진 밤하늘을 달린다.

이젠 쏟아지는 비마저 몸의 일부가 되는 느낌이다.

나도 날아 올라야지, 저들과 함께 빛나야지. 알 수 없는 황홀감과 빛나는 그 경치에 비인지 눈물인지, 뜨거운 액체가 왈칵, 쏟아져 입술을 적신다. 하지만 이내 나는 변하지 않았다.

그리고 비가 멎는다. 그 순간 암흑이 찾아오고 나는 고개를 숙이고 발밑을 내려다본다. 족히 50마리는 되어 보이는 물고기가, 해괴하게 생긴 꼬리와 빛도 나지 않는 비늘을 달고서 검은 무언가를 들고 하수구에서 밀려나온 물들과 힘겹게 겨룬다. 망측하다, 역겹다. 하지만 나는 아직 검은 우산을 든 사람이다.

이상할 정도로 고요한 밤의 거리이다.

* 니오베의 눈물 : 그리스 로마 신화에 나오는 어머니 니오베. 자식을 모두 잃고 눈물을 너무 많이 흘려 돌이 되었다는 설화이다.

집에 가는 길

광남중학교 2학년 성유리

집에 가는 길
길에는 많은 것들이 산다

길에는 생명이 있다
뽈뽈대는 작은 공벌레들과 보들거리는 강아지풀들도
모두 길에 사는 생명들이다

길에는 기억이 있다
친구와 아이스크림을 사먹었던 기억들과 부모님과 싸우다 친구를 만난 기억들도
모두 길에 사는 기억들이다

길에는 흔적이 있다
자전거의 미세한 바퀴흔적들과 사람들의 신발 자국 흔적들도
모두 길에 사는 흔적들이다

집에 가는 길
나는 길에 사는 수많은 것들을 본다

무제

목동중학교 3학년 손민혁

1. 부(父)

“이게 성적이야? 이제 90점 넘기기도 어렵니?”

“그만해, 나도 많이 힘들다고!”

“힘들어? 뭐가? 열심히 해본 적은 있어? 힘도 뭔가 열심히 해야 드는 거야!”

손가락 한 뼘만큼 열려있던 현관문 사이로 아내와 아들의 소리가 귀에 박힌다.

시험이 끝난 지 채 1주일도 되지 않아 성적표가 나온 모양이다. 자연스레 눈살을 찌푸린다. 단풍이 거의 다 떨어져 길거릴 가득 매울 때쯤 우리 가족은 나의 발령으로 이곳 서울로 이사를 왔다. 아이들은 어려서인지 이사라는 것이 긍정적인지 부정적인지 구분하지 못했다. 나 또한 경상남도 김해에서 태어나 인생의 대부분을 경남에서 보냈기에 마음이 편치만은 않았다. 해맑은 아이들이 부럽기도 하고, 안타깝고, 미안하기도 했다. 길지 않은 세월이지만 아이들 역시 김해시 장유면에서 크게 벗어나 본 적 없고 상상할 수 없었을 것이다. 조금 더 살아본 나로서는 서울이라는 곳은 경쟁이라는 개념과 교육이라는 개념이 조금 아니 많이 다르기에 혹시나 적응이 어렵지 않을까 괜히 속이는 기분이었다. 그래도 나름 김해에서는 똘똘하다 소리를 자주 들었던 아이들이라서 적지 않은 기대를 한 것 또한 사실이지만 우선은 걱정이 앞섰다. 낯선 환경에 적응하기란 누구에게나 쉬운 일은 아니다. 1년 정도의 주말부부 생활 도중 잠깐 서울 구경을 온 적은 있었지만 인구 약1000만이 모여 사는 드넓은 서울 땅의 극히 일부였기에 들뜬 아이들의 기대와 다를 수도 있다는 등 잡생각들이 꼬리에 꼬리를 물어

머릿속에 미로가 생기는 기분이었다. 미로의 끝은 경부 고속도로의 끝과 함께 사라졌으며 4시간동안 운전한 피로와 이사준비로 바빴던 며칠 동안의 고단함으로 온몸이 가득 채워져 도착하자마자 기절해 버렸던 것이 그 날 밤의 마지막 기억이다. 다음 날 아침 일찍 일어나 부동산과의 얘기를 마무리하고 새로운 시작을 맞이해줄 새로운 보금자리를 보러 일어났다. 전날 밤 비가 왔는지 축축하게 젖은 땅과 선선한 날씨가 나쁘지 않았다. 2층에 위치한 새 집은 전세 값만 3억을 호가하는 집이었다. 땅값의 차이를 어느 정도 예상은 했지만 놀라지 않을 수는 없었다. 김해를 무시하거나 비하하는 의도는 전혀 없지만 장유에서는 매매가가 3억 초중반인 경우가 대부분이다. 그러니 놀라지 않을 수 없었던 것이다. 집의 넓이든 높이든 주변 시설이든 모든 면에서 이전의 집이 훨씬 좋았지만 새 출발인 만큼 기분 좋은 마음으로 들어갔다. 입구부터 짧지 않은 복도가 이어지고 중간중간 방과 부엌 그리고 화장실이 있었다. 복도의 끝에는 거실과 안방이 있었다. 집의 구조는 서울의 평범한 32평 아파트에서 자주 볼 수 있는 구조였다. 나쁘진 않았다. 하지만 인간이기에 상대적인 비교를 통해 평가를 할 수 밖에 없었다. 결코 좋은 평가는 아니었지만 우리 4식구가 살기에 부족한 면은 찾아 볼 수 없었기 때문에 긍정적으로 생각하기로 했다. 앞서 살던 분들에게 인사를 드리고 구석구석 살피면서 이사를 왔다는 것이 실감이 났다. 호주로 이민을 간다던 전 주인 분들은 어느새 가버리고 없었다. 아이들은 벌써 내 집인 마냥 드러누워 있기도 하고 화장실에서 볼일까지 본다는 것을 말리기도 했다. 다음날부터 본격적인 이사를 시작했다. 가구들의 위치를 하나씩 맞춰가고 많은 물건들을 정리하면서 잃어버린 것들도 찾고 오래된 것들은 버리면서 새로운 시작을 맞이했다. 이사가 끝나고 모두 기진맥진 쓰러진 우리 가족은 요리조리 둘러보고 이것저것 만지면서 익숙해지고 있었다. 겨울이 다가오고 있었지만 서울의 날씨를 몰랐던 탓에 짐 정리할 때 모두 넣어둔 겨울옷들을 다시 정리해야 했다. 아이들도 저만의 방법으로 익숙해지고 있었다.

아들 녀석은 며칠 뒤 처음 갈 학교에 대한 설렘을 품은 채 잠들었고, 딸은 아빠의 팔베개를 기다리면서 사슴같은 눈망울로 누워있었다. 그렇게 서울에서의 첫날밤이자 새로운 집에서의 첫날밤이 지나갔다. 다음날 난 평소처럼 출근했다.

정확하게 알지는 못했지만 아내와 아이들은 동네 구경도 하고 딸아이 유치원도 알아보러 간다고 했다. 가족들의 하루가 궁금해 평소보다 일찍 퇴근한 나는 생각보다 어두운 분위기에 적잖이 당황했지만 차분히 상황을 물었다. 대답은 길지 않았다. 딸이 유치원을 못 다닐 것 같다는 소식이었다. 7살의 마지막을 보내고 있었기에 졸업이라도 시켜줘야지 하고 알아봤지만 놀랍게도 이 동네의 유치원은 태어나기 전부터 예약을 해야 한다고 했다. 충격이었다. 하지만 이젠 익숙해져야 하는 것들이기 때문에 태연한 척했다. 분위기는 저녁식사와 함께 회복되었다. 된장찌개와 계란말이, 지극히 평범한 저녁 식사였고 많이 먹던 메뉴였기 때문에 별다를 게 없어 보였지만 먹는 장소가 달라진 탓인지 너무 맛있게 넘어갔다. 그 순간만큼은 비싼 레스토랑 부럽지 않았다. 첫 하루이기 때문도 있을 것이다. 아무리 사람 사는 곳이 다 똑같다지만 낯선 환경에서는 말이 좀 달라진다. 긴장감과 고단함이 배가 된다. 하지만 언제나 그랬듯이 적응해야 했다. 모든 것이 처음이었다. 나와 아내에게는 이사, 아들과 딸에게는 전학 등. 더군다나 내일은 아들의 전학 첫날이라 더 긴장했던 걸까. 사투리를 고쳐보겠다고 어설픈 서울말을 연습하는 모습이 귀엽기도 하고 열심히 익숙해지려는 노력 같아서 대견하기도 했다. 벌써 이렇게 까지 컸구나 생각이 끝나는 순간 시계가 눈에 들어왔다. 10시를 훌쩍 넘기는 분침. 시침은 11시에 거의 다다라 있었다. 아들의 내일을 위해 일찍 잠자리에 들었다. 다음 날 아침 설레고 콩닥거렸는지 일찍 출근하는 나보다 먼저 일어난 아들은 자기소개 연습을 하고 있었다. 오랜만에 가야 하는 학교이기에 조금 더 잘 것을 권유했지만 무엇이 귀에 들어올까. 그렇게 8시도 채 되기 전에 아침을 함께 먹었다. 함께 가주고 싶었지만 서로의 할 일이 있기 때문에 응원 한마디를 남기고 출근을 했다. 하루 종일 궁금했던 소식은 다행히 희소식으로 돌아왔다. 날 닮아서 붙임성이 좋은 아들은 전학 첫날부터 친구를 많이 사귀어왔다. 아무래도 먼 곳에서 온 전학생이라 친구들의 관심이 컸다고 했다. 집에서는 아무리 연습해도 잘 되지 않던 서울말이 어떻게 된 건지 토종 서울 사람이라 해도 믿을 정도로 완벽한 자기소개를 한 모양이었다. 워낙에 오래된 학교라 이전에 다니던 학교보다 불편한 게 많을 텐데도 만족해하는 모습이 다행스러웠다. 잘 적응하겠구나 싶었다. 완벽하진 않지만 기대한 것보다 좋은 출발에 나름 만족스러웠다. 문제가 될 수도 있었던 딸아이의 유치원

졸업도 아내와 많은 얘기를 나눈 끝에 아쉽지만 조금은 쉬면서 초등학교 입학을 기다리기로 했다. 딸아이도 싫어하지 않는 눈치였다. 그렇게 우리의 서울이 시작되었다.

출발이 좋았던 만큼 모든 것이 잘 풀리는 듯 했다. 아들은 언제 슬펐냐는 듯 많은 친구들과 어울리며 3학년이 돼서는 부반장까지 당선되었다. 딸아이도 입학 후 마음이 맞는 친구들을 만나고 적응하며 잘 지내는 듯 했다. 하지만 문제가 된 부분은 학업이었다. 성적이 떨어지는 건 절대 아니었지만 어떠한 정보도 없기 때문에 학원을 알아보기가 굉장히 힘들었다. 아들의 친구들에게 물어보고 딸아이 친구들의 엄마들에게도 물어보고 물어본 끝에 최소한의 학원들은 다니게 되었다. 오랜만에 다니는 학원에 처음에는 숙제도 열심히 하고 의욕적인 모습이었지만 인내력이 없는 아들은 아니나 다를까 걱정했던 바와 같이 아내와 갈등이 잦아졌다. 하지만 꼼꼼하고 야무진 딸은 항상 말보다 행동이 우선인 성격이었기에 숙제며 자기 공부며 착실히 해나갔다. 아들도 갈등이 있긴 했지만 기본적인 실력이 있기에 초등학생 과정까지는 버티는 듯 했다.

하지만 다들 사춘기가 오면 변한다고 하니 맘 놓고 있을 수가 없었다. 많이 남았다고 생각했던 아들의 초등학교 졸업식과 중학교 입학식이 눈 깜짝할 사이에 지나가자 더욱 불안해졌다. 아내와의 갈등이 심해지는 것은 물론이고 점점 변해가는 것이 낯설었다. 아무리 부모라지만 사람 특히 아들이나 딸이 변하는 모습을 지켜보는 것은 가장 가슴 아픈 일이 아닐까 싶다. 성장의 과정이라지만 태어나 아빠라고 처음 부르던 그 순간과 퇴근할 때까지 아빠를 기다려주던 그 모습들이 생생히 기억나는 아빠의 입장에서는 서글픈 일이 아닐 수 없다. 그 또한 부모의 무게일까. 우리 아버지도 그랬을까. 울컥울컥한 순간들이 많아졌다. 나도 중년이라 갱년기가 오는 걸까. 우울한 생각도 자주 들고 아이들의 미래와 성장에 대한 고민도 많아지고 있다. 해결되지 않는 문제들은 그대로 남겨둔 채 시간이 흐르고 또 다른 갈등이 생겨난다. 지치지 않을 수 없다. 퇴근하고 술을 마시는 횟수는 급격하게 늘었고 여러 동기들의 아들 자랑 딸 자랑 속에 듣는 것 밖에 할 수 없는 것이 속상하기만 했다. 어떻게 해야 할까. 어디서부터 어긋

난 것일까. 술을 마시고 구두 끝에 작은 돌 하나 밀면서 집에 가는 길.

또 다시 들려오는 아들과 아내의 소리에 벌써 힘이 든다. 겨울이 자기를 맞아 달라며 신호를 보내오는 11월 말 열게 나오는 입김을 바라보며 생각한다.

"벌써 7년이나 지났네…."

침대 밑 친구

대청중학교 2학년 손혜나

나에게는 친구가 하나 있다. 나랑 같이 밥도 먹고 책도 읽고 그림도 그리는 둘도 없는 내 단짝 친구이다. 그 친구와 처음 만난 건 몇 년 전부터이다. 그 친구는, 아무런 말도 없이 내 앞에 나타났다. 누구냐고 물어봐도, 어디서 왔냐고 물어봐도 그저 고개를 흔들거나 모르겠다고 할 뿐이었다. 하지만 그 친구는 이제 갈 곳이 없다고 했다. 이제는 자기 이름도 모르겠다고 했다. 그래서 나는 그 친구를 우리집에 데려왔다. 엄마나 아빠에게 말하면 다시는 그 친구를 볼 수 없을 것 같았기에 나는 그 친구를 몰래 우리집에서 살게 했다. 작은 체구였음에도 불구하고 그 친구를 숨길 공간이 마땅치 않아서 나는 그 친구를 내 침대 밑에 숨겼다. 그래서 그 때부터 그 친구의 이름은 침대 밑 친구가 됐다.

초등학교가 끝나면 제일 먼저 학교를 나와 집으로 달려간다. 집 문을 열면 아무도 없는 한적한 공기 사이로 침대 밑 친구가 나를 반기러 나온다. 그러면 나는 침대 밑 친구에게 오늘 학교에서 있었던 일을 말해주고, 같이 책을 읽거나 밥을 먹고 같이 웃다가 엄마랑 아빠가 퇴근할 시간이 되면 침대 밑 친구를 다시 침대 밑으로 숨긴다.

모두가 잠드는 밤이 되면 나는 침대 위에서, 침대 밑 친구는 침대 밑에서 잠든다. 우리는 그렇게 잘 때도 함께이다.

엄마나 아빠에게 침대 밑 친구를 들키면 어쩌나 했는데 다행히도 엄마 아빠는 그렇게 신경쓰지 않는 것 같았다. 엄마랑 아빠는 퇴근하면 항상 지친 발걸음으로 내 인사를 지나가는데, 그렇게 내 이야기도, 내 그림도, 내 관심도 지나간다. 엄마의 입술은 모든 게 귀찮다는 듯이 별로 움직임이 없고, 아빠의 눈은 나를 보지 않는다. 그런 엄마아빠에게 내 친구는 더 관심 밖인 것이다. 그러니까 나도 관심 밖이고, 내 친구는 더더욱인 것이다.

한번은 침대 밑 친구가 어두울까봐 내 방에 불을 그대로 켜놓은 적이 있었는데 그걸 본 엄마가 방에 불을 끄러 갔다. 친구가 침대 위에 앉아있어서 숨으라고 말하기도 전에 엄마가 방으로 들어가 불을 꺼버렸다.

'보셨을까??'

'침대 밑 친구를??'

'봤다면 어떡하지???'

하지만 이어지는 엄마의 한 마디는 내 모든 걱정을 가볍게 짓뭉겠다.

"아무도 없는데 불은 왜 켜놨니?"

아.

"끄는 걸 깜박했나 봐요. 죄송해요."

못 보신 건지. 안 보신 건지. 방으로 들어가니 침대 밑 친구는 아직 침대 위에 앉아있었다.

"……."

침대 밑 친구는 무슨 말을 하려다가 그만 입을 다물더니 조용히 침대 밑으로 들어갔다.

그날 밤은 정말 조용한 밤이었다. 며칠 후 나는 학부모 공개수업 안내장을 들고 집으로 돌아왔다. 그날도 침대 밑 친구랑 놀았지만 친구의 말이 귀에 잘 들어오지 않았다. 계속 시계를 흘긋거리다 엄마랑 아빠가 퇴근하고 집에 오자 안내장을 팔락거려보았다. 엄마는 미소를 조금 흐리더니 애매한 말만 했다. 항상 보던 미소. 피곤한 표정. 질척한 발걸음.

학부모 공개수업 날에는 뒤돌아보기 바쁜 친구들과 내가 교실을 채웠다. 나도 뒤돌아 보았지만 아무도 나를 향해서 손을 흔들어주지 않았다. 하지만 그때, 침대 밑 친구가 눈에 들어왔다. 나도 모르게 얼굴에 미소가 번졌다. 나도 뒤돌아 볼 이유가, 뒤돌아 볼 사람이 생겼다는 사실이 미소를 짓게 했다. 아이를 챙겨주는 것이 부모라면, 우리는 이미 서로의 부모였다.

그날 밤. 침대 밑 친구는 나에게 갑자기 자신의 이름이 생각났다고 말했다.

"뭔데?"

침대 밑 친구는 나를 한참동안 빤히 보더니 내 옷에 있던 이름표를 가리켰다. 아니, 어쩌면 나를 가리켰는지도 모르겠다.

"그거."

"이거?"

"응. 그거."

내 이름.

나.

침대 밑 친구는 나이다.

나이자 부모이고, 몇 년 전 엄마가 일을 나가게 되면서 나만 집에 홀로 남겨지게 되었을 때부터 생겨난 외로움이다.

스스로를 챙기면서 나는 나의 부모가 되었다.

가을 액자

은성중학교 2학년 송현정

나는 어려서부터 농구하길 좋아했다. 일곱 살 때는 아빠가 나한테 주는 농구공을 만지면서 자랐고, 열두 살 때는 아빠와 함께 농구공을 던지면서 놀았다. 그리고 열다섯 살 때는 아빠가 아닌 친구들과 농구를 하며 시간을 보냈다. 농구는 내겐 너무나 재미있었으나 우리 엄마는 내가 열일곱이 되고 나서부터는 공부를 하길 원했다. 말을 지지리도 듣지 않던 나는 죽어도 엄마의 말을 듣지 않았고 아빠는 엄마를 말렸지만 엄마의 고집에 아빠도 포기했다. 내가 엄마 몰래 학교 농구단에 들어가서 타온 여러 가지 메달들과 상들은 전부 무참히 쓰레기통에 버려졌다.

엄마는 내 꿈을 이루는 데 가장 방해가 되는 사람에 꼽혔고 나는 그런 엄마의 말을 듣지 않았다. 책상에 앉기만 하면 혼자 다른 생각을 하거나 고양이—라고 말하지만 사실상 남들이 보기에는 샤프로 구불구불하게 그린 선들의 연속일 것이다.—를 그리면서 엄마가 정해준 공부해야 하는 시간을 보냈다. 나보다 나이가 한참이나 많은 형은 벌써 스무 살인데, 연세대에 갔다는 이유 하나로 엄마는 나를 훨씬 더 많이 혼내었다. 나는 그런 엄마가 싫었다.

어느 날에는 엄마가 외출을 했었다. 책을 피고 홀로 책상 앞에 앉아있던 나는 책상 유리 밑에 깔려있는 세계지도에 가고 싶은 나라를 손가락으로 하나씩 이어나갔다. 한 번도 풀지 않은 문제집의 86페이지를 펴놓고서는 엎드려있었다. 밖에는 아직 학교에 가지 않은 형이 엄마와 전화하고 있었다. "걔? 확인은 안 해봤는데 공부는 안 할 걸?"라고 말하는 형. 이건 분명 내 얘기였다. 잔뜩 긴장해서 문제를 읽는 척 하면서 샤프를 휘휘 돌렸다. 형이 현관문을 열고 나가는 소리가 들렸고 통화소리는 작아지더니 이윽고 사라졌다.

형이 나가고 나는 방 안을 휘적거리면서 돌아다녔다. 그러다가 책장 가장 마지막 칸에 꽂혀있는 상자를 보았고 호기심에 열어보았다. 그 안에는 엄마의 결혼사진, 아빠와 주고받은 연애편지, 앨범과 엄마의 일기가 있었다. 나는 하나씩 열어보았다.

'1998년 5월 16일'

그리고 그 밑에는 엄마의 세 줄 가량 되는 짧은 일기와 클립으로 엄마의 결혼사진이 고정되어 있었다. 5월에 결혼하는 신부는 행복하다고 한다. 그런데 그 말과 모순되게 우리 엄마는 멍한 눈으로 입만 웃고 있는 모습이었다. 아름다운 부케, 아름다운 새신랑과 주변의 꽃들, 행복하게 웃고 있는 사람들 속에서 엄마는 하나의 시든 꽃이었다.

엄마의 일기는 형이 태어난 날 이후 잠잠하더니 3년 뒤 내가 태어난 날부터 꾸준하게 쓰여 있다. 대략적인 내용은 얼마 없었다. 오늘은 내가 농구를 했다느니, 농구하다 다쳤다느니 같은 말들이었다. 농구, 농구, 농구… 엄마의 일기 속에는 농구와 나밖에 없었다. 사실 엄마는 내가 타온 모든 상들을 알고 있었다. 집 쓰레기통에 모두 버렸던 메달들을, 상들을 다시 주워 전부 가지고 있었다.

사실 엄마는 누구보다 아름다운 사람이었을 것이다. 자기 자신을 신경 쓰느라 바빠서 남은 신경 쓸 여유가 없었을 것이다. 사실 엄만 자기가 아들 방에 들어와서 기웃거리고 우리의 투정을 받아주면서 지내지도 않았을 것이었다. 엄마는 사실 그랬을 것이다. 엄마는 엄마가 될 거라곤 알지 못했을 것이다. 어느 날 결혼을 했고, 첫째, 둘째가 생긴다는 일은 생각하지 못했을 것이다.

가을의 액자 속에는 웃지 않는 신부가 앉아있었다.
그게 엄마였다.
우리 엄마는,
시들지 않은 아름다운 꽃이었다.

라푼젤

구룡중학교 3학년 신민철

그날은 겨울 언저리, 아니 어디쯤이었을 것이다. k는 겨울의 하늘을 올려다보았다. 돌탑의 창가는 차갑다. 벽난로가 필요할 게다. k는 장작과 벽난로의 안에 불이 웅크리고 있는 것을 깨달았다. 그러나 깨달은 이후에도 k는 움직이지 않고 겨울바람을 한동안 물끄러미 바라보고만 있었다.

-솟구치는 불이라. 시상詩想이 생각날 법도 하건만.

k는 푸르른 그늘로 져가는 세월을 들었다. 사각 사각 사각, 하고 세월은 한 해의 마지막을 준비하며 스러져갔다. k는 어렴풋이 잡히려는 무언無言의 이미지를 조심히 따라갔다. 그것은 마치 한 방울의 아기새의 그림자였다. k는 나풀거리는 아기새의 그림자를 흘깃 본 듯싶었다. k는 정신없이 그림자를 좇다가-그대로 벽난로에 머리를 박았다. 두통이 깊어지겠으나, 자연스럽게 장작을 넣었다. 상처 난 머리에서 흐르는 피를 툭툭 찍어 유심히 들여다보니 문득 확 타오르는 기분이었다.

-아프락사스. 조로아스터교.

k는 그 자리에서 머리에서 흐르는 피를 찍어 양탄자에 써내려가며 또 다시 엉금엉금 기어 책상 앞으로 가 만년필과 종이를 집어들고 양탄자에 이어 붙여야 할 시를 써내려갔다. 피는 그 와중에도 뚝뚝 떨어지며 붉은 방울을 수놓았다.

죽은 자의 파랑새여,
겨울하늘 갈라라.
청천은 간 데 없으니, 황천은 있을 수 없노라.
가두어져 오갈 데 없이 묶인 세상은
난데없이 혼탁하기만 하도다.
깨끗함은 하룻밤 즐거움으로 족하리.
생이 없거늘 죽음이 있으랴.
좁은 창가에서 생을 보내고

찬바람 이는 창가에서 영영 잠들고만 싶어라.

-젠장, 감기가 들었나.

k는 코를 훌쩍 들이마시며 몸을 으스스 떨었다. 벽난로의 불은 천천히 커져 갔다. 화형식이다! 화형식은 바비큐와 다를 것이 없다! 그러므로 k는 바비큐를 먹고 싶었다. 그러나 도살 과정을 알고 있는 k로서는 못할 짓이었다. 그렇다면 도살 과정을 모르는 미식가 k는 어떨까? 하여, k는 얼굴을 손바닥으로 가렸다. 잠시 가리고 있다가 '까꿍'하며 손을 치우면 k는 어느덧 미식가들의 잔혹고상한 표정을 짓게 된다. 그러고 나서는 바비큐를 맛나게 구워 먹고 나서 눈을 게슴츠레하게 뜨고,

-에-이건 참 땡이로군.

하며 스스로에게 호평을 주는 것이다. 이 탑 안에서는 빽빽하게 늘어선 시간만이 넘쳐나기 때문에 별 수 없이 이런 즐거움이 무궁하다. 한바탕 미식가로서 식사를 즐기고 나서, k는 다시 예의 그 얼굴을 가렸다가 펼치는 동작으로 다시 시인 k로 돌아갔다. 그의 표정은 식사를 마친 생명체라면 누구나가 가지게 되는 한가로움으로 느긋해져 있었다. 음식 하나에도 축복이 있었다. 그러나 언제나 축복을 느끼며 감사하며 살면 중추신경이 과로로 인해 사망할 위험을 빼놓을 수 없으므로 중추신경은 요령을 피우는 것이다.

-어디 보자, 이제 불이 켜질 시간인데.

한가하게 책을 읽다가 k는 글자를 판독하기 어려울 때 즈음에야 불을 켜고 창밖을 내다보았다. 밤마다 저 멀리서는 정체불명의 불빛이 켜지면서 지상의 별처럼 반짝인다. 하루의 마지막을 정리할 만한 광경이다. 물론 하늘의 영롱함만은 못하다. 하늘은 어떤 것으로도 말을 걸 수 없는 청아한 고고함으로 이 세상을 살다 간, 살고 있는, 살아갈 모든 예술가들을 갈증에 시달리게 했다. 말을 걸지 못하는 그러나 말을 걸어야만 살 것 같은 생존욕구와 같은 격렬한 갈망에, k는 탄식을 내뱉었다.

k는 하나 둘 밝아져 오는 등불의 부활을 지켜볼 뿐, 다른 행동을 취하지는 않았다. 그러나 그의 머릿속은 깨져버린 마음의 풍경화를 비틀거릴지언정 그려가고 있었다. 그것은 k를 쉽게 지치게 했다. 그러나 지칠수록 힘이 끓어올라 k는

스스로 이야기를 풍경화에 수놓았다. 상당한 고역이었음은 두말할 필요도 없었으나 결국 흘러넘치는 힘을 감당하지 못하게 될 때 비로소 휴식을 취할 수 있을 터이다.

하늘에 그려진 한 폭 풍경화의 한복판에는 하얗고 하얀 그믐달이 떠 있었다. 등불은 어제 저녁보다 두어 개 정도 줄어들어 있었다. 저 등불을 밝히는 사람들에게 k는 약간의 질투를 느끼며 그들에 대해 생각해보았다. 점점 줄어들 것이다, 저 불꽃들은. 이제 불꽃이 사그라들고 불똥이 되어 무의미로 사그라들겠지. 아마 나 역시도 저 행렬에 동참하게 될지도 모르고. 그러나 무의미하기 때문에 의미가 거짓으로 변모하지는 않을 것이야. k는 그 사실을 알고 있었다. 왜냐하면 오래 전부터 k는 그 탑을 나가는 문을 알고 있었기 때문이다. 그러나 나가고 싶지는 않았다. 이곳에서도 충분히 행복했기 때문이었다. 더 넓은 세상으로 나가지 않는 것은 죄가 되지 않는다고 k는 믿었다.

k는 이제 권태로운 기분으로 눈을 감았다. 우울함은 스산하게 찾아오는 전염병이다. 흑사병은 유럽 인구의 2/3을 죽였고 우울은 지금을 살아가는 모두에게 전염되었다. 문득 그는 나쓰메 소세키 〈마음〉의 한 구절을 되뇌었다.

-'자유와 자립과 자아로 가득한 현대를 살아가는 현대인은 모두 그 대가로 이 고독을 맛보지 않으면 안 될 겁니다….' 개인주의의 폐해라. 결국 그래서 나는 이 탑에 갇힌 것이 아닌가. 하지만 고독의 맛을 즐기는 사람은 현대를 살아가기에 문제가 없는 것인가?

아마, 아마 아닐 것이다…. 고독을 즐기는 자에게는 더 강한 채찍, 예컨대 정신질환, 고독사 등이 떨어질 것이므로. 그들의 고독사는 돌연사이다. 어느 날 무너지면 그대로 탑에서 뛰어내려 버리는 것이다. k는 등불이 밤마다 줄어드는 이유를 알 것 같아 몸서리쳤다. 그는 조용히 흐느끼며 애도했다.

겨울 언저리를 k는 철저히 방관했다. 겨울 동안 시들은 꽃을 다시 꽂았다. 다시 방의 생기는 살아났다. 그러나 생기를 반드시 살려야 할 이유는 없을 것이었고, 사람이 없다면 금세 탑은 폐허가 될 것이다. 아하, 생각보다 인간은 대단한 존재였다. 창밖에는 이제 겨울이 늙어가고 있었다. 봄은 서둘러 다가오는 나그네 차림으로 멀리서 보였다. 얼음제국의 멸망이 머지않았다. k는 봄에는 아무도 죽지 않기를 바라며 순해지는 눈빛을 거울과 함께 대면했다. 이제 눈빛이 좀 휴식하는가. 면도칼 같은 아름다움은 가슴팍을 베고 지나갔다. 오래도록 머물지 않는 쓰라린 상처였다. 살얼음이 한가득 얼어붙은 상처였다. K는 창문을 활짝 열고 창가에 앉았다. 세상은 다시 기지개를 켤 것이다. 그것은 한없이 흐뭇한 광경이다. 겨울이 가고 꽃이 피어나며 다시 여름은 올 것이고 계절은 다시 돌아올 것이지만 그 계절 중 똑같은 계절은 한 순간도 없으니, 세상은 놀라운 아름다움이었다. k는 커피를 한 잔 내려 다시 창가에 걸터앉는다. 커피 향은 움츠린 날개를 펼치고 허공으로 명멸하였다. 연기는 한없이 올라가지 않았으나 끝끝내 올라가 소멸했다. 그림 같은 풍경이다. k는 모처럼 광소(狂笑)를 터뜨렸다. 배가 아파 오고, 숨이 막혀올 때 즈음, 저도 모르게 힘이 풀린 손아귀에서 커피 잔이 떨어졌다. 높은 탑에서 떨어진 커피잔은 산산이 조각났다. 저 밑에서 향기가 희미했다. 그러나 k는 이제 그런 것에 개의치 않기로 했다. 한참 더, 죽음이 가까워질 정도로 웃음을 터뜨린 k는 급격히 우울해져 문득 뛰어내리고 싶었다. 이 탑에서는 이제 생존 이외의 것을 바랄 수 없었다. 그러나 k는 인간이었다. 인간이라면 생존 이외에 더 중요한 것이 있지 않나? 하며 k는 창가에서 아슬아슬하게 일어났다. 뛰어내리기 전에 저 멀리 깔려 있는 대지를 내려다보는 일은 마치 성욕처럼 몸을 달게 했다.

-아하, 그런 거였군, 그런 거였어.

겨울녘에 꺼지는 불빛은 죽은 게 아니었다. 날아오른 것이다. 이곳에 속박되어 있다가 어느 날 날아오른 것이다. 아, 탑이란 얼마나 덧없는가. 인간이 갇혀 있는 곳은 얼마나 덧없는 곳인가. 그저 창 밖으로 뛰어내리기만 한다면 그토록이나 동경하던 하늘의 길을 따를 수 있을 것인데. 인간은 허무의 자궁에서 생겨났으니, 무(無)에서 태어난 유(有)였다. k는 발걸음을 내딛었다. 겨드랑이가 가려웠다. 이상 역시 이 순간을 경험했을까.

날자, 날자, 날자. 한 번만 더 날자꾸나. 한 번만 더 날아보자꾸나.

비일상은 이상 안에

신수중학교 2학년 신서영

어디선가 들어본 적이 있다. 사람의 마음은 갈대 같다고. 아닌가. 아니었나. 아니었나 보다. 마음은 절대 갈대 같을 수는 없다. 왜냐하면, 마음이란 건 깊숙이 박혀버리면 마치 끝도 없이 깊어 끝을 알 수 없는 바다같이 빠져나오기 어려우니까. 언제 어디서부터 시작되었는지도 모르기도 하고.

자각해버린 것은 한가한 여름방학도 아니었고 그렇다고 바빠 정신 차릴 틈도 없는 시험주간도 아니었다. 정말 언제나와 같이 자연스레 약속을 잡고선 둘이서 카페에 갔던, 주말의 끝에 걸쳐져 있던 일요일 오후. 그곳엔 매번 자주 가서 점심을 때우기도 했고 여유가 있으면 수다도 떨었다. 그 익숙한 카페는 둘만의 쉼터 같은 곳이어서, 숨이 막혀올 때면 곧장 발걸음을 그리로 돌리곤 했다. 그런 곳이었는데. 분명 여느 때처럼 볕이 적당하게 드는 주말의 끝자락이었는데. 어째서 어느 샌가 나는 알아차려 버린 것일까. 숨이 평소처럼 잘 쉬어지지 않았다. 점점 혼란스러워지는 머리가 무거웠다.

"어디 아파?"

걱정스레 너는 내게 물어왔다. 하지만 너의 목소리는 뜨거운 열기에 휘감겨 무너져 내리듯이 내 정신에 닿지 못하고 보이지 않는 지면에 닿아 사라졌다. 귓가에 무언가가 전해져 온다는 느낌은 있었다. 다만 그뿐이었다. 그래 그뿐. 뜨거운 태양이 바로 위에 자리하고 있는 것만 같은 착각이 들었다. 분명 카페 안은 실내였음에도, 그렇게 시원한 바람을 내보내주는 냉방시설이 그 안에 설치되어 있었음에도 후덥지근한 열기는 가라앉을 생각이 없는 듯하였다.

"왜 말이 없어. 식은 땀 나는 것 좀 봐. 아프면 제대로 얘기를 해줘야 내가 병원에 데려가던, 집에 같이 가주던지 할 거 아냐…."

맞는 말이었다. 나라도 같은 상황이었다면 걱정이 돼서, 뭐든 해주고 싶었을 것이다. 꼭 그때처럼. 지난여름이었다. 모처럼의 열띤 함성 소리와 승리를 거머쥐기 위해 목청껏, 목이 터져라 응원을 하는, 거의 비명에 가까운 저마다 반의

구호를 외치는 소리가 한데 어우러져 운동장 안 전체가 떠들썩했던 운동회 날. 운동신경은 꽤 좋았던 네가 릴레이 달리기에 나갈 준비를 하고 있었다. 나는 너의 옆에서 잘 할 수 있을 것이라며 희망이 듬뿍 담긴 말을 반복해서 너에게 들려주었다.

"결단코, 절대로, 반드시, 너는 우승할 수 있어. 난 널 믿어!"

아마도 그 말을 네게 건넬 때의 내 표정은 잔뜩 기대에 차 있어가지곤, 마치 지면 울기라도 할 것 마냥 너무 순수하게 확신에 차 있었던 것 같다. 그 때문이었을까. 아쉽게도 우승을 놓쳐 은메달을 목에 걸고 들어오던 너는 끝내 내게 말을 걸지 않았다. 아니, 못했다는 표현이 더 맞을 것 같다. 시합 전에 내가 너무 긴장만 하게 만들어 버려서 이렇게 되어 버린 것일까. 온갖 생각들이 머릿속을 헤집었다. 하지만 그보다도 내가 가장 신경이 쓰였던 건 너의 상태. 모습, 생각. 네가 내게 말을 해주지 않으니 내가 어떻게 해주어야 하고 무엇을 해주면 좋을지를 몰라 손만 허공에서 휘적거렸다. 입은 벙긋벙긋 무슨 금붕어라도 된 마냥 열었다 이내 다물었다 하기를 반복했다.

"혹시 말이야, 내 걱정하는 거라면 괜찮으니까, 걱정하지 말라고."

"응…."

"그리고, 그렇게 말 한마디도 안 하면서 나 피하고 있으면 네가 무슨 생각하고 있는지 아무도 모른다? 괜히 나 혼자만 걱정하게 되잖아."

"미안. 미안해."

용기를 내어 너에게 말했다. 돌아오는 너의 대답은 미안하다는 말뿐이었지만, 그것만으로도 나는 만족했다. 너의 기분을, 상태를 파악하는 것은 그것만으로도 충분했으니까.

그리고 너도, 그때의 내가 그랬던 것처럼 말해야 안다며, 공기 중에 머물러 있던 내 의식을 끄집어내주었다.

그래서 용기를 냈다. 너를 제대로 마주보고선 멈추지 않는 떨림을 그대로 느끼며 말했다.

"나, 나 실은 말할 게 있어. 지금 바로 너한테 말해줘야만 할 것 같아서."

고백을 하게 되는 계기는 그다지 중요하지 않다고 생각한다. 굳이 중요한 게 있다고 한다면 그건 아무렇지 않을 용기. 상대가 어떤 대답을 내놓을지 두려워

하지 않을 용기가 아닐까. 그리고 또 한 가지. 용기를 내게 해준 사람이 너였다는 것. 그것이 가장 중요한 사실이었다.

"듣고 있어. 괜찮으니까 심호흡 하고. 응?"

부끄러운 사실을 드러내자면, 너에게 내 마음을 전할 때의 내 행동은 그렇게 생각나는 것이 많이 없다. 그 이유가 과연 지나치게 높은 열기 때문이었나, 아니면 다른 이유가 있었던가. 이런 것조차도 제대로 기억하지는 못하지만, 그래도 하나만은 확실하다.

"내가 널, 좋아하는 것 같아."

"…그래? 뭐 새삼스러울 것도 없네."

"응?"

"아니야. 아무것도, 음 그러니까 내 대답은 나도 라는 거?"

그럴 줄 알았다는 듯이 들려오던 네 대답. 태연한 너의 행동이 그렇게 나를 진정시킬 줄은 몰랐다. 그만큼 나도 너에게, 너도 나에게 익숙해져 있었단 뜻이었다. 매번 반복되던 일상 속에선 일상으로 바뀌어 가는 비 일상이 존재했던 것이다. 우리도 모르는 사이에.

추억

영파여자중학교 1학년 신윤아

물망초는 참 다양하고 가지각색이다
어떤 곳은 꼬불꼬불하여 가기 힘들고
또 어떤 곳은 평평하며 편하며
또 어떤 곳은 너무 추우며 눈이 많이 내리고
어떤 곳은 눈을 감으면 보랏빛의 매력있는 라일락들이
활짝 펴있는 것처럼 향기롭다
이처럼 우리의 인생의 열쇠는 매우 다양하다
또한 물망초는 매우 신비롭다 행복했던 우리는 물론이고
힘든 다시는 기억하고 싶지 않을 우리 까지
어느 순간부터 모두 내 기억 속에 자리잡으니 말이다
아팠던 순간도 그 순간에는 잊고 싶었지만
내 기억 속에 남겨 그와 같은 일이 또다시
일어나지 않도록 하여 좋은 충고와 좋은
조언을 이어 주게 하는 좋고 아름다운 물망초로 잠들게 하고
어느 때는 마술과 같이 좋은 기억이든
나쁜 기억이든 다 흡수해 내 머리속에 잘 새겨둔다
좋은 물망초는 좋은 인생 열쇠일수록 시원하면서 산뜻한 향기를
머릿속에 잘 새기고 나쁜, 힘든 물망초도 씁쓸했지만 시들었다가
더욱 성장해 과거의 나를 회상하고
내가 살아가고 있음을 느끼게 만든다
그게 아마 나를 기억하는 물망초만의 방법인 듯 하다.
아니 어쩌면 나도 너를 기억할 테니 너도 나를 기억해 달라고
하는 그녀의 바램일지도

* 물망초의 꽃말 : 나를 잊지 마세요

아름다운 봄날의 추억

동대문중학교 3학년 안병주

한국 사람들의 바쁜 출근시간, 항상 붐비는 지하철이지만 왠지 모르게 그날은 사람이 별로 없던 하루였다.

그 날이 그녀와 나의 첫 만남이었다. 많고 많은 자리 중 나는 한 여학생 옆에 앉았다. 그녀는 그녀의 아름다움을 더 강조해주는 헤어스타일에 단정하고 깔끔하게 교복을 입은 상태였다. 여학생은 무엇을 하고 있었는지는 잘 모르겠으나 무언가에 몰두해있어 나의 시선을 눈치채지 못했다. 어째서였는지 나는 그녀에게 의문의 이끌림을 느꼈다. 서로의 목적지에 도착할 때가 가까워지자 그 여학생은 먼저 지하철에서 내렸고 그대로 그녀와의 만남이 길게 이어질지 나는 예상치 못했다.

하지만 그렇게 생각했던 건 나뿐이었던 건지 그녀는 내가 타는 같은 시간의 같은 지하철에서 마주쳤다. 그 날은 말이라도 걸어보자 생각했고 결국 용기를 내어 그 여학생에게 말을 건넸다.

"안녕하세요. 요즘 자주 뵙는 듯해서 이름이라도 서로 알아놓으면 좋을 것 같아서요."

나의 머릿속에서 여러 감정이 교차하는 가운데 그 여학생은 나의 말을 완전히 무시했다. 아니 무시한 것인지 경계한 것이었는지 나는 모른다. 나의 순수한 관심은 나에게 무관심으로 돌아왔다. 다음날도 그 다음날까지도 그 여학생과 아무런 대화도 없이 서로의 목적지로 향했다. 아무런 대화도 하지 않은 지 3일째 되던 날 이번엔 그 여학생이 나에게 먼저 말을 걸었다.

"그땐 아무렇지 않게 말 걸었잖아요. 요 며칠은 왜 아무 말도 안 해요?"

그 여학생은 수줍어하는 표정으로 나에게 말했다. 그 여학생의 말에 잠시 동안 정적이 흘렀다.

"왜 아무 말도 안 해요…?"

다시 한번 들려오는 여학생의 목소리에 나는 정신을 차렸고 내 감정들은 다시 교차하기 시작하였다. 그 날의 사건 이후로 우리는 그래도 기본적인 인사는 건네는 사이로 발전했다. 나는 천천히 그녀에게 다가갔고 그녀도 점점 나에게 마음을 여는 듯 했다.

"아 저희 아직도 이름을 모르네요? 전 김태현이라고 합니다."

나는 그녀에게 다정하게 애기했고 우리가 좀 더 가까워지는 계기가 되길 바랬다.

"그렇군요. 전 진서현이라고 합니다."

그 뒤로 우리는 인사하고 밥도 먹고 연인들이 하는 데이트 등 여러 가지 일을 했다. 서로가 원하는 것들을.

우리는 점점 더 가까워졌고 서로가 마음의 문을 열어가기 시작했으며 우리의 관계는 더 돈독해졌다. 친구로서가 아닌 이성으로서의 감정이 피어오른 것이다.

"안녕, 서현아!"

즐겁게 인사하는 친구. 우리의 사이는 서로의 어떤 친구들보다 가까워졌다. 우리는 서로 친하고 돈독해졌으며 더 알아가고 싶었다. 친구 그 이상의 관계 즉 관계가 연인으로까지 발전하길 원했는지 이 정도로는 만족하지 못했던 것 같다.

서현이에게 이성으로서의 감정이 생겼고 나는 서현이에게 소중한 존재가 되고 싶었다.

서현이에게 이성으로서의 감정이 생겼고 나는 서현이에게 소중한 존재가 되고 싶었다.

달리아

중앙대학교사범대학부속중학교 3학년 유가령

핸드폰을 잃어버렸다. 바로 그날 아침이었다. 봄과 여름, 그 사이. 덥지도 춥지도 않은 그런 날이었다. 아무런 생각도 하지 않은 채 마음을 비우려 산책 중이었던 나는 잠시 벤치에 앉았다. 그 의자는 어두운 갈색에 조금 오래된 듯했지만 나는 그대로가 좋았다. 손에 들고 있던 커피 얼음은 더위가 찾아오기 시작한 탓에 녹아내리고 있었다. 눈앞에 크다면 크고, 작다면 작은 연못 같은 호수가 있었다. 머리를 비우고 싶으면 망설임 없이 찾아오는 곳이기도 했다. 호수를 바라보면 너무나도 마음이 편안해지는 것이었다. 그날은 유난히 더 그런 것만 같았다. 그때, 옆자리에 누군가 털썩 앉았는데 내 또래 남자인 듯했다. 아침부터 뜀박질한 건지, 물을 벌컥벌컥 들이마시며 땀을 흘리고 있었다. 그리 잘생긴 편은 아니었지만, 꽤 매력적인 사람이었다. 나는 나도 모르게 그에게 홀린 듯 빠져들고 있었다. 그는 물을 마실 만큼 마신 건지 입에서 생수통을 떼고는 뚜껑을 닫으며 숨을 고르는 중이었다. 내가 너무 노골적으로 바라본 건지, 내 시선을 느낀 그 사람도 나를 쳐다보았다. 허공에서 마주친 두 시선에 몇 초간 정적이 흘렀다. 조금 민망해진 나는 다급히 그새 얼음이 전부 녹아 찰랑거리는 컵을 들고 자리에서 일어났다. 그 사람도 몇 초간 마주친 두 눈이 민망했는지 고개를 돌려버렸다.

나는 산책 중에 벤치에 앉으면 지나가는 사람들을 바라보곤 했다. 그런데 오늘은 예상치 못한 변수가 생긴 것이었다. 다급한 발걸음으로 겨우 그의 시선이 닿지 않는 곳으로 온 나는 그제야 벌게진 얼굴로 나도 모르게 참고 있던 숨을 내뱉고 있었다. 손목시계를 보니 아직 집에서 나온 지 1시간도 지나지 않았고 이대로 집에 들어갔다가 다시 나오기는 귀찮을 것이 분명했다. 하지만 날씨가 정말 좋은 탓에, 이 기회를 놓치고 싶지는 않았다. 나는 그 자리에 서서 곰곰이 생각해 보았고, 자주 가는 카페에 가서 빵이랑 음료를 마셔야겠다는 생각에 다시 걸음을 옮겼다. 나는 카페로 가는 동안 주변 사람들과 바람에 날리는 나뭇잎과 꽃잎들, 구름까지도 음미했다. 내 발걸음은 이유도 모른 채 하늘을 나는 듯 가벼웠다. 아무래도 상관없었다. 내가 가는 길이 전보다 더 예뻐 보이는 것은 기분 탓이겠지만 내 기분은 아주 좋았다.

콧노래와 함께 도착한 카페에서 샐러드와 바게트, 그리고 오렌지 주스를 들고서 햇빛이 들어오는 창가에 자리를 잡았다. 어쩐 일인지 자꾸만 아까 마주친 그 사람이 떠올랐다. 그리고는 내가 떠난 자리에서 무얼 하고 있을지 궁금했다.

'아니, 내가 왜 그 사람을 궁금해하는 거야…… 나는 그 사람을 더 관찰하고 싶었을 뿐이야. 궁금한 건 순수한 의도에서…….'

그를 궁금해 하는 내가 너무나 신기하기도, 어이없기도 해서 자기합리화를 시키던 중, 갑자기 내 앞에 여자 한 명이 앉으며 말했다.

"야, 너 무슨 생각을 하는데 그렇게 웃고 있어?"

그녀는 나의 가장 친한 친구이자 이 카페의 사장이다.

"너는 일 안 해? 저리 가."

나는 내가 웃고 있었다는 말에 괜스레 찔려 손을 휘휘 저으며 말했다. 괜히 얼굴에 열이 오르는 듯했다. 나의 말에 웃음기를 머금은 친구는 입을 삐죽 내미는 척하더니, 에이, 됐다. 안 물어보고 말지. 라며 창밖을 바라보았다.

"아, 햇빛 좋네."

"응. 그러게, 좋다."

우린 그렇게 한참 이야기를 나눴다. 어느새 접시는 비었고 나는 자리에서 일어났다. 가게에서 나와 보니 하늘에 펼쳐진 구름과 해의 조합이 너무나도 잘 어울리고 예뻤기에 찍어두고 싶어 핸드폰을 찾았다. 하지만 핸드폰은 보이지 않았다. 티셔츠 한 장에 주머니 없는 바지. 주머니가 있는 것이라고는 위에 걸치고 있는 카디건이 유일했지만 아무리 찾아봐도 지갑과 이어폰이 전부였다. 어디에 두고 온 건지, 아니면 떨어뜨린 건지……. 조금 전, 너무 급하게 도망치듯 빠져나와 정신이 없어 핸드폰을 확인해 볼 생각도 못 했던 것이다. 혹시 호수 앞 벤치에 두고 온 걸까 싶어 다시 가보기로 했다.

나는 뛰지도 걷지도 않는 빠른 걸음으로 발걸음을 옮겼다. 핸드폰을 벤치에 두고 왔다면, 누군가가 가져갔을 수도 있다는 것이 걱정된 탓이었다. 벤치에 도착하기 전, 그렇게 온갖 생각과 상상이 교차하던 순간, 벤치 앞에 서 있는 그를 보았고, 나는 제자리에 멈춰 섰다. 허공에서 시선이 마주친 나와 그. 이번에는 서로를 피하지 않았고, 조금 뒤 내 시선은 잃어버린 나의 핸드폰이 들려있는 그의 손으로 시선이 옮겨져 갔다. 그러자 그는 아차 싶은 듯 나에게 핸드폰을 내밀며 놓고 가셨더라고요. 하고 미소를 지었다. 나는 조금 당황한 표정으로 멍하니 핸드폰을 받아들었다. 감사합니다. 그제야 정신이 조금 돌아온 나는 평소 낯가림이 심한 터라 수줍게 웃으며 감사 인사를 건넸다. 그러자 그도 나에게 환하게 웃어주었다. 그의 웃는 모습은 참 예뻤고 나에겐 이끌리는 자석과도 같았다.

"괜찮으시면 저랑 잠깐 걸으실래요?"

갑작스레 제안해 온 그의 말에 나의 심장이 빠르게 뛰었고, 내 두 눈에 나의 심장이 보이는 것만 같았다. 나는 급하게 뛰는 심장을 손으로 잡아 깊숙이 집어넣어 자물쇠로 잠그고 싶었다. 소리는 또 어떤지, 그에게도 들릴까 걱정이 되었다. 나는 급하게 오느라 그런 것이라며 자기합리화를 하기 시작했다. 그러나 나는 그를 조금이라도 알아보고 싶었기에 수락하기로 했다. 그렇게 처음은 관심, 그뿐이었다.

"좋아요. 마침 걷기 딱 좋은 날씨네요."

그는 내 말에 또다시 미소를 짓고는 입을 열었다. 어째 그의 미소는 매번 조금씩 다른 듯 했다. 어떤 때에는 달콤하고, 때로는 상큼하며, 환하게 웃으면 시원한 바람이 부는 듯하고 밝은 빛이 나를 비추는 것만 같았다. 두근거리는 가슴을 진정시키며 이런 생각을 하던 그때, 그는 안심하며 두 손으로 핸드폰을 꼭 쥔 나를 빤히 보며 물었다.

"핸드폰에 중요한 게 있어요?"

그의 물음에 나는 미소를 짓고 핸드폰을 흔들어 보이며 말했다.

"사실 저는 작사가라서 아이디어를 여기에 많이 모아두거든요. 잃어버린 걸까봐 조마조마했는데, 가지고 기다려줘서 정말 고마워요."

나는 작사가이다. 노래에 가사를 넣어 노래의 이미지에 영향을 주는 사람이다. 그렇다 보니 오며가며 생각나는 모든 것을 메모하는 습관이 생겼고, 그래서 나의 핸드폰은 나의 보물창고나 마찬가지였다.

"글을 쓰는 건 참 좋은 것 같아요. 저는 작곡가예요. 평소 우리가 자주 듣는 음악에는 멜로디와 가사가 공존하는데, 작곡하는 저로서는 작사하시는 분들이 신기하고 놀랍더라고요. 가사만으로도 사람들을 감동을 줄 수 있으니까요."

"그렇죠. 하지만, 멜로디가 마음을 사로잡지 못한다면 글도 아무런 소용이 없잖아요. 클래식이나 오케스트라 음악들도 듣다 보면 음악만으로도 감동을 줄 수 있다는 게 참 근사한 일이에요. 음악이 가진 힘이랄까요?"

나는 음악을 만들어내는 작곡가들이 몹시 근사하고 매력적이라고 생각해왔었다. 나는 문득, 그가 왜 이 공원에 나와 있었는지 궁금해졌다.

"그런데 공원에는 자주 오세요?"

"아뇨, 그렇지는 않아요. 늘 곡 작업에 시달리거든요. 매일 작업실에 있다가 쉬는 날에 잠깐 산책할 겸, 운동도 할 겸 나왔어요."

그의 대답에 나는 웃으며 답했다.

"저도 늘 노래에 들어갈 가사만 생각하면서 지내거든요. 그래서 머리 비우러 자주 나와요. 역시 머리를 비우는 데에는 바람 쐬는 게 짱이죠?"

"그러네요. 평소보다 훨씬 정리된 느낌이에요."

우리는 그렇게 이야기를 하다 보니 서로 잘 맞는 점도 있었고, 어쩐 일인지 아주 사소한 그의 행동이나 말투를 알아갈수록 마치 내 몸이 붕 뜨는 듯했다. 이런 기분을 언제 느껴봤었는지. 나에게는 마냥 새로운 느낌이었다. 그와 나의 대화는 순조로웠고, 처음에 관심으로 시작한 나의 마음은 호감으로, 어느새 설렘으로 바뀌었다. 여름이 다가오는 탓인지도 모르겠지만, 제가끔 얼굴에 열이 올랐다. 어느덧 시간이 꽤 많이 흘렀고, 그와 나는 마침내 헤어질 때가 되었다. 우리는 짧은 만남에 아쉬움이 남은 상태였다. 그런데 그는 무슨 말을 하려는 듯 머뭇거렸고, 마침내 그가 꺼낸 말은 '다음에 또 볼 수 있을까요?'였다. '그럼요.' 나는 언젠가 다시 만날 수 있으리라 믿었다. 아니, 그러길 바랐다. 하지만 나는 그에게, 그 또한 나에게 서로의 이름이나 전화번호는 물어보지 않았다. 이건 우리만의 방식이었다. 서로가 다시 만나길 바라고 기대하지만, 언제 어디에서 어떻게 만날지, 아니면 만나지 못할지 모르지만, 만날 운명이면 다시 만나지 않을까 하는 것이었다. 그것이 우리가 잘 맞는 부분이었다. 집으로 가는 길에, 잘만 불어오던 바람이 조금은 쌀쌀하게 다가왔다.

그날 이후, 혹여 그를 만날 수 있을까 하며 전과는 달리 꽤 신경 써서 옷을 입고, 나름 꾸미기도 했다. 하지만 그곳에 도착하면 나를 반기는 건 그의 환한 미소도 목소리도 향기도 아닌 텅 빈 벤치뿐이었다. 나는 항상 기대되는 마음으로 행복감과 설렘을 잔뜩 지니고 집을 나섰다. 그러나 돌아올 때는 슬픔과 실망감을 잔뜩 머금고 돌아와야 했다. 그렇게 그와 만나지 못한 채로 여름이 막 시작하던 그때부터 지금까지 족히 한 계절이 지나버렸다.

어느 가을의 금요일 저녁. 그날은 작업하러 회사에 가던 날이었다. 가을이 찾아온 탓에 조금 쌀쌀함이 느껴져 베이지색 계열의 얇은 긴 팔 티셔츠를 긴 청바지에 넣어 입고 있었다. 작업이 조금 일찍 끝난 탓에 자리에서 일어나 갈 준비를 했다. 왠지 공원에 가면 그가 있을 것만 같은 생각에 서둘러 의자에 걸쳐져 있던 밤색의 체크무늬 재킷을 입었고, 소매는 살짝 걷어 올렸다. 어깨에 길게 걸쳐지는 자그마한 가방과 볼펜이 끼워져 있는 파일과 노트를 들고 작업실 밖으로 나왔다.

퇴근 시간보다 조금 일찍 나오게 된 덕에 차도 막히지 않았다. 나의 발걸음은 공원 벤치로 향했고 한적한 공원의 바람은 시원했다. 후덥지근하고 찝찝했던 여름과는 달리 쾌적했고 그 덕에 나의 마음도, 생각도 비워진 듯했다. 어느새 벤치 근처에 다다른 나는 잠시 바쁜 걸음을 멈춘 뒤 너무나도 높고도 푸르른, 맑은 하늘을 바라보았다. 마침내 나의 시선이 정면을 향하는 순간 내 앞에 그가 서 있었다. 벤치 앞에 가벼운 슈트 차림의 그는 벤치를 가만히 바라보고 있었다. 정말 처음에는 잘못 본 줄만 알았지만, 조금 뒤, 진짜 그가 내 앞에 있다는 것을 깨달았다. 곧, 그는 내가 서 있는 쪽으로 돌아섰고, 멍하니 서 있는 나와 마주했다. 그도 조금 놀란 듯했지만 환하게 웃었고, 나도 그를 따라 미소를 지었다. 그는 내게 다가왔고, 그의 한 걸음 한걸음은 조심스럽고도 사뿐한 낙엽과도 같았다. 그의 손에는 꽃 한 송이가 들려 있었고, 그는 들고 있던 꽃을 내 앞으로 내밀며 말했다.

"보고 싶었어요."

나는 수줍어하며 조심스레 꽃을 받아들었다. 내 손에 들려있는 꽃은 '달리아'였다. 마치 그와 닮은 듯, 부드러우며 분홍빛이 도는 싱그러운 꽃이었다.

달리아. 그 꽃은 이렇게 말했다. '당신의 사랑이 나를 아름답게 해요.'

처음엔 그저 넓디넓은 황무지에 나 홀로 서 있었다. 나는 넓디넓은 바다 위, 수평선에 걸터앉은 너에 이끌렸고, 너는 나에게, 나는 너에게 다가갔다. 마침내 푸른 바다의 수평선과 황색 빛의 황무지가 만나 하나가 되었고, 우리는 사막에 오아시스가 있듯 믿을 수 없이 잘 어울렸다. 누가 봐도 예쁜 한 쌍이었다. 운명적으로 만난 너는 나를 아름답게 해주었다.

달리아.

꿈

신동중학교 3학년 유호원

웬일로 어제는 꿈을 꿨다
하지만 기억이 나지 않는다

긴 꿈이었다
의미 있는 꿈이었다
아름다운 꿈이었다

처음 느끼는 감정 여러 개가 가슴 속에 춤을 추는 꿈이었다
어릴 적, 그때의 순수함이 그대로 담겨있는 꿈이었다
오랜만에 가슴 속에 희망의 불씨를 느끼게 한 꿈이었다
뭔가를 목숨으로 보호하고 싶게 만드는 꿈이었다
세상의 잔인함을 혼자서라도 추방하고 싶게 만드는 꿈이었다
세상을 사랑과 순수함으로 뒤덮고 싶게 하는 꿈이었다
지옥의 모든 악을 싸울 수 있는 용기를 부여하는 꿈이었다
쌓여 있었던 스트레스가 한 순간에 사라지게 하는 꿈이었다

아기와 부모가 눈을 처음으로 마주치는 그 순간
별의 심장이 불타기 시작하는 그 순간
사랑하는 사람 옆에 같이 잠드는 그 순간
시험의 끝을 알리는 종이 치는 그 순간
생명과 죽음이 조화를 이루는 그 순간
할 일을 끝내고 컴퓨터의 전원 버튼을 누르는 그 순간
경기에서 점수를 따는 그 순간
내가 너와 눈을 처음 마주친 그 순간

그 순간
을 담은 꿈이었다

긴 꿈이었다
의미 있는 꿈이었다
아름다운 꿈이었다

하지만 기억이 나지 않는다

나는 황급히 꿈을 잡기 위해 손을 뻗었지만
꿈은 이미 상상의 날개를 타고 날아갔다

나는 그날 이후
모든 파일의 내용
모든 대화의 말들
모든 책의 이야기
모든 산의 꼭대기
모든 바다의 바닥
모든 구름 뒤의 그림자
모든 나무의 잎사귀
모든 상자의 속
모든 나라의 도시들

모든 도시의 건물들
모든 행성의 땅
모든 은하의 별들
모든 시간의 흐름
을 다 뒤져봤지만

그 꿈은 항상 손끝에 1cm 떨어진 곳에 있었다
잡힐 듯 말 듯

가끔은 운이 엄청 좋은 날이었으면
나는 그 꿈의 날개에 손끝을 댈 수 있었다

그 아름다움
그 순수함
그 사랑
을 맛볼 수가 있었다

그리고 그때마다 나는 그 꿈을 언젠가는 꼭 잡겠다는 결심이
커지고
굳어지고
강해졌다

그러다가
그러다가

그러다가 너를 만났다
그리고 나는 깨달았다

나는 그 꿈을 절대로 못 잡는다는 것을
그리고 그 꿈을 잡을 필요가 없다는 것을

네가 나의 꿈이었으니까

이상주의자

창동중학교 3학년 윤성주

그날 오후에도 나는 학원들이 빼곡히 박혀있는 상가 복도를 걷고 있었다. 내 발소리만이 들리는 듯 했다. 나는 논술학원 앞에 도착해 자동문 버튼을 눌렀다.

"어…?"

논술학원 문 옆에는 내가 숙제로 썼던 글이 붙어있었다. 논술 선생님은 내 필력이 괜찮았기에 내 글을 논술학원을 광고하는 데에 사용하였다고 하셨다. 그날 옅은 미소를 띤 나를 바라보며 내 친구 아연이 말했다.

"오오! 광고에 쓸 정도라면 정말 잘 썼나 보다, 부럽네."

그날 나의 갈망이 시작되었다.

그날 나는 논술학원 상가의 문구점에서 노트 한 권을 샀다, 그리고는 매일매일 다양한 것들을 써 보았다. 논설문, 소설 그리고 수필까지, 처음에는 아무 생각 없이 하는 일이었지만 글을 쓰면 쓸수록 나는 더 즐거워졌고 나를 둘러싼 이유 모를 기쁨이 더욱 진해졌다. 그리고 놀라운 일이 벌어졌다. 학급 백일장에서 대상을 탄 것이다. 나는 교장 선생님에게서 상장을 받았고 친구들이 놀라워했다. 이후 글에 대한 강렬한 욕망에 물든 나는 문득 글을 잘 쓰게 되려면 책을 많이 읽고, 작가의 필력을 빠르게 습득하고 싶다면 책을 필사해보라는 어디선가 들어본 말이 떠올라 국어 선생님께 달려갔다.

"선생님! 선생님! 책을 필사해보려는데 어떤 ㅊ…."

갑자기 가슴이 콱 막히고 숨이 막혀왔다. 국어 선생님의 얼굴을 똑바로 바라볼 수가 없었다. 나는 현실의 벽에 부딪힌 것이었다. 필사 같은 걸 할 시간은 없었다. 학교가 끝나고 학원 숙제를 하고 학원을 가고 그리고 집에 돌아오면 자고 일어나 그 사이클을 반복하는 나에게 노트에 글들을 조금씩 끄적일 시간은 있어도 책을 꾸준히 필사할 만한 시간은 없었다.

나는 그날 집에 도착해 엄마에게 무심한 듯 담담하게 말을 걸었다.

"엄마… 있잖아, 만약에 내가 작가가 된다면 어떨 것 같아? 책도 엄청 많이 읽고 필사도 해보고 문학교실 같은 대도 다녀보고"

"으음, 작가를 직업으로 한다라, 글쎄… 글 쓰는 걸로 돋보이기는 힘들 텐데, 일단 소속된 회사도 없고 수입도 고정된 게 아니니까? 글 쓰는 게 재미있으면 나중에 직장 잡은 다음에 취미로 써 보는 것 정도가 적당하지 않을까?"

매일매일 1시쯤에 집에 도착해 바로 자고 주말에는 부족한 잠을 보충하느라고 하루 종일 낮잠을 자는 아빠를 보면 취미로 글을 쓰는 게 가능할 확률은 희박했다.

그래도 어쨌거나 나는 그저 평범한 루트를 타고 직장에 취직한 다음에 조금씩 글을 쓰는 수준으로 만족해야 하는 것이 맞았다. 그것이 정답이었다. 작가를 아예 장래희망으로 해 버리는 것은 무리였다. 내가 백일장에서 대상을 탔던 것도 그냥 우연으로 여겨야 하는 것이었다.

그리고 그렇게 반년이 흘렀다.

점심시간, 나는 내 가방에 있는 노트, 내가 반년 전에 아무 생각 없이 그저 '사 보았던' 노트를 꺼내 펼쳐 보았다. 그 안에는 반년 동안 차게 식어버린 내 욕망이 가득 담겨 있었다. 내가 쓴 소설들, 시들, 수필들, 참 다양했다. 그때 내 옆에 아연이 왔다.

"뭘 보고 있어?"

"음… 어…."

"한 번 봐도 돼?"

"어… 그러든지."

그녀는 나의 노트를 펼쳐 여러 페이지를 구경하다가 어느 페이지에서 멈추더니 집중해서 읽기 시작했다. 그리고 침묵의 10분이 지나고 마침내 그녀가 입을 열었다.

"오…? 괜찮은데 이거? 한 번도 본 적 없는 완전히 새로운 스토리야."

"고마워."

"필력만 더 좋으면 진짜 장래희망을 작가로 해도 되겠는걸?"

'필력' 그 말에 나는 말을 잃었다. 그래, 나는 작가가 될 운명 같은 건 아니야. 그리고 하교하는 길에 그녀는 항상 그러듯이 나에게 말을 걸었다.

"아! 맞다, 나 이제 애프터이펙트 배운다?"

"그게 뭔데?"

"영상 편집하는 프로그램인데 전문가들도 쓰는 거야."

"호오오…?"

"이제야 좀 제대로 배울 수 있게 됐다고 헤헤"

아연은 반년 전부터 영상편집에 관심을 가지기 시작했다. 그녀는 간단한 영상들을 제작해 유튜브에 올리다가 더 화려하고 더 정교한 영상을 만들고 싶어져 깊게 공부하기 시작했다.

"그런데 부모님께서 그걸 허락해 주셨어?"

"음… 부모님도 처음에는 반대하셨는데 내가 끝까지 내가 진심으로 원하는 거라면 한번 제대로 해 보고 싶다고 했더니 끝끝내 허락해주셨어."

"흐으음, 그러면 너 그쪽으로 가는 거야? 영상편집은 일반적인… 보편적인 길은 아니잖아, 일단 프리랜서고."

"나는 말이야, 확신이 있거든, 흥미와 적성에 모두 맞는 무언가를 열심히 하는 것은 절대로 헛된 것이 아니라고, 그리고 말이야 영상편집이 어때서? 4차 산업혁명시대의 로봇들이 대신할 수 없는 유일한 게 창의적 발상이라구."

"흐으으음…."

"애프터이펙트 강의는 당장 오늘부터야, 기대된다."

"부ㄹ… 아 아니다."

"이화여대 병설 미디어고등학교라는 데도 있다는데 한 번 알아볼까?"

"그런 데가 있었어? 한 번도 못 들어봤는데."

"어 나도 어제 내가 영상편집에 관심 있다고 컴퓨터 선생님께 말씀 드렸더니 알려 주시더라고, 그런데 가면 남들보다 더 먼저 그런 기술들을 배울 수 있겠지?"

"그런 건 그냥 대학교 가서부터 배우는 게 낫지 않아?"

"글쎄 그런데, 이화여대병설미디어고등학교를 간다고 해서 내가 남들에 비해 무시 받고 사는 것도 아니고 괜찮지 않을까?"

"너무 낙관적이야."

"아이… 진짜 너무하네."

그리고 집에 돌아와 나는 묵묵히 가방을 열어 필통과 학원 교재들을 학원 가방으로 옮겼다. 학교가 끝나는 시간과 학원이 시작하는 시간의 간격은 좁았다. 그러다 나는 우연히 동아리 활동 신청서 가정통신문을 보았다.

"아 맞다, 동아리 신청해야 하지."

그리고 그 종이 위 놀라운 또 하나의 놀라운 이야기가 나를 놀라게 했다.

"사설 동아리 영화 제작부…?"

작년까지 영화제작부는 없었으므로 누군가의 제의로 신설된 동아리임이 틀림없었다. 설마 이것도 아연이? 나는 마음을 비우고 영어학원에 갔다. 영어학원에서 나는 자연스럽게 움직이는 나의 모습에 스스로 감탄했다. 나는 자연스럽게 책상에 앉아 자연스럽게 교재에 필기를 하고 자연스럽게 영어 문제를 풀었다. 그 많은 이야기들을 듣고도 나는 조금의 동요도 하지 않는 것인가? 내가 집으로 돌아오자 이미 10시였다. 곧장 씻으러 화장실로 들어가려는 나에게 엄마가 말했다.

"아 맞다, 다음주 일요일에는 자사고 설명회 갈 거야, 이번에 수능 만점자 나왔다는 선덕고 설명회."

"네."

그리고 다음 날 나는 또 다시 학교에 갔다. 그리고 또다시 놀라운 일들이 나를 휘감았다. 학교 교문 다양한 벽보들 중에 그녀의 벽보가 있었다. '신설! 영화제작 동아리, 모집분야: 영상편집, 배우, 그리고 함께 영화를 만들고 싶은 누구나, 희망자는 3학년 6반 은아연에게 신청' 그리고 두 번째 벽보는 '작가와의 만남 이벤트, 도서관에서 진행, 유명 작가 조남주와의 만남 일시: x월 x일' x월 x일은 선덕고 설명회 날이었다. 아무런 상관이 없었다. 조금도 동요하지 않았다. 나는 아주 담담한 표정으로 벽보들이 붙어있는 교문을 지나가 본관으로 향했다. 나는 그런 것들에 전혀 미련이 없었다. 조남주 작가를 존경하여 그녀의 책은 거의 전부 챙겨봤지만 상관 없었다. 내 가방 속에는 이제는 잘 꺼내지도 않으면서 꾸역꾸역 가지고 다니는 나의 욕망의 결정체인 글들이 가득 담긴 노트가 있음에도 상관 없었다. 나는 그저 현실을 직시할 뿐인 것이었다. 그때였다.

"야! 거기 3학년 이리 와봐."

교문 앞 선도부 선생님의 목소리였다. 나는 뒤를 돌아 교문 쪽을 보았다. 나를 부른 것이 아니라는 것을 알자 나는 다시 돌아 본관 쪽으로 가려 했지만 저 멀리 교문을 향해서 걸어오는 아연을 발견했다. 나는 그녀를 주시했다. 눈을 뗄 수가 없었다. 그녀는 천천히 교문으로 다가왔다. 그리고 교문 바로 앞에 있는 횡단보도에 거의 이르렀다. 그때 사각지대 거울에 자동차가 비쳐 보였다. 그 자동차는 아연을 향해 가고 있었다. 아연은 어째서인지 자동차를 보지 않고 그저 앞으로 전진했다. 그녀는 횡단보도에 이르러서도 멈추지 않았다. 그때 나는 아연을 향해 뛰기 시작했다. 마치 영화처럼 나는 아연과 차가 직각으로 만나기 직전 아연을 밀쳐 그녀를 밀어내고 차에 대신 치였다.

이 세상에서는 앞만 보고 전진하는 이상주의자는 환영 받지 못한다. 그들은 미친 사람들, 낙관주의자들이라고 불리며 어리다고 평가 받는다. 하지만 나는 현실에 치여도 이상주의자가 되고 싶다.

컵케이크

금옥중학교 3학년 윤은서

"딸랑"

밝고도 명쾌한 소리가 울리며 문은 열린다. 누구는 일을, 다른 누구는 연을 위해서 온다.

카페. 다른 이들이 오가며 하나씩 안정을 취하고 하나씩 돌아보며 정리 할 수 있는 곳. 이곳에서 뜻하지 않은 연을 만날 수도 있다. 내가 그랬듯이, 당신을 이곳에서 만난 것처럼.

당신은 매우 덤벙댔다. 뭐 하나 제대로 할 줄 아는 것 없이 구박을 받아도 웃으며 다 해내가려 노력했다. 당신은 특이하게도 카페에 항상 왔었다. 집이 가까운 것도 아니고 알바를 한다고 쳐도 항상 자신의 일과인 것처럼 이 카페에 들러 몇 분, 몇 시간씩 앉다가 갔다. 그런 당신이 올 때마다 챙겨가는 것이 있었다.

작고 아담하지만 모든 것을 끌어안은 듯이 예쁘고 화려한 컵케이크를 챙겼다. 특히 꼭대기에 체리가 놓인 것을 좋아했다. 덜렁대기만 하던 당신이 의외로 그런 것을 좋아했었나 싶을 정도로 의아했다.

알바생으로 카페를 찾을 때 당신은 재주 좋게 컵케이크를 만들어 갔다. 그러다 다 팔리지 않고 남은 것들은 하나씩 챙겼다. 자신이 만든 것들에 어느 순간 정이라도 들었나 싶어서 그런가 했다. 자신은 그런 것도 생각 않고 항상 구박만 해왔는데, 당신은 그것에 응해 매일 주의하겠다고 연신 허리만 숙였었다. 그러다 바뀌겠지 싶었는데 전혀 그러지 않았다. 계속 그러기에 당신에게만 허락했다. 하나 가져가도 괜찮다고. 뭐… 열심히 했는데 그것에 의한 보상이라고 생각이 든다.

아마 이 때부터가 당신에게서 시선이 갔던 것 같다. 열정으로 만들고 몇 개가 남아서 혼자 서 있으면 그건 그것대로 위로해 주며 괜찮다고 말해주었다. 그냥 특이하다고 느꼈는데. 그렇게만 생각하고 넘어가기엔 계속 궁금하고 눈길이 가는 게, 아무리 생각해도 이상했다.

당신에게 컵케이크를 가져가도 된다고 허락하고 나서부터 당신의 발길이 뜸해졌다. 알바가 없던 날을 어떻게라도 찾아와서 컵케이크를 싸가지고 갔을 당신이

다. 기대하지 않았다고만 생각했는데 카페 문이 열릴 때마다 고개를 들어 확인을 하게 된다. 그저께는 날씨가 안 좋아서, 어제는 손님이 많아서, 그리고 오늘은 다른 알바가 와서. 계속 문과 유리창 밖만 바라보며 당신이 안 오는 이유를 써내려가기 시작했다. 당신이 이렇게까지 내 관심사에 들어맞게 될 줄 누가 알았나.

"딸랑"

"어서 오세요."

고개를 들어 카페 문을 확인했다. 아, 발길이 뜸해진 이유를 물을 수 있는 날이 지금밖에 없을 것을 직감적으로 생각했다.

"알바생."

당신을 보고 급히 다가간다. 살짝 움츠러든 당신은 자신을 보고는 허리 숙여 인사했다. 그 때 나는 여러 가지를 물을 수 있었고 당신에게서 답을 들을 수 있었다.

뭐 때문에 하루라도 발길이 닿지 않았냐고 물었다. 당신은 날 보며 말하길 꺼려하는 것 같았다. 그건 어쩔 수 없다는 것을 안다. 깊은 사이도 아니고 그냥 사장과 직원이 다였던 사이다. 그럼에도 계속 물어보니 당신은 머뭇거리며 입을 열었다.

자신이 찾던 일을 드디어 할 수 있게 되었다며 조심스레 말한다. 이건 분명 좋은 일이다. 다만 당신이 이곳에 찾아오는 시간과 발걸음이 줄었다는 것을 생각하니 한 쪽 눈썹이 위로 올라갔다. 오늘따라 제정신이 아님을 알고 급히 눈썹을 내렸다. 진짜 이상한 하루다.

그 뒤로는 컵케이크를 좋아하는 당신에게 좋아하는 이유를 물었다. 우리 카페는 그다지 컵케이크가 잘 팔리는 것이 아니었기에 나는 더 의아했었던 것이다. 당신은 컵케이크가 작고 귀엽지만 그 하나하나 나름대로의 꾸밈과 개성을 좋아하여 그렇다고 했다. 그 위에 놓인 체리는 언제나 탐스럽고 사람의 손을 이끌기에 더 끌리는 것이라고 설명해 준다. 당신의 말에 나는 한 번 더 수긍했다.

작고 조용하고 조곤조곤한 당신과는 많이 비교되는 컵케이크를 당신은 당신 나름대로 좋아하며 아끼고 있었구나.

말하는 동안에는 알지 못했다. 당신의 말에 어느 순간부터는 푹 빠져서 헤엄을 치고 있었다. 다른 한쪽에는 당신이 참으로 아름다워 보인다는 생각에 번뜩 눈을 뜨며 도리질을 했다만 여전히 왜 그런 생각을 했는지는 당최 모르겠다.

얘기를 하던 도중에 당신은 시간을 보고서 시간이 없다며 급히 가야 한다고 말했다. 나는 '왜'라는 물음과 당신을 보내야 한다는 생각이 충돌했다. 당신에게 물어볼 것이 더 많았는데 하지 못한 것이 맘에 걸려 당신을 위해서 컵케이크를 급하게 챙겨 당신에게 따라 붙었다. 당신의 이름을 부르고 알바생이라 말해도 당신은 가던 걸음을 멈출 생각이 없어 보인다. 그러다 신호등 앞에서 이제 당신을 잡을 수 있겠다고 생각하고 깜박이는 신호등을 건넜다. 멀찍이 걸어가는 당신을 눈으로 따라가며 어서 따라잡자는 생각뿐이었다.

"알바생."

다시 한 번 더 당신을 불러 세웠다. 너무 두서없이 급하게 당신을 따라 나왔으니 제 마음도 급하게 뛰기 시작했다. 큰 보폭으로 당신을 따라잡고 드디어 따라잡았다는 생각과 함께 당신의 손을 잡았다. 분명 우발적이었다. 당신도 나도 당황한 기색이 역력했다. 여기서 당황해서 아무것도 아니라고 하기엔 전의 당신을 기다린 시간도 생각도 너무 낭비였다. 당신을 기다린 시간을 위해서라도 내질러야 했다.

"급하다니까, 하나만 이야기 합시다."

작을 손을 위로 들어 당신이 좋아하는 컵케이크를 살포시 얹었다.

"아무리 생각해도 납득이 안가서."

물론 컵케이크를 좋아하는 당신이 아니라 당신이 예쁘다고 생각한 내가 이상해서.

"이거는 축하 선물. 내가 만들어서 맘에 안 든다고 해도 먹어요. 다음에 올 때는 당신이 좋아하는 거 해 줄 테니까 자주 와요. 아무래도 내가 당신을 생각했던 시간들이 너무 아까워서 안 되겠어. 알바가 아니어도 괜찮으니까 왔다가요. 참, 일 열심히 하고. 힘들면 언제든지 와서 쉬었다 가기."

벙 찐 표정으로 당신은 돌처럼 굳어져 있었다. 나는 당신의 손을 급히 놔주며 가라고 재촉했다. 손을 흔들어 주는 것도 잊지 않았다. 미소는 언제부터 피어있었는지는 비밀이다.

물고기

목동중학교 1학년 이다영

우리 집엔 꽤 오랜 시간 함께 지내온 사랑스러운 물고기가 한 마리 있다. 베타피쉬로, 동생이 방과 후 학교 수업에서 받아온 지느러미가 예쁜 물고기이다.

그저 '동생의 동물'이라고만 생각했던 베타피쉬는 차차 내게 큰 영향을 주었다. 밥을 챙겨주며 종종 지켜보면, 복잡한 대인관계에 관한 고민과 숙제에 지쳐 있던 내게 소소한 행복과 힐링의 요소가 되어주었다. 정작 내가 어릴 때 아빠께서 어항을 마련해 키우셨을 때는 '시시하다'고 생각했었던 물고기가, 이젠 내게 큰 행복을 주는 존재가 되었다. 그래서 나는 이번 생일 선물로 물고기를 부탁했다. 난 그저 작은 어항을 하나 마련해 더 키우자는 의미였으나, 물고기를 좋아하시는 아빠 덕에 커다란 어항과 수초와 함께 물고기 맞을 준비를 했다.

처음엔 11마리였다. 적응하지 못한 물고기들의 죽음으로 이후에는 수가 줄었지만. 노란색의 꼬리지느러미가 귀여운 옐로우구피 세 마리, 주황색의 블론디구피 셋, 까만 꼬리지느러미가 달린 하프블랙구피, 푸른빛과 호피 무늬가 매력적인 블루다이아 세 마리, 그리고 새끼 아쿠아마린까지 모두 정말 아름다웠다. 꼬물거리는 물고기들을 바라보고 있자면 나도 모르게 빠져들어 시간 가는 줄 모르게 된다. 한 마리 한 마리 관찰하며 의미 있는 이름들을 지어주며 아껴주었다. 그중에서도 나에게 특별한 물고기가 있었는데, 바로 수컷 블론디구피였다. 영롱한 귤색 지느러미가 참으로 고운 물고기였다. 노란빛이 도는 주황색의 꼬리지느러미는 물속에서 나비의 날개처럼 춤을 췄다.

어느 날부터 수족관에서 기운차게 헤엄치던 물고기가 비실비실해졌다. 어항 속 환경이 맞지 않았나 보다. 귤색의 지느러미가 정신이 오락가락하는 듯 죽은 것처럼 힘없이 뒤집혀 물에 둥둥 떠 있다가, 눈앞에서 생명이 떠난 줄 알고 놀라 바라보고 있으면 갑자기 벌떡 정신을 차리고 일어나 돌아다녔다. 그렇게 한참을 반복하는 걸 보며 꽤 충격을 받았다. 너무 안쓰러워 그냥 보내줄까, 괜히 고생만 하는 건 아닐까 싶었지만 계속 살려는 의지로 버티는 녀석을 보고 마음을 몇 번이나 바꾸었다. 그 물고기를 위해 내가 할 수 있는 것은 아무것도 없었다. 그저 옆에서 그 안타까운 광경을 보며 응원할 수밖에. 결국 아빠가 죽기 직전인 물고기를 건져내셨고, 그 순간까지 축 처져서 더는 몸부림도 치지 못하는 물고기를 보며 이상한 기분이 들었다. 무섭고 멍한 느낌이었다. 이미 물고기 몇 마리의 죽음을 지켜본 터라 죽음에 조금은 무뎌졌을 줄 알았다. 그렇지만 한 생명의 끝을 지키는 것은 생각보다 힘든 일이었다.

변기 속에서도 분명히 살아있었다. 그 블론디구피는, 분명히 헤엄치고 있었다. 그 헤엄은 고통의 몸부림이었고 그 모습은 오래도록 내 머릿속에 큰 충격으로 남아 있을 것이다. 힘 빠진 귤색 지느러미의 몸부림을 보고 정말 아무 말도 할 수 없었고 큰 죄책감이 견디기 힘들 정도로 마음을 짓눌렀다. 허전한 마음에 멍한 채로 어항을 한참 들여다보다 결국 울음이 터지고 말았다. '괜히 내게 와서 그렇게 아프게 떠났구나.' 하는 마음에 너무 미안했다. 그 소중한 생명이 나 때문에 죽었다는 생각에 '분명 마지막까지 살아있었는데.' 하며 오래 울었다. 쌓여 있던 숙제들도 잊고 밤하늘에 눈물을 섞다 잠들어 눈이 퉁퉁 부어버렸다.

그다음 날은 평소 좋아하는 연예인의 생일 카페에 가기로 한 날이었다. 오랜 기대로 가게 되었는데 그렇게 부은 얼굴은 어떤 방법으로도 풀리지 않았고, 길이 남을 소중한 사진들에 전날 밤의 충격이 담겨버렸다. 생일 카페에서의 추억을 떠올리면, 항상 이 구피가 떠오르겠지. 부은 얼굴을 보면서, '자꾸 생각하면 좋은 곳으로 못 간다는데'라며 만화책에서 봤던 말을 중얼거리며 아픔을 닦았던 나를 회상하겠지. 영겁의 시간이 지나도 왠지 그 구피의 죽음은 내 마음속에서 잊히지 않을 것 같다.

"오래오래 기억해줄게, 미안해."

물고기를 데려온 첫날, 신나서 어항 앞에 앉아 꼬박 2시간을 사진만 찍었다. 그렇게 내게 왔다 떠나간 물고기들에게 미안해서 꼭 글로 남겨 주고 싶었다. 글 쓰는 것을 좋아하는데, 이 글처럼 내 이야기를 녹여 쓰는 건 오랜만인 것 같다. 내 경험, 내 이야기를 쓰다 보면 솔직한 감정들이 글에 오롯이 드러나서 좋긴 한데, 그러면 그때의 감정이 되돌아와 힘들기도 하다. 아픈 감정들을 곰곰이 생각하는 데 지쳐 어느새 그러지 않는 법을 연습하고 있었다. 가슴이 먹먹하도록 꾹꾹 눌러 담기만 하고 놓아주질 않아서 두고두고 아파하고 있는 것 같다. 그 일부를 꺼내 새하얀 도화지 위에서 감성에 적신 붓을 놀리면 그게 내 글이 되는데, 글의 그런 면이 좋아 글쓰기를 시작했다. 그러면서 내 감정을 조절하는 법을 배워가는 것 같다. 조곤조곤 나 자신에게 말을 걸듯 글을 써 내려가면 감정 본연의 것이 나타나 이상하고 묘한 기분을 느끼곤 한다. 하지만, 그 감정들을 정리하고, 때론 명확히 정의하지 못하더라도 느껴가면, 그게 바로 내가 글을 통해 성장하고 힐링하는 방법이 아닐까 생각한다. 앞으론 점점 용기를 내어 내 안에 묻어둔 좋지 않은 감정들을 하나씩 꺼내어 정리해 봐야겠다. 그러고 나면 홀가분해져서 새로운 내가 될 수 있겠지. 새로운 내가 되어 더 큰 일들을 해내고 견딜 수 있도록 단단해지길.

벚꽃

대영중학교 3학년 이승현

벚꽃, 예쁘지 않아?
이제 4월이라고, 벌써 만개했다나 봐.
아직 질 때까지는 멀었나? 나는 벚꽃이 휘날리는 게 그렇게 보기 좋던데.

너는 아무렇지도 않은 말투로 봄의 종말을 기원했다.

봄비였다. 4월이 되고 내리는 첫 비인지라, 고개를 든 지 일주일을 채 못 넘긴 꽃들이 잔뜩 떨어지고 있었다. 아침까지만 해도 맑았던 하늘의 아래엔 꽃잎이 몇 보이지 않았었는데, 어느새 온 바닥이 새하얘졌다. 꽃잎들은 보도블록 위로, 혹은 그 틈새로 내린다. 그리고 그것들은 여전히 내리는 비를 타고 하수도로 떨어져 곪아갈 것이다. 혹은 사람들의 발 아래에 끼인 채로 몇 번이고 밟히고 찢겨 눈을 감을 것이다. 이렇게 꽃을 보낸다. 너는 벌써 져버리다니 아쉽다는 표정이었다.

예상외로, 꽃이 완전히 지지는 않았다. 오히려 푸르른 잎사귀들이 피어올라 시각적 미를 더했다. 꽃잎의 색과 잎사귀의 색, 그리고 시시각각 변하는 하늘의 색이 시야를 채운다. 아름다웠다. 밤이면 수많은 색을 가진 조명들에 비추어 더욱 다양한 색으로 빛나기 마련이었기에 더욱 그랬을지도 모른다. 그럼에도 너는 초록 잎사귀들이 불협화음이라도 된다 생각하는 건지 불만족스러운 표정이었다. 아직 4월은 한창이었고, 내가 생각하는 봄은 아름다움을 유지하고 있었다. 그런 시기였다.

문득, 벚꽃이 사람과 닮았다는 생각이 들었다. 벚꽃들은 몇 봉오리가 한 덩어리가 되어 흔들린다. 그러한 모습에서 사람들이 보였다. 좁은 공간에 다닥다닥 붙어 활동하는 이들이 비쳤다. 수가 적으면 열세에 처하기 마련이었다. 너와 내가 그랬다.

굵은 빗줄기가 창을 두드리던 날이다. 이젠 푸른 잎사귀로 가득 찬 나무에 튕겨 투둑이는 빗소리가 귓가를 미미하게나마 울린다. 나는 이런 날씨에서의 실내생활을 좋아했으나, 기분이 썩 좋지만은 않았다. 네가 죽은 직후의 한 주가 막 지나고 있었기에. 마지막 잎새의 인물마냥, 꽃이 다 지자 너도 사라지고 말았다. 그래, 너는 꽃과도 같은 사람이었나 보다. 내년이 되어도, 얼마의 시간이 흘러도 영영 돌아오지 않을 점만을 제외한다면. 어느새 밀려온 서러움에 마음이 북받친다. 소리를 죽여 울먹였다. 그날의 이명과도 같던 빗소리는 더 이상 들리지 않는다. 그리도 두꺼웠던 비구름을 뚫고 햇빛이 고개를 내밀어 창 너머의 나를 비춘다. 네가 나를 위로하는구나, 싶어 더욱 서럽게 울었더랬다. 너의 봄이 그러했듯, 나의 여름에게도 차례가 다가오고 있었다. 종말을 맞이할, 그러한 차례가.

언니는 나더러 울라고 했다

영란여자중학교 2학년 이예슬

나는 취미가 많다. 글을 쓰는 것은 물론 노래와 피아노도 즐기고, 그냥 평범한 일상에서의 대화에도, 흔히 접할 수 있는 것은 아닌 실탄 사격에까지도 정을 둔 편이다. 당연히 그 외에도 다양한 취미가 있다. 이 나이에 하고 싶은 것이 많다는 것은 당연할지도 모른다. 그렇지만, 내가 취미를 즐기는 모습은 약간 다르기도 하다. 나에 대해서는 항상 어느 정도 예민하다는 부분에서 자주 지적을 들었었다. 자존감이 낮다고 표현하는 게 어렵지도 않고 가장 적당할 것 같으니, 그렇게 말하도록 하자.

나는 자존감이 낮다. 조금 심한 것도 같다. 낮은 자존감으로 인해 몇 날 며칠을 꼬박 밤새워 우느라 바빴던 적도, 온갖 곳에서 무기력을 느껴 넋이나 내보내 놓고 숨만 쉬었던 적도 빈번했다. 왜, 흔한 증세들이 있지 않은가. 남이랑 자꾸 비교를 하게 된다든지, 거울을 보며 자기 비하 발언을 아무렇지 않게 내뱉는다든지 하는 것들 말이다. 그런 것들은 내게 기본이자 일상이었다.

나는 나에 대한 기준이 매우 엄격했다. 나의 모든 취미 생활에도 점수를 매기고 항상 아직 부족하다고 깎아내리기 바빴으며 내가 가진 단점들을 몇 번이나 곱씹었다. 나도 내 그런 습관이 너무 고역이었다. 하루도 빠짐없이 나를 누르는 내가 한심해서 또 누르고는 했다. 아무래도 모든 일의 주범은 나인 듯싶었다. 내가 우울했던 이유도, 무기력했던 이유도 전부. 별 수 있겠는가. 몇 년째 고치지 못한 것을. 노력을 하긴 한 건지조차 잘 모르겠다.

백 번 양보해서, 평소에 자존감이 낮은 것은 내 개인의 문제이니 그냥 그렇다고 치자. 하지만 문제는 여기 있다. 내 우울은 역시나 남에게 피해 주는 것을 잘했다. 내 주위에서는 나를 중간에 두고 내가 심하다느니, 그럴 수 있는 나이라느니… 본인들끼리 토론을 펼쳐댔다. 혼자만의 문제였을 때도 하나님을 애타게 찾으며, 무릎을 꿇은 채 엉엉 울기나 했던 나에게 그런 모습을 보고 있으라니. 매번 구곡간장이 쓰리다 못해 토가 나올 지경이었다. 그게 익숙해진 뒤로도 여기저기서 가타부타 이래라저래라 감 놔라 배 놔라… 그저 지겨워서 귀를 틀어

막았지만 말이다. 내 자존감은 낮다. 나도 잘 알고 있는 사실이지만, 실상 습관이든 성격이든 고쳐먹는다는 게 그리 쉽지는 않지 않은가. 내 의지만 있다고 고칠 수 있는 거였다면 진작에 고쳤겠지. 어른들은 내게 조언이라는 명분으로 자존감을 높이라는 말을 잔뜩 던졌다. 별로 바란 적도 없는데, 아니… 싫었는데도 말이다.

그래도 사람들의 훈계질은 익숙해지면 익숙해질 만도 했다. 그럼에도 익숙해지지 않았던 것은… 오롯 바닥을 치는 자존감의 목소리뿐이었다. 그 소리를 들을 때면 꼬박꼬박 울기도 하고 휴식도 취해 봤다. 그런데 대체 왜 그 소리에는 익숙해지지를 않는가? 초조한 일도 없는데 물어뜯어지는 손톱과 살들은 무슨 죄가, 주인이 하라는 대로 소리를 내어 줬다가 상처가 난 내 성대는 무슨 죄가 있었을까. 언제까지 우울에 빠질 참인지 제 자신에게 물어도 답은 잘 돌아오지 않는다. 그래서 요즘은 하나님께도 외쳐 본다. 하나님, 저를 왜 만드셨나요? 조금만 더 괜찮은 사람으로 만들어 주실 수는 없었나요? 조금만 더 가치 있는 사람이 되고 싶어요. 안 되나요? 저는 아닌가요? 그냥 실패작인가요?

어느 날은 그런 일이 있었다. 너무 우울해서, 내가 너무 미워서 길바닥에 앉아 펑펑 울었다. 시험도 무대도 내가 원했던 만큼의 결과에 도달하지 못해서 그랬던 것 같다. 옆에 아무도 없으니 외로워 죽을 것 같아서, 친한 언니에게 떨리는 손으로 전화를 걸었다. 몇 번의 신호음이 울리자 이내 스마트폰 너머에서 언니의 목소리가 들려왔다. 그때, 나는 그때 제일 많이 울었다. 언니의 목소리가 들리자마자 쏟아지는 눈물을 주체할 수가 없었다. 하나님도 답해 주지 않으셨던 물음을 언니에게 했다. 정말 뻔한 위로라도 괜찮으니, 뭐라도 말해 줘. 그저 그런 마음이었다.

"나는 왜 항상 사람들의 기대치에 가까이도 가지 못할까, 언니? 내 옆에 있어 주는 사람들한테 부끄러워서 죽을 것 같아. 왜 나는 안 되는 거야?"

쪽팔린 것도 모르고 이런 말을 막 내뱉었다. 머릿속이 잠잠해지질 않아서 그냥 다 말해 버렸다. 그러자 이내 한참을 침묵하고 내 얘기만 들어 주던 언니가 입을 열었다.

"예슬아, 괜찮아. 사람들이 네게 얼마나 기대를 하건 너는 열심히만 하면 돼.

네가 어떤 결과를 가져오든 그거면 돼. 네 옆에 있어 주는 사람들은 네 결과를 보고 네 옆에 있는 게 아냐. 울어, 예슬아. 울어. 머리가 지끈거릴 때까지 울어. 더 이상 일 년 동안은 울지 못할 정도로 울어. 괜찮아."

언니는 나더러 울라고 했다. 내 친구들은, 내 부모님은 내가 얼마나 잘났느냐를 따지면서 내 옆에 있는 게 아니다. 그 정도는 나도 알고 있었다. 근데 그때는 왜 이렇게 눈물이 나고 고마웠던지. 그러고도 한 시간은 더 울었지만 언니는 전화를 끊지 않았다. 숨만 쉴 뿐 아무 말도 하지 않았다. 그저 내가 우는 소리를 한 시간 동안 듣고 있었을 뿐이다.

진짜다. 내가 아무리 할 줄 아는 게 없어도, 내 옆에 있을 사람은 있어 준다. 내가 아무리 못나도, 내가 아무리 무능력해도, 나를 사람으로 보는 이들은 내 옆에 끝까지 머무른다. 실상 우울에 잠기면 잠시 깨닫기 어려울 뿐, 거의 모두가 아는 사실이 아닌가. 정말 괜찮다. 나는 그저 양심을 지키고 의무를 다하며 정직하고 착하게, 모든 것에 열정을 쏟으면 된다. 정말 아무것도 없다. 그러다가 지쳐서 몇 번은 쓰러져도 보고, 넘어져도 보는 거다. 무릎에서 나는 피를 가만히 보는 시간도 필요한 것일지 모른다. 사람은 거기서 용기를 얻기 마련이니까. 한두 번으로는 될 리가 없다. 백 번이고 천 번이고 넘어져야 넘어갈 수 있는 법이다. 열심히 하면 된다. 노력했으면 그것만으로도 충분하다. 열심히 했는데도 결과가 별로일 때는, 좌절하고 우울에 빠지는 것을 두려워하지 마라. 네가 생각했을 때 결과를 위해 노력했음이 확실하다면 좌절해도 괜찮다. 실패가 아니라 하나의 계단이었을 뿐이다. 앞으로 올라가야 하는 계단은 수천 개 수만 개가 더 있을 것이다. 계단을 올라간 방법이 마음에 들지 않아도 괜찮다. 어찌 됐든, 계단 하나를 더 올라간 셈이니. 힘들어서 정말 못 버틸 것 같을 때는, 어쩌면 하나가 아니라 열 개를 올라간 것일지도 모른다. 그러니 힘듦을 시기하지 마라. 열 개의 계단을 한 번에 올라갔으니 힘든 게 당연한 것이 아닌가.

열 개의 계단을 한 번에 올라갔다는 사실, 그걸로 됐다.

물방울 속의 시간 1

잠신중학교 3학년 이윤서

'비가 많이도 오네….' 책을 꽂고 있던 나는 중얼거렸다. 그러자 앞에 앉아있던 여자가 나를 째려봤다. 마치 '조용히 좀 해! 너 아까부터 시끄러웠어!'라고 말하는 것 같았다. 하지만 시끄러운 것이 내 잘못은 아니었다. 도서관 선생님이 내게 책을 제자리에 꽂아놓으라고 했기 때문이다. 나는 그저 고개를 살짝 까딱인 후에 다시 책을 꽂기 시작했다.

10분 후면 퇴근할 수 있다. 우산을 챙겨왔기에 망정이지 쫄딱 젖을 뻔했다. 출근 전에 우울해 보이던 구름이 1시간 전부터 눈물을 터뜨린 것이다. 나무가 입고 있던 금빛 옷은 성난 물방울의 공격에 우수수 떨어지고 있었다. 사람들은 서둘러 어딘가로 들어가고 있었다. 마치 돌멩이를 던진 연못에 파동이 이는 것처럼. 그런데 그 파동에 흔들리지 않는 사람이 보였다. 민트색 우산을 들고 노란색 후드티를 입은 사람. 모든 사람들이 흩어지는 순간에, 그 중심에 서 있는 한 사람. 아니지, 중심에 서 있던 것이 아니라 중심이 된 사람. 여유롭게 민트색 우산을 돌리는 모습이 정말 부러웠다.

"다윤 씨, 퇴근해도 돼요. 오늘은 제가 마무리하고 갈게요."

김 주무관이 말했다. 그는 어딘가 특이한 구석이 있다. 물론 같은 여자로서 그녀의 이성적인 태도와 규칙적인 일상은 존경스러웠다. 다만 의미심장한 말을 할 때 항상 왼쪽 눈썹이 물결치듯 위아래로 움직였는데, 그 몸짓은 나를 꺼림칙하게 했다. 그리고 또 하나 특징이 있었는데, 그것은 바로 남 걱정은 하지 않는다는 것이었다. 아니, 남 생각 자체를 하지 않는다. 예를 들면, 최 주무관은 도서관 반대편에 있는 복사기에 프린트물을 가지러 갈 때, 다른 직원들에게 꼭 같이 가져다줄 사람 없느냐고 묻는다. 사실 이건 최 주무관뿐만 아니라 다른 사서들도 똑같다. 하지만 김 주무관은, 단 한 번도 먼저 물어본 적이 없었다. 저번에 사원 진형우는 초록색 옷을 입은 나와 김 주무관을 착각해서 그에게 프린트물을 가져다 달라고 한 적이 있다. 그때 '그래, 알겠어.'라는 말을 기대한 진형우는 '다음부터는 각자 알아서 합시다.'라는 서늘한 말에 얼음처럼 굳은 적이 있다. 민망했던 진형우는 얼굴이 시뻘게져 화장실로 후다닥 달려갔었다. 그런데 그런 사람이 부탁하지도 않은 일을 마무리를 해주겠다니. 이 얼마나 큰 행운인가! 감격스러워서 눈물이 날 지경이었다.

한동안 창문만 내려다봤나 보다. 아직 꽂아야 할 책이 3권 정도 남아 있었다. 나는 고맙다고 말하고 내가 들고 있는 책을 살펴보았다. '빗방울의 상상', '이상한 나라의 기이한 이야기', '끝, 혹은 시작', 이렇게 세 권이었다.

"김 주무관님, 이 세 권만 제가 꽂고 갈게요."

"흠…, 제가 대신 해드릴게요. 다윤 씨는 먼저 퇴근하세요."

김 주무관이 별거 아니라는 듯이 말했다. '아싸! 이게 웬 횡재람!' 속으로 기뻐하고 있을 때, 그가 한 마디 더 덧붙였다.

"우산, 꼭 쓰고 나가세요."

김 주무관의 눈썹이, 왼쪽 눈썹이 물결쳤다. 가뜩이나 비 때문에 으슬으슬한데, 그 물결이 닭살을 돋게 했다. 우산을 꼭 쓰고 나가라니! 평소 다른 사람을 신경써 주고 걱정해주는 사람이 아닌데 갑자기 우산을 쓰고 나가라니. 정말 뜬금없었다. 나는 멋쩍게 "네… 하하, 비가 참 많이도 오네요." 하고는 짐을 챙겨 밖으로 나갔다.

* * *

비는 정말 쉴 틈 없이 내렸다. 나는 비 한 방울 맞지 않으려고 단단히 채비했다. 검은색 우산을 펼쳐 들고 보폭이 넓은 걸음으로 버스 정류장을 향해 걸어갔다. 흔들리는 걸음에 따라 내 머리도, 우산도, 목도리도 흔들렸다. 머리가 눈을 가려 머리카락을 아예 목도리 안에 집어넣고 나는 또다시 빠르게 걸었다. 빨리 집에 가 쉬고 싶었다.

하나 둘 내 발걸음에 맞춰 하나 둘 우산에서도 물방울이 톡톡 떨어졌다. 정확히 말하자면 '톡톡톡톡톡톡톡톡', 떨어졌다. 비가 참 많이도 왔다. 방금 만난 물방울은 안녕이라고 하기도 전에 땅바닥에 떨어졌다. 그런데 그 빗방울 중에, 눈에 띄는 물방울이 하나 있었다. 우산 끝에 하나가 맺혀있었다. 우산을 편 순간부터 붙어있던 그 물방울은 도무지 떨어질 것 같지 않았다. 그 물방울을 자세히 들여다보았다. 점점 더 가까이, 그리고 더 가까이 물방울을 들여다보았다. 내 발걸음은 느려졌고 시야는 좁아졌다.

물방울에 세상이 보였다. 주변에 있는 건물들과 나무들이 물방울 안에 담겨 있었다. 그런데 좀 특이했다. 모든 게 다 거꾸로였다. 나무의 뿌리는 물방울 위쪽에, 노란 잎사귀들은 물방울 아래쪽에. 건물 입구는 물방울 위쪽에, 건물 옥상은 물방울 아래쪽에. 신기해하며 나는 걸음을 멈추었다. 우산을 살살 흔들어보았다. 그래도 물방울은 떨어지지 않았다. 나는 더 가까이 눈을 갖다 댔다. 그때 물방울이 내 눈꺼풀에 내려앉았다. 놀란 내가 눈을 깜빡거리자 물방울이 눈 안으로 스며들었다. 지나가던 차 소리는 희미해져 갔다. 시야는 흐릿해져 갔다. 점점 더….

* * *

'팟!'하는 소리가 들렸다. 그리고 믿을 수 없는 풍경이 나타났다. 세상이 거꾸로 뒤집어져 있었다. 거꾸로만 뒤집어져 있는 것이 아니었다. 요지경으로 본 그림처럼 동서남북 모든 방향에서 세상이 다르게 보였다. 그런데 기이한 일이 일어났다. 마치 자라나는 새싹처럼 건물들이 자라나고 있었다. 점점 더 길게, 점점 더 무섭게. 나무들은 옆에서 폭죽처럼 터졌다. 소름이 끼치기 시작했다. 그리고 너무나도 길어진 건물이 중간에서 뚝 끊기는 순간, 나는 미친 듯이 달리기 시작했다. 몇 초 후, 뒤에서 '쿵!' 하는 소리에 하이에나 떼들이 몰려오고 있다고 생각하며 달렸다. 뒤집힌 세상에서 나는 어디에 있는 것일까.

'하늘? 구름? 아니면 그냥 허공을 걷고 있는 건가?' 고개를 숙이자, 자라고 있는 건물 위에서 내가 뛰고 있다는 사실을 깨달았다. 하필이면 건물 위였다! 방금 두 눈으로 너무 길어진 건물이 두 동강나는 것을 봤는데. 뒤를 돌아보고 건물이 어느 정도 자랐는지 확인을 했다. 그때, 묵직한 느낌이 들었다. 우지직. 건물 밑동이 뜯어지고 있었다. 창문 유리는 와장창 깨지고 언제 생겼는지 모를 책상과 의자들도 비가 쏟아지듯 내렸다. 건물은 곧 무너질 것이다. 그 위에 있는 나도 마찬가지. 옆을 둘러봤다. 상당히 먼 거리에 건물이 또 하나 있었다. 그렇지만 뛰어내리기에 그렇게 먼 거리는 아니었다. 우지지직.

'죽거나 뛰거나. 하나 둘 셋!' 눈을 감고 셋을 센 다음 힘차게 뛰었다. 하지만 역시 평생을 책만 읽고 살아온 나에게 그런 운동 신경은 없었나 보다. 갑자기 뚝 떨어지는 느낌이었다.

'이대로 끝나는구나… 이게 도대체 뭐지? 현실인가 꿈인가. 이게 뭐길래, 고작 이런 것 때문에 죽는 거지? 잘못한 것도 없고 그냥 평소보다 조금 더 일찍 퇴근하는 것뿐인데. 김 주무관님의 호의를 받는 게 아니었어. 어? 김 주무관님? 그러고 보니 김 주무관님의 눈썹이 물결쳤었지…' 그렇게 계속 떨어지다가 거친 느낌이 들었다. 다행히도 나무 위에 떨어졌다. 그런데 운이 또 없었다. 하필 그 순간에, 나무가 폭발했다. 몇 초 전만 해도 떨어지던 내가, 이번엔 위로 날아가고 있었다. 정신없는 그 순간에, 나는 아래를 바라봤다. 그 광경은 대단했다. 정말 어느 미래 도시에 온 것처럼 온갖 건축물과 자연물이 조화를 이루고 있었다. 요지경처럼 세상은 자라고 돌고 있었다. 현실인지 상상인지 분간이 되지 않았다. 슬로우 모션처럼 위로 올라가던 나는, 심장이 몸 밖으로 튀어나온 그런 느낌이 들었다. 그리고 다시 추락하기 시작했다. 나는 정신없이 소리를 질러댔다. 이 요란한 곳에 도착한 순간부터 소리 지르는 것을 멈춘 적이 없었다. 가뜩이나 빙빙 도는 세상 때문에 머리가 어지러웠는데 내 고함 때문에 머리가 깨질 듯이 아팠다.

나는 낮고 폭신한 덤불에 떨어졌다. 나뭇가지에 온몸이 긁히기는 했지만 죽는 것보다야 나았다. 나는 서둘러 일어난 후 내가 서 있는 곳을 확인했다. 다행히도 이번에는 건물도, 나무도, 하늘도, 그 어느 곳도 아닌 아스팔트 바닥이었다. 다행이라고 생각한 나는 바보같이 또 주위를 두리번거리기 시작했다. 여전히 내게 익숙한 세상은 아니었다. 여전히 그 미치고 요란하고 기이한 세상이었다. 울음이 터져 나왔다. 어린아이 마냥 소리 내 펑펑 울었다.

쇄아아.

주위의 분위기가 으스스해졌다. 비가 내리기 시작했다. 그런데 하늘에는 구름 한 점 없었다. 하늘은 맑고 햇살은 오후 햇살처럼 나른하게 세상을 비췄다. 햇살은 강렬하게 빛났다. 두려움에 떨며 하늘을 바라보던 나의 눈꺼풀 위에 빗방울이 앉았다. 너무나도 눈부신 햇살 탓에 나는 연거푸 눈을 깜빡였다. 그때, 빗방울이 눈 속으로 스며들었다. 쿵! 뒤에서는 또 다른 건물이 무너지는 소리가 들렸다. 펑! 또 다른 무르익은 나무가 터지는 소리도 들렸다. 쿵! 펑! 쿵! 펑! 소리는 희미해져 갔다. 시야는 흐릿해져 갔다. 그렇게… 또다시 그렇게….

* * *

"저기요… 저기요… 저기요!"

천천히 눈이 뜨였다. 초점은 흐리고 정신은 반쯤 없었다. 바로 눈앞에는 민트색 우산에 노란색 후드티를 입은 사람이 보였다. 나를 급히 흔들며 깨우려고 하고 있었다. '헉, 저 사람은 아까 도서관 위에서 봤던 사람 아닌가! 저 사람은 어떻게 이 기묘한 세상 속으로 들어왔지?'

"저… 저기요! 여기 위험해요. 그 쪽은 어떻게 들어왔어요? 여기 들어오면 안 되는데! 여기 막 건물들이…"

나는 다급한 말투로 소리를 지르기 시작했다. 그때, 따뜻한 두 손이 내 어깨를 잡았다. 그리고 그 남자는 차분히 말을 했다.

"이제 다 끝났어요. 안 위험해요. 주위를 둘러봐요. 이제는 안전해요."

나는 몸을 일으켜 주위를 둘러보았다. 내가 알던 그 풍경이었다. 가을에 무르익은 나무들은 금빛 옷을 입고 있고, 칙칙한 구름은 울고 있고, 분위기는 차가운 빗방울 탓에 으스스한, 그 익숙한 풍경. 그런데 그 남자는 이 모든 것을 다 안다는 듯이 말하는 것일까.

"근데 저기요, 누구신데 그걸 아셨어요?"

나는 그를 향해 고개를 획 돌렸다. 그런데 그 밝고 따뜻한 기운이 넘치던 남자는 온 데 간 데 없고, 김 주무관이 앞에 있었다.

"헉! 주무관님! 아니, 아까까지만 해도…"

"다윤 씨, 여기서 뭐 하세요? 왜 물이 흥건한 길바닥에 앉아있어요? 빨리 집에 가라고 했더니만… 우산은 어디 있어요? 제가 우산 챙기라고 했잖아요. 아, 혹시 이건가요?"

김 주무관은 차가운 목소리로 말했다. 그리고 그가 몇 걸음 걸어가서 가져온 우산은 민트색 우산이었다. 나는 또다시 멍청이처럼 주위를 둘러봤다. 내 검은색 우산은 사라지고 없었다. 대신 김 주무관의 손에 들린 민트색 우산… 분명히 내 것은 아니었다. 아까 그 남자 우산인 것 같았다. 그런데 그 남자는 대체 어디로 사라진 것일까.

"그 우산, 제 것 아… 아, 아니에요. 제 우산이에요. 저 주세요."

김 주무관은 의심스러운 눈초리로 나를 쏘아보며 우산을 건네주었다. 그리고 나는 끙끙대며 길바닥에서 일어났다. 정말 이상했다. 내가 방금 무엇을 겪었는지 혼란스러웠다. 아무 일도 일어나지 않은 것만 같았다. 모든 것이 평온했다.

아까 그 남자는 어디로 간 것일까? 김 주무관은 언제 내 앞에 나타난 것일까?

"이제는 진짜 집에 가세요. 내일 봅시다."

김 주무관은 미련 없이 뒤돌아 길을 걸었다. 나는 그의 뒷모습을 멍하니 바라보았다. 머릿속이 희미해진 것만 같았다. 어느 부분이 빈 것 같은, 중요한 것을 놓친 느낌. 어쩔 수 없었다. 그때 버스가 들어왔다. 나는 뛰었다. 순간 종아리가 저릿했다. 버스에 탄 후 종아리를 살펴보았다. 긁혀 있었다. 나뭇가지에 긁혔던 순간이 기억났다. 그럼 그 사건이 현실이란 말인가! 나는 도저히 믿을 수가 없었다. 황당해서 열이 뻗쳤고 얼굴은 붉어졌다. 다급히 창문을 열고 고개를 내밀었다. 그때 물방울이 눈꺼풀 위에 내려앉았다. 연거푸 깜박거리던 나의 눈 속으로, 은밀하게 물방울이 스며들었다. 버스에서 흘러나오던 라디오 소리는 희미해져 갔다. 시야는 흐릿해져 갔다. 다시… 또 한 번 더….

무제

상도중학교 3학년 이윤지

엄마가 죽었다.

아빠는 어디 있냐고 묻자 한 번만 그런 거 물으면 이 집에서 못 살게 할 거라는 소리를 듣던 5살. 비 오는 날 친구들을 데리러 온 부모들 사이에서 모자를 뒤집어쓰고 혼자 하교하던 10살. 그리고 돈 한 푼 남겨두지 않고 떠나버린 지금까지 17년 동안 놀랍도록 해준 게 없는 사람이었다.

시신이 발견된 곳은 한 빌라였다고 했다. 왜 죽었는지 궁금하지도 않았다. 그 빌라는 보나마나 요즘 만나는 남자의 집일 것이었다. 원래 엄마 얼굴을 보는 날이 한 달에도 손에 꼽을 정도였긴 했으나 요즘은 꽤 오래 집을 나가 있었으니 새 남자가 생겼을 거라고 짐작하던 참이었다. 하지만 여태 있었던 그 많은 남자들 중에 장례식에 온 사람은 둘밖에 안 됐다. 사는 게 급한지라, 누가 오면 부조함에 집어넣는 봉투를 보고 얼마가 들어 있을지 가늠하느라 검은 치마폭을 끌어안고 벽에 기대앉아 눈만 바쁘게 굴렸다. 어차피 나를 지나치는 시선들에는 그 흔한 동정조차 없어 자존심 따윈 상관없었다.

사망 소식을 접한 건 학교에서였다. 내 이름은 알까 싶던 담임이 날 찾는다는 말을 듣고선 아무것도 모른 채 잠시나마 기대감에 부풀었던 날 하늘은 비참하게 만들다 못해 밟아 짓뭉갰다. 언제 가져갔나 싶었던 내 가방의 낡아 끊어지려 하는 가방끈을 어깨에 매 주며 담임은 말했다. 어머니께서 돌아가셨다고 하더라… 괜찮니? 그때 깨달았다. 나 이번 생엔 혼자 사랑받기 글렀구나.

어딘가 불편한 웃음을 짓고 있는 영정사진이 보인다. 눈이 마주치니 이상하게 소름이 끼쳤다. 엄마는 생전 항상 다급해했다. 어렸을 때는 뭐가 그리 바쁜가 싶었는데 지금 생각해보니 짧은 생의 마감을 준비하느라 그랬나 보다. 영정사진까지 편히 웃지 않은 채로 찍은 게 안타까워지려 해 몸을 돌려 앉았다.

오랜만에 따뜻한 장판 위에 앉아있으니 잠이 절로 왔다. 무릎에 기대어 정신을 놓고 있으니 날카로운 종이 같은 게 머리를 아프게 때리고 지나갔다. 고개를 쳐들고 보니 낯선 남자의 얼굴이 보인다. 진동을 하는 술 냄새에 절로 미간이 찌푸려졌다.

"니 유서란다."

유서라는 종이를 가지고 있는 걸 봐선 엄마가 죽을 때 함께 있었을 사람이 분명했다. 남자는 미련 하나 없다는 듯 구멍 난 양말로 제법 빠르게 뒤를 돌아 떠나려 했다. 양말에 향해있던 나의 시선이 그의 상체에 뚫어져라 꽂혔다. 엄마가 맨날 입던 하얀 면 티다. 바닥 언저리에 놓여있던 손이 어느새 치마폭을 잡고 부들부들 떨렸다.

“그건 왜 입고 있는데?”

남자의 뒷모습이 멀어져 가자 참다못해 고래고래 소리쳤다. 남자는 발걸음을 멈추더니 뒤를 돌아 다시 다가왔다. 그제서야 발견한 옷 앞면의 핏자국에 심장이 빠르게 뛰었다. 죽은 엄마의 옷을 입고 나온 것인지, 아니면 엄마를 죽이기라도 했는지는 알 수 없었다. 하지만 어느 쪽도 정상은 아니라는 걸 모를 정도로 내가 바보는 아니었다.

“지 어미 닮아서 말하는 싸가지 봐라. 죽어봐야 정신을 차리지.”
“네가 엄마 죽였냐?”

남자는 어이가 없다는 듯 웃었다. 죽였으면 어쩌려고? 남자의 말에 부들거리던 오른쪽 손은 어느새 쥘 것을 찾고 있었다. 엉덩이 뒤쪽을 더듬거리던 중 손에 잡히는 건 야속하게도 다 쓴 볼펜 한 자루뿐이었다. 소리까지 내며 웃는 남자의 얼굴에 볼펜을 던진 건 지극히 충동적인 행동이었다. 남자의 얼굴을 정확히 명중시킨 볼펜은 그 얼굴에 상처 하나 내지 못한 채 바닥으로 힘없이 떨어졌다.

쿵, 쿵. 장판의 진동이 느껴졌다. 남자의 웃음소리가 더 크게 느껴지는 게 실제로 그의 웃음소리가 커져서인지, 아니면 그가 내게로 가까이 다가오고 있어서인지 구분이 가지 않았다. 남자는 여전히 웃은 채 무슨 말을 하려 입을 벌린 내 얼굴을 울퉁불퉁한 손으로 마구 때렸다. 죽어도 소리는 지르지 않으리, 라고 결심하며 아랫입술을 꽉 깨무니 어느새 입술도 터져 피가 흘러내렸다.

쓰러져 누운 나의 배로 남자의 발이 몇 번이나 향했다. 숨이 쉬어지지 않아 캑캑대며 남자의 발을 피해 출구로 기어가자 이번엔 내 머리채를 휘어잡으며 날 들어 올렸다. 후들거리는 다리로 힘겹게 서자 남자가 보란 듯이 영정사진 옆의 유골함을 들어 올린 다음 떨어뜨렸다. 유골함이 산산조각이 나 가루가 된 엄마의 흔적이 이리저리 날아다녔다. 난장판을 향해 걸으니 발을 할퀴는 유리조각들이 생생히 느껴졌다. 유골함 앞에 주저앉아 유골함의 큰 파편 하나를 집어 들었다. 손이 긁혀 피가 맺힐 정도로 파편을 꽉 쥐자 내 등에 가려 이걸 보지 못한 남자는 가만히 있는 날 의아해하며 다가왔다. 그 순간 고갤 돌려 남자의 허벅지에 파편을 쑤셔 넣었다. 남자가 억, 하며 바닥에 쓰러진다. 피로 얼룩진 치마폭에 떨리는 손으로 할 일을 끝낸 유리 파편을 떨어트리니 멀리 피로 젖어 접혀있는 종이 한 장이 내 눈에 사로잡힌다. 어느새 걸을 수도 없을 정도로 아픈 두 다리를 붙들고 종이가 있는 곳을 향해 팔로 기었다. 유서라고 적혀있는 종이를 열어보니 단 한 문장이 써 있었다. 태어나게 해서 미안해. 온 몸에서 피가 나도 나오지 않던 눈물이 볼을 적셨다.

무제

여의도중학교 3학년 이제이

대한민국은 지금 영하다. 날씨가 엄청 춥다. 근데 바람도 분다. 그것도 엄청. 연한 갈색 빛이 도는 모직코트로 제 몸을 둘둘 감싸 맨 승주가 늘 가는 경로를 밟았다. 아파트 단지를 나서서 왼쪽, 그 뒤로 쭉 직진하다가 신호등을 건너면 보이는 지하철역에서 5호선을 타고, 도착해서, 내려서 도보로 몇 분 쯤 가면 나오는 커피숍이 있다. 승주는 오늘도 그곳으로 출근을 한다. 그렇게 가게 안까지 무사히 입장하면,

아니 잠깐만, 지하철에서 내린 다음에 그냥 가면 안 된다. 깜박 잊을 뻔 했네. 승주는 휴 작은 한숨을 돌리며 역 밖으로 나온다. 가끔 멍하게 생각에 잠겨 있으면 해야 하는 일을 놓치는 경우가 종종 생겼다. 그러나 승주는 무슨 일이 있어도 이 일만은 꼬박꼬박 실천해왔다. 커피를 사는 일이었다. 바로 출근하지 않고, 그가 자주 가는 카페에 들린다. 카페라떼랑요, 따뜻한 아메리카노로 한잔 이요. 네 여기. 하면서 승주는 카드를 내민다. 직원이 오늘도 오셨네요? 하면서 미소를 짓는다.

"맨날 같은 거 주문하시니까요."

자기를 기억하냐며 묻는 승주에 직원은 그렇게 답했다. 그러자 저절로 고개가 움직이며 수긍하게 됐다. 하긴, 2년째 커피숍에 다니면서, 근 3개월간은 매일매일 이곳에 들렸으니까. 기억할 만도 하다. 게다가 주문은 항상 똑같이 하니까. 승주는 이른 아침 카페의 느긋한 분위기와 여유로운 재즈 팝에 취해 무의식적으로 카운터의 딱딱한 나무에 제 검지 손가락을 두드렸다. 커피가 나오기까지 무료함을 느낀 그가 강아지 같은 눈으로 카페의 메뉴를 훑는다. 매일 봤던 거라 이젠 이것도 약간 질린다. 핸드폰을 볼까 하다가 별로 취미가 아니어서 관뒀다. 연락 온 것도 없고. 연락하고 싶은 사람은 있지만.

"주문하신 카페라떼랑 아메리카노 나왔습니다."

승주가 감사하다고 말하며 커피를 받아들려는데 그걸 건넨 여직원의 말이 카페를 나가려는 승주의 발목을 잡는다. 근데, 이거 누구 주는 건지 물어봐도 돼

요? 왜 맨날 여기로만 오는지도 궁금하고. 승주가 잠시 머뭇했다.

"여자친구 거예요?"

그렇게 질문하자 살짝 놀랐다. 아니, 여자친구는 아닌데. 대답하기가 망설여지는 질문이라 승주는 잠자코 있다가 입을 뗐다.

"…여자친구는 아닌데, 좋아하는 사람은 있어요."

그렇게 말한 승주의 귀가 빨개진다. 잠깐 동안 멍했던 직원이 서둘러 인사를 한다. 아, 안녕히 가세요. 하니까는 승주가 이제서야 주춤주춤 발을 뗀다. 제대로 대답도 못하고 급하게 빠져나온 카페를 뒤돌아보며 승주가 옅게 한숨을 쉬었다. 왜, 끝까지 대답을 하지 못한 건지 그가 머리를 헝클어뜨리며 아스팔트 도로의 불거져 나온 블록을 발끝으로 툭툭 밀어냈다. 커피를 들지 않은 오른손으로 엉망이 된 머릴 쓸어 넘기고서는 승주가 무심결 시계를 봤다. 9시, 출근시간까지 얼마 남지 않은 시간에 그가 헉 하고 놀랐다. 다른 때하고 별 다른 것도 없는데 오늘은 조금 더 늦었다.

손에 들린 커피가 흘러넘치지 않도록 조심조심 걸음을 약간 빨리 한 승주가 서둘러 제가 일하는 커피숍 가까이 발을 옮겼다.

-딸랑.

"어서 오세요."

어? 뭐야. 커피숍 문을 열고 들어오는 승주와 눈을 마주친 직원이 놀란 표정을 한다. 너, 왜 여기로 들어와? 라는 말을 담은 듯한 그의 표정에 승주가 머쓱한 웃음을 지으며 뒷머리를 슬슬 긁었다. 승주가 장장 2년간 꼬박꼬박 빼먹지 않고 출근하는 이 가게는, 뒷문이 있어서 직원들은 영업에 방해되지 않게 출근할 때에는 뒤로 들어오는 것이 원칙이었다. 그걸 누구보다도 잘 아는 승주에게 꽤나 많은 직원들의 눈이 쏠렸다.

"늦을 것 같아서…."

하며 말을 얼버무린 승주의 얼굴이 살짝 빨개졌다. 민망함 때문이었다. -원래는 늦을 것 같아서 뒷문 대신 앞문으로 왔어요. 가 말하려던 문장의 전체였지만 - 커피가 담긴 비닐을 꼭 쥔 왼손에서 살짝 땀이 나는 듯, 몸이 굳은 승주가 어색한 미소로 분위기를 풀며 카운터 앞으로 다가갔다. 해봤자 얼마나 걸린다고, 하면서 궁시렁대는 매니저 형의 말은 못 들은 척 슬쩍 넘겼다. 그의 말대로 앞문 뒷문 이라고 해봤자 5분밖에 걸리지 않지만 승주는 근 3개월 동안은 매일매일 앞문으로 출근했다. 그리고 그 사실은 원래는 승주가 2번째로 출근하기 때문에 아무도 모르는 일이었다. 자신보다 조금 더 먼저 오는 '지윤' 이라는 누나를 제외하면.

"늦지 마 새꺄."

괜한 텃세를 부리는 맏형의 목소리에 승주가 천천히 입꼬리를 올리며 웃었다. 넵, 그럼요! 그렇게 말하고 끝에 조금 더 밝게 웃어보이는 것도 잊지 않았다. 정말 늦지 마. 우리 안 그래도 인원 부족한데. 그가 계속해서 잔소리를 늘려나갈 것만 같아서, 승주는 장난스럽게 '알겠어요 사장님' 이라며 능글맞은 대답으로 응수했다. 그러자 그 형은 또 사장이라는 사탕발린 소리에 내심 기분이 좋아졌는지 하지 말라면서 승주의 등과 어깨를 퍽퍽 쳐댔다. 그러나 내숭떨기엔 헤실대며 웃고 있는 그의 입이 너무나도 잘 띄었다. 내가 사장이냐, 하며 픽 웃어재끼는데 입가에 만족스러워하는 웃음이 스멀스멀 피어나는 게 눈에 보인다.

일한 지는 이곳에서 2번째로 오래됐지만, 나이는 어린 편엔 속하는 승주가 서둘러 가게 안을 돌아다니며 누나 형들에게 인사를 한다. 그 중에는 승주가 인사하고 싶어하는 대상도 끼어있었다. 열심히 그 사람을 찾아서 눈을 돌려대던 승주의 레이더망이 그를 잡았다. 아, 저기 있다. 승주가 어떻게 해야 그 사람에게 자연스럽게 커피를 건넬 수 있을까 고민하며 손에 들린 비닐을 들추는 순간에 매니저 형이 다가와서 관심을 보인다.

"오, 뭐야. 커피 사왔어?"

왠지 커피를 가져갈 것만 같은 불안감에 승주의 인상이 잠깐 굳혀졌지만 곧바로 평소와 같은 예쁜 미소로 되돌려놓은 그가 웃어보이며 물었다. 형도 하나 드릴까요? 하면서 능숙하게 그 안의 커피를 꺼낸다. 아메리카노 말고, 카페라떼… 속으로 생각하면서 카페라떼가 오른쪽인지 왼쪽인지 고민하다가 직원이 노란색 컵홀더에 쓰여진거라고 말해준 것이 기억나서 집어들었더니 형이 승주의 손을 막아선다. 나 오른쪽 걸로 줘. 그게 더 나아보인다. 하는 얘기에 승주의 얼굴에는 또 잠깐 당황한 낯빛이 스친다. 아. 안되는데. 그 사람은 아메리카노 좋아한단 말이야. 어떻게 변명해야 될지도 제대로 생각나지 않는데 무작정 손에 꼭 쥔 카페라떼를 형에게 내밀어보인다.

"형, 이게 예쁜 누나가 만들어 준 건데. 형이 드시고 싶은 그거 드실래요?"

그건 잘생긴 남자직원이 만들어준 건데, 하면서 승주, 제 손에 들린 커피를 좌우로 흔들어 보였다. 아무거나 걸려라 하고 던진 말이었는데 그 형은 또 좋다고 그의 손에 들린 걸 받아든다. 에이씨, 진작에 말했어야지. 겨울엔 또 달달한 카페라떼지. 덕분에 그 사람에게 줄 커피는 건졌다. 승주 제 커피는 뺏겨버렸지만. 그래도 일단은 다행이었다. 이거 주면서 얘기라도 한 마디 더 해볼 수 있으니까.

아침부터 시간은 시간대로 쓰고, 또, 돈은 돈대로 쓰고. 이게 무슨 짓인가 싶었지만, 승주는 그걸로도 좋았다. 없는 돈 들여가면서 산 커피를 그 사람에게 줬을 때 보이는 미소를 보는 게 승주 매일의 낙이었다.

매니저 형과 얘기를 끝내고 다시 가게를 둘러보는데 그가 없다. 두리번거리면서 한참을 찾아도 없길래 승주는 룸에 들어가서 옷을 갈아입는 중이었다. 너무 늦게 오면 커피 다 식을 텐데. 아쉬운 표정을 지었다. 아침에 입고 온 회색 니트를 벗고 가게 유니폼으로 착장을 완료한 그가 카운터를 가로질러서 밤사이 먼지가 쌓인 테이블을 닦았다.

"아, 아야…!"

-쿵

누군가의 다급한 외침과 쿵- 하는 둔탁한 소리가 가게 밖에서 들리자 승주가 깜짝 놀라 뒤를 돌아봤다. 뭐지? 승주가 깜박이며 고개를 돌려서 마주한 상대는 그가 그토록 찾던 사람이었다. 뭔가 무거운 걸 든 건지 마른 몸이 무게를 감당 못하고 콰당하고 넘어져서는 차가운 겨울바닥에 찧어버린 제 엉덩이를 탁탁 치면서, 그 위에 묻은 먼지를 털어내는 중이었다.

닦던 테이블과, 심지어는 티슈까지 그대로 내버려두고 승주가 밖으로 달려 나가서는 그를 부축했다. 누나, 다치셨어요? 아파 보이는데… 얼굴 가득 걱정된 표정이 어린 승주가, 허리나 목 잘못 다치면 되게 고생한다며 여자가 가게 안으로 들어오는 걸 도왔다. 여기, 잠깐 앉아있으세요, 누나. 하면서 그 자신은 재빨리 밖에 나가 그 사람이 흘린 가게 물품들을 들고 왔다. 에고, 몇 개는 떨어져서 못 쓰겠다. 아깝다는 표정으로 떨어져서 깨진 도구들 몇 개를 바라보고 있던 승주의 옆에 여자가 다시 다가왔다.

"누나, 들어가세요. 왜 나오셨…."

"미안해서 어떻게 너한테만 시켜. 나도 치워야지. 도와줘서 땡큐."

하면서 환하게 웃어주는데, 승주는 순간 심장이 멎는 줄 알았다. 그는 태어나면서 이렇게까지 예쁜 사람은 만나본 적이 없었다. 귀엽게 생긴 이목구비였지만 어떤 옷을 입느냐에 따라 분위기가 휙휙 바뀌곤 했다. 때로는 마냥 귀여운데, 때로는 그 얼굴에서 나오는 분위기가 말로는 제대로 표현하기 어려울 정도로 묘하고 신비로울 때가 있었다. 지윤의 길게 늘여진 검은 머리는 가게 유니폼과 아주 잘 어울린다고, 승주는 매일 생각했다.

지윤은, 분명히 딱딱한 바닥에 넘어져서, 말은 안했어도 허리나 엉덩이가 쑤실 텐데도 아무 말 하지 않고, 가게에서 바로 뛰어나와서는 승주를 도와주고 있었다. 엄청 멋있고 착하다. 쉬셔도 된다고 말하고 나왔는데. 승주가 끌고가다시피 앉혀놓은 룸 안에서 빗자루를 가지고 금방 빠져나와서는 이렇게 깨진 유리조각을 쓸어 담고 있다.

"어어, 승주야, 거기 조심해. 나 거기서 넘어졌다? 겨울이라 되게 미끄러워."

승주가 살짝 삐끗한 발걸음에 지윤이 손가락으로 친절하게 위치까지 가리키면서 걱정해준다. 아, 감사합니다. 하고 승주가 대꾸하니 지윤이 웃으면서 말 편하게 하라고 한다. 안 그래도 자기가 가게 후밴데 왜 자긴 말을 놓고 승주는 딱딱하게 군대말투로 대하냐면서. 그럴 바엔 지윤 자신도 같이 존대해주겠다고 했지만 승주가 말렸다. 둘 다 존댓말 쓰면 너무 어색해보이잖아. 승주는 아직 군대에 다녀오지 않았지만, 그냥 이게 더 편했다. 아니, 사실은 편하게 말 놓고 싶었던 적은 한두 번이 아니었지만. 차마 그랬다가는 은연중에 지윤을 향한 자신의 마음이 드러나게 될까봐, 그게 겁났다.

“거의 다 된 것 같은데? 들어가자.”

지윤이 허리에 둘러진 앞치마를 살짝 여미며 말했다. 승주가 좋아하는 환한 웃음도 빼놓지 않았다. 승주가 자신의 말에 대답이 없자, 못 들은 거라고 생각했는지는 몰라도, 더 이상 말을 걸진 않았다. 정신을 차린 승주가 대충 고개를 두어번 끄덕이며 아, 나머진 제가 정리할게요. 추우시면 누나 먼저 들어가세요! 하고 싹싹하게 말해보이니 지윤이 얼굴 가득 미안한 표정을 지으며 그런다.

"너무 미안하잖아. 추운데 너도 그냥 들어와."

"저 바람 쐬고 싶어서 그래요. 들어가면 매니저 형이 잔소리하잖아요."

매니저의 잔소리에는 진저리가 난다는 듯 승주가 표정을 찡그렸다. 실제로 싫기도 했다. 이 정도면 나름 자연스러운 변명인 것 같아서 승주는 만족스럽게 웃음 지었다. 김승주, 역시 못 하는 게 없다. 그러자 지윤은 살짝 마음이 놓인다는 듯이 그럴래? 그러면, 매니저 오빠한테는 내가 말 안 할게. 숨 좀 돌려! 하고 장난스러운 웃음을 짓는다. 이른 아침 10시가 가까이 되는 시간, 해는 아직 120도 각도쯤에서 멈춰 있고 추운 겨울이라 입에서는 하얀 입김이 나오지만 승주의 기분만은 너무 산뜻했다.

-

"형 아메리카노 드실래요?"

승주의 물음에 지윤이 커피기계에 박아뒀던 얼굴을 돌리며 눈을 마주친다. 그 눈 맞춤에 또 한 번 반한 승주가 도리어 눈을 피하며 속으로는 심호흡을 한다. 후, 괜찮아. 괜찮은 거야. 김승주. 마음속으로 3번씩이나 마법의 주문을 외웠는데도 다시 지윤과 눈을 마주칠 때면 미친 듯이 뛰는 심장은 주체가 안 되었다. 평소와는 약간 달라진 모습에 오늘은 더욱 눈길이 간다. 오늘은 머리를 묶었다. 하얀 피부가 눈길이 가면 심장이 빨리 뛰고, 호흡도 빨라지고, 손에서는 저절로 땀이 난다. 흐트러진 앞머리와 반투명하게 빛나는 밤갈색 눈동자가 초롱초롱하게 승주만을 보고 있으니 승주는 당장이라도 지윤을 껴안고 싶었다. 그런데 숫기 없는 김승주는 그런 걸 하기에는 상상만으로도 충분히 벅찼다.

"누나… 아메리카노…."

"또 사온 거야? 매번 미안해서 어떻게 먹어."

그러면서 승주가 건네는 아메리카노를 조심히 받아들어 맛을 보는데 동그란 눈이 조금 더 뜨인다. 맛있다는 표정을 지으며 승주에게 고맙다고 말하는데 아침에 옆의 카페까지 갔다 온 수고가 보상되는 기분이다. 진짜 고마워. 다음엔 내가 사줄게. 승주가 에이 뭐가 고마워요. 제가 더 고마워서 그래요. 하면서 자리를 뜬다. 뒤에서 멀뚱히 승주를 바라보던 지윤이 이상하다는 표정을 짓는다. 뭐가 고마워? 이해할 수 없는 승주의 말에 의아함을 품으며 지윤은 이제 입에 아메리카노를 물고 제 일에 몰두한다.

"근데 왜 사오는 거야?"

"앞으로는 사지 말까요?"

뭔가, 크게 상처받은 듯한 승주의 대답에 지윤이 당황하며 손사래를 쳤다. 아니? 아니, 그런 게 아니라, 하면서 정말 그런 게 아니라는 표정을 짓는다. 전에 내가 미안해서 가게 끝나고 사준다고 할 때도 괜찮다고 가버리고, 이렇게 아침마다 들리려면 귀찮을 텐데. 이유가 있나 해서…

의외로 소심한 성격이 있는 건지 구구절절 설명이 이어진다. 승주는 뭐라고 답할까 고민하다 이내 입을 연다.

"딱히 부담스러워하실 필요는 없어요. 여기 카페가 저희 누나가 하는 데거든요."

승주는 없는 누나까지 만들어 가면서 거짓말을 한다. 장사 잘 되라고 출근할 때마다 팔아주는 거예요. 하면서 눈길은 지윤이 마시는 아메리카노를 슬쩍. 지윤이 그 시선을 눈치 챘는지 마실래? 하고 커피를 내밀어보인다.

"마실래?"

"아, 아니요? 제가 누나 드린 건데 다시 돌려받으면 섭섭하죠."

그러면서 정말 섭섭하다는 듯한 표정을 지어보인다. 지윤이 승주를 귀엽다는 듯이 쳐다보더니 어휴 착해가지고. 라면서 승주의 머리를 한번 쓰다듬는다. 사귀는 사이도 아닌데. 심지어는 썸도 아니고. 일반적인 짝사랑인데. 승주가 너무 많이 뛰어서 이제는 그 감각조차 제대로 인지하기 힘든 심장을 의식해보려고 애썼다. 순간의 감정을 느껴보고 싶어서. 말대로 짝사랑일 뿐인데 그 상대가 제게 이렇게 잘해주는 그 순간의 설렘을 그대로 만끽해보고 싶어서.

"네 커피는 어딨어?"

물어보는데 너무 떨려서 아무 말도 못하겠다. 승주는 설렘을 누리긴 커녕 지윤 앞에서 잔뜩 긴장해서 제대로 된 대답 한마디도 못하고 앉아있었다. 그런 승주는 기다려주지 않고 계속해서 흘러가는 카페의 브레이크타임이 그는 원망스럽기만 했다.

승주는 대답을 하는 대신 고자질하듯 매니저형을 손가락으로 가리켰다. 그러자 승주의 제스처의 의미를 알아차린 지윤이 풋- 하고 웃으며 승주에게 다시 물었다. 뺏겼어? 오빠가 가져가신 거야? 확인하듯 재차 질문하는 지윤의 목소리에 승주는 멍하니 고개만 끄덕였다. 사실 정신은 또렷했는데 심장의 두근거림도 함께 또렷해지는 것이 문제였다. 말을 하면 할수록 지금 이 사실이 실감나는 게 그를 미치게 만들고 있었다.

"승주야 나 먼저 가볼게. 넌 좀 더 쉬어."

뭐라고 의미 없는 사소한 일상이라도 얘기해볼까 머릿속으로 긴긴 생각을 마치고 입을 열려던 승주보다 지윤이 좀더 빨랐다. 승주가 영문을 몰라 지윤의 얼굴만 쳐다보자 지윤이 그런 그를 느릿하게 응시하더니 조금 전 승주가 했던 것처럼 길게 뻗은 손가락으로 카운터를 지키는 매니저형을 쏙 가리켰다. 형이 불렀다는 뜻이다.

"나 갔다올게."

지윤이 나 갔다올게, 하고 승주를 쓰다듬는 제스처를 해보이는 모습에 그는 허탈했던 기분을 모두 잊고 다시 원기가 충전되는 기분이 들었다.

아직 휴식시간 끝날 때까지는 3분 남짓 남아있는데 그때까지 뭘 하나. 핸드폰이 취미가 아닌 김승주는 좋아하는 사람 뒷모습이나 보는 게 좋겠다.

아까의 설렘이 아직까지도 잊혀지지 않은 채로 승주의 건조한 기분을 말랑하게 녹였다.

어둠이 오기 전에

성심여자중학교 3학년 이주연

"선생님, 선생님……."

정진우는 책상 위에서 흐느껴 울면서 내 옷자락을 애절하게 잡았다. 그의 눈에서 초점이 보이질 않았다. 나는 무표정으로 그를 내려다보았다. 그는 고개를 숙여 책상을 보고 오열을 하면서 자신의 현황을 입 밖으로 토해냈다.

그날 이후, 날이 갈수록 정진우의 정신은 피폐해져갔다. 그의 표정을 잊을 수가 없어서, 그 사건을 잊을 수가 없어서.

정진우는 그를 잊으려고 온갖 노력을 다 했다. 가지지 않았던 취미생활도 가져 그것에 몰두해 그 일을 생각나게 하질 않으려고 했고, 사귀지도 않았던 친구도 사귀어 같이 놀면서 혼자 남겨지는 상황을 줄였으며, 빈약한 몸에 과도한 운동을 폐가 입 밖으로 튀어나올 지경으로 해 머릿속에 힘듦이란 단어만 쑤셔 넣고는 했다.

그러나 정진우의 노력은 며칠 가지도 못했다. 틈만 나면 머릿속에서 불쑥 찾아와 하던 행동을 멈추게 만든 그였다. 그는 쥐던 연필을 부러뜨리게 만들었고, 잘 유지하던 관계도 곧장 망가뜨리게 했고, 운동도 중간에 멈추고 눈물을 흘리게 만들고는 했다.

정진우는 끝까지 그 날의 사건을 말하질 않았다. 물어보기만 하면 입을 꾹 다물어 열지 않는 그였다. 나는 그를 가만히 쳐다보았다. 그는 내 눈을 끝까지 피해내면서 손을 미세하게 떨었다.

"매일 밤만 되면… 그 일이 떠올라요."

"……."

나는 그가 다시 말을 꺼낼 때까지 가만히 있었다. 그는 자신의 머리채를 세게 쥐었다.

"매일 밤, 11시……."

"그때만 되면 걔의 미소가 떠올라요. 눈물을 흘리면서, 절 보며 입이 찢어지도록 웃었어요."

"잊고 싶어도, 잊고 싶어도, 못 잊어서 괴로워요. 너무, 너무……."

그의 초점 없는 동공이 작아졌다. 그는 갈수록 눈을 크게 떴다.

"그래서 저는 매일 매일 기도해요. 신은 안 믿지만, 그냥 빌어요. 매일… 밤이 안 왔으면 좋겠다고. 오늘 아침에도 빌었어요. 시간아, 가지 마라. 시간아… 가지 마라. 하면서요."

그의 머리채를 잡은 손의 떨림이 더욱 세졌다. 그는 머리에서 손을 떼더니 내 한 손을 그의 두 손으로 꼭 쥐었다.

"그러니까요, 선생님, 선생님……"

내 손을 잡은 그의 손이 심하게 떨려왔다.

"걔를, 걔를……."

"밤 11시가 오기 전에,"

"그 어둠이 오기 전에……."

그는 엉망진창인 얼굴과 그 눈으로 내 얼굴을 제대로 바라보았다. 의지가 비춰 보이는 처음 보는 표정의 정진우였다.

"제 머릿속에서 지워주세요."

그의 손 떨림이 한 순간에 멈췄다. 그의 눈동자에서, 초점이 생겼다. 그의 눈동자에서 비춰지는 나의 모습은, 식은땀을 흘리고 있었다.

쳇바퀴

상원중학교 1학년 이지민

쳇바퀴 속에서 난 데굴데굴 굴러가.
모두가 그래.
보이는 사람마다 저마다의 쳇바퀴 속에서 데굴데굴 구르지.

쳇바퀴 속에는 또 다른 굴레가 있지.
저마다의 굴레는 다르지만
나 같은 경우에는 인간관계, 성적 뭐 이런 것들이야.

자꾸 내 쳇바퀴랑 타인의 쳇바퀴를 비교하게 돼.
내 쳇바퀴는 지금 잿빛 색깔.
어릴 때의 무지개색은 잃어버렸어. 오래되었지.
이렇게 해서 어른이 되는 건지 나도 잘 모르겠어.

오늘도 난 쳇바퀴 속에서 데굴데굴 굴러가.
그럴 용기도 없으면서
새로운 궤도이탈을 꿈 꿔.

수명

여의도중학교 2학년 임은지

나에게는 특별한 능력이 있다.

내게 능력이 생긴 날은 월요일, 여전히 생생하게 기억난다. 그 날 나에겐 어김없이 다시 학교에 가야 하는 요일이 찾아왔고, 평소처럼 집을 나섰다.

정말 평범한 하루가 될 줄 알았다. 사고를 당하기 전까진 말이다. 내가 타고 있던 버스와 대형 트럭 그리고 뒤의 승용차들이 연달아 추돌하는 큰 사고는 순식간에 일어났다. 눈을 떠보니 보이는 건 새하얀 천장뿐. 몸이 움직여지지 않기에 눈동자를 이리저리 굴려가며 주변을 살폈다. 말은 할 수 있을까? “저기요! 거기 누구 없어요?” 다행히 얼굴 근육은 굳지 않았네 안심하는 순간 의사들이 우르르 몰려왔다.

“환자분 정신이 들어요?”

“네… 제 몸이 안 움직여요….”

“너무 오랫동안 누워있어서 그럴 겁니다. 14년 만이거든요.”

잠깐, 그럼 난 29살인 건가?

“거울 좀 보여 주세요.”

헉. 거울을 본 난 경악을 금치 못했다. 수염이 덥수룩하게 난 얼굴은 도저히 나라고 믿기 힘들었다. 그 순간, 의사들의 등에서 반짝이는 숫자가 보였다. 한 의사의 등에 있는 2를 제외하고는 모두 천의 자리 숫자였다. 나에게만 보이는 건가?

“서로 등에 있는 숫자들 보이세요?”

내가 묻자 의사들은 날 안쓰럽게 쳐다봤다. 그때만 해도 난 그 숫자의 의미를 알지 못했다. 등에서 2가 반짝이던 의사는 이틀 후 과로사로 죽었다. 그제서야 깨달았다. 숫자가 가리키는 건 그 사람의 수명임을.

나에게 일어난 일들을 인정하는 데에는 시간이 꽤 걸렸다. 하지만 정신을 차리고 재활 운동을 열심히 했다. 몸이 많이 회복되고 움직이는 것이 편해지자 난 집으로 돌아갔다. 엄마가 반겨주었다. 주름진 엄마의 얼굴을 보니 울컥했다.

내가 오랜만에 보는 집에 낯설어할까 배려하는 듯 엄마는 앞장섰고, 엄마의 등에서 반짝이는 9가 보였다. 아무리 눈을 비비고 다시 봐도 숫자는 그대로다. 엄마의 수명이 2주도 안 남았다고? 엄마가 아픈가?

“엄마 혹시 최근에 건강검진 받았어?”

“얼마 전에 받고 왔지. 아직 건강해.”

그럼 사고가 일어나는 건가? 사고가 언제 어디서 일어날지 모르기 때문에 방심할 수 없었다. 하루하루 줄어드는 숫자를 보며 점점 불안해져 갔다. 어느덧 4가 된 수명. 더 이상 두고 볼 수만은 없었다.

그때, ‘찌릿’ 하는 통증과 함께 작은 기억 한 조각이 떠올랐다.

14년 전 마주친 그 남자!

14년 전 버스정류장으로 가는 길에 한 남자를 만났다. 그 남자는 의미심장한 말을 하고 떠났다.

“나중에 생긴 그 능력. 함부로 쓰지 마.”

“필요할 때 연락해. 번호는 안 바꿀 테니.”

이 말과 함께 건넨 쪽지는 대충 주머니에 쑤셔 넣었다.

“엄마, 나 사고 났던 날에 입은 바지 어디 있어?”

“응? 바지는 찢어져서 버렸는데 바지 주머니에 들어있던 물건들은 따로 챙겨놨어.”

누렇게 바랜 종이에 적힌 전화번호를 떨리는 마음으로 꾹꾹 눌러갔다. 전화 연결음이 이어지다 목소리가 들렸다.

“오랜만이네. 능력이 생기고 궁금한 게 많지? 네 능력에 대해 물어보면 알려줄 수 있어.”

“수명이 얼마 안 남은 사람을 살리려면 어떻게 해야 하죠?”

“음… 수명이 얼마 안 남은 사람을 살린다라. 누구 이야기야?”

“우리 엄마가 수명이 얼마 안 남으셨어요. 평생 해 드린 것도 없는데 이렇게 돌아가시면 너무 죄송하잖아요….”

“방법이 하나 있긴 한데 자연사가 아닌 경우에만 가능해.”

“방법이 뭔데요?”

“다른 사람이 대신 죽어야 해. 단, 대신 죽겠다는 자신의 의지가 있는 사람이 말이야."

대신 죽는다고? 이건 생각해본 적 없는데. 나는 엄마와 행복하게 살고 싶은 거지, 나는 죽고 엄마는 사는 것을 바란 것이 아니다. 둘 중 한 명만 산다니 너무 가혹하잖아. 둘 다 살 수는 없는 거야? 머리에서 온갖 생각들이 뒤엉켰다.

"여보세요?" 내가 전화를 끊었는지 확인하는 목소리가 들려왔다.

"아. 잠깐 딴 생각하느라."

"그래. 바른 선택을 하길 바라." 바른 선택? 또다시 의미심장한 말을 남겨놓고 사라졌다. 처음부터 끝까지 이런 식이네.

오늘은 숫자가 1이 되는 날. 나에게 능력이 없었더라면 아무것도 모른 채 다른 날처럼 흘려보냈을 하루였다. 엄마와의 마지막 날을 가장 알차게 보내리라 생각했다. 죽어도 후회하지 않도록. 아들과 오랜만의 데이트에 엄마는 많이 신나 보였다. 마치 소녀 같은 얼굴을 하고 이곳저곳을 구석구석 누볐다. 이렇게 좋아할 줄 알았으면 더 많이 해줄걸.

"엄마, 우리 사진 찍자!" 내가 떠나도 엄마가 나와 함께한 추억이 담긴 사진을 보며 슬퍼하지 않길 바랐다.

그때, 사람들의 비명이 들려왔다. 한 남자가 칼을 들고 사람들을 위협하고 있었다. 이건가? 오늘 엄마가 죽게 되는 사고가? 엄마를 데리고 열심히 뛰었다. 하지만 가까스로 그 상황을 도망쳐 나와 횡단보도를 건너던 중, 오토바이 한 대가 커다란 엔진 소리를 내며 죽일 기세로 빠르게 달려왔다. 그 짧은 순간, 나는 엄마를 옆으로 힘껏 밀쳐내고 달려오는 오토바이에 치여 날아갔다. 머리에서 따뜻한 피가 흘렀다. 다행이다. 엄마를 지킬 수 있어서.

별똥별

고려대학교사범대학부속중학교 3학년 장동욱

치명적인 아름다움을 장미꽃이라고 부릅니다.
나에게 그녀는 별똥별이지요.

장미꽃보다 더 치명적이고 더 아름다운
별똥별이 내게 떨어지면

나는 광활한 아름다움을 보며
또 하나의 별이 될 것입니다.

나는 별똥별을 피하지 못합니다.

아니, 누가 날아드는 별똥별을 피할 수 있을까요.

밀크티

목운중학교 1학년 장민서

"주문하신 얼그레이 밀크티 한 잔 나왔습니다. 빨대 꽂아드릴까요?"

"앗! 네."

오늘은 왠지 아이스 아메리카노보다는 밀크티가 먹고 싶었다. 이유는 나도 모른다. 어제 야근 때문에 늦게 잔 탓에 아침 먹을 시간이 없었다. 우유 맛이 나면서도, 홍차 향이 진하게 어우러지는 밀크티를 한 모금 마셔본다. 허기 진 내 배는 따뜻하고도 달콤하며 씁쓸한 밀크티로 적셔진다. 고등학생 때는 이 밀크티에서 단맛밖에 느끼지 못했는데. 왜 지금은 쓴 맛이 나는 걸까. 대학생 때까지만 해도 즐겨먹던 밀크티. 정신 없이 취업을 준비하는 동안에는 진한 아메리카노를 먹은 기억밖에 없다. 회사에 들어와서는 달콤한 밀크티의 맛을 음미할 수 있을 줄 알았는데. 오늘 오랜만에 밀크티를 먹어본다. 그동안 내 입맛도 많이 변한 것 같다. 밀크티의 향이 너무 싫다. 카페의 유리문을 밀고 나오면서 유리창에 비친 나의 모습을 보았다. 아무리 컨실러를 발라도 커버되지 않는 잿빛 다크서클. 웃음이라고는 전혀 없는 나의 입가를 마주했다. 몇 주째 야근해서 그런 것이리라. 너무 피곤했지만 다시 밝게 하루를 시작하고 싶었다. 애써 미소를 지으며 회사에 들어갔다.

"초롱씨, 이 프로젝트 결과 요약 정리한 PPT 5시까지 만들어서 나한테 좀 보내줘! 프로젝트 결과 내용은 내가 지금 이메일로 보낼게. 초롱씨가 또 요즘 사람이니까 요즘 스타일을 잘 알 것 같아서. 발표자랑 제작자에 내 이름 써주고."

방금 전까지만 해도 밝게 하루를 시작하자고 다짐했던 나였지만 이 말을 듣고 나서는 도저히 기분이 밝아지지를 않는다. '지금 시대가 언제인데 아직까지 PPT 셔틀을 시키냐.' 박부장이 보낸 이메일 파일을 열어보니 끝없는 문서들이 나열되어 있었다. 족히 이틀은 걸릴 분량이었다. 마음 속으로 박부장을 더 욕하고 싶었지만 시간이 없었다. 타닥타닥 정신 없이 그 장황한 활동 내용을 요약하였다. 1/5이 끝난 셈이다. 활동 내용만 요약하다보니 벌써 12시. 점심시간이었다. 1시간을 점심 먹는 데 할애하자니 PPT를 다 못 끝낼 것만 같아 아까 사온 밀크티로 허기를 채우기로 하였다. 입사 동기 윤서와의 점심 약속 역시 취소되었다.

아침부터 나에게 맛이 없다고 욕을 먹은 그 불쌍한 음료는 내 자리 컴퓨터 옆에 3시간 동안 방치되어 있었다. 아침부터 먹은 것이 밀크티 한 모금밖에 없었기에 꼬르륵 소리가 배에서 멈추질 않았다. 피자 한 판을 다 먹을 수 있을 정도로 배가 고팠다. 하지만 시간은 점점 흘러가고 있었고 내 머릿속은 5시까지 완성해야 하는 PPT에 관련된 생각들로 가득 차 있었기에 더 깊이 고민해볼 틈도 없었다. 밀크티를 집었다. 컵홀더는 보기 흉할 정도로 물에 젖어 있었고 응결된 물방울들, 아니 물이 흘러내렸다. 커피숍에서 넣어주던, 그 수많은 얼음들은 모조리 녹아 있었다. 딱 보아도 묽어보여 먹기 싫었지만 배가 고파 어쩔 수가 없었다. 두 모금. 아까와는 새롭게 다른 맛이 난다. 맛이 아예 사라져버린 물보다도 맛 없는 맛. 내가 꿈꾸던 이 회사에 입사한 지 어느덧 2년이 흘렀다. 항상 열의에 가득 차 주변 사람들에게 예쁨을 받던 나의 모습은 어딘가로 사라져버렸다. 묽어진 밀크티처럼.

과연 내가 사는 이 인생에 달콤함이란 존재할까? 묽고 쓴 빗물만 우수수 떨어지는 게 아닐까? 왜 내가 사는 이 인생에는 쓴맛만 느껴지는 걸까. 커다란 사무실 가운데 타닥타닥 타자 소리만 들려온다.

해 뜰 무렵

북악중학교 2학년 전수현

이제 잘래.

**pm 11:00*

거짓이었다, 내 하루는 이제 시작이니 말이다. 남은 시간 8시간 26분……. 벌써부터 고단함이 느껴져, 억지로 이불에 고개를 떨궜다.

**am 00:00*

지루한 침묵을 깬 건 진동이었다. 내 심장 박동 소리인지, 이 고요한 밤의 시작을 알리는 신호인지. 난 알 겨를이 없었다. 예상컨대 후자에 더 가까우려나?

손에 쥐어져 있는 휴대폰에 문자가 하나 도착했다. [열두 시! 이 언니는 키 커야 되니까 이제 잔다] 물론 답은 안 했다.

**am 01:00*

항상 중요하고 희망찬 기억은 기억해내기 힘들었다. 사소하고 마음을 조여 오는 기억들만 머릿속에서 맴돌았었지. 사람은 기억하고 싶은 것만 기억한다던데, 왜 난 반대인 걸까. 나도 이러고 싶지 않은데, 좋은 것만 기억하고 싶은데. 힘들었던 일은 다 떨쳐내고 싶은데.

아, SNS 아이디 뭐더라.

**am 02:00*

번뜩이는 눈빛이 가만히 나를 응시하고 있었다. 그 눈빛에는 무엇이 담겨 있는 걸까? 무엇인지는 몰라도, 그 눈빛에 가슴이 아려왔다. 누구든 간에 미움이 담긴 눈빛은 받고 싶지 않았다.

침대를 두 번 두드리며 말했다. “은하야, 왜 거기 있어, 일로 와. 우리 은하가 고양이 중에 제일 예뻐.”

*am 03:00

어쩌면 소리 없는 전쟁. 누구도 소리 지르지 않고 있었다. 전쟁터는 텅 비었지만 창틀에 걸쳐 있는 선인장들은 숨죽이고 무엇이 튀어나올까 견제하고 있다. 저 곳이 비었다는 건 너무 허무한 일이지, 아침이라는 때엔 그렇게 치열하게 살아오고선 이제 와서?

비어있는 도로만 계속 보고 있자니 신물이 났다. 에이, 관둬야지. 창문을 닫고선 침대에 걸터앉았다.

*am 04:00

속눈썹에 맺힌 이슬비, 이슬비는 그칠 기미가 보이지 않았다. 눈꺼풀이 희미하게 떨렸다. 입술을 꾹 다문 채, 눈을 감지 않으려 애썼다. 그러나 덜덜 떨리는 손.

인공눈물이 또 빗겨 떨어졌다. 이러다 한 통을 다 쓰는 게 아닐까 싶네.

*am 05:00

보지 않으려 했다. 나는 재능도, 실력도 없었기에 남들이 걸어갔던 곳으로 따라가야 했었다. 하지만 따라가지 못했고, 누가 시키지도 않았는데 열심히 흘러가는 너를 마주칠수록 마음이 조급해져서. 너를 마주할 자신이 없었다. 내가 또 무너질까 봐. 무너지지 않기 위해 눈과 귀를 막았을 때, 현실에서 잠시나마 도망쳐 나올 수 있었다.

째깍째깍…………. 시계 초침 소리가 방 안에서 맴돌았고, 시계는 묵묵히 흘러갔다.

*am 06:00

이 삶을 살아가기엔 지친 걸까, 이 어둠을 이겨내기엔 지친 걸까. 빛이 점점 사라지는 듯 희미해져 가는 널 보며 속으로 되뇌었다. 너도, 그리고 나도. 이 시련을 극복할 수 있게 도와줄 누군가가 필요한 걸지도 모르겠다. 혼자 힘으로 계속 나아가기엔 무리일까.

휴대폰 배터리가 없네, 충전해야겠다.

am 07:00
가만히 보면 어둠 속은 너무나 긍정적인 세상이다. 어둠 속에선 누가 누구인지 알 수 없었고, 모두가 똑같은 조건에서 살아간다. 이게 평등이란 걸지도 모른다. 빛이 들어오면 우리는 자연스럽게 편견을 가지고 타인을 마주 본다.
그건 그거고 무드 등이나 켜야지, 시력 나빠질라.

이제 밤은 없어, 네 마음을 뒤집고 흔들던 것들이 이제 없어. 해가 돋을 무렵에 비로소 눈을 감았다, 나도 참 웃기는 사람이야. 이건 지독한 불면증이라고.

am 07:26 [일출]
이제 잘래.

신발 끈

염창중학교 1학년 전재연

내 이름은 이지수, 중학교 1학년이다. 나는 체육을 좋아하고, 친구들과 놀기를 좋아하는 평범한 여자아이이다. 특이한 점은 딱 하나, 신발 끈을 안 묶는다는 것이다. 이유? 귀찮아서다. 묶어봤자 풀어질 게 뻔한데 뭘 하러 묶는지 모르겠다. 그래서 내가 자주 듣는 말은 '신발 끈 묶어'이다. 그 말을 들을 때마다 나는

"귀찮아."

라고 하면서 화제를 돌린다. 물론 엄마한테는 안 통한다. 그래서 엄마가

"신발 끈 좀 묶어!"

라고 하면 때로는 묶고 때로는 그 자리를 피한다. 때문에 그 일이 있기 전까지는 신발 끈을 묶은 적이 없었다.

체육대회가 있기 3일 전, 유독 화창한 날이었다. 날씨와 다르게 축 처진 몸으로 등교하고, 지루하되 지루한 수업을 들었고, 끝날 것 같으면서도 끝나지 않는 종례를 들은 후 예진이, 은혜와 하교했다. 친구들과 신발을 갈아 신고 있는데 저 멀리서 은혜와 엮이는 남자아이가 친구들과 걸어가고 있었다. 장난기가 발동한 나는 그 남자아이를 가리키며

"어, 은혜다."

라고 했다. 사실 우리는 은혜와 엮이는 남자아이를 보면 '어, 은혜다.' 라고 하고, 은혜한테는 그 남자아이 이름인 '기준아~' 라고 부르며 은혜를 놀린다. 우리는 이렇게 서로를 놀리며 장난친다.

"야! 이지수!!"

가만히 있을 은혜가 아니다. 다행히 나는 신발을 다 갈아 신었고, 불행히도 은혜도 신발을 다 갈아 신은 상태였다. 잡히면 은혜한테 얻어맞기 때문에 얼른 도망갔다. 막 뛰는데 발목에서 우두득 소리가 들리더니 순간 전기가 오는 듯한 느낌이 들었다. 그리고 땅바닥이 가까워졌다. 처음에는 발목이 살짝 아프더니 갑자기 고통이 훅하고 몰려왔다. 신발 끈을 밟고 넘어진 것이다.

"괜찮아?"

친구들이 다가와 걱정스럽게 물었다.

"걸을 수 있어?"

나는 너무 아파서 발목을 잡은 채 대답은 못 하고 간신히 고개만 절레절레 흔들었다.

"내가 보건 선생님 불러올게."

예진이가 보건실 쪽으로 달려가는 소리가 들렸다. 몇 분 후(나에게는 몇 시간이었다.) 예진이가 보건 선생님과 뛰어오는 소리가 들렸다. 보건 선생님께서 발목 상태를 봐야 하니 손을 발목에서 떼라고 하셨다. 손을 뗐는데 양말에 피가 묻어있었다. 손바닥까지 까진 것이다.

"어머나!"

내 상처를 본 친구들은 기겁했다. 내 발목 상태를 보신 선생님은 발목이 삔 것 같다고 하셨다.

"지수야, 걸을 수 있겠니?"

사실 죽을 것같이 아팠지만, 그 자리에 앉아있는 것이 더 창피해서 얼른 보건실로 가고 싶었다. 그래서 걸을 수 있냐는 물음에 고개를 끄덕였다. 그리고는 발목을 절룩거리며 보건실로 향했다. 아무도 나를 안 보지만 모두가 나를 보는 듯한 기분이었다. 그날따라 보건실이 멀게만 느껴졌다.

"일단 응급처치를 하고, 그다음에 엄마한테 전화하자. 혹시 어머니 일하시니?"

"아니요."

"다행이네."

응급처지 후 보건 선생님께서 엄마한테 전화를 하셨는데 엄마의 놀란 목소리가 나한테까지 들렸다. 보건 선생님은 이런 경우를 많이 겪으셨는지 엄마의 큰 목소리에도 침착하게 나의 상태를 이야기하셨다. 그리고 몇 분 후, 친구들과 수다를 떨고 있는데 보건실 문이 벌컥 하고 열렸다. 엄마였다.

"아이고, 이놈의 가시나야! 내가 그렇게 신발 끈 묶으라고 했지! 으이구!"

"아니, 엄마 그런 게 아니라……."

"뭐가 아니야. 선생님 발목 부러졌나요?"

"아니요. 그 정도는 아니고 살짝 삔 것 같은데, 그래도 병원에 가시는 것이 좋을 것 같습니다."

"네, 감사합니다."

엄마의 부축을 받으며 친구들과 정문까지 갔다. 나는 차를 타고 가야 해서 친구들과 갈림길에서 갈라졌다. 친구들의 뒷모습을 보는데 부러웠다. 다치지만 않았어도 저 무리에 끼는 건데…….

병원에서 진료를 받은 결과 발목이 삐었다고 했다. 웃긴 건 그제야 체육대회가 생각났다는 것이다.

"선생님, 저 3일 뒤가 체육대회인데 그때까지 나을 수 있을까요?"

"음…… 미안하지만 그건 불가능할 거 같아."

하늘이 무너진 것 같았다. 한 달 전부터 기다려 온 체육대회인데…… 하마터면 울 뻔했다. 그래도 좋은 점은 그날 학원은 모두 다 빠졌다는 것이다. 의사 선생님께서 하루 동안 푹 쉬라고 했기 때문이다. 학원을 빠져서 좋았지만 걱정은 태산이었다. 그깟 신발 끈 하나 때문에 체육대회도 참여 못 하고 앉아서 응원만 하게 생겼다. 생각만 해도 지루하다.

다음 날, 등굣길 저 멀리서 은혜가 보였다. 나에게로 달려오는 은혜의 모습이 새삼 부러웠다.

"발목은?"

"삐었데."

"헐! 너 계주선수잖아."

"내 말이…… 그래도 얻은 건 있지."

은혜는 '뭔 소리야?' 하는 표정으로 나를 봤다.

"'엄마 말 들어서 나쁠 건 없다.'라는 큰 깨달음을 얻었어. 알다시피 우리 엄마가 나한테 신발 끈 묶으라고 엄청나게 잔소리하셨거든."

"뭐야 너 지금 멋진 척하는 거야?"

"헷! 들켰네. 책에서 나오는 주인공들 좀 따라 해봤지."

나는 은혜를 향해 씩 웃었다. 은혜도 어이없다는 듯 웃었다. 아쉽게도 체육대회 날은 앉아만 있었다. 그래도 다행히 예진이와 은혜가 체육대회 종목에 참가를 많이 안 해서 생각만큼 지루하지는 않았다.

거울

강현중학교 1학년 정유진

7시. 알람이 시끄럽게 울렸다. 나는 부스스 일어나 알람을 끄고 욕실로 들어갔다.

"하암…."

입이 찢어지게 하품을 했다. 어제 잠을 설친 터라 어지간히 피곤한 게 아니었다. 거울을 들여다보며 애써 미소를 지었다. 하지만 거울 속의 나는 그러지 않았다.

'더 자고 싶지 않아?' 거울 속의 내가 나에게 말을 걸었다. 나는 화들짝 놀라 고개를 가로저으며 황급히 물을 틀고 세수를 했다. 세수한 다음에는 옷을 입는 게 내 아침 준비 순서다. 옷장에서 교복을 꺼내 거울 앞에서 입었다. 펑퍼짐한 치맛자락이 무릎 밑으로 펴졌다. '치마 줄이고 싶지 않아?' 거울 속의 내가 또다시 속삭였다. 나는 거울을 들여다보았다. 긴 치마 때문에 안 그래도 짧은 다리가 더 짧아 보였다. 하지만 난 고개를 저으며 방을 나갔다.

"미라, 일어났니?"

부엌에서 분주히 움직이던 엄마가 말을 건넸다.

"네, 안녕히 주무셨어요?"

나도 엄마께 인사했다.

"오늘 아침이 뭐예요?"

뻔했지만, 난 예의상 물었다.

"오늘 아침도 간단히 샐러드로 먹자꾸나. 괜찮지?"

난 고개를 끄덕였지만, 속으로는 한숨을 푹 내쉬었다. 식탁에 떨어진 물방울 속 내가 나를 보고 말했다. '샐러드 말고, 다른 거 먹고 싶지 않아? 햄버거, 치킨, 피자….' 난 속마음을 들킨 듯이 놀라서 물방울을 손으로 싹 닦아 버렸다.

"자, 먹자!"

"잘 먹겠습니다."

채식주의자 부모님과 함께 사는 건 역시 쉬운 일이 아니다.

'그러게 이따 집에 올 때 간식 좀 사 먹으라니까. 핫바, 컵라면, 삼각김밥….' 방울토마토 겉에 맺힌 물방울에 비친 내가 말했다. '좀 먹으면 어때? 부모님한텐 비밀인데.' 난 방울토마토를 입에 쏙 집어넣어 버렸다.

"학교 다녀오겠습니다!"

난 인사하며 문을 열고 나갔다. 학교로 가는 동안 난 화면이 꺼진 핸드폰을 만지작거렸다. '조금만 해. 어차피 엄마는 몰라.' 액정에 비친 내가 속삭였다.

"입 다물어!"

난 참다못해 크게 소리쳤다. 길을 걷던 모든 사람의 눈이 나에게 쏠렸다. 난 창피한 마음에 고개를 푹 숙이고 종종걸음을 쳤다. '조금 뛰면 어때? 어차피 치마도 길고, 속에 속바지도 입었잖아.' 깨진 유리 조각에 비친 내가 계속 종알거렸다.

"사라져 버려."

나는 최소한의 소리를 내어 말했다.

"안녕, 모두!"

나는 크게 인사하며 교실에 들어왔다.

"안녕, 미라야!"

가방을 걸자마자 친구들이 다가왔다.

"미라야, 오늘 체육, 교실이야?"

"미라야, 오늘 정상 수업이지?"

"미라야, 나 과학 학습지 좀 빌려줄 수 있어?"

"오늘 체육은 운동장이야! 정상 수업 맞고, 학습지 들고 와 봐. 내가 설명해 줄게."

나는 최대한 싹싹하게 대답했다.

"미라야, 고마워!"

"역시 미라야."

아이들이 하나둘씩 흩어졌다. 나는 얕게 한숨을 내쉬며 친구가 가져온 과학 학습지를 내려다보았다.

"미라, 안녕?"

"미라야, 좋은 아침!"

내 절친, 윤채와 서은이가 내 자리로 걸어왔다.

"응, 안녕. 너희도 좋은 아침!"

나는 얼굴 가득 미소를 지으며 인사했다. 오늘도 힘겨운 하루가 시작됐다.

- 쉬는 시간 -

"아이고, 허리야…."

1교시부터 지친 나는 터덜터덜 화장실로 걸어갔다. 막 문을 열려는 찰나였다.

"윤미라, 짜증 나! 자꾸 남의 일에 간섭하면서 참견하는 건 뭔데? 진짜 뭔가 싶다니까?"

혜윤이 목소리였다. 언제나 별처럼 반짝반짝 빛을 내는 혜윤이. 완전 여왕님 타입인 친구였다. 나는 혜윤이와는 별로 친하지 않지만, 항상 친절하게 대해 준다. 언제 한 번은 체육 시간에 실수로 유리창을 깬 걸 내가 혜윤이 편을 들어 준 적이 있다. 그 일을 말하는 것 같았다.

'어? 무슨 일이지?' 나는 화장실 안에서 나는 소리에 귀를 기울였다.

"그니까. 걔 착한 척하는 것 봐! 정말 구역질 나."

'차, 착한 척이라고?' 누군가의 말이 가슴에 박혔다. 착한 척, 착한 척, 착한 척. 어쩌면 정말 그랬을지도 모른다. 이렇게 해야 한다는 부모님의 규칙에 갇혀서, 저렇게 해야 한다는 내 규칙에 갇혀서, 가면을 뒤집어쓰고 '착한 나'라는 연기를 했던 모양이다. 진짜 나는 거울 속에 가둬놓고. 유리문을 바라봤다. 희미했지만, 내가 서 있었다. 나도 날 바라봤다.

"그래서, 어떻게 하기로 했는데?"

다른 아이의 목소리에 퍼뜩 정신이 들었다.

"3학년 선배한테 프린트 맡긴 게 있는데, 그걸 가져다 달라고 할 거야. 내가 아는 선배한테 미리 부탁해 놨거든. 그 선배가 어떻게 해 주기로 했는지 알아? 죽어라 때려 줄 거라고 했어!"

심장이 쿵 내려앉았다. 3학년 선배한테 날 혼내 달라고 부탁했다니. 난 아무 잘못도 없는데. 난 나를 바라봤다. 내가 나에게 말하고 있었다.

'그래서 저 부탁 들어줄 거야?' 나도 날 똑바로 바라봤다. 그리고 눈빛으로 확실히 말했다.

"미라야."

2교시 수업이 막 끝난 찰나, 혜윤이가 콧소리를 내며 다가왔다.

"응. 무슨 일이야?"

난 애써 침착하게 물었다.

"웅, 있잖아~ 내가 사회 프린트를 3학년 선배에게 빌려 드렸는데, 그것 좀 받아와 주라. 할 수 있지?"

나는 말없이 혜윤이의 얼굴을 들여다보았다. 진짜 여우다. 이렇게 천연덕스럽게 거짓말을 하다니.

"싫어."

"어, 어?"

생각지도 못했던 내 대답에 꽤 놀랐던 모양이다. 혜윤이의 눈빛이 흔들렸다. 주위에 있던 아이들도 놀란 표정으로 뒤돌아봤다.

"싫다고. 난 3학년 선배들한테 말 걸기 무서워. 너는 3학년 선배들하고 잘 아는 모양인데 네가 직접 받아와."

난 다시 한 번 분명하게 말했다. 혜윤이의 얼굴이 굳어졌다. 혜윤이는 무언가를 말하려던 듯 입술을 달싹거리다 고개를 내저으며 자기 자리로 돌아갔다.

"미라야…."

언제 왔는지, 윤채와 서은이가 내 옆에 서 있었다. 둘 다 넋이 나간 듯했다.

"응, 왔어? 늦겠다. 어서 수업 내려가자."

난 애써 태연한 척 교과서를 챙겨 일어섰다. 교실 문을 나서는 순간까지 날 보는 아이들의 시선을 느낄 수 있었다.

"너, 변했어."

서은이가 문득 말했다.

"그래? 어떻게?"

나는 되물었다.

"그러니까…, 조금 더 성숙해진 것 같아."

서은이가 조금 생각하다 답했다.

"맞아. 그리고 난 지금의 네가 더 좋은 것 같아."

윤채도 맞장구쳤다.

"저, 정말?"

갑자기 심장이 두근두근 뛰었다. 아, 다시 태어난 느낌이다. 착한 척하는 내가 아닌, 진짜 나로 다시 태어난 느낌.

"참, 이따가 편의점 같이 갈래? 마크 정식 먹자!"

서은이가 말했다.

"미라 학원 있지 않아? 그래서 전에도 같이 못 갔었고…."

윤채가 내 눈치를 살피며 말했다.

"아니야. 학원 시간 미뤄졌어. 같이 가자!"

사실 학원이 있다는 건 거짓말이었다. 편의점에 가지 않으려고 지어낸 거짓말.

"진짜? 미라하고 같이 편의점 가는 건 처음인데!"

"미라야, 내가 진짜 맛있는 편의점 꿀 조합 가르쳐 줄게!"

신난 서은이와 윤채의 모습을 보니, 나도 모르게 웃음이 나왔다.

- 하교 시간 -

우리는 편의점 문을 열고 들어갔다.

"우와…."

순간 내 입이 떡 벌어졌다. 편의점은 내가 생전 경험하지 못한 간식들의 천국이었다. 초콜릿, 젤리, 과자…, 이것저것 고르다 보니 어느새 지갑이 텅 비어 버렸다. 편의점에서 나올 때, 나는 이미 빈털터리가 돼 있었다.

"미라야, 잘 가!"

"그래, 내일 봐!"

친구들과 인사를 하고, 초콜릿을 한 조각 입에 넣었다. 달콤했다. 문득 고개를 돌려, 가게 유리창에 비친 나를 보았다. 여전히 나는 나였다. 내가 미소를 짓자 유리창 속 나도 미소지었다.

엄마가 집에 가서 간식들을 보고 뭐라고 할까? 아무래도 크게 혼날 듯하다. 하지만 난 상관없다. '이게 난데, 뭐 어쩌라고?'

나는 한결 가벼운 발걸음으로 집을 향해 걸어갔다. 태양이 밝게 나를 비추었다.

이루나

신천중학교 2학년 정윤지

철컥, 끼이익. 열쇠를 넣고 돌리니 문이 열렸다. 어김없이 기분 나쁜 소리다. 공간 안에는 나, 아니 내 손에 들린 편의점 봉투를 반기는 녀석이 있다.

"오늘은, 뭐야?"

"라면."

"어제도 먹었잖아."

"그래서, 안 먹겠다고?"

"… 아니야, 미안해."

마지못해 한 대답이 들려왔고, 나는 일어나서 주방으로 향했다.

"스프 반만 넣는다."

라면 봉지를 뜯으며 바닥에 누워 있는 녀석에게 큰 소리로 말했다.

"… 다 넣으면 안 돼?"

"그럼 네가 끓여."

"그래."

녀석과 나의 위치가 바뀌었다. 나는 벽에 기대어 멍하니, 옆에 있는 책가방만 뒤적였다. 탁 탁, 가스 불 켜는 소리. 바스락, 스프 봉지를 흔드는 소리가 들렸다. 저 소리도 지겹게 많이 들었다. 책가방에서 색이 바랜 공책을 꺼내고, 손가락 길이 정도 되는 연필을 꺼냈다. 주방 쪽에서 맵고 짠, 자극적인 음식 냄새가 슬슬 풍겨오기 시작했다. 연필을 쥐고, 공책에 되는 대로 휘갈겼다.

"혹시, 계란 넣어도 돼?"

"있으면."

덜컥, 냉장고 열리는 소리가 들렸다. 계란 같은 게 있을 리 없다. 이 집 냉장고는 텅 빈지 오래다. 역시나, 탕, 냉장고 닫히는 소리가 들려왔다. 공책의 낙서는 앉아 있는 사람의 형태를 띠기 시작했다.

달칵, 가스 불 끄는 소리가 들렸다. 챙, 쇠 젓가락이 시끄럽게 부딪히는 소리가 들리더니, 잠시 후 녀석이 젓가락과 라면을 들고 왔다.

"먹어 봐."

잘 익은 면을 한 젓가락 들어올렸다. 역시 스프를 다 넣으니까 짜다. 그러게 반만 넣자니까.

"…먹을 만해?"

"그렇겠냐. 며칠째 먹는 건데."

"하긴, 그렇겠지… 미안, 쓸데없는 걸 물어봤네."

그 한 마디에 녀석은 또 풀이 죽은 채 라면만 깨작거렸다. 입맛이 다 달아나서, 라면은 대충 먹는 척만 하고 공책에 시선을 돌렸다. 한쪽 눈을 그리니 반대쪽 눈은 그리기가 귀찮았다. 머리카락을 쓱쓱 내려 가린다.

옆에서는 후, 라면 부는 소리와 챙, 젓가락 부딪히는 소리. 후룩, 라면 먹는 소리만 들려왔다. 녀석은 내가 라면을 먹든 말든 관심이 없는 눈치다. 뒷머리는 길게, 더 길게 그렸다.

"안 먹어? 그렇게 별로야?"

슬슬 배가 불러지니 내가 안 먹은 것을 깨달았나 보다.

"2개 끓인 건데… 나 혼자서는 못 먹어."

"다음부터는 하나만 끓여. 돈 아껴야지."

"나 하나 다 먹는데…."

"그럼 스프 적당히 넣어. 짜다고."

"알겠어."

"다 넣는 게 맛있는데…."

녀석이 다 들리게 중얼거렸다.

"설거지 네가 해라. 네가 다 먹었잖아."

대꾸하지 않기로 했다. 녀석은 순순히 일어나 냄비를 들고 갔다.

"라면, 아깝다…, 데워 먹을 수도 없고."

녀석은 중얼거리며 싱크대에 라면을 버렸다. 뜨거운 국물에 싱크대 바닥에선 펑 소리가 났다. 다시 공책에 집중하기로 했다.

옷은 다 늘어난 티셔츠에 허름한 고무줄 바지. 색 바랜 공책에 잘 어울리는 옷으로. 좌아, 물소리와 쨍, 그릇 부딪는 소리가 들려왔다. 발에는 양말을 신기지 않고 맨발로 그렸다. 계속 선을 추가하고 지우개로 지워가며, 정말 오랜만에 무언가에 집중했다.

"네가 그림 그리는 거 좋아했던가?"

갑자기 그림 위로 물이 튀었다. 어느새 설거지를 마친 녀석이 물기 가득한 손을 털었다. 얼굴에 물방울이 떨어져서 그림이 번졌다. 꼭 우는 것 같았다. 고개를 들자 녀석의 얼굴이 보였다. 표정이 없는, 어쩌면 조금 겁먹은 듯한 얼굴. 다시 고개를 숙이자 우는 얼굴이 보였다.

"이거, 누구야?"

녀석의 얼굴이 더 가까이 다가왔다. 마치 공책의 그림이 살아 일어난 것처럼.

"저리 가. 귀찮게 굴지 말고."

"약간 나 닮은 것 같은데…, 아니다, 미안. 갈게."

힘없이 방으로 걸어가는 녀석의 뒷모습을 한 번, 그림을 한 번 보았다. 그러네. 인정할 수밖에 없다. 잠시 고민하다가 그림에 선을 더 추가했다. 라면이 든 작은 냄비에, 젓가락 두 쌍.

"혹시… 내일도 라면 사 올 거야?"

"왜."

"아니야…, 사 오는 걸로 고맙지."

표정에 하고 싶은 말을 다 써놓고는 대답을 피하는 모습이 퍽 웃겼다.

"생각해 봐서."

그림 밑에 제목을 적었다. "라면" 아니, 잘못 적었다. 글자 위에 두 줄을 찍 긋고, 새 제목을 썼다. 네 이름. "이루나"

pulse

선덕중학교 3학년 정철우

매년, 매달, 매일. 공장에서 생성되는 수많은 로봇들. 나는 그 로봇들 중에 하나다.

우리 로봇들은 한 대마다 우리들을 이 세상에 나오게 해주신 연구원들이 있으며, 그들은 우리들을 마음대로 다루고 성장시킬 수 있다.

이분들이 말하는 대로만 하면 우리는 '훌륭한 로봇'으로 자라날 수 있었다. 우리들은 그저 그것만을 향해 움직이는 것이다. 때때로 나와 같은 목표를 가지고 있는 옆에 있는 동료와 협력하며, 혹은 짓밟으며. 온갖 지식들을 우리의 CPU에 입력하고, 가끔씩 자신의 몸을 지키기 위해 전투 기술들을 배운다.

나도 그들 중 평범한 하나였다. '토피아 아카데미아'라는 갖가지 지식들을 배우는 곳인 '학원'이라는 곳에 매일마다 다니고, 학원이 끝난 후엔 '태권도'라는 전투 기술들을 배우는 곳에 다니고 있었다. 다른 연구원분들은 지식들을 CPU에 입력하는 과정을 '학습'이라고 하던데, 나는 그 학습이라는 것을 받아들이는 부분이 다른 기계들에 비해 뒤떨어져 있던 것 같았다. 전투 기술들을 배우는 것엔 내가 판별하기에도 뛰어나다고 느꼈지만. 연구원분들은 그런 나를 '무식한 놈'이라고 부르며 멸시 비슷한 것을 하고 있었지만, 나는 그것에 대해 별 느낌을 가질 수가 없었다. 나는 기계였으니깐. 저분들이 직접 말하고 느낄 수 있는 감정따윈 나에겐 없었다. 그렇게 다른 애들과는 조금 뒤떨어지게 지식들을 입력하고, 나날이 기술들을 배워가던 어느 날 중 나에게 변화가 일어났다.

그날도 학원에 일을 마치고, 사람들이 지어놓으신 길을 걸어가고 있던 도중이었다. 하얀색이 검은색이 번갈아 나오는 시멘트로 포장되어있던 길을 건던 도중에, 커다란 빛이 내 본체에 있던 전기선을 비추었다. 무의식에 '눈'이라고 불리는 시야 스캔을 옮겨, 나에게 불빛을 비추고 있는 어느 커다란 물건을 보았다.

아름다웠다. 그것은 늘 연구원분들의 명령만 받으며 살아가던 나에게 큰 충격을 내 CPU에 선사했다. 단 한 번도 본 적 없었던 빛. 빛. 빛… 그 빛은 나에게 점점 커다랗게 다가오더니, 강하게 나를 쳤다.

그 순간 시야 스캔이 고장났다. 곤란하게 됐다고 생각하는 나에게, 무언가가 입력돼갔다. 그것은 시야 스캔을 리셋시켜 다시 작동하게 만들곤, 그 광경을 보라고 강제로 시야 스캔을 만졌다.

신기한 광경이었다. 쓰러져 있는 내 주위를 돌아다니는 형형색색의 옷을 하얀색의 가운으로 가린 광대들. 그런 광대들의 밖을 감싸고 있는 커다란 하얀색의 마차. 어디선가 들어온 약품의 고약한 냄새. 내 몸 바로 위에 있는 커다란 녹색 줄이 위아래로 왔다갔다하며 나를 빛내고 있었다.

나는 자동적으로 느꼈다. 이곳은 나를 위해 준비된 곳이구나. 그것을 깨닫자 내 주위에 있던 광대들이 나를 확 덮치더니, 내 몸을 꾹꾹 눌러가기 시작했다. 답답했지만, 의외로 편해져가기도 했다. 연구원분들이 느끼는 동맥을 직접 내 몸 안에 새겨가며 내 몸을 짓눌렀고, 그러자 마차 안에서 나라 국기를 매달은 줄이 튀어나와 본체에 미약하게 존재하던 틈을 꿰뚫어 나를 매달았다. 내 무게가 무겁지도 않은 건지, 가볍게 나를 하늘로 들어올린 줄은 광대들의 머리 위로 치솟아 오르자 틈에서 줄을 빼냈다. 그러자 내 몸은 저절로 하늘로 올라가, 나에게 편안한 안식을 선물했다.

[전원~~생명~~이 끊겼습니다.]

진실

방배중학교 3학년 조서현

바다 속에서 자라난 꽃은
달빛을 머금고 자란다
밤이 오면 수면 위로 비춰지는 빛에
날카롭게 베여버린 구름도 여러 점

차가운 바다 속에서
어쩐지 포근함을 느끼는 꽃은
얼어붙어 가면서도 그렇게 자신을 속였다

일렁이는 물결에
머금고 있던 달빛을 토해내고
덮고 있던 치장의 한 겹
서서히 펼쳐 보인다

바다의 밤에 피어나
바다 속에서 자란 꽃은
달의 생김새를 몰랐다

갈라테이아

중앙대학교사범대학부속중학교 2학년 조승연

또다. 또다시 그녀의 뒷모습이 보인다. 오묘한 빛깔의 노을이 지는 황량한 들판. 그녀는 길고 새하얀 원피스를 입고, 긴 갈색 곱슬머리를 휘날리며 서있다. 그리고 나도 그곳에 있다. 그녀의 스무 걸음 뒤에 서서 그저 바라보고만 있다. 당신은 누구인지, 왜 나의 꿈속에 나타나는지…… 질문들이 목 끝까지 메아리쳤지만 입 밖의 소리가 되지는 못한다. 아무리 소리를 질러도 들리지 않는다. 들리는 것은 오직 옅은 바람이 귓가에 스치는 소리뿐이다. 마치 소리가 없는 무성영화를 보는 것만 같다. 아무리 악을 써대도, 나는 이 자리에서 꿈의 끝의 끝까지 모든 것을 선명히 느껴야 한다. 손끝에서 느껴지는 이름 모를 마른 풀과 꽃, 뺨을 간질이는 내 머리카락 그리고 흘러가는 시간 이 모든 것을 매일 밤, 단 하루도 빠짐없이 말이다. 당신은 상상조차 할 수 없을 것이다.

창밖을 보니 아주 화창한 아침이다. 커튼사이로 비집고 들어오는 쨍한 햇빛이 내 눈을 괴롭혔다. 저 맑은 날씨가 이렇게까지 짜증날 수가 있다니. 난 침대에서 일어나 거울 앞에 섰다. 눈 밑에 드리워진 짙은 그림자, 날이 가면 갈수록 말라가는 몸, 툭 치면 부러질 듯한 두 다리…… 거울에 비친 침대의 베개를 보니 머리카락도 뭉텅이로 빠져있다. 몰골이 말이 아니다. 당장 쓰러져도 이상할 것이 없어 보인다. 사람이 이렇게까지 망가질 수 있구나-싶었다. 무슨 병이라도 걸렸냐고? 아니다. 이건 모두 그 빌어먹을 꿈 때문이다. 난 잠시 눈을 감았다. 그리고 다시 눈을 떠 거울을 뚫어질 듯이 쳐다보았다. 이런 나를 동정해주는 사람은 나 자신밖에 없다는 점이 날 슬프게 만들었다. 순간 울컥하여 눈물이 맺히자 눈가가 벌게질 때까지 소매로 닦아냈다. 방금 전보다도 더 아파보였다. 난 이내 한숨을 내쉬며 거울 앞에서 벗어났다.

난 부엌에서 커피 2잔을 연거푸 마신 후 거실로 향했다. 발밑에는 애지중지하던 붓들과 물감, 비싼 값을 주고 산 색연필들, 그리고 그리다 만 그림들이 널브러진 채였다. 어제 오랜만에 그림을 그리다 무언가에 화가 나서 난동을 부린 결과였다. 항시 피곤한 상태를 유지하다 보니 점점 감정기복이 심해지는 것 같다.

마치 폭탄처럼 아주 작은 불씨에도 펑-하고 터져버리니 어찌 할 바를 모르겠다. 난 잠시 쭈그리고 앉아 그림들을 하나 둘 살펴보았다. 하나같이 전부 웃고 있는 여인들의 초상이었다. 난 그 웃음들이 마치 나를 향한 비웃음 같아서 손에 쥐고 있던 그림을 내팽개쳐 버렸다. 그러나 또다시 바라보니 날 위로해주는 미소 같아 그날 새벽은 그림을 품에 고이 안고 잠들었다. 그리고 역시, 그 꿈을 꾸었다. 노을도, 바람도, 모두 똑같았다. 점점 노을이 새빨개지기 시작했다. 이는 곧 꿈이 끝난다는 신호이다. 그런데- 그동안 수천번의 꿈에서 단 한 번도 뒤돌아보지 않던 그녀가 나지막이 뒤를 돌아보았다. 예상치 못한 행동에 놀라기도 전, 꿈은 그대로 끝나버렸다. 눈을 뜨니 익숙한 천장이 보였다. 커튼 사이로 새어져 나오는 강한 햇빛이 늦은 오후임을 알려주었다.

난 비틀거리며 일어나 바닥에 나뒹굴어 다니는 붓과 팔레트부터 집어 들었다. 이유 따위는 중요치 않았다. 그냥 그래야만 했다. 난 어째서인지 그녀를 당장 화폭에 담아내지 않으면 죽을 것만 같이 괴로웠다. 잠에 취해 어지러운 머리가 벌써 희미해져 가는 꿈을 잊어버리기 전에 어서 움직여야 했다. 힘이 안 들어가 떨리는 손을 억지로 방 중앙에 있는 캔버스로 옮겼다. 얼마나 지났을까. 캔버스는 이미 꽉 채워져 있었지만 붓은 멈추지 않았다. 뭔가 부족했다. 난 그 꿈의 감촉을 되찾기라도 하려는 듯 눈을 잠시 감았다가 떴다. 기억 속에 그녀의 얼굴은 검은 잉크가 번진 듯이 제대로 알아볼 수가 없었다. 어쩐지 조급한 기분이 들었다. 어서 그림을 완성해야 한다는 생각이 들었다. 그러나 그림을 아무리 고쳐도 만족스럽지 않았다. 난 이미 짧은 손톱을 피가 날 때까지 물어뜯었다. 방법은 하나밖에 없었다. 꿈속으로 들어가 그녀의 얼굴을 다시 보는 것이다. 며칠 전까지만 해도 절대 엄두에 두지 않았을 법한 생각이었으나 난 아직은 흐릿한 그림 속의 얼굴이 선명해지면 모든 의문에 대한 해답이 마법처럼 나타날 거라고 믿는 것 같았다. 그리하여 난 그 꿈을 꾸게 된 이후로는 처음으로 끝까지 버티다가 기절하듯 잠드는 것이 아닌 내 자의로 잠에 빠졌다. 그러나 그녀는 꿈속에 있지 않았다. 그녀는 꿈밖으로, 나의 방으로 걸어 들어왔다.

마침내 그녀와 조우했다. 형용할 수 없는 감정이 파도처럼 순식간에 밀려왔다. 그것이 공포였는지, 분노였는지, 슬픔이었는지, 환희였는지 난 알지 못한다. 심장이 두근거리기 시작했다. 그 심장소리는 나의 귀 바로 옆에서 들리는 듯이 비현실적으로 커서 마치 내 것이 아닌 것 같았다. 그러나 난 개의치 않았다. 손끝이 달달 떨리는 것도, 식은땀이 흐르는 것도, 다리에 힘이 풀려 도저히 일어설 수가 없는 것도, 적어도 지금 이 순간만큼은 모두 중요치 않았다. 그 여자는 내가 만들어낸 것이었다. 온전히 나만을 위해 말이다. 꿈에서 항상 나의 스무걸음 앞에 서있도록, 날 한참이나 괴롭히도록, 나에겐 그녀밖에 남아있지 않도록. 난 바보같게도 그 사실을 그제서야 깨달은 것이다. 내가 알지 못하는 사이, 어느새 내 뺨에는 눈물이 흐르고 있었다. 차라리 이 모든 것이 그 꿈의 연장선뿐이기를. 사랑하는, 사랑할 수밖에 없는 나의 갈라테이아.

*갈라테이아 : 조각사 피그말리온은 자신의 이상형에 맞는 여인이 없어 조각상을 만들어 살아있는 애인처럼 대해주었다. 그는 어느 날 아프로디테에게 자신의 조각상이 사람이 되게 해달라고 빌었고, 그의 소원은 이루어졌다. 그리고 그녀의 이름은 갈라테이아라고 붙여졌다.

행운 천사

월곡중학교 2학년 조예원

밝은 햇살, 살랑이는 바람. 굉장히 좋은 날씨에 사람들은 연인, 혹은 가족과 함께 공원으로 가서 하루를 보낸다. 하지만 이렇게 맑은 날씨에도, 비바람이 부는 아주 안 좋은 날씨에도, 늘 같은 생활을 하는 한 소녀가 있다. 그 소녀는 오늘도 어김없이 그저 그런 식사를 하고 그저 그런 공부를 하며 그저 그런 하루를 보낸다. 오직 집에서만. 집에서만 틀어박혀 먹고 씻고 공부하고 자고 늘 이런 생활을 반복했다. 사람들의 정겹고 따뜻한 말소리는 그 소녀에게 끊긴 지 오래였다. 언제부터였을까? 그 소녀의 삶이 이렇게 망가진 게.

내 이름은 송맑음이다. 나는 늘 집에서만 똑같은 생활을 했다. 공부도, 밥도, 선생님도. 늘 똑같은 패턴이었다. 이 집에 있는 모든 생명체 중 어느, 누구도, 날 좋아하지 않았고, 모두 나에게 선을 그었다. 또한, 겨울에 보일러를 세게 틀어도 온기라곤 전혀 찾아볼 수 없다. 이런 생활이 시작된 게 언제부터였는지는 잘 모르겠다. 아, 어머니가 돌아가신 후였던가. 그때부터 아빠는 날 철저히 무시하고, 투명인간 취급하기 시작한 것 같다. 내가 잘못한 게 있던 걸까. 난 도대체 어떤 죄로 차갑고 무섭기만 한 집이란 감옥에 13년 동안 갇혀 지내고 있는 건지, 밖으로 나가려면 어떻게 해야 하는지, 아무것도, 정말 아무것도 모르겠다.

'끼익- 끼익-'

내게 남은 건 낡고 녹이 슬어버린 그네, 하나다. 내가 무엇을 잘못한 걸까? 아빠는 '딸'이라는 존재를 기억 속에서 지워버린 걸까? 그럼 난 무엇을 하며 어떻게 살아야 할까? 나에겐 밖으로 나갈 수 있는 희망 따윈 없는 걸까? 아, 하긴 이런 집에 사는 내게 희망이란 게 존재하지 않는 건 당연한가 보다.

'댕- 댕-'

종이 울렸다. 이제 수업 시작이라는 뜻이다. 하지만 오늘따라 들어가고 싶지 않다.

'좀 더 앉아있다 가지 뭐.'

"밝음아! 송밝음!"

하지만 내 바람과는 달리, 선생님이 날 찾기 시작했다. 이내 날 보더니, 신경질적인 목소리로 소리를 질렀다. 난 선생님에게 끌려가다시피 하여 집으로 들어갔다.

그렇게 시간이 흘러 난 저녁 식사를 마친 후에야 내 방으로 돌아와 쉴 수 있었다. 오늘 조금 늦었다고 저녁은 빵 반 조각과 우유 한 잔이 전부였다. 그렇게 속상하지는 않다. 늘 있던 일이었으니까. 저녁 식사 후는 아무에게도 방해받지 않는 유일한 시간이다. 이 시간 외에는 어디를 가고 무엇을 하는지, 무엇을 먹는지 등 모든 것을 감시한다. 이 시간만이 내게 주어지는 유일한 자유다.

햇빛이 밝고 구름 하나 없는 맑은 날씨에 각종 건물이 들어서 있다. 겉보기에 인간계와 별반 다를 것 없어 보이는 이곳은 천사계이다.

'우당탕-'

시끄러운 소리가 나자 사람들의 시선이 집중된다. 하지만 곧, 별거 아니라는 듯 다시 제 갈 길을 간다. 사람들의 시선이 모였던 곳에는 아름다운 은발의 머리카락을 가진 남자가 넘어져 있었고, 그 옆엔 금발의 안경 쓴 남자가 짜증난다는 듯 서 있었다. 은발인 남자는 흰 양복을 털고 일어나 금발의 남자에게 아무 일 없었다는 듯 환하게 웃었다.

"하. 련님 지금 이게 몇 번째 연습인지 아십니까? 자그마치 251번째입니다! 대천사가 되셔서 아직도 착지를 제대로 못하시…."

"아, 알았어, 알았어! 근데 이번에는 정말 다리에 힘이 갑자기 풀려서 그런 거라니까? 그리고, 정훈! 넌 잔소리를 좀 줄일 필요가 있어! 으, 지겨워, 정말."

정훈이라는 금발의 남자는 머리가 아프다는 듯 손을 이마에 짚었고, 련이라 불리는 은발의 남자는 다시 웃고 손목에 있는 시계를 보더니 황급히 어디론가 뛰어갔다.

"어디 가십니까, 련님!"

"뭘, 어딜 가긴 어딜 가! 이제 인간계 내려갈 때 됐잖아!"

"제발 말 좀 하고 가십쇼!"

련은 훈의 말을 흘려듣고, 다시 뛰어갔다. 그 두 사람은 동그란 통으로 가더니 통 안의 문을 닫았다. 잠시 후, 그 둘은 사라져버렸다.

책 한 권을 다 읽고 나니 벌써 11시가 훌쩍 넘어가고 있었다. 자기 위해 침대 위로 누웠다. 하지만 잠이 잘 오지 않았다. 책이나 더 읽을까 생각하던 중 방문에서 노크 소리가 들렸다. 또 내가 자는지 확인하러 온 걸까 싶어 그냥 누워있었다. 그런데 문밖에서 소곤 거리는 목소리가 들리더니 이내 방문이 살짝 열렸다. 문틈 사이로 은색 머리카락이 보였다.

'우리 집에 은발인 사람이 있었나.'

누군가 생각하던 중, 그 사람이 들어왔다. 그런데 그 사람 뒤에 금발의 남자가 있었다. 한 번도 보지 못한 사람이었기에 너무 당황스러웠다. 혹시 날 해하려 하는 건 아닐까 두렵기도 했다.

"봐. 내가 잘 것 같다고 했지!"

"조용히 좀 하세요. 밝음님 깨십니다."

목소리로 봐선 둘 다 남자인 것 같았다. 살며시 눈을 뜨자, 은발의 남자와 눈이 마주쳤다. 그 남자는 놀란 표정으로 나를 보더니 금발의 남자를 툭툭 쳤다. 금발의 남자가 내가 깬 걸 보자 한숨을 쉬더니 내 앞에 다가와 앉았다.

"죄송합니다, 밝음님. 깨우려고 한 건 아니었는데…."

"그것보다, 누구세요?"

금발의 남자는 내가 당황한 것이 눈에 보였는지 죄송하다며 급히 소개하기 시작했다.

"아, 저희는 밝음 님 행운 천사로 명받아 내려왔습니다. 저는 권천사, 정훈입니다. 저분은 대천사, 가련 님입니다. 앞으로 저희는 밝음 님이 행복해지실 수 있게 도와드릴 겁니다. 하지만 밝음 님도 행복을 원하셔야 저희가 도와드릴 수 있다는 점 알고 계시고요. 아, 저희 부르실 때는 편하게 이름 부르시면 됩니다."

그렇게 말하더니 정훈은 내게 웃어 보였다. 아직 상황 파악이 덜 되어 다시 정리하여 되물었더니 맞는다며 고개를 끄덕였다. 그러자 가련이 내게 와서 잘 부탁드린다며 악수를 청했고, 난 그 악수를 받아주었다. 손이 정말 따뜻했다. 그래서 그런지 눈가에 눈물이 고였다. 그 눈물은 얼마 못 가 흘러버렸고, 가련은 당황한 듯 내게 괜찮냐고, 자신이 뭘 잘못한 거냐고 물었고, 난 괜찮다고, 잘못한 거 없다고 말했다. 내가 눈물을 그치자 그 둘은 다시 앞으로 잘 부탁드린다고 말했다.

그 둘과 대화하며 난 내 인생에 희망이란 꽃이 드디어 피기 시작한 것 같았다. 앞으로는 하루, 하루가 의미 있는 날, 행복한 날이라고 느낄 수 있기를 바란다.

소 눈알 해부

잠실중학교 3학년 차예원

옆에서 누군가가 인상을 찌푸리며 우유 냄새가 난다고 했다. 정말이었다. 비릿한 듯 역겨운 냄새가 마스크 틈새를 비집었다. 유리체가 특이하게 빨간색이네. 선생님의 비닐장갑 낀 손에 검은색 먹물 같은 액체가 잔뜩 묻어있었다. 선생님은 병든 소인가 봐, 하고 웃었다. 아이들은 조잘거렸다. 우웩 소리를 내며 토하는 시늉과 함께 따라 웃었다. 서걱거리며 가위로 지방을 떼어내고 각막을 잘라냈다. 안에서 나온 먹물색 액체와 각막을 자른 순간 울컥 쏟아져 나온 피가 뒤섞여 이상한 색이 되었다. 안에는 수정체가 있었다. 얼핏 보면 생명체의 눈 안에 있을 거라고 믿기지 않는 말랑한 반투명 고체. 집게손가락과 엄지손가락으로 위아래를 잡고 지그시 누르자 촉감이 정확히 어느 젤리와 같았다. 그 젤리가 뭐더라. 이름이, 이름이 뭐더라. 기억이 나질 않았다. 안의 것들을 쏟아내고 눈알을 반대로 뒤집었다. 푸른색과 검은색 사이의 스펙트럼 속 색들이 이리저리 뒤섞인 홀로그램 같은 맥락막, 반사판이 보였다. 이 은하수는 어떤 소의 것인가. 인간의 무의미한 생산에 동원되어 혹사당하다 쓰러져 병원 한 번 가보지 못하고 허무하게 숨이 끊어진 소인가. 식용으로 길러져 몸 곳곳이 뼈와 살이 분리되어 등급이 매겨진 소인가. 그도 아니면 정말, 병든 은하수를 품고 묵묵히 제 할 일을 다한 소인가. 선생님의 손가락이 맥락막을 천천히 분리하는 것을 응시했다. 은하수가 벗겨졌다. 우주가 무너졌다. 장갑을 빼고 마스크를 벗었다. 구역질 나는 냄새가 코를 찔렀다.

그림 잘 그려지는 날

동명여자중학교 1학년 채혜교

갑자기 궁금증이 생겨났다. 오늘은 첫 번째로 예비 작가 강의를 하는 날이었다. 익숙하지 않게 어머니가 데려다 준다고 하셔서 다행히 다른 사람들에게 첫 인상을 거친 숨을 쉬는 모습으로 보이지는 않게 되었다. 강의실로 들어가 보니 이미 자리가 거의 차있어서 뒤쪽자리에 앉았다. 선생님은 정말 전형적인 작가 같은 이미지셨다. 머리는 헝클어져 있고, 옷은 격식을 차리지 않은 의상. 나에게 다가온 궁금증 하나는, 어떻게 수업이 진행될 것인가였다. 책상에 턱을 괴고 앉아서 그림공책을 하나 꺼냈다. 무언가를 생각할 때는 또 다른 무언가에 집중하는 것이 최고다. 할 일이 아직 생각나지 않은 연필을 두세 번 공책에 탁탁탁 치고는 앞을 바라보았다. 때마침 강의가 시작되었다.

다른 강의와 똑같이 첫 번째로는 선생님의 소개, 그리고 출석 부르기. 별다를 게 없자 나는 금방 흥미가 떨어져서 그림공책에 그림을 그렸다. 얼굴형을 그리고, 코와 눈, 마지막으로 입을 그리니 대충 형태가 잡혔다. 머리스타일을 어떻게 그릴까 고민하다가 앞에 있는 어떤 언니의 머리가 눈에 들어왔다. 긴 머리에 묶은 헤어스타일. 머리카락까지 그리니 훨씬 더 보기에 좋았다. 그러다가 문득 시간이 아깝게 생각되었다. 그림은 집에 가서도 그릴 수 있으니까 지금은 지루해도 강의에 집중하기로 하였다. 하지만 연필은 내려놓지 않았고 그림공책도 집어넣지 않았다. 사람들은 거의 생각만 하지 행동으로는 실천하지 않으니까.

그렇게 내적 갈등이 일어나고 있었는데, 앞에 앉은 사람이 종이를 건넸다. 안 듣고 있어서 무슨 활동을 하는지 몰라 주변을 이리저리 둘러보니까 이름표 만들기를 하고 있었다. 초등학교 때 이후로는 오랜만에 하는 이름표 만들기였다. 초등학교 때도 참 다사다난했는데. 추억의 향기를 잠시 느끼다가 필통에서 네임펜을 꺼냈다. 큼직큼직하게 이름을 쓰고, 약간의 무늬를 추가해서 산더미처럼 쌓여있는 내 심심함을 달랬다. 그러다가 옆자리에서 종이 긁히는 소리가 나 길래 바라보니 삼각형으로 이름표를 세워서 앞에다가 가져다 놓았다. 나는 티가 나지 않게 그 행동을 따라했다.

이름표를 만드는 이유는 뭘까? 나는 이렇게 사는 데에 많은 질문을 던진다. 그것에 익숙해진 탓인지 이번에는 대답이 빨리 나왔다. 당연히 선생님이 여기 오는 모든 학생들의 이름을 외우기 위해서겠지. 그래봤자 눈에 띄는 몇 명만 외우실텐데. 나는 엄청난 욕심이 하나 있다. '나에게 그 사람이 별로 특별한 게 아니어도 그 사람은 내가 특별해야 한다.' 라는 욕심이다. 지금껏 그래왔다. 나는 치밀하게 내가 원하는 사람의 특별한 존재가 되었다.

첫 번째는, 처음부터 특별하게 보이기. 처음부터 지각이라는 것은 어떤 사람에게 나쁘게 보일 수도 있다. 하지만 그 방법은 가장 특별하게 보이는 방법이다. 처음에 지각을 하고 다른 행동들을 똑 부러지게 잘하면 그 사람은 '저 애는 매우 특별하구나' 라고 생각하게 된다.

두 번째로는 내 속마음을 보여주기. 어떤 사람이든 나에게 기대준다면, 나에게 의지해준다면 그 사람은 매우 기쁘게 느끼고 더 해주려 할 것이다. 그리고 가끔씩 그 사람이 기대올 때 양 팔을 벌려 안아주면 완벽하다. 방법은 몇 십 개가 더 있지만 하나만 더 설명하겠다.

마지막은 그 사람의 이상형이 되어주기. 그 사람이 좋아하는 분야를 찾고, 거기에 대해 조금만 배워서 아는 척하는 것이다. 그러면서 그 사람의 최고가 자신의 최고라고 약간의 거짓말도 섞으면 된다. 물론 연기가 아닌 것처럼. 세상을 착해빠진 사람으로 살다가는 바로 무너져버릴지도 모른다. 그래서 나는 조금, 완벽하게 비뚤어지기로 했다. 내가 이번에 특별한 대상이 될 목표는 예비 작가 강의 선생님이다.

'쏴아아-' 빗물이 많이 내리는 소리가 들렸다. 하지만 생각보다 둔탁한 소리에 저절로 고개를 돌려서 창문 밖을 바라보았다. 아니나 다를까, 약간 얼어서 내리는 비가 쏟아지고 있었다. 조금 큰 것에 맞으면 아플 것 같았다. 우산 안 챙겨왔는데… 그렇다고 이미 한 번 데려다주신 어머니께 한 번 더 데려와주라고 부탁하기에는 내 마음이 허락하지 않았다. 오늘은 비 맞으면서 가야겠네. 나 대신에 비를 맞아줄 잠바를 주먹을 쥐어 꼭 잡았다. 미안해, 집에 가면 깨끗하게 빨아줄게.

생각에 깊게 빠져있는데 갑자기 들려온 박수 소리에 나는 몸을 떨었다. 깜짝이야. 앞을 바라보니 선생님께서 학생들 하나하나에게 "너는 무슨 책이 되고 싶니?" 라며 물어보시고 계셨다. 책은 즉 사람이라고. 나는 의도치 않게 다시 깊은 생각에 잠겨버렸다. 앞에서 말했던 것과 같이 나는 내 존재가 다른 사람들에게 특별했으면 했다. 한번 보고 지나치면 안 돼. 그러자 내 머릿속에 불이 켜졌다. 내가 되고 싶은 책은 '한 번만 보지 않고 거기에 빠져서 여러 번 보는 책'이다. 완벽해, 그렇다고 생각했다.

내가 발표할 차례만 기다리며 발을 동동 굴렀다. 내 눈동자는 CCTV처럼 선생님을 따라다니고 있었다. 이윽고 내 차례가 되었다. 나는 내가 준비했던 것 그대로 발표를 했고, 선생님은 그다지 신경 쓰시지 않았다. 내 말을 잘못 이해하신 것 같았다. 그냥 그렇게 흘러가버린 시간을 멍하게 생각했다. 고개를 숙이자 내 눈은 그림공책에 그려진 그림을 담아내고 있었다.

내가 내린 결론은 엉뚱했다. '그림이나 그리자.' 였다. 계속 네임 펜을 들고 있었다는 것을 알아차리자 조금 충격이었다. 나 생각을 얼마나 깊게 하는 거야. 네임 펜을 필통에 집어넣고 연필을 꺼냈다. 연필을 움직여서 목선을 그리고 어제 학교에서 미리 생각해 두었던 옷을 그렸다. 하얀 레이스에 푸른 리본이 달린, 귀여운 옷이다.

그러다가 하의를 무엇을 그릴까 고민 중에 고개를 살짝 올렸더니 선생님께서 어떤 학생이 발표한 책을 듣고 감명을 받으셨는지 박수 한 번 쳐주라고 말하셨다. 내 머릿속이 복잡해졌다. 부럽기도 했고, 거의 마지막이었으니까 생각할 시간은 처음에 발표한 사람보다 확실히 많았을 것이다. 하지만 선생님의 마음에 든 것은 든 것이니까.

배가 아팠다. 아까 어머니가 데려다 주시면서 사준 붕어빵 때문일까? 미간이 저절로 찌푸려져 버렸다. 얼굴을 애써 숨기려고 그리다 만 캐릭터에 반바지를 그렸다. 반바지에는 약간의 디테일을 더해서 줄무늬도 그렸다. 신발은 단정하게 잘 묶은 운동화로. 끈은 리본 모양으로 묶여있어 더 깔끔해 보였다. 어째서일까, 그림이 더 잘 그려지는 느낌이었다. 생각보다 내 얼굴은 빠르게 미소로 번졌다.

비를 맞으며 집에 걸어가는 상상은 별로였지만.

13 reasons why I need 'I survived my trip to NYC' T-shirt

석촌중학교 3학년 최민서

2019년 5월 21일, 평소와 다름없이 액정이 깨진 핸드폰을 보던 저에게 혁명이 일어났습니다. 그것은 바로 제가 좋아하는 영화 '스파이더맨 : 홈커밍'에서 주인공 피터 파커가 입은 티셔츠를 판다는 걸 알게 되었다는 것입니다. 그것도 단돈 19,500원에! 그 길로 저는 이 티셔츠를 사야 한다고 엄마를 설득했지만, 엄마는 꿈쩍도 하지 않으셨습니다. 그래서 제가 이 티셔츠를 사야 하는 이유를 알려드리려 합니다. 제 얘길 들으시면 엄마도 생각이 달라지시겠죠?

첫 번째, 저는 피터 파커 역을 맡은 배우인 톰 홀랜드를 사랑하며 동경하기에 그를 닮고 싶습니다. 그는 예의 바르고 싹싹한 사람이고, 연기력도 매우 뛰어나 배우로서의 자질을 인정받았습니다. 이렇게 바른 사람인 톰 홀랜드와 가까워지고 싶지만, 현재의 저는 그와 접점이 없습니다. 그가 입었던 옷과 같은 옷을 입는다면 저는 그와 더 가까워질 수 있습니다. 비슷한 사람들끼리 어울린다고, 같은 옷을 입고 그와 가까워진다면 저도 톰 홀랜드처럼 멋지고 좋은 사람이 될 수 있을 거라고 믿습니다.

두 번째, 옷에 프린팅된 문구가 정말 멋집니다. I survived my trip to NYC. 나는 뉴욕 시티의 여행에서 살아남았다는 뜻입니다. 여행이라고 하면 보통 다녀왔다는 표현을 쓰지 생존했다는 표현을 쓰지는 않습니다. 따라서 저는 이 옷을 입으면 독창적이고 주관이 뚜렷한 사람이 될 수 있을 것만 같습니다. 또, 생존했다는 것을 자랑스럽게 여기고 옷에 써서 다닌다는 것은 하루하루 자신이 살아있다는 것에 감사하게 여길 수 있는 계기가 될 거라고 생각합니다.

세 번째, 영화 속에서 피터 파커가 이 옷을 입게 된 상황은 저에게 큰 감동을 준 상황입니다. 피터 파커는 범죄자들이 유람선 안에서 무기를 거래할 예정이라는 것을 알고 이를 막으려 했습니다. 하지만 그가 악당들에게서 빼앗은 불법 무기로 인해 유람선이 반으로 갈라집니다. 그는 거미줄로 유람선을 다시 붙이려 했지만 실패하고 결국에는 아이언맨이 나타나 유람선을 붙입니다. 그리고 아이언맨은 크게 화가 나 피터 파커의 스파이더맨 슈트를 빼어갔습니다. 슈트를 빼앗기니 입을 옷이 없어서 급하게 입게 된 티셔츠, 그 옷이 바로 제가 원하는 티셔츠입니다. 이 장면 이후로 슈트 없이는 아무것도 아니라던 스파이더맨이 슈트가 없어도 지구를 구하는 영웅으로 성장했습니다. 전 영웅 스파이더맨이 절망적인 상황에서 입게 된 이 'I survived my trip to NYC' 티셔츠를 입게 된다면 누구든 영웅이 될 수 있을 거라고 믿습니다.

네 번째, 저는 해외배송 상품인 이 옷으로 여행의 기분을 즐길 수 있습니다. 저는 지금 서울에 있지만 티셔츠를 통해 뉴욕 시티에 다녀왔던 행복한 추억을 다시 한 번 더 기억할 수 있습니다. 스파이더맨이 유람선에서 본 자유의 여신상을 저도 추억할 수 있다는 건 정말 멋진 일입니다. 그렇죠?

다섯 번째, 요즘 학교에서는 세계사와 세계의 다양한 문화를 배우는데 뉴욕이 속한 국가인 미국의 역사와 문화에 대해 자주 복습할 수 있는 기회가 될 수 있습니다. 50일도 남지 않은 기말고사 시험 범위에 속하는 미국의 문화와 역사를 여러 번 꼼꼼히 복습하게 된다면 분명 성적이 오를 것입니다.

여섯 번째, 스파이더맨 옷이 집에 도착할 동안 저는 하루하루 설렐 것입니다. 최근 들어 부모님과 싸우는 일이 많아졌는데 하루하루를 설레는 기분으로 생활한다면 부모님과 싸우는 상황이 훨씬 줄어들 테고, 그렇다면 서로에게 좋은 일 아닐까요?

일곱 번째, 스파이더맨의 방은 항상 깨끗합니다. 겉모습인 옷도 물론 중요하지만 저는 옷뿐만 아니라 스파이더맨처럼 항상 청결한 방을 유지할 수 있도록 할 것입니다. 다른 곳을 어지럽히지도 않고, 스파이더맨이 입었던 옷을 입고 깨끗한 제 방에서 스파이더맨의 취미인 레고 만들기처럼 건전한 취미를 즐기도록 하겠습니다.

여덟 번째, 이 옷이 생긴다면 저는 이 옷을 절대 방구석에 처박아두지 않을 거라고 다짐합니다. 제 영웅인 피터 파커의 옷과 같은 디자인의 티셔츠인데, 당연히 저는 티셔츠에게 넓은 세상을 구경시켜 줄 것입니다. 집 앞 편의점, 제 또래의 아이들이 바글바글한 학교, 최근 발견한 카페 등등 제 주변에서 경험할 수 있는 모든 걸 경험하게 해 줄 것입니다.

아홉 번째, 스파이더맨을 닮기 위해서는 사소한 부분에도 신경을 써야 하지 않을까요? 스파이더맨은 다른 분야도 그렇지만 과학 분야에서 특히 똑똑합니다. 스스로 실험을 통해 거미줄도 만듭니다. 실제로 '캡틴 아메리카 : 시빌 워'에서는 스파이더맨이 거미줄을 쏘고 다니며 이웃들을 도와주는 모습을 본 아이언맨이 그를 팀 아이언맨으로 영입하기도 했습니다. 갑자기 뭔가 떠오르지 않으셨나요? 최근 저는 스파이더맨을 닮기 위해 과학실험에 관심을 가지고 학교의 과학 도우미에 지원하기도 했습니다. 그리고 얼마 전 학교에서 진행한 인적성검사에서 저의 능력치 중 과학에 관련된 능력은 약 상위 14%의 능력이라고 검증받았습니다. 나비효과라고 아시나요? 나비가 어떤 한 곳에서 어떤 시간에 날갯짓을 하면 먼 곳에서는 폭풍이 일어날 수도 있다고 합니다. 스파이더맨과 같은 티셔츠라는 작은 날갯짓이 미래에 고등학교 3학년 수험생이 된 저에게 과학탐구 영역 1등급이라는 폭풍이 될 수도 있겠죠?

열 번째, '자식의 행복은 부모의 행복이다.' 라는 말 들어보셨나요? 이 티셔츠가 있다면 제가 행복해진다는 사실을 앞서 말했습니다, 이 옷을 사 주신다면 당연히 저는 행복할 테고, 제가 행복해하는 모습을 보시면서 부모님도 행복하실 거라고 생각합니다.

열한 번째, 최근 공개된 스파이더맨 시리즈의 새 영화 '스파이더맨 : 파 프롬 홈'에서 피터 파커에게 미쉘이라는 예쁜 여자 친구가 생긴다는 게 공개되었습니다. 피터 파커의 여자 친구도 물론 똑똑하고 자기 주관이 뚜렷한 바른 여성입니다. 스파이더맨과 같은 디자인의 티셔츠만 있다면 스파이더맨이 그랬듯이 저도 생각이 멋진 애인을 사귈 수 있을 겁니다.

열두 번째, 저는 부모님께 어버이날 선물을 드렸습니다. 엄마아빠 두 분 다 그때 정말 기뻐하셨던 걸 기억합니다. 누구나 선물을 받으면 기뻐합니다. 저도 마찬가지입니다. 만약 제가 받은 선물이 제가 원하던 'I survived my trip to NYC' 티셔츠라면 저는 좋아 날뛸 것입니다.

마지막 열세 번째, 예전에 엄마께서 그런 말씀을 하신 적이 있으시지요? "선물은 마음이 아니라 가격이다." 하지만 제 생각은 다릅니다. 저는 가격이 중요한 게 아니라 원하던 것인지가 더 중요하다고 생각합니다. 2만 원도 안 되는 가격이라면 동생이 어린이날 선물로 바라던 5만 원짜리 게임 칩보다 2.5배 이상

쌉니다. 그리 고가가 아닌 물건이지만 최고의 효율을 볼 수 있는 멋진 티셔츠 아닐까요? 부모님이 선물해주신다면 저는 기쁜 나머지 앞구르기 세리머니를 보여드릴 것입니다.

정말 마지막으로 저는 이 옷을 통하여 성장할 수 있는 무궁무진한 가능성을 가진 10대 학생이라는 점을 얘기하고 싶습니다. 혹시 용돈을 모두 써버려 가난한 자녀의 작은 소망을 짓밟으시려는 것은 아니겠지요?

무제

덕원여자고등학교 1학년 강가형

따르르릉. 알람소리에 머리맡 베개 옆으로 익숙하게 손을 뻗어 시계를 손바닥으로 마구 눌러대면 그제야 눈을 뜬다. 10시 20분. 어찌 보면 알람을 맞추어 일어나기엔 늦은 시간이라고 하여도 나에게는 빠르지도 늦지도 않다. 여느 다른 사람들처럼 아침 일찍 눈떠 나갈 채비를 하는 것도, 아침밥을 먹는 것도 아니기에 그냥 시곗바늘이 가리키는 숫자 10과 숫자 4일 뿐이다. 아, 규칙적인 생활을 하지 않는 내가 이 시간에 일어나는 이유는 한 가지가 있겠다. 10시 25분, 눈 뜬 후 오 분 뒤에 시작하는 드라마. 그렇다고 애청자랄 것도 없음이 내용을 보지는 않고 티브이 화면에 띄워 두기만 한다. 양 옆에 쿠션 한 개씩을 둔 3인용 소파의 팔걸이에 걸터앉아 리모컨으로 숫자 두 자리를 누른다. 그러자 무엇 때문인지 잔뜩 화통이 난 듯한 파마머리 아줌마가 홍홍대며 소리를 지른다. 물론 드라마 속 누구에게 험한 소리를 퍼붓느라 나에게 시선을 줄 정도의 여유가 있어 보이지는 않는다. 티브이 음량을 하나 더 높이고 두 걸음을 왼쪽으로 옮기면 주방. 주방이라기엔 많이 간소하지만 어쨌든 먹을 것이 있는 공간이니 주방이라 해도 무리는 없으리라.

주방-주방이라고 불리우는 것-의 맨 아래 서랍에는 라면봉지들이 아무렇게나 비집고 들어앉아 제 자리올시다 한다. 왠지 그 모양새가 맘에 들지 않아 한두 개를 잡아 세워 놓으려다 또 귀찮아져 무릎으로 튀어나와 있는 서랍장을 툭 쳐 입을 닫는다. 잡았다 놓아서인지 제대로 들어가지 못하고 고 봉다리 꼭지가 삐죽이 튀어나와 낑겨있다. 그 위의 서랍을 여니 삐죽 나온 봉지가 쓸려 바스락. 시야에 들어온 두 번째 칸에는 먹다 남아 노란 고무줄로 봉해둔 시리얼이 눈에 띈다. 시리얼 봉지를 집어 들고 윗선반을 열어 쇠숟가락과 머그잔을 꺼낸다. 이 문은 열 때마다 끼익거리는 것이 여간 신경 쓰이는 것이 아니지만 뭐 그게 대수일까. 아담한 냉장고에서 우유통을 꺼내 흔들어보니 통 바닥을 치는 몇 방울의 우유만이 남아 있었다. 우유 그까짓 거 좀 없어도 시리얼을 못 먹는 건 아니니까. 이렇게도 가끔 먹기에 나에게 당황스러움과 비일상을 기꺼이 선사해 줄

만한 것은 못 되었다.

다시 소파 앞. 으로 갈까도 했지만 여전히 열변을 토하는 아주머니가 바빠 보여 머그를 들고 방으로 간다. 사실 이 곳에서 어느 공간으로 자리를 옮긴다 해도 그저 몇 걸음의 수고만 있으면 충분해 귀찮은 일은 아니다. 방문을 들어서자마자 발 끝에 걸리적거리는 것은 바닥에 널브러져 이어폰 줄과 얽혀있는 노트북 충전기. 바닥에 앉아 침대 다리에 등을 기대 충전기 선 한쪽을 잡아당기니 풀리는가 싶더니만 더 꼬일 뿐. 충전기는 내버려 두고 끝까지 접히다 만 노트북을 열어 전원 버튼을 누른다. 동그란 전원 버튼에 불빛이 들어오며 위이잉 켜지는 소리. 그 소리를 들으며 쇠숟가락으로 시리얼을 마구 입으로 욱여넣는다. 전원 버튼을 누른 것 뿐인데도 벌써 과열된 노트북의 시작 로딩 화면을 바라보며 시리얼을 그렇게 한 세 번쯤 퍼먹었을까, 쇠숟가락과 머그가 쨍쨍거리며 부딪히는 소리를 들으며 나는 오늘은 꼭 우유를 사야겠다고 생각한다. 노트북의 위잉 소리가 시작 화면의 사운드로 바뀌면 그제서야 마우스 커서가 움직임을 보인다. 앉은 자리에서 팔을 뻗어 방문을 반쯤 닫으니 여전히 작은 거실을 메우는 티브이 화면 속 배우들의 점심 식사 달그락 거리는 소리가 수저 쨍그랑 머그잔 소리보다는 정감 있게 가벼운 소음으로 귀를 때린다. 잠긴 목으로 낮게 콧노래를 흥얼거리며 바탕화면의 폴더를 열면 미완 무제의 문서들이 순서 배열 없이 마구잡이로 줄 서 있다. 그 중 아무거나 마음에 드는 하나를 더블클릭해 열면 흰 바탕에 검은 글자들이 모니터 바깥으로 튀어나와 둥둥 제각기 맘대로 떠다니는 것처럼 보인다. 몇 줄 더 써보려다가 그만두고 충전기를 이래저래 대충 꼬인 줄 풀어 꽂아놓고는 빈 머그를 들고 주방으로 간다. 머그잔 안의 시리얼 가루들을 싱크대에 털어내며 우유 꼭 사야지 다시 한 번 되뇌어본다. 싱크대에서 티브이 화면 앞으로 터벅터벅 걸어가니 아침 일어나자마자 켜놓은 드라마가 시끄럽게 다음 주 예고편을 보이며 요란이다. 꽥꽥 그 시끄러운 소리를 들으며 나는 집이 조금은 요란스러워도 괜찮겠구나 싶었다. 가끔 혼자 집에서 작업하거나 하는 일 없이 멍하니 있을 때면 한 번씩 티브이 드라마 음소거를 해놓은 듯, 냉장고 돌아가는 소리만 울리는 고 적막이 소름 돋게 기분 나쁠 때가 있기에 아무렴 악에 받친 재벌집 아주머니의 귀에 울리는 쩌렁한 고함이래도 좋았을까. 30초는 지났는지, 정말 잠시간의 예고편이 끝나자마자 줄줄이사탕처럼 끊이지를 않는 광고를 아무 생각 없이 몇 분을 보고 있다 퍼뜩 티브이 광고 화면 속의 보험 컨설턴트와 눈이 마주치고 나서야 깜짝 놀라며 손에 쥐고 있던 리모컨을 급히 눌러 전원을 끌 수 있다. 다시 집안의 말재주꾼을 없애니 위이잉. 냉장고 돌아가는 소리만 귀를 콕콕 찌른다. 그 소리가 괜히 기분이 나빠 방에 들어가 문을 닫고 침대에 가만 누워도 보고, 또 노트북을 열었다 닫았다 반복해도 보고, 그리고 또 옷장을 열어 옷걸이 밑으로 널브러진 외출용 점퍼를 입어 지퍼를 올렸다 내렸다가는 다시 옷걸이에 걸어 가장 안쪽에 숨기듯 옷들 사이 처박아 두고 옷장 문을 닫았다가 또 한쪽 문짝을 열어 이십 초 전에 구석탱이 안쪽 보이지 않는 곳에 숨겨둔 외출옷을 옷장 밖으로 꺼내 침대에 던져 놓기도 하고 또 또 의미 없는 무언가를 하다가 바닥에 드러눕는다. 이렇게 내 방 바닥에 대자로 누우면 방이 좁은 탓에 머리 끝과 발가락 끝에는 방 벽이 닿고 왼 다리를 조금 움직이면 옷장, 오른 다리에 움직임을 주면 침대, 고개를 오른쪽으로 구십 도 돌리면 눈앞에 작업용 책상의 검고 딴딴한 그 무쇠 다리가 바닥에 눌러 자국을 내며 우뚝 서 있다. 내 몸에 딱 들어맞는 이 공간은 나로 하여금 레고 상자 속 조립품의 한 조각이 된 듯한 느낌을 준다. 그것이 무엇이든지 간에 무언가에 꼭 들어맞는 존재가 된다는 것은 그 자체로 충분히 의미 있는 것이 아닌가. 내가 고대 그리스의 철학자라도 된 것 마냥 생각에 잠겨 누군가에게 의미 있는 존재가 되었음을 생각하니 스스로 대견하여 뿌듯함을 가누지 못하고 팔다리 위아래로 생명이 발현하듯 또 아기가 세상의 공기를 처음 맞고 우렁차게 울며 짧은 팔로 단단히 주먹을 쥐어 힘차게 뻗듯 허공으로 몸을 내질렀건만 유감스럽게도 허공이 아니라 딱딱한 시멘트 벽이라는 것을 머리를 세게 부딪히고 나서야 깨닫고 짧은 탄식을 내뱉는다. 아.

아. 매일 같은 알람소리에 눈을 뜨면 똑같은 시계가 똑같은 위치에서 똑같은 시각을 알려준다. 나는 그것에 응하듯이 어제와 같이, 그제와 같이, 그리고 아마 내일도 그럴 것과 같이 눈을 비비며 이 시간부터 요란한 소리를 내며 돌아가는 냉장고 문을 열어 우유를 찾고 또 다시금 생각하는 것이다. 오늘은 우유를 꼭 사 두어야지. 하며 티브이 채널 번호 두 자리를 손가락 마디마디에 힘을 주어 다른 번호를 누르지 않게 주의하며 누르자.

볼록 거울

숭문고등학교 1학년 강준성

'김주호에게'

그의 창작은 첫 문장으로 끝맺었다. 그는 나를, 나의 이름을 주인공으로 하여 좋은 글을 써보겠다고 하였다. 당시에는 그저 의심스러웠다. 이것이 좋은 첫 문장이 될지, 왜 내가 나한테 쓰는 편지글인지 이해조차 되지 않았다. 이해할 수가 없었고, 그래서 하나의 복선도 찾아낼 수 없었다. 이것이 어떤 변화를 만들어낼지.

*

타다다닥…

타자치는 소리, 흐릿하고 멍해진 눈빛으로 타자기 또는 소리를 지켜보았다. 아마 나는 지금 급한 상황일 것이다. 그럼에도 그에게 한 시간 동안 아무 도움도 못 받고 있다. 그도 내가 쓰고 있는 글을 대충 나랑 비슷한 눈빛으로 멀뚱멀뚱 쳐다보고 있다. 흐릿한 초점과 함께 흐릿해진 뇌가 뒤늦게 생각해 냈다. 큰일인데, 글쓰기 공모전이 한 달밖에 남지 않았다.

"그래서 정말 아직까지도 아무 문제가 없는 건가요?"

"어… 그래."

"그럼 이 정도면 좋은 글이 될 수 있나요?"

"아닐걸. 좀 별론데."

나는 이제야 답답함을 느끼며 그를 째려보았다. 그럼에도 그는 여전히 그 눈빛을 잃지 않았다.

"그런 부분을 지적해 달라고 부탁드리지 않았나요?"

"아니, 아니 이봐 왜 이리 급해. 한 달 남았다며. 좀 더 생각하며 쓰면 되잖아."

"다 쓰고 고쳐 쓰기도 해야 되거든요. 몇 백번은."

"학교 행사인데 뭘 그렇게까지 하냐. 큰 대회도 아니고. 네가 정말 제대로 글을 쓴다면 몇 시간만 투자해도 충분히 우승할 걸."

그에게 도움을 청한 것은 아무래도 큰 실수였다. 그의 직업은 작가였다. 조금이라도 도움을 받을 수 있을 줄 알았다.

나는 그를 도서관에서 처음 만났고, 이것은 별로 좋은 인연은 아니었다. 그가 조금이라도 손을 댄 책을 찾을 때마다 내용이나 용어를 정리한 메모지들이 거추장스럽게 잔뜩 붙어있었고, 물론 나는 다짜고짜 그에게 이 일을 따졌었다. 하지만 그는 자신은 책을 접은 것도 훼손한 것도 아니며 다른 사람에게도 독서에 도움이 될 만한 일을 한 거라고 자기의 주장을 펼쳐놓았다. 매주 도서관에서 만나는 그는 무슨 일을 하든지 나와 엇박자였으며, 이 일 외에도 그는 언제든 자기 마음대로의 생각을 가지고 있었다. 심지어, 그의 너무 느긋한 성격과 알 수 없는 표정은 이상하게 나를 화나게 했다. 그의 모든 걸음걸이, 생각, 행동은 시간에서 벗어난 듯했다. 하지만 이런 완전히 대조되는 관계도 대화할 거리, 말을 터놓을 기회가 많아서 오히려 쉽게 벗이 될 수도 있다는 것을 알게 되었고, 이것은 내가 생각해도 참 이상한 일이었다.

그가 작가라는 것을 알게 되었을 때는 놀라웠다. 나의 눈엔 바보같이 보인 모든 게 그에게는 글을 창작하는 힘이 되었고 난 어째서인지 그의 글이 나쁘지 않게 느껴졌다. 그 후로는, 또 어째서인지 그가 우상 비슷한 것이 되었다. 그는 물론 자칭이긴 하지만 20대의 젊은 기성작가이며 나는 그저 진로가 작가인 학생이었기 때문이다.

하지만 역시 이런 이상한 사람에게 도움을 청한 것은 좋지 못했다. 그는 처음 글을 쓰는 데 부족한 점을 지적해달라는 부탁을 받았을 때 굳이 자신이 나의 글에 개입하면 그건 순수한 너의 글이 아니라며 자신의 논리를 늘어놓았다. 그때 최대한 귀찮다는 것을 돌려 말하지 말라는 눈빛을 보내지 말았어야 했는데, 그는 일단은 지켜 봐주기만 하겠다고 하며 진짜 그러고만 있다.

"됐습니다. 이제 동화책이나 빌리고 가보도록 할게요."

그는 내가 무엇을 하든 상관없었다. 하지만 이번은 어째서인지, 아무것도 안 해준 것이 미안했는지 아니면 자기가 소비한 시간이 너무 의미 없이 흘러간 게 안타까워서인지 나에게 질문을 던져 주었다.

"예전부터 궁금했던 건데…."

"네?"
"왜 항상 동화책 한 권씩은 빌리는 거야?"
"아, 뭐… 동생이 어려서요."
나보다 겨우 한 살 어리지만 어리면 어린 거지. 그에게 너무 명확히 알려줄 필요는 없었다.

*

투욱투욱
집에 걸어왔다. 물론 아무 변화도 없다. 방에 들어가고 가져갔던 것들을 내려놓으며 가져갔던 모든 걸 정리했다. 가져갔던 생각을 정리했다. 나는 너무 할 일이 많았고, 어지러웠다.
제일 먼저 해야 될 일을 떠올렸다. 나는 제일 먼저 대출한 동화책을 집어 들었다. 그리고는 거실을 가로질러 또 다른 방에 다가갔다. 방문은 여전히 꽉 닫혀있었고 이것이 특히나 단절감을 주었다.
방문을 열어 들어갔다. 물론 아무 변화도 없었다. 여전히 찢어진 종잇조각들, 금이 간 책상, 깨진 유리, 훼손된 사물마다 조금씩 말라붙은 빨간 자국들이 있었다.
그리고 모든 게 망가진 중심에는 나보다 어린 것이 지쳐 쓰러져있었다.
나는 천천히 다가갔다. 그리고 그 애의 손에 동화책을 쥐어주었다.
"어… 기다리고 있어."
바로 그 밖으로 나왔다. 조금이라도 같이 있어주기 두려운 것이 맞다. 하지만 나는 지금까지 수없이 오랜 시간 동안 그와 같이 있었고 그는 절대 받아들이지 않았다. 아무래도 옆에 나만 있어준 것이 문제였을 것이다. 그 애는 혼자 있는 것이 좋을 것이다.
나는 물론 돕고 싶었다. 내가 그 애에게 동화책을 쥐어준 것도 아무 의미가 없는 것은 아니었다. 아마 그 애가 정상적이었을 때는 동화책을 좋아했다. 그는 이것을 찢어 버리지는 않는다. 분명 현실보다 더 이상적인 곳이며 나는 그 아이가 여기에 갇혀 살길 원했다. 영원히.

*

아무 것도 모르는 오늘은 분명 좋은 날이 될 수 있었다. 물론 모든 날이 그랬을 것이다.

그리고 다시 도서관에서 그를 만났다. 그가 나에게 물었다.

"글은 어떻게 되어가?"

나는 멍해졌다. 벌써 3주 채 안 남았다. 내가 이것을 하려 했던 이유는 별거 아니었다. 내가 뭘 할 수 있을까. 항상 무언가 이루어보고 싶었다. 하지만 그에게 말했다.

"아마 포기할 걸요. 역시 아무 감도 안 잡혀요."

"그래? 알았어."

그리고는 바로 고개를 돌렸다. 정말 아무 관심도 없었나 보다.

"그래서 작가는 왜 되려는 거야?"

"예?"

"그냥. 글 쓰는 일 왜 하려 하냐고."

"……."

"사람은 말이야. 문학 작품 단 한 권도, 한 문장도 읽지 않고도 성공할 수 있어. 사는데 아무 문제도 없고. 그럼에도 작가가 실용적인 직업이라 생각해? 아무런 의미도 찾지 못 할 거면 작가가 왜 되려는 거야? 재미삼아?"

처음 보는 그의 태도에 의아해지면서도 약간 무서웠다. 폭포처럼 쏟아진 질문에 명확한 대답을 할 수가 없었다.

"그게 작가인 본인이 할 말인가요?"

"아니지. 내가 작가라는 직업을 욕하려는 것이 아니야. 꿈이 작가라면 적어도 이런 질문에는 대답할 줄 알아야 된다는 거지. 솔직히 맞는 말이잖아 아무 의미가 없다면 그건 가장 쓸모없는 것이지."

"……."

"난 네가 아무것도 하지 않길 바라. 주호야. 넌 아무런 의미 없이 살아가지 말아."

그는 대답을 기다리지 않았다. 그가 왜 이 질문을 했을까. 내가 너무 쉽게 포기하려 한 것이 한심해 보여서가 아니었을 것이다. 나는 그의 말에서 알 수 있었다. 어째선지 그는 내가 글을 쓰지 않는 것을 원했고 내가 그처럼 작가가 되는 것이 싫은 것이다. 난 이것이 마음에 들지 않았다. 난 그에게 무언가 대답해야 했다.

"계기가 있습니다. 이 꿈을 갖게 된 계기요."

"응?"

"제 동생이 지금 힘들어해요. 안타깝게도 그리 좋지 못한 환경에 있었거든요. 저보다 한 살 늦게 자라서, 저보다 더 어려서 저보다 쉽게 극복해내지 못했어요. 처음에는 무조건 그의 곁에 있어줘야겠다고 생각했어요. 하지만 점점 더 고통스러워해서, 그는 스스로 모든 현실과 단절되고 싶어했어요. 저와도요. 절망적이었죠. 그에게 엮인 모든 일이 안타깝고 슬펐어요. 제가 아무것도 해줄 수 없겠다고 생각했고, 그가 현실과 단절되어 살고 싶다면 그렇게 해주고 싶었어요. 허구적인 곳에 살도록 하고 싶어요. 그래서 제가 이런 의미 없는 짓을 하는 겁니다. 허구적인 것이나 만드는 일이요."

"…어, 그렇구나."

"저는 정말 그 애를 위해서 좋은 글을 쓰고 싶어요. 또는 그런 애들을 위해서. 그들이 현실에서 단절된 곳에서는 아무런 고통이 없으면 좋겠고, 그러도록 하는 것이 제 목표에요."

"……."

그는 잠시 아무 말도 하지 않아다. 역시 그에게는 이런 이야기를 해주기 싫었다. 나는 죄책감에 뒤덮인 사람이었지 불행한 사람이 아니다. 나는 그저 내 목표가 의미 없는 것이 아님을 확인하고 싶었던 것이지, 억지위로를 받는 것은 절대 원치 않았다. 누구든 나에 대해 알고 내 앞에서 대신 글썽여 주는 사람들은 아직 아무 결말도 모르는 사람이라고 나는 생각했다. 그런데 그는 어째서인지 내 앞에서 여전히 무표정한 얼굴이었다.

"그래, 알고 있어. 나도 다 겪은 일이거든. 이해할 수 있을지는 모르겠다."

그의 반응은 이상했다. 나는 의아해 하며 그에게 다시 물었다.

"네?"

"나도 다 겪은 일이였다고. 죄책감, 안타까움, 이미 미친 동생, 다 있었지. 아마 나도 이걸 계기로 글을 썼을 거야."

"그럼 형도 저랑 같은 목표가 있었나요?"

"흠…."

그는 아무 대답도 하지 않았다. 난 이것이 부정이 아니길 바랐다. 그는 아무 결말도 모르는 사람이 아닐 것이다. 그에게 아마 내가 가장 간절히 바라는 것들을 질문했다.

"동생은 괜찮아졌나요? 이미 작가잖아요. 더 고통스러워하지 않았죠? 그를 위해 글을 쓴 거죠?"

"아닌데. 나는 걔가 너무 싫어. 원망스럽고."

"네? 하지만…."

"너와 달리, 내 동생은 이미 죽었어. 그것도 내 눈 앞에서 자살했지. 내가 글을 쓰는 건 절대, 걔를 위해서가 아니었어. 그저 그 이후로 내가 고통스러워서, 그걸 글로 쓰는 거야. 말로는 아무에게도 해줄 수 없었거든."

…

그는 그대로 자리를 떠나갔다. 무거운 이야기를 했었던 것 같은데, 그의 뒷모습, 그의 걸음걸이는 평소와 아무런 변화가 없었다.

나는 그가 떠나간 후 나도, 나의 모든 것도 가만히 멈추었다. 어떤 것도 받아들일 수 없었다.

*

어째선지 한 번도 그는 자기 이름을 알려 준 적이 없었다. 그래서 언제는 그에게 이름을 물었었다. 그의 반응은 이상했다. 그는 잠시 나를 멀뚱멀뚱 쳐다보더니 이윽고 천장을 바라보았다. 설마 자기 이름을 생각하고 있는 것은 아니겠지. 그는 영 이상한 대답까지 하였다.

"말해주기 싫은 걸. 별로 중요하지도 않을 테고, 더 단순하게 부를 수 있는 게 많을 테니까. 그, 너, 형, 아저씨… 뭐 아무렇게나. 내가 정말 알려주면 오히려 더 복잡해지니까."

그는 정말 자기 마음대로 한다. 그러고는 이해는 못 하겠는데 이유는 있는 논리를 늘어놓는다. 이럴 때는 굳이 대꾸하지 않았다.

그는 내가 그에 대해 아는 것보다, 그가 나에 대해 아는 것이 좀 더 많을 것이다. 그것은 겨우 이름 하나 차이였다. 이런 상황은 무언가 불공평하게 느껴졌다. 나는 그에게 이름을 알려주었는데 말이다. 왜 그에게 이름을 알려주었을 때, 그때 함께 그에게서 이름을 듣지 못했을까. 애초에 그에게 내 이름을 알려준 기억이 흐릿했다. 그는 정말 이상했다.

*

"소재가 정말 떠오르지 않는군요."
"알아서 하라니깐?"
나는 이제 거의 포기 직전이었다. 매번 글을 쓸 때마다 이전에 썼던 게 하나도 마음에 들지 않았고 때문에 매번 처음부터 새로 쓰기 시작했다. 난 점점 답답해졌다.
그는 계속 자신의 글만을 쓰고 있었다. 그의 글쓰기는 거침없었다. 하나의 막힘도 없이 그의 타자는 멈추지 않았다.
조금이라도 배울 수 있을 것 같았다.
"어떻게 하면 그렇게 빠르게 쓸 수 있나요?"
"이게 어떻게 빠르게 쓰는 거라고 생각해?"
"네?"
"하나도 자연스럽지 않잖아. 한 번 읽어봐. 다 완성하고 나면 뒤늦게 새롭게 만드는 거지. 이미 완성된 듯해 보였던 것을 새롭게. 처음부터 다시 시작하는 것이 아니라."
"그럼, 처음부터 마음에 들지 않으면 어떻게 하죠?"
"처음부터라지만, 결국 다시 한다는 거잖아. 그 이후의 실패들을 다 알고 있는 상태면 결국 아무 것도 못하지. 모두 자신이 없어지는 거야. 결국은 아무것도 써낼 수 없게 되는 거야."
그리고는 덧붙였다.
"이 정도의 자신도 없이 내가 창조한 걸 내가 싫어하면 글을 어떻게 쓰려고? 네가 하는 게 더욱 아무 의미도 없어질 뿐이야."
"왜 계속 제가 하는 이 일이 아무 의미가 없다고 하는 거죠?"
그는 대답 없이 가만히 있었다. 내가 한 질문이 그를 쏘아붙였다. 다시 한 번

물었다.
"왜 제가 글을 쓰는 것을 싫어하시죠?"
"…네가 나처럼 되는 게 싫어서겠지."
그도 다시 한 번 대답해 주었다.
"그냥 별 생각 없는 짓을 하는 거야. 결국은 아무것도 바뀌지 않을 일. 내가 아무것도 바꾸지 않은 듯 말이야. 넌 무슨 의미인지 알잖아?"
그는 아무 변화도 없이 무덤덤한 줄 알았는데, 자신이 예전에 했던 말을 잘 기억하고 있었다. 나는 뒤늦게 그의 의도를 알았다. 그는 자신이 잃은 것을 나도 똑같이 잃지 않길 바라는 것일 거다. 아마도.
잠시 나는 아무 반응도 해주지 않았다. 이젠 정말 길을 모르겠다. 내가 뭘 어떻게 할지 아무 답도 없었다. 결국은 그가 말을 했다.
"정말 네가 쓰고 싶은 걸 써봐. 너의 길에 대한 거라도. 아무와도 나누지 않고 가두지 않은 너의 길. 그걸 써냄과 동시에 그걸 확신시키고 지켜내. 마지막에 어떻게 되든 그 길만은 변함없도록 말이야."
그는 점점 이상해졌다.

*

나는 돌아와서도 그 말을 기억했다. 내가 뭘 써야 될지 알게 된 것 같았다.
시간은 얼마 남지 않았었다. 바로 글을 썼다. 그가 말해줬던 것처럼 아무런 막힘없이.
내가 가진 의미, 내가 이것을 하려는 이유, 모든 목표, 내가 원했던 길. 이것이 소재가 되었고 이것이 뭐가 되든지 창작으로는 뭐든 할 수 있었다.
마침내 모두 완성이 되자, 나는 이것이 불과 몇 시간밖에 걸리지 않았다는 것을 깨닫게 되었다. 분량도 말도 안 되게 적었다. 시간이 남는 대로 다시 수십 번은 검토를 했고, 딱히 수정할 것도 없었고 괜히 다시 건드렸다가 모든 게 처음부터 두려워질 것 같았다.
'난 정말 재미없게 글을 써 왔었구나.'
스스로 글을 쓰는 시도를 해 본 것은 수백 번, 수천 번이 넘는다. 그중 이번 외에 하나 끝까지 완성된 것은 없었다. 난 창작이 정말 아무거나 무한하게 해낼 수 있는 것이라는 점을 알고도 기억 못하고 스스로 제한을 걸어왔다.

그날은 처음으로 그가 내게 도움이 된 날이었다.

*

빙글 빙글

"대체 왜 그래?"

그가 나에게 물었다. 사실 나는 뒤늦게 모든 게 불안했다. 너무 분량이 부족했던 것 같아서 성의가 없어 보였을 것이다. 난 정말 진심을 다해 썼지만 말이다.

"정말 진심을 다해 쓴 거라면 분명 좋은 글이라고 인정받겠지. 그게 겉으로만 번지르르한 표현, 분량보다 더 중요한 게 성의니깐."

"예… 믿어볼게요."

"너 스스로나 먼저 믿어. 그건 하나도 어려운 게 아니란 말이야."

그는 날 위로해 줄 수 있었다.

*

모든 날은 좋은 날이 될 수 있었다. 오늘을 알 수 없을 때는 더욱 그렇지만, 오늘을 알고 있는 나에게는 더더욱 그랬다.

그리고, 나는 평소보다 더욱 다급해졌다. 평소보다 빨리 그에게 찾아갔다.

"저, 저…."

"대체 또 왜…."

그는 나에게서 느껴지는 긴장감과 다급함이 이전과 좀 다른 의미라는 것을 깨달았을 것이다. 그리고는 자신이 물어보기 전에 내가 직접 말을 하기를 기다렸다.

"저… 입상했어요."

그는 역시 변함이 없었다. 그는 알았다는 듯이 '아' 한마디만 하고 돌아섰다. 하지만 떠나가지 않고, 조금 있다가 다시 나에게 말해주었다.

"봐, 어렵지 않다니깐… 나도 해봤으니까 알지. 잘했어."

나는 기쁨을 주체할 수 없었다. 얼굴은 계속 실룩거렸다. 미소를 지으려는 것인지 찡그리는 것인지 알 수가 없는 표정이 나왔다. 영 이상하고 웃긴 표정이었을 것이다. 하지만 나는 이렇게 감정이 대놓고 들어난 것이 너무 오랜만이라 계속 좋은 느낌이었다.

그런데 그가 내 표정을 읽고 해준 말은 이상했다.

"정말 오랜만에 기뻐하는구나."

"네?"

"너무 어색한 웃음이잖아. 미소도 많이 웃어 본 사람이 지어야 자연스럽거든."

그의 표정은 여전히 알 수 없었다. 이번에는 그 알 수 없는 표정에서 무언가를 느낄 수 있었다. 그저 안타까웠다.

그렇게 시간은 다시 엇갈리게 지나갔다. 여전히.

그는 점점 더 이상해졌다.

*

뭔가 기억하기 어려운 날들이 지나갔었다. 나와 그는 같이 도서관을 나와, 둘만 남겨진 듯이 멍하니 지평선을 같이 응시했다. 그는 점점 더 불안해졌고, 모든 게 알 수 없는 일이었다.

"내가 언제 너한테 나의 이야기를 해줬었지? 너와 비슷했던 이야기."

"네. 형이 작가가 된 계기요."

"아마 그건 거짓말일거야. 나도 실은 너와 목표가 같았을 거야. 내가 모두 잘못 말했어. 내가 나를 속이고 있었어."

"……."

"나도 너처럼 내 동생 같은 사람들을 위해 글을 쓰고 싶었어. 알 수 없는 내 죄책감 때문에, 나는 순수하게 그들이 이상적인 환상에서 살길 바랐어. 그러기 위해 우선 내 동생이 내 창작을 통해 고통에서 벗어나는 것을 봐야했어. 그래서 어느새 걔가 내 삶의 의미가 되어버린 거야. 하지만 결국 그가 자살하는 것을 먼저 봤지. 난 죽도록 고통스러웠어. 내가 살아가는 의미를 잃어가길 원치 않았어. 그래서 부정했던 거야. 그것이 없다면 나는 이미 죽은 거였거든. 정말 내가 내 동생이 원망스러웠냐면, 아닐 거야."

처음 보는 일이었다. 그의 표정은 변해갔다. 그는 불안감에 휩싸인 듯 했다.

"난 그저 이 진부한, 클리셰. 이 모든 것이 싫었던 거야. 불행의 클리셰. 우리는 어째서인지 이걸 극복해야 돼. 그래야만 주인공이 될 수 있고, 그래야만 전개가 되거든. 왜냐면, 결국 우리 모두는 창작된 거잖아? 그저 창작된 대로 흘러간 거잖아?"

그의 표정은 알 수 없었다. 평소보다 더더욱. 이상한 것은, 나도 알 수 없는 표정을 짓고 있다는 것이다.

그는 다시 나를 바라보았다. 그리고 살짝 웃으면서 말했다.

"난 이 이야기를 끊어버릴 거야. 그전에 재밌는 걸 말해줄게. 내 삶의 의미가 죽었을 때, 나는 두려움과 고통스러움을 느꼈어. 하지만 그렇게 나 스스로가 죽었을 때는, 정말 아무것도 남지 않았어. 그래서 그 무엇도 느껴지지 않았어. 그래, 난 이 순서를 뒤바꿀 거야. 그럼 클리셰가 무너지겠지. 난 이야기를 뒤늦게 새롭게 다시 창작시킬 거야, 이건 널 위한, 의미 있는 것일 거야. 걱정 마, 난 네가 절대로 고통스러움을 느끼지 않도록 해줄게. 미안해, 주호야."

그것은 어색한 웃음이었다. 그 누구도 얼굴에 마른 눈물을 보이며 최대한 억지스럽게 웃어주지는 않는다. 그는 왜인지 달아났고, 나는 그전에 어떤 말도 해줄 수 없었다. 그가 떠나가자, 영 허전한 느낌이었다. 머릿속엔 질문이 수두룩해졌다. 왜, 그가 나의 이름을 불러준 것인가.

*

…

해가 지평선 위에 앉아있다. 이 시간은 새로운 날이 밝아오거나 밤이 오거나, 둘 중 하나를 알려준다. 물론 낮이나 새벽에 갇혀 살던 사람들은 이 시간대에 어찌된 영문인지 알지도 못할 것이다.

설령 둘 중 하나가 사라지더라도 말이다.

나는 갇혀 살던 사람이었다. 밤의 피곤함인지 아침의 피곤함인지 모를 영 찝찝한 기분으로 나는 아무 것도 할 수 없었다. 오랜만에 아무 생각도 하기 싫었다. 그저 맹목적으로 아무것도 떠오를 수 없을 때는 도서관에 갔다. 오늘따라 건물의 금속성은 차갑고 그저 끝없이 높아보였고, 푹신한 잔디는 그 넓고 너무나도 평평하여 이상하게 딱딱한 느낌을 주었다. 뭔가 모든 게 불쾌하였지만 그 외에 아무 느낌, 생각은 없었다.

뭔가 느껴지기 시작한 것은 잔디 바닥 어딘가에서 그가 누워있는 것을 보았을 때부터였다. 물론 반가웠다. 그가 나보다 먼저 도서관에 찾아오다니, 분명 모든 일이 다 괜찮아진 것이다.

그에게 다가갔다. 그는 뭔가 우스꽝스러운 자세로 그곳에 누워있었다. 그건 나에게는 별로 재밌지 않았다. 다가갈수록 나의 반가운 미소는 사라져갔다. 다가갈수록 그가 있는 곳을 중심으로 넓은 잔디는 축소되고 건물은 더 높아지는 이상한 느낌이 들었다. 다가갈수록 무언가 긴장감이 느껴졌다. 그를 마주보면 아마도 많은 질문을 할 것이다. 왜 여기 있는지, 무슨 일이 있었는지, 왜 내 이름을 부른 건지, 그의 이름이 뭔지….

내가 다가가는 기척이 들렸을 텐데, 그는 나를 돌아보지 않았다. 나는 그 옆에 앉아 그를 불렀다.

“아무리 멍청한 사람도 그렇게 바보같이 맨바닥에서 자고 있지는 않아요.”

그의 얼굴을 들었다. 그의 표정을 살펴보았다. 살짝 눈을 뜨고 있는 건지 잘 모르겠다. 아마 그는 자고 있는 것이 아니었다.

정말, 그는 자고 있는 것이 아니었다. 그의 코에서 피가 흐르고 있었다.

“저기요?”

그의 얼굴이 잘 보이게 누워있던 그를 뒤집었다. 코가 비뚤어져 있었다. 코피가 멈추지 않았다. 거의 감긴 눈에는 빨간 빛이 보였다. 그의 눈은 점점 그의 얼굴 안쪽으로 잠기고 있었다. 이빨이 많이 부러져있다. 머리를 만져보니 움푹 들어갔다. 그의 팔이 부러져있다. 갈비뼈가 부러져있다. 그는 멈춰있다. 그에게서는 아무 소리도 들리지 않았다.

나는 황급히 일어났다. 그를 떨어뜨렸다. 그를 떨어뜨리고 달아났다. 이상하게 나의 심장박동 소리도 잘 들리지 않았다. 나는 어딘가로 달아나고 있었고 해는 둘 중 한 명이 가만히 멈출 수밖에 없었다.

모든 것이 충격적이었던 것 같다. 그런 것 같다. 나는 어느 빈 공간까지 아무렇지도 않게 뛰어왔다. 모든 것이 파괴되었다. 감정까지도. 나는 어색한 분노도 어색한 실소도 어색한 눈물도 나올 수 없었다. 모든 것이 거짓되었다.
그는 죽었다.

*

.

.

.

그 이후로 나는 변한 게 없었다. 나는 최대한 변하지 않으려 했다. 나는 며칠간 집에 갇혀 기억을 정리했다. 정리해보니, 너무 많은 일이 있었던 것 같다.

그는 죽어 있었고, 아마 자살이었을 것이다. 그는 높은 건물에서 추락했고, 그의 몸 속 모든 것이 붕괴되었다. 그 이후부터 영문을 알 수 없는 일들만 생겼다. 우선, 동생이 죽었다. 걔도 돌아와 보니 죽어있었다. 하지만, 이상하게도, 그가 말했었던 고통스러움은 느껴지지 않았다. 원망스럽지도 않았다. 어째서인지는 잘 모르겠다. 아마 그가 말했던 것처럼 창작된 것이 그저 그대로 흘러가는 듯했다.

도서관에는 역시 항상 다녔다. 그의 죽음 이후로 도서관에 들르는 사람 수가 적어졌다. 덕분에 나는 도서관을 마음 편히 다닐 수 있었다.

우선 내가 도서관을 정리했다. 그가 썼던 지긋지긋한 독서 메모지들을 모두 찾아서 버렸다. 이제 동화책도 빌릴 필요가 없었다. 나는 이 책들을 아동 도서 쪽에 다 집어넣었다. 이제 별 볼일 없을 것이다.

라고 생각했지만 한 동화책에서 이상한 것을 찾았다. 또 메모지인 줄 알고 찢으려 했지만 아니었다. 뭔가 글이 쓰여 있는 종이였다.

'김주호에게'

첫 문장만 보고도 이게 무슨 글인지 알 수 있었다. 그가 나를 위해 써주겠다던 내 이름을 가진 주인공에 대한 글이었다.

별 감흥은 없었지만, 나는 털썩 주저앉아서 이 글을 읽어보았다. 편지글인 줄 알았더니, 뭔가 일기장 같은 글이었다. 심지어 이게 무슨 방식인지도 모르겠다. 내가 관찰자인 시점이었다. 그가 나에 대해 어째서 이렇게 잘 알고 있었는지 궁금해질 정도로, 모든 내용이 내 입장에서 서술되어 있고 내 감정까지도 나와 있었다. 하지만 분명 이 글의 저자인 그의 감정은 서술되지 않았다. 그가 죽은 이후의 일까지도, 내가 지금 이 글을 읽고 있는 상황까지도 가정하여 쓰여 있었다. 난 이것이 별로 신기하지는 않았다. 그가 말했던 그대로, 모든 것이 창작된 거였다. 단지 전개대로 흘러간 것뿐이며, 그 저자는 바로 그 본인인 것이다.

그에 대해 마지막으로 무얼 느꼈는지는 알 수 없다. 내 기억 속에 그는 싫증나는 사람이었다. 하지만 내가 쓸데없는 동생 걱정하는 것을 덜어주기 위해 노력했던 것 같다. 뭔가 끝이 없는 이야기를 끊어버리려고 했던 것 같다.

나는 생각했다.

'저는 절대로 당신처럼 되지 않을 것입니다.'

그도 그걸 원했을 것이다. 그가 창작해 이루어낸 것이니까. 마침내 마지막 문장을 읽었을 때, 나는 드디어 그의 이름을 알 수 있었고, 이제야 모든 거짓말 퍼즐이 맞춰졌다.

'김주호, 씀'

영속

상암고등학교 3학년 공희연

우울한 느낌이 가득한 골목길이었다. 이미 해가 기울어진 지 오래였고 비까지 쏟아졌다. 대부분의 건물은 붉은 글씨로 철거 따위의 글씨가 적혀 있거나 반쯤 허물어져 있었다. 원래도 을씨년스러운 마을에 비까지 내리니 분위기가 더할 것 없이 흉흉했다.

비 예보가 없었기 때문에 우비는 물론 우산도 챙기지 않은 세아는 배낭이 젖지 않게 끌어안고 빠르게 걸음을 옮겼다. 내리기 시작할 때 굵지 않았던 빗줄기가 점점 굵어지고 있었다. 쉽게 그칠 비처럼 보이지 않았다. 잠깐이라도 비를 피할 곳이 필요했다.

세아는 귀신같은 것은 믿지 않았다. 하지만 이 마을 골목에 들어선 이후로 누군가 지켜보고 있는 것만 같았다. 심지어 걷는 속도와 상관없이 차박거리는 발소리가 따라 붙었다. 두려움에 판단력이 흐려졌을 수도 있지만 무서운 건 무서운 것이다. 세아의 눈에 얼핏 두려움 따위가 스쳤다.

비에 젖은 옷가지에 체온을 빼앗김에 따라 등골이 오싹해졌다. 핸드폰이 꺼진 탓에 짐작뿐이지만 시간도 꽤 많이 늦었을 터다. 세아는 울상을 지으며 모퉁이를 돌았다.

온통 폐건물이 가득하던 마을에 들어선 이후로 처음 보는 멀쩡한 건물이 골목의 끝에 있었다. 세아는 반색하며 건물 처마 밑으로 들어섰다. 오면서 봐왔던 다른 건물들보다도 세월이 지나간 흔적이 뚜렷한 건물이었지만 가장 깔끔했다. 처마 밑에 걸린 풍경이 비와 바람 탓에 쉴 새 없이 짤랑였다.

세아는 젖은 머리카락을 쭉 잡아당겨 물을 짜냈다. 옷이며 머리카락이며 쫄딱 젖어있었다. 어떻게든 지키려고 품에 안고 있던 가방에서 카메라를 꺼내 확인하려던 참이었다.

"무슨 일이시죠?"

젊은 여자의 목소리였다. 갑작스러운 부름에 화들짝 놀란 세아가 휙 고개를 돌렸다. 계산에 없던 일이었다. 사실 따지자면 갑작스레 비가 내리는 것 또한 계산에 없던 일이었지만, 늦은 시간에 누군가를 깨우는 민폐를 끼치는 것만큼은 하고 싶지 않았다. 세아는 꺼내던 카메라를 다시 가방에 밀어 넣고 주섬주섬 가방을 싸며 멋쩍게 웃었다.

"앗."

"갑자기 비가 내려서 잠깐 피하려고…… 죄송해요, 바로 나가겠습니다."

"아직 비가 내리는걸요. 괜찮다면 들어와서 쉬다 가요. 그런 곳이니까."

세아는 잠시 고민했다. 민폐이지 않을까? 하지만 곧장 거절하기에 겨울비는 정말 차가웠고 어둠은 무서웠다. 열린 문틈에서 새어 나오는 따뜻한 공기와 조명이 세아를 유혹했다. 세아가 망설이자 여자가 부드러운 말투로 덧붙였다.

"지금쯤 차도 끊겼을 테고 택시를 부른다고 해도 비가 오는데다가 시골이니 한 시간은 족히 걸릴 거예요. 민폐가 되지도 않으니 편하게 들어와요."

여자가 문을 당겨 틈을 벌리고 몸을 틀어 길을 터주었다. 노란 색감의 조명이 여자의 얼굴에 고스란히 내려앉았다. 자안을 부드럽게 휘며 웃는 여자의 얼굴은 무척이나 아름다웠고 엠파이어 드레스 형식의 검은 원피스와 더없이 잘 어울렸다. 원피스의 끝자락이 너울너울 흔들렸다. 세아는 가방을 추슬러 안고 조금 우물쭈물 하다가 망설이는 걸음으로 여자에게 다가갔다.

"그럼 실례하겠습니다……."

여자의 집 안에는 따뜻한 기운이 가득했다. 벽마다 세워놓은 책장에 책이 한가득 꽂혀 있었다. 따스한 색감의 조명과 우드 인테리어가 포근한 분위기를 내고 있었으며 바닥에는 푹신한 카펫도 깔려 있었다. 여자가 다가와 몸이 젖었으니 먼저 씻는 것이 좋겠다면서 옷가지와 수건을 내주었다. 몸이 푹 젖어 있었으므로 계속해서 물이 떨어지고 있었다. 세아는 카펫을 망칠까 서둘러 욕실로 들어섰다.

여자의 집에는 고양이와 꽤 값이 나갈 것 같은 물건이 많았다. 그러니까, 뭐라 말할 수 없는 분위기를 가진 화병이나, 함이나, 서적 같은 것들. 기묘한 느낌이 들었다. 세아는 수건으로 꾹꾹 눌러 머리에서 물기를 덜어내며 주위를 살폈다. 여자가 머그를 건네며 살풋 웃고는 말했다.

"코코아 괜찮을까요? 내가 어린 사람을 대하는 데에 영 미숙해서."

"예? 아, 괜찮아요. 감사합니다."

세아는 머그를 양손으로 감싸고 고개를 갸웃거렸다. 어린 사람? 세아는 우아한 움직임으로 테이블의 맞은편에 앉는 여자를 살폈다. 여자는 새하얀 머리칼을 틀어올려 비녀로 고정해 놓았지만 몹시도 젊은 낯이었다. 정말 많이 쳐줘야 이십대 후반쯤의 얼굴을 하고서 이제 막 스물이 된 세아를 어리다고 하는 것에서 위화감이 들었다. 보통은 그렇게 말하지 않을 터였다.

"이런 시골에 어쩐 일로 왔는지 물어도 될까요? 사람을 본 게 무척이나 오랜만이라 감을 잡기가 힘드네요."

퍼뜩 시선을 떼어낸 세아가 네? 라며 얼빠진 소리를 냈다가 여자의 말을 상기한 뒤 말했다.

"아, 예전에 엄청 예쁜 풍경을 본 적이 있는데 다시 볼 수 있을까, 싶어서요. 확실치 않아서 국내 여행을 하고 있어요. 제일 확신하던 곳이고 마지막이어서 기대하고 있었는데 결국 보지는 못했지만요. 잘못 기억하고 있던 모양이에요."

여자는 자신의 몫으로 내온 차를 홀짝이다가 가만히 눈을 내리깔았다. 보랏빛을 띠는 눈이 몹시도 신비로운 분위기를 자아냈다. 그녀는 입가를 슬프게 늘어트렸다가 길고 가는 손가락으로 찻잔 받침의 윤곽을 따라 그리며 물었다.

"어떤 풍경이었는지 이야기해 볼래요? 내가 알지도 몰라요. 난 여기에 아주 오래 살았거든요. 아, 과자도 좀 들어요. 죽을 데우는 중이니까 너무 많이 먹지는 말고."

"앗, 네. 감사합니다."

여자가 아기자기한 과자들이 담긴 접시를 세아에게 밀어주었다. 세아는 쿠키를 집어 들고 한 귀퉁이를 베어 물고 데굴데굴 눈을 굴렸다. 말로 옮기기에는 애매모호한 기억이었다. 장면은 선명하게 남아있는데 구체적이지 않다고 해야 할까? 기억을 더듬어 올라가며 세아는 고개를 갸웃거렸다.

그때의 풍경이 아름다웠는지 상황이 아름다웠는지 잘은 몰랐다. 그냥 그 시절이 아름다웠을 수도 있을 것이다. 그 모든 게 합쳐져 예쁘다고 생각했는지도 모른다. 그래도 그 곳이 정말 아름다웠다는 생각만은 또렷했다.

꼭 한번쯤 다시 보고 싶은 풍경이었다. 오늘 보지 못해서 반쯤 포기하고 있었지만 이곳에서 오래 살았다는 여자라면 알고 있을지도 모른다는 생각을 했다. 세아는 조용히 풍경을 묘사했다.

“꿈같은 풍경이었어요. 눈이 시릴 정도로 투명하고 맑은 물이 발치에서 하얀 포말을 일으키며 부서져 반짝거렸어요. 손에 들고 있던 썬캐쳐에 쨍한 햇빛이 부딪혀 조각조각 내려앉았고 그걸 보던 제게 오빠가 물장난을 쳤어요. 호스로 뿜어진 물이 높게 올라가서 큰 무지개를 그렸죠. 그리고, 엄청 커다란 나무가 있었어요.”

세아가 무척이나 어렸을 적의 기억이었다. 또래에 비해서도 작은 편이었기 때문에 더욱 크게 기억하고 있는 걸지도 몰랐다. 푸른색의 잎이 하얗게 보일 정도로 햇빛이 센 더운 여름날이었으므로 환각을 봤을 수도 있었지만.

“네 사람이 팔을 둘러도 모자랄 정도로 큰 나무였거든요.”

세아가 무지개를 보려고 고개를 들어 올렸을 때 눈앞에 드리워지던 하얀 옷자락이 있었다.

“저는 요정님이라고 불렀는데, 새하얀 옷을 입은 남자가 앉아 있었어요.”

역광임에도 불구하고 선명하고 뚜렷한 이목구비를 가진 남자였다. 남자는 검고 긴 머리카락과 옷자락을 바람에게 내어준 채였다. 길게 늘어진 넓은 소맷자락에 은은하게 빛나는 연둣빛 자수가 예쁘게 놓아져 있던 것이 선명하게 기억났다. 얇은 옷감이 무수히 휘어지며 나풀나풀 나부꼈다. 그의 등 뒤에서 내리쬐던 햇빛 탓인지 아니면 정말로 그 남자가 빛이 났는지 세아는 아직 어디에도 확신을 내리지 못했다.

세아와 눈이 마주치자 남자는 놀란 듯이 눈을 동그랗게 떴다가, 이내 유려한 눈꼬리를 접어 웃고는 검지를 입 앞에 세웠다. 휘어진 입매에 장난기가 어렸던 것도 같았다.

세아의 말에 눈을 크게 뜬 여자의 동공이 흔들렸다.

여자는 오랜 세월을 살아왔다. 기적이 간절했던 시대, 아직 사람들의 지혜가 크게 발달하기 훨씬 이전부터. 그때의 사람들은 기적을 필요로 했다. 그런 사람들의 소망에 따라 생겨났던 존재들이 있었다. 그들은 사람들의 곁을 지키며 소원을 들어주어 기적을 만들어내고 그로부터 파생된 행복감을 식량 삼아 살아갔다. 사람들이 이름 지어 부르길 신, 정령, 요정이라고 했다.

그들은 사람들의 행복을 위해 태어났음으로 소원이라면 자신을 내어주면서라도 들어주려 했다. 사람들이 지식의 축적을 바라게 되었을 때에도 그들은 그렇게 해주었다. 그들의 존재 이유는 사람들의 행복이었고 그게 자신들을 파멸에 몰아낼 것을 알고 있었음에도 제지를 가하거나 소원을 들어주기를 꺼리지 않았다. 순리에 따른 일이라고 받아들인 것이다. 그 이전에 그들은 사람들을 사랑했다.

건물을 세우기 위해 산을 깎고 물길을 막고 나무를 베어가고 갖갖이 화학품으로 자연을 망치는 행위의 뒤에 사람들이 행복해진다면 그것으로 되었다는 자들이었다. 그때에는 막을 방법도 없기는 했다. 소소한 소원을 들어주던 작은 정령들부터 차례로 그들의 터전은 차근차근 줄어들었다. 조금 이름 있는 산이나, 강, 바다, 혹은 유적지에 깃든 이들이야 사정이 조금 나았지만 그뿐이었다. 자연물은 줄어들었고, 그에 깃든 이들이 사라지며 그들을 위해주던, 혹은 그들이 지키던 이들이 줄어들며 자연스럽게 힘은 약해졌다. 언젠가의 미래에 그들 또한 사라질 가능성이 컸다.

여자는 사라지지 않겠지만.

그녀는 지식의 축적을 도맡았고 이는 영원의 굴레에 갇힌 임무였다. 영생을 누릴 수밖에 없어서 여자는 사라지는 이들을 따라가지 못했다. 여자가 아니었다면 분명 다른 이가 이 일을 맡게 되었을 테니 파멸은 피할 수 없었겠지만 그럼에도 질 수 밖에 없는 죄책감이 있었다.

"그렇게 존재감이 큰 남자를 본 사람은 저 밖에 없었으니까 허깨비일지도 모르지만 요정님이 있어서 그 풍경이 아름다웠던 것 같아요."

영원히 잊히지 않을 사라짐은 영원할 그녀만이 기억하게 되리라고 생각했다. 세아가 머리칼을 정리하며 풋풋하게 웃었다. 여자는 그런 세아를 잠시 응시하다가 눈을 내리깔았다.

소녀가 묘사하는 풍경을 알고 있었다. 소녀가 말하는 요정도 알았다. 근방에서 가장 오래되고 거대했던 고목에 깃들었던 정령. 그가 머무른 곳은 언제나 생명력이 넘쳤고 새하얗게 빛났다. 다정한 손길로 다친 이들을 돌보던 자였다. 최근에 골프장이 들어선다고 들쑤시더니 결국에 그 고목을 드러냈다. 차마 벨 수는 없었지만 그렇다고 옮겨심기에는 고목이 너무 컸다. 그는 그 풍성하던 가지가 다 쳐내진 후에 어딘가의 식물원으로 넘겨졌다. 더 이상 그는 원래처럼 반짝일 수 없게 되었다. 살아 있더라도 예전의 모습은 아니겠지.

"그 큰 나무를 잘못 볼 리도 없는데, 없었으니까 여기가 아니었나봐요. 기억하던 풍경과 비슷한 곳조차도 찾을 수가 없더라구요."

"그때의 풍경을 볼 수 없게 되어버렸네요. 그 나무는 여기 있던 게 맞아요. 그 자리에는 골프장이 들어설 예정이에요."

"아……."

"눈에 보이지 않으면 순식간에 잊게 되죠. 저도 이야기를 듣기 전까지 저편에 묻어두고 있었군요."

닿을 수 없는 곳이 있다. 돌아갈 수 없는 곳. 여자는 슬프게 웃었다. 잊을 수 없겠지만 결국에는 묻어둬야 할 것들이 있었고 그 묻힌 것들에는 여자의 슬픔과 그로인한 통증도 포함될 것이다. 지식과 지혜의 관리와 보존을 맡은 정령이 검은 옷자락을 쓸어내렸다.

"당신의 이야기를 더 들려줘요."

모두가 떠났고, 떠나고, 떠날 뒤편에서 그녀만이 할 수 있는 일이었다. 그 정도는 사람들의 행복을 위해 본인의 삶을 불태운 이들이었다. 이 일은 현재의 사람들에게 행복이 되지 않는다. 하지만 누군가를 행복하게 해줬던 그들과 그래서 행복했던 사람들이 있었다. 누군가는 그들을 기억해야 했다.

"내가 그 풍경을 다시금 보여줄 테니."

여자가 손을 뻗어 세아의 뺨을 감쌌다. 약간 낮은 체온과 함께 그녀가 보았을 그날의 풍경이 흘러들었다. 아마 세아도 같은 풍경을 보고 있을 것이다. "아름답네요." 여자가 나직하게 속삭였다.

꿈과 같은 풍경이었다.

화초 소리

영일고등학교 3학년 권준혁

둥이가 죽었다. 둥이는 오 년 동안 우리 집에서 살던 개의 이름이다. 부모님과 나, 그리고 할아버지로 이루어진 가족 중 둥이를 애지중지하던 사람은 없었지만 장례식에서 눈물을 보인 건 나뿐이었다. 둥이는 할머니가 돌아가셨을 때와 같은 수순으로(할머니는 삼일장이었고 둥이는 하루였다는 점만 제외하고) 장례를 치렀다. 둥이의 장례식에 할아버지는 오지 않았다.

오 년 전, 할머니가 지인에게서 얻어왔다던 손바닥만 한 솜덩이는 초등학생의 관심을 끌기에 충분했다. 오백 원을 주고 산 병아리가 일주일 만에 죽어버려 다시는 애완동물을 키우지 않겠다고 한 다짐은 온데간데없이 사라져 버렸고, 소파 구석에 쭈그리고 앉아 오들오들 떨고 있는 연약한 생명체에게서 뿜어 나오는 귀여움만 눈에 보였다. 둥이가 처음 집에 온 이날도 유일하게 할아버지만 방에서 나오지 않았다.

할머니는 둥이가 죽기 정확히 일 년 전에 돌아가셨는데 그때에도 할아버지는 할머니의 장례식에 발을 딛지 않았다. 할아버지에게 왠지 모를 거부감을 느끼게 된 것도 그 즈음이었다. 할아버지의 방문은 마치 우리 가족과의 소통을 단절시키겠다는 심정인 양 굳게도 닫혀 있었다. 사실 할아버지와 말을 섞어본 적이 둥이가 집에 온 이후로 거의 없다. 나뿐만 아니라 엄마, 심지어 아들인 아빠까지도 거의 무시하다시피 했다. 동네 어르신들에게 얼핏 듣기로는 조금만 수가 틀리면 성질부터 내는 성격 덕분에 함께 장기를 두던 친구들도 할아버지와 연을 끊었다고 한다. 할아버지가 유일하게 애정을 줬던 존재는 할머니와 화초뿐이었다. 거실 구석에 자리한 터줏대감 같은 이 화초는 나보다 나이가 많은 만큼 키도 컸다. 곧기만 한 줄기는 뿌리에서부터 단단히 박힌 철근 같았으며 위로 갈수록 고개를 숙이는 잎은 TV를 가려 아빠의 짜증을 유발하곤 했다. 그래도 난 화초가 비 오는 날이면 집안으로 들어오는 빗방울을 막아준다는 생각에 화초를 좋아했다. 할아버지는 화초만큼이나 할머니와 사이가 좋았다. 사이가 좋다기보다 할아버지가 할머니에게 일방적으로 의존했다. 주말에 모처럼 다 같이 저녁을 먹을 때 할머니가 부르지 않으면 할아버지는 방에서 나오지도 않았다. 그 모습이 투정부리는 애 같기도 하였으나 할머니가 할아버지의 친누나, 그러니까 고모할머니의 동네 소꿉친구라는 이야기를 듣고 나서는 어느 정도 이해가 되었다.

할머니는 변변한 직장이 없음에도 요가를 하거나 침을 맞으러 나가는 외출이 잦았고 일요일이면 빠짐없이 교회에 나가셨다. 할아버지도 같은 교회를 다녔지만 그것도 얼마 안 갔다(그래도 기도는 하는 걸 보니 아직 예수님을 믿긴 믿는 것 같다). “하나님께서 보다 독실한 할머니를 먼저 데려가셨다.” 할머니의 장례식에서 할머니네 교회 사람들은 소주를 까며 이렇게 말하곤 했다.

하루 종일 집에만 있는 할아버지의 일과는 화초를 돌보거나 담배를 피거나 화면 너비만큼 두께가 두꺼운 오래된 TV로 오래된 역사 드라마를 시청하는 것이었다. 하루에 꼭 세 번은 화초를 닦아서 잎에서 빛이 날 지경이었다. 이런 할아버지가 삼 일 동안이나 화초 관리를 중단한 적이 있었는데 바로 할머니가 돌아가시고 나서였다. 그럼에도 딱 삼 일이 지나고 마치 하나의 법칙처럼 할아버지는 다시 화초를 닦기 시작했고 그날부터 매일 새벽, 바람에 흔들리고 물방울이 떨어지는 화초의 이파리 소리가 들리기 시작했다.

둥이가 죽고서도 할아버지는 삼 일 동안 화초를 닦지 않았다. 일 년 전과 달리, 관리를 못 받은 지 삼 일째 되는 날 할아버지의 화초는 줄기가 썩어 들어가기 시작했다. 썩은 부분은 점점 커지더니 곧 화초 전체로 퍼져 나갔고, 화초는 할아버지의 기도에도 버티지 못하고 시들어 죽어 버렸다. 이십 년 동안 집을 버티던 하나의 우람한 기둥이 삼 일 만에 허물어져 버렸다. 이날 밤 할아버지 방에서 끅끅거리는 소리가 났는데, 난 처음으로 할아버지가 우는 소리, 그것도 대성통곡을 할 정도의 울음을 눈물로 꾹꾹 눌러 담는 듯한 소리를 들었다. 이날 우리 가족이 이산가족이 되어 몇 십 년 만에 만나는 내용의 꿈을 꾸었다. 서로가 부둥켜안고 얼굴을 맞대 비비며 통곡하는 소리는 할아버지의 소리와 똑같았고, 일 년 전부터 매일 들려오던 화초 소리와도 똑같았다.

푸른 장미 덤불

한강미디어고등학교 3학년 권지나

전기장판 덕에 따뜻하게 데워진 침대 위에서 눈을 뜬다. 아침임을 알려주듯 창가의 파란 커튼 너머가 희미하게 빛난다. 바깥은 지금 아마 눈으로 새하얗게 뒤덮여있을 것이다. 달력의 오늘 날짜에는 붉은색 동그라미 표시와 함께 작은 하트가 그려져 있다. 12월 16일, 오늘은 나의 연인인 경은의 생일이다. 나는 서둘러 나갈 준비를 빠르게 마친 다음, 책상 위에 놓인 작은 종이백을 챙긴다.

약속 장소인 백화점 앞에 서서 기다리고 있으면 전화 한 통이 걸려온다. 경은이다. 경은은 집 앞에서 친구들에게 붙잡히는 바람에 조금 늦을 것 같다고 한다. 오늘은 그의 생일이니까, 불평하지 않고 기다려주기로 한다. 하지만 그는 몇 시간이 지나도 좀처럼 오지 않는다. 눈은 아직도 펑펑 쏟아진다. 다리가 아프고 추운 탓에 아예 백화점 안으로 들어간다. 남은 인내심이 닳아 없어질 즈음, 전화 한 통이 더 걸려온다.

- 미안. 우희야, 내가 너무 늦었지… 뒤 돌아봐, 너 보인다.

웃어야지. 그래도 웃어줘야지, 생일인데. 벌써 해가 지는지 하늘이 주황빛으로 물들었다. 나는 가까스로 웃음을 띤 채 뒤를 돈다. 손을 흔들며 달려오는 경은의 모습이 눈에 들어온다. 그리고 눈이 마주치는 순간……….

다시 눈을 뜬다. 따뜻한 침대 위, 눈이 내리는 아침, 책상 위에 놓인 종이백. 어느 하나 다름없이 그대로의 모습이다.

이게 맨 처음 맞았던 나의 12월 16일이다.

하루가 반복하기 시작한 건 오늘부로 삼 주 가까이 됐다. 내 기억이 맞다면 말이다. 벌써 열아홉 번째의 12월 16일을 맞고 있는 지금은 외출을 서두르지도 않고, 경은을 기다릴 생각도 하지 않는다. 가끔은 오후가 다 돼서야 밖으로 나선다. 아예 나가지 않은 적도 있다. 오늘을 어떻게 쓰든, 어떻게 살든, 나는 해가 질 무렵 경은을 만나고 그와 눈이 마주치는 순간 다시 깨어난다.

처음 며칠간은 이 반복을 꿈이라고 생각했지만, 열 번을 넘은 시점부터 이 비

현실적인 사태를 현실로 받아들일 수밖에 없었다. 12월 16일에서 벗어날 방법이 없다. 물론, 경은과 마주치지 않으려 시도도 여러 번 해봤다. 집 밖으로 나가지 않은 날에는 경은이 집으로 찾아왔고, 밖으로 나가면 아무리 피하려고 한들 어디서든 꼭 만났다. 필연처럼.

그래도 유일하게 좋은 점이 있다면, 못 해본 걸 실행에 옮기는 것에 대한 두려움이 없어졌다. 뭔가에 실패한다 해도 리셋할 수 있으니까. 애인의 생일 날, 난데없는 내가 세상에게 시간을 선물 받는 건 아닌가 생각한 적도 있다. 그렇다고 이런 생활이 이어졌으면 하는 생각은 추호도 없다. 이러다 미쳐버리는 게 아닌가 싶다. 혹은 이미 미쳤거나. 내 상황을 호소해도 믿어주는 이는 아무도 없었고, 사람들이 건네는 첫 대사는 늘 똑같았다. 자연스럽게 감정의 기복이 심해졌고 하루에도 열두 번은 더 천국과 지옥을 오갔다(사실 천국 같은 기분은 오지 않았다).

여느 때와 같이 씻은 후, 옷을 갈아입으며 오늘 하루는 어떻게 보낼지 고민했다. 문득 책상 위에 놓인 경은의 선물이 눈에 들어왔다. 보랏빛 종이백 안에 든 것은 향수 하나와 편지, 그리고 경은이 줄곧 가지고 싶어 했던 블루투스 이어폰이다. 반복되는 기점이 그와 마주치는 것이다보니, 선물을 전해준 적은 한 번도 없다. 사실은 이게 다 그의 탓만 같아서 전해줄 생각도 못 했다. 나는 종이백 안에서 선물들을 꺼내 늘어놓았다가, 고급스러운 패키지의 향수 앞에서 시선이 멈추었다. 저 향수는 최근 집 앞에 생긴 향수 공방에서 직접 조향하여 만든 향수다. 그 공방은 좀 특이했던 기억이 난다.

공방을 찾은 건 경은의 생일 하루 전날인 12월 15일이었다. 네온사인 장식의 간판 덕에 공방은 유난히 세련된 느낌을 주었고, 내부는 달큰한 향이 감돌아 기분이 절로 좋아지는 것 같았다. 십여 분 간의 대기 시간이 지나고 만난 공방주는 남자였으며, 첫인상은 평범했다. 사실 외관상 평범보다는 매력적인 편이었다. 공방에는 애수라는 친구와 같이 갔다. 애수는 애인이 없어 그런지 아무래도 그에게 반하기라도 한 것 같았다. 공방을 나오고 나서도 입이 마르고 닳도록 공방주의 찬양을 해댔으니까.

본격적인 조향에 앞서 섞을 수 있는 향을 시향하게 해주었는데, 향마다 소개

하는 이름들이 괴상했다. 남쪽 요정이 마시는 이슬, 설산 위 피었던 백 년산 장미, 검은 고양이의 눈물…. 컨셉이려니 생각하기는 했지만, 향을 맡아보면 붙여진 이름에 언뜻 납득했던 것도 같다.

베이스, 미들, 탑으로 나누어 조합된 향은 총 세 가지였다. 나는 모든 향을 꼼꼼히 맡아봤고 경은이 좋아할 향을 선물하기 위해 수 번을 더 고민했다. 인간을 사랑했던 라일락, 신부의 하얀 베일 위로 밴 새벽 공기, 그리고… 마지막 하나의 이름은 아무리 떠올려도 기억나지 않는다. 그 마지막 향을 가장 마음에 들어 했었던 것 같은데. 경은과 아주 잘 어울리는 향이었다. 실질적인 시간상으론 24시간도 안 되었겠지만, 이제는 아득한 옛날 같기만 하다.

선물을 전해주고 싶다는 생각이 굳어지자마자 휴대폰을 찾았고, 전화를 걸었다. 수신인이 경은은 아니다. 경은을 만나면 또다시 제대로 전해주지도 못하고 깨어날 테니까. 이내 이어지던 연결음이 멎는다.

"여보세요? 애수야."

나는 해가 지기 전 애수를 만나 종이백을 맡겼다. 이제 애수가 경은에게 내 생일 선물을 대신 전해줄 것이고, 나는 그 모습을 경은이 보이지 않는 곳에서 훔쳐보며 경은의 반응을 볼 예정이다. 내일이면 다시 원점이 될 것을 알지만 그래도, 한 번쯤은 그가 선물을 받고 좋아하는 모습을 보고 싶었다. 애수는 왜 직접 전해주지 않냐 물었지만 구태여 대답은 않았다. 이미 내 상황을 네게 열 몇 번도 더 설명했다는 걸 모르겠지.

백화점 앞에서 경은을 기다리는 사람은 내가 아닌 애수가 되었다. 나는 백화점 맞은편의 카페 안 창가 자리에 앉았다. 눈이 내리는 창밖을 바라보니 새삼스럽게 서글퍼지는 것 같기도 했다. 견우와 직녀도 아니고, 마주칠 수도 닿을 수도 없다니. 해가 지기 직전에서야 경은이 우산을 든 채 백화점 앞에 다다랐고, 내가 아닌 애수가 있는 것을 발견하자 놀란 낯으로 변하는 게 고스란히 보였다. 곧이어 선물을 건네받는다. 선물을 받는 건 경은이라고 해도 기대를 가진 건 나였다. 잠자코 그의 반응을 기다렸다.

생각과는 달리 경은의 낯은 좋지 않았다. 종이백 안을 들춰보던 경은이 애수를 돌려보내더니, 휴대폰을 꺼내들어 귓가에 가져다댔다. 그러자 내 휴대폰에서 진동이 울리기 시작했다. 나는 전화를 받았다.

"웅, 경은아."

- 우희야, 혹시 화났어? 방금 도착했는데 네가 없고 애수가 있길래…. 내가 너무 늦었지.

그 많던 12월 16일 중 처음으로, 이전과 다른 내용의 말을 하고 있었다. 지금의 경은은 태엽 감긴 인형처럼 똑같은 말만 내뱉는 경은이 아니었다. 나는 그 사실만으로도 감격스러워서 눈물이 날 것 같았다.

"화 안 났어."

- 그럼 무슨 일 있어? 어디야?

"잠깐만 이대로 있으면 안 될까?"

그 말에 경은은 내가 주위에 있다는 걸 눈치챈 듯 싶었다. 연신 두리번거리던 그는 장난치지 말라며 웃었지만, 나는 고개를 숙여 그에게 들키지 않으려 부단히도 노력했다. 이렇게 새로운 16일을 허무하게 날려버릴 수는 없었다. 해는 지고 있었고, 마음은 점점 조급해졌다. 이대로 뛰쳐나가 한 번이라도 경은을 껴안고 싶었다. 나는 떨리는 호흡을 가다듬고 입을 열었다.

"열어봐. 선물."

경은은 내가 보고 있다고 생각하니 긴장이 풀린 모양이었다. 그는 얼굴에 웃음을 띄운 채 선물을 하나씩 꺼내보았고, 내가 기대했던 것처럼 날아가기라도 할 듯 좋아해줬다. 덩달아 나까지도 기분이 좋아지는 듯 했다. 그러다 향수가 든 상자를 꺼낸 경은이 물었다.

- 이건 향순가? 처음 보는 메이커네.

"직접 만든 거야. 나름 네 취향일 거라고 생각했는데… 한 번 맡아봐."

창밖의 경은은 포장 된 상자를 열었고, 푸른빛이 도는 향수병의 겉면을 유심히 보았다. 그러고 보니 겉면에는 안에 든 향의 이름들이 적혀있을 테다. 수화기 너머로 경은의 중얼임이 들렸다.

푸른 장미 덤불…….

날이 어두워지며 줄곧 쏟아져 내리던 눈이 점차 멎어갔다. 어쩐지 머뭇거리던 경은은 조심스럽게 향수 뚜껑을 따 코 가까이 가져다 댔다. 고개를 숙인 탓에 경은의 표정을 알 수 없었다. 한참동안 그는 그 상태로 아무런 말도 하지 않았다. 향이 마음에 들지 않았나 싶어 걱정되기 시작하던 찰나였다.

- 우희야. 푸른 장미의 꽃말이 뭔지 알아?

고개를 든 경은의 시선이 정확히 나에게 꽂혀들었다. 소름이 끼치다 못 해 오한이 밀려들었다. 이미 내가 여기 있었단 걸 알고 있었던 것 같다. 사랑스럽던 웃음은 온데간데 없고, 얼어붙은 나를 바라보는 눈빛이 선득하게 빛났다.

- 불가능한 사랑.

눈을 떴다. 역시나 따뜻하게 데워진 침대 위에서. 왜인지 찝찝한 기운이 가시질 않았다. 나는 하품을 쏟아내며 파란색 커튼을 걷었다.

뭔가 이상했다. 원래대로라면 쉴 새 없이 눈이 내리고, 한바탕 눈이 쌓여 온통 새하얀 풍경이어야 했다. 하지만 눈은 내리고 있지 않았다. 12월 16일을 보내는 동안 단 한 번도 이런 적이 없었다. 책상 위에는 오늘처럼 보라색 종이백이 올려져 있었다. 나는 홀린 듯 책상 앞까지 다다랐다. 종이백의 안을 본 순간, 휴대폰 진동 소리가 방을 울리기 시작했다.

12월 15일, 오전 9시 24분
표경은

종이백 안에는 향수가 없었다.

잠복기

서울방송고등학교 2학년 김민정

〈1〉

“자네, 옛날에는 어떤 기술로 대리석을 정교하게 조각할 수 있었는지 아나? 대리석 그 단단한 것이, 땅 속에서는 아주 무르다네. 석고처럼. 그걸 꺼내서, 그 자리에서 바로 조각하는 거지.”

파르테논 신전, 페르세포네스, 다리오 황제. 알렉산더… 뒷자리에 앉은 남자들의 대화가 들렸다. 대리석이 땅 속에서는 그렇게 무르다니. 괜히 신기해서 귀를 기울이고 있던 차였다.

나는 바다로 가는 버스에 올라, 창문을 빼꼼 열고 바람을 맞고 있었다. 짜고 비리고, 조금은 텁텁하고 후덥지근한 기운. 조금씩 바다 냄새가 났다. 사실 바다에 올 계획이 있던 건 아니었다. 하지만 배차간격이 2시간도 넘는 이 버스가 딱 내 앞에 멈춰설 것은 또 무엇인가? 바닷가에 도착하면 누군가 나를 기다리고 있을 것만 같았다. 태어나서 지금까지 수도권을 벗어나 살아본 적이 없는 나로서는 이상한 기분이었다. 그럴 리가 없다는 것을 알면서도 어쩔 수가 없었다. 버스에 온몸을 맡기고, 어쩌면 운명까지도 맡기는 이 시간이 좋아서 어쩔 수가 없었다. 누군가의 ‘탓’이 되지 않는 순간. 살면서 이러한 순간은 쉽게 오지 않음을 안다.

어제는 나보다 공부도 못하고, 조금은 게으르고, 늘 어리던 친구 하나가 영국으로 유학을 갔다. 부모님이 가라고 했다고. 어쩌면 미술을, 어쩌면 사진을, 어쩌면 영화를 하게 될 수도 있다고 했다. 그래, 그런 게 뭐가 유학이니. 부모에 떠밀려 가는 게 뭐가 좋겠니. 어제까지만 해도 이런 생각을 했다. 애써 그렇게 했다.

그런데 오늘, 갑자기 내가 싫어지는 것이다. 밥을 굶지도 않고, 들어갈 집도 있는 내가. 이 은근한 가뭄을 탓하는 내가 싫은 것이다. 가난이 아니라 가뭄인 삶을 갖고서도 불평하는 내가 싫었고, 나도 모르게 나의 부모를 탓하는 나도 싫었고, 머무를 곳은 있으나 도망칠 곳은 없는 내가 싫었다. 그냥 내가 싫었다. 궁지에 몰린 생쥐가 되어, 보이지 않는 적으로부터 도망치고 있었다. 끝내 벗어나지 못할 것임을 알면서도.

창밖을 바라보고 있자니, 아름다운 풍경 뒤로 노란 바탕에 시뻘건 글씨가 적힌 현수막이 지나갔다. 재개발을 하려는 모양이다. 다들 돈 조금 더 받으려고 난리다. 그 현수막이 팔락이는 소리가 내게 중얼거렸다. 생존이, 살아남는 게 그렇게 어려운 거라고. 끊임없이 싸워야 하는 거라고. 시선을 살짝 올리자 빨간 글자로 깜박이는 시계도 나를 보고 있었다.

문득 이런 생각이 들었다. 주님께선 나를 구할 마음이 없으신 것이 틀림없지. 저 시뻘건 것들을 없애주시지 않고. 그는 나를 서기로 삼으려 하신 것이다. 인간의 나약함에 대해 세세히 알고 싶으신 나머지, 오만한 인간의 투정을 낱낱이 기록하게 하시어, 다음 성경에 한줄 쯤 넣으시려고. 나는 곧장 휴대폰을 들어 엄마에게 문자를 보냈다.

[엄마, 뭐해?]

바닷가에서 나를 기다리고 있는 게 우리 엄마면 참 좋을 텐데.

〈2〉

아무래도 외진 곳이라 그런가, 모래는 거칠고 사람은 없었다. 날카로운 바위에 조심스레 걸터앉아 저 멀리 등대만 가만히 바라보고 있는데, 등 뒤에서 인기척이 느껴졌다. 사람 냄새에 갑자기 화가 치밀어 올랐다. 신경질적으로 고개를 홱 돌리니 중년의 아주머니가 한손 가득 책자를 들고 나를 바라보고 있었다.

"학생. 예수님 믿어. 천국 갑시다."

내게 내밀어지는 책자를 가만히 보고만 있자니, 아주머니가 책자를 흔들었다. 그리고 나는 진심으로 궁금해졌다.

"진짜 가요?"

"응?"

"그거 믿으면 진짜 가냐구요, 천국."

아주머니는 할 말을 잃은 듯 잠시 숨을 참고 머뭇거리더니, 한숨을 푹 내쉬었다. 한심한 눈빛이었다. 그러더니 이내 한 걸음 물러서서 내려오라고 손짓했다. 그리고 나는 무엇엔가 홀린 듯 바위에서 순순히 내려와 아주머니의 곁에 앉았다. 그녀는 조개가 잔뜩 부서진 해변 위에 아무렇지 않게 앉아 팔에 끼고 있던 성경을 펼쳤다.

"자, 여기 야고보서 1장 6절을 보시면요, 오직 믿음으로 구하고 조금도 의심하지 말라. 의심하는 자는 마치 바람에 밀려 요동하는 바다 물결 같으니- 하는 말씀이 있습니다. 담대히 믿는 자만이…."

"그럼 난 이미 늦었겠네요?"

"아니, 교회 나오면…."

"나 헌금 낼 돈도 없는데, 아줌마가 줄래요?"

얼굴이 붉으락푸르락해진 아주머니는 그대로 자리를 떴다. 신경질적으로 자리를 박차고 나간 탓에 부서진 조개껍질이 내 얼굴로 파드득 튀어 올랐다. 나 역시 그 자리에서 벌떡 일어나, 종종거리며 사라지는 아주머니의 뒤통수에 대고 소리쳤다. 지옥에나 떨어져라! 이 망할 노인네. 뜨겁고 가쁜 숨이 한참을 가라앉질 않았다. 화가 나는 건지, 슬픈 건지 알 수가 없었다. 다만 확실한 것은 이 감정의 뿌리가 나 자신에게서 뻗어져 왔다는 것이었다. 내겐 인간을 탓할 권리가 없으니까. 아니면 나를 화나게 할 수 있는 것은 이 세상에 오직 나 하나뿐이니까. 이런 생각들은 내가 존재한다는 사실에 대한 당위성을 부여받기 위함이고, 그도 아니라면 생존의 부채감을 덜기 위함이다. 피해를 끼치지 않을 테니- 로 시작하는 부탁이다. 살게 해달라는 애원이다.

저런 예수쟁이를 만난 것은 한 두 번이 아니나, 오늘은 무언가 달랐다. 정말이지 세상에 혼자 남겨진 기분. 살 수 있는 마지막 기회를 걷어차 버린 것이다. 너무도 어리석은 나는, 결국 이 마지막 기회마저 모르고 넘겨버린 것이다. 이젠 신마저 나를 구원하지 않겠지. 그렇다면 누구에게 구원받아야 하나.

"살려주세요!"

나는 저 멀리로 작아진 아주머니를 향해 다시 소리쳤다. 그녀는 뒤돌아보지 않는다. 어쩌면 애원이었다. 뱃속 깊은 곳에서 끓어오르는 소리. 목소리의 음표에서 피 냄새가 나고, 무겁고도 진득한 죽음의 냄새가 나는 소리. 어디에라도 빌고 싶었다. 방금 그런 말을 한 것을 속죄한다고. 인간을 탓할 수 없다고 신을 탓해버린 어리석은 나를. 당장 용서까지는 바라지도 않으니, 기회만이라도 달라고 하고 싶었다. 잘 살아볼 기회를 달라고. 노을은 지고 파도는 치고 바닥은 서걱거리고 바람이 끈적해서. 나는 결국 엉엉 울어버렸다.

바람에 밀려 요동하는 바다 물결. 요동하는 바다 물결.
머릿속으로 되뇌면서. 삶이 이렇게 변명같이 느껴져도 괜찮은가요?
부딪힐 산이 없기에 메아리는 울리지 않았다.

〈3〉

어떤 날에는 가장 원시적인 것이 차악이 된다. 눈에 보이고 손으로 잡을 수 있는 것은 잡아 부러뜨릴 수라도 있지. 보이지 않는 것이 최악이 된 세상에서, 우리는 절대 그것을 물리칠 수 없는 것이다. 그런 생각을 하다가, 울음을 그쳤다. 이제는 현실적인 고민을 시작할 차례였다. 피가 차갑게 식었다는 것이 맞는 표현일 것이다.

자, 그럼 이제 내 곁에 남은 것은 무엇인가. 신마저 나를 버린 지금, 영원히 사라지지 않고 나와 운명을 함께할 내 편은 무엇인가. 엄마는 아마 나보다 먼저 떠날 텐데. 그냥 엄마를 내 편으로 삼아 살다가, 엄마가 죽으면 동시에 죽어버릴까? 그러면 혼자 남겨지지 않아도 될 텐데.

나는 동상처럼 한참을 굳어 있다가, 문득 깨달았다. 나뿐이었다. 그러나 나뿐이었다. 돈이 무슨 잘못이 있어. 약하면 먹히는 거다. 그 누군가의 낙원을 위해 사용되는 거다. 나는 약하다. 그래서 누구의 탓도 할 수가 없는 거다.

그래, 나. 나. 나. 두 팔로 가슴을 감싸 안았다. 심장이 둥둥 울리고, 폐도 착실히 부풀고 있었다. 일단 죽기 전까지는 살아 있으니까. 살아야 했다. 나는 내 안의 고독과 우울과 불안과. 그런 녀석들을 끌어안았다. 너희를 내 편으로 삼아야지. 다시는 내 안에서 빠져나가지 못하게 묶어버려야지. 가진 게 이것뿐이라서. 이렇게라도 하지 않으면 속이 허해서 바닷바람에 녹아버릴 것 같았다. 서울로 돌아갈 수 없을 것만도 같았다. 엄마가 아빠가 보고 싶었다.

마치 어딘가에서 튕겨져 나간 듯한 움직임으로, 나는 해변의 한복판을 가로질러 뛰었다. 시원한 바람을 맞으며 머리카락을 흩날리고, 눈물을 줄줄 흘리며 웃으며 웃으며.

너희가 있어서 외롭지가 않아 아니 혼자가 아닌 것 같아 난 너희만 있으면 된다!

내 속에 사는 것들을 쓰다듬으며. 해변을 달리는 마음으로 위로했다. 부딪힐 산도 없는 허공에다 물었다. 있지, 나는 천국에 가야 마땅하지 않니? 지옥은 배반과 타락과… 스스로를 세상의 악으로부터 지키지 못한 자들이 가는 곳이잖아. 하지만 나는 태어난 그대로 나를 지켰는걸? 세상의 악이 아니라 내 속의 악으로 살았는걸? 이렇게 때 묻지 않은 내가 지옥에 가야 하나요, 주님?

〈4〉

유난히 날이 밝다. 이제 막 5월, 야산에 둘러싸인 우리 집에도 녹음이 찾아들었다. 내 손이 닿지 않는 곳마다 만발이었다. 역으로 가는 길에는 꽃가루가 흩날리고, 무성한 이파리 사이로 화살처럼 꽂히는 햇살이 있다. 새파란 햇살에 샛노란 이파리가 산산이 부서지는 날. 내가 쳐다보면 얼어 버릴까 봐, 살아있는 것을 똑바로 바라볼 수도 없는 날. 엄마와 나는 말없이 발맞춰 걸었다. 나는 세상의 파편 때문에 눈을 제대로 뜰 수도 없었다. 세상은 아직 전쟁터인데. 햇살에 만물이 부서지는데도 엄마는 꿋꿋이 걸었다. 승리를 앞둔 전사의 걸음으로, 체념한 얼굴을 하고선. 내 삶은 변명 같고 엄마의 삶은 증거 같았다.

엄마 조심해. 입은 떨어지질 않고, 나는 부끄러웠다. 살짝 발걸음을 늦춰, 앞서 걸어가는 엄마의 뒷모습을 보았다. 숨통이 트인다. 세상은 부서지는데, 엄마는 선명하고 굳건하다. 묻고 싶었다.

엄마. 나도 부서지지 않고 살 수 있겠지. 스무 살을 넘기고, 서른을 넘기고, 어쩌면 결혼도 하고. 그러고 나면 전쟁터 한복판에서도 아무렇지 않게 걸을 수 있겠지. 그때 엄마가 아빠가 내 곁에 없으면 어쩌지. 속으로 그런 얘기나 했다. 하늘이 맑고, 하늘이 맑고… 하늘은 맑다.

도사리는 고래가 울고

청원여자고등학교 1학년 김민정

안녕하세요. 녹화 시작하겠습니다. 음, 오늘은 지구를 떠나온 지 벌써 백일 하고도 삼십칠일. 바깥은 컴컴한 우주입니다. 끝이 없는 우주요. 백삼십칠일 째 목적지 없는 항해를 계속 해나가고 있죠. 목적지는 없어요. 그저 간당간당 남은 연료로 종말을 향해 가고 있을 뿐이에요. 여기는 아침도, 저녁도 없어요. 매일같이 우리를 비추는 태양이 없고, 매일같이 우리를 따라다닌 달도 없어요. 그 사실을 인정하기까지 얼마나 많은 시간이 걸렸는데요. 절대적이고 당연하다고 여겼던 것들이 사실은 유한하다는 것 말이에요. 내 존재는 영원할 거야. 적어도 내 인생의 나는 언제나 살아있는 존재야. 그러나 죽음은 너무도 멀리 있으며 동시에 늘 옆에서 있어요. 마치 그림자처럼, 어둠에 숨어 감출 수는 있어도 결코 떼어낼 수는 없으니까요. 그래서 저는 어둠 속으로 숨어버린 것일지도 몰라요. 끝을 부정하고 싶어 했죠.

태양이 죽기까진 아직 시간이 많이 남았다고들 해요. 적어도 오늘 태어나는 인간 아기의 한평생 만큼이나. 하지만 그러면 뭐 해요. 제 안의 태양은 이제 죽었는데요. 영영 죽어버려 다시는 뜨지 못하는걸요. 이제야 알았어요. 유한과 무한은 같은 것이라는 걸요. 가끔은 죽은 태양이 너무 불쌍해 막 눈물이 나기도 해요. 그럴 때마다 저는 가족을 떠올려요. 우리 엄마는 살아계시겠지. 아빠도, 동생도, 그리고 나도, 아마 살아 있겠지. 그러고 나면 다시 내가 영원할 것만 같은 기분이 들어요. 일주일 치 희망을 찾아냈죠.

그러고 보니 우주는 왜 검은색일까요? 검은색은 인간을 무섭게 만들잖아요. 깊이를 알 수 없을 만큼 어두워서, 호기심에 고개를 들이밀었다간 그 속에서 가만히 눈을 빛내던 괴물에게 목이 물어뜯길 것만 같아요. 사실 제 상상 속 괴물은 언제나 고래였어요. 어릴 적에 무슨 다큐멘터리 영상을 봤는데, 텔레비전 화면 너머에 있는 고래가 순간 너무 가까이 보였어요. 그때 마침 고래가 크게 입을 벌려 플랑크톤과 작은 물고기를 삼키는 장면이 나왔어요. 저는 자리를 박차고 일어나 마구 울면서 엄마한테 뛰어갔죠. 엄마, 고래가 날 먹었어. 날 꿀꺽 삼켜 먹었어. 나는 이제 위산에 녹아 뼈 한 조각 남지 않은 채 온몸이 녹아내릴 거야. 엄마는 그런 저에게 뭐라 말하셨더라. 아니야, 고래는 참 착한 동물이란다. 하며 제 머리를 쓰다듬어주셨어요. 엄마가 고래한테 말해볼게. 우리 딸은 먹으면 안 된다고. 그렇게 신신당부해둘게.

저는 엄마의 말을 듣고 안도했죠. 돌이켜보면 엄마는 참 좋은 분이셨어요. 저는 그런 분께 무슨 짓을 한 건지. 가족 모두가 말렸어요. 모두가 우주로 나가겠다는 제 발목을 잡고 끝까지 놓아주지 않았죠. 노안이 와 글자 하나 제대로 못 읽는 아빠는 편지를 쓰셨고, 언성을 높인 적 없던 동생은 처음으로 제게 미친 사람처럼 소리를 지르며 연을 끊어버리자 했어요. 그리고 엄마는 조용히 우셨어요. 그때 저는 이렇게 말했어요. 당신들은 내 꿈을 막을 자격이 없어. 그딴 식으로 모두를 뿌리치고 지금 여기 앉아 영상이나 찍고 있는 거예요. 저는 정말 무엇을 한 걸까요. 후회하고 있어요. 아니다. 후회할 자격조차 없어요, 저는. 그래요. 사실 후회하고 싶어요.

어제까지만 해도 제가 우주에서 죽을 수 있다는 게 마냥 기뻤어요. 우주는 이데아니까요. 평생을 우주만 바라보고 살았어요. 이제 고래가 무섭지 않을 무렵 올려다 본 밤하늘에 별이 총총 박혀 있었는데, 순간 하늘이 너무 가까이 보여 저도 모르게 하늘로 향해 손을 뻗었어요. 잡히는 건 없었죠. 그날 이후 저는 별의 실체를 확인하고 싶었어요. 멀리서도 그토록 손에 잡고 싶은 별을 눈으로 확인하고 싶어졌죠. 저는 저만의 천국에 온 것이에요. 제 죽음엔 한 치의 후회도 없어요. 그런데 오늘 잠에서 깬 제 눈에 우주가 고래로 보이는 거 있죠. 고래가 사는 검은 밤바다, 혹은 이미 여기는 고래 배 속인 걸까요? 솔직히 방금 전까지 누군가가 전부 괜찮다고 제 머리를 쓰다듬어주길 바랐어요. 세상엔 저뿐인데도.

날짜를 제대로 세고 있다면 곧 제 생일이에요. 그리고 제가 날짜를 제대로 세고 있는 게 정말 맞다면. 저는 제 생일에 죽겠군요. 산소부족으로. 이건 만약 내가 내일 죽는다면, 하고 앙케트 조사에 자주 나오는 질문이네요. 질문의 요지는 이십사 시간이라는 짧은 수명이 아니라, 내 수명을 알게 되는 상황 자체죠. 그래서 제가 만약 내일 죽는다면, 저는 종일 창밖을 쳐다볼래요. 유리에 비친 제 얼굴에서 엄마, 아빠, 동생의 얼굴을 투영해 볼래요. 매번 도망치기만 했던 고래를 떳떳이 마주할래요. 또, 좋아하는 우주와 이야기를 나눌래요. 이십분이 남았을 때 아껴둔 콘 치즈 포장을 뜯고 마구 웃을 거예요. 십분 동안 콘 치즈를 먹고, 칠분 동안은 손 모으고 기도할 거고요. 마지막 삼분은, 무릎에 고개를 파묻고 펑펑 울려고요. 이제 완전히 부수어질 내 생에게 미안해서. 떠올리는 것조차 불가능해질 이들이 벌써부터 보고 싶어서.

愴(창); 슬프고 차가운

중앙여자고등학교 2학년 김선영

띠리리리.

시끄럽게 울리는 알람을 끄고 부스스 일어나 앉았다. 막 잠에서 깬 탓에, 지금이 꿈인지 현실인지 분간할 수 없었다. 상황 파악은 할 수 있을 정도로 정신을 차렸을 땐, 차라리 꿈이길 바랐지만 부질없는 생각임을 깨닫곤 조용히 바닥에 발을 디뎠다. 이른 시간에 창밖은 햇빛 한줄기 없이 어두웠다. 스트레칭으로 대충 몸을 풀었지만 그럼에도 여전히 뻐근한 몸을 이끌고, 떠지지도 않는 눈에 억지로 힘을 주며 화장실로 갔다. 씻고, 밥을 먹고, 교복을 입는 일을 익숙한 몸짓으로 해치우고, 어제저녁에 챙겨 둔 가방을 메고서 집을 나섰다.

밖은 여전히 어두웠고, 달이 보인다.

타야 할 버스가 정류장에 섰다. 대강 보기에도 세로로 겹쳐진 채로 힘겹게 서 있는 사람들을 보니 간절하게 다음 버스에 타고 싶었지만 지각할 순 없으니 한숨을 먹으며 올라탔다. 곧 터져버릴 것만 같은 버스에, 싫은 얼굴을 하면서도 꾸역꾸역 올라타는 사람들을 보니 웃겼다. 그러다 문득 내 모습도 다른 이들의 눈에 저렇게 보였을 것을 떠올렸고, 생각을 멈춰버렸다. 참 정겨운 모습이 아닐 수 없다. 같은 매일 같은 길로 등교하니 건물들은 진즉 다 외웠고 심지어 사람들의 얼굴도 외운 듯하다.

슬슬 내려야 할 때가 다가왔고, 사방에서 압박하는 모든 압력을 뚫고 겨우 하차벨을 눌렀다. 문이 열리고 버스에서 내림과 동시에 앞뒤, 양옆에서 학생들이 물밀 듯 쏟아져 나와 내달렸다. 의아한 마음에 주섬주섬 시간을 확인했다.

지금은 7시 56분.

'음?'

등교 시간은 8시.

'…!'

지각이다. 가슴에 손을 얹고, 정말 죽기 살기로 뛰었다. 모든 학생이 똑같은 옷을 입고, 적장의 목을 베기 위해 전쟁에 참전한 전사처럼 땅을 박차고 달리는 장관이 볼만했다. 그들을 뒤에서 바라보며 함께 내달릴 땐 이보다 더 민망할 수 없었지만, 그땐 그 누구도 우릴 비웃을 수 없었다. 1분 1초가 간절했다. 과연 숨 막히는 뜀박질이었다.

같은 모양임에서 낯선 교실들을 지나 익숙한 반 앞에 서서 숨을 고른 후 들어갔다. 교실로 들어가 반 애들과 인사를 나누는 이 시간은 왜인지 항상 어색하다. 수업 종이 울렸다. 수업은 학생이 듣건만 우리의 의지는 배제된 채 지정된 수업을 들어야 하는 이 상황을, 나는 상당히 모순적이라고 생각한다. 들려오는 소음이 일방적이니 듣기 싫을 수밖에. 어쨌든 수업은 시작됐고, 동시에 저마다 각기 다른 자세로 고개를 숙였다. 나도 엎드려 잘까 고민했지만, 어쩐지 선생님께 죄송한 마음이 들어서 오늘도 성실히 수업을 듣는 학생을 연기했다. 학생 경력 11년 차인 지금은 별로 어렵지 않았다.

수업 시간은 인내하고 쉬는 시간과 점심 시간은 즐기며 하루를 보냈다. 집에 갈 시간이 되자 설레었다.

"내일부터 면담 시작이니까 중간고사 성적표랑 본인 진로 생각해서 오도록."

선생님께선 들떠 있던 내 기분을 매정하게 바닥으로 던져 버리셨다. 내 출석 번호는 1번이었고, 난 내 성적표가 어디 있는지도 모른다. 정말 큰일 났다.

집에 도착해서도 내일 있을 면담이 신경 쓰여 쉽게 잠들지 못했다. 긴장할 이유는 없었지만, 마음이 불편했다.

*

띠리리리.

기분이 안 좋은 것이 오늘따라 몸도 무겁다.

언제 들어도 징한 알람을 일어나고 끄고는 침대 위에 걸터 앉았다. 알람을 듣고 곧바로 일어나기 위해 휴대폰을 침대와 멀리 두고 잤기 때문이다. 근육조차 둔해진 몸을 간단하게 풀어주고 씻고, 밥을 먹고, 교복을 입고, 일찍 일어난 김에 아침밥을 먹었다. 출발 시간까지 여유가 있어서 먹은 아침밥이었는데, 먹다가 또 늦었다. 미치겠네 진짜. 그냥 잠들어 버려서 챙기지 못한 가방을 급하게 챙기고,

'아, 성적표.'

더 지체된 시간을 보며 현관문을 열고 뛰쳐나갔다.

늦었어도 밖은 여전히 어두웠고, 달이 보인다.

'나도 내가 좀 한심해.'

버스가 도착했고, 많은 지각 경험 덕분에 능숙하게 사람들 사이를 파고들어 자리를 잡았다. 익숙한 건물들과 얼굴들이 보였다. 제한된 공간에 사람들이 계속 올라타고, 간간이 같은 학교 학생들도 보였다. 오늘따라 몸이 무거웠던 탓인지, 돌연 위화감이 들었다.

'매번 보는 얼굴들이 같은 사람의 얼굴은 아닐 거야. 그럼 내가 저 얼굴들을 외웠다고 생각하는 이유는 뭘까.'

마찬가지로 부지런히 뛰어서 학교에 도착했다. 가쁜 숨을 몰아쉬며 들어간 교실과 그곳에 있는 애들이 더 멀게만 느껴졌다. 친근했지만 어색했다.

"……."

이번엔 알 것도 같았지만, 나는 그 이유를 떠올릴 수 '없었다'.

면담을 제외하면 오늘도 평소와 다를 바 없는 하루를 보냈다. 그 제외가 속을 많이 헤집어 놓긴 했지만 말이다. 아침부터 출석번호 순서대로 줄줄이 교무실로 불려갔는데, 그 모양새가 꼭 형량을 선고받으러 가는 죄인 같았다. 아마 내 모습도 다르지 않았을 거다. 면담이 끝나고 나면, 나는 꿈도 계획도 없이 아무 생각도 하지 않고 그저 살아온 사람이 되어 있다. 분명 잠도 줄여가며 바쁘게 살았는데 반추해 볼 만한 일이 없다. 이건 정말이지 의문이다. 난 그동안 뭘 하며 살았던 거지. 선생님께선 빨리 꿈을 정하라고 하셨고, 일기를 쓰면서 '나'의 내면을 살펴보는 것도 좋다는 조언과 함께 나름 다독여 주셨다. 어디까지나 나름이었지만.

*

집으로 돌아와 모든 잘 준비를 마치고 침대 위로 몸을 누였다. 이대로 잠들고 싶었지만, 면담에서 들은 말들이 머릿속에서 떠다녔다. 결국, -아무도 뭐라고 하지 않았지만- 이렇게 누워있으면 안 될 것 같은 기분에 일어나서 책상 앞에 앉왔다. 정말 불행하게도 당분간은 마음 편히 쉴 수 없게 됐다.

'일기나 써볼까.'

선생님의 말씀도 한몫했지만, 미래의 내가 과거의 오늘을 생각할 때 '시간을 길에 흩뿌린 게으른 인간'이라고 스스로는 기억하는 불상사를 막아볼 겸, 나도 나름 깊은 고민을 하면서 살았다는 증거를 남기기 위해 일기를 써 볼 심산이다. 나는 노트를 펼치고 펜을 들었다.

[2019. 11. 29. 금.

오늘은 진종일 형용할 수 없는 기분에 휩싸여 있었다. 그저 기분이 안 좋은 것과는 성질이 달랐다. 버스에서 본 사람들의 얼굴, 반 분위기, 선생님의 말씀. 그동안 익숙하게 해왔던 모든 일이 요즘에서야 어색하게 느껴졌다.

그 이유를 찾는 데에는 그리 많은 시간이 필요하지 않았다. 아마 나는 은연중에 오늘 느낀 위화감을 알고 있었을지도 모르겠다. 실사 그렇다 하더라도 인정하고 싶지는 않았다. 나는 이 기분을 정의해보려고 한다.

1.

버스에서 마주한 얼굴들은 다 비슷했고, 익숙했다. 사람들의 얼굴이 모두 똑같지 않다는 건 나도 알고 있다.

나는 얼굴을 외운 게 아니라 똑같은 표정에 익숙해진 거였다. 졸린 눈과 다문 입엔 감정이 없었고, 나도 마찬가지였겠지.

와중에 재차 떠오른 머릿속의 얼굴들 덕분에 기분이 찝찝해졌다.

2.

반에 들어서서 애들과 항상 나누던 인사가 어색했다.

나는 그 애들에게 정이 없다. 한두 명을 제외한 나머지는 일 년 동안만 같은 반에서 생활하게 된 사람들에 지나지 않았다. 하루에 적어도 7시간씩, 주에 5일을 봐서 친근했지만 그뿐이었다. 내가 생각해도 참 무정하기 그지없지만, 이 감정은 나만 느끼는 걸까?

3.

면담을 했다. 선생님께선 평소에 하던 고민을 말해보라고 하셨지만, 선생님께 말한다고 해소될 문제가 아니었기 때문에, 고민은 없다고 답했다. 대신 진로나 대학 진학에 관련해서 물어보는 질문에만 대답했다. 면담을 마친 나는 몇십 분 만에 계획 없이 사는 학생이 됐고, 나는 당황스러웠다. 뭣도 없이 시험공부만 하느라 바빴던 모양이다. 선생님께선 멍해진 나를 보시고 대학까진 아니더라도 학과나 꿈을 정해야 한다고 말씀하셨다. 꿈을 '찾는'게 아니라 '정하'란다. 일기를 쓰면서 보니 어이없는 말을 잘도 하셨다는 생각이 든다.

내 꿈이 숙제가 되어버렸다.]

*

띠리리리.

어김없이 알람이 울렸다. 침대 위에서 뭉그적거리다가 시간이 늦어졌다. 하지만 눈곱도 떼지 않은 얼굴로 나갈 순 없는 노릇이니, 비척비척 화장실로 걸음을 옮겼다. 대충 씻고, 밥을 먹고, 교복을 챙겨 입었다.

'가기 싫다.'

오늘도 보게 될 세상이 무서웠다. 당연히 부모님 앞에선 일절 티 내지 않고 얌전히 집을 나섰다.

밖은 여전히 어두웠고, 달이 보인다.

'그리고 불쌍하기도 한 것 같아.'

해상 2만리

영일고등학교 3학년 김선우

나와 브루스는 그날도 순조롭게 항해 중이었네. 하지만 얼마 뒤에 엔진에서 뭔가 이상한 소리를 내는 거야. 영 좋지 않은 조짐이었지. 나는 브루스를 보내 엔진을 확인해보도록 시켰어.

브루스는 재빠르게 엔진을 살펴보고 키를 잡고 있던 내게 와 보고했네.

"엔진에서 뭔가 타는 냄새와 함께 부동액이 새고 있습니다."

나는 좀 당황했지. 작은 2인승 요트지만 초장거리 항해를 위해서 일부러 수냉식 엔진을 준비했거든. 튼튼하고 품질 좋은 엔진을 만드는 회사에 주문제작 한 거였네. 심지어 출항 전에 조선소에서 수리까지 받은 거였어.

일단 엔진을 끄고 식힌 뒤에 엔진을 살펴보기로 했네. 완전히 식은 뒤에 수냉관을 살펴보았는데, 어랍쇼, 수냉관이 터지긴커녕 흠집 하나도 없이 말끔한 거야. 부동액이 흘러나온 건 이해할 수 없었지만 조선소에서 부동액 채우는 걸 깜빡했다고 생각한 나는 부동액을 다시 채우고 엔진에 시동을 걸었네. 그날 하루는 문제가 없더군. 하지만 다음날이 되자 또 부동액이 싹 다 흘러나와버렸네. 환장할 노릇이었지. 부동액도 이제 얼마 남지 않아서 한 번 더 부었다 또 흘러버리면 그대로 끝장이었어. 액체로 냉각하는 엔진을 냉각제로 아무것도 안 넣고 돌렸다간 그대로 터질 테니 말이야. 자네도 알다시피 바닷물을 식힐 수도 없고 말일세.

하지만 더 최악이 남아 있었어. 우리는 남극으로 가는 해류를 타고 있었네. 다행히 먹을 건 충분했네. 따뜻한 옷도 챙겨 왔고 말이야. 하지만 동력이 끊겨버린 건 심각한 문제였지. 전력도 같이 끊겼으니 SOS를 칠 수도 없었어. 그렇게 계속 표류하다간 바다에서 끝장날 운명만이 남아 있지.

막돼먹은 상황이었지만 난 최대한 머리를 굴렸네. 다행히 그땐 여름이었고, 빙하가 모두 녹고 있을 때였어. 나는 이대로 남극까지 표류한 뒤 마지막 남은 부동액 문제를 해결하고, 그곳의 눈을 냉각제로 쓸 계획을 짰지.

그렇게 되어서 우린 남극까지 표류해 갔네. 내려가면 내려갈수록 점점 고드름이 어는 거야. 해빙기의 남극이래도 남극은 남극이었어. 아무리 따뜻하게 입어도 점점 더 추워졌네.

뭔가 단열재가 필요했어. 하지만 누가 바다로 세계 일주를 떠날 때 남극을 들를 거라 생각했겠나? 그래서 그냥 참을 수밖에 없었네.

그렇게 몇 날 며칠을 표류하다 보니 남극 땅이 보이더군. 나는 브루스에게 부동액을 넣고 소리치라고 외쳤네. 브루스가 부동액을 채웠다고 외치자, 나는 곧장 시동을 걸어 땅으로 돌격했지.

마침내 우리가 땅에 정박했네. 가장 먼저 한 것은 뭐든 땔감을 주워 와 캠프파이어를 피우는 것이었지.

그런데 땔감을 주우며 깨달았네. 우리가 펭귄 군락 한복판에 있다는 걸 말이야. 하지만 자리를 옮길 여유는 없었어. 캠프파이어 옆에 텐트를 치자 밤이 깊었더군. 우리는 다음날부터 엔진 수리에 나서기로 했네.

다음날 아침이 되자 우리는 뭔가 이상한 걸 깨달았네. 어제보다 펭귄 울음소리가 가까워진 거야. 텐트를 나서 보니 가관이더군. 펭귄들이 이쪽으로 옮겨 왔었어. 몇몇은 심지어 우리 요트를 타고 놀더군.

우리는 요트 위에 올라탄 펭귄들을 쫓아내고 엔진 수리에 착수했네. 한창 볼트를 풀며 끙끙대고 있을 때 어디선가 처음 듣는 소리가 나더군. 바다표범 소리도 아니고 고래 소리도 아니었네. 근데 엄청 가까운 데서 들리는 거야. 브루스도 영문을 모르겠다는 표정이더군. 우린 이 정체불명의 소리부터 밝히기로 했네. 한 10분쯤 후에 요트 갑판을 뒤지던 브루스가 나를 불렀어. 정체는 또 펭귄이었네. 그것도 감기 걸린 펭귄 말이야. 알겠나. 아까 우리가 펭귄을 쫓아낼 때 미처 못 본 펭귄이 기침을 하고 있었던 걸세.

감기 걸린 펭귄을 듣도 보도 못했지만 왠지 불쌍하더군. 그래서 난 아스피린이나 몇 알 주기로 하고 구급상자에서 약을 꺼내 왔지. 그런데 이 조류가 자기에게 해를 끼치려 한 줄 알았는지, 내가 다가가자 보트에서 폴짝 뛰어내려 도망가더군. 난 어떻게든 약을 먹여보려고 쫓아갔네. 브루스도 내 뒤를 따랐어. 근데 이 펭귄이라는 놈들은 생긴 것과 다르게 무지 빠르거든. 30분 가까이를 잡으려 쫓아다닌 끝에 난 포기하고 주저앉았네. 그런데 갑자기 러시아 말이 들리는 거야. 뒤돌아보니 러시아 사람 셋이 우리를 노려보고 있었다네. 두 명은 총도 들고 있었고, 나는 밀렵꾼이겠거니 하고 영어로 우린 배가 고장 나서 여기에 표류했을 뿐이고, 밀렵하는 건 못 본 척하겠다 말했네. 그런데 그들 중 대장 같아 보이는 자가 알아듣기 힘든 러시아 억양으로 당신들이 밀렵꾼 아니냐고 묻더군. 알고 보니 그들은 남극의 밀렵 현황을 다큐멘터리로 만들려 하던 사람들이었던 거야. 우린 크게 한 번 웃은 뒤에 그들의 도움을 좀 받았지. 부동액이 새는 문제는 조선소가 엔진을 검사하고 볼트 몇 개를 덜 조여서 일어난 거였네. 부동액 문제도 해결됐지. 부동액 얘기를 하니 그들이 보드카 몇 리터를 주더군.

그들과 헤어진 뒤 우리는 다시 긴 항해를 떠났다네.

무제

양재고등학교 2학년 김수민

내가 이곳에 온 건 한참 전의 일이었다. 정확히 언제부터인지는 기억나지 않지만 나도 처음엔 내가 마주하는 이들과 같은 처지였을 것이다. 여기는 사람들이 말하는 내세. 그러니까, 사후세계이다. 내가 하는 일은 '영혼을 안내하는 일' 정도로 말할 수 있겠다. 그렇다고 저승사자 같은 것은 아니다. 그저 이 곳의 규칙에 따라 죽은 이들을 안내하는 게 나의 임무다.

룰은 간단하다. 사람들이 죽고, 이곳에 영혼이 도착하면, 일주일의 시간을 주고, 진짜 죽음으로 가는 것. 왜 일주일의 시간을 주냐하면 그 시간 안에 딱 한 장의 사진을 찍어 그들에게 쥐어주고 보내야 하기 때문이다. 그 사진 말고 죽은 이에게 남는 것은 아무것도 없다. 현생에서의 모든 것들은 진짜 죽음 앞에서 사라진다. 사진관에서는 본인이 원하는 대로 기억 속의 한 장면이나 이루고 싶었던 꿈 모두 다 촬영할 수 있다. 쉽게 설명하면 크로마키 같은 것인데, 사진관 안에선 그가 원하는 모든 장소, 모든 인물이 출연할 수 있는 것이다. 웃긴 소리처럼 들릴 수 있지만, 기억하자. 이곳은 하늘나라다.

아저씨가 여기에 도착한 것은 딱 일주일 전이었다. 아저씨는 처음부터 말이 많지 않았다. 다들 한 번씩 늘어놓는 무용담도 마지막까지 한번 내세운 적이 없었다. 이 사람 말고도 상대해야 하는 사람들이 넘쳐났기에 나로서는 편한 고객이었지만, 무슨 생각을 하는지, 제대로 결정할 수는 있으려나 싶었다. 걱정스런 마음에 매번 하는 질문도 두 번씩 물어보았다. 오늘은 결정하셨나요? 아저씨는 옅은 미소를 지으며 고개를 저을 뿐이었다.

일주일의 시간 동안 내가 하는 것은, 처음 이런 곳에 와보는 이들에게 규칙을 설명하고, 매일 정해진 시간에 맞춰 "오늘은 정하셨나요?"라는 질문을 던지는 게 다다. 아이러니하게도 나는 찍을 사진을 정했냐는 질문 하나만 하는데도, 그들은 자신의 일생을 모두 털어놓는다. 그러면 나는 그걸 몇 시간이고 듣고 있어야 했다. 사실상 이것이 내 주업무였다.

요근래엔 몇 달 동안 산전수전공중전까지 다 겪은 사람들이 몰려왔다. 하소연만 몇 시간을 들어야 했는데, 그럴 땐 그냥 나도 이들따라 저 멀리로 가고 싶은 마음뿐이다. 일대기를 듣다 지겨워지면, 나라면 어떤 사진을 찍을까 홀로 고민했다. 사람들은 대부분 가족사진을 골랐다. 사촌의 당숙까지 함께하거나, 같이 사는 식구들만 조촐히 담거나. 친구, 반려동물, 애인, 심지어 최애연예인과 사진을 찍는 사람도 많았다.

나 같은 경우엔, 가족은 기억나지 않았다. 이곳에서 일하는 모든 직원이 그랬다. 사랑하는 사람도 없었다. 반려동물도, 가고 싶은 나라도, 아늑하고 따뜻한 집도 마찬가지였다. 이곳에서의 삶은 외로웠다. 절대자는 직원의 복지에는 관심이 없는 모양이었다. 가끔 직원들과 맥주 한잔 하거나 경비실 아저씨와 도시락 까먹는 일도 없다면, 도무지 지내기에 팍팍해서 정말 영혼을 따라가는 선택지밖에는 없을 것이다.

사람들은 제각기 다른 사연을 들려주고, 제각기 다른 사진을 가지고 떠났다. 그 시간이 축적됨에 따라 감동은 점차 줄어들었다. 죽음의 문턱 앞에서 죽은 사람들을 마주하는 일은 그리 유쾌하지만은 않았다. 어쨌든 이 사람들은 살아있지 않았고, 다들 한번쯤은 눈물을 흘렸기에 이 공간의 공기는 가벼워도 가볍지가 못했다. 그런 곳에서 몇 년째, 이유도 모른 채 갇혀있는 것은 고역 아니면 고문이었다. 나는 어떠한 환경에도 긍정적인 마인드를 유지하는 인간형은 아니었다.

사진 촬영 전 마지막 날, 다른 사람들은 모두 결정을 내렸고, 이제 남은 사람은 아저씨뿐이었다. 나는 다시 그에게로 향했다. 그는 정원에서 산책중이었다. 인기척을 듣고는 천천히 걷던 걸음을 멈추고 이쪽을 돌아봤다. 아저씨와 나는 돌길을 조용히 걸었다. 정원의 풍경에 눈을 둔 건 오랜만이었다.

“잘 주무셨어요?”
“네, 덕분에.”
아저씨는 주름에 따라 자연스러운 웃음을 짓고 있었다.

"내일 사진을 찍어야 해서요."

그는 가만히 듣고만 있었다.

"결정하셨어요?"

아저씨는 나를 바라보았다.

"사진을 같이 찍어 줄 수 있겠어요?"

똑똑히 나를 보고 말을 꺼냈지만, 나는 그게 나한테 하는 말인가 하는 의심이 먼저 들었다.

아저씨는 알겠다는 대답을 듣고 "그럼 정해졌네." 한마디만 뱉은 채 가버렸다. 사진을 찍는 것은 여러 번 해봤지만, 모델로 카메라 앞에 서는 것은 처음이었다. 나도 모르게 몸에 힘이 들어가 있었다. 아저씨가 손을 내 어깨 위에 올렸다.

"좋습니다, 자 활짝 웃으세요!"

아저씨는 자신이 묵던 방에 사진과 편지 한 장을 남겨두고 갔다. 사진 속 두 남자는 환하게 웃고 있었다. "우리는 다 가는 처지이지만, 자네는 이곳에 남아 매일 죽은 사람을 마주하는 게 쉽지 않을 것 같아. 그래도 사진 한 장 남겨준다고 하니, 참 고맙더라고. 여기 오는 사람들, 잘 위로해줘."

나는 한참을 사진만 들여다보고 있었다. 이 곳에서 처음 들은 위로다운 위로였다.

폭우

진선여자고등학교 2학년 김윤성

01.

4월의 폭우에서는 콧잔등이 시큰할 정도의 바다 냄새가 났다. 바다에서 물을 길어 뿌린다면 꼭 그럴 것만 같았다. 찬바람을 몰고 다니는 비는 우리 동네 위로 끊임없이 쏟아지기만 했다. 지붕 처마에는 빗방울이 마를 날이 없었고, 아이들의 옷에는 비가 남기고 간 흔적이 가득했다. 내가 입었던 옷자락에서는 항상 눅눅한 냄새가 났다. 회색 위로 남겨진 짙은 색의 물자국은 늘 새로 생겨났다. 습기가 짙어서 안경을 쓰기라도 하면 희뿌연 김이 들어차고는 했다. 이상하게도 비가 고인 자리에서는 짠 바다 내음이 났다. 웅덩이에서는 꽤 유명한 물고기—가령 고등어, 멸치라든가—가 살아서 튀어 올라올 것만 같았다.

학교 종이 모든 일과가 끝났음을 알리듯 길게 울려 퍼졌다. 막 잠에서 깨어나 그런지 몽롱했다. 아이들은 하나둘씩 교실을 떠나기 시작했다. 발소리가 점차 멀어지기 시작했다. 여러 명의 발소리가 빗소리와 겹쳐 들렸다. 나는 멍하니 그 모습을 보고만 있다가 가방을 챙겨서 교실을 나갔다. 교실을 나가자마자 빗소리가 쏟아져 들렸다. 그 큰 소리를 들으면서 나는 계단을 내려갔다. 바깥과 가까워질수록 폭우의 소리는 나를 덮쳐왔다. 나는 집에서 가장 큰, 새카만 우산을 펼쳤다. 펼칠 때 물방울이 우산 천에 튀어서 내 뺨에 몇 방울 흘러내렸다. 우산을 내 머리 위로 들고 갔지만 바람이 몰고 온 비 때문에 옷은 점차 젖어갔다. 빗방울은 우산을 금방이라도 부술 듯이 때리고 있었다.

그때 우산에 묵직한 것이 떨어지는 소리가 났다. 동시에 코끝에 비린내가 스쳐지나갔다. 그리고 우산 위에서 무언가가 펄떡대는 듯한 움직임이 느껴졌다. 나는 우산을 기울였다. 갑자기 우산살이 격렬하게 떨렸다. 우산을 더 기울이자 발치에서 철퍽 하는 소리가 들렸다. 나는 기울어진 우산을 다시 똑바로 들었다.

우산에 의해 가려져 있던 시야가 다시 보이기 시작했다. 나는 눈앞의 광경을 믿을 수가 없어서 눈가를 비볐다. 아무리 세게 비벼도 그대로였다. 내 발 앞에는 은색 비늘을 가진 물고기가 온몸을 뒤틀며 펄떡대고 있었다. 아스팔트에 긁혔는지 사방에 비늘들이 튀었다. 나는 물고기를 발로 톡톡 건드려보았다. 눈알이 빗물에 젖어서 빛났다.

주변에 더 많은 물고기들이 떨어지기 시작했다. 사방에서 빗소리와 함께 묵직한 소리들이 함께 진동을 일으켰다. 나는 멍하니 하늘을 올려다보았다. 수많은 그림자가 이쪽으로 점점 더 가까워지고 있었다. 빗소리는 이미 묻혀버린 지 오래였다. 사람들은 전부 하늘을 가리키고 있었다. 우산에 물고기들이 전부 미끌거리며 제 몸을 비비고 있었다. 도로 위는 빛을 반사하는 비늘로 가득했다. 이게 무슨 상황이지, 생각하기도 전에 무언가가 차 위로 떨어졌다. 쿵, 하는 소리가 묵직하게 울렸다. 상어라도 떨어졌나? 말도 안 되는 상상이었지만 이 상황에서는 꽤나 적합하다고 할 수 있는 것이었다. 나는 우산을 들고 그곳으로 천천히 걸어갔다. 말도 안 되는 상황들의 연속에 심장이 빠르게 뛰었다.

비가 점점 그치면서 물고기들이 떨어지는 수도 확연히 줄었다. 그러나 도로 위에는 아직 숨이 붙어서 움직이고 있는 생명체들로 가득했다. 나는 최대한 그것들을 밟지 않으려 노력했지만 결국 다섯 발자국 즈음에 한 마리를 밟고 말았다. 미끄덩거리는 감촉에 하마터면 뒤로 넘어질 뻔했다. 나는 조금 더 걸어갔다. 차 위에서 물고기보다는 큰 것이 꿈틀대고 있었다. 처음에 시야로 들어온 것은 큰 꼬리였다. 얕은 바닷물의 색을 가진 꼬리가 위아래로 움직였다.

나는 조금 더 다가서서 그 생명체를 보았다. 다시 봐도 믿을 수가 없었다. 사람이 그 자리에 누워 있었다. 그러나 결코 사람은 아니었다. 하반신은 물고기 꼬리였으니.

"인어?" 내가 속삭였다. 바다의 짠내가 주변을 뒤덮고 있었다.
나는 그것과 눈이 마주쳤다. 바다의 색깔과도 같은 색이었다. 검푸른 눈동자가 온통 떨렸다. 그 시선 끝에는 하얗게 흐려진 하늘만이 담겨 있을 뿐이었다. 내가 가까이 다가가자 생물은 간신히 고개를 들어 나를 바라보았다. 꼴이 말도 아니었다. 떨어질 때의 충격 때문인지 몸은 피투성이였고, 검고 긴 머리카락은 산발이 되어 물에 젖어 있었다. 나는 시선을 아래로 옮겼다. 꼬리의 끝부분이 찢겨서 바람에 나풀거렸다. 꼬리 위로 빗방울이 떨어질 때마다 생물은 온몸을 파르르 떨었다.

"괜찮아요?" 조심스레 물었지만 인어로 보이는 생명체는 대답할 여유가 없어 보였다. 나는 비를 가려주려 우산을 인어에게 씌워주었다. 푸른 눈동자가 나를 올려다보았다. 이제 발견한 거지만 차의 앞면은 인어의 피로 잔뜩 얼룩져 있었다. 하얗고 반질거리던 차는 붉은 차로 도색된 것 같았다. 인어는 고통스러운 듯 신음을 내며 몸을 비틀었다. 어느 면으로 보나 멀쩡해 보이지는 않았다. 일단 이대로 내버려두면 과다출혈로 죽을 것 같았다. 나는 119, 세 개의 숫자를 꾹꾹 눌렀다. 상반신은 인간이니 어떻게든 치료는 되겠지, 하는 생각을 하면서.

"사람이 옥상에서 떨어졌어요." 나는 이곳의 위치를 말하다가 대뜸 그런 말을 던졌다. 전화를 받은 상대편은 알겠다면서 다급하게 전화를 끊었다. 전부 꾸며낸 말이었다. 옥상이 아니라 하늘이고, 사람이 아니라 인어지만 그런 말을 믿을 리가 없었기 때문이었다. 얼마 지나지 않아 귀에 익숙한 사이렌 소리가 들렸다. 시간이 지나면 지날수록 구급차의 사이렌 소리가 점점 가까워졌다. 나는 인어를 가만히 들여다보았다. 호흡이 점점 느려지는 것 같았다. 순간 느껴지는 위기감에, 나는 인어의 손을 꽉 잡았다. 미끌거리는 감촉이 느껴졌다. 인어의 손을 꽉 쥐고 어깨를 흔들었지만 일어나지 않았다. 가슴팍이 오르락내리락하는 것으로 보아 정신만 잃은 것 같았다.

엔진 소리가 등 뒤에서 들렸다. 나는 뒤를 돌아보았다. 초록색의 불빛이 흐린 공기를 뚫고 번쩍였다. 구급차의 큰 타이어 밑에는 물고기들이 잔뜩 깔려 있었다. 물고기들의 배가 온통 짓이겨져 있었다. 나는 최대한 수산시장이나 마트 진열대의 생선들을 떠올리려고 애썼다. 방금까지 살아 있던 물고기들이 금방 밟혀 죽었다는 것을 받아들이기가 힘들었다. 구급대원들이 들것을 들고 차에서 내렸다. 나는 손을 번쩍 들었다. 그들은 곧장 나와 인어가 있는 곳으로 달려왔다.

구급대원들은 인어를 보고 아무런 말도 하지 못했다. 그 침묵을 깬 것은 인어의 고통에 찬 신음소리였다. 정신을 잃었음에도 아픈지 계속해서 쉿소리를 내었다.

"이게 뭐예요?" 눈매가 둥근 구급대원이 맨 먼저 입을 열었다.

"하늘에서 떨어졌어요." 나는 그 말밖에는 할 수가 없었다. 그야, 아는 정보라고는 그것밖에 없었으니까.

"일단 옮깁시다." 그 옆에 서 있던 구급대원이 낮은 목소리로 말했다. 구급대원들은 능숙하고도 신속한 동작으로 인어를 들것에 옮겼다. 나는 인어와 함께 구급차에 올라탔다. 꼬리의 절단된 면에서 피가 계속해서 흘러나오고 있었다. 이게 뭐냐고 질문했던 구급대원은 알 수 없는 말을 중얼거리면서 꼬리를 붕대로 감쌌다. 입 모양을 보아하니 욕설인 것 같았다. 그가 붕대를 감으려 꼬리를 만질 때마다 피 냄새가 비린내와 함께 진동했다. 나는 창밖을 보았다. 창밖에는 언제 그런 일이 있었냐는 듯 정상적인 비가 내리고 있었다. 유리창에 빗방울이 너무 많이 흘러내려 밖이 거의 보이지 않았다. 덕분에 구급차 내부가 더 훤하게 비쳐 보였다. 나는 흘긋 뒤를 돌아보았다. 차가 물고기를 밟으며 덜컹거릴 때마다 인어의 팔이 힘없이 흔들렸다. 나는 인어의 손을 잡아주었다. 아까보다는 덜 미끌거렸다. 인어를 볼 때마다 안타까움이 속에서 차오르는 것 같았다. 동정심은 아니었지만, 그저 한없이 슬퍼질 뿐이었다.

02.

응급실에서 처음으로 들은 말은 다음과 같았다. 꼬리에 있는 뼈가 전부 부러진 것 같으니 절단 수술을 해야 한다, 였다. 나는 처음에 무슨 소린지 잘 이해하지 못했다. 그러나 인어의 꼬리를 다시 한번 들여다보았을 때, 비로소 깨달을 수 있었다. 저 꼬리를 가만히 내버려두면 멀쩡한 몸까지 상한다. 인어의 몸은 잘 모르지만, 인간의 입장에서 봤을 때 꼬리 조직은 이미 죽은 거나 마찬가지였다. 응급실에는 온갖 의사와 수의사들, 기자들로 붐볐었다. 그러나 병원장이 기자들에게 나가달라는 부탁을 했기에 조금 한산해진 참이었다. 의사들과 수의사들은 열띤 논쟁을 벌였다고 했다. 자르면 회복이 불가능할 것이다라는 의견과 잘라야 한다는 의견이 팽팽하게 싸움을 일으켰다. 그러나 꼬리가 점점 괴사하고 있다는 분석 결과, 꼬리를 잘라야 한다는 의견이 승리하게 되었다.

수술실의 불이 들어오고, 인어의 하늘빛 꼬리가 시야에서 사라졌다. 병원의 밝은 조명에 꼬리가 언뜻 빛난 것도 같았다. 나는 밖에 앉아 수술실 문을 멍하니 바라만 보고 있었다. 그제야 깨달을 수 있었다. 인어에게 느낀 감정이 어떤 종류의 것이었는지를. 그건 동질감이었다. 낯선 곳에 떨어진 처지는 나와 인어나 비슷했다. 나는 핸드폰을 켜서 날짜를 보았다. 벌써 4월 중순이 다 되어갔다. 부모님이 이혼을 한 후, 고등학생이 된 나는 집을 나왔다. 둘 다 나를 챙기려고 들지 않았다. 나는 서울에 올라와 이모의 집에서 살았다. 그러나 이모의 가정에 내가 맞을 리가 없었다. 애초에 많이 만나던 사이도 아니었기 때문이었다. 마치 미운 오리 새끼가 된 기분이었다. 물론 날 구박하는 사람들은 없었지만, 그렇다고 날 이해해주는 사람이 있었던 것도 아니었다. 외로웠다. 동그란 세상에 네모난 나를 끼워 맞춰야 하는 것 같았다. 그리고 나는 혼자였다.

03.

수술실에서 나온 인어의 모습은 꽤나 끔찍했다. 악몽에나 나올 법한 생김새였다. 하체를 아예 잘라놓으니 상체만 남아 있었다. 절단면에는 꿰맨 자국이 선명하게 보였다. 의사들은 나를 에워싸고 무어라 설명을 했다. 목소리가 귓가에 다가와 부딪히듯 웅웅거리면서 들렸다. 나는 고개를 끄덕였다. 수술비는 나라에서 부담하고, 옆에서 간호하고 싶다면 해도 된다는 말이었다. 왜 수술비를 나라에서 부담하냐고 물으니 인간이 아니라서 그렇다고 했다. 꼬리를 박물관에 전시한다는 말도 들은 것 같았지만 별로 기억하고 싶지는 않았다. 어찌됐든 이모에게 손 벌릴 일은 없어서 다행이라고 생각했다. 나는 병실에 누워 있는 인어를 바라보았다. 지금쯤 무슨 꿈을 꾸고 있을까, 나는 가까이 다가가 침대 옆 의자에 앉아 인어를 보았다.

인어의 눈은 긴 속눈썹과 함께 감겨 있었다. 나는 조심스레 손을 뻗어 인어의 상체를 이불로 덮어주었다. 절단된 곳을 훤하게 드러내는 건 인어 본인도 원치 않는 일일 것 같았다. 이제 평생 헤엄칠 수 없겠지, 나는 그런 생각을 하며 인어의 손을 잡았다. 그 순간 인어가 눈을 떴다. 눈동자의 푸른 바닷빛 색깔은 그대로였다. 인어의 시선이 내 쪽을 향했다. 인어는 벌떡 일어나려고 했지만 하체가 없어 그러지 못했다.

인어는 당황스러운 낯빛으로 하체가 있어야 할 자리를 더듬었다. 그러나 아무것도 없었다. 인어는 주변을 살펴보았다. 그의 주변에는 하얀 침대보와 화분 같은 일반적인 병실의 풍경이 있을 뿐이었다. 하지만 인어에게는 생소한 전경이었을 것이었다. 인어는 곧 나를 쳐다보았다. 파란 눈동자가 빠르게 흔들리고 있었다. 나는 그의 손을 꽉 잡아주었다. 모든 것을 장황하게 설명하는 것보다는 이 손짓 한 번이 나을 것 같았다. 인어의 서늘한 온도가 내 체온으로 덥혀지고 있었다. 별안간 인어의 눈동자에 물기가 어렸다. 인어의 두 눈에서 묵직한 눈물이 뚝뚝 떨어지기 시작했다. 나는 손으로 그 눈물을 닦아주었다. 눈물에서도 바다의 냄새가 났다.

"괜찮아요." 내가 작게 속삭였다. 인어는 가슴을 쥐어짜듯 고통스러운 소리를 내며 울었다. 나는 인어의 등을 다독여주었다. 인어의 살갗에는 비늘이 돋아나 있었지만 그마저도 거의 다 찢겨져 나간 상태였다. 인어의 길고 검은 머리칼은 이미 건조하게 마른 지 오래였다. 나는 그 머리를 어깨너머로 넘겨주었다. 인어는 나를 쳐다보았다. 그 눈빛에는 많은 것들이 담겨 있었다. 당황, 슬픔, 두려움. 마치 서울에 처음 올라온 나를 보는 것만 같아서, 나는 인어를 끌어안았다. 몸이 차가웠다. 서늘한 감촉에 나는 눈을 감았다.

04.

모든 자초지종을 다 설명한 뒤, 인어는 한동안 말이 없었다. 그렇게 며칠이 지났다. 인어는 아무런 말도 하지 않고 가만히 누워만 있었다. 불행 중 다행인지 밥은 꼬박꼬박 먹었다. 그러나 이따금 생선이 반찬으로 올라오면 헛구역질을 하고는 했다. 닭이나 돼지고기는 생각보다 잘 먹었다. 미역이나 김이 나올 때면 빠른 속도로 그릇을 비웠다. 아마 물고기를 먹는다는 개념이 생소해서 그런 듯했다. 나는 인어를 옆에서 간호하기 위해 학교가 끝나면 부리나케 병원으로 달려왔다. 인어를 간호하면서도 공부는 할 수 있었다. 나는 인어에게 가끔씩 말을 건넸다. 인어는 내 말을 알아듣는 것 같았지만 아무런 대답도 하지 않았다. 하반신이 전부 사라져 있으니 그럴 만도 했다. 그러다가 인어가 딱 한 마디를 했던 적이 있다. 바다, 였다. 병원에서 인어를 특별 관리하고 있는 터라 원하는 것은 거의 다 들어주고 있었다. 병원은 성인 남성이 들어가고도 남을 만한 욕조를 배치했다. 그리고 그곳에 소금을 가득 부었다. 인어가 욕조에 들어가 있는 시간은 꽤 길었다. 인어는 목욕용 소금을 잔뜩 푼 물에서 한참이나 나오지 않았다. 아마 향수병에 걸린 것이겠지, 그렇게 생각했다.

인어는 욕조에 있는 시간이 아니면 늘 죽은 듯이 잠만 잤다. 그도 아니면 창밖을 바라보았다. 폭우는 계속되었다. 그러나 전처럼 물고기들이 떨어지거나 하는 일은 없었다. 인어는 창문 밖으로 손을 내밀어 빗방울을 맞았다. 그럴 때마다 손에 털처럼 난 비늘들이 움찔거렸는데, 꽤 신기했다. 비늘들은 파란색에서 은색으로 색깔을 바꾸며 빛났다.

인어와 나 사이에는 별다른 대화가 오고 가지 않았다. 그저 인어가 물이라고 하면 물을 가져다주면 되었고, 손이라고 하면 손을 잡아주면 되었다. 인어의 손은 늘 차가웠다.

세간에서는 인어들을 인간에 가깝게 진화시키자는 말이 떠돌았다. 인어는 진화가 덜 된 존재라고, 우리 인류가 인간으로 진화시키는 것이 마땅한 도리라는 과학자의 의견도 나돌아다녔다. 나는 이해할 수 없었다. 인어는 그 자체로도 아름다웠다. 왜 모든 것을 인간의 기준에서 판단하는지 알 수가 없었다.

그러다가 결국 일이 터졌다. 과학자들이 막무가내로 병원에 들어온 것이었다. 병실의 문이 거칠게 열렸고, 인어는 잠에서 깨어나고 말았다. 과학자 중 한 명이 다짜고짜 인어를 붙잡고 물었다.

"다른 인어들은 어디 있습니까?" 과학자의 눈은 학문적 호기심으로 번뜩이고 있었다. 그러나 인어는 겁에 질린 눈동자를 보인 채 뒤로 물러날 뿐이었다. 나는 인어의 손을 꽉 잡아주었다. 인어는 나를 바라보았다. 나는 인어와 시선을 맞춰주었다. 인어는 결심한 듯 입술을 깨물었다. 이빨이 날카로운 건지 입술이 붉게 물들었다.

"내가 유일하게 남은 인어다." 인어가 말했다. 나는 순간 숨을 크게 들이켰다. 인어의 목소리를 이렇게 길게 듣는 것은 처음이었다. 낮은 미성이었으나 조금 목을 긁는 것 같은 쇳소리도 함께 났다.

"새카만 것이 우리 일족을 전부 죽였어. 나만 살아서 나왔다." 인어가 말을 이어나갔다.

"새카만 것이라면." 과학자가 순간 움찔하며 그 말을 되뇌었다. 몇 달 전, 남해에서 석유 유출 사고가 있었다. 뉴스 화면으로만 봐도 끔찍한 광경이었다. 바다가 전부 까만 기름으로 덮여서 출렁거렸다. 대처는 신속하게 한 편이었지만, 그새 해양 생물들도 많이 죽었다고 했다. 나는 왜인지 부끄러워져서 인어를 쳐다볼 수가 없었다. 그러나 인어는 나를 계속해서 푸른 눈동자로 바라보고 있었다.

"알겠습니다. 이만 가지요." 과학자가 흥미를 잃은 듯 축 처진 눈썹을 한 채 말했다. 나는 그를 있는 힘껏 째려보려고 했으나 어쩐지 눈가가 따가워서 그럴 수가 없었다. 과학자들은 빠르게 떠나갔다. 그들이 모두 나간 뒤에야 침묵이 찾아왔다. 나는 문을 닫았다. 그리고 인어의 손을 잡았다. 손끝이 떨리고 있었다. 나는 두 손으로 인어의 손을 꽉 쥐었다. 손은 차가웠다.

05.

병원에서 휠체어를 줬다. 인어에게 바깥세상을 구경시켜주라는 이유였다. 인어는 거부했다. 밖에 나가서 사람들의 구경거리가 되기 싫다고 했다. 그리고 바깥은 너무 무섭다고도 했다. 나는 한동안 인어를 설득시키려 갖은 노력을 다 했으나 인어는 끝까지 뜻을 굽히지 않았다. 결국 그렇게 밤새 얘기를 하다가, 인어도 나도 지쳐서 잠에 들어버렸다.

"휠체어는 싫어요?" 내가 물었다. 인어는 바깥을 바라보다가 내 쪽으로 고개를 돌렸다. 눈가가 젖어 있었다. 나는 조심스레 휴지를 건넸다. 인어는 내 손을 거칠게 뿌리쳤다. 짝, 하는 소리가 허공에 울려 퍼졌다. 순간 손이 화끈하면서 얼얼했다. 나는 인어를 보았다. 눈물이 뚝뚝거리며 떨어졌다. 눈썹이 잔뜩 치켜 올라가 있었다.

"그런 게 아니야." 인어가 울먹거리면서 말했다. 인어는 제 몸을 틀려는지 침대보를 붙잡고 상체를 돌렸다. 나는 도와주려고 손을 뻗었으나 인어는 내 손을 피했다.

인어는 손등으로 제 눈물을 계속해서 훔쳤다. 눈가가 부어올라서 붉어져 있었다.

"그러면요?" 내가 물었다. 인어는 창밖으로 다시 시선을 주었다. 밖에는 여전히 폭우가 계속해서 내리고 있었다. 빗소리가 어찌나 세차게 들리는지 내 목소리도 반쯤 묻힐 지경이었다. 인어는 그대로 창밖으로 손을 올렸다. 비가 인어의 손에 닿을 때마다 비늘이 비쳐 보였다.

"이런 꼴로 어떻게 인어라고 할 수 있겠어." 인어가 혼자서 중얼거렸다. 인어의 머리칼이 창문에서 불어온 바람에 세차게 흔들렸다. 나는 인어의 말을 금방 알아들을 수 있었다. 무슨 말을 하고 싶은 건지 단번에 깨달아버린 것이다.

나는 인어에게 가까이 다가갔다. 인어는 나를 쳐다보지도 않았다. 가까이 다가갈수록 서늘한 기운이 풍겨 나오는 것 같았다. 나는 인어의 어깨를 감쌌다. 인어의 신체 부위는 전부 차갑고도 축축한 느낌을 주었다. 인어는 나를 올려다 보았다.

"난 더 이상 인어가 아니야." 인어가 잠긴 목소리로 말했다. 나는 뭐라도 말해주고 싶은 마음에 입을 열었지만, 좀처럼 말이 나오지가 않았다. 인어가 그렇게 말하는 순간에 목에 뭔가 턱하고 걸린 기분이었다. 속이 건조하게 쩍쩍 갈라지는 느낌, 그러면서 동시에 물로 잠겨 죽어가는 기묘한 감각이었다. 나는 인어를 보았다. 인어의 눈에 내가 흐릿하게 비쳐 보였다. 내 모습이 흔들리는 것을 보니 인어는 분명 울고 있었다.

"그럼 뭔데요?" 나는 고개를 기울이며 물었다. 그리고 인어와 시선을 맞추기 위해서 무릎을 살짝 굽혔다. 인어는 내 물음을 듣고는 순간 눈을 크게 떴지만, 곧 시선을 바닥으로 가라앉힐 뿐이었다.

"나는." 인어가 말했다. 그러나 그다음 말은 없었다. 나올 준비가 안 된 문장이 나온 것처럼, 인어의 목소리를 끝으로 잠시 침묵이 이어졌다. 어색한 침묵은 아니었지만 견디기 힘들었다. 인어는 아무 말도 하지 못하고 부들부들 떨고 있었다. 떨리는 살결이 선명하게 보였다. 머리카락이 길게 내려와 인어의 얼굴을 덮었다. 나는 인어의 머리카락을 옆으로 넘겨주었다. 인어는 여전히 눈을 내리깔고 있었다.

"나는 뭐지?" 인어가 나를 멍하니 보았다. 눈빛이 거세게 흔들렸다. 그리고 눈물이 두 눈에서 흘러내렸다. 소금기 어린 눈물이 침대 시트로 떨어져 물자국을 만들어냈다. 꼭 밖에서 내리고 있는 폭우 같았다. 폭우는 일주일 동안 쉼 없이 내렸다. 아직도 지치지 않고 큰 소리를 내며 창가를 두드렸다. 창밖에서 번개가 번쩍였다. 얼마 지나지 않아 천둥도 쳤다. 그러나 우리 둘 사이의 침묵은 깨지지 않았다. 숨소리가 빗소리와 함께 섞여 들렸다. 나는 인어의 손을 잡았다. 손은 뜨거운 눈물로 젖어 온기가 느껴졌다. 아니면 그의 감정이 격해져서 열기가 생긴 것일지도 몰랐다. 내가 손을 꽉 잡았지만 인어는 뿌리치지 않았다. 인어는 숨을 헐떡이며 우는 데에 온 힘을 다 하고 있는 듯했다. 나는 인어의 손을 엄지로 쓸어내렸다.

"당신은 당신이에요." 내가 작게 말했다. 내 목소리가 성대를 타고 올라와 귓가에서 웅웅거리며 울리는 것 같았다. 나는 그 이상의 말을 떠올릴 수가 없었다. 인어는 나를 보았다. 나는 쓰게 올라오는 침을 꿀꺽 삼켰다. 입에서 씁쓸한 맛이 감돌았다. 인어는 아무런 대답도 하지 않았다. 그의 울음소리가 점차 잦아들었다. 나는 인어를 꽉 끌어안았다. 그도 말없이 나를 안았다. 인어의 몸에서 느껴지는 낯선 열기와, 미끌거리는 손의 감촉. 그리고 계속되는 떨림이 나를 덮어주는 것 같았다.

"고마워." 인어가 내 품에서 웅얼대며 말했다. 나는 고개를 끄덕였다. 그리고 인어의 목 뒤에 난 비늘을 쓸었다. 한참이나 그렇게 안고 있었다. 그러다가 번개가 치자 우리는 서로에게서 떨어졌다. 인어는 제 자리에서 창가를 바라보았고, 나는 내가 덮고 잤던 이불을 정리하기 시작했다. 이모는 내가 어디서 자건 별 신경 쓰지 않는 듯했다. 나한테는 고마운 일이었다.

06.

아직 축축한 바닥 위로 휠체어의 바퀴가 굴러갔다. 오늘은 처음으로 인어가 외출하는 날이다. 이번 주에서 유일하게 비가 내리지 않는 날이 오늘이었다. 나는 잘려나간 하체를 가리기 위해 인어의 상체 아래에 담요를 걸쳐주었다. 검푸른 색의 담요였다. 담요 한쪽에는 병원의 이름이 크게 쓰여 있었다. 이상하게도 인어와 담요는 퍽 잘 어울렸다. 나는 휠체어를 몰고 병원 산책로를 걷기 시작했다. 병원의 산책로에는 막 잎을 틔운 나무들이 줄지어 서 있었다. 인어는 신기한 듯 주변을 둘러보았다. 마치 세상 밖으로 처음 나온 사람 같았다. 산책로에는 사람들이 대여섯 명 정도 있었다. 담요로 가려놓은 덕분에 인어의 몸이 보이지 않는 듯했다. 사람들은 각자 대화를 나누며 지나갔다.

산책로 양옆에는 조경용 바위들이 있었다. 그리고 그 위에는 잔디밭이 펼쳐져 있었는데, 노란 민들레들이 눈에 띄었다. 4월 말이었다. 민들레들이 필 시기였다. 나는 유난히 노란 민들레를 한 송이 꺾어 인어에게 쥐여주었다. 인어는 민들레를 한참이나 물끄러미 들여다보았다. 바닷속에는 저런 꽃이 없으려나, 하는 생각을 하며 주변을 거닐었다.

"이거 이름이 뭐야?" 인어가 물었다. 파란 눈망울이 반짝이고 있었다.

"민들레꽃이라고 해요." 내가 대답했다. 인어는 민들레를 쥐고 향을 맡았다. 그러다가 꽃가루가 잘못 날린 모양인지 재채기를 했다. 인어는 코가 매운지 손 부채질을 하다가, 나와 눈이 마주쳤다. 그러더니 별안간 웃음을 터뜨리는 것이었다. 나는 고개를 갸웃했지만 순간 벅차오르는 행복감에 같이 웃었다. 인어의 웃는 모습은 처음 보기에 같이 웃어줘야만 할 것 같았다. 무엇보다, 항상 절망으로 가득찼던 그 얼굴에 웃음이 번지니 보기 좋았다.

"예쁘다." 인어가 웃으며 말했다. 나는 인어의 손에 들려 있던 민들레꽃을 가져갔다. 그리고 인어의 귓가에 꽂았다. 검고 긴 머리카락에 노란 꽃이 눈에 띄었다. 인어는 어리둥절한 표정으로 나를 보다가, 눈웃음을 지으며 뒤를 돌았다. 나는 휠체어를 몰고 아까보다는 더 가벼운 걸음으로 걸었다. 그런 일이 있었음에도 불구하고 이렇게 웃을 수 있음에 감사했다. 주변의 모든 것들이 밝게 보이는 것 같았다. 나무들의 푸른 잎사귀가 싱그러운 분위기를 만들어냈다. 그때 휠체어 손잡이에 배추흰나비가 날아와 앉았다. 인어는 신기한지 나비를 들여다보았다. 그의 얼굴이 점점 가까이 가고 있었음에도 불구하고 나비는 가만히 제자리에 앉아 있었다. 나는 휠체어 밀기를 멈추고 그 모습을 바라보았다. 아무 일도 없었던 것 같았다. 인어는 조심스레 손가락에 나비를 올렸다. 나비는 그 얇은 다리로 손가락에 올라갔다.

그러나 나비는 날아갔다. 스스로 날아갔다기보다, 갑자기 불어온 바람이 나비를 어디론가 데려갔다. 나무들의 여린 나뭇잎들도 우수수 떨어지기 시작했다. 인어의 머리카락이 바람에 나부꼈다. 4월 말인데도 바람이 꽤 찼다. 나는 주변을 둘러보다가 인어를 내려다보았다. 인어는 나비가 날아간 방향을 바라보고 있었다. 휠체어의 바퀴 근처로 담요가 떨어졌다. 담요는 아무 소리도 내지 않은 채 빗물 웅덩이로 떨어졌다. 담요의 천을 타고 짠 기운이 올라오는 듯했다. 인어의 절단면이 그대로 노출되었다. 휠체어를 쥐고 있던 손에서 힘이 탁 풀렸다.

잠깐 잊고 있었다. 우리를 둘러싼 불행은 아직 시작에 불과하다는 것을. 그리고 우리는 불행에게서 벗어나려면 한참이나 멀었다는 것을. 인어의 뒷모습은 그저 새까만 머리카락인 것 같았다. 긴 머리카락에 등이 전부 가려졌다. 그러나 그 앞에는 잘려나간 하체가 있다는 것을 모를 리가 없었다. 나는 두 주먹을 꽉 쥐었다. 그리고 인어의 머리카락을 양어깨에서 걷어냈다. 그제야 몸이 제대로 보였다. 주변에서 걷던 사람들이 전부 우리를 쳐다보았다. 그들의 입에서 말들이 터져 나오기 시작했다. 점점 말소리로 가득차는 것 같았다.

나는 겉옷을 벗었다. 아직 초봄이라 쌀쌀했다. 바람이 옷을 꿰뚫고 들어오는 것 같았다. 그래도 상관없었다. 나는 겉옷을 인어의 상체 아래에 덮어주었다. 휠체어의 양 손잡이에 걸쳐진 내 겉옷은 인어의 몸을 완전히 가렸다. 인어는 아무런 말도 하지 않았다. 아무 행동도 보이지 않았다. 그저 그 자리에서 가만히 앉아 있을 뿐이었다. 나는 인어의 머리를 다시 덮어주었다. 그제야 아무 이상도 없는 사람처럼 보였다. 우리 둘 다 아무런 말도 하고 있지 않았다.

휠체어를 몰고 한참이나 걸었다. 사람들이 보이지 않는 곳으로 걸었다. 계속해서 걷자 건물 뒤편의 쓰레기장이 나왔다. 나는 휠체어를 놓았다. 하지만 인어는 나를 돌아보지 않았다. 바퀴를 굴리지도 않았다. 나는 휠체어를 내 쪽으로 돌렸다. 인어의 얼굴은 머리카락에 가려져 보이지 않았다. 나는 덥수룩한 머리를 걷어내고 눈을 마주쳤다.

"앞으로 가세요. 가고 싶은 길을 가시라고요." 내가 인어의 어깨를 붙들고 말했다. 인어는 내 손길에 힘없이 흔들렸다. 인어는 조용히 침묵을 지켰다. 마치 시체 같았다. 눈만 끔뻑이는 시체. 나는 휠체어를 밀었지만 인어는 아무 행동도 하지 않았다. 내가 인어의 손을 잡자 비로소 인어는 무언가를 말하려는 듯 입을 벙긋거렸다. 간신히 짜낸 듯한 목소리가 인어의 입 밖으로 흘러나왔다.

“나한테 이제 뭐가 남았지? 난 인어도 아니고, 사람도 아니야. 난 아무것도 아니야. 내가 갈 곳이 있긴 해? 내게 목적이 있긴 하냐고.” 인어는 크게 숨을 들이쉬었다. 쇳소리가 났다.
“뭐가 중요한데? 난 아무것도 못 해. 너도 알잖아. 난 이제.” 인어가 가라앉은 목소리로 천천히 중얼댔다. 문장 하나하나가 느리게 들렸다. 나는 그와 눈을 마주치려고 했지만 인어는 내 시선을 피했다. 인어의 어깨는 무기력하게 축 늘어져 있었다. 심지어, 처음 마주쳤던 그때보다도 더 아파 보였다.

“끝났어.” 인어가 한참이나 울먹거리며 등을 들썩이더니, 결국 마지막 한 마디를 내뱉고 말았다. 나는 인어의 손을 꽉 잡았다. 인어의 손은 차가웠다. 생물의 손이라고는 믿기지 않을 만큼 딱딱했다. 나는 엄지로 손등을 살살 쓸어내렸다. 내 손가락은 꽤 거친 편이었다. 인어는 나를 보았다. 두 뺨에 마른 눈물 자국이 흐릿하게 보였다.

“안 끝났어요.” 내가 말했다. 인어는 아무 대꾸도 하지 않았다. 나는 인어의 뺨을 쓸어내렸다. 비늘이 우수수 떨어져 내렸다. 아마 바싹 마른 탓에 그런 것 같았다.

“뭐가 중요하냐고 물었죠.” 나는 다시 한번 입을 열었다. 인어는 아무 말도 하지 않았다. 나는 숨을 크게 들이쉬었다. 그래, 이제야 알 수 있을 것 같았다. 우리에게 무엇이 부족한지 알 수 있을 것 같았다. 나는 인어의 뺨을 다시 한번 쓰다듬었다.

“중요한 건 지금이에요. 계속해서 살아가는 것, 그리고 당신으로 남아 있는 것. 그게 중요한 거예요.” 내가 말했다. 나는 인어를 끌어안았다. 인어의 몸이 휠체어 위에서 기울어졌다. 나는 인어의 뒷머리를 쓸어내렸다. 인어는 내 품에서 숨을 내쉬었다. 숨이 맨살을 간질였다. 그런 것들에서도 나는 감사를 느낀 것 같았다. 긴 정적이 흘렀다. 나는 숨을 들이쉬었다가 내쉬었다. 인어도 호흡을 계속했다.

"이름이 뭐야?" 인어가 물었다. 나는 웃었다.

"당신은요?" 나는 처음으로 인어의 눈을 똑바로 마주할 수 있었다.

"나는." 인어가 입을 열었다. 맑은 파란색의 눈이 햇빛에 빛났다.

눈 오는 아침

양재고등학교 2학년 문예식

찬바람이 온 몸을 채웠다. 하필이면 어제 밤부터 눈이 내리더니 오늘 아침까지도 눈이 내리고 있다.

"굳이 올 필요 없다니까… 뭔 시험 하나 치는데 이렇게 호들갑이야…?"

겉으로는 태연하게 말했지만 스스로도 너무 떨린다. 1년이라는 시간을 들여가며 오늘만을 기다려왔다. 하지만 이건 너무 과하다 싶다. 날도 춥고 길도 얼어있고 눈도 내리는데 동생이고 부모님까지 전부 다 나와서 마중을 해준다. 어머니는 차마 이쪽을 돌아보지 못하시고 아빠는 뭐 시험 별거 있냐는 식으로 계속 옆에서 떠들고 있다.

동생은 계속 나를 걱정스런 눈으로 쳐다보았지만 내가 동생 쪽을 쳐다보면

"흥! 진짜 누구 하나 때문에 추운데 밖에서 이게 뭐하는 거람!"

이라고 말하곤 했다. 하지만 착잡해 보이는 어머니든 계속 떠드는 아빠든 말도 안하고 그저 쳐다보기만 하는 동생도 나를 걱정해주는 눈이기는 했다.

점점 앞에 보이는 학교가 커져만 갔다. 곧 내가 들어가서 시험지를 받고 혼자서 외로운 싸움을 치르게 될 전장이 다가온다.

교문 앞에 오자 모두가 나를 쳐다봤다. 아무도 내가 이 자리에 설 것이라고는 생각도 못했을 거다. 2학년까지만 해도 자기 멋에 심취해서 흐지부지 보냈으니…

지난 2년 동안 다들 나를 한심하게 생각했지만 1년 동안은 나를 많이 응원해주었다.

마지막으로 아빠는 나를 껴안았다. 싫었지만 오랜만에 안기는 그 느낌이 나쁘지 않았다. 동생은 나를 쳐다보고 처음에는 못마땅한 표정을 짓더니 결국 미소를 지었다. 나름 자기만의 응원이 아닌가 싶다. 가족들은 집으로 갔고 나는 교실로 들어섰다. 이미 발을 들였고 더 이상 물러설 곳은 없었다.

계백이라고 하는 사람에게는 뒤가 없었다. 더 이상 물러날 곳이 없었다. 그곳을 사수하지 못하면 신라군은 그대로 진군해 백제는 지도에서 사라지게 될 운명

이(었)다. 그는 지휘관으로써 자신이 내릴 마지막 명령을 내렸다.

'적들을 막아라. 전우가 쓰러진대도 눈앞의 적만을 바라봐라. 쓰러지게 된다면 쓰러진 몸으로라도 적을 막아서라. 우리의 아들들에게 부끄러운 선조가 되지 않도록 이 곳에서 적들을 막아서라.' 병사들은 그 한마디에 용기를 얻었다. 어떻게 보면 전쟁이란 광기 그 자체이기에 희망은 없었을지도 모른다. 하지만 계백의 마지막 전투는 후대에도 기록되어 백제는 몰라도 황산벌 전투는 알 수 있을 정도이다.

시험은 그에 비하면 훨씬 사이즈가 작다. 그러나 더 이상 물러설 곳이 없는 것은 사실이다. 계백과 나의 차이점이 있다면 계백은 제대로 된 준비를 하지 못했지만 나는 적을 상대할 준비가 되어있다. 계백은 돌아갈 곳이 없었다. 설령 그 전투에서 이겨서 당당하게 돌아갔다고 할지라도 그를 따뜻하게 맞이해 줄 가족조차도 없었다. 하지만 나에게는 나를 믿어주고 기다려주는 부모님이 있고 오늘만큼은 나에게 미소를 지어준 동생이 있다. 시간은 계속 흘러간다. 나는 나의 무기를 꺼내든다. 이제 '곧'이다.

떨어진 봄

선일여자고등학교 1학년 박소연

기분 좋게 불어오는 바람이 싣고 오는 봄내음. 그에 따라 하늘하늘 흔들리는 꽃가루. 봄. 사랑하기 좋은 계절이다.

고등학교로 진학하며 더욱더 멀어진 집과 학교의 거리 때문에 아침마다 만원 버스를 타게 되었다. 삑. 카드를 단말기에 찍고 인파를 헤치며 가까스로 자리를 잡았다. 십오 분 정도 타고 가야 하니 노래라도 들을 겸, 나는 주머니에서 이어폰을 꺼내 귀에 꽂았다. 좋아하는 밴드의 신곡이 흘러나오자 금방 마음이 좋아졌다. 한결 가벼운 마음으로 슬며시 눈동자를 옆으로 굴렸다. 어차피 이제부터 3년 동안 매일 같은 시간대에 버스를 탈 사람들이니, 지금 조금 봐둘까 하는 생각에서 비롯된 행동이었다.

나는 옛날부터 남을 잘 챙기는 성격이었다. 다시 말해서 오지랖이 넓은 성격이었다. 어렸을 때부터 처음 보는 애들과도 금방 친해지곤 했었다. 한 번 놀고 다시 못 본 애들도 있었고, 이사를 하게 되어 다신 못 본 애도 있었지만 아직도 연락을 하는 애들도 있었다. 자신에게 하는 말로는 좀 그렇지만 그땐 정말로 순수했었다. 다섯 살짜리 아이가 순수하지 않고 그럼 뭐겠어. 그러고 보니 어린 시절 생각을 하다 보니 지금은 연락이 끊긴 아이들 중에 기억나는 남자애가 있었다.

“그럼 오늘부터 우리 사귀는 거야!”

“으, 응.”

“자! 그럼 약속!”

주황빛으로 저물어가는 노을이 놀이터를 장악했을 때 그 아이와 했었던 대화였다. 아무것도 모르는 순수한 다섯 살짜리가 새끼손가락을 걸면서 했던 그 약속. 이렇게 어릴 적 생각을 하면 이따금 떠오른다.

그 날도 어느 날도 같이 놀이터에서 처음 보는 아이들과 함께 뛰어 놀고 있었다. 그러다 우연히 모래사장 옆에 쭈그려 앉아있던 남자아이를 발견했었다.

유난히 다른 애들과 어울리지 못하고 겉돌던 남자아이. 또 한 오지랖 하던 나는 내버려둘 수 없었기에 다가가서 무작정 그 아이의 손을 잡고는 아이들이 있던 곳으로 같이 달려갔었다. 음. 이제 와서 생각하긴 좀 그렇지만 그 아이 처지에서 생각하니 엄청나게 당황했었겠는걸. 그래도 결과적으로 잘 놀았으니 잘된 거지. 그 남자아이에 대해 생각하다 보니 의문이 들었다. 그러고 보니 왜 그런 약속을 했던 거더라? 이름은 뭐였지? 뭐, 이제 와서 생각해봐도 어쩔 수 없다. 그 아이는 이 약속을 하고 다음 날에 다른 곳으로 이사 가버렸기에.

덜컹. 버스가 살짝 흔들렸다. 그에 따라 내 몸도 살짝 흔들려 중심을 잃었지만 가까스로 넘어지진 않았다. 하지만 하마터면 앞에 앉은 사람 앞으로 엎어질 뻔했다. 큰일 날 뻔했네. 다행히 내 앞에 앉은 사람도 이어폰을 꽂고 노래를 듣느라 방금 나의 행동을 눈치채지 못한 듯했다.

"……."

와, 진짜 잘생겼다. 겉모습만으로 사람을 판단하는 것이 잘못되었을 뿐 그냥 잘생긴 얼굴을 보고 감탄하는 것 정도는 개인의 자유라는 나의 가치관은 여전히 확고했다. 아, 교복을 보니 우리 학교 같았다. 아이돌 지망생 같은 건가. 그럼 최대한 얽히지 않는 게 좋겠다고 판단했다. 엮였다가 온갖 고생을 다 하는 인터넷 소설의 주인공들이 머릿속에서 나열됐다. 그런데 어딘가 익숙하게 생긴 게 어딘가 마음에 걸렸다. 어디서 봤던가? 아이돌 지망생이 아니라 진짜 학교 다니는 아이돌인가. 워낙 티브이를 안 봐서 그쪽은 잘 모르는데. 이름표를 확인하려고 했지만 왼쪽에 박혀있는지 잘 보이지 않았다. 조금만 더 기울이면 보일 것 같은데. 오기가 들은 걸까, 나는 어떻게든 이름표를 보려고 조금 더 몸을 기울였다. 이렇게 된 이상 억지로라도 이름을 봐야 분이 풀릴 것 같았다. 손잡이를 붙잡은 오른손에 있는 힘껏 힘을 쥐고 아슬아슬하게 몸을 기울이자 이름이 보이기 시작했다. 한, 여…을. 어라. 이상한 기분이 등골을 한번 쓱 훑고 지나갔다. 이런 기분을 위화감이라고 하는 건가. 마치 무언가를 놓치고 있는 듯한 기분. 썩 좋다고는 못 하는 느낌이다.

빨리 생각해보자. 어디서 들었더라, 이 이름을. 이렇게 강렬한 위화감을 느끼게 한다는 건 분명 내 인상에 깊게 남았었다는 이야기인데. 일단 티브이는 아냐. 아이돌이면 더욱더 이렇게 내 기억에 남았을 리는 없고. 그럼 실제로 만났던 인연? 하지만 기억나는 게…

"저기…."

한창 자신만의 심도 있는 토론을 펼치고 있을 때, 직장인으로 보이는 한 언니가 나에게 말을 걸어왔다. 무언가 당황한 표정이었다.

"네?"

"이어폰 줄… 닿고 있어요."

이어폰 줄? 나는 갸웃거리며 고개를 아래로 내렸다. 내 이어폰 줄은 내가 아까까지 뚫어지게 쳐다봐도 몰랐던 그 한여을이라는 남자애의 뺨에 닿고 있었다. 아마 내가 무리해서 이름표를 보려고 했었을 때부터, 몸을 기울인 탓에 닿았던 것 같다. 남자애가, 한여을이 찡그린 표정으로도 충분한데 차가운 시선까지 얹어 나에게 보내왔다. 이런 선물은 필요 없는데. 헛웃음이라도 짓고 싶었지만 그랬다간 겨울도 다 끝났는데 내 옆에 있던 언니와 같이 북극탐험을 할 것 같으니 사과해야겠다고 생각했다.

"미안해, 창밖의 경치에 집중하다가 그만 닿은 걸 몰랐어."

물론 거짓말이지만. 얼굴 보고 홀려서 이름 알려고 별짓 다 했다는 걸 설명하면 더 화내겠지. 나는 그렇게 생각하곤 손잡이를 잡은 채 고개를 숙였다. 솔직히 고개까지 숙여야 하나 생각했지만, 일단 사고 치래 사 진심이라고 생각하게 해야 하는 게 편하다고 생각했다.

슬슬 대답이 와야 하는데. 긍정이든 부정이든 일단 목이 아프다. 사람이 사과하면 바로 답장을 해야 예의 아닌가. 깔보는 눈빛으로 보고 있으면 다 뒤집어엎어 버릴까 생각했다. 뭐, 깔보는 눈빛이라 해도 결국은 서 있는 내가 더 시선이 높지만. 이런 생각 하며 고개를 들었다.

"…달래?"

"응?"

아. 갑자기 내 이름을 부르길래 나도 모르게 대답해버렸다. 근데 내 이름은 어떻게 알았지. 이름표를 봤나. 하지만 이름표를 보고 그냥 읽었다기엔 표정이 이상했다. 아까까지의 무표정이 아닌 무언가 약간 얼빠진 표정이었다. 믿을 수 없다는 표정. 내 얼굴이 그렇게 형편없었나. 아. 잠깐만. 갑자기 머릿속의 퍼즐

들이 맞춰지는 기분이 들었다. 나는 홀린 듯이 입을 열었다.

"…여을?"

무려 십 이년 만에 기적적으로 학교 가는 버스에서 만났다. 이게 무슨 판타지 소설도 아니고. 물론 나는 즐겨보긴 한다. 클리셰를 어떻게 자신만의 방법으로 풀어가느냐, 그런 작가를 보는 것은 나름 즐겁다. 근데…

"너는 어떻게 된 게 하나도 안 변했네?"

"그러는 너는 그 귀여운 코흘리개에서 완전 냉미남 다되었고. 그리고 하나도 안 변하기는 무슨. 나 알아보기 전까지는 냉기 풀풀 날렸으면서."

"너도 한 번에 못 알아봤잖아."

이 자식. 코흘리개에서 냉미남은 무슨. 완전 능글이가 다 되었다. 저 웃으면서 대답하는 거 봐라. 우리는 버스에서 내려 정문까지 같이 걸어가고 있었다. 따로 걸으면 안 되느냐고 물어봤었지만 이 녀석은 완곡하게 거절했다. 아니. 너 같으면 십 이년 전에 같이 놀게 해준다는 것을 빌미로 이리저리 끌고 다니며 거의 부하 다루듯이 부려먹었던 녀석이 능글이가 되어서 나타나면 같이 있고 싶겠냐. 그래도 십 이년 만에 친구를 만난다는 것은 의외로 나쁘지 않았다. 오히려 신기한 기분이었다.

"내가 왜 까먹고 있었나 싶었지. 나 네 이름 예뻐서 진짜 부러웠는데."

"난 별론데. 여을보단 이왕이면 좀 더 하늘 같은 이름이 좋아. 어릴 때도 계속 생각했지만 그땐 낯가려서 말 안 했지."

서로가 없었을 때 있었던 일, 같이 있었을 때의 추억. 하나하나 듣는 것이 즐거웠다. 툭툭 치며 장난도 쳐가고, 사소한 것으로 웃고, 무언가 그리운 느낌이 들었다. 그러다 여을이 물이 흘러가듯이, 자연스럽게 말을 꺼냈다.

"그러고 보니 그때 사귀기로 했던 거 기억나?"

푸흡. 물을 마시고 있었다면 아침드라마에 나오는 배우처럼 뿜었을 듯한 발언이었다. 내 머릿속에서는 이미 드라마 하나가 지나가고 있는 동안, 여을은 계속해서 말을 이었다.

"내가 이사하기 전날에, 더 이상은 못 만난다고 하니까 네가 뜬금없이 사귀자고 그랬지."

"그, 그랬나?"
"기억 안 나나 보네."
아니. 사실은 기억나지만 이유도 기억 안 나고 이제 와서는 어린 시절의 흑역사일 뿐이라서 아는 척 하고 싶지 않다. 무슨 이유든 간에 일단 부끄러운 이유는 확실하겠지. 속으로 식은땀을 삘삘 흘리고 나에게 여울이 은은한 미소를 띤 채 말했다.
"사귀게 되면 멀리 떨어지게 되어도 보이지 않는 것으로 이어져 있다고. 언젠가 이 보이지 않는 것이 다시 만나게 해줄 거라고. 진짜 순수했지."
지금은 안 순수하다는 것처럼 들린다. 이 자식. 물론 저런 말을 했던 것 같기도 하고 아닌 거 같기도 하지만 그건 부모님께 들었던 거고. 엄마도 대충 다섯 살 아이한테 둘러댈 생각으로 말했던 걸 텐데 그걸 아직도 기억하네. 그보다 이 이야기 그만하면 안 되나. 나는 화제를 돌리려고 급하게 이 이야기를 마무리하려고 했다.
"그래그래, 결국은 이렇게 다시 만났으니 그 이야기는 허풍이 아닐 수도 있겠네."
"당연히 허풍 아니지."
응? 갑자기 단호한 대답이 들려와 나는 고개를 들어서 여울을 바라봤다. 여울은 어릴 때부터 지금, 십이 년 만에 버스에서 재회했을 때를 통틀어 가장 따뜻한 미소를 짓고 있었다.
"나는 그때부터 지금까지, 믿고 있었는걸."
갑자기 마음 밑바닥에서부터 차고 올라오는 듯한 느낌이 들었다. 어딘가 낯설면서도 익숙한 이 느낌. 일찍, 어린아이의 감정으로는 느낄 수 없었던 기분이 이제 와서 파도처럼 밀려온다. 휩쓸려가지 않도록 다짐했을 때는 이미 소용없었다.
이걸 사랑에 빠졌다고 할 수 있을까. 물론 아니다. 이것은 사랑에 빠진 것이 아닌, 그저 사랑이 떨어진 것을 주웠을 뿐이다.

행군

신도림고등학교 3학년 송민제

흙먼지가 옅게 퍼진다. 수많은 이들의 발걸음 소리에 귀가 먹먹해져 바로 옆 사람의 말도 듣기 힘들 지경이 되었다.

"정신 차리고 똑바로 걸어. 한참 남았으니까."

제이크의 북돋는 말에도 로이드가 겨우 알아들을 수 있는 음량만 실려 있었다. 로이드는 최소한으로 고개를 끄덕여 보인 뒤 행군에 집중했다.

로이드와 제이크를 포함한 5만 병력의 행군은 산과 숲, 습지를 몇 개씩이나 건너왔다. 제이크는 더러워진 얼굴을 움직여 겨우 음성을 내었다.

"로이드, 이 터무니없는 경로대로 간다면 앞으로 산을 하나 넘는다."

로이드는 간신히 고개를 들어 경로 상에 있는 산을 보았다. 저 산만 넘으면 곧 전장이다. 최단 경로로 왔기에 일반적인 경로보다 두 배는 더 빨리 도착할 수 있었지만 그에겐 방아쇠를 당길 힘도 남아 있지 않았다.

그때 제이크가 다시 말했다.

"튀자."

해가 떠오를 때마다 발걸음 소리는 눈에 띄게 줄어들어 지금에 와서는 제이크가 소곤거리는 소리도 로이드의 고막에 분명히 도달하고 있었다.

"……."

대답이 없자 제이크도 말없이 걸었다. 로이드는 불편한 기색으로 입술을 물어뜯었다.

'제이크는 가족이 없어도 내겐 아내와 딸이 있어.'

탈주하면 자신 혼자 살고, 전장에서 죽으면 아내와 딸에게 돈이 생긴다.

시간이 흘러 산기슭에서 잠을 청하는 동료들 사이로 두 쌍의 눈이 떠졌다. 한쪽이 눈치를 주자, 곧 다른 쪽이 끄덕였다.

둘은 보초의 감시망을 피하며 움직이다가 마침내 마지막 감시망 앞에서 둘은 바위 그림자에 숨었다.

"좋아, 이제 저기만……."

"제이크."

제이크의 가까이에서 묵직하고 섬뜩한 장전음이 들렸다. 제이크의 눈이 커지다가 금방 차분해졌다.

"그래, 쏴."

"제이크."

"네가 정말로 제수씨를 버리려 했다면 내가 널 쏘려고 했다. 탈영병의 목은 제법 돈이 되지?"

제이크가 로이드의 손을 자신의 심장부에 가져다 대었다. 적막 속에서 로이드가 눈을 질끈 감았다.

그날 탈영병 하나가 잡혀 왔다.

눈보라의 만남

잠실고등학교 2학년 신승

눈송이가 하나, 둘, 수십, 수천, 수백만 송이가 떨어져 내려와 전쟁으로 검게 타버린 길거리를 뒤덮기 시작한다.

그리고 온기를 품지 못해 싸늘한 바람은 더욱 거세진다. 눈송이는 눈덩이로 변했고, 바람은 눈보라로 진화했다. 점점 열악해지는 날씨가 이어지는 가운데, 한 소년은 아무것도 남겨지지 않은 길거리를 홀로 걸어간다.

그가 의지하는 것은, 유일하게 그의 몸을 감싸고 있는 회색 털 망토—— 아니, 그조차 그에게 의지가 되지 못했다.

눈보라는 그의 망토를 꿰뚫고, 체내까지 침입하여 점점 체온을 낮추어갔다.

이 상황에서 장시간 밖에 있게 된다면 체온을 잃어 쓰러지게 되고, 결국 사망에 이르게 될 것이다.

하지만, 소년은 그것을 알고 있음에도 불구하고 서두르지 않았다.

마치 이곳, 이 자리에서 죽어도 상관없는 듯 보이는 그의 행동은, 다른 이들이 본다면 미친 짓이라며 훈수를 둘 것이 분명하다.

거리 주변에는 전쟁으로 인해 이미 불타버렸지만, 눈보라를 어느 정도 막아줄 수 있는 텅텅 빈 건물들이 있었다.

눈보라가 잦아들 때까지 쉬어간다는 선택지도 있을 것이다.

하지만 소년은 그 선택지조차 탈락시키고, 그저 앞을 향해 나아간다.

——마치, 무언가에 이끌리듯이.

그리고 그때, 소년은 길거리의 끝에서 옅은 인기척을 느꼈다.

이미 황폐해진 이 거리에서 사람이 나타날 리 없을 터인데, 저 끝에서 무언가가 이쪽으로 아주 천천히, 느리게 다가오고 있었다.

죽어가는 병사인가? 아니다. 신장과 보폭으로 봤을 때 병사는 아니고, 성인은 더더욱 아니다.

그럼 남겨진 일반인인가? 아니다. 이 도시는 진작에 궤멸하여 아무것도, 아무도 남지 않았고, 모든 시민은 피난을 떠났다.

그렇다면, 다른 곳에서 넘어온 아이인가?

……가능성은 있다.

하지만, 소년에게는 그 어떤 사실도, 가능성도 상관없었다.

발견하면 누구라도 상관없이 그저 그 자리에서 죽일 뿐—— 그뿐이었다.

이윽고 소년은 천천히 권총을 꺼내 들었다.

총에 탄알 한 발을 넣고, 그대로 장전시킨 후, 손가락을 방아쇠에 걸었다.

그러는 사이, 어느새 저 앞에는 여태 걸어오는 동안 인기척을 느낀 그 상대가 있었다.

다만, 속도는 더 느려졌다. 가까이서 보니 심하게 휘청거리고 있었고, 고작 얇은 망토 하나를 걸친 채 기어가듯 걷고 있었다.

소년보다 더 심각한 복장으로, 점점 심해지는 눈보라를 가르며 여기까지 걸어왔단 말인가.

하지만 소년은 신경 쓰지 않았다. 어차피 수초 후면 소년의 총으로 더 이상 이 세계에서 눈을 뜰 수 없게 된다. 그렇게 소년은 속도를 늦추지 않고, 점점 그 상대를 향해 나아갔다.

그리고 그와 동시에, 상대는 갑자기 눈앞에서 쓰러져버렸다.

이윽고 한계가 달한 것일까, 쓰러졌음에도 아직 조금씩 움직이고 있었다.

그리고 소년도 그 상대가 쓰러진 바로 앞에서 멈춰 섰다.

그대로 총을 망토 밖으로 드러내 그 상대 머리에 겨눈 후, 방아쇠를 당기기 시작했다.

그 동작을 어렴풋이 눈치챈 상대는 움직임을 멈추더니 천천히, 느리고, 힘겹게 고개를 들어올리기 시작했다.

하지만 소년은 손가락을 멈추지 않았다.

여기서 이 얼굴을 본다 한들, 소년의 이미 사라지고 남지 않은 마음에서는 아무것도 느낄 수 없다.

그렇게 이미 방아쇠의 절반 이상이 당겨지고, 발포음과 동시에 맹렬한 속도로 탄알이 나가려던 그때.

거짓말처럼, 소년은 손가락을 멈추었다.

분명 자신조차 더 이상 멈출 수 없는 상태였을 터인데, 손가락은 멈춘 채 움직이지 않았다.

이유는? 왜? 어째서? 무슨 명분으로? 난데없이? 갑자기?

다만——

소년의 희미한 시선은 바로 앞 상대의 얼굴을 향해있었다.

그리고 고개를 들어 올린 그 상대의 얼굴은, 아직 어린 나이의 소녀였다.

하지만, 소녀의 얼굴을 봐서 멈춘 것이 아니었다.

소년의 초점 없던 눈동자가 유일하게 마주친 그곳.

그것은 그렇다.

——그곳에는, 태양빛을 품은 연주황색의 황금 눈동자가 소년을 주시하고 있었다.

알 수 없지만, 무언가 알 것 같은, 결코 평범하지 않은 애절함과 이 세계에서 가장 강한 의지가 담긴 눈동자가 그곳에 있었다.

소년은 아무것도 없이 텅 빈 자신의 안쪽에서 무언가 움직이는 것을 느꼈다.

정말 작고도 작지만, 소년에게 있어 정말 큰 변화가 일어났다.

눈앞 소녀의 모습은 마치 작은 새끼고양이처럼 작고 왜소했지만, 그 눈동자에서는 그 무엇보다도 강한 힘과 의사가 담겨있었다.

소년의 느낄 수 없는 마음조차, 소녀의 눈동자를 바라본 순간 소년의 안으로 그 힘이 박차고 들어왔다.

소년은 총구를 바닥으로 떨궜다. 이유는 없었다.

소년은 한쪽 무릎을 굽혀 소녀와 높이의 초점을 맞췄다. 이유는 없었다.

그리고 소년은, 망토 속에 있던 다른 쪽 손을 꺼내 들어 그대로 소녀를 향해 내밀었다.

——이유는, 없었다.

이유는커녕 소년 본인조차 자신이 어째서 이런 행동을 하는 것인지 알 수 없었다.

오히려 알고 싶었다.

소녀의 눈동자를 바라보자마자 바뀐 자신의 텅 빈 마음에.

소녀의 눈동자를 바라보자마자 느낄 수 없을 텐데 느끼게 된 자신의 감정에.

그리고 모든 사고와 생각을 거스르고 내민 자신의 손에.

지금 이 순간에도 소년은 끝없이 내면과 갈등하고 있었지만, 그 자세만큼은 흐트러지지 않았다.

그리고 그 내민 손을 잠시 바라본 소녀는, 조금씩 쓰러져갔다.

주위의 눈보라가 이젠 견잡을 수 없을 정도로 거세졌다. 소녀의 체력에 한계가 온 것이 분명하다.

하지만 몸에 점점 힘이 풀리는 것과 동시에, 소녀는 가까스로 손을 천천히 들어 올렸다.

올리고, 올리고, 올리고 올리고 올리고 올린 그 끝에, 자신의 손을 잡아주길 기다리는 소년의 손과 맞닿았다.

소년은 그 느낌에 온몸에 소름이 끼치는 듯했다.

그리고 오랫동안 잊혀지고, 버려진 무언가가 조금씩 일어서기 시작했다.

소년은 맞닿은 소녀의 손을 가볍게 쥐었다.

그 반응에 소녀는 매우 얕게 표정이 풀어졌고, 동시에 몸에 힘을 잃으며 쓰러졌다.

눈이 무릎 높이까지 쌓이고, 눈보라는 폭주한 야수와도 같이 맹렬하게 불어왔다.

——하지만 소녀는, 소년은, 서로 맞잡은 그 손만큼은, 절대로 놓치지 않았다.

눈사람

아름다운 당신에게

신목고등학교 1학년 안다영

제가 태어나던 날, 온 세상은 새하얀 이불을 덮고 있었습니다. 그리고 제 눈앞에 비춰지던 당신의 모습은 눈부실 정도로 환하게 빛나고 있었습니다.

당신과 눈이 마주쳤을 때, 당신은 저에게 이 세상에서 오직 당신에게만 존재할 것 같은 사랑스러운 웃음을 지어주었습니다. 세상은 아름다웠지만 당신에게 비할 바는 못 되었습니다. 당신은 당신 또한 저와 같이 새하얀 눈으로 덮인 어느 겨울날에 태어났다고 말했습니다. 덕분에 저는 알 수 있었습니다. 세상이 새하얀 눈으로 뒤덮이는 시기를 겨울이라고 부른다는 것을요.

그날은 크리스마스였습니다. 온 세상이 들뜬 날, 당신은 저에게 많은 이야기들을 들려주었습니다. 당신의 가족에 대한 이야기나, 당신이 그날 먹은 저녁에 대한 이야기를 말이죠. 당신의 어머니는 언젠가 당신을 떠나 다른 마을로 가셨고, 아버지 또한 당신이 아주 어릴 때 돌아가셔서 얼굴조차 기억나지 않는다고 했습니다. 당신의 유일한 가족은 할머니 뿐이었습니다. 당신은 당신의 할머니가 만들어 주시는 따뜻한 크림 스프를 좋아했습니다. 또 아침에 당신을 깨워주는 따스한 햇볕을 좋아했습니다. 자기 전에 마시는 따뜻한 핫초코를 좋아했습니다. 당신은 당신을 감싸주는 따뜻한 것들을 좋아했습니다. 저는 따뜻한 것이 어떤 것인지 몰랐습니다. 하지만 당신이 좋아하는 것이니 틀림없이 사랑스러운 것이겠지요. 저도 무언가 따뜻한 것이 되어 당신을 감싸주고 싶다고 생각했습니다. 첫 날, 당신은 그렇게 한참 이야기를 하다가 갑자기 그럼 잘 있어, 하고 말하며 어디론가 사라졌습니다. 새하얀 눈 속으로 사라져버렸습니다. 당신이 가버린 후 지새운 세상에서의 첫 날 밤은 너무나도 차가웠습니다. 당신의 표현을 빌린다면 '고독함'이라는 것을 느꼈습니다. 다행히도 당신은 그 날 이후로도 계속해서 저를 찾아와 이야기를 들려주었습니다. 저는 날아오를 듯 기뻤고 매일 당신이 찾아와 주기만을 기다렸습니다.

그리고 둘째 날, 당신은 저에게 계절을 가르쳐 주었습니다. 겨울은 저와 당신이 태어난 계절, 차가운 계절이라고 했습니다. 여름은 겨울과는 정반대의 계절, 뜨거운 계절이라고 말했죠. 가을은 여름에서 겨울로 넘어가는 계절, 시원한 계절이라고 했습니다. 마지막으로 봄은 길고 길었던 겨울이 끝나고 모든 것이 다시 시작되는 계절, 따뜻한 계절이라고 했습니다. 당신은 말하지 않았지만 저는 당신이 가장 좋아하는 계절이 봄일 것이라는 것을 알고 있었습니다. 당신은 따뜻한 것을 사랑하니까요. 그러나 이런 제 마음을 어떻게 아셨는지 당신은 가볍게 웃으며 봄도 좋지만 겨울도 좋다고 말해주었습니다. 봄보다 겨울에 따뜻한 것을 조금 더 소중히 여길 수 있다고 생각하기 때문이었습니다. 저도 따뜻해진다면 당신이 저를 더 소중하게 생각해줄까요?

당신을 만난 지 일주일이 되던 날 당신은 울고 있었습니다. 훌쩍이며 드문드문 이어가는 문장들을 이어보니 당신의 가장 친했던 친구가 먼 곳으로 이사를 가게 된 것 같습니다. 당신의 눈가는 붉은색으로 물들었고 당신의 눈에서는 끊임없이 눈물이 흘러내리고 있었습니다. 당신이 슬퍼하는 것이, 아름다운 당신의 푸른 눈동자에서 눈물이 흘러내리는 것이 싫었습니다. 저는 당신을 위로해주고 싶었고, 당신의 등을 토닥여 주고 싶었고, 당신을 꼬옥 안아주고 싶었습니다. 당신의 또 다른 가장 친한 친구가 되어주고 싶었습니다. 하지만 저의 간절한 마음과는 달리 제 몸은 움직여주질 않았습니다. 처음으로 제 자신의 '무력함'을 느꼈습니다. 당신은 그렇게 제 옆에서 슬퍼하며 울다 저에게 이야기를 들어주어 고맙다고 말한 뒤 당신이 제게 왔던 방향으로 되돌아갔습니다. 저는 그 날 슬퍼하는 당신을 위해 아무것도 해주지 못했습니다. 그렇게 시간이 흘러 다음 날이 되었고, 또 다음 날이 되었습니다. 바쁜 일이 생긴 것일까요, 당신은 더 이상 저를 만나러 오지 않습니다. 당신이 찾아오지 않은 이후로 저는 날짜를 세지 않았습니다. 제 삶은 당신이 있어야만 의미가 있는 것이기 때문입니다.

시간이 얼마나 흘렀을까요, 어느 날 눈을 떠보니 온 마을을 뒤덮고 있던 새하얀 눈이 전부 어디론가 사라지고 없습니다. 계속해서 날아들던 새하얀 눈은 더 이상 저를 찾아오지 않습니다. 처음 느껴보는 기운이 제 몸을 휘감고 있습니다. 아니, 이건 처음 느껴보는 기운이 아닙니다. 당신이 제게 다가올 때마다 느꼈던 아주 사랑스럽고 기분 좋은 느낌입니다. 이 느낌이 따뜻하다는 것일까요, 당신이 말했던 봄이 오는 것 같습니다. 당신이 이야기했던 대로 사랑스러운 감각입니다, 따뜻하다는 것은요. 차갑기만 했던 제 몸도 점점 따뜻해져 가는 기분이 듭니다. 이대로 더 더 따뜻해진다면, 저도 당신과 같이 따뜻한 사람이 된다면, 될 수 있다면, 당신이 저를 더 소중히 여겨 주겠지요. 다시 매일 저를 만나러 찾아와 주겠지요. 어서 당신이 왔으면 좋겠습니다. 당신이 따뜻해진 저를 보고 어떤 표정을 지을 지 궁금합니다. 깜짝 놀란 표정일까요, 아니면 너무 기뻐 활짝 웃는 표정일까요. 그런데 이상합니다. 언제나 보이던, 제 앞으로 쭉 펼쳐져 있던 주택들이 보이지 않습니다. 그 대신 제 눈앞에 펼쳐진 건 파아란 배경의 하이얀 솜뭉치들…. 하늘, 하늘입니다. 끝도 없이 펼쳐져 제 눈앞을 꽉 채워버린 하늘은 마치 당신을 연상시키듯 아름답습니다. 그런데 왜 제 눈 앞에 하늘이 보이는 걸까요, 분명 전 고개를 움직일 수 없는데 말입니다. 눈부신 태양에 온 몸이 타들어가는 듯한 느낌이 듭니다. 당신이 말했던 '아프다'라는 것이 이런 느낌인 걸까요. 피부의 끝자락부터 밀려오는 쓰라림과 고통에 저는 눈물을 흘리고만 싶습니다. 아, 정말이지 울고 싶지만 울 수조차 없는 제 몸이 정말 싫습니다. 누군가 몸 속을 파헤치는 듯한 고통은 계속해서 사라지지 않습니다.

—아, 이제야 알았습니다. 저의 몸이, 녹아내리고 있다는 것을요. 동그랗던 저의 몸이 점점 형태를 잃어가고 있습니다. 점점 액체가 되어 바닥 위를 흘러가고 있습니다. 생전 처음 느껴보는 감각들에 정신을 제대로 차릴 수가 없습니다. 저는 이대로 죽는 걸까요? 이대로 제 몸은 완전히 만질 수조차 없는 액체가 되어 거리에 흩날리게 되는 걸까요? 제가 세상에서 완전히 사라지기 전에 당신을 한 번만 더 보고 싶습니다. 당신은 어디에 있을까요. 무슨 생각을 하고 있을까요. 제가 당신을 애타게 찾고 있다는 걸 당신은 알까요. 그러다 문득 제가 곁에 없는 당신을 떠올립니다. 아무도 답해줄 수 없는 질문을 수도 없이 허공에 던집니다. 당신이 왔을 때 제가 없으면 당신은 어떤 생각을 할까요? 다시는 절 볼 수 없음에 슬퍼할까요? 저를 위해 그 때처럼 울어줄까요? 반짝이는 눈가를 붉히며 눈물을 흘려줄까요? 하지만 저는 더 이상 당신이 슬퍼하지 않았으면 좋겠습니다. 당신이 저 때문에 눈물울 흘리지 않았으면 좋겠습니다. 그러니 바라건대 버거울 때면 언제든 저의 이름을 잊어주세요. 저와 만나지 않았던 때로 돌아가주

세요. 얼마가 걸리더라도, 부디 행복해주세요.

이대로 당신이 사랑하는 계절이 온다면, 언젠가 당신이 저에게 이야기 해주었던 아름다운 꽃이 피겠지요. 당신은 기뻐할 것입니다. 당신이 환하게 웃는 모습이 떠오릅니다. 당신이 제게 처음 와준 그 날에도 그런 미소를 지었었지요. 당신의 환한 미소는 언제나 제 눈 앞에서 아스라이 흩어졌습니다. 당신의 사랑스러운 목소리는 제 귀에 부드럽게 녹아들었습니다. 당신은 제 삶의 전부였고, 출발지인 동시에 목적지였습니다. 언젠가 당신이 손으로 저를 살며시 어루만져 준 적이 있습니다. 저는 그 때 당신의 손 끝이 새빨개졌던 것을 기억합니다. 저는 당신에게 차가움 밖에는 주지 못했습니다. 그러나 당신은 저에게 모든 것을 주었습니다. 고맙습니다, 그리고 미안합니다…. 곧 눈 앞에 커튼이 쳐진 듯 캄캄해집니다.

끝도 없이 밀려오는 고통에 정신이 아득해집니다.

의식이 새까만 어둠 속으로 가라앉습니다.

이제 더 이상 푸르른 하늘조차 보이지 않습니다, 당신을 마지막으로 한 번만 더 보고 싶었는데, 아쉽습니다.

*

*

*

저 멀리서 당신의 목소리가 들려옵니다. 가까이 있는 것 같은데, 어째서인지 아득히 멀게만 느껴집니다. 기분 좋은 부유감에 휩싸여 의식이 붕 뜹니다.

당신이 있었기에 여기까지 올 수 있었습니다.

그러니 괜찮습니다.

이제, 저를 잊어주세요.

-fin

나의 B.

한성여자고등학교 1학년 안솔민

오후 두 시의 햇살은 따사롭다. 모두들 나른하고 여유로운 일요일 오후. 크지도 작지도 않은 창 사이로 불어오는 적당한 바람과 반투명 블라인드에 눅진하게 달라붙은 햇빛은 조용하다 못해 고요하다. 나는 으레 학교에 가는 평일을 제외하고는 거의 이 시간에 눈을 뜬다. 째깍이는 초침 소리만이 방을 가득 매워 이 방을 너머 온 세상에 나 하나인 기분마저 든다. 제일 먼저 하는 일은 천천히 눈을 감았다 뜨며 천장 응시하기. 천장 벽지에 곰팡이가 슬고 울어버린 불규칙적인 배열들을 눈으로 천천히 훑어내리며 시간을 좀먹는다. 낡아 누래진 벽지가 뭐가 그리 좋다고 매일 보는지 잘 모르겠지만, 나에겐 이 풍경이 가장 익숙하고 편안하다. 사람은 단순하다. 낯선 곳에 있으면 불안해지고 초조해져 몸의 온 신경이 예민해지고 곤두서기 마련. 난 에너지를 쏟는 일을 그다지 좋아하지 않는다. 최대한 평범하고 익숙한 게 가장 좋다. 종종 익숙함에 따라오는 부작용은, 유일한 안식의 공간이자, 가장 솔직해질 수 있는 내 작은 방이, 낡은 벽지처럼 누래져 바닥에 가라앉아 침체된 감정들까지 모두 끌어오는, 가끔은 감정들을 게워내다 못해 숨까지도 턱턱 막혀오는 최악의 공간이 되기도 한다는 점이다.

잠깐의 잡생각이 머리에 들어차 헤집어 머리가 살짝 지끈거린다. 얼굴에 인상이 졌다. 이불을 대충 옆으로 밀어놓고 일어났다. 찌뿌둥한 몸을 이끌어 냉장고 문을 열고 물을 한 잔 마셨다. 조용하다. 주말이나 평일이나 밖에 나가는 엄마는 뭘 하는 건지 늘 늦은 새벽에 돌아온다. 그러곤 내가 깨기 전에 다시 나가고. 우리 집에 아빠는 없다. 일찍이 이혼한 지 오래였다. 딱히 밉지도 싫지도 원망스럽지도 않다. 사실 얼굴도 가물가물한데다가 목소리는 잊힌 지 꽤 되었다. 문득 기억의 저편 어딘가에서 무언가 끊기는 것처럼 툭, 툭. 섬짓하면서 들려올 뿐이고. 딱히 떠올리고 싶은 목소리는 아니다. 그날 이후부터 난 아빠 엄마 얼굴 모두를 볼 수 없었다. 사실 둘이 이혼하기 전까지는 매일 집이 조용한 날이 없었다. 지독히도 싸우던 둘이었으니까. 어쩌면 둘의 이혼은 잘 된 일인지도 모르겠다. 예를 들면 더 이상 내가 시끄러운 말소리와 오가는 욕설 사이 무언가 깨지는 파열음을 들으며 새벽에 깨지 않아도 된다는 점? 딱히 감흥은 없다. 썩 유쾌하고 중요한 얘기는 아니니 이쯤 하고. 사실 잠은 요즘 더 자주 깬다. 불면인지 뭔지 잘 모르겠는데 문득 무언가 나를 잡아먹는다는 중압감에 눌려 깨어날 때가 있다. 다행히 오늘은 안 깨고 푹 잔 것 같다. 몸이 좀 무겁긴 해도.

늦은 식사를 대충 챙겼다. 일어나니 배가 좀 출출해서. 맛있게 무언가를 먹었던 게 언제인지 희미하다. 살기 위해 먹는다는 말이 우습지만 무색할 정도로 맞다. 글쎄, 살고 싶은 마음도 크진 않은데. 그냥 먹었다. 먹고 나니 살살 눈이 감기는 게 나른하다. 식곤증인가. 할 것이 없어 씻었다. 씻고 나면 온몸에 늘어지는 기분이 좋다. 문을 열고 나왔을 때 느껴지는 서늘한 바람도 좋고. 아, 한 가지 마음에 안 드는 점은 씻을 때마다 문득 샴푸를 했는지 양치를 했었는지 까먹을 때가 있다. 오늘도 순간 기억이 안 나 그 자리에 주저앉아 울었다. 기억력이 감퇴하는 자신을 실감하면 누구든 그럴 것이다. 무언가 깨닫고 새겨두고 나아지려다가도 다시 잊고 좀먹어 다시 원점이다. 그러다 사소한 것들까지도 까먹는, 그런 거.

아무것도 안 하면서 시간 흘려보내기는 내 전문이다. 정말 아무것도 안 하면서 천장을 응시하기만 해도 시간이 훌쩍 가버린다. 솔직히 말하면 잡생각에 휩싸여 시간을 죽인다는 게 맞는 것 같다. 무슨 생각을 하는지 정확히 설명하기 어렵다. 그냥 전부터 해오던 심각한 고민들과 비롯해 내일 언제 일어날까 같은 소소한 고민들까지 모든 게 뒤죽박죽 털실처럼 얽혀 한 대 던져놓은 것 같았다. 그걸 일일이 분리하고 나누기란 굉장한 체력소모이며 감정낭비이다. 그냥 꼬인 대로 놔두기로 했다. 그렇게 보면 좀 편하다. 남 일처럼 생각하기. 멀리서 보기. 하나하나 더듬어가며 풀어내기란 너무 버겁다. 마치 배 속에 나비가 들어찬 것처럼 울렁이고 내가 다 뒤집어지는 기분이다. 역시 방관이 좋다. 그게 내겐 익숙하다. 표면적으로만 대충 뭉뚱그려 보면 무엇이든 미화가 가능하다. 내 기억들도 그렇게 편안한 기억들로만 바꾸고 싶다. 생각보다 쉽지는 않네. 꼬여도 단단히 꼬였다. 지겨워 죽겠다. 그럼에도 늘 날 뒤따라다니고 내 옆에서 떠나가질 않는다. 잘 기억도 안 나는데 왜 늘 떠오르는지 힘만 빠진다.

어제나 오늘이나 늘 같다. 무기력하고 우울하다. 언제부터인지는 모르겠다. 내 어린 시절을 기억해보라 한다면, 아. 사실 지금도 어리긴 한데. 여튼, 기억해보면, 늘 나는 방구석에서 웅크리고 있었다. 그냥 우울한 아이였고, 지금도 그저 그런 우울한 놈이다. 누구도 나를 보고 무슨 일이 있냐고 묻지 않았다. 그저 좀 과묵하고 무뚝뚝한 애 정도로 인지하고 있을 터였다. 이유는 나도 잘 모르겠다. 처음에는 그저 우울이 나의 수많은 감정들 중 하나에 불과했다. 힘들어서, 지쳐서, 단순히 한순간의 감정이겠거니 싶었다. 전혀 아니었다. 틀렸다. 이 아인 점점 커져서 내 그림자만큼이나 길어졌고, 그림자를 넘어 나를 집어삼켰다. 감정이 아닌 또 하나의 주체로서 내 옆에 존재하는 너다. 낮이든 밤이든 새벽이든 갑자기 내 머리를 꿰차고 들어앉아 나갈 생각을 안 한다. 불청객에 불과한 네놈은 악질 중에 악질이다. 내 모든 것을 부수고 뒤엎고 망치고 헤집는다. 주변은 조용한데 너는 시끄럽다.

오늘도 찾아왔다. 내 방문을 미친 듯이 두들기는 것처럼 심장이 터질만큼 뛴다. 안 열어주면 죽일 기세로 나를 저 나락까지 몰아간다. 난 아무것도 할 수가 없다. 네 앞에선 속절없이 무너지는 나였다. 어리석고 바보같은 건 나도 잘 안다. 내가 제일 잘 안다. 그럼에도 정말 난 아무것도 할 수가 없다. 아무것도. 몸을 둥글게 말고 손마디를 부여잡아 이불을 머리 끝까지 쓰고 숨을 내쉰다. 숨이 들쑥날쑥 불규칙하다. 금방이라도 숨이 멎을 사람처럼 헉헉댄다. 정말 나도 내가 왜 이러는지 모르겠다. 등줄기를 타고 식은땀이 흐르고 손가락 끝이 차가워짐을 느낀다. 늘 반복되는 일상과 우울에 자책을 달고 산다. 나도 이런 내가 정말 미친 듯이 싫다. 난 나를 싫어한다.

넌 정말 너무 어려운 놈이야. 널 알다가도 모르겠어. 너에게서 헤어나올 수 있겠다 싶으면 다시 넘어져 돌아와. 이제 아주 볼 일 없겠다 싶으면 다시 뒤에서 내 발목부터 천천히 갉아먹으며 타고 올라와. 난 이 굴레에서 벗어나질 못해. 넌 나의 파괴자. 나를 망가뜨리고 아무것도 못 하는 무기력한 바보로 만든다. 겪으면 겪을수록 정말 헤어나올 수 없겠다 싶어. 언제쯤 네놈 안 보고 하루를 버틸 수 있을까. 지금도 내 안에선 끈질기고 구질구질하게 엮여 버티는 중이야. 이젠 네가 없는 내가 상상이 안 가. 모순이지.

나의 B. 나의 BLUE. 나의 블루. 나의 우울.

안녕, 나의 우울. 오늘도 반가워.

모래인형

한성여자고등학교 1학년 안솔민

~~김준우.~~

그녀는 손바닥만 한 작은 노트에 쓰여진 이름들 중 하나를 지웠다. 하얀 속지에 검은 활자들. 그 세 음절 위로 빨갛게 선을 긋는다. 김준우, 아침 뉴스에서 항상 나오는 뻔한 강간범 중 하나다. 결말은 뭐, 알 필요도 없고 들춰낼 필요도 없다. 다 거기서 거기니까. 집행 유예로 판결났다. 그렇게 그의 이름 석 자마저 며칠 만에 언론에서 잠잠해졌다.

그렇게 모두에게서 잊히는 듯 했던 그가 길바닥에 맥없이 피를 토하며 차게 식는다. 그녀는 피칠갑이 된 시체 위에 걸터앉아 장갑을 벗어 신경질적으로 제 주머니에 찔러 넣고 마스크를 내려 담배 하나에 불을 붙였다. 잔잔한 귀뚜라미 우는 소리와 적당히 머리칼을 스치는 바람, 아직은 높게 떠 있는 달과 캄캄한 어둠 위로 아지랑이 피어나듯 퍼지는 매캐한 연기. 빛 아래엔 온갖 것들이 꼬이기 마련이고, 가장 어둡고 추악한 법이다. 잔잔한 가로등 사이를 가로지르며 그의 뺨 위로 벌레들이 춤을 춘다. 방금 이곳에서 사람이 죽었으리라곤 상상도 못할 만큼 적막하고 고요하다. 심지어 평온하기까지 하다. 남은 담뱃재를 피떡이 된 그의 얼굴에 툭툭 털어내고 피가 홍건한 바닥에 비벼 끄며 꽁초 또한 주머니에 넣는다. 익숙한 피비린내지만 늘 절로 인상이 찌푸려진다.

요즘 세간을 휩쓸고 각종 신문사의 커다란 1면을 장식하는 살인범이 바로 그녀이다. 사람도 참 간사하지. 이 쥐구멍만 한 땅덩이 하나에서 하루에 여자 몇 명은 죽는다. 긴 설명은 생략하겠다. 대부분의 성범죄가 그렇듯 다들 비슷한 패턴에 비슷한 결말로 가해자는 아주 잘 살아가고 있으니. 김준우 사건을 포함한 그밖에 여덟 가지의 성범죄가 모두 근 한 달간 일어난 일이다. 그리고 그 값비싼 이름들은 모두 그녀의 노트에 빨간 줄이 그어졌다.

갖가지 추악한 방법들로 여성들은 죽어간다. 하도 많이 죽은 나머지 대부분의 사건들은 묻히거나 관심조차 없다. 그런데 '남자'들만 골라 죽이는 살인마라니.

인터넷에서는 살인마가 과연 누군가 하며 온갖 추측성 글이 난무했다. 남자다, 여자다부터 시작해서 무성한 추측들만 난무했다. 딱 한 가지 분명한 사실은, 그녀는 성범죄를 저지른 남성들만 골라 죽인다. 김준우는 여덟 번째 희생자다. 아니, 애초에 희생자가 아니라 가해자이다. 그는 그가 치를 수 있는 최소한의 사죄를 했을 뿐이다. 죽음으로서.

그녀는 오늘도 가해자를 찾아 나선다. 아니, 찾아 나선다기보다는 어느 곳보다 추악하고 끔찍한, 너무나도 익숙한 그곳으로 간다. 꽤 낡아 보이는 빌라 앞에 섰다. 눅눅한 냄새가 코끝을 스쳤다. 그녀는 이곳을 절대 잊을 수 없다. 계단 하나에 분노를. 계단 하나에 증오를. 계단 하나에 혐오를. 마지막 계단에 한과 눈물을. 차가운 문고리를 잡은 피멍이 든 손바닥 위로 눈물이 떨어진다. 그렇다. 오늘 아홉 번째 모래 인형은 이 문고리 너머에 있다. 망치를 쥔 손에 힘이 들어갔다. 철문이 바닥을 끄는 이질감 가득한 소리를 뒤로하고 벽이 하나 허물어졌다. 그를 또 만났다. 한결같은 그는 오늘도 죽어가는 삶을 살고 있다. 아니, 죽어가고 있다.

술에 취해 벌레 마냥 바닥을 기어 다니는 그는 예나 지금이나 똑같다. 바닥에 술병과 꽁초가 나뒹구는, 그녀는 이 풍경을 본 적이 있다. 일상이었다. 그날도 눅눅한 냄새가 났다. 그날도 이곳에서 누구 한 명이 죽었다. 그녀의 엄마였다. 거실 전등에서 저 만취자의 가죽 벨트를 목에 걸고 숨을 버렸다. 그녀가 태어나 처음 본 모래 인형이다. 누가 가시를 꿰어 박듯 온몸에 소름이 덮였다. 매달린 모래 인형의 눈은 이미 초점도 생명도 없는 건조한 눈빛이지만, 그녀를 향해 살려 달라 소리치듯 절박해 보였다. 죽은 그녀에게서 삶의 미련이 가득했다. 그녀를 죽인 건 그다.

순간 어머니의 탄식이 들려오는 듯 했다. 그녀가 고개를 들어 어머니의 숨이 매달렸던 전등을 응시했다. 아직도 그녀가 매달려 살고 싶다고 소리치는 것처럼 보였다. 우악스럽게 얼굴을 구기며 바닥으로 시선을 돌린다. 이제야 누군가 있다는 걸 느낀 듯 그가 으으, 하는 탄식을 내며 눈을 뜬다. 눅눅한 공기가 그와 그녀를 감싸고 돌았다. 죽이기에 미련도 마음도 없었다. 몸도 못 가누는 오십 넘은 놈을 죽이기란 그리 어려운 일이 아니었다. 조용히 떨리는 동공을 뒤로하고 마음을 추스르며 망치를 내리친다. 머리통이 터져 바닥 위로 피가 솟구친다. 이미 모래 인형은 힘도 없고 숨도 없다. 죽은 지 한참인 그를 내리찍고 또 찍는다. 이목구비 위치마저 알아볼 수 없을 정도로 말 그대로 떡이 됐다. 그런 그를 짓뭉개는 그녀의 얼굴에선 그의 피가 범벅이다. 그녀의 눈에선 눈물이 흐르고 있었다. 뭉개진 건지 울어서 형체가 흐린 건지 구별조차 되지 않는다. 모래 인형의 얼굴이 모래알만큼 나노 단위로 쪼개져 그녀의 눈에서 흐려진다. 익숙한 공간에서의 익숙한 피비린내는 그야말로 추악하고 끔찍했다.

그 길로 그녀는 그 집 옥상으로 향했다. 옥상에 다다르자 그녀는 늘 그랬듯 수첩을 꺼내들고 고인의 이름을 지운다. 한수혁. 그는 나를 망친 최악의 사람이다. 그는 아홉 번째 모래 인형이다. 다시 말하면, 그는 그녀의 아홉 번째 희생자이자 처음이자 마지막 가해자이다. 그렇게 그녀는 허공을 응시한 채 옥상 난간에 서서 제 삶의 마지막 밤이자 다신 뜨지 않을 해를 생각한다. 그렇게 그녀는, 모든 것을 두고서 뛰어내렸다. 정확히 머리부터 처박혀 급사했다. 그녀의 시나리오대로 모든 게 완성되었다. 그녀가 그녀의 열 번째 모래 인형이 되었다.

다음 날 아침 한수혁 씨의 본가에서 그의 시체와 그 건물 아래 살해 용의자로 추정되는 여성이 옥상에서 투신자살한 기사가 올라왔다. 한수혁 씨는 한수현 씨의 아버지로, 그녀의 어머니를 평소 가정 학대 및 수차례 성폭행을 하였으며, 신고 접수 또한 들어왔지만 알콜 중독자에 심신미약이라는 이유로 감형되어 고작 3년형을 선고 받았다. 이후 어머니는 정신적 피해를 견디지 못해 자살을 하고 급기야 한수현 씨는 집에서 도망쳤다고 한다. 한수혁 씨가 출소한 이후 현재 한수현 씨는 그에 대한 복수심으로 한수혁 씨를 살해한 것으로 추정된다. 빌딩 옥상에서 한수현 씨의 것으로 추정되는 수첩이 하나 발견되었다. 그녀가 그간 죽인 아홉 명의 이름과 그녀 자신의 이름도 적혀 있었다. 그다음 장에는 갈겨쓴 듯 거친 글씨로 쓰인 글이 몇 줄 남아 있었다.

폭력에 폭력으로 응징할 수밖에 없는 이 세상이 비참하다. 지금까지 나의 삶은 철저하게 그 놈을 죽이기 위해 흘렀다. 태어남과 동시에 난 그에게 바쳐졌다. 그 사실만으로도 화가 솟구치지만, 더욱 치가 떨리는 것은 지금 뜨겁게 뛰는 심장 사이 그와 같은 피가 흐른다는 것. 지금 내 앞의 그는 차게 늘러붙어

나의 모래 인형이 되었다. 하지만, 아직 내 안의 그가 너무도 뜨겁다. 나의 죽음으로서 완벽히 그는 이 세상에서 존재하지 않을 것이다. 난 그를 혐오한다, 그를 위해 살아간 나 또한 혐오한다. 더 이상 이 땅을 밟을 이유가 없다. 이로써 나의 인형은 모두 완성되었다.

마지막 세 음절에는 여느 이름들과 같이 빨간 줄이 그어져 있었다.

~~한수현.~~

물

여의도여자고등학교 1학년 안승현

지금의 나이기까지
수많은 내가 있었다
무더운 여름날
아지랑이 피는 놀이터에서
뛰노는 아이의 땀방울이었고
삶의 끝을 바라보는
노인의 눈물이었다
아무도 없는 망망대해였을 때도
사람 가득한 여름 해변이었을 때도 있었다

여태까지 겪어온 겨울은 셀 수 없지만
매번 느끼는 추위가 아려오고
지나치는 구두들이 만든 바람이
더 깊이 파고든다
누군가 버리고 간 페트병 속
난 많은 것들을 안다
저 달이 날 찌를 듯 뾰족해지면
찌그러진 페트병과 하나 되어 단단해질 것을
다시 차올라 둥그런 미소 보이면
누군가 날 발견하고 나는 또 다른 삶을 살 것을
더 많은 시간이 흘러
내가 너의 첫눈으로 떨어질 때까지

기형도(奇亨度)

양재고등학교 2학년 양요한

공원 한가운데에 아파트가 있다는 게 놀랍지는 않다
아니, 공원 안에 아파트가 있는 건가?
아니면, 공원과 아파트가 함께 있는 건가?
이 주택가는 자연의 혜택을 많이 받는다.
사랑스럽게 고상하다

여기 거의 아파트네요
그래, 벌써 두 세대 입주했다니까
비둘기와 오리,

미꾸라지와 붕어가 사는 징검다리 주택가는
땅과 육교의 숨구멍과의 높이 정도밖에 차이가 안 나는데
왜 사람들은
눈에 보이지 않게 나는 것들을
지면으로 끌어내려 찌르기를 좋아할까?
어디까지 갈지 모를 고상함은 폭주 같더라 나만 그런가?

옛날에는
함께 있는 공원과 아파트처럼
스스로를 만들어가는 이웃과
스스로가 삶 자체가 되는 이웃이 만나
그 모습을 본 누군가가 사진을 찍어줬다

어떤 이들은 그 사람이 진짜 신문기사라고 했다

아랑곳하지 않고, 우린 육교 아래를 건너고

언젠가 과거로 남을 주택가들
이제는 과거로 남은 소년
흑백 사진사

내가 가장 나였을 때 나는 작은 세계에 빠져 있었다

석관고등학교 2학년 염채린

내가 가장 나였을 때 나는 작은 세계에 빠져 있었다

다양한 머리 색을 가진 열두 명의 캐릭터와 함께 싸워가는 게임이었다 형태만 알아볼 수 있을 정도로 뭉개진 그래픽으로 구현된 내 동료들은 언제나 자신만만했다 처음으로 느껴본 승리의 기쁨, 나는 학교가 끝나면 언제나 위대한 여정을 떠났다

내가 가장 나였을 때 나는 어둠이 무서웠다

자신을 없앤 사람에게 복수한다는 게임의 괴담을 듣고 벌벌 떨었다 어두운 곳을 볼 때마다 세모 눈으로 나를 노려보며 두 손을 축 늘어뜨린 유령과, 삐걱거리는 핏빛 방이 떠올라 늘 방의 불을 켜고 잠들었다

내가 가장 나였을 때 나는 중학교에 가기 싫었다

인터넷으로 배운 중학교는 무서운 곳이었고 친구들과 헤어지면 놀아주는 사람 없이 홀로 지낼 것 같았다 준비할 시간도 주지 않고 그저 흐르는 시간이 무서워 베개에 눈물 자국을 남겼다

내가 가장 나였을 때 나뭇잎 하늘을 보았다

머리 위론 잠자리들이 날아다녔고 하늘은 구름 하나 없었다 놀이터 구석에 있는 정글짐 꼭대기에선 나뭇잎으로 가려진 하늘이 보였고, 나는 학교가 끝나면 자주 그 위를 타고 올라갔다

내가 가장 나였을 때 나는 이야기를 썼다

등장인물의 이름 뒤에 따라붙는 콜론, 또 그 뒤를 잇는 괄호와 대사로만 이루어진 이야기였다

그렇게 써낸 줄글은 멋있게 보였고, 나는 마치 내가 그 사람이 된 것 같은 환

상을 느꼈다

내가 가장 나였을 때 나는 침대 밑을 좋아했다
몸을 바닥에 딱 붙여야 들어갈 수 있는 틈새여서, 숨바꼭질할 때에도 틈새로 숨곤 했다 바닥에는 나와 먼지가 같이 있었고 마음이 편해지는 느낌이 들어 침대 밑에 자주 들어갔다

내가 가장 나였을 때 나는 너를 만났다
말더듬이에 숱하면 울어버리는 내게 선생님은 날마다 자기를 찾아오라고 시켰고 나는 나와 같은 너를 만났다 나는 언젠간 그 아이처럼 다른 사람을 도와줄 수 있게 변하고 싶었다

내가 가장 나였을 때 지각은 내 일상이었다
눈을 비비며 일어나 터널을 건너 횡단보도를 건너. 도착하는 시간은 늘 수업이 시작하기 직전이었고 벌로 받은 도장은 한 송이 포도 같았다

내가 가장 나였을 때 나는 내 작은 세계에 빠져 살았는데
이제 그 게임은 사라진 지 오래고 다시 다른 게임을 붙잡아봤자 예전만큼의 감동은 없다
나는 이제 중학교에는 다니지 않고 아직도 흐르는 시간은 무섭다
여전히 나는 이야기를 쓰려고 하지만 어린아이의 환상은 이미 몇 년 전에 깨어진 지 오래다
그리고 이제 네가 있어도 삶은 힘들다는 걸 알아버린 것이다

*유형진의 시 「내가 가장 예뻤을 때 나는 바나나 파이를 먹었다」의 패러디 시임을 밝힙니다.

일하는 여자들

이화여자대학교병설미디어고등학교 3학년 유재은

분주한 출근길 머리는 금색 피부는 희고 눈은 파랗고 입술을 주황색으로 칠한 채 왼쪽 깃에 분홍색 코르사주를 단 아이보리색 코트를 입은 여자 여자의 가방인지 담요인지 알 수 없는 갈색 천조각과 지갑인지 핸드백인지 알 수 없는 검은 천조각은 손에 잡혀 팔 사이에서 비스듬히 자리를 잡았다 앞뒤를 스쳐지나가는 남색 정장 입은 여자들은 커다란 갈색 가죽가방을 들고 걸음을 서두른다 길에 나온 여자들은 죄다 앞만 본다 뒤를 보는 사람이 없다 여자의 뒤를 지나는 늙고 낡은 남자 홀로 비스듬히 옆을 보지만 뒤를 보지는 않는다 여자들은 모두 바깥으로 나왔다 바깥일이 끝나고 집에 돌아가면 집안일이 여자를 기다리고 있을 것이다 여자는 쉴 곳이 없다 세상이 일로 가득찼다

시계

혜화여자고등학교 1학년 이건희

분침인 나는 2를 가리키고 있는데
시침인 너는
4를 가리키고 있네

너를 보고 싶은 마음에
달려가고 싶지만
자칫하면 말을 안 듣는다며
버려진 시계가 될 테니

빠른 듯 느리게 흐르는 시간 속
온종일 너의 뒤를 따르다
너와 마주치는 3시 17분
점점 달아오르는 얼굴

터지는 심장을
너에게 보여주고 싶지만
나는 순식간에 너를 지나쳐
멀어져버리니

빠르게 벌어지는 격차가
더 빠르게 벌어져
다시 만나기를
너를 등지고 힘차게 움직이네

너를 곧잘 스치는
초침이 부러워 바라보다
아래를 내려다보니
어느새 3시 50분

저만치 멀어진 너에게
다가갈 수 없는 설움에
주저앉을 새도 없이
시간은 흘러 어느덧 4시 정각

너를 보기 위해 달리다 보면
어느새 하루의 끝
너를 만나는 12시 정각
너에게 다가가는 마지막

이 순간을 위해
오늘도 달리나보다.

앵무새

가락고등학교 2학년 이도연

시린 어둠만 집안 깊숙이 내려앉아 있는 밤이다. 집 앞 골목에 듬성듬성 박음질된 가로등은 눈꺼풀만 껌뻑거리고, 노랗게 명멸하는 빛은 창틀을 넘어오지 못한 채 그 자리에서 맴돌 뿐이다. 문득 진공상태 같았던 침묵을 비집고 들어오는 소리에, 나는 창틀 너머로 깜빡거리던 가로등에서 시선을 돌려 소리가 들려오는 곳을 보았다. 작은 사랑앵무와 그 앞에 마주 서 있는 엄마. 조금 전 정적을 깼던 그 소리가 엄마의 어눌한 발음이었는지, 그 어눌한 발음을 애써 따라 하려는 앵무새였는지는 모른다. 다만 그게 누구의 목소리라고 해도, 나는 그 목소리가 무슨 말을 하고 있었는지는 금방 알 수 있었다.

"엄마, 저녁 먹었어? 안 먹었다고? 밥 좀 잘 챙겨 먹으라고 했잖아."

만약 누가 이 상황을 보고 있다면 혼자 대화를 이어가는 내가 이상하게 보일 수도 있겠으나, 나는 지극히 정상이었다. 단지 내 앞에 있는 엄마가 말을 못 해서 수화를 해야만 했을 뿐이다. 어차피 듣지도 못하니까 손동작만 열심히 하면 되는데, 미련하게 나는 엄마에게 입모양을 벌려서 꼭 무슨 말이든 내뱉었다. 엄마는 내가 학교에 있거나 잠시 외출을 할 때마다 바쁜 일이 있었던 것도 아니면서 늘 끼니를 거르고는 했다. 그나마 내가 있을 때는 뜨개질을 하는 시늉이라도 했지만, 엄마가 굵은 실로 뜨던 목도리는 한 달 내내 같은 모양이었다. 엄마가 내게 뭔가를 숨기고 있는 것 같기도 했지만 어쨌거나 엄마는 집에서 혼자 지내는 시간이 길었으므로, 나도 왠지 모르게 심심한 마음이 들어 애완동물을 입양하기로 했다.

"내가 엄마 적적할까 봐 입양해왔어. 앞으로 얘가 나 없는 동안 엄마랑 시간 보내줄 거야."

엄마는 여태 티브이에서나 본 노랗거나 흰 계열의 앵무새와는 다르게, 이렇게 새파란 사랑앵무는 처음 본다고 손짓을 했다. 털이 빠진다며 싫어할 줄 알았지만 그동안 심심하긴 했었는지 엄마는 앵무새와 멀찍이 떨어진 채로 손만 뻗어

앵무새의 머리를 더듬더듬 쓰다듬었다. 그것은 마치 흑백 세상에서 색깔을 처음 본 사람의 것처럼, 아주 낯설고 투박한 손길이었다.

그렇게 한동안 사랑앵무 덕분에 무채색의 화면만 나오는 티브이 같던 우리 집이 조금은 색이 입혀진 것 같았다. 나 또한 그 색이 좋아서 하염없이 바라보곤 했다. 하지만 그 이후 어느 날 우리가 잠시 새장을 열어놓은 틈을 타, 앵무새는 집안을 활보하며 많은 것들을 망가뜨려 놓았기 때문에 '윙컷'을 해야만 했다. 가정에서 기르기 위해서는 날개깃을 제거하는 편이 좋다는 블로그 주인 글을 읽으며 가위를 들고 가 조심조심 날개를 펼쳐놓고 잘라주었다. 엄마는 윙컷을 달갑게 생각하지 않는지 한참 동안이나 나를 제지하려고 들다가, 엉망이 된 집안을 돌아보라는 내 말에 하는 수 없다는 듯 멀찍이 떨어져 지켜보고만 있었다. 날개깃을 너무 많이 자르게 되면 새로운 날개깃이 다시 돋아날 때까지는 아예 날지 못하게 된다는 경고 문구를 보았다. 그렇지만 윙컷을 처음 해보는 나는 적당한 길이를 가늠하지 못하고 앵무새의 깃을 너무 많이 잘라버리고 말았다. 그 결과 호기심 많고 우리 집안에서 유일하게 색을 가진 앵무새는 점차 그 빛깔을 잃어갔다. 그렇지만 어찌할 도리가 없어 우리는 화면 속 색이 모두 닳을 때까지 사랑앵무를 방치할 뿐이었다.

앵무새가 들어오고 나서 이 주일 후 즈음에 엄마는 감기로 인해서 침대에 누워 미동조차 없는 생활을 했다. 엄마는 사람들이 너무 무서워. 내가 어디에 숨어있어야지만, 그래야만 내가 숨을 쉴 수 있어. 그러니까 너만큼은 엄마 좀 도와주라. 제발 숨 좀 쉬게 해주라. 엄마가 내가 초등학교에 입학할 당시에 자장면을 앞에 두고 울면서 했던 말이다. 난 그때부터였는지, 어쩌면 그전부터였는지. 엄마를 보호하고 돌봐야 한다는 명분 하나를 가지고 살아왔다. 엄마가 나에게 그만큼 의지하는 건 엄마가 듣지 못해서가 아니고, 사람들이 무서워서라는 걸 알았기 때문이다. 엄마가 아파서 앵무새의 사료를 주거나, 배변을 치우는 일도 다 내가 했다. 내가 없는 낮 동안 사료를 먹지 못해서인지 사랑앵무가 매우 수척해 보였다. 사랑앵무는 자라면 자랄수록 크기가 점점 커진다고 했는데, 어찌 더 작아지는 듯한 기분이 들었다. 마치 엄마를 보고 있는 것 같았다. 사람의 말을 따라할 정도로 영특한 새에게 아무도 말을 가르쳐 주지 않고, 날개까지 잘

라버리다니. 얼마나 무섭고 답답할지 가늠이 되지 않았다. 엄마도 그와 같을까. 새장 문을 열어주어도 쭈뼛 주뼛거리며 나오는 앵무새처럼, 집 밖을 나가도 할 일 없는 엄마는 말하는 방법도 까먹은 걸까.

이렇게 엄마에 대한 나의 감정은 수시로 변했다. 어떤 때는 엄마의 마음이 너무 공감이 가서 안아주고 싶다가도, 어떤 날은 솔직히 지치고 힘들어 눈을 감고 싶었다. 아무 색도 없는 티브이만을 보는 것이 지겨웠다. 사랑앵무에게 대충 사료를 주려고 그릇에 담고 있자 앵무새는 신이 났는지 언제 무기력했냐는 듯 고개를 움직였다. 그에 나는 앵무새에게 고맙다는 말을 가르치려고 했다. 그 순간, 사랑앵무가 아주 자그만 부리를 열어 목소리를 냈다.

"미,안..해, 미,안..해."

순간 너무 놀라서 사료를 담으려던 그릇을 놓쳐버렸다. 사료가 바닥으로 우수수 떨어지는 순간 속에서도 나는 아무런 행동도 취할 수 없었다. 갑작스럽게 말을 해버린 사랑앵무에 놀란 것이 아니었다. 미안하다고 말을 했던 초등학교 입학식 날을 끝으로 나는 엄마가 말을 하는 것을 들은 적이 없었다. 그러나 지금의 사랑앵무가 더듬거리며 하는 말은 분명히 엄마가 내게 하는 말이었다. 미안해. 말하는 것을 싫어하는 사람이, 고작 이 말을 앵무새에게 가르쳤다. 고마워도 사랑해도 아닌 미안하다는 말을. 그제야 엄마가 그토록 내게 숨기려고 했던 게 무엇이었는지를 알아차렸다.

"따..알, 따..알, 따..알."

분명히 알 수 있었고 알고 있었던 마음인데도 알지 못했던, 아니 모르는 척했던 말을.

나는 이제야 들었다. 그리고 보았다. 무기력한 나로 인해 엄마가 얼마나 괴롭고 힘들었을지, 사실 티브이를 망가트린 건 나니까. 그래서 티브이 속엔 아무런 색도 나오지 않았던 거니까. 앵무새는 여전히 엄마와도 같은 목소리와 억양으로 나에게 딸이라고 외치고 있었다. 앵무새가 할 수 있었던 고작 두 마디의 말이, 나에게 티브이를 고치고 싶다는 생각을 하게 해 주었다.

뒤늦게 정신을 차리고 떨어진 사료들을 정리하며 한동안 가만히 먹는 데에 집중하는 사랑앵무를 보았다. 사료를 다 먹은 앵무새는 신이 나는지 발을 현란하게 움직였다. 파란 깃털과 하얀 깃털 사이엔 창문 너머로 들어오는 빛이 반사되어 눈이 부셨다. 무채색의 화면을 고치려고 마음을 먹자마자 서서히 티브이의 화면에 빛이 들어오고 있던 것이다. 그 빛이 너무 강해 손으로 가리며 옅은 웃음을 지었다. 어쩌면 엄마가 그녀만의 방식으로 차근차근, 우리 집안에 색을 입혀놓고 있었던 걸지도 모르겠다는 생각이 문득 들었다.

빛을 삼킨 야미

선일여자고등학교 2학년 이샛별

사람들의 눈이 호시에게 일제히 쏠렸다. 옥상 난간 끝에 선 호시-

"이제 할 만큼 했어- 이렇게 살기 싫어-아무도 날 좋게 봐주지 않아-"

온갖 부정적인 생각들이 호시에게 속삭인다. 호시는 한 걸음 내디뎌서 바람과 하나가 되어 떨어진다.

"슈아아!"

"쿡쿡-"

이상한 웃음소리가 호시에게 들려온다. 검은 그림자다.

검은 그림자가 호시를 살포시 안아, 인적이 드문 곳으로 데려간다. 호시를 보는 이는 이제 검은 그림자뿐이다.

검은 그림자는 소름 돋게 웃는다. 호시는 어찌할 줄 모르며, 주춤거린다.

"죽어!"

검은 그림자는 호시에게 달려든다. 호시는 두 눈을 질끈 감는다. 긴장감이 가득한 이곳이 점차 고요해진다.

"쾅!"

호시가 조심스럽게 눈을 뜬다. 퀴퀴하고 이 익숙한 냄새는 호시의 방이다. 모든 벽지가 검은색으로 이루어져 있다. 밝은 빛은 창문에서밖에 흘러나오지 않았다. 벽지에 걸린 액자. 호시의 가족으로 보인다. 호시 또한 있었다. 하지만 얼굴이 보이지 않았다. 붉디붉은 액체가 호시를 가렸다. 호시와 대화를 나눈 이는 없었다. 아니 있었다. 호시에게 긍정적인 언어를 내뱉어주는 흰색 그림자. 호시는 그 그림자를 '야미'라고 지어주었다. 자신의 어둠을 먹어주는 존재라 하여 그리 지어주었다. 처음에는 야미는 '나'에게 말하지 못했다. 그래도 옅은 미소를 띠며, 호시의 말을 들어주었다. 아무리 어두운 이야기를 하여도 또, 이상한 말을 내뱉어도 말이다. 호시는 어두움을 내뿜었다. 점점 어두운 쪽으로 짙어져만 갔고 형체가 벽지의 색과 가까워졌다. 반면 야미는 호시의 어두움을 흡수하였다. 그 어두움을 밝음으로 순화시켜 벽지의 색과 멀어졌다. 호시의 모습과 점점 닮아갔다.

"번쩍-"

창문 밖에서 붉은빛이 비친다. 호시는 식은땀을 뻘뻘 흘렸다. 그리고 한숨을 푹-내 쉰다. 자리에서 일어나려고 했지만 움직이지 않았다. 무언가가 무겁게 짓누르는 것 같았다. 오직 눈동자만이 움직였다. 호시는 눈동자를 굴려본다. 꿈에서 봤던 그 그림자가 자신을 내려다보고 있었다.

"쓰읍-"

검은 그림자는 입맛을 다셨다.

호시는 소리를 지르고 싶었지만, 말문이 턱- 막혔다. 야미가 호시에게 다가왔다. 그 그림자를 데리고 가며 한마디를 내뱉는다.

"넌 이제 안전해."

호시는 눈을 번뜩 뜬다.

"또- 꿈인가?"

그동안 짓눌렀던 무거운 것들이 떨어져 나가는 기분이었다. 몸은 다시 움직일 수 있었다.

하지만 몸이 부들거렸다.

"쿵쿵!"

소리가 나자, 부들거리는 몸이 얼음장 같아졌다.

"번쩍-"

푸른빛이 비춰온다. 붉은빛을 내뿜는 집이 보인다. 쥐가 다가가서 툭 치면 무너질 것만 같았다.

"짹짹-"

참새가 지저귄다. 그러자, 그림자가 하나 하나 모이기 시작한다. 다른 이들보다 밝은 그림자를 가진 그녀는 그들을 보며, 인자하게 웃는다. 누구에게나 그러는 것은 절대 아니다. 자신에게 '빛'을 주는 이들만 가까이한다. 반면 '어둠'에 가득 찬 이들에게 미세한 '빛'을 얻으려고 발버둥 친다. 자신에게 불리한 상황이 다가오면 어떻게든 빠져나온다. 과장된 거짓말을 해서라도- 다른 이들이 아무리 손가락질을 하여도- 그래도 그녀는 어둠을 내뿜지 않는다. 그들에게서 받은 '빛'이 있으니깐. 그녀는 자신이 받은 '빛'을 나누어준 적이 없다. 단 한 번도 말이다. 받지 못하면 안달이 나기에 십상이었다. 그들에게 단 한 번이라도 받지 못하면 자신에게 준 것이 없다며, 시치미를 뚝 뗐다. 하나둘씩 그녀에 곁에서 떠났다. 그녀는 외롭지 않았다. 빛을 주는 자인지- 어둠을 주는 자인가- 영문도 모르는 그가 그녀에게 손을 내밀었다. 그녀가 아무리 악하게 행동하여도 그는 변하지 않았다. 오히려 그녀를 보듬어주었다. 그녀는 자신이 초라하게 느껴졌다. 그녀는 점차 모든 이들에 빛을 먹는 것을 멈추었다. 그리고 그에게 사랑을 주고받는 사람이 되었다. 사랑으로 만든 아이 둘과 함께 푸른 별을 만끽하였다. 하지만 그 푸른 별은 오래가지 않았다. 점차 붉디붉은 별로 바뀌었다. 그녀의 별은 폭풍우가 몰아치기 시작했다. 푸른색이었던 그의 별은 검은색으로 물들었다. 그리고 자취를 감추었다. 그녀의 고왔던 그 얼굴이 어깨까지 물처럼 흘러내렸다. 팔 또한 마찬가지였다. 걷기조차 힘들었다. 그래도 그녀는 빛을 얻기 위해 이 좁디좁은 공간을 이리저리 돌아다닌다. 어느 날 특이하고 맛보지 못한 '빛'이 왔다. 사랑으로 만든 아이가 그 빛을 데리고 왔다. 그녀는 처음에 거부감이 들어 거절하였다. 하지만 그동안 굶주린 그녀는 짐승처럼 먹어대기 시작했다. 그 빛은 반항하지 못하였다.

"캑! 캑!"

허겁지겁 먹은 탓인지 빛을 온전히 다 먹지 못했다. 그 빛은 점차 어두둑한 빛으로 변했다. 그녀가 뱉은 빛은 어둠과 함께 어우러졌다. 그녀는 아직 성이 차지 못하였다. 하지만 그것을 함부로 먹지 못했다. 그 덕분에 그것은 점차 성장하였다. 서로 힘을 이기지 못해 빛과 어둠이 분열하였다. 그녀는 그것을 '가이', '호시'라고 칭하였다. 빛이 하나도 없는 호시는 외면당했다. 반면 가이는 온갖 사랑을 받았다. 그래도 호시 곁에 항상 있어 주었다. 하지만 빛을 주지 않았다. 그녀처럼 말이다. 아무 말이 없었던 가이는 조심히 입을 열었다.

"빛을 갖고 싶니?"

호시는 조용히 끄덕인다. 가이는 머리에 있던 빛을 떼어준다. 호시는 조심스레 받아먹는다. 어둠에 갇힌 호시는 빛으로 덮어졌다. 가이는 씩 웃으며 자리에 뜬다. 검은 별이 짙은 청 빛으로 변하였다. 꽤 오랜 시간에 걸쳐 어둠으로부터 멀어졌다. 호시는 이제 빛을 내뿜는 자를 보지 않았다. 아니, 볼 수 있었다. 자기 자신을 말이다. 호시는 받지 못한 사랑을 받기 시작했다. 그녀에게서 말이다. 하지만 그 사랑은 점차 집착으로 변하였다. 혼자만의 공간이 사라졌다.

"이거 먹어" "이거 해" "저거 해"…

호시는 그녀의 꼭두각시가 되고 말았다. 틀에 갇힌 자신이 싫었는지 첫 반항을 했다.

"난 당신의 꼭두각시가 아니야!"

호시는 자신의 방에 있던 그녀를 내쫓는다. 방문을 굳게 닫았다. 하지만 소용없었다. 그녀가 있는 힘껏 방문을 열었다. 호시의 방문 옆에 걸려있는 열쇠는 검은빛으로 물들었다. 인자했던 그 얼굴이 일그러졌다.

"내가 뭘 잘못했는데!"

호시 또한 마찬가지였다. 호시는 틀에 벗어났지만 갇혀있었던 그 공간에 다시 들어갔다. 오직 자신만 빛을 내뿜었다. 그런 호시는 자신이 너무나도 미웠다. 들어오지 않았었던 그녀는 수없이 호시의 방을 연다. 온갖 욕설을 퍼부었다. 그리고 방문을 쾅! 닫는다. 호시가 귀를 막아봤자 소용없었다. 그녀의 눈빛이 다 말하는 것 같았다. 그 일상이 반복되자, 호시의 귀는 바람 소리로 앵앵거렸다. 갇힌 공간에 있으면 붉은 바람에 휩싸였다.

"휭-. 휭-."

"벌컥!"

그 소리의 주인은 할머니였다. 할머니는 가족들이 있을 때는 호시를 대놓고 무시하지 않는다.

지긋이 바라보았다. 입을 조금씩 움직인다. 주의 깊게 들어보면 호시에게 온갖 욕을 퍼붓고 있었다. 호시만이 그 소리를 잘 들을 수 있었다. 반면 가족들은 들리지 않는 모양이었다. 단둘이 있을 때는 호시의 방을 시도 때도 없이 들락거렸다.

"니 X 때문에-@_:/"

"돈 떼먹는 X"

따가운 눈길을 보냈다. 할머니는 호시를 바닥으로 깎아내렸다. 그 깎은 것을 자신에게 쌓아둔다. 호시는 가족 구성원 중 서열 바닥이 되었다. 동생보다 더 바닥 신세가 되어버렸다. 찬바람이 휭휭 분다. 호시의 두 개의 빛이었던 그곳은 매우 꺼무접접해졌다. 이제 호시에게 빛이 되어주는 존재는 없었다.

"지잉-!"

'개학식'

핸드폰에서 빛이 새어 나온다. 또 다른 어둠이 호시에게 찾아왔다.

초등학교 때부터였다. 선생님이 학기 초반에 호시를 가리키며, 일본 혼혈이라고 언급했다. 호시의 의사도 없이 말이다. 아이들의 그림자는 호시에게 모여들었다. 호시는 행복했다. 그 순간만큼은 말이다. 하지만 그 행복은 오래가지 않았다. 역사를 배우면 배울수록 일본이 한국에게 저지른 짓이 드러났다. 아이들의 그림자는 달라졌다. 뾰족뾰족하고 날카롭게 말이다.

특히 '독도노래'를 부를 때 호시를 찔러댔다.

"너 독도노래 부를 때 '우리 땅'이라고 안 했지?"

"응 한국 땅이라고 불렀어."

"그래야지 ㅋ"

그 뒤부터 아이들은 호시가 '우리 땅'이라는 구절을 부를 때마다 호시에게 시선이 집중되었다. 호시는 어쩔 수 없이 '한국 땅'이라고 불렀다. 계속. 애들이 귀를 쫑긋 세우지 않아도 말이다. 혼혈이라는 사실을 아무리 감추려고 해도 쉽지 않았다. 밝히면 그것대로 고통- 밝히지 않으면 또 다른 고통을 더 안겨주길 마련이었다. 호시는 자신을 죄인 취급하는 이 현실이 싫었다. 이 공간에서 벗어나기 위해서 '돈'이 필요하였다. 그래서 호시는 자신의 지위에서 할 수 있는 아르바이트를 구하기 시작했다. 여러 곳을 다니며, 면접을 보았다. 하지만 면접을 볼 때마다 우리나라 사람 같지 않다며 의심하였다. 나중에 가면 들통 나기에 십상이어서 혼혈이라고 사실대로 말했다. 결국 '돈'을 모으기는커녕 어쩔 수 없이 엄마에게 잔심부름하여 돈을 모았다. 악착같이 땀을 흘리며 모았다. 엄마는 호시를 보며, 매일 호시에게 중얼거렸다. 자신은 호시의 나이 때 알바를 하여 돈을 벌고 자기 혼자서 해결했다며 말하였다. 지금은 일본인이라는 이유로 알바를 하면 1시간에 2,000원밖에 벌지 못한다고 말했다. 티끌 모아 티끌이었다. '나' 또한 그렇게 될까 봐 두려웠다.

"삑삑- 2시입니다."

호시는 자리에서 일어난다. 다음날을 위해서 말이다.

책상 서랍을 열어서 수면제 약을 꺼낸다. 하나를 꺼내 먹으려는 순간 멈칫한다.

"이렇게 고통 받을 바에는 죽는 게 낫지 않을까?"

약을 탈탈 털어내어 한 손에 가득 쥔다. 그리고 입안에 털어내어 물과 함께 먹는다. 호시는 약통을 책상 위에 두고, 침대에 눕는다.

"당신이 원하는 대로 사라져드릴게요."

호시는 씩 웃으며, 차가운 눈물을 뚝뚝 흐른다.

호시는 지금보다 더 나은 '어둠'에 가기 위해 잠을 청한다.

"띵!"

그렇게 많이 꾸던 꿈을 처음으로 꾸지 않았다. 호시가 느끼는 시간과 다르게 현재 시각은 많이 흘러갔다.

밝은 빛이 호시를 쏜다. 주변 소리가 소란스럽다.

'아 여기는 천국인가?'

"삐-삐……"

심장 박동 소리가 들려온다.

'아. 아니구나— 병원이구나.'

호시는 눈을 뜬다.

호시의 몸에는 마치 오징어 다리처럼 링거와 그 외의 병원 용품들이 달려있었다.

'병원비 만만치 않을 텐데…….'

호시에게 연결된 다리들을 하나둘씩 제거한다.

"드르륵-쨍그랑"

호시는 심장이 쿵 내려앉았다. 흰색 복장을 한 의사 앞에 한 젊은 그녀가 서 있었다. 그 젊은 그녀는 머리카락이 청색인데 매우 창백하고, 매우 심란했다. 또, 밝은 색이었던 옷은 초췌해져서 낡았다.

"아 요루야"

'요루'의 엄마처럼 보이는 그녀는 호시를 보며, 놀란다.

그 뒤에는 의사 선생님과 간호사가 있었다. 그녀는 뒤를 돌아본다.

"제 아들이 살았어요."

의사 선생님은 침착하며, 고개를 젓는다. 그녀의 어깨를 토닥인다.

"어머님 정신 차리세요. 요루가 혼수상태에 빠진 지 벌써 5년입니다. 이제 보내주실 때가 되지 않았나요?"

의사 선생님의 말씀에 그녀는 고개를 푹 숙인다. 의사 선생님과 간호사는 그녀보다 먼저 병실 안으로 들어간다. 그들은 그녀와 같은 반응을 보인다. 의사 선생님은 눈을 비빈다.

"저."

호시는 조심스럽게 입을 연다. 익숙하지 않은 이 목소리-. 호시는 정신이 혼란해진다.

지금이 꿈인 건지- 아니면 그전에 있었던 것이 꿈이었던 건지를 말이다. 자신 앞에 놓여있는 전신거울에 살며시 다가간다. 마치 세상에 처음 나온 고양이처럼 말이다. 호시의 모습이 아니었다. '요루'라는 이름표가 적힌 환자복, 좀 부스스해 보이지만 단정한 푸른색 계열의 머리와 동글동글한 눈을 가지고 있다. 뽀송뽀송하고 말끔한 얼굴이었다. 5살짜리 꼬마 아이였다. 호시는 더 혼란스러워지기 시작했다. 머리가 점점 더 아파져 온다. 소리를 지르고 싶었다. 하지만 그때처럼 맞고 싶지 않았다. 그래서 아프지 않은 척- 다시 자리에 소리 없이 앉았다. 그 모습을 지켜본 그녀는 싱긋 웃는다. '요루'가 깨어났다는 사실에 기쁜 모양이다. 호시는 그녀를 의심하였다. 그녀의 웃음 속에 악의적인 요소가 있으리라 생각했다. 그녀는 눈물을 뚝뚝 흘렸다. 그리고 살포시 앉아주었다. 그녀는 참으로 서럽게 운다. 호시는 이해할 수 없었다. 한 번도 자신을 위해 울어주는 이가 없었기 때문이었다. 있다 하여도 진심이 아니었다. 하지만 그녀는 진심이었다. 호시는 아무 말도 못 했다. 너무나도 행복했다. 그동안의 억누른 감정을 호소하였다. 그녀는 나를 토닥여주었다. 편안했다. 아니 한편으로 불안해졌다. 그녀가 원하는 아이는 호시가 아니라 '요루'이기 때문이다. 호시는 그녀와 요루에게 미안했다. 그래서 사실을 토해내고 싶었다. 더 이상의 죄를 짓고 싶지 않아서다. 호시는 바닥을 본채 죄송하다는 말을 먼저 꺼내려고 했다. 하지만 그녀가 먼저 선수를 쳐버렸다.

"정말 고맙다. 이젠 너 하나밖에 없는데 너까지 잃게 될까 봐 무서웠어."

호시는 그녀의 말에 대답하지 못했다. 또, 사실대로 이야기할 수가 없었다. 그녀는 호시의 머리를 쓰다듬었다.

"삑-삑-"
익숙한 신호음이 들려온다.
'아, 이건 꿈이었던 건가?'
호시는 이제 이런 따뜻함을 받지 못해, 아쉬워한다. 짧은 순간이었지만 행복했다.
알고 보니 호시를 부르는 소리가 아니었다. 그녀를 부르는 소리였다. 그녀는 다급히 병실을 나갔다. 계속 기다리고 있던 의사 선생님과 간호사가 호시에게 다가온다.
"요루군-."
심상치 않은 표정을 하는 의사가 요루를 불렀다. 호시는 손가락을 꼼지락거렸다.
"함부로 하면 돼요? 안 돼요?"
호시는 무섭게 느껴졌다. 의사 선생님의 눈을 똑바로 마주치지 못했다. 그리고 온몸을 부들부들 떨며, 울먹거렸다. 말을 제대로 하지 못했다. 의사 선생님은 당황스러워하였다.
"그러게- 내가 장난치지 말라 했지!"
옆에 있던 간호사가 의사 선생님을 툭툭 친다. 간호사는 조심스럽게 다가간다.
"요루에게 혼내려고 않게 아니야 장난친 거니깐. 괜찮아-. 괜찮아-."
호시를 달랜다. 간호사는 오징어 다리를 다시 '요루'에게 연결한다.
"됐다."
간호사의 말이 끝나는 동시에 그녀가 들어온다. 넋이 나가 있다. 호시는 또 다른 불안감이 다가왔다. 자신이 병원에 너무 오래 있어서 경제적으로 불안한 것 같은 느낌이 들었다. 의사와 간호사는 호시에게 멀어진다. 그들은 진지하게 이야기를 나누었다. 호시는 소리에 무척 예민했다. 개미의 소리도 크게 들렸다. 그들의 이야기는 그리 심각하지 않았다. 오히려 긍정에 가까웠다. 호시의 상태가 빨리 호전되었다는 이야기-. 곧 퇴원해도 된다는 이야기가 터져 나왔다. 호시는 한시름 놓았다. 그녀만 '요루'의 병실에 남았다. 그녀는 의자에 조용히 앉았다. 호시가 아닌 옆을 빤히 바라보고, 중얼거렸다.

"오늘 참 행운이네."

호시는 고개를 까우뚱거린다. 그녀가 쳐다보는 곳을 같이 보았다. 액자가 있었다. 그녀와 요루, 그리고 요루의 아버지가 활짝 웃고 있는 모습이 보였다.

"아빠는요?"

그녀는 아무 말도 하지 못했다. 하나둘씩 빛이 사그라졌다.

"달칵."

빛이 다시 보이기 시작했다. 현관문밖에 보이지 않았다. 얼마 지나지 않아 그림자가 보이기 시작했다. 마치 스켈레톤 같았다. 정체가 드러나기 시작했다. 숱이 많은 머리, 조금 수염이 나 있었다. 후줄근하지만 산뜻한 운동복을 입고 있었다.

"다녀올게!"

그는 출입문을 연다. 어떤 이를 보며, 싱글벙글하며 웃는다.

"안 챙기냐?"

그녀는 카드를 건네준다. 그는 그제야 운동복의 주머니를 뒤적거렸다.

"아 없네? 하하"

그는 카드를 받고, 바보같이 웃는다.

"아빠, 어디 갔데요? (어디 가세요?)?"

5살짜리 꼬마는 눈을 비비며, 그를 바라본다. 그는 요루의 볼을 살짝 꼬집는다. 그리고 요루에게 속삭인다. 요루는 고개를 끄덕인다. 그는 출입문과 가까워진다. 그리고 손짓으로 인사하며, 출입문을 닫는다.

"무슨 이야기 했어요? 요루야?"

그녀는 몸을 웅크린다. 요루는 그녀를 빤히 바라본다.

"삐밀(비밀)!"

요루는 두 손을 모아 입을 가린다. 그녀는 달력을 바라본다.

유독 7월 7일만 형광펜이 쳐 있었다.

'벌써 결혼기념일이네-'

"오늘 아빠 몰래 뭐 하고 놀까?"

요루는 한참 고민하다가 '공놀이'를 하고 싶다고 이야기한다.

어제도 며칠 전에도 요루는 공놀이를 하였다. 그녀는 또? 라고 말하고 싶었다. 하지만 아이의 의견을 존중해주고 싶었다. 그래서 흔쾌히 허락하였다. 그녀는 새벽에 준비했던 도시락을 챙긴다. 요루는 자신의 방으로 조르르 들어간다. 얼마 지나지 않아 요루는 외출복으로 갈아입어서 나온다.

"띠로리라- 쿵!"

그들은 자신의 집과 가까운 공원으로 갔다. 그 공원은 온통 핑크빛이 돌았다. 그녀는 돗자리를 편 채, 도시락을 세팅하고 있었다. 그리고 요루는 공을 갔고 이리저리 움직인다. 그녀는 요루를 보며, 흐뭇하게 바라본다. 그녀에게 검은 그림자가 찾아온다. 마치 천둥이 요란스럽게 치는 것처럼 말이다. 그녀의 기분이 안 좋아지기 시작했다. 요루는 '공'에 눈에 팔려있었다. 그녀는 요루에게 다가갔다. 어깨를 툭툭 친다.

"엄마- 화장실 좀 갈게 여기서 놀고 있어 금방 올게^^"

요루는 알겠다며, 고개를 끄덕인다. 그녀는 배를 부여잡고, 조심스럽게 화장실로 빠르게 걷는다. 요루의 또래처럼 보이는 여자아이는 자신의 그림자와 놀고 있었다. 그녀와 여자아이는 두 번째 손가락으로 자신의 그림자를 가리킨다. 그녀는 여자아이의 그림자를 밟고 있었다.

"이제 안 아프지?"

그녀는 그림자로부터 한걸음 떨어진다.

"응!"

여자아이는 해맑게 끄덕인다. 그녀는 흐뭇하게 바라본다. 따뜻한 바람이 휭휭 분다. 벚꽃 잎이 여자아이의 그림자에 툭 떨어진다. 여자아이는 벚꽃 잎을 짚으려는 순간 바람에 흩날려 날아간다. 그 벚꽃 잎은 바람을 타고 날아간다. 그리고 요루 머리에 떨어진다. 여자아이는 요루에게 다가간다. 하지만 요루는 공놀이를 하느라 정신이 없었다. 여자아이는 거리를 둔 채, 요루를 빤히 쳐다보았다. 요루는 여자아이를 신경 쓰지 않았다. 아니 모르고 있었다. 그러다가 요루는 공을 놓치고 말았다. 공이 차도 쪽으로 굴러간다. 요루의 시선은 공밖에 보이지 않았다. 공을 향해 졸졸 쫓아간다. 여자아이는 꽃을 따라간다.

"그림자 사라졌어."

차도와 인도 사이에는 온통 나무로 뒤덮여있었다. 여자아이는 자신의 그림자가 사라졌다며, 두리번거렸다. 요루는 차도 위에 멈춘 공을 잡았다. 하필 트럭이 달려오고 있었다. 그 바람에 벚꽃 잎은 요루의 그림자에 툭 떨어졌다. 여자아이는 그림자가 트럭에 밟힐까 봐 빛에 속도로 달려갔다.

"끼익-"

그들의 그림자는 사라졌다.

"띠로리라-철컹!"

검은 그림자가 요루의 방에 들어간다. 얼마 지나지 않아 그가 들어왔다. 한 손에는 무언가를 쥐고 있었다. 요루의 방에서 기이한 소리가 들렸다. 그는 그녀와 요루가 있으리라 생각하며 들어간다.

"서프라이즈!"

아무도 없었다. 그는 긁적거리며, 문손잡이를 잡는다.

숨어 있던 검은 그림자가 그를 덮쳐 인적이 드문 곳으로 데려갔다.

"파앗"

며칠이 되어도 그의 그림자는 보이지 않았다. 그리고 요루의 그림자는 한 곳에만 머물렀다. 반면 그녀의 그림자는 바빴다.

"드르륵-"

호시는 문소리에 눈을 뜬다. 그녀는 자신 옆 의자에 꾸벅이며, 자고 있었다. 그녀 뒤에는 덥수룩한 수염을 한 남자가 서 있었다. 그 남자 뒤에는 검은 그림자가 씩 웃고 있었다. 호시는 그와 눈이 마주쳤다. 그는 싱긋 웃으며, 손을 흔든다.

"히익!"

호시는 놀라, 침대에서 일어난다. 그 충격으로 요루의 액자가 떨어진다.

"와장창-"

그 소리에 그녀가 일어난다. 그녀는 그를 보자 바로 요루의 손을 잡고, 병실 문을 다급히 연다.

"어디 가세요? 어머님?"

간호사와 의사가 들어왔다고 난리를 친다. 그러자 간호사와 의사 선생님은 크게 한바탕 웃는다.

"야 웃지 마!"

그는 그들에게 소리친다. 그녀는 그의 목소리를 듣자, 그제야 알았다. 그가 수

상한 사람이 아니라 그렇게 그리워하던 사람이라는 것을 말이다. '요루'의 손을 놓고, 그에게 다가가며, 서럽게 운다.

"왜- 이제야 왔어? 내가 얼마나 힘들었는지 알아?"

그는 아무 말 없이 그녀를 살포시 안아주었다. 그러자, 검은 그림자는 사그라졌다. 그리고 사라졌던 야미가 호시에게 다시 나타났다.

"내가 말했지? 넌 안전하다고-"

야미는 호시의 또 다른 빛이 되어주었다.

나의 형태

중앙여자고등학교 2학년 임세영

방안에서 베란다 창틀의 작은 틈새로 바라본 세상은 작게만 느껴진다 바람에 흩날리는 거대한 느티나무는 그 작은 세상마저도 가린다 나는 가려진 세상을 보고 있다 나는 세상을 제대로 마주하고 있는가 나의 무의식은 과연 어떤 말을 하는 것인가 느티나무를 바라보며 부는 리코더는 정해진 음계 없이 무의식에 의해 소리를 내고 있다 외출을 하여 사람들을 만날 때면 세상은 커진다 사람들은 모두 같은 주제로 다른 말을 한다 그 말속에서 흘러넘치는 감정들은 셀 수 없다 외출을 마치면 다시 나의 방으로 돌아와서 홀로 생각에 잠긴다 커졌던 세상은 작아진다 시간은 언제나 기록을 재고 있고 나는 미련을 가진다 붙잡고 싶지만 난 제자리에 멈춰 있다 계절은 소리 없이 왔다 가지만 나는 곧 흔적을 발견한다 세상은 모든 준비를 마치고 나를 살아가게 하지만 이용할 수 있는 것들은 한계가 있다 홀로 마주볼 세상은 차갑게 느껴질 것이다 그 세상에 내가 발을 내딛을 땅은 어떠할까 나는 지금 어떤 형태의 땅에 서 있는가 땅을 내딛는 나의 형태는 어떠한가

Last Bugloss

서울문영여자고등학교 1학년 임하나

강렬한 햇빛이 커튼 사이를 비집고 들어온다.

M은 햇빛을 피해 이리저리 몸을 뒤척이다 슬며시 눈을 떴다.

눈을 뜨면 보이는 똑같은 커튼, 똑같은 장소 그리고 똑같은… 아니 똑같지만은 않은 선반 위 가면들. 잠시 멍하니 벽 한쪽을 차지한 가면들을 쳐다본다.

완벽한 얼굴의 가면, 친절한 얼굴의 가면 더러는 그저 무표정의 가면도 있다.

이제 이 밖을 나가는 순간 벽 한쪽을 더 사용해야겠군.

M은 퇴근길에 가면을 놓을 선반 하나를 사오리라 생각하며 화장실로 들어갔다.

:

:

사무실에 들어서자 바로 정면에 차지한 유팀장의 모습이 보인다.

M이 미소를 띤 가면을 쓰고 활짝 웃으며 인사해보이지만 팀장은 흘긋 쳐다보곤 고개를 돌렸다. M은 익숙하다는 듯이 자리에 앉았다. 자리에 앉자마자 바로 유팀장이 자리로 다가온다.

"M씨, 어제 회의한 마케팅 보고서 작성은 다 되었나요?"

"예. 여기 있습니다."

"한참을 기다렸잖아요. 중요한 건데."

M을 한번 흘기고는 종이를 넘기는 팀장의 표정이 심상치가 않다.

또 무슨 잔소리를 하시려고.

"하아… 이렇게 하면 안 된다고 했는데.."

"…그렇지만 어제 팀장님께서 그렇게 하라 하셨…."

"M씨, 내 말은 이게 아닌데. 나는 이 부분을 색다르게 수정해달라고 했지 아예 바꾸라는 말은 아니었거든요."

"하지만 색다르게 하려면 그 방법밖에 없었습니다."

"M씨, 말귀를 못 알아들어?"

M은 유팀장을 쳐다보았다. 아니, 노려본다는 편이 더 가까우려나?

그때, 마음 한 구석에서 엷은 목소리가 들려왔다.

M은 벗겨지려고 하는 가면을 간신히 고쳐 쓰고 팀장을 향해 미소지어 보였다.

"다시 해서 빠른 시간 안에 제출하겠습니다."

"풀어. 그 팀장 원래 성격 거지같잖아."

M은 우성을 흘긋 보고는 잔에 술을 따랐다.

우성도 M을 한번 보고는 씩 웃으며 건배를 권했다.

"근데 참 너도 대단하다. 나 같으면 이미 때려치웠어."

"……."

"거의 일 년 되지 않았냐? 유팀장이 너만 괴롭히는 거."

"……."

"아주 너만 보면 달려들더라. 참는 게 대단할 따름이야."

정확히는 1년 6개월이다. 유팀장은 왜인지 모르게 M을 신입사원일 때부터 줄곧 못마땅해왔고 야근 업무도 자주 시키곤 했다. M의 입장에선 때려 치고 싶은 직장이지만 죽어라 노력해서 얻은 직장인 만큼 가치가 있었기에 놓을 수 없었다.

M은 피식 웃으며 말린 오징어를 뜯으며 중얼거렸다.

"이따가 마트 들러야 하는데."

화창한 토요일이다. 10시 30분. 다들 놀러가거나 외출하기 위해 준비하는 시간이다.

그러나 M은 어디에도 나가지 않았다. 그에게는 휴식이 필요하기 때문이다. 가면을 쓰고 다니는 일은 너무 피곤했다. 집에서만큼은 '자신'으로 있고 싶었다.

M은 자리에서 일어나 거울로 다가갔다. 거울 속엔 초췌한 얼굴의 한 사내가 있었다.

그에겐 아무래도 부정적인 말들이 더 잘 어울리는 것 같다.

어두운, 우울한, 외로운. 뭐 그런 것.

M은 신데렐라 같은 자신의 모습에 피식 웃고는 고개를 돌렸다.

어제 새로 단 선반 위에는 먼지 한 올 묻어있지 않은 새 가면이 놓여있었다.

이번 가면은 뭔가가 새로워 보였다. 아니, 조금은 기괴해보였다.

언뜻 보면 웃고 있는데 자세히 보면 입술이 살짝 일그러져있다.

어제의 여파인가. 항상 모든 가면들은 표정이 뚜렷했는데…

M은 그 가면을 자세히 보려 가까이 다가가려다 요란하게 진동하는 핸드폰소리에 탁자 위의 핸드폰을 집어 들었다.

"여보세요."

"M! 너 바쁘냐?"

"…아니 딱히."

"그러면 소개 한 번 받아볼래?"

"소개?"

"응. 젊을 때 함 받아보고 그러는 거지. 어때?"

"……글쎄"

"됐다. 너한테 뭘 물어보겠냐. 2시니까 후딱 준비하고 나와라. 00카페야."

M은 끊긴 핸드폰을 쳐다보고는 실소를 터뜨렸다.

'내 동생 친구인데, 되게 착하데. 00회사에 다니고 성실하다고 하더라고. 아이, 젊음을 솔로로 보낼 수는 없잖냐. 아무튼 잘해봐, 나중에 잘되면 한 턱 쏘고.'

M은 시계를 보았다. 1시 50분. 10분이나 남았군.

일개미 같은 그에겐 이런 것은 '관심 없음' 임에도 불구하고 왠지 모르게 긴장이 되어 목이 타들어갔다.

사람을 대면하는 일이 하루 이틀이 아닌데도 매번 신경이 곤두섰다.

M은 마른 목을 축이고 창밖으로 시선을 돌렸다.

하교를 하는 듯한 아이들 속에 유난히 우울해 보이는 아이가 우산을 바닥에 질질 끌면서 걸어간다. 바로 앞 떡볶이집 앞에서 다른 아이들과는 다르게 조금 헤진 옷과 구질구질한 운동화와 청결해 보이지 않는 아이가 고개를 들어 분식집 앞에 삼삼오오 모여 있는 아이들을 부러운 눈으로 쳐다본다. 아이는 잠시 자신의 운동화를 내려다보고는 다시 고개를 내리고 천천히 그 앞을 지나간다.

'그 애랑… 닮았네.'

M은 피식 웃고는 잠시 눈을 감았다. 어둠속에서 울고 있는 어린아이를 본다.

M은 그 모습을 한참 지켜보다 그 아이를 지워버린다. 깨끗하게, 아무 일 없었던 것처럼.

M이 생각에 잠겨 있을 때 누군가가 M의 어깨를 두드렸다.

"안녕하세요? M씨 맞으신가요?"

"……아…예."

"죄송합니다. 너무 늦은 것 같네요."

M은 손목시계를 쳐다보고 미소 지으며 말했다

"괜찮아요. 3분밖에 안 늦으셨는걸요."

그냥 어느 소개팅과 다름없는 평범한 질문들과 답변들이였다.

직장은 어디인가, 가족 관계는 어떻게 되는가. 가끔씩 맞는 부분이 생기면 그에 대해 담소를 나누기도 했다. 다를 거 없는 평범한 만남이었음에도 불구하고 그들은 다음에 만날 약속을 잡았다.

집에 돌아와 보니 수십 개의 가면들이 반겨주고 있었다. M은 찬찬히 가면들을 둘러보다 새로 생긴 듯한 가면을 쳐다보았다. 저번과 마찬가지로 특이한 가면 이였다. 분명 굳게 닫힌 입술인데 그 속에 무언갈 말하려는 듯 움직였다. 미세하게.

'기분 탓이겠지. 피곤하니까.'

M은 머리를 헝클어뜨리며 수건을 들고 욕실로 들어갔다.

그날 밤 M은 지독한 악몽을 꾸었다. 모두가 자신을 외면하고 불러도 돌아볼 생각조차 하지 않았다. 그들은 M에게서 등을 돌리고 M에게서 멀어져만 갔다. 계속해서 달리고 달려 붙잡으려 해도 그저 제자리걸음뿐, 거리가 좁혀지지 않았다. M이 절망적인 신음을 내자 한 명의 여자가 멈춰서 뒤를 돌아보았다. 여자는 M을 보며 비웃는 듯한 표정으로 속삭였다.

가식적인 새끼.

몇 달이 지난 것 같다. M은 자신의 손을 잡고 있는 민을 내려다보며 웃었다. 예쁜 여자친구도 사귀고 회사에서도 일이 잘 풀려 승진을 하게 되었다.

그렇게 M을 괴롭히던 유팀장은 왠지 모르게 잠잠해졌고 성과를 크게 낸 다음부터 신뢰도가 점점 쌓여가며 M은 사람을 대면해야 하는 일이 많아졌다. 그만큼 집에 들어가는 일이 줄어들고 가면을 쓰고 있는 시간이 길어지면서 그는 휴식을 취할 시간이 사라졌다.

어느새 그는 가면 그 자체가 되어가고 있었다. 그는 가면에 대한 만족감에 취해 집에서조차 가면을 벗으려고 하질 않았다.

M은 지금 이 순간이 '행복'이라고 생각했다.

하지만 그것은 안타깝게도 그의 착각이었다.

어김없는 하루였다. 아침 일찍 일어나 출근을 하고, 여자친구를 만나 저녁을 먹고 집으로 들어와 하루를 마치는 일이 이어져야만 했다. 그러나 그의 계획은 빗나갔다.

M은 평소와 똑같이 넥타이를 매러 거울 앞에 섰을 때였다. 거울 옆 탁자 위의 뷰글라스 5송이가 담긴 꽃병이 쓰러져 시들어가고 있었다.

'어제 창문도 분명 잠갔는데 왜 쓰러진 거지.'

M은 분명 마음 한 켠 어딘가가 불편했지만 대수롭지 않은 일이라고 생각하며 넘어갔다.

그날따라 거리는 한산하고 조용했다. 거리에 쌓인 낙엽만 바람에 제 몸을 가누지 못할 뿐이었다. M은 항상 하던 대로 카푸치노 한잔과 계란토스트를 주문하고 공원 벤치에 앉아 어딘가를 향해 가는 개미를 보며 그의 아침식사를 즐겼다. 이제 회사까지의 거리는 얼마 안 남았고 20분정도의 여유가 있었기에 평소엔 가지 않던 길 쪽으로 걸어갔다.

그 골목엔 회사원 3명이 모여 담배를 피우고 있었고 담배냄새를 그렇게도 싫어하는 M은 다시 그가 평소에 가던 길로 돌아가려 하였다. 그러나 그들의 말소리가 그의 발목을 붙잡았다.

"M부장, 사람이 참 좀 그래."

"왜? 유팀장보다는 낫잖아."

"아니 사람이 말이야. 조금, 진실성이 없어 보여."

"그렇긴 해. 그 사람이랑 대화하면 석고상이랑 얘기하는 기분이랄까."

M은 발걸음을 멈추고 그들의 대화에 귀를 기울였다. 조금씩 떨려오는 그의 손은 휴대폰 진동에도 반응하지 않았다. 그저 석고상처럼 멈춰 서서 엿듣고 있을 뿐이었다.

"그건 인정해. 그리고 유팀장, 원래 저런 성격 아니라며."

"누가 그러는데?"

"아니 뭐, 요새 뭔 소문이 돌아다니잖아."

"맞아, 나도 들었어. 되게 구질했다는데."

"무슨,"

가면을 쓰고 다니면 이미지가 바뀌는 줄 아나.

M은 식은땀을 손등으로 훔쳐내고 급히 걷기 시작했다. 회사의 존재를 잊은 듯 정신없이 그 상황에서 벗어나기 위해 걷기만 했다. 아니, 점점 빨라지는 걸음은 어느새 달리기로 변해있었다. M은 그때의 일을 떠올리지 않기 위해 죽어라 뛰었다. 아니, 그를 떠올리지 않으려고 죽어라 뛰었다. 마치 어둠속에서 벗어나려 발버둥치는 것 같이. M은 구역질나려는 속을 간신히 붙잡고 어느 공원에 도착했다. 누가 있든 없든 그는 공중화장실의 비어있는 칸으로 돌진했다. 그렇게 긴 도피의 시간이 끝나고 그의 옆에는 어둠만이 자리했다.

'사람이 거짓투성이에다가 원래 저런 성격 아니라며.'

'무슨, 가면 쓰고 다니면 이미지가 바뀌는 줄 아나.'

'내가 바뀌면 모든 사람들이 날 좋아해줄까.'

'제발, 가지 마요. 날 혼자 두지 마…'

잊으려 애썼던 그때의 기억이 수면 위로 떠오른다. 마음 깊은 곳에 가둬놨던 별들이 서서히 하늘 위로 떠오른다. 동시에 M의 눈앞에는 마치 한편의 영화같이 기억들이 파노라마를 이룬다.

그것은 무려 20년 전의 빛바랜 기억들이었다.

"엄마, 아빠, 할머니?"

"전부… 어디 간 거야…."

이제 초등학교 6학년쯤 되어 보이는 한 아이가 아무도 없는 텅 빈 집 한가운데서 멀뚱히 서 있다. 아직은 무슨 상황인지 모르겠다는 듯 그저 멍하니 부모님을 부를 뿐이었다. 소년은 잠시 애타게 다리를 떨다가 그 자리에 주저앉았다. 아무도 없었다. 갑자기 모두가 소년을 떠나버렸다. 눈에서 눈물이 떨어지는 것 같다. 분명히, 어머니는 아침식사를 준비하고 아버지는 출근준비를 하러 양말을 신고 계시고 할머니는 아침에 하는 연속극을 봐야 하는, 그런 평범한 장면이 연출되어야만 했다. 그러나, 너무나도 조용하고 추위마저 느껴지는 이 집에서 소년은 그저 하염없이 울 수밖에 없었다.

이웃의 도움으로 소년은 썰렁한 집에서 고아원으로 옮겨지게 되었다.

짐을 다 쌀 무렵 문 밖에서 소년을 도와주던 이웃집 아주머니들의 대화소리가 들려왔다.

"어후, 회사가 부도나서 몇 주간 엄청 싸웠다며."

"그러고서는 결론이 자기 자식 하나 버려두고 떠나버리다니."

"양심이 없는 부모들이구만."

"저 어린 것을 어떡해… 아휴… 불쌍해라…."

돈…… 사실 소년은 최근 들어 부모님들이 크게 말씀하시는 것을 여러 번 듣곤 했다. 그러나 너무나 화목한 가정이었기에 그 어린 마음으로 소년은 그저 단순한 다툼이라고만 생각했다. 몇 번은 물어볼까도 했지만 물어볼 시간이 없었기 때문에(부모님들은 자주 밖으로 나가셨다) 그저 삼키고만 있어야 했다. 그런데, 그 원인이 돈이었구나. 소년은 돈이 참 나쁘다고 생각했다. 작은 종이쪼가리가 자신과 부모님의 사이를 떨어뜨려 놓았다. 소년은 언젠가는 꼭 돈에게 복수를 해주리라 마음을 먹었다.

고아원에서의 생활은 순탄치만은 않았다. 꽤나 엄격하고 규칙적으로 행동해야 했고 어길 시에는 엄중한 처벌을 받았다. 고아원의 원장은 무뚝뚝하고 고지식한 사람이었고 고아원의 아이들을 모두 버려진 쓰레기 정도로만 생각하고 있었다. 그런 원장에게서 소년은 세뇌되다시피 '너는 부모님의 사랑이 식었기에 버려진 존재'라는 말을 들어야 했다.

그 다음부터 그는 다짐했다. 사랑받기 위해 노력해야겠다. 절대 버려지지 않도록. 그는 다짐하고 또 다짐했다. 그는 어려서부터 세상에게서 본래의 자신을 숨기고 살아가는 법을 배웠고 마음속에 자아들을 키우기 시작했다. 그런 자아들은 중학교에 입학하고 나서부터 바쁘게 움직이기 시작했다. 아이들을 대하는 시간이 많아질수록 소년은 절대 버림받지 않기 위해, 관심을 받기 위해 칙칙하고 우울한 본래의 자신을 꼭꼭 숨기고 마음속에서 그들이 원하는 자아를 꺼내어 쓰기 시작했다. 친구들과 사람들은 그런 그를 좋아해주었고, 그는 자신이 잘하고 있다고 생각하였다. 어느새 소년의 마음속에 쌓인 자아들은 현실화되어 그의 눈에만 보이는 가면들로 나타나졌고, 그가 열심히 공부를 하여 취직하는 데에 성공할 때쯤 그는 자신의 집 한쪽 면에 그들을 걸어두었다.

정말 악착같이 살아왔던 것 같다. 악착같이 산 만큼 가면들도 다양하게 만들어졌다.

그리고 그것들은 그를 숨기기에 좋은 도구였고 그는 계속해서 그것들을 만들어내었다.

가면들, 이제는 그저 부질없게 느껴지는 것들이다.

그는 다시 외로워져 갔다.

폰에서 진동이 여러 번 울렸다 꺼진다. M은 얼굴을 싸맸던 손을 천천히 내리고 고개를 들었다. 부재중전화가 10통 넘게 와있었다. 8개는 회사였고 2개는 여자친구의 연락이었다.

이 상태로 회사 출근은 불가능이다. 울었던, 괴로워했던 잔상을 보이고 싶지 않아서일까, 그는 목소리를 여러 번 가다듬고 회사에 전화하여 결근을 알렸다. 그리고 곧 여자친구의 전화번호로 시선을 옮겼다.

"무슨 일 있어? 왜 갑자기 만나자고 해."

"……."

"왜 그래? 왜 이리 수척해. 무슨 일 있나 봐 진짜."

"……민아…."

M은 무언갈 말하려는 듯 입술을 움직였다. 그러나 어째서인지 그의 입술이 움직여지지가 않았다. 마치 무언가에 제지당한 것처럼. 움직여지지 않았다.

"오빠, 말을 해봐."

'……'

"……오빠?"

'…목소리가….'

M은 멍하니 민을 쳐다보았다. 목소리가… 목소리가 안 나와…… 말하고 싶어도 말할 수가 없었다. 얼굴을 덮는 두꺼운 감촉이 그의 입술을 닫아버렸다. 숨 막히는 텁텁한 공기가 사방을 가득히 채운다. M은 그저 무거운 침묵 사이로 민의 표정이 점점 굳어가는 것을 볼 수밖에 없었다.

"오빠, 아니 M."

"우리 꽤 사귀었었지. 그런데 말이야."

"……."

"정말 느꼈던 건데."

M을 똑바로 쳐다보는 민의 눈동자가 미세하게 흔들린다. 마치 지금까지 감정을 억누르고 참았다는 듯 이제는 한계라는 듯이 푸르게 빛나기만 하던 민의 눈동자는 어느새 검게 식어있었다. 몇 초 뒤에야 민은 입을 열었다.

"난 'M'이라는 사람이 아니라 그냥 석고상이랑 사귀는 기분이 들어."

"여자친구인데, 서로를 믿고 의지할 수 있는 관계일 텐데 왜 이렇게 모든 게 거짓 같지?"

"그냥 눈 뜨면 왜 사라질 거 같은 그런 느낌이지."

항상 밝게 웃기만 했던 그녀의 표정이 점점 식어간다. 한 방울 두 방울 눈물이 떨어지고 한참을 조용히 M을 쳐다보던 촉촉한 눈빛으로 다시금 속삭인다.

"사람인지라 이 사람이 나에게 관심이 있는지 진심인 건지 알게 되고 생각하게 되는데, 오빠는 말이야, 너무 가식적으로만 느껴져."

"가면을 쓴 거 같이. 형식적이고 그냥 비위 맞춰주는 사람 같아."

"진심을 보여 달라고, 제발."

지금까지의 서러움이 눌러앉은 듯한 그녀의 물기어린 목소리에 M은 고개를 푹 숙였다. 반박하려 해도, 말을 하려 해도 여전히 떨어지지 않는 입술뿐이었다. 문득 M은 지금 자신의 표정이 어떤지, 아니, 무슨 가면을 쓰고 있는지 확인해 보고 싶어졌다. 그가 지금 내비치는 표정은 진심인걸까 아님, 그 안의 자아가 만들어낸 또 다른 무언가일까.

"왜 말이 없어?"

"…… 나… 무…슨 표정인지 보여?"

겨우 내면의 방패를 뚫고 힘겹게 말을 건넨 그에 그녀는 얼굴을 들고 M을 쳐다보았다.

"……표정이 없어…."

"………."

"그냥… 무표정이야…."

석고상처럼.

그녀의 말 한마디에 탄식과 함께 그의 안에서 무언가가 움직이기 시작했다. 다시금 떨어지려 애쓴 그의 입은 굳게 닫혀졌고 금이 가던 듯한 가면이 점점 두껍게 그를 감싼다. 숨이 막혀오고 목이 죄이는 듯한 고통과 함께 내면의 누군가가 그에게 말을 걸었다.

'축하해, 넌 이제 내가 되었네'

'그게, 무슨 소리야'

'뭐, 네가 바라던 거잖아'

그를 완전히 지배한 무언가가 그를 향해 비웃는다. 숨어 있던 '그'라는 나머지의 파편마저 산산조각 내어 용광로 속에 던져진다. 참혹한 어둠에서 베일을 벗고 일어난 무언가는 쓰러져 있는 그의 마지막 형상 가까이로 다가가 손을 내민다. 그는 눈부신 빛에 제대로 그를 보지 못하고 손을 내밀었다. 그러나 그는 가슴에 날카로운 통증을 느끼고 발밑의 심연 속으로 떨어졌다. 미치광이처럼 무언가가 웃기 시작했다. 이제 넌 존재하지 않구나.

닫혔던 입술이 천천히 열린다. 순전히 그의 의지가 아니라 그를 감싼 자아의 명령이었다.

M은 입꼬리를 올리며 민을 향해 웃었다. 그리곤 조곤거렸다.

"그래? 그거 재밌네."

싸늘하게 식은 민의 표정은 끝임을 알리는 것 같다. 민은 차가운 눈동자로 그를 쳐다보며 자리에서 일어선다. M은 그녀가 자리에서 일어나 문을 열고 나갈 때까지 뒷모습만을 지켜볼 수밖에 없었다.

싸늘한 바람이 M의 얼굴을 스쳐지나갔다. 이제 겨울이라도 오려는 듯 벌써부터 손끝이 시려왔다. M은 그렇게 정처 없이 돌아다니다 한 건물 앞에 다다랐다.

너무나도 익숙하고 항상 자신의 곁에 있어주는 곳이었다. 그의 집.

그러나 이제는 무너져 버릴 것만 같은 아슬함을 지닌. 그의 집이었다.

문을 열고 들어가자 어두움에 M은 잠시 눈살을 찌푸렸다. 항상 그랬듯 오른쪽 벽의 스위치를 키면 불이 켜졌지만 오늘은 끝나가는 영화처럼 모든 게 천천히만 흘러간다.

흐려지는 불빛 아래 나란히 진열된 수십 개의 가면이 자신을 쳐다본다.

다양한 표정의 가면들이 쳐다봄에도 그에게는 단 한 가지의 표정만이 자신을 뚫는 것 같았다. 비웃음. 결국은 패배해버린 그를 샅샅이 비추는 조명이었다.

그는 자신의 패배를 인정해야 했다.

초라한 모습을 보이고 싶지 않아서, 추한 그를 숨기고 싶어서. 그의 본모습을 보게 된다면 다들 떠나버릴까 봐, 다시 혼자가 돼버릴까 봐. 믿고 의지했던 그들처럼 그를 버리고 등을 돌려버릴까 봐. 그는 공허한 이 모래사장에서 자신을 감추며 가면을 써야 했다. 아무것도 없는. 누구도 오지 않는 모래성에 그 혼자서 모든 걸 받아들이고 견뎌야 했다. 이제는 너무나도 당연한 것이 되어버려서 무뎌진 것이 그에게는 극한 패배가 되어버렸다.

M은 결국 자신에게 졌다.

M은 자리에서 일어나 그동안 자신과 함께했던 가면들에게 다가갔다.

천천히 가면 하나하나를 쳐다보며 그는 마지막 가면 앞에 섰다.

"네가, 마지막인가 보구나."

이젠 너희도 필요 없겠네. M은 천천히 입꼬리를 올려 미소를 지었다. 그렇게 그는 새벽이 다 지나갈 때까지 하염없이 웃었다.

부서진 가면을 바라보면서.

달리기

용산고등학교 2학년 장민

나는 달렸다. 수많은 사람들과 함께 매일 같은 트랙을 달려 나갔다. 우리에겐 막대기 하나가 주어졌고 그것으로 상대방을 방해해야 했다. 경기에서 이기면 좋은 보상과 더 좋은 막대기가 주어진다. 우린 그 보상을 위해 달렸다. 나도 그중 하나였다. 막대기로 앞서가는 사람을 후려치고 뒤따르는 사람을 밀쳤다. 그리고 막대기를 피해 달렸다. 그렇게 항상 지내왔다. 언젠가 마지막 경주를 치르고 위로 올라가기 위해서. 마지막 경주에서 이긴 자가 위로 올라간다고 그들은 말했다. 그리고 그들은 위에 나무와 풀이 있다고 말했다. 차가운 콘크리트와 철골뿐인 여기와 다르다고 말했다.

막대기로 앞서가는 사람의 뒤통수를 갈겼다. 그가 넘어졌다. 그러자 그의 옆에 있던 사람이 그를 밟고 지나갔다. 나도 그의 다리를 강하게 짓밟고 지나갔다. 뒤편에서 비명이 들린다. 왼편에서는 절규가 들렸다. 둘이 엉켜 싸우고 있었는데 지나가는 사람들은 막대기로 두 명을 한대씩 치고 지나갔다. 트랙이 피로 물들어갔다. 한참을 달렸다. 누군가 날 향해 막대기를 휘둘러 올 때도 있었지만 대부분 막아낼 수 있었다. 그렇게 완주했다. 이번에도 성적은 크게 변하지 않았다. 경기가 끝나고 우린 숙소로 돌아갔다. 숙소는, 트랙의 벽이 되는 붉게 녹슨 철벽 안에 있는 방들이다.

어렸을 때부터 녹슨 철판으로 지어진 높은 벽은 내 시야를 항상 가리고 있었다. 창문은 없는 경우가 대부분이고 있어도 트랙을 바라보게 되어있어서 밖을 보지 못하였다. 내 성적은 2인실을 배정받을 정도였기 때문에 내 숙소는 두 명이서 하나의 방을 썼다. 평소 서로 대화하지는 않았다. 그러나 오늘은 달랐다. 그가 말을 걸었기 때문이다.

"내일도 우린 달리겠지?" 나는 그의 질문을 듣고 의아한 듯 멍하니 있다가 대답했다.

"그렇겠지."

"이상하지 않아?" 그가 말했다.

"뭐가?" 내가 대답했다.

"우리는 위로 가기 위해 달리는 거잖아. 그런데 위에 무엇이 있는지 누가 알아? 우린 이 벽 안의 것들만 보고 듣고 생각하는데 저 위가 어떤지 어떻게 알아? 여긴 창문도 벽 안을 향해 있어. 우린 밖을 몰라."

"그래서? 위에 가면 볼 수 있지 않겠어? 저 하늘까지 간다면 멀리까지 볼 수 있겠지." 나는 그의 말이 바보 같다고 생각하며 말했다. 그리고 내가 상당히 똑똑한 말을 했다고 생각했다. 그러나 그에겐 오히려 내 말들이 바보같이 보였나 보다.

"아니, 그건 의미 없는 일이야."

"무슨 소리야?"

"저 위는 하늘뿐이야. 하늘에는 구름뿐이고. 나는 항상 하늘의 창백한 모습을 보았어. 위에는 아무것도 없는 거야. 허공에서는 모든 게 공허해. 그러나 밖은 달라. 밖은 우리가 걸을 땅이 있어. 우리는 밖을 향해야 해. 밖을 보러 벽을 나가야 해."

"그러기 위해 우리가 경주하는 거야."

나는 어리석은 말을 더 듣기 거북해서 입을 열고 말했다. 이해되지 않는다. 밖을 보고 싶다면 위로 가면 되는 거다. 그것으로도 올라갈 이유는 충분하지 않은가. 아무래도 그에게는 충분하지 못했나 보다. 여전히 그는 말하고 있었다.

"혼자서 어떤 의미가 있는데?"

"무슨 뜻이야?" 내가 말했다.

"혼자서 올라가면 의미가 없다는 뜻이야. 위로 올라가기 위해서는 다른 사람을 밟고 가야 하잖아." 그가 말했다.

"당연하지." 내가 대답했다.

"위로 오를 수 있는 사람은 아무나가 아니라고."

"나는 그게 싫어." 이어서 그는 정말 신기한 말을 했다.

"나는 싫어. 누군가 내가 휘두른 막대기에 맞아 나뒹구는 모습이, 다친 사람이 경기에서 낮은 성적을 거두었다는 이유로 치료는커녕 밥도 제대로 먹지 못하는 게 싫어. 서로가 서로를 적으로 봐야 하고 항상 이기기 위해 노력해야 하는 것이 싫어. 다들 피투성이로 물들어 가는데도 위로 오르지 못하는 게 이해되지 않아. 싫어. 여기서 있는 건 구역질 나. 도망치고 싶어. 나가고 싶어. 그리고 여길 부수고 싶어."

그가 말했다.

"이상해. 얼핏 들으면 맞는 말 같지만 그건 틀렸다고." 나는 내가 말해놓고서 약간 떨리는 내 목소리에 놀랐다.

"왜?" 그가 나에게 이유를 물었다.

"그야 그들은 위로 올라가기 위해서는 이겨야 한다고 말했어. 우리보고 나무와 풀을 보려면 위로 가야 한다고 말했어." 나는 그에게 이유를 설명했다.

"그거면 충분하잖아. 그리고 나무와 풀이라고 그렇게 대단한 걸 아무나 볼 수는 없지 않겠어? 당연히 선별해야지." 그러나 그는 이유를 받아들이지 못했다.

"나무와 풀이니까, 그 정도의 것이니까 누구나 봐야하는 거야. 나는 모두가 나무와 풀을 봐야 한다고 생각해. 그런데 여기선 그러지 못해. 위가 있고 벽이 있는 이상 우리는 나무와 풀을 볼 수 없어. 너, 바다를 알아? 산을 알아? 사막은? 초원은? 이 벽이 있고 위를 향한다면 우리는 그것들을 보지 못해. 나는 그걸 견디지 못하겠어."

"그들은 위에 모든 것이 있다고 했어. 그것들도 있을 거야."

"하늘을 봐봐. 거긴 어느 것도 딛고 설 수 있지 않아. 나는 그들의 말을 믿지 못해."

그의 말이 끝나고 우리는 조용히 있었다. 한동안 불편한 침묵이 계속되었다. 침묵은 사이렌 소리와 함께 나온 안내음으로 인해 깨졌다.

「경기가 곧 시작된다. 모두 준비하고 트랙으로 나와라.」

"가자."

내가 말했다. 그는 반응하지 않았다.

"뭐해? 가자니까?" 그는 그래도 가만히 있었다.

"나 먼저 간다."

그때였다. 그가 자리에서 일어나더니 나를 잡았다. 그리고 말했다.

"따라와. 보여줄 게 있어." 그러더니 나를 끌고 방의 한 구석으로 데려 갔다.

"여기야." 그 구석에는 묘한 표시가 있었고 위화감이 풍겼다. 그동안에는 방안을 주의 깊게 보지 않아서 알아차리지 못했던 것 같다. 그는 벽을 특정한 방법으로 건드리더니 밀었다. 벽이 열렸다.

"난 나갈 거야." 그가 말했다. 그의 손에서 열린 구멍을 통해 밝은 빛이 비춰지고 있었다. 내 눈에 풀이 비춰졌다. 나무의 향기가 떠올랐다. 구멍은 밖과 이어져 있었다.

"직접 만든 거야. 보다시피, 느끼다시피 나무와 풀은 밖에 있어."

"……."

"바다도, 산도, 사막도, 초원도 전부 있을 거야. 난 그것들을 보러 갈 거야. 그리고 돌아올 거야. 이 벽과 트랙을 부술 거야."

"……."

"빨리 정해. 난 바로 나갈 거야. 강요는 아니야. 따라올 생각이면 따라와. 선택은 네 몫이야."

그 말을 마지막으로 그는 저 밖으로 나갔다. 나는 멍하니 그 모습을 바라보았다. 문 밖에서 소란스러운 소리가 들렸다. 다들 트랙으로 가고 있다. 그리고 정했다. 나는 막대기를 잡았다. 막대기에 묻은 피가 붉게 빛났다.

붉게 물든 녹슨 철벽을 두고 생긴 트랙에서 사람들이 달린다. 그들은 막대기로 서로를 후려치며 앞서가기 위해 분투한다. 나도 그들 중 하나로 손에 든 막대기를 휘둘러 내 앞의 사람을 후려친다. 비명소리가 내 귀를 울린다. 이기면 위로 올라갈 수 있다. 그들은 내게 위에 모든 것이 있다고 말했다. 누군가 나를 때렸다. 나는 넘어질 뻔했지만 겨우 자세를 되잡고 일어섰다. 내 막대기가 녀석을 후려쳤다. 피가 튀었다. 그리고 나는 달렸다. 아무도 나를 잡을 수 없길 바라며 달렸다. 트랙 위를 그렇게 나는 달렸다. 저 멀리 도착점이 보인다. 이번에는 등수가 오른 것 같다. 만약 그렇다면 난 더 좋은 대우를 받을 수 있을 것이다. 아마 혼자 쓸 수 있는 방을 받지 않을까? 그랬으면 좋겠다. 남들은, 다른 사람들은 피곤한 경쟁자일 뿐이다.

가끔 따라갔으면 하는 생각을 해 본다.

커피 그리고

홍익디자인고등학교 2학년 장현아

나는 커피를 좋아한다. 그중에서도 아메리카노. 19살 때부터 공부를 위해 마시던 커피가 입에 베어버렸다. 아메리카노가 나의 잠을 쫓아주긴 하지만, 커피 원두 본연의 맛을 느낄 수 있어 가장 좋아한다. 아메리카노와 나는 운명이었다. 그 다양한 커피 중에서 나랑 그렇게 잘 맞는 커피를 찾다니. 오빠도 그랬다. 운명 같았던 나의 사랑. 한 번 해보려고 한다.

22살 대학교 3학년이 된 나는 이제 막 20대의 청춘을 즐기기도 전에 몰아치는 대학교 일정에 정신이 없었다. 그러던 중 나는 나보다 한 살 많은 과 오빠를 만나게 되었다. 나는 운명이라고 생각했다.

'이현우'

그는 워낙 사교적이었는지 주위에 사람들이 넘쳐났다. 볼 때마다 늘 신기했고 계속 보다 보니 오빠라는 사람이 나의 마음에 스며 들어가기 시작했다. 그러다가 나의 마음을 모르는 친구가 나에게 '소개팅'을 권유해왔다.

"야, 한 번 나가봐. 너 사랑해보긴 했냐? 20대 때 사랑도 하고 그러는 거지."

"야, 아무리 그래도……."

"아무튼 하는 거지? 그렇게 알고 톡 보낸다."

타의 80%의 소개팅에 나가는 기분이 그리 썩 좋진 않았다. 그래도 얼마 만에 사랑이냐, 20살 새내기에 과 CC를 하고 나서 다신 사랑 안 한다고 했었지.

두근- 두근- 만나기로 약속한 카페에 들어가 왜인지 모르게 익숙한 향에 심장이 요동치기 시작했다.

'이 향 혹시……' 이 생각을 하던 중 갈색으로 물든 머리가 돌아보며 나를 보았다.

"어? 라희야, 왔어?"

"네?"

"얘기 못 들었구나, 오늘 너 나랑 소개팅하는 거야."

소개팅 상대가 현우 오빠라니. 나는 너무 놀라 한 20초를 가만히 서서 얼떨떨

하고 있었다. 그리고 이내 자리에 앉았고, 친구가 고마웠다.

우리는 카페에서 간단히 이야기를 했고 음식점으로 자리를 옮겨 밥을 먹었다. 많은 것을 한 것 같지도 않은데 시간은 빠르게 지나갔다. 어느덧 시간이 7시를 넘어 8시를 향해 가고 있었기에 슬슬 헤어져야 했다. 말은 없었지만 우리는 아쉬운지 한 발짝 한 발짝 느릿느릿 걸었다. 그렇지만 7분 만에 도착한 버스정류장. 나는 아쉬움을 느껴 뭐라 말을 붙이고 싶어 했다. 그 순간 네가 내게 말을 붙여왔다.

"시간 되게 빠르다. 아쉽네."

"그러게요."

난 나의 마음을 들키지 않으려 애써 덤덤한 척 답했다. 그다음 들린 너의 말에 눈이 커지긴 했지만.

"혹시 다음에 시간 되면 또 만날 수 있을까?"

나와 눈을 맞추며 너는 말을 했다. 빨개진 귀. 그것만으로도 난 알았다. 나와 같다는 것을.

나는 씨익 웃으며 답을 했다.

"좋아요."

우리는 웃으며 서로에게 집에 조심히 들어가라는 말을 건네며 버스정류장에서 헤어졌다.

그 이후, 우리는 캠퍼스에서 만나면 서로에게 인사를 건넸고, 간간이 연락을 하며 밥도 같이 먹었다. 그렇게 나는 감정을 키워나갔다.

오빠와 소개팅을 한 지 딱 2개월 됐을 때 나는 오빠를 불러내 말했다.

"오빠, 많이 좋아해요. 소개팅하기 전부터 좋아했어요."

오빠는 가만히 나를 보다가 씨익 웃으며 말했다.

"다행이네. 나도 너 좋아해."

그렇게 우리의 사랑이 시작되었다.

어쩌다가 이렇게 됐을까, 어디서부터 풀어 나가야 하는 건지 잘 모르겠다. 아니, 모르는 척하는 것은 아닐까. 그래, 인정한다. 나는 4년간의 긴 연애에 질린 것이다. 사람들은 오랜 익숙함이 편안함을 준다고들 말하지만 나에게는 해당이 안 됐다. 나는 언제나 가슴 떨리는 새로움이 좋았고 편안함이 어색했다(어쩌면 이 편안함이 언제 깨질지 모른다는 불안 속에서 살고 있던 내가 어색했던 것은 아닐까).

그러던 중 일이 터져버렸다. 오랜만에 오빠와의 데이트에 신경을 너무 썼던 것일까 약속시간이 이미 40분이나 지나있었고, 시간을 자각한 나는 급한 마음에 간단하게 가방을 챙겨 집을 나갔다. 시간이 없었던 탓에 평소 타지 않던 택시를 잡았다. 택시를 잡고 도착지에 도착하자마자 내려 뛰어갔지만 일은 꼬이기만 했다. 결국 한 시간이나 늦은 나는 마음을 졸이며 다가갔다. 사실 한편으로는, 평소 오빠는 화를 잘 내지 않았고 웃으며 넘어갔기에 나는 이번에도 그럴 줄 알았다. 하지만 아니었다. 내가 너무 안일했던 것 같다.

다툼이 워낙 없던 우리는 그날 처음으로 서로의 진심을 보이며 다퉜다.

"너 내가 화 안 내니까 만만해?"

"……오빠, 무슨 말을 그렇게 해?"

"맞잖아. 그러니까 이렇게 늦지. 넌 내 생각을 하긴 해? 네가 내 생각을 했다면 넌 이렇게 늦게 오지 않았을 거야."

"내가 늦고 싶어서 늦은 게 아니야. 우선 내 말 좀 들…."

"봐, 넌 사과를 몰라. 이 상황에 변명이나 하고 있고. 전부터 그랬어. 제발 좀 고쳐 봐."

"전부터? 그럼 그때 말하지 왜 이제 와서 고치라 마라야. 내가 전부터 말했지. 싫은 일 있으면 그때그때 풀자고. 진짜 사람 질리게 한다."

화가 났다. 내 말을 끊어 자기 할 말만 하는 게, 전부터 쌓아온 감정을 지금 터뜨리는 게 모든 게 다 진절머리가 났다. 그래서 난 나도 책임 못질 말을 해 버렸다.

"오빠, 우리 시간 좀 가지자."

그 말을 내뱉곤 나는 오빠를 등지고는 집으로 돌아왔다. 그날 여러 가지 생각을 하며 눈물을 쏟아냈던 거 같다.

처음 하루는 그냥 아무 생각 없이 지나갔다. 하마터면 오빠에게 연락할 뻔한 것만 빼면 무난했다. 하루 이틀 지나던 나의 시간은 손쓸 새도 없이 한 달 반이 되었다. 그 시간들 동안 나는 오랜만에 누리는 나의 시간에 행복했다. 하지만 시간은 나를 기다리고 있지 않았다. 한편으론 행복했지만 한편으론 허망했다.

**

며칠 전, 너에게 들은 말이 아직도 귀에 생생히 맴돌았다.

시간을 갖자니…… '너는 나에게 얼마나 질린 것이었을까'라는 생각이 되니 불씨가 바람을 타고 더 큰 불씨를 가지게 되는 것처럼 결국에는 '나만 너를 사랑했었던 것은 아니었을까'라는 생각에까지 미치게 되었다. 우리의 4년이 다 서로를 향했지만은 아닐 것이었을 수도 있겠다. 나만, 나만 너를 사랑했을 수도 있겠다, 라고 확신이 서기 시작했고 곧이어 허망했다.

그때였다. 띠링-하고 문자가 하나 왔다. 너였을까 싶은 마음에 바로 핸드폰을 봤지만 너는 아니었다. 소리의 원인은 요즘 내게 관심이 있다며 연락을 하는 주하혜라는 과 후배였다.

-현우 오빠, 뭐해요?

자꾸 내 머리는 신도희, 네가 떠올랐지만 마음은…… 마음은 달랐다. 점점 네가 보고 싶어지지 않았다.

도희야, 미안해. 어쩌면 나……

나의 마음은 나도 모르는 새에 흔들리기 시작했다. 그때, 나의 마음을 인지했다면 우리의 끝은 달랐을까.

한 달의 시간은 나에게, 우리에게 너무나 많은 생각을 하게 만들었다. 결론부터 말하자면 나에게 오빠는 내 세상 그 자체라는 것을 알았다는 것. 지금 생각해보니 워낙 새로움을 추구하며 살아오던 내가 오빠를 만나 그 속에서 조금이라도 휴식을 취했던 것 같다. 난 '이현우'라는 사람, 그 세상 속에서 살며 너무 많은 것을 누린 것은 아닐까라는 생각이 들면서 오빠를 잡아야겠다는 생각이 들었다.

그래서 나는 오빠에게 먼저 연락했다. 너무 늦어버린 것은 아닐까 걱정이 됐다.

-잘 지내고 있어?

-우리 만나서 이야기 좀 하자.

두근댔다. 이번이 마지막일지도 모른다는 생각 때문이었는지 19살의 대학 결과를 기다릴 때 보다 더 큰 두근거림이었다.

-그래, 만나자.

다행히 오빠는 내가 톡을 보낸 지 4분 만에 답장을 보내왔다. 오랜만에 오빠를 만난다는 생각에 얼굴 위엔 미소가 내려앉았지만 한편으론 무슨 생각을 했을지 걱정이 되기 시작했다. 만나자는 것을 보면 오빠도 나와 같은 생각이겠지……

우리는 자주 가던 카페에서 만났다. 이 카페가 달달하게 라떼를 잘 만든다는 오빠의 말에 한두 번 오던 곳이 이제는 셀 수 없을 정도로 많이 오는 곳이 되었다니 참 신기했다.

"미안, 내가 잘못했어. 이제 그만 화 풀어라, 응?"

나는 오빠가 나의 앞에 앉자마자 사과했다. 하지만 오빠는 아무 말이 없을 뿐 나를 바라보고만 있었다. 나는 슬슬 불안해지기 시작했고 오빠에게 다시 말을 했다.

"오빠, 내가 이렇게 사과하잖아. 우리 다시 시작하자. 할 수 있어, 제발."

누가 보면 '자존심도 없네'라며 나를 비웃을지 모르지만 내가 느끼는 이 불길한 촉이 나를 이렇게 만들기 충분했다. 하지만 오빠는 말이 없었다. 나는 말없이 계속 기다렸다.

3분, 5분, 10분

오랜 기다림 끝에 오빠가 결국 말을 꺼냈다.

"너는 사과를 그 정도밖에 못하잖아. 그건 사과가 아닌 강요야."

—쿵, 내게 좋은 말만 해주던 오빠는 없었다. 오빠는 나를 보며 말을 이었다.

"도희야, 나 잘해보고 싶은 사람이 생겼다? 근데,"

그 다음 할 말을 알아챈 걸까, 나도 모르게 눈물이 뚝 떨어졌다. 오빠는 빨라지려는 숨을 고르며 다시 말을 이었다.

"근데 그게 네가 아니야."

난 오빠의 시선을 애써 피하려 고개를 숙였다. 눈물이 그렁그렁 차오르는 것을 느꼈지만 말은 이미 하고 난 후였다. 나는 우리의 끝을 알고 있던 것일까 아무 말도 하지 않았다. 아니, 못 했다. 그렇게 우리의 4년 연애의 막이 내렸다.

-에필로그-

오랜만에 오빠와 자주 갔던 카페에 들렀다. 오빠와 우연이라도 만날까 봐 피하던 곳이었는데 무슨 바람이 불었는지 오랜만에 찾았다. 내가 좋아하던 아메리카노를 시키고 잠깐 자리에 앉아 주위를 둘러보며 있던 중 익숙한 옆모습이 보였다. 오빠였다. 듣기 좋은 오빠의 목소리, 보는 사람마저 웃게 만드는 눈웃음 모든 것이 그대로였지만 그것들은 나를 향해있지 않았다.

"아……."

이 감정은 무엇일까, 후회인가 미련인가 아니, 그런 단순한 감정이 아니다. 오빠랑 좋았었는데…… 어쩌다가 이렇게 된 거지.

"도희야, 아메리카노 맛있어? 난 쓰기만 하구만."

"정말 오빠는 아직 어른이 아니구만."

삐삐삐- 삐삐삐-

순간 울린 진동벨은 나를 순식간에 현실로 돌아오게 만들었다. 진동벨을 들고 나가는 순간마저도 나의 눈은 오빠를 쫓았다. -피식, 오랜만에 본 오빠의 얼굴은 좋아 보였다. 다행이네. 커피를 받아든 나는 한 입 마시며 카페를 나왔다. 오늘따라 햇볕은 밝았고 커피는 썼다.

우리의 사랑은 과연 운명이었을까.

**

우리의 연애는 갑과 을이 나뉘어 있는 연애였다. 갑은 언제나 너였고 나는 을

이었다. 4년의 연애에 무슨 갑과 을이 있냐며 넌 웃어넘기겠지만 난 시간이 길어질수록 그 생각이 확고해졌다.

사실 너와 헤어지고 며칠을, 네가 없는 쓴 현실을 견디기 위해 마시던 아메리카노에서 너를 느꼈다. 항상 아메리카노를 마시던 네가, 이 향이, 너무 그리웠거든.

카페의 문이 열리며 느껴진 익숙한 향과 함께 저절로 돌아간 고개에 난 바로 너임을 알 수 있었다. 어떻게 이 향을 잊을 수 있을까. 내가 가장 좋아하던 향이었는데. 너는 아직 나를 보지 못한 듯했다. 아니 몰라 봐주기를 바랐다. 너에게만 보여주던 눈웃음과 내 목소리를 이제 네가 아닌 다른 사람을 향해있었기에 못 보기를 바랐다. 이 모습을 못 보길 바라던 내 기대는 이뤄지지 않았다.

"현우 오빠, 옆에서 어떤 여자가 계속 봐. 정말 이러니까 내가 오빠를 혼자 못 둬."

봤구나. 나를, 이 현실을.

"아메리카노 쓰지 않아? 난 못 마시겠던데 오빠는 잘만 마시네."

"그냥 마시다 보니 이렇게 됐네."

빨래는 비 오는 날에

오류고등학교 1학년 전주현

뿌옇게 물든 창 너머로 알갱이가 날아든다
찰싹, 찰싹 부딪히는 소리가 난다
아무도 모르게 태어나서 사라지는 순간까지
아무도 모르게 죽는다
알갱이는 창문에서 으깨지고 나는 안경을 벗는다
마이너스 시력이 바라보는 세상은 뿌옇다
가깝게 다가가야만이 볼 수 있는 작은 무생물,
빗방울이 날아든 채 떨어진다
덜덜 소리를 내며 세탁기의 눈이 떠지고
나는 물 냄새와 무의미한 세제 향이 진동하는
텅 빈 눈 속으로 손을 넣는다

저 먼 곳에서 자꾸만 뭔가가 부딪히는 소리가 들리는데,
비명같이 양쪽 귀를 할퀴어서 심장이 아렸다
온통 번져 있는 사물들이 서로를 얼싸안고 자꾸만 자꾸만
창밖으로 몸을 뻗는다

나는 그 모든 것에 싫증이 느껴와
비 오는 날에 멀미가 나고
세제를 평소보다 한 움큼 집어서는
잠든 옷들을 깨워냈다

한낮에 일어난 일

혜화여자고등학교 2학년 정유민

1.
스테판은 빨래를 널고 있다 빨래에서 나오는 먼지를 보며 이불에게 버림받았군 이라며 혼잣말을 한다

2.
케티스는 발목을 다쳤다
그녀는 무용선수다

3.
월리는 하늘에서 떨어지는 꿈을 꾸고 있다
월리는 밥이 키우는 개다

4.
시스의 발 밑에는 양동이가 있다 시스는 양동이를 차지 못하고 있다

지금은 12시 1분이다

감기

배화여자고등학교 3학년 정지원

여자는 52번째 사진을 집었다. 일주일 전 노인과 청년이 건네준 사진이다. 노란색 카라 셔츠를 입은 노인의 키는 청년의 어깨치 정도이다. 청년은 여자보다 키가 컸으나 고작 한 뼘이 채 안 되는 차이였다. 두 사람이 나란히 서 있는 사진을 다리가 가는 협탁 위에 올려 두곤 부침개를 뒤집으러 나간다. 그녀가 다시 돌아왔을 때 사진은 서랍장 틈 밑에 끼어져 있었다. 위태롭던 협탁이 벽에 기대어 내려앉으며, 위엣 것들을 사선 방향으로 흘려보낸 탓이다. 먼지를 털어낸 사진을 가지고 나와 식탁 위에 올려 둔 뒤 사진을 바라보며 밥을 먹기 시작한다. 반찬은 부침개, 김치, 마늘장아찌이다.

강은 영상을 껐다. 2시 47분. 자기로 했던 시간보다 3시간이나 더 지나있었다. 이불을 덮고 자려다 다시 나와 마사지 크림을 꺼내 발을 주무르며 마사지를 시작한다. 오른쪽 엄지발가락 사이는 스치기만 해도 아팠다. 이미 많이 부어오른 상태였지만 무시한 채 강습을 나간 것이 후회되었다. 토요일은 강습이 잡혀 있었지만 전송기 상태를 보니 용산 전자상가를 가야할 판이었다.

발레 강사. 강미리입니다.
이번주 토요일 강습은 사정이 생겨 센터에 나가지 못합니다. 다음 달로 연기할 테니 수강생분들께 연락 넣어주세요.

일주일 전. 강의 엄마는 치매 판정을 받았다. 엄마는 더 이상 엄마가 아니었다. 사물을 인식하거나 위험 정도를 인지하는 정도의 기본 능력이 손상되어 특별히 관리를 받아야 한다고 말했다. 강이 요양원으로부터 관찰 영상을 받은 지는 3일, 강은 3일 동안 80시간 영상을 틀어놓았다. 전송기에서는 탄내가 났고 뿜어내는 열이 근처 다육이 잎을 갈색으로 만들어 버렸다.

엄마가 치매 판정을 받은 날 오랫동안 강을 괴롭히던 감기가 뚝 떨어졌다. 그와 동시에 강은 더 이상 엄마의 기운을 느낄 수 없었다. 요양원에서 영상을 보내주었으나, 엄마의 정수리밖에 보이지 않았다. 강은 받은 영상을 열었다. 엄마가 울고 있었다. 엄마가 그린 그림에 흰색이 없다는 것이 그녀를 울린 원인인 듯 했다. 강은 몸을 웅크려 얼굴을 묻었다. 아무것도 느껴지지 않았다.

가습기

덕성여자고등학교 2학년 정희경

우리는 한곳에 모여 있었다

갑자기 몸이 가벼워져 세상 밖으로 나가게 되었다
더더욱 몸이 가벼워져 세상의 모습을 보게 되었다

집 문을 박차고 나가는 학생의 모습
좁은 창문 틈사이로 보이는 다투는 부부의 모습
넓은 마당에 마련된 작은 별장 속 눈 붙이는 강아지의 모습

시간 가는 줄 모르고 세상을 둘러보니
하늘에 도착했다

어느덧 몸이 무거워져 세상 밖으로 나가게 되었다
갈수록 몸이 무거워져 또 다시 세상의 모습을 보게 되었다

하지만 아까 열려있던
집 문과 창문, 작은 별장은 굳게 닫혀있어 보지 못했다

우리는
집 문을 박차고 나간 학생이
창문 틈 사이로 보인 부부가
별장 속에서 눈 붙이던 강아지가

무엇을 하는지 우리는 알 수 없었다

기억

자운고등학교 2학년 지민수

모래사장에서 비 내음 나는
바다에 돌을 던졌다

돌이 가라앉았고
보이지 않았기에
사라진 줄만 알았다

영원히 보이지 않을 것 같던 돌은
사람들과 함께 헤엄치다가
나의 발에 다시 박혔다

깊이 박힌 돌을
멀리 보내려고 허우적거렸지만
끝내 바닥에 닿지 않았다

사람들은 모른다
내가 얼마나
허우적거렸는지

빛나는 바다에만 관심이 있을 뿐
얼마나 많은 돌과 어둠이
속에 있는지는 관심이 없다

그저
나의 바다가
돌을 수면 위로 흘려보내기만을 기다려야겠지

노르웨이

선유고등학교 1학년 진현성

꿈만 같던 제이콥에게

기억 속의 제이콥은 상냥하고 조용한 아이였다. 그는 항상 먼저 말을 꺼내지는 않았고 무언가를 골똘히 생각하고 있었다. 표정의 변화도 별로 없었으며 그는 한자리에 오래 있는 것이 싫은 듯 언제나 걷고 있었다. 그러나 모든 마을이 별 아래에 있는 시간이 오면 그는 큰 나무 한 그루 위에 올라가 수없이 떨어지는 별들을 황홀한 표정과 힘 있는 눈으로 쫓아갔다. 호수와 별이 함께 공존하는 그곳에서 그는 환하게 웃는 얼굴로 내게 별들의 이야기를 해주었다. 그때만큼은 그는 천진난만한 아이이자 꿈을 꾸는 소년이 되었다. 별을 좋아하는 그는 내게 있어 빛나는 존재였고 언제나 그랬으면 하는 꿈을 꾸게 해주었다. 제이콥, 별들의 속삭임을 잊지 마!

6월의 오슬로는 10월의 서울과 비슷했다. 사람들은 하나같이 긴 옷과 외투를 입었으며 손에 우산을 들고 다녔다. 공항버스에서 내리자마자 한 일은 무작정 오슬로 거리를 돌아다니는 것이었는데 비가 왔었다. 이때 태양이 먹구름에 가려져 있지 않아 젖은 땅 위에 곧바로 빛이 내리쬐었다. 자연과 조화를 이루는 도시가 군데군데 보였고 산 위에서 바라보는 노르웨이의 땅은 신비롭고 아름다웠다.

제이콥을 만난 건 관광투어 4일째 되는 날이었다. 그때가 되기까지 오슬로 거리를 돌아다녔는데 오슬로 시청과 노벨 평화 센터를 가보았다. 오슬로 시청의 외관은 딱딱해 보이는 현대식이었지만 그 안에는 뭉크의 <생명>을 비롯한 수많은 벽화그림이 존재했고, 노벨 평화 센터는 단번에 눈길을 사로잡아 연신 눈을 즐겁게 해주었다. 그리고 역사적인 과정을 상상했다. 그날 호텔로 돌아왔을 때 이제 슬슬 베르겐으로 넘어가기 위해 앞으로의 일정을 조율했다. 오슬로의 전역을 돌아다닌 건 아니지만 대강 유명한 곳들은 눈에 담았기 때문이었다. 휴식과 조율을 마치고 호텔식당에 갔을 때 제이콥을 만났다.

간단한 식사를 하고 있었을 때 어디선가 비틀즈의 '노르웨이의 숲'이 들려와 고개를 들었더니 어느 한 소년이 내 옆 테이블에 있었다. 금발을 지닌 소년은 비가 오는 창문 밖 풍경을 바라보며 노래를 듣고 있었다. 체격이 왜소해 보이는 소년의 모습은 처음부터 내게 호감을 갖게 했는데 대표적인 이유를 꼽자면 산과 호수가 내려다보이는 창문 앞에 앉아있는 소년의 모습이 이유도 없이 미소를 짓게 했다.

"Is it the Norwegian forest of the Beatles?(그거 혹시 비틀즈의 노르웨이의 숲이니?)"

제이콥을 만난 건 내게 있어서 굉장한 행운이었다. 여행지에서 현지인과 대화하면 더 유익한 정보를 얻을 수 있을뿐더러 제이콥은 매우 나와 잘 맞는 아이였기 때문이었다. 식당에서 간단하게 이야기하려고 한다는 게 그날 저녁까지 이어졌다. 보통 내가 질문하고 그가 대답하는 형식이었지만 그래도 웃으며 대화했다. 비록 현지의 언어는 모르지만 영어가 있었기에 대화구도가 성립됐다. 우리는 오슬로의 거리에 대해 이야기했고 창문 밖에 보이는 풍경과 비틀즈에 대해서도 이야기했다. 내친김에 한국에 대해서도 이야기하기도 했다. 서울의 모습을 본 적 없었는지 제이콥은 내 이야기를 집중해서 들어주었다. 제이콥도 이야기하는 게 즐거운지 가끔씩 미소를 흘렸다.

그는 중학생이었고 연나이로 치자면 15살이었다. 그의 집은 아름다운 호수와 산 사이 어디인가에 있고 학교는 근처 공립학교에 다닌다고 했다. 이 호텔에 머물 거냐고 물었을 때 지금은 자기 혼자 여행을 온 것이라고 말했다. 그에게 이곳은 처음이냐고 질문했을 때 그는 매년 여름과 겨울에 한번 씩 이곳에 왔다고 말했다. 책을 좋아했으며 특히나 카뮈의 <이방인>을 좋아했다. 주말이 되면 호수에서 물고기를 잡거나 산에 올라간다고 했다. 가끔씩 운이 좋으면 산에서 호수 위의 오로라를 볼 수 있다고 말했다. 나는 그런 기회가 있으면 같이 가도 되냐고 물어보았다. 그는 고개를 끄덕였다.

베르겐에 가지 않고 오슬로에 남는다는 결정은 약간은 도박 같기도 했지만 오슬로의 알려지지 않은 숨겨진 광경을 목격하고 싶었다. 또 그와 이야기를 더 나누고 싶기도 했었다. 호수와 산에 대해 이야기할 때 잠깐 별에 대한 이야기를 했었는데 무표정이었던 그가 갑자기 눈을 반짝 빛내는 것에 대해서도 궁금하기도 했다. 현지 일기예보에는 항상 먹구름이 껴 있었고, 이 때문에 이곳에 도착한 뒤로 약 일주일이 흐른 지금 계속 하늘이 우중충했기에 별을 본 적이 없기도 해서 오슬로의 별을 보고 싶기도 했기 때문이다.

그로부터 나는 거의 모든 일정을 제이콥과 함께했다. 호수에서 물고기를 잡기도 하고 산을 올라가 본 적 없는 산맥과 강의 협곡을 보기도 했다. 그는 겨울에 이곳에 오면 또 다른 재미를 볼 수 있다고 이야기 해주었고 그때는 분위기가 더 많이 바뀌어 있을 것이라고 내게 알려주었다. 그러나 밤이 되면 함께 밖을 돌아다니지 못했다. 하늘에는 연속으로 먹구름이 껴 있었기 때문이었다. 그는 오슬로의 하늘은 원래부터 푸르고 비가 잘 안 오지만 시기가 시기인지라 어쩔 수 없다고 식당에서 알려주었다.

"I still want to see the stars of Oslo.(나는 그래도 꼭 오슬로의 별을 보고 싶어)"

그와 함께 초원을 가로지르는 그날까지 먹구름은 푸른 하늘을 보여주지 않았다. 그리고 내일은 집으로 돌아가야 했다. 이 사실을 제이콥에게 알렸을 때 그는 다짐한 듯 내게 자기를 따라오라고 했다. 나는 곧바로 레인코트로 갈아입고 그와 함께 버스를 타 어느 인적 드문 초원에서 내렸다. 초원은 나와 제이콥 뿐 그 누구도 존재하지 않았으며 마치 세계가 둘로 갈라진 것 같았다. 제이콥의 세계 그 이외의 또 다른 세계로.

초원을 가로지를 때 제이콥의 세계는 하늘색과 초록색, 검은색으로 이루어져 있었다. 이 세 가지의 색이 세상을 칠했고 이 외에는 없었다. 초원 위의 먹구름, 그 사이에 간간히 보이는 하늘색의 푸른 하늘. 그 아래의 우리는 말없이 앞으로 향했다. 시간이 얼마나 흘렀을까, 달이 뜨기 시작할 때부터 갑자기 비가 엄청나게 쏟아졌다. 다행히 근처에 큰 나무가 있어서 그곳에서 몸을 숨겼다.

비는 그칠 기미가 보이지 않았고 상당히 이례적인 일이라는 것을 금방 깨달을 수 있었다. 하는 수 없이 그만 제이콥에게 그만 돌아가자고 넌지시 이야기했다. 그는 웃으며 내게 대답할 뿐이었다.

"The stars you see here are amazing.(이곳에서 보는 별은 끝내주죠.)"

공항에 도착했을 때 제이콥은 내게 손을 흔들며 배웅해 주었다. 그는 내가 입국심사를 위해 전자 게이트를 통과하기 전 악수를 요청했다. 나는 그에게 어제 필사적으로 연습했던 노르웨이 어로 "넌 나의 영원한 친구야 제이콥."이라고 말했다. 그는 한껏 미소를 지우며 내게 말했다. "Meg også(나도)."

비행기가 하늘을 날기 시작하고 이제는 먹구름이 없는 푸른 하늘을 통과할 때 나는 어제 있었던 일을 다시 떠올릴 수밖에 없었다. 별들을 바라보는 제이콥의 표정, 오슬로의 숨겨진 별들과 호수위의 오로라. 앞으로 나는 제이콥의 선물들을 잊지 못할 것이다. 내게 있어 그는 꿈만 같으니까 말이다.

태엽 인형 이야기

대일외국어고등학교 2학년 최민서

나는 태엽 인형입니다. 오늘도 나는 열심히 돌아갑니다.

'째깍 째깍'

'끼익' 주인이 들어왔습니다.

"우리 예쁜 딸, 뭐해?"

상냥하고 고운 목소리였지만 어딘가 모르게 텅 빈 듯했습니다.

"공부하고 있는 거 맞지?"

그녀가 내 어깨를 지그시 누르며 말했습니다. 속에서 무엇인가 울컥 올라왔습니다.

"제가 알아서 할게요."

"그래, 엄마는 너 믿는다."

끼릭. 태엽이 감겼습니다. 나는 자유의지라는 것이 없는 사람입니다. 언제부터였는지는 모르겠습니다. 어쩌면 태어난 후로 한순간도 자유롭지 못했을지도 모르겠습니다. 내 삶의 원동력, 태엽의 열쇠는 내게 없었습니다. 나를 움직이게 하는 것은 부담감이었습니다. 더 잘할 수 있을 것이라는 기대감, 기대에 미치지 못했을 때의 실망감. 날 움직이는 것은 조언과 충고라는 이름으로 포장된 타인의 감정이었습니다.

늘 똑같은 일상이었습니다. 집과 학교, 학원을 오가는 생활 속에 내게 남은 것은 빈껍데기 같은 몸뚱어리와 태엽뿐, 지금 이 순간에도 내가 살아있다는 것을 증명해주는 것은 쉼 없이 돌아가는 태엽 소리밖에 없습니다. 며칠 전, 성적표가 나왔습니다.

"허....... 이게 뭐니?"

"공부하는 게 힘들다고는 하지만 이건 좀 아닌 것 같다."

내 태엽을 쥐고 있는 사람들이 나를 옥죄어 오고 있었습니다. 죄송합니다, 내게 허락된 것은 오직 그 말 한마디였습니다. 말대꾸했다가는 태엽을 풀었다 되감는 아주 성가신 일을 하게 될 테니까 말입니다. 나의 죄송하다는 말에 그들은 마치 미끼를 물었다는 듯이 덤벼들었습니다.

"그래, 네가 봐도 이건 아니다 싶지 않니?"

"실망이구나. 아빠는 네가 잘하고 있다고 믿었는데 말이야."

"지금은 공부할 때야. 누구보다 그걸 잘 알 아이가 이런 성적을 받는다는 게 참…… 우리가 너에게 거는 기대가 정말 큰데 말이야."

태엽이 계속 죄어 왔습니다. 동시에 숨이 막혔습니다. 나도 모르게 몸이 휘청거렸습니다. 그러나 그들은 아랑곳하지 않고 말했습니다. 그것이 내가 마땅히 받아야 할 벌이란 듯이 말입니다. 그렇게, 태엽이 한참 동안 감겼습니다.

"…… 이제 들어가 봐라. 더 할 말도 없을 거 같다."

온몸에 힘이 빠졌습니다. 다리에 힘이 풀려 겨우 방에 들어왔습니다. 속에 무언가 얹힌 듯 답답했습니다. 태엽이 너무 조여진 탓일까, 등 언저리가 깨질 듯 아려왔습니다. 책상에 겨우 앉아 숨을 돌렸습니다. 그리고 늘 그랬듯이 자연스레 손이 책꽂이로 향했습니다.

손에 책이 집혔습니다. 공부할 책과 공책을 꺼내고 물끄러미 바라보았습니다. 펜을 들고 문제를 풀기 시작했습니다. 평소와 다를 바 없이 태엽도 천천히 돌아가고 있었습니다.

그렇게 한참을 문제를 풀던 중이었습니다. 태엽이 불현듯 삐걱거렸습니다. 정교하게 얽힌 기계장치들이 미묘하게 엇나갔습니다. 그 어긋남은 정말로 짧은 한순간이었습니다. 내가 가만히 있으면 그저 아무 일도 아니었을, 그런 미세한 어긋남이었습니다.

그러나 그 순간 내겐 그 찰나의 순간이 너무나도 크게 다가왔습니다. 태엽이 한 번 엇나가기 시작하니 걷잡지 못할 만큼 빠르게 반대 방향으로 돌아가기 시작했습니다. 나는 문제를 풀던 손을 멈추고 공책 언저리부터 글씨를 쓰기 시작했습니다.

비참하다

불행하다

울고 싶다

한참을 그런 말로 공책을 빼곡하게 채워냈습니다. 잉크가 번지고 손에 다 묻어가는데도, 끊임없이 글씨를 썼습니다. 정갈하던 글씨체가 뒤로 갈수록 기괴하게 흔들렸습니다. 갈피를 잡지 못하고 흔들리는 게, 마치 나를 보는 듯했습니다. 한참을 글을 쓰다 보니 손이 저렸습니다. 잠시 쉬기 위해 숨을 크게 들이쉬었습니다.

그때였습니다. 목에 이질감이 느껴졌습니다. 무언가 내 숨통을 조여오는 듯했습니다. 떨리는 손을 들어 목 언저리에 손을 휘저었습니다. 내 손에 잡힌 것은 넥타이였습니다. 한 번도 불편하다고 생각한 적이 없었던 넥타이가 그 순간 유난히도 거슬렸습니다.

수십 명의, 줄 맞춰 앉아있는 아이들에게 선택의 여지도 없이 일괄적으로 매여진 넥타이, 정갈한 옷차림의 상징이라 할 수 있는 천 쪼가리, 나를 옭아매는 것은 바로 그 넥타이였습니다.

무언가에 홀린 듯 의자 위에 올라가 천장에 넥타이를 걸었습니다. 그리고 조심스레 내 목에 매듭을 지었습니다.

잠시 고민이 들었습니다. 과연 이것이 맞는 선택일까 말입니다. 그러나 내 발이 내 생각보다 더 빨리 움직였습니다. 그 순간만큼은 내 발이 하나의 날렵한 독립체 같았습니다. 의자를 박차고 공중으로 날아오른 그 발은 여태까지의 나와는 달리 자유의지를 가진 존재 같았습니다. 내 발밑을 받히던 의자가 순식간에 무너졌습니다.

순간 숨이 턱 하고 막혔습니다. 죽음을 희망하면서도 무의식중에 살고 싶다는 생각이 들었는지 폐가 산소를 갈망하며 부풀어 올랐습니다. 그러나 그 위에 놓여 있는 갈비뼈가 살고자 하는 의지 따위는 일말의 여지도 없이 없애버리겠다는 듯이 팽창하려는 폐를 짓눌렀습니다. 속에서 시큼하고 씁쓸한 무언가가 계속 울컥울컥 올라왔습니다. 목구멍 언저리가 따가워지는 게 느껴졌습니다. 갈 곳 잃은 두 발은 세차게 발길질을 시작했습니다.

'끼릭 끼릭'

발길질이 격렬해질수록 태엽이 점점 빨리 풀리기 시작했습니다. 내 삶을 움직이던 태엽이 나를 죽이는 데 움직이다니 기분이 이상했습니다. 난 그렇게 죽기 위해 발버둥 쳤습니다. 내 키의 십 분의 일도 채 안 되는 허공을 허우적거리며 난 내가 죽기 전까지는 결코 바닥에 닿을 수 없으리란 것을 깨달았습니다. 그 좁디좁은 공백 사이로, 난 산산조각이 나서 흩뿌려졌습니다.

그렇게 태엽이 서서히 멈춰가고 있었습니다.

그렇게 내가 죽어가고 있었습니다.

주말이 단 이유

한강미디어고등학교 1학년 최지헌

일요일이 지나고 평일이 찾아오면
많은 사람들이 걸어간다
은평, 종로, 마포, 동작, 양천, 서대문, 영등포……
사람들이 하루를 시작하려고 열심히 걷고 또 걷는다
만원인 버스, 만원인 지하철, 만원인 엘리베이터를 타고
자신이 있을 곳으로 가면 오늘 끝내야 할 일이 시작된다

늦은 오후가 되면 자신이 있던 곳에서 나와 다시 걷는다
만원인 엘리베이터, 만원인 지하철, 만원인 버스를 타고
영등포, 서대문, 양천, 동작, 마포, 종로, 은평을 거쳐
내일 또 자신이 있을 곳으로 걸어 갈 수 있게
지친 하루를 충전한다

되풀이되는 평일을 보내기에
꿀처럼 단
주말

행복상점

대일외국어고등학교 2학년 최효원

어서 오세요, 행복 상점입니다. 어떤 행복을 원하시든 그 이상이 여러분을 기다리고 있습니다.

익숙한 문구가 전광판에 흘러간다. 행복을 돈으로 거래할 수 없던 시대는 끝난 지 오래다.

*

1990년, 존 도우 박사는 말했다.

— 저는 항상 모두가 행복한 세상을 꿈꿨습니다.

박사는 오랜 연구 끝에 행복을 제어할 수 있는 물질을 만들어냈다. 이 물질이 인류에게 큰 도움이 되리라 믿어 의심치 않았던 그는 망설임 없이 연구 결과를 발표했다. 얼마 안 가 신물질이 들어간 음료가 나왔다. '마시는 행복.' 음료의 종류는 시간이 갈수록 늘어갔다. 모든 형태의 행복을 다 구현하겠다는 목적이었다. 그렇게 마시는 행복만을 취급하는 상점이 생겨났다.

그로부터 꽤 오랜 시간이 지난 지금, 행복은 '감정'의 개념이 아닌 의무가 되었다. 한때는 행복이 의무가 아닌 권리였던 때도 있었다. 행복을 구매할 여력이 없는 사람들의, 권리를 보장받지 못하는 것에 대한 불만이 날이 갈수록 커졌고, 빗발치는 항의에 국가는 '손쉽게 행복해질 권리'를 '행복해야 할 의무'로 개정한다는 결정을 내렸다. 그에 따라 국민들은 모두 날마다 기본적인 행복 한 캔을 살 정도의 금전적 보장을 받게 되었다. 의무를 어기면 처벌을 받는다는 법은 따로 없지만, 행복을 포기한 이들은 어디론가 사라져선 돌아오지 못한다는 소문이 돌기도 했다. 다만 이 모든 것들이 내가 태어나기도 전의 일인지라 소문조차도 세상의 일부가 되어 크게 신경 쓰는 사람은 없었다.

행복 상점에는 손을 뻗기만 하면 얻을 수 있는 수많은 행복들이 진열되어 있다. 죽는 날까지 질릴 염려 없이 행복하게 살다 갈 수 있는 세상이 왔다고, 사람들은 말한다.

*

거리에는 웃지 않는 사람이 없다. 행복 한 캔을 비우고 나서 웃지 않을 이유도 없으니 당연하다. 도처에 깔린 행복 상점 중 한 곳에 들어선다. 눈이 아플 정도로 화려하게 꾸며진 내부, 코를 찌르는 새 건물 냄새, 문을 열기 무섭게 들러붙는 직원들. 지겹도록 드나들었지만 올 때마다 낯설기만 하다. 가득 진열된 캔들의 이름을 훑는다. '일상적인 날 : 분홍빛', '넘치는 기쁨 : 초록빛', '특별한 날, 영원한 추억 : 푸른 빛'…… 소리가 나는 곳, 그보다 더 깊은 곳에서 문득 역류하는 외침, 빨리 벗어나야 해. 서둘러 분홍빛 행복 한 캔을 계산하고 뛰쳐나온다. 깊은숨을 뱉는다. 저 공간 속에서의 호흡을 죄다 지우겠다는 마음으로.

하늘은 아직 검은빛이 채 가시지 않았다. 때 이른 새벽 시간에 움직이는 것은 일과가 되었다. 사람이 몇 없는 거리를 걷는다. 하나, 둘, 셋. 버스 정류장 앞에 도착한다. 최대한 고개를 숙이고 걷는다. 그래야만 누구도 마주치지 않을 수 있다. 웃지 않는 사람은 없다. 아니, 없어진다. 너도 그렇게 사라졌다.

손끝이 시리다. 들고 있던 캔에 물이 맺혀 손을 타고 흘러내린다. 손을 적신 게 내용물이 아니라는 것을 분명히 알고 있음에도 소름 끼친다. 당장에라도 던져버리고 싶은 마음이 솟구친다. 하지만 던지는 순간 내게 꽂힐 시선들을 알기에 이 작은 캔이 생명줄이라도 되는 듯 움켜쥔다. 뼈저리게 느껴지는 무력감에 나오려던 한숨을 틀어막는다. 미소를 걸고 고개를 든다. 버스가 왔다.

— 학생, 음료는 반입 안 돼요.

— 안 땄는데요.

별다른 말을 덧붙이지 않는다. 그저 환하게 웃어 보인다. 대답으로 돌아온 호선의 입술을 마주하고 나서야 자리에 가 앉는다. 창밖으로 빠르게 스치는 어렴풋한 것들을 바라본다. 바람과 소란스럽게 섞여드는 나뭇잎, 빼곡하게 들어찬 건물들, 그 사이 드물게 보이는 사람들의 흔들린 미소. 평소와 같다. 하지만 딱 한 가지, 옆자리에 네가 없다.

— 금방이라도 사라질 것 같지. 위태로워.

— 뭐가?

— 저것들 말이야.

너는 창밖을 가리켰다. 천천히 나를 돌아보는 눈엔 낯선 감정이 담겨 있었다. 의문을 가지는 것도 잠시였다. 종종 알 수 없는 말을 하곤 했던 너였기에 대수롭지 않게 넘겼다. 너는 웃고 있었다. 어쩐지 쓸쓸해 보이는 미소였다. 지금의 나는 너와 같은 얼굴을 하고 있을까. 만약 그렇다면, 너도 나를 원망했을까. 주머니에 아무렇게나 구겨 넣은 이어폰처럼 엉킨 생각 속에서 나는 헤매고 그 끝에는 언제나 네가 서 있다. 기다렸다는 듯이. 그럴 때마다 두서없이 쏟아내는 의문들은 너에게 닿지 못하고 부서져 내린다. 너는 대답이 없다. 끝 모를 무표정한 얼굴만이 나를 내려다본다. 답을 들어봐야 너의 형상을 빌린 나의 말이라는 것을 알지만 그럼에도 나는 부서진 의문들에 짓눌려 무너진다.

계속해서 바라보던 창밖은 어느덧 마지막 풍경이다. 내릴 채비를 한다. 어김없이 무거운 가방을 걸쳐 메고 문 앞에 선다. 이끌리듯 발걸음을 옮긴다. 익숙하다 못해 몸에 배어버린 길이다. 미지근해진 캔에는 이제 물이 맺히지 않는다. 걸음에 맞춰 목 뒤에 흐르는 땀, 땀이 스며든 머리카락이 들러붙는다. 폐를 드나드는 숨의 열기가 생생하다. 이미 더운 기운을 한가득 안은 바람은 나마저도 빈틈없이 안아버린다. 이른 새벽부터 땀에 흠뻑 젖어버리고 싶진 않아 속도를 늦춰 걷는다. 너는 더운 날을 좋아했던가. 기억을 더듬어본다. 애초에 무언가 좋아한다는 말을 한 적이 있기는 했나. 너는 학교에 가는 것이 아니면 집 밖으로 나오지 않았다. 학교에 오더라도 입을 열지 않았다. 말이 별로 없는 아이였다. 함께 등하교하지 않았더라면 너의 목소리조차 몰랐을 것이다. 오가는 버스에서, 혹은 이 길에서 몇 마디 나눈 것이 끝이었지만, 학생들 중에서 너와 대화한 것은 내가 유일했다. 그래서 너에 대해 아는 것이 많다고 생각했는데, 나도 결국 타인에 불과했다. 알고 있던 적은 사실들마저도 흐릿해져간다.

교문은 아직 열리지 않았다. 그 옆의 낮은 철제 펜스를 밀고 들어선다. 간밤에 내렸던 비가 채 마르지 않았는지 펜스를 잡은 손이 축축하다. 습기를 타고 올라오는 녹슨 비린내가 느껴진다. 그렇지 않아도 화장실은 가야 하니 딱히 신경 쓸 일은 아니다.

6 : 50

교실에는 익숙한 적막이 흐른다. 누군가 있을 리 없는 시간이다. 자리에 가방을 놓는다. 옆 책상 위에 놓인 초라한 국화꽃 한 송이에 여전한 위화감을 느낀다. 도망치듯 화장실로 간다. 누군가에게 들킬세라 칸을 걸어 잠근다. 숨을 깊게 들이마시고, 멈춘다. 마침내 손에 들린 캔을 딴다. 한 방울도 남기지 않고 변기 속으로 흘린다. 상점 속의 기분 나쁘게 들쩍지근한 공기를, 행인들의 기괴한 미소를, 신경을 곤두세우게 만들던 묘한 시선들을, 더불어 흘려보낸다. 요란한 분홍빛의 물을 힘겹게 내린다. 숨을 내쉰다. 신경질적으로 손을 닦아낸다. 빈 캔은 교실 앞의 쓰레기통에 넣는다. 자리로 돌아와 연신 마른세수를 한다. 담고 싶은 것이 없어 아주 눈을 감는다. 내가 기억하는 너의 마지막 모습이 그려진다.

*

— 한참 됐어.

구겨진 캔을 들고 있던 너는 묻지도 않은 말을 했다. 네가 캔을 비우던 칸은 열려 있었고, 나는 내려지던 물의 색—선명한 분홍색—을 보았다. 왜 진작 알아채지 못했을까. 사람들의 눈에 비친 너는 약간 독특한 아이, 그 이상도 그 이하도 아니었다. 행복을 마시지 않는 아이라고는 생각되지 않았다. 그들과 똑같이 웃고 있었으니까. 적어도 나는 알았어야 했는데.

점심시간이 시작한 지 꽤 되었던 때였다. 급식실과 교실이 먼 특성상, 점심을 먹지 않는 아이가 아니라면 교실이 있는 층에 남아 있지 않는다. 그런 탓에 너는 그때껏 들킨 적 없었으리라. 변기에 쥐고 있던 행복을 내팽개치는 일이라니. 의무를 저버리는 행위였고, 나에게 있어선 당연히 숨길 일이었다. 들키기 싫었을 것이라 멋대로 생각했다. 어색한 기류 속 침묵이 이어졌다. 깨고 싶었지만 적당한 말을 찾는 데 실패했다. 너는 여전히 쓸쓸한 미소를 걸고 있었고 당황하는 기색 하나 없이 남은 일을 이어 했다. 캔을 버리고 손을 씻었다. 언젠가는 누군가 볼 것을 알고 있던 사람처럼. 그러길 바랐던 것으로 보이기까지 했다. 너의 표현을 빌자면 그때의 나는 행복에 취해 있었다. 그래서 내가 본 것들을 모두 착각으로 치부하고 잊고 싶었다. 마냥 행복하기만 바랐다. 너도 모르지 않는 눈치였다. 네가 말없이 나간 후에도 한참을 혼자 서 있었다.

그 후로는 선뜻 말을 걸기가 무서워 다가가지 못했다. 관심을 가졌다가는 위험해질 것 같다는 생각이 들었다. 이기적인 본능이었다. 나 자신을 탓할 생각은 없다. 지금의 나라도 같은 선택을 했을지 모른다. 그렇게 그날의 기억은 조금씩 지워지는 듯싶었다. 며칠 뒤 수업 시간, 늘어져 있는 아이들 사이로 마주친 시선, 그 속에는 아무것도 담겨 있지 않았다. 공허하기 그지없던 눈빛. 너는 고개를 돌렸지만 나는 얼어붙어 움직일 수 없었다. 쉬는 시간 종이 울리고, 나 자신의 안위를 걱정한 적이 있기는 했는지 의심스러울 정도로 자연스럽게 네 앞에 섰다.

— 왜 그랬어?

— 비어버린 삶을 살기 싫었어.

정확히 언제부터였는지, 어떤 계기였는지 너는 말하지 않았다. 나도 캐묻지 않았다.

*

너의 '장례식'은 아주 작았다. 네가 사라진 지 한 달이 되는 날이었다. 홀연히 사라진 너에 대해 무수한 소문이 돌았다. 그러나 정작 행방에 관해서는 어떤 단서도 없었다. 미제 실종 사건으로 처리되려던 찰나, 책 한 권에 끼워진 종이가 발견되었다. 두어 번 접혀있던 하얀 A4 지에 적힌 너의 말은 간단했다.

'더는 못 하겠습니다.'

쪽지가 발견된 후로 사건은 이상할 만큼 빠르게 진행됐다. 그렇게 찾아도 보이지 않던 너는 시신으로 한강에 떠올랐다. 상태가 심각하여 너의 부모님에게조차 공개할 수 없다고 하였다. 유전자 검사 결과만이 그것이 너라는 사실을 증명했다. 장례식장은 협소했다. 하기야, 누구나 행복한 요즘 세상에 자살로 판명난, 심지어 시신조차 찾지 못한 일개 고등학생의 장례식이 성대할 리 만무했다. 빈소를 찾은 너의 또래는 나뿐이었다. 무엇 하러 귀찮은 일에 엮이려 드느냐고 도리어 질책을 듣고 오는 길이었다. 찾아와줘서 고맙다는 말을 하는 너의 어머니는 활짝 웃고 계셨다. 평소와 다를 바 없이. 나도 웃어 보였다. 우는 사람은 고사하고 슬퍼 보이는 사람 하나 없었다. 이상함을 느끼지 못했다. 이런 장례식장 풍경은 익숙했다. 모두가 웃으며 대화를 나누고 술잔을 기울였다. 나름 정숙한 분위기 속이었다. 당연한 일처럼 보였다. 그 속에서 슬퍼하는 사람은 이상한 사람으로 보였을 것이 분명했다. 멍하니 주변을 둘러보다 더 머무를 이유를 찾지 못해 발길을 돌렸다.

장례식까지 다녀왔지만, 실감이 나지 않는 것은 여전했다. 금방이라도 어딘가에서 나타나 나를 부르겠지 하는 생각들. 그리움에서 비롯된 현실 부정은 아니었다. 네가 죽음을 택하진 않았으리라는 막연한 감각에 가까웠다. 몇 번의 등하교를 혼자 하며 네가 없는 날들에 익숙해져 가던 어느 하루, 집에 돌아와 본 책상 위에 하얀 봉투가 놓여 있었다. 발신자 없이 내 이름과 주소만이 적힌 편지였다. 풀로 봉해진 입구를 조심스럽게 열자 노트에서 뜯겼을 법한 절단면을 가진 종이 한 장이 나왔다.

*

머리가 깨질 것 같네. 이제는 행복 상점들을 스쳐 지나며 맡는 냄새마저도 버티기 힘들어. 들어가서 태연하게 행복을 사던 모습은 상상할 수도 없을 정도야. 마지막이 다가온다는 게 느껴져. 처음 행복을 마시지 않았던 게 오늘로 5년째가 됐어. 그날을 아직도 또렷이 기억해. 매일 마시던 분홍빛의 행복을 사서 마시려 했었지. 첫 모금을 삼킨 순간에 갑자기 토가 쏠렸어. 길의 한구석에서 쏟아낸 게 그렇게 역겨워 보일 수가 없더라. 캔 속에 남아 있던 행복을 마저 마셔보려 했는데 토했던 여파가 남아서 그런지 냄새만 맡아도 구역질이 났어. 아무렇게나 버려두고 집으로 돌아가서는 속이 좋지 않다고 대충 핑계를 대고 방으로 들어갔지. 막연한 행복이 전혀 느껴지지 않는 상태엔 도무지 익숙해지지 않았어. 너무 어색하고 불안했거든. 신선한 공기가 도움이 되려나 싶어서 창문을 열고 그 앞에 걸쳐 섰고…… 그 너머로 보였던 사람들의 얼굴은 기괴했어. 미묘하게 서로 다른 구석이 있었지만, 소름 끼치는 미소를 띠고 있다는 것은 모두 같았어. 내 눈이 이상한가 싶어서 비비고 다시 봐도 변한 건 없더라고. 신선한 공기의 도움은 없느니만 못한 꼴이 돼버려서 창문을 걸어 잠갔지. 전과는 차원이 다른 불안감이 엄습해왔어. 가슴속 깊은 곳이 뜨거워지는 게 느껴졌어. 무언가 녹아내리기에 충분한 온도라고 생각하던 찰나에 열기가 물이 돼서는 눈에서 흘러나오더라. 모든 게 이해되지 않았어. 불안감, 두려움, 주체 못 하게 흐르는 눈물, 귓전에 울리는 낮은 심장박동 소리, 점차 바닥으로 가라앉는 느낌. 대체 이건 뭘까.

혼란스럽기만 했어. 확실한 건 하나뿐이었지. 이 감정이 행복은 아니라는 거. 눈물은 너무 행복할 때 나는 것만은 아니라는 사실을, 그때 처음 알았어. 밖이 어두워질 시간까지 움직이질 못했어. 너무 많은 생각이 나를 속박해서. 하지만 있지도 않은 병으로 학교를 빼는 건 하루가 끝이었고, 다음 날 다시 집을 나서야 했어. 가는 길에 행복 상점을 마주치지 않기는 힘들었어. 어디로 가나 행복 상점은 있었고, 내가 할 수 있는 일이라곤 고개를 최대한 숙이고 걷는 것밖에 없었거든. 그러길 며칠이었는데 전에 자주 갔던 행복 상점의 주인이 날 붙잡곤 물어봤어. 요즘 아침엔 따로 마시고 오냐고, 도통 얼굴을 볼 수가 없다고. 내가 그 말에 당황했다는 건 얼핏 봐도 보였나 봐. 주인의 표정이 조금 이상해졌으니까. 대화를 기점으로 가게 앞을 지날 때 직원들이 수군대는 걸 느낄 수 있었어. 그런 생각이 들더라. 내가 행복을 안 마시는 걸 모두에게 들킨다면 저런 시선을 어딜 가나 겪겠구나. 바로 다음 날부터 한 캔씩 사서 다른 사람들이 없는 곳에서 버렸더니 시선이 씻은 듯이 사라지더라고. 그게 시작이었어. 지난 5년 동안 아주 옛날의 책, 그러니까, 다양한 감정들을 묘사한 책들을 구해 읽고, 때때로 내가 겪기도 하면서 천천히 깨달았어. 내가 기괴한 미소에 느꼈던 건 두려움이었지만 한편으로는 연민이었고 '슬픔'이었던 거야. 그들과 나 자신, 모두에 대한. 이제야 알게 된 건데, 행복하기만 한 인생은 비어 있을 수밖에 없더라. 하지만 세상은 행복만을 강요하고 슬픔은 애초에 없었다는 듯이 지워버렸어. 감정을 마음껏 느낄 수도 없다는 거, 우습잖아. 우리는 멍청한 음료 따위에 당연한 권리를 뺏긴 거야. 이런 생각을 한 사람이 여태껏 나 혼자는 아닐 텐데 왜 주변에서 보이질 않을까? 갑자기 그 소문이 생각나더라. 행복의 의무를 거부하는 사람은 어딘가로 사라져선 다신 보이지 않는다는 소문 말이야. 최근에 밖에 나갈 때마다 내 뒤를 밟는 사람이 있다는 걸 느껴. 착각이 아닐까 했지만, 날이 갈수록 확신만 더해져. 나 이전에 이런 생각을 하고 의무를 거부했던 사람들은 그들에게 사라졌거나, 그 전에 스스로 떠나버렸겠지. 나도 그들처럼 곧 사라질 거야. 세상을 바꾼다든가 할 힘이, 나는 없거든. 네가 이걸 받았을 때면 나는 이미 사라졌을지도 모르겠네. 나름 열심히 대답해준 것 같으니까 나도 하나만 물어볼게. 행복하기만 한 세상이 정말 좋은 걸까?

*

네게 했던 마지막 질문에 대한 답이었고, 동시에 새로운 질문이었다. 종이 한 장이 내가 알고 있던 세상을 깨부쉈다. 네 편지를 읽은 적도, 심지어는 받은 적도 없는 체하며 원래의 모양대로 접어 서랍 속 깊은 곳에 넣었다. 왠지 들켜서는 안 되리라는 생각이 들었다. 자리에 누웠지만 잠이 오지 않았다. 멍하니 거실로 나갔다. 모두가 잠든 늦은 시간이었다. 새어 나오는 불빛 하나 없이 어두웠다. 전등을 켤 생각은 않고 감각을 따라 소파에 앉아서는 텔레비전을 켰다. 망연하니 채널을 돌리던 손은 한 광고 앞에 멈췄다.

행복 상점 광고였다. 어느 채널에 가도 어렵잖게 볼 수 있는 광고였지만 넘겨지지가 않았다. 푸른빛의 마시는 행복이 담긴 잔을 들고 있는 유명 배우는 웃으며 말한다. '이걸 만난 이후로 하루하루가 특별하고 색다른 기억으로 가득 차서 행복이 떠날 날이 없어요.' 뒤따라 붙는 광고문구, 사소한 일상도 특별한 기억으로, 새로 나온 '특별한 행복'을 지금 바로 인근 행복 상점에서 만나보세요. 텔레비전을 껐다. 공허했다. 혼란을 넘어선 지점의 공백이었다. 모든 행동에 의지는 없었고 본능만이 남아 있었다.

날이 밝고 그 아침에 산 행복을 나는 삼키지 못했다. 입에 넣기가 무섭게 네 편지가 머리를 스쳤다. 비울 것도 없는 속을 게워냈다. 운 나쁘게도 버스정류장에서였다. 시선들이 내게로 쏟아졌다. 올라오는 단내는 역겨웠다.

— 괜찮니? 속이 안 좋은가 보구나.

본 적 없던 아주머니가 내게 말했다. 적당히 괜찮다고 답하며 도망치듯 자리를 피했다.

— 얘, 이건 들고 가야지!

등 너머로 들려오던 어렴풋한 목소리. 그는 내가 자리에 버려뒀던 캔을 두고 말했음이 분명했다. 나는 돌아보지 않았다. 그저 뛰었다. 무언가에 쫓기는 것마냥 하염없이. 숨이 벅찰 무렵이 되어서야 멈춰 섰다. 아무도 없는 좁은 골목이었다. 낡은 콘크리트 벽에 기대어 천천히 숨을 골랐다. 왜 그 순간 네가 했던 말이 떠올랐는지는 모르겠다.

— 인간은 본능적으로 자신과 다른 것을 배척하게 되어 있어. 그렇지 않으면 자신이 틀렸다는 걸 인정하는 거니까.

흔한 추리소설의 전개에서 그렇듯이, 미궁 속에 빠져 있던 사건은 한마디 말로 인해 실마리가 잡혀 해결되는 법이다. 완전히 모든 것을 알았다고 한다면 거짓말이다. 하지만 딱 한 가지, 이 순간 저 밖을 지나다니는 사람 중 행복을 마시지 않은 사람은 나뿐일 것이고, 슬픔을 느낄 수 있는 사람도 나뿐일 것이다. 저들은 내가 슬픔을 느낀다는 것을 알면 나를 어떻게 할까? 뼈를 저미는 서늘함이 스몄다. 세상과 동떨어진 기분, 온전히 홀로 남아버린 느낌이었다. 정확히는 알 수 없었지만 분명 네가 느꼈을 감정이었다. 어떻게 이런 상황에서 웃어 보일 수 있었던 걸까. 헛웃음이 일었다.

*

다시 눈을 뜬다. 아직 교실엔 아무도 없고, 나와 말라비틀어진 국화꽃만이 있다. 그 모든 일들이 있었던 후로 나는 행복에 입을 댈 수 없었다. 주변에 사람이 있어도 그들과 대화를 해도 함께 있다는 기분이 들지 않는다. 빼앗긴 슬픔을 되찾았지만, 누구도 내게 이걸 다룰 방법을 가르쳐주지 않았고 이제 내게는 스스로만이 있다. 다 외면하고 무엇도 없는 곳으로 사라져버리고 싶던 게 한두 번이 아니다. 하지만 내겐 사라질 용기가 부족하다. 사라지지 않으려면 저들과 같은 사람인 척해야 한다. 평범하게 수업을 듣고, 평범하게 밥을 먹으며, 평범하게 웃는다. 집으로 돌아가 방문을 잠그기 전까지 나는 평범해야만 한다. 오늘도 그렇게 살아간다. 그럴수록 내 안의 외로움은 자라나 더 큰 슬픔의 양분이 된다. 슬픔에 대해 알아내려 노력하지만 뒤늦은 일이라는 생각을 지울 수 없다.

집으로 돌아오자 밖에서는 해가 저물어 세상이 붉게 물들어가고 있다. 곧 캄캄해질 시간이다. 아무것도 보이지 않는 그 시간에서야 나는 비로소 숨을 쉴 수 있다. 매미 울음소리가 들려온다. 오랜 기다림 끝에 나타날 제 짝을 찾아 우는 소리다. 자신을 이해해줄 이를 찾아, 우는 소리다. 너는 온 힘을 다해 울었고 나는 듣지 못했다. 들으려는 시도조차 하지 않았다. 서랍 속에 넣어뒀던 너의 편지를 꺼낸다. 책상 위, 가장 잘 보이는 곳에 그것을 올려놓고는 물끄러미 바라본다. 너무 늦게 들어버린 너의 울음에 대한 나의 대답을 알리기 두려워 차마 열지 못하고 다시 깊숙이 숨긴다. 슬픔을 인정하지 못해 미쳐버린 정상인들 사이에서 나는 비정상인에 불과하다. 최선을 다해 그것을 숨기지 않는다면 내가 용기를 내 사라지기 전에 저들에게 사라질지도 모른다. 사라지지 못해 살아가는 나날이다. 새삼스러운 나약함이 사무친다. 나는 오늘도 눈을 감는다. 다신 깨어나지 않고 사라지기라도 할 것처럼, 가증스럽게.

Vanishing twin

수락고등학교 2학년 황규빈

어둠 속에서 어머니의 목소리가 들려왔다.

"여보, 우리 애기들 태명은 뭐로 지을까?"

"태명? 그거 꼭 지어야 하는 건가…?"

"그럼 당연하지! 아이들 태명으로 불러주는 게 태교에도 얼마나 좋은데, 음… 대박이랑 소박이 어때? 몸집 큰 아이가 대박이, 조금 작은 아이가 소박이."

그렇구나. 우리 이름은 대박이랑, 소박이. 그렇다면 아마도 내가…

"그럼 내가 소박이고, 너는 대박이구나!"

내 위에 자리 잡은 형제가 나에게 말을 걸었다.

"그렇지, 아무래도 내가 너보다는 몸집이 더 크니까."

우리는 쌍둥이로 태어날 운명이었다. 다소 비좁은 느낌이 있었지만, 나와 소박이는 서로의 영역을 존중하며 지냈다. 사랑스러운 어머니로부터 받은 양분을 공평하게 나누고, 몸집이 갈수록 커져가는 서로를 위해 자리를 비켜주며.

그런데 얼마 전부터, 소박이가 나에게 이런 말을 자주 건네왔다.

"대박아, 나한테 양분을 조금만 더 양보해 줄 수 없을까?"

"무슨 소리야, 저번에도 네가 더 양보해 달라고 해서 내 몫의 절반이나 양보해 줬잖아."

"그건 그렇지만, 이제 나도 꽤나 몸집이 커졌는걸. 아니, 이젠 내가 너보다도 몸집이 더 큰 대박이잖아, 그러니까 내가 너보다 더 많이 받는 건 당연한 거야."

소박이는 나에게 자신이 더 많은 양분을 받을 것을 요구했다. 처음에는 충분히 양보할 수 있을 만한 정도였지만, 몸집이 커져감에 따라 소박이의 욕심도 커져가는 듯 했고, 더 이상 뺏길 수만은 없다고 생각이 들 때에는 소박이, 아니 대박이의 몸집은 나보다도 커져있었다.

사랑스러운 어머니께서 태교에 좋다는 클래식을 들으시며 낮잠에 드실 때에, 대박이가 나에게 말을 건넸다.

"이대로는 결국, 우리 둘 다 굶어 죽고 말겠지."

나는 아직 조그마한 내 두 귀를 의심했다.

"그게 무슨 뜻이야?"

"이대로 어머니로부터 받은 양분을 서로 나누기만 해서는 둘 다 살아남을 수 없다는 뜻이야."

할 수만 있다면 계속해서 흘러나오는 저 클래식 소리를 꺼버리고 싶었다. 지금 이 상황에서 저 귀를 째는 듯한 바이올린 소리는 아무런 도움이 되지 않는다.

나와 대박이는 서로 아무 말도 않다가 서로를 향해 발길질을 시작했다. 만약 어머니가 이것을 보셨다면, 서로 귀엽게 장난을 치며 논다며 흐뭇해 하셨겠지만, 이건 그따위 시답지 않은 장난이 아니라 살아남기 위해 서로를 죽이는 것이다.

하지만 나는 대박이에게 상대도 되지 않았다. 당연한 일이겠지. 저 자식은 자신의 몫도 모자라 내 몫의 절반 정도까지 처먹던 놈이다. 나의 발길질은 저 자식의 발길질에 비하면 저항하는 수준도 못 될 것이다.

대박이의 발길질 몇 번에 손이 뜯겨져 나가며 비웃는 듯한 웃음소리가 들렸다.

"멍청한 놈."

그 말 한마디에 내 몫을 빼앗아 갔던 대박이보다도, 자기 뱃속의 일도 알아차리지 못한 채 잠들어있는 어머니보다도 내 자신이 원망스러웠다. 어째서 나는 내 몫 하나 지키지 못했을까. 왜 그리도 순진했을까.

그런 생각에 내 움직임이 둔해졌을 때에 이번에는 내 눈이 박살났다.

그렇게 내 몸의 절반이 뜯겨져 나가던 와중에 클래식 음악 사이로 어머니의 목소리가 들렸다.

"아이구, 얘들아 같이 놀고 있는 거야? 서로 싸우지 말고 사이 좋…."

아, 귀가 떨어져 나가서 더 이상 들리지가 않는다. 엄마… 제발… 제발…

"살려주세요, 엄마."

이 한 마디를 끝으로 내 존재는, 아니 내 형체는 흔적도 없이 사라졌다. 처참히 뜯겨진 살점은 대박이와 어머니의 일부가 되었고, 결국 이렇게 끝이 나는 듯했다.

하지만 아직 끝난 것이 아니다. 나는 어떤 기적으로 인해 또 다시 삶을 살아갈 기회를 얻었다. 나는 대박이의 몸속의 잊혀진 세포가 되어 기생하고 있다. 너무 배고프다. 그리고 본능적으로 깨달았다. 나는 대박이의 몸속에서, 다시 성장해야 한다. 내 숙주를 잡아먹어야 해.

이제 남김없이 다 처먹어주마. 개자식아.

복제 인간

구일중학교 3학년 고다영

복제 생물을 만들었다. 내 나이 스물 아홉의 일이다.

"정현아!"

"야, 너 내가 늦지 말랬지."

정현은 끌끌 혀를 차며 몸을 돌렸다. 나는 울상을 지었고, 그는 묵묵히 앞으로 걸어갔다.

"아, 진짜 미안! 진짜진짜 미안해!"

정현은 푹, 한숨을 쉬더니 우뚝 멈추었다. 그리고는 제 가방을 뒤적뒤적. 무얼 하나 고개를 내밀고 갸웃하니 정현이 불쑥 피로회복제 하나를 건넸다.

"미지근해졌잖아 멍청아."

나는 감동에 젖어 그를 꼬옥 끌어안았고, 정현은 싫지만은 않았는지 내 머리를 잔뜩 헝클어뜨렸다. 시간 약속에 엄격하고, 조금 히스테릭했지만 그만큼 정 많은 이도 없을 것이다. 열 넷의 나도, 지금의 나도 전적으로 동의하는 바였다. 그랬던 친구였다. 고2. 수능까지는 500일이 조금 안되었던 날. 야자가 끝나고 돌아가는 길은 한산했고 어쩌면 조금 섬뜩했다.

"야 있잖아, 무서운 얘기 좀 해봐."

여름에 공포영화 한번 못 본 것이 한에 서렸다느니, 이게 다 무서운 걸 못 보는 우리의 김 유진씨 덕분이니 박수 쳐달라느니. 오랜 학업에 지쳤는지 정현은 쓸데없는 말을 술술 내뱉었고 나는 껄껄 웃으며 아이구 죄송합니다~ 과장스레 허리를 숙였다.

"근데 공포영화 못 보는 애가 늦게까지 야자할 생각은 어찌 했냐?"

"수능까지 오백 일도 안 되는게 더 무서워서. 난 그런 짭도 안 되는거 안 본다."

"하이고~ 그러셨구나~"

신랄하게 비꼰 그는 돌연 웃음을 멈추더니 물었다. 그래서, 무서운 얘기는? 하여튼 공부 잘하는 놈이랑은 무슨 농도 못한다며, 머릿속에 뭐가 들었니 짜증내는 정현의 모습은 우스웠다. 비죽 나오려는 웃음을 꾹 눌러 참고 달래자 정현은 금세 기분을 풀고 내 이야기에 귀를 세웠단다.

"그러니까, 복제 인간이야."

"아, 재미없어."

"아니 들어봐! 재밌어!"

내 강력한 주장에 정현이 구시렁거리던 것을 멈추었다. 대신 입술이 댓발 튀어나오고 말았지만. 난 그를 달래러 재빨리 말을 이었다. 그러니까…… 한 과학자가 있었다. 어디에서나 그의 이름을 대면 '괴짜' 라는 말이 자동으로 튀어나오는 그런 사람이었다. 그는 머리가 매우 좋았고, 인간을 끔찍이도 싫어했다. 이유는 모른다. 그의 불운한 가정? 혹은 그들과는 다르다는 우월감? 어쩌면 안타까운 유년 시절이 이유가 될 지도 모르겠다. 여하튼 그는 인간을 몰살 시키기로 했고, 그들을 없앨 방법을 연구한다. 그렇지, 살인마가 있었어! 과학자는 곧이어 교도소로 갔다. 그곳에서 그들의 머리카락이나 살, 피 등을 조금씩 얻어내었다. 매음굴에서는 창녀를 납치했다. 그리고 과학자는 그것들을 모두 데리고 자신의 실험실로 향했다……

"뭐야 그 과학자, 중 이병이라도 된다든?"

"아 진짜, 분위기 깨지 마."

정현은 턱짓으로 내가 사는 아파트를 가리켰다. 어쩐지 오늘따라 어느 짐승이 아가리를 벌린 듯한 모양이다. 오늘은… 그래, 사자다. 마저 다 말하면 되지. 나 다리 아프거든? 정현이 툴툴댔고 나는 그제서야 보내줄 마음이 생겼다.

"그래, 조심히 가고 내일 봐."

그대로 정현은 뒤를 돌아 걸었다. 그가 꽤 멀어질 즈음이 되어서야 나도 집으로 들어갔다.

"여보세요?"

"아하하, 너 잘 들어갔냐?"

실없다. 나는 계속해서 멍청한 소리만 나불대는 정현의 목소리를 묵묵히 듣다가 어휴, 하고 크게 한숨을 쉬었다. 이게 무슨 날벼락이람. 나는 이제 막 책상에 앉아 교과서를 편 참이었다. 학원에서 풀라며 준 문제집은 책상의 왼편에, 잘 세팅 된 필기구는 오른쪽에 자리해 나의 숙제를 도우려던 참이었다.

"네가 나 데려다 줬잖아. 무슨 걱정이야?"

"으응, 아니… 그래도 혹시 모르니까……."

"용건 없으면 끊어라, 언니 숙제 많다."

"아아, 잠깐만!"

정현이 다급히 불렀다. 그 뒤에 그가 이어간 소리는 더 멍청한 소리였지만.

"있잖아, 그… 아까 했던 얘기만 다시 해줘."

말은 이렇게 했지만 어느샌가 나는 이야기의 결말까지 술술 불어대고 있었다. 정현은 전화기 너머로 응, 응, 하거나, 하하 웃거나, 오오, 하고 감탄하기도 했다.

"여하튼! 과학자가 살인자들로 만든 복제 인간들이 사람들 다 죽이고 다녔다는 거야."

"그리고?"

"음? 더 없는데? 그냥 살인자가 날뛰었다더라, 하는 것 뿐이야."

"경찰들은? 아니, 그들이 아직까지 존재한다든가 하는 이야기는?"

정현의 말이 점점 격해졌다. 조금 떨리는 것이, 이야기가 꽤 무서웠나보다.

"겁먹었냐? 아, 네가 말하니까 생각난 건데, 누가 얘기하기로는 그 살인자들 아직도 돌아다닌다 하더라."

뭐, 현실성 없는 이야기라 난 뺐지만.

말을 덧붙이고는 하하 웃었다. 아무 말도 하지 않는 핸드폰 탓에 민망해졌기 때문이다.

"…있잖아, 마지막으로 한마디만 하자."

정현의 목소리가 이상했다. 물에 푹 담근 솜마냥. 마치 울 것 같은 목소리.

"어… 무슨 일 있어? 아니, 일단 말해봐."

"내가 전화를 끊을 건데, 한참 있다가 오고, 나랑 지금까지 친구해줘서 고-"

전화가 끊겼다.

10시 2분. 유진이 정현을 다시 찾은 시간이었다.

"정현아……."

헉헉 숨을 몰아쉬면서, 유진은 낮게 읊조렸다. 평소 잘 내지 않는 목소리였지만 정현이 당황하거나 하는 일은 없었다.

"야, 너 여기서 자면 입 돌아간다?"

한 남자가 트럭을 들려고 한다

여의도중학교 1학년 김민건

한 남자가 트럭을 들려고 한다.
1시간이 지나도
10시간이 지나도
포기하려고 하질 않는다.

다음 날에는 모든 사람이 그러고 있다
어느새 나도 트럭을 들려고 한다.
내 몸이 이미 움직였던 것이다.

일주일 정도 지난 후에 누군가가 들었다
이유는 모르겠지만 마냥 그 사람이 부러웠다.

오랜 시간이 지난 후 나도 들었다.
기쁠 줄 알았다.
하지만 내 마음 속은
허무함만을 느끼고 있었다.

다른 사람들은 계속 트럭을 들려고 한다.
1년이 지나도
10년이 지나도
계속…

새벽별

목동중학교 1학년 이다영

시곗바늘이 소리 없이 지나가고, 나의 새벽은 시작된다. 조용한 공간에 나와 나를 살포시 감싸 안은 숨결만이 남을 때. 숨소리에 집중하다 보면, 어느 순간부터 나의 존재가 희미해져 간다. 구름이 바람에 빨려 들어가는 소리가 들려온다. 그 사이를 부드럽게 활공하는 비행기와 그를 바라보는 잠자리 한 쌍. 모두 서늘한 새벽 공기에 가라앉는다.

미동도 없는 나의 몸을 벗어나 높이 날아오른다. 새벽바람을 따라 멀리멀리. 갈비뼈 부근이 저려오게 크게 숨을 들이마시고- 후.

공기 냄새.

회색빛 공기를 내 안에 한껏 담으면 하나가 된 기분이 든다.

입꼬리를 들어 올려 미소를 짓는다. 대담해진 나를 아침까지 데려갈 수 있다면. 눈을 부릅뜨고 새카만 도화지 위 보석으로 다가간다. 톡. 톡톡. 일어나 봐. 나를, 항상 환하게 해줄 거지? 그럴 거지?…… 서서히 빛이 감돌기 시작했다. 다행이야.

유독 밤이 깊던 날 밤, 깨달았다. 나를 비추던 별은 더는 날 바라보지 않아. 퐁 빠져서 나오지 못할 것 같은 밤하늘에 떠 있는, 흰 구름. 또 그에 닿을 듯 높이 서 있는 건물. 꼭대기 층에 켜져 있는 환한 불빛은 그 방만은 밝히고 있었다. 구름은, 또 자기 자신만을 위해 반짝였다. 그 누구도 다른 이의 몫까지 비춰주지 않는다. 나 자신은 내가 비추어야 한다. 내가 나의 별이 되어.

오랜만에 노래를 틀고 눈을 감았다. 내 안에 쌓여있던 숨을 크게 내뱉었다. 목이 매캐하다. 나를 짓누르고 있던 숨들이 하나둘 멀어져간다. 건너편 아파트의 수많은 네모들이 깜박이며 밝아지고 어두워지고를 반복한다. 반딧불이 같아. 속삭이다 놀라 웃었다. 무언의 새벽 규칙을 드디어 뚫고 나왔네. 창밖의 연연한 별들이 총총히 각자의 삶을 그려내며 구름을 만든다. 구름 속에 파묻혀 웃는다. 빛나고 있었다. 후. 가슴 가득 바람이 싣고 온 벚꽃이 만개한다. 봄이 왔구나. 시곗바늘이 소리 없이 지나간다.

종이비행기

덕원여자중학교 3학년 이연경

"있잖아, 언니. 나 꼭 비행기 타보고 싶어."

동생은 늘 입버릇처럼 그렇게 말했다. 저 멀리 새들과 마주보며 하늘을 날고 싶다고. 하늘에 걸린 구름 위에 앉아 쉬어보고 싶다고.

"그래. 언제 우리 한번 꼭 같이 타자."

나는 그럴 때마다 미소 지으며 동생의 새끼손가락에 내 새끼손가락을 걸어주었다.

무더운 여름이 되어 화려하게 핀 장미 위로 새파란 하늘이 보일 때면, 동생은 종이비행기를 접으며 노래를 흥얼거리곤 했다. 신나게 종이비행기를 접던 동생, 덩달아 하늘을 향해 종이비행기를 날리던 나, 그런 우리를 보고 흐뭇한 미소를 보내던 부모님. 그 순간만큼은 정말 행복하다고 느꼈고, 앞으로도 그럴 것이라 믿었다. 갑자기 동생이 입원하기 전까지는.

원인을 알 수 없는 병이라 했다. 의사의 말을 듣고서 건강하던 아이가 그럴 리가 없다며 절망하던 부모님과는 달리, 동생은 열이 올라 온몸이 뜨거운 와중에도 애써 웃음 지으며 종이비행기를 만지작거렸다. 하지만 병실 침대에서만 누워 지내게 된 동생은 종이비행기를 접지도 못했고, 창밖의 하늘조차도 똑바로 쳐다보질 못했다. 멍하니 병실 천장을 바라보는 게 전부였다. 숨 쉬는 것마저도 힘겨워 보였다. 그렇지만 나는 마냥 어린 마음에 동생에게 비행기를 꼭 태워주고 싶었다. 간신히 숨을 내쉬면서도 심심해 죽겠다며 투정부리는 동생이, 밤중에 굳게 닫힌 창문을 바라보며 이따금씩 울먹거리는 동생이 너무 불쌍했다.

"엄마, 윤지랑 비행기 타면 안돼요?"

"윤주야, 윤지는 아파서 비행기 못 타. 의사선생님이 윤지는 병원 안에서만 있어야 한다고 했잖아. 그리고 비행기 표는 한두 푼 하는 줄 아니?"

그 당시 나는 아프면 왜 비행기를 탈 수 없는지 이해하지 못했다. 단지 돈 때문에 비행기를 탈 수 없는 것이라 받아들였다. 그때부터 나는 온갖 심부름을 하며 돼지 저금통을 채우기 시작했다. 100원, 500원밖에 되지 않는 턱없이 적은 금액임에도 동생에게 비행기를 태워주겠다는 생각 하나만으로 나는 저금통을 착실히 채워나갔다. 가끔씩은 병실에 찾아가 돼지 저금통을 동생에게 보여주기도 했다. 아직 비행기 표를 산 것도 아닌데 그렇게나 기뻐하는 동생의 모습에 나도 덩달아 들떠 있었고, 서서히 무거워지는 저금통에 뿌듯해했다. 하지만 저금통을 반쯤 채웠을 무렵, 동생은 더 이상 눈을 뜨지 못했다.

종이비행기를 접어 날리던 때처럼 무더운 여름날이었다. 하늘이 그토록 푸르던 날, 장미꽃들이 예쁘게 줄지어 피던 날, 동생은 잔뜩 얼굴을 찌푸린 해로 눈을 감았다. 어른들은 아파서 표정이 그런 거라고 설명했지만, 어렸던 나는 동생이 비행기를 타지 못해 나에게 투정을 부리는 것만 같았다. 동생이 비행기를 탔었더라면, 내가 좀 더 노력했더라면 동생은 활짝 웃는 얼굴을 하고 있을 것 같았다. 반밖에 채워지지 못한 저금통이 너무나도 원망스러웠다. 그러나 그 생각도 잠시, 장례식 날 환하게 웃고 있는 동생의 사진은 나를 더 서글프게 만들었고, 내 울음소리는 얼마 못 가 매미 울음소리에 파묻혔다.

그로부터 몇 년이 지났다. 나는 어느새 중학교를 졸업할 나이가 되었고, 동생이 남겨놓은 것들이라고는 사진 몇 장과 꼬깃꼬깃하게 접힌 종이비행기들이 전부였다.

지금도 여름이 되면, 장미꽃이 다시 흐드러지게 피면 문득 동생 생각에 종이비행기들을 꺼내보곤 한다. 그 조그마한 손으로 색종이를 만지작대며 비행기를 접던 게 떠오르면 피식, 하고 괜스레 웃음이 나온다. 나는 아직도 비행기를 날릴 때의 바람의 촉감을 기억하지만, 어째선지 동생이 죽고 난 뒤에는 다시 그 느낌을 받을 수가 없었다.

왠지 모르게 울적한 마음에 종이비행기들을 슬쩍 쓰다듬어 보았다. 아마 수십 번은 날려 봤을 것이다. 종이비행기 앞쪽이 심하게 구겨진 것도 있었고, 날개 부분이 찢어진 것도 있었다. 그래도 아직 날릴 수 있는 것들은 많이 남아있다.

'이 종이비행기들이 책상을 활주로 삼아 날 수 있다면. 저 창밖으로, 하늘 위로, 구름 사이를 지나 윤지가 있는 곳까지.'

문득, 생각 하나가 뇌리를 스치고 지나갔다. 이거라면 되지 않을까. 동생의 약속을 지킬 수 있지 않을까.

곧장 책상 서랍 속을 뒤져 동생의 사진을 찾아냈다. 살짝 먼지가 쌓여있긴 하지만 역시나 사진 속에선 환하게 웃음 짓고 있다. 그래, 이젠 하늘 속을 날면서 웃을 수 있어. 종이비행기의 틈새로 동생의 사진을 끼워 넣었다. 테이프로 붙이거나 하면 무거워서 얼마 못 가 떨어지고 말겠지. 혹여나 비행 중에 사진이 떨어질까 봐 떨어지는 일 없도록 단단하게, 꽉 밀어 넣는다. 그래도 몇 번씩이나 종이비행기를 흔들어 보면서 사진이 떨어지지 않는 것을 확인하고 나서야 안심이 된다. 이제, 이륙할 시간이다.

창문을 드르륵 열고서 창밖으로 손을 뻗는다. 푸른 하늘 사이로 햇살이 따뜻하게 비치고 있다. 비행을 하기에 더없이 좋은 날씨다. 때마침 선선한 바람이 불어온다.

윤지야, 이제 그 약속을 지켜줄게. 창밖으로 종이비행기를 힘차게 날렸다. 바람을 타고 저 멀리까지 날아간다.

언뜻 구름 사이로 동생의 웃는 얼굴을 본 것 같았다.

꼬마 이야기

염창중학교 1학년 전재연

*이 글은 손창섭 작가의 '꼬마와 현주'이야기를 꼬마의 입장에서 쓴 글입니다.

어렸을 때부터 나는 몸이 매우 약했다. 현주 빼고 다른 식구들은 몸이 약한 나를 못마땅해 했다. 그런 내가 불쌍했는지 현주는 나를 특별히 아꼈고, 현주의 정성 어린 보살핌 덕분에 나는 점점 건강해졌다. 건강해진 나는 다른 닭들과 같이 어울리려고 매우 노력했다. 하지만, 그들은 나를 받아들이지 않았다. 현주의 사랑을 너무 많이 받는다고 나를 시기했기 때문이다. 결국 나는 현주가 있을 때만 다른 닭들 옆에 있고, 현주가 없을 때면 나 혼자 지렁이를 잡거나 멍하니 있었다. 그렇게 현주가 없을 때면 나는 외톨이가 되곤 했다. 그래서 현주가 오면 너무 반가워서 현주에게 꼬꼬거리며 달려갔다. 내가 현주에게 달려가면 현주도 나를 반겼다. 그리고 나와 함께 산속으로 들어가서 맛있는 먹이들을 잡곤 했다.

어느 화창한 봄날, 현주는 여느 때와 같이 나와 함께 산에 가서 돌로 개구리나 참새를 잡았고, 나는 메뚜기와 지렁이를 잡아먹었다. 그날따라 개구리와 참새들은 현주의 돌을 너무나도 잘 피했다. 산에 온 지 한참이 지났는데도 아무 수익이 없자 현주는 매우 화가 난 것 같았다. 마침 조금 앞에 개구리가 앉아 있었다. 현주는 잘 되었다는 표정을 짓고 그 화를 돌에 있는 힘껏 담아 꽤 멀리 있는 개구리를 향해 던졌고, 돌에 못 맞을 때를 대비해 난 개구리 주변에 조용히 서 있었다. 그런데 아뿔싸! 현주의 화가 담긴 그 돌이 개구리가 아니라 내 발에 맞았다. 그냥 던진 돌도 아니고 있는 힘껏 던진 돌이라서 더 아팠다. 다른 사람이었다면 발을 붙잡고라도 달려가서 공격했겠지만 현주라서 참았다. 참기는 했지만, 눈물이 날 것처럼 아팠다.

"꼬마야! 괜찮아?"

현주는 놀라며 나에게 달려왔다. 피가 나는 내 다리를 본 현주는 매우 기겁하며 나를 안고 집으로 데려가 정성껏 보살폈다. 현주가 나를 잘 치료해주었지만 결국 내 한쪽 다리는 절뚝거리게 되었다. 하지만 이 사건을 계기로 나와 현주는 더 친해졌고, 그럴수록 닭들은 나를 더 시기했다.

그렇게 평화롭던 날들이 지나가고, 어느 날 나는 끔찍한 소리를 듣고 말았다.

"어머니, 내일 닭장수가 온다는데 그때 산란 성적 나쁜 애들을 파는 거 어때요?"

"그러자."

현주 형의 제안에 현주 어머니는 흔쾌히 허락했다. 그때까지만 해도 나는 산란 성적이 안 좋은 꼬꼬랑 햇살이, 꿀닭이가 매우 불쌍했다. 내일이면 닭장수에게 팔려가고 그 말은 즉, 곧 죽는다는 말이기 때문이다. 그런데, 현주 어머니의 다음 말을 듣고 나는 매우 긴장할 수밖에 없었다.

"그런데, 꼬마는 어쩔 게냐?"

"뭐, 같이 팔죠. 어머니가 현주에게 잘 설명해 주세요."

"그러마."

하늘이 무너지는 것 같았다. 이 정든 집을 떠나야 하다니! 현주가 집에 오자 나는 내가 곧 팔려갈 거라는 것을 있는 힘껏 말했지만, 현주는 나의 행동을 보고 먹이 잡으러 가자는 말로 오해하고 말았다. 이럴 줄 알았다면 한글을 배우는 건데……. 현주도 나를 못 도와준다는 것을 알게 된 나는 두려움에 몸을 떨었다. 이제 나는 죽는 걸까? 침울해 하는 나를 보고 다른 닭들은 통쾌해 했다.

"그르게, 혼자서 현주 사랑 독차지하더니 벌받네, 꼬꼬"

"불쌍해서 어쩌나, 꼬꼬"

결국 나는 팔려갔다. 도착한 곳은 냄새나는 철장 안이었다. 현주 네에서는 모든 곳이 깨끗했고, 먹이도 맛있었다. 그에 비하면 여기는 쓰레기장이다. 현주는 내가 있는 곳을 어떻게 알았는지 매일매일 와서 내게 먹이를 주었다. 개구리보다는 지렁이보다는 맛이 없었지만, 먹을 만했다. 죽을 것 같았지만, 그래도 현주를 보며 꾸역꾸역 살았다. 그런데 며칠 뒤, 이상한 현상이 일어나기 시작했다. 몸에 가뜩이나 없던 힘이 쭉~ 빠지고, 볏의 색도 이상했다. 현주가 와도 반가워서 꼬꼬거리고, 철장 밖에 고개를 내밀고 싶었지만, 그럴 힘이 없었다. 그래도 나를 걱정해 주는 현주가 고마워 현주가 주는 먹이를 몇몇 콕콕 찔렀다. 하지만 먹을 힘은 없었다.

"꼬마야, 조금만 더 고생해라. 육백 환만 생기면 당장 데려가 주마."

매일 현주가 오면 하는 말이다. 현주의 집에 갈 수 있다는 생각만 하며 곧 죽을 것 같은 몸을 정신으로 버텼다.

오늘따라 눈앞이 뿌옇고, 현주의 목소리가 희미하게 들렸다. 나는 때가 왔다는 걸 알게 되었다. 그래서 있는 힘을 다해 자신의 집으로 돌아가는 현주에게 말했다.

"고마워 현주야."

현주도 이상한 기운을 느꼈는지 가는 동안에도 계속 뒤를 돌아보았다. 나는 현주가 많이 걱정할 까 봐 현주가 보일 동안에는 몸을 철장에 기대고 서 있었다. 마침내 현주가 내 시야에서 사라졌다. 내 몸에서 힘이 조금씩 조금씩 빠져나갔다. 서서히 몸이 땅으로 기울여졌다. 다른 닭들은 걱정하며 나를 보았다. 하지만 그들은 자신이 아무것도 할 수 없다는 걸 알고 속상해했다. 그런 닭들을 보고 나는 희미하게 웃었다. 이번 생은 참 행복했다. 드디어 내 눈앞이 깜깜해지고, 그 동안 추억이 내 머릿속을 빠르게 지나갔다. 그리고, 그리고 모든 것이 끝났다.

"에이, 결국 죽었네."

닭장 아저씨는 투덜거리며 꼬마를 자루 속에 넣었다. 꼬마는 하늘 위에서 이 모습을 지켜보았다. 그리고 씁쓸한 웃음을 지었다. 그리고 자신이 죽은 걸 알고 울음을 터트리는 현주를 보고

"안녕, 그동안 고마웠어."

하고 마지막 인사를 했다. 현주는 어디선가 들리는 꼬마의 목소리를 듣고 놀라 했다. 그리고 다시 울음을 터트렸다.

시간

방배중학교 3학년 조서현

열심히 물레 돌려
푸른 숲을 쥐어 짜니
서서히 붉게 물들어
파동처럼 깊게 퍼진다
바람 한 점 더 들어오라
활짝 열었던 창문이 닫히고
담장 넘어 오르던 고양이도
등 따시오 나른했던 그 날을
네가 스치며 회상한다
그 회상의 향기를 맡은 너는
혹여나 날이 더울까
원망 들었던 그 때의 기억에
서둘러 눈과 바람에게 이야기한다
그렇게 내리는 눈과 불어오는 찬 바람에
길도 옷도 두터워진다

그 여름이 포화해

숭의여자고등학교 2학년 서지민

"어제… 사람을 죽였어."

"뭐?"

단 한 번도 지각한 적이 없던 네가 조례 시간이 가까워 오도록 등교하지 않았다. 어디냐고 수십 번 연락해 봐도 돌아오는 답장은 없었다.

참다못한 나는 교실을 뛰쳐나왔다. 너를 찾으러 갈 생각이었다. 딱히 아무런 사이도 아니었지만 왠지 그러고 싶었다. 그러지 않으면 안 될 것 같았다.

십 분 정도 학교를 뒤진 끝에 운동장 스탠드에 홀로 앉아 있는 너를 발견했다. 쏟아지는 장맛비에 푹 젖은 채로 울고 있던 너를.

이제 막 시작된 여름이 무색하게도 너는 미친 듯이 떨고 있었다. 비 때문인지, 아니면 울고 있기 때문인지는 잘 구분되지 않았다.

울음과 섞여 대뜸 튀어나온 너의 말은 당장 이해할 수 없는 종류의 것이었다.

사람을 죽였다니. 도대체 왜?

왜냐고 물으니 너는 뺨을 타고 흐르는, 빗물인지 눈물인지 모를 물방울을 한 번 닦고서 눈물 섞인 목소리로 드문드문 말을 이었다.

"남가을… 가을아, 나… 나 어떡하지…? 그럴 생각은… 그냥… 그냥 살짝 친 것뿐인데… 나 어떡해…."

"어떡하냐니…."

누군가를 달래준 경험이 없는 나는, 우는 너를 어떻게 달래줘야 할지 알지 못했다.

달래줄 수도, 위로해줄 수도 없었다.

나야말로 어떻게 해야 할까.

너를 어떻게 해야 할지 모르는 나를 두고, 너는 마치 무엇에 홀리기라도 한 듯 중얼거렸다.

"이제는 여기 있을 수 없을 것 같아… 그러니까… 어디 먼 곳에서 죽고 올게."

네 말을 듣고 복잡한 심정으로 가만히 너를 바라보았다. 죽고 오겠다는 말에 어떻게 반응해야 좋은 건지 알 수 없었다.

그러다가 결국, 나 역시 무언가에 홀린 듯 네 손을 붙잡고 부탁했다.

"그러면, 나도 데려가줘."

"뭐?"

못 들을 것을 들었다는 듯 놀란 얼굴에 대고 나는 다시 한 번 쐐기를 박았다.

"나도 같이 가."

이번엔 네가 복잡한 심정이 되었는지, 흔들리는 눈빛으로 내게 물어왔다.

"어디 가는 줄 아는 거야. 내 말 못 들었어…?"

"들었어. 죽으러 가겠다며."

"죽으러 가는데… 네가 왜 따라와…."

네 눈빛이 심하게 흔들렸다. 그런 너에게, 나는 정말 대수롭지 않다는 듯 말했다.

"전부터 이번 생에 미련 따위 없었어. 죽어도 괜찮고… 네가 없으면 허전할 것 같아서."

네가 없는 삶이라니, 허전할 것도 같았고 상상이 가지 않았다. 너는 이미 내게 꽤나 중요한 존재였던 것 같다.

뭐부터 했으면 좋겠냐는 물음에, 아무거나 내가 하고 싶은 걸 하나 하자고 하는 네 말에 그나마 해보고 싶었던 걸 떠올렸다.

과거에 해본 적도, 시도해 볼 생각도 못해본, 그런 거.

"나쁜 짓…."

무의식중에 나온 말이 어색했다. 나쁜 짓이랑은 거리가 멀었다고 생각하는데. 오히려 그래서 더 해보고 싶었는지도 모른다.

"나쁜 짓. 해보고 싶었어."

"어떤 거?"

"그냥. 뭐든 좋아."

정말 뭐든 좋았다. 지금이라면 사람을 죽이는 일도 할 수 있을 것 같았다. 하지만 네가 생각한 나쁜 짓은 그렇게 거창한 일은 아닌 듯 했다.

"돈을 훔친다거나… 그런 거?"

"응. 그런 거."

"좋아."

너는 고개를 끄덕이더니 한 곳을 가리키며 마치 계속 그 곳을 주시하고 있던 것처럼 말했다.

"저 노점상. 지금 주인이 잠깐 나간 것 같은데."

네가 가리킨 곳을 바라보니, 그 곳엔 네가 말했듯 카운터에 아무도 없는 노점상이 있었다. 저기로 할래, 라며 나를 돌아보고 묻는 너에게 나는 고개를 살짝 끄덕이며 그러자고 답했다.

우리는 조금 빠른 걸음으로 노점상에 다다라서, 주인이 없는 카운터에서 잡히는 대로 돈을 집어 들고는, 그대로 거리를 내달렸다. 뒤에서 뒤늦게 돌아온 노점상 주인의 고함 소리가 들려왔다. 그 소리를 무시한 채, 너와 둘이서 달렸다. 이대로 어디라도 갈 수 있을 것 같은, 그런 느낌이 들었다.

이제 와서 무서워할 것은, 우리에게 없었다.

돈을 훔치고 도망간다는 긴장감 탓인지, 혹은 일탈감에 대한 설렘인지, 그저 뛰었기 때문인지, 심장이 미친 듯이 뛰었다. 이마에 땀이 맺히고, 숨이 가빴다. 정신없이 내달리다 보니 어느새 거리에서 벗어나, 눈이 부시도록 푸른 바다 앞에 와 있었다.

우리는 바닷가 백사장에 주저앉아 가쁜 숨을 몰아쉬었다. 이마의 땀을 닦고 있을 때, 네가 놀란 듯 물었다.

"……! 너, 안경은?"

그러고 보니 코끝에 맞닿는 감각이 없었다. 아마도 뛸 때 벗겨진 모양이었다. 나는 허전한 코를 한 번 문질렀다.

안경이 아니라 거의 눈이 없어진 느낌으로 받아들인 건지, 아니면 안경이 없어졌는데 내가 너무 태연해 보였는지 너는 미심쩍은 표정으로 물었다.

"……보이는 거야? 없어도."

눈이 그렇게 많이 나쁜 편은 아니라 상관없었다. 생각한 그대로를 대답으로 들려주었다.

"좀 흐릿하긴 한데, 없어도 돼."

그러자 너는 바닷가를 멍하니 바라보다 입을 열었다. 시선은 다시 공허를 담고 있었다.

“왠지 이대로, 어디로든 갈 수 있을 것 같지 않아?”

대답을 바란 말은 아닌 것 같았지만 답해줘야 할 것 같았다. 그러나 한편으로는 너의 시선에 담긴 깊은 공허가 너로 하여금 무슨 짓을 하게 할지 몰라 불안했다.

“어디로든 갈 수 있을 거야…… 어디로든 가자.”

그러자 너는 고개를 끄덕이며 아무래도 좋네, 라고 말했다. 낙오자 둘의 도피여행이라는 말을 할 즈음엔 눈동자에 남은 마지막 생기가 사그라지려 하고 있었다.

“이런 자살 여행…….”

“정말 아무래도 좋네.”

나는 ‘자살 여행’ 뒤에 이어질 너의 말을 가로챘다. 슬슬 여행의 끝이 다가오는 게 느껴졌다. 인생의 마지막이 천천히, 그러나 멈추지 않고, 시시각각 다가오고 있었다.

우리는 말없이 한참 동안 백사장을 걸었다. 비슷하게 굳은 얼굴로, 아무 말도 하지 않고, 당장 걷지 않으면 무슨 큰일이라도 날 것처럼 걷는 것에만 열중했다.

그러다 문득 높낮이 없이 건조한 목소리로 네가 말했다.

“있잖아.”

“응.”

“언젠가 꿈꿨던… 그런 상냥하고, 모두가 호감을 가지는 주인공 같은 사람은.”

“이따위로 더럽혀진 우리 같은 낙오자들도… 무시하지 않고, 제대로… 구원해주려나.”

그냥 한 번 해 본 소리라는 투였다. 네가 무미건조하게 맺은 말에 나 역시 조금 메말랐을지도 모를 투로 대답했다.

“그런 꿈이라면, 진작 버렸어. 현실을 좀 보라고.”

“행복이란 두 글자 따윈 있을 리 없다는 걸, 지금까지의 인생에서 깨달았잖아."

잠시의 정적을 두고 나는 말을 이었다. 줄곧 생각해오던 거였고, 너에게 해주고 싶은 말이기도 했다. 너는 하나도 나쁘지 않다고, 너는 아무것도 잘못한 게 없다고.

"자신은 하나도 나쁘지 않다고…… 분명 누구나 그렇게 생각할 거야."

"역시, 그러네…… 그런 팔자 좋은 꿈, 꿀 때는 한참 지난 거겠지."

너는 조금쯤은 허탈한 듯 중얼거렸다. 그 모습이 왜 그토록 쓸쓸해 보였는지, 그 당시의 네가 무슨 생각을 했었는지는 아직까지도 잘 모르겠다.

나는 작게 고개를 끄덕였다. 백사장이 끝나고 펼쳐진 도로의 가로수에서 매미 울음소리가 울렸다. 곁에 선 네가 양 손에 얼굴을 파묻고 멈춰 서서 중얼거렸다. 흡사 울음과도 같은 중얼거림이었다.

"매미가 있네."

"……응."

"매미가…… 매미가 너무 시끄럽게 울어……."

"그야 매미니까."

우리는 마저 걸었다. 산책로 같던 한적한 길을 지나 공터처럼 보이는 곳으로 나오자, 꼬마들이 여럿 모여 술래잡기나 숨바꼭질처럼 보이는 놀이를 하고 있었다.

너는 내게 뭔가 밝은 얘기를 하자고 말하며 물었다.

"오랜만이네, 저런 거…… 많이 했었어? 어릴 때."

나로 말할 것 같으면, 저렇게 단체로 하는 놀이나 친구 따위와는 연이 없는 사람이었다. 당연히 저런 즐거운 추억 따위 있을 리 없었고, 너도 크게 다를 바 없는 모양이었다.

"아니. 딱히 많이 하지는 않았어. 너는?"

"나도. 혼자서 하면, 재미없잖아."

"……그렇지."

기분 탓일까, 네 표정이 한층 깊어진 느낌이 들었다. 뭔가 결심한 사람의 그것이었고 무엇을 결심한 건지 몰라 미칠 것 같은 불안감이 엄습했다.

공터의 벤치에 앉았다. 말 한 마디 없이도 어색하지 않은 것도 좋았고, 주변 사람들도 아무도 우리를 신경 쓰지 않는 것도 좋았다. 너는 조금 망설이다가 조심스럽게 입을 열었다.

"저기, 뜬금없긴 한데, 혹시 지갑에…… 증명사진 같은 거, 있어?"

증명사진이라면 한두 장쯤은 넣어둔 게 있을 것도 같았다. 조금 뜬금없긴 했지만 그래도 마지막이니만큼 원하는 대로 해 주고 싶은 마음에 가방에서 지갑을 꺼냈다.

"아마 학생증 만들 때 쓰고 남은 게…… 아, 이거다."

내가 지갑을 여는 걸 보던 네가 한 장씩 바꾸지 않겠느냐고 물었다. 마지막이니까, 라는 이유가 덧붙었다. 평소답지 않은 스스로가 어색한 모양이었다.

나는 고개를 끄덕였고 우리는 각자의 증명사진을 서로에게 건넸다.

그런데 사진을 받아든 네 행동이 조금 이상했다. 받은 사진을 지갑에 넣고 가방에 손을 넣더니, 필요 이상으로 뒤적이는 느낌이 들었다. 도대체 뭘 하려나 싶어 바라보다가 문득 불길한 예감이 들었다. 설마……

아니길 빌었다. 아니었으면 했다. 마지막이 다가오는 걸 예감하고는 있었지만, 아직 조금쯤은 남아 있으리라고 여겼다.

그러나 그게 아니었다.

네가 가방을 한참 뒤적인 끝에 꺼낸 건 끝이 날카로운 부엌칼이었다. 집을 나올 때 챙겨 온 모양이었다. 공터를 뛰놀던 아이들은 어디론가 간 모양인지 사라져 있었다.

주변의 나무에서는 매미 무리가 정처 없는 방황의 울음을 울고 있었고,

뭔지 모를 물이 떨어져 시야는 흔들렸으며.

끝을 재촉하며 다가오는 귀신들의 고함에, 고요를 즐기며 평화에 미소 짓던 마음은 어디로 갔는지.

눈동자에 슬픔을 담고 당황으로 열리기 시작한 내 동공을 물끄러미 바라보던 너는 칼을 단단히 고쳐 쥐었다.

뜨거운 한여름의 바람이 머리칼을 흩트려놓고 지나갔다. 주변이 순식간에 어두워진 느낌이 들었다. 아무 소리도 들리지 않았고 아무것도 보이지 않았다. 세상에 너와 나, 둘만 남겨진 기분이었다.

나는 무의식중에 네 이름을 불렀다. 그 뒤에 일어날 일을 조금이나마 늦춰 보

고 싶어서 그랬는지도 몰랐다.

"……여름아."

너는 천천히 입을 열었다.

"네가 지금까지 곁에 있었으니까, 여기까지 올 수 있었어."

"그러니까, 이젠 됐어. 이걸로…… 만족해."

"무슨, 무슨 소리야. 그게 도대체 무슨……."

"죽는 건 나 한 명뿐이면 돼. 더 이상 너를 휘말리게 하면… 내가, 내가 너한테 너무 미안해."

말을 마친 너는 서글픈 웃음을 지었다. 눈가에는 투명한 방울이 맺혀 있었다.

나는 미친 듯이 고개를 저으며 중얼거렸다. 악질적인 장난 같았다. 각오했다고 생각했는데 아니었다. 분명 미련 따위 없었는데, 이제 와서 죽는 게 무서웠다. 네가 그러는 게 싫었다.

당장 그만둬 줬으면 했다. 이런 장난 재미없으니 그만하라고 하고 싶었다.

"아니, 아니야. 뭐야. 아니야, 한여름, 아니지, 너…… 제발, 아니라고 해, 제발…… 아니잖아, 안 할 거잖아, 그만해, 그만, 그만-"

네 눈에서 뜨거운 눈물 줄기가 흐르고 있었다. 내 눈에서도 눈물이 계속해서 흐르고 있었다.

남의 이야기를 보는 것처럼 실감이 나지 않았다.

바람이 멈췄다. 나는 계속해서 네 이름을 불렀고 숫제 애원하다시피 하고 있었다. 그리고 너는, 울먹이며 말을 이었다.

"고마워, 전부…… 잘 있어, 가을아."

네 입이 닫히기가 무섭게 네 손에 들린 칼은 망설임 없이 목을 지나며 깔끔한 선을 그었다.

마치 영화의 한 장면처럼, 한 줄기의 붉은 혈액이 뿜어져 나왔고 주변을 붉게 물들였다.

시야에 온통 붉은빛이 가득 찼다.

정신이 몽롱해졌다.

마치 꿈을 꾸는 것처럼, 지독한 악몽이 영원히 끝나지 않을 밤을 메워버린 나머지 저항할 의지마저 상실해버린 것처럼.

분명 눈을 뜨고 있는데, 의식이 이렇게나 명확한데-

정신을 차렸을 때 가장 먼저 들린 소리는 요란하기 짝이 없는 사이렌 소리였다.

어쩌면, 정신을 차렸기 때문에 들은 게 아니라 그 소리 때문에 정신이 든 것일 수도 있었다.

애벌레 겨울나기

오류고등학교 1학년 전주현

검은색 코트는 너무 낡았다. 낡기만 한 게 아니다. 가을철 코트라 그런지 얇아서 바람 하나 막지 못한다. 점원이 분명 겨울에도 입을 수 있다고 했는데, 그것은 새빨간 거짓말이다. 코트와 동떨어진 날씨에 잇몸까지 부르르 떨렸다. 올해가 21세기 들어 제일 춥다는데, 다 허물어가는 반지하에서 겨울을 나야 한다니. 생각만 해도 한숨이 나온다. 그래, 이번 면접에서 합격만 한다면 반드시 이 집을 뜬다. 뜨고야 말 거다. 직장과 집이 멀다는 핑계를 대며 서울에 고시원이라도 얻어야지. 더는 이렇게 살 순 없는 노릇이다.

오전 7시, 면접장으로 향하는 기차에 올랐다. 희뿌연 먼지 냄새와 이른 아침 특유의 알싸한 향에 닭살이 돋았다. 기차역. 작년 여름방학에 자격증 시험을 보러 온 이후로는 처음이다. 있는 돈 없는 돈까지 탈탈 털었건만, 좌석표는 올해도 입석으로 끊었다. 1시간 조금 넘게 서서 가야 하지만, 서울에 간다는 사실 하나만으로도 가슴이 두근거렸다.

'딸, 엄마가 밥은 먹고 가랬지. 면접 때 배고프면 어쩌려고.'

무심하게 울리는 진동 소리에 휴대전화를 보았다. 엄마의 갈라진 목소리가 화면을 뚫고 나오는 듯했다. 그러고 보니, 냄비에 국이 있었던 것 같기도 하다. 이따가 일하러 갈 거면서 뭐 하러 꼭두새벽부터 힘을 뺀 건지, 괜스레 안쓰러운 마음이 들었다. 한 달 전 즈음에 국밥집에서 일하게 됐다며 좋아하던 엄마의 얼굴이 아른댄다. 식당에서 뛰놀던 아이가 엎은 선짓국에 빨갛게 화상을 입고서도 쉬지 않고 일하던 우리 엄마. 아, 화장 번지면 안 되는데 자꾸만 눈물이 고개를 내민다.

덜커덕, 쿵. 덜커덕. 투박하게 부딪히는 짐 소리에 눈을 떴다. 깜빡 잠이 든 사이에 서울역에 다다른 모양이다. 역은 다양한 사람들로 북적였고, 발 디딜 틈이 없을 만큼 복잡했다. 팔짱을 낀 연인, 갖가지 반찬을 시켜 끼니를 때우는 가족. 그 많고 많은 이들 중 나만, 나만이 홀로 아무런 짐도 없이 남겨진 기분이 들었다. 나에게 짐이라곤 냄비 속에서 식어가는 엄마의 국밥뿐이겠지. 서러운 마음이 들어, 애꿎은 대리석만 세게 밟아댔다. 또각, 또각. 눈처럼 뭉개지지도 않고, 짓눌린 흔적 또한 일절 남기지 않는 대리석. 그런 대리석의 모습이 문득 얄밉게 비친다. 동시에 어린아이같이 헛된 꿈만 꾸는 '나'에 대한 자괴감이 솟구쳐 올랐다. 널리 퍼지는 구두 굽 소리는 무너져 내린 내 마음을 파묻음과 동시에 사람들의 발소리에 여기저기 짓 눌려 으스러졌다.

"대기 번호 57번, 57번 안 계세요?"

삭막한 적막이 감도는 대기실. 안내원의 볼멘소리가 거대한 유리문을 열어젖힌다. 사람들의 시선은 일제히 나를 향해있다. 검은색 코트를 무릎 위에 올리고, 얼룩진 셔츠에 '57'번을 떡하니 붙이고 있는 모습이 꽤 우스꽝스러울 거다. 잔뜩 힘을 준 올림머리가 아닌, 들쭉날쭉 지저분한 단발머리. 엄마 화장품을 훔쳐 쓴 듯 어울리지 않는 화장. 몸이 얼어붙는 게 느껴진다. 다시 한번, 나만. 나만이 홀로 남겨진 기분이다. 대형마트 장난감 코너에서 길 잃은 어린이가 가전제품 코너로 가게 된다면, 지금 나와 같은 심정일까?

"57번! 얼른 나오세요."

"죄, 죄송합니다."

나는 식은땀을 줄줄 흘리며, 겨우 자리에서 일어났다. 구두 속에 한가득 차오른 땀 때문인지, 걷는 게 영 불편하다. 작지만 단단해 보이는 검은색 문에 손을 올리자, 심장 소리가 크게 울린다. 두려움, 공포. 무언가에 짓눌린 심장이 크게 저항하고 있음을, 느낄 수 있었다.

'그냥. 그냥, 이대로 집에 갈까? 아, 아니야. 이번엔 꼭.'

끼익. 우리 집 녹슨 대문과는 사뭇 다른 소리다. 문을 열자, 텁텁한 히터 공기가 한꺼번에 밀려들어 목덜미를 붙잡는다. 무거운 표정의 면접관 세 명이 무미건조한 얼굴을 하고 있다. 히터가 얼굴에 있는 생기란 생기는 모조리 말려 버린 것처럼.

"특성화 고등학교 조리과 졸업? 대학은 안 나왔고."

"회사 지원 양식은 보긴 봤나? 흠."

면접관이 짙은 남빛 안경테를 매만지며 말했다. 입가에는 의미심장한 미소를 띠고 있었다.

"자격증은 기본 중의 기본이고. 조리과에선 뭐 배웠지?"

"나이는 20살이고, 경력은 8개월?"

"지원 자격서 좀 꼼꼼히 읽지 그랬어요."

"이런 데서부터 티가 나는 거라니까."

붉은 머리를 짧게 친 여자가 한숨을 내쉰다.

"대답은 빨리빨리 좀 하세요. 뒤에 한참 남았는데, 나 원 참."

"아직 경력은 부족하지만, 실습 과정에서도."

"아니, 어쨌든 남들보다 부족한 건 사실."

"됐어요. 면접 보시느라 수고 많으셨고, 좋은 결과 기대합니다."

남자는 내 말을 잘라먹었고, 남자의 말은 여자가 잘라 먹었다. 내 말은 공중분해 되어 두 면접관한테 완전히 먹히고 말았다.

높은 건물들은 하나같이 나를 싫어하는 것 같다. 면접을 본 회사도, 신축 아파트도, 전부 높다란 것들이다. 나는 태어나서 단 한 번도, 고층 건물에서 살아 본 기억이 없다.

"더러운 세상."

빵, 빵. 자동차 경적 소리가 거세졌다. 곧이어 우렁차고 걸쭉한 욕지거리가 날아든다. 나는 서둘러 굳어버린 다리를 이끌고 도로를 벗어났다. 횡단보도에서 멍하니 서 있다니, 정신이 나가긴 제대로 나가버린 모양이다.

공기의 뜨거운 열기를 이기지 못한 밤이 순식간에 내려앉았다. 그제야 집에 도착한 나는 힘이 잔뜩 풀린 다리로 눈을 밟으며 녹슨 문을 열었다. 스타킹 구멍 사이사이를 뚫고 들어온 눈 때문에 감각이 굳어졌던 발이 느슨해진다. 그래, 이 정도면 그래도 지낼 만은 하겠다. 전기장판이랑 히터는 있으니깐. 그래, 아직은 살 수 있을 것 같다. 아직은.

"딸, 저녁은?"

엄마다. 평소 같으면 식당에 있어야 할 엄마가 불쑥 모습을 드러냈다.

"설마 거른 건 아니지? 아침도 안 먹었잖아."

"그건 그렇고, 뭘 하다 이제 와? 아침 일찍 나가놓고선."

목욕탕 로고가 떡하니 박힌 수건으로 물기를 탈탈 말리며 눈을 흘기는 모습.

영락없는 우리 엄마다. 구부정한 허리로 한숨을 푹 쉬며 밥을 한 아름 푸는 모습도, 엄마가 맞다.

"어휴, 우리 딸은 돈이 어디서 그렇게 난데?"

"너 또 서울서 놀다 왔지? 작년에도 그러더니, 에이 쯧."

"뭐? 엄마는 무슨 말을 그런 식으로 해? 표 없어서 구하느라 늦었다!"

나는 신경질적으로 대꾸하며 코트를 벗어 던졌다.

"아니면 아니라고 하면 되지, 성질은."

"국 끓여놨으니깐 밥이나 먹어."

엄마는 바닥에 내동댕이쳐진 코트를 주워들며 말했다. 검은색 코트와 대비되는 엄마의 허연 손. 그 위로 붉은 상처가 유독 도드라져 고개를 돌렸다. 병원 좀 가라니까, 제때 안 가서는 흉터만 남기고. 그깟 돈이 뭐라고.

"안 먹어."

나는 밥상에 눈길 한 번 주지 않은 채 이불 속으로 기어들어 갔다.

"먹으라니깐? 라면은 잘만 먹으면서! 네가 애야? 얼른 일어나!"

"아 진짜. 괜찮다고! 엄만 계속 국만 끓이다 와놓고선."

식은땀. 이 녀석은 마른 줄 알았더니 금세 솟아서는, 눈 밖으로 삐죽 튀어나온다.

"그 사람들은 돈이라도 내고 먹지. 나는, 나는."

말꼬리를 흐렸다. 차마 엄마의 두 눈을 똑바로 바라볼 수 없었다.

"그러지 말고, 얼른 먹어봐. 얼른."

냄비 뚜껑을 열자 김이 모락모락 올라온다. 새빨간 선지 국물에 자그마한 기름 몇 개가 둥둥 떠다니는 것이, 참 오랜만이다.

"그렇게 굶으면 일도 못 하는 거야."

엄마는 밥그릇 위에 갖가지 나물을 올려놓으며 말했다.

"많이 먹어야 건강해지지. 너처럼 인스턴트만 먹고 그러면 못 써."

나는 아무 말 없이 뜨뜻한 밥을 입 안 가득 욱여넣었다. 밥 때문이라는 핑계로, 면접 얘기를 꺼내고 싶지 않았다. 밥알을 씹느라 말하지 못했다고, 그렇게라도 핑계를 대고 싶다.

"딸, 엄마가 물어볼 게 있는데."

꿀꺽, 식도를 훑는 밥이 유난히 뜨겁게 느껴진다.

"뭐, 뭔데?"

"면접은 어땠어?"

정말이지 듣고 싶지 않은 말이었다. 차라리 이대로 나물이 목에 걸렸으면, 캑캑 대며 아무 말도 하지 못했으면. 목 언저리에 매달린 나물을 핑계 삼아 회피하고 싶었다.

"그냥, 뭐 그냥 그럭저럭."

"그래? 수고했어."

목이 막힌다. 가슴이 먹먹하다. 선짓국의 매콤한 국물이 위장에 불을 지른 건지, 배가 살살 아려온다. 애써 게워냈던 면접관의 희미한 미소가 아른댄다.

"딸, 넌 뭐 말할 거 없어?"

"없는데, 딱히."

고사리, 콩나물, 시금치, 숙주나물. 애꿎은 반찬만 뒤적거렸다.

"아, 하나 있네."

나는 수저를 들다 말고 말을 꺼냈다.

"엄마. 엄만 나 안 미워?"

말을 꺼내기가 무섭게 오장육부가 꼬이는 것처럼 온몸에 고통이 전이된다.

"얘가 참. 당연한 걸 묻고 있어?"

고개를 숙인 채 눈동자를 살짝 위로 굴린다. 벌건 국물이 묻은 엄마의 입술이 움직인다.

"밉기는 뭐가! 하나뿐인 내 새낀데."

눈물이 선짓국으로 퐁덩 흘러내린다.

"그럼, 나 안 한심해?"

"뭐가 한심해? 우리 딸처럼 열심인 애가 또 어디 있다고."

"이렇게나 어리면서. 응?"

엄마의 얼굴 위로 물기가 서린다.

"어, 뭐야? 엄마 울어?"

"어머. 늙으니깐 눈물이 다 난다. 야."

엄마의 눈물 때문인지, 짠 국물이 묻은 목구멍으로 올라오는 웃음소리 때문인지, 갑자기 국물이 짜다. 어쩌면 여태껏 엄마가 흘렸던 눈물이 선짓국 속에 녹아든 건가 싶을 정도로, 짠맛이 난다. 찬바람이 문틈을 비집고 들어온다. 아, 몸서리가 쳐지지도 춥지도 않다. 이렇게만, 이렇게만 있다면 겨울이 두렵지 않다. 선짓국과 엄마. 새빨간 국물보다도 진하게 사랑하는 마음. 붉은빛을 내뿜는 히터보다도 밝게 사랑하는 것. 뜨거운 열을 지닌 전기장판보다도 뜨겁게 사랑하기로. 그러면서 겨울을 나기로. 엄마와 나는 말없는 약속을 한다.

사과 귀신

성신여자중학교 3학년 강지민

내가 아는 귀신도 사과를 좋아할까. 이 딱딱하고 깨지기 쉬운 과일을 귀신도 탐낼까. 사과 맛 사탕을 물고 입을 벌리고 있으면 귀신이 와서 몰래 뺏어 먹을 것만 같아서 입을 다물기로 했다.

우리 집 앞에는 작은 과수원이 있었다. 계절이 변하고 온갖 식물들이 한 겹 벗어낼 때 과수원 속 열매들도 함께 여러 가지 색으로 떨어질 준비를 했다. 동네에는 유독 비닐하우스가 많았는데 그 중 과수원을 하는 집은 우리 집 뿐이었다. 그 비닐 속에 사과가 가득해지면 언니와 나는 아빠 몰래 잘 익은 사과를 몇 개 따먹었다. 아빠에게 들켜도 괜찮았다. 키가 작은 어린이들은 언제나 재빨랐으니까.

언니는 내가 가져온 사과 사탕을 좋아했다. 나는 종종 눈을 감은 언니의 손에 포장도 뜯지 않은 사과 사탕을 쥐어주었다. 한 달 내내 먹고도 남을 양이었지만 아빠 몰래 쥐어주었다. 언니는 늘 하얀 옷을 입고 누워있었다. 그 모습이 귀신 같아서 무서웠고 때론 인형 같아서 궁금한 마음에 쿡 찔러보기도 했다. 아무런 표정 없이 누워있는 언니가 텅 비어있는 것만 같아서 머리를 쓰다듬은 적도 있었다. 날마다 병문안을 가던 우리 가족은 달이 바뀌고 해가 지날수록 일주일에 한 번, 한 달에 한 번, 그러다가 세 달에 한 번 언니를 찾아갔다. 갈 때마다 나는 까치발을 들고 올려봐야 했다. 그 숨소리를 듣고 싶어서 귀를 가져다 대느라 까치발을 들어야 했다. 신기하게도 늘 같은 박자, 같은 표정으로 숨 쉬고 있었다.

언제나 입을 꾹 닫은 채 살던 언니는 죽기 전 입을 벌렸다. 병실에는 우리 둘 뿐이었는데 갑자기 무언가 벌어지는 소리에 놀라 의자를 밟고 일어섰더니 언니의 입이 벌어져 있었다. 의사 선생님이 들어오고 얼마 뒤 아빠가 달려왔다. 언니를 지켜주던 하얀 이불이 언니의 머리까지 덮어버렸다. 얇은 이불이 쩍 벌어진 입을 가리지 못하고 형태를 완전히 세상 밖으로 드러내는 것처럼 보였다. 창고에 사는 하얀 실이 언니의 입 속에도 살고 있었다. 언니가 하얀 이불을 뒤집어쓰고 의사 선생님의 힘에 이끌려 병실을 빠져나가고 아빠가 그 뒤를 따라 나갔을 때 병실엔 나 혼자였다. 그 끔찍한 거미줄이 계속해서 머릿속에 남아 병실이 귀신의 집 같이 느껴졌다.

다 사라지고 밤뿐이었다. 오직 보이는 거라곤 눈뿐인 세상에서 나는 눈동자를 이리저리 굴리며 내가 아는 눈을 찾기 시작했다. 오늘도 깜깜한 방 안에서 무언가 잡힐 것만 같을 때면 이게 언니가 남기고 간 씨앗 하나가 아닐까 생각했다. 언니는 종종 나와 함께 과수원 구석에 앉아 있곤 했다. 갑자기 사과가 후두둑 떨어지자 귀신들이 잠깐 지나가면서 장난을 친 거라고 속삭였다. 팔뚝에 솟아오른 뾰루지들 긁다가, 결국 벗겨져 버려서 언니마저 흰색 귀신이 되어버린 걸까. 내가 언니를 빼어먹으면서 자라난 느낌이라고 말했을 때 부어오른 빨간 몸을 하고 일그러진 표정을 짓고 있었다.

어른들은 침대에 이렇게 오래 누워 있으면 구멍이 생긴다고 걱정했다. 몇 번이고 삼켜지다가 드디어 언니 몸 안의 공허가 겉으로 튀어나오기 시작하는 것 같았다. 입 안에서 굴리다가 금방 녹을 때마다 통하는 바람 소리에 언젠가 문득 슬퍼졌다. 그 뒤로 아주 미세한 가루가 되어버리기 직전에 또 다른 사탕을 입에 곧바로 넣는 것이 기억을 오래 보관하는 방법이 되어버렸다. 죽기 전 입을 쩍 벌린 언니를 보며 난 결심했다. 죽기 전에 사과 맛 사탕을 입에 넣고 꾹 다물 거라고.

과수원의 사과들이 언니처럼 자주 어지럼증을 느껴서 평소보다 더 자주 떨어지는 계절이었다. 여전히 주먹만큼 큰 사과보다 손톱만 한 사과 맛 사탕이 더 좋고 아빠 몰래 사과를 따 먹곤 하지만 예전만큼 재밌지는 않다. 손톱만큼 작은 몸집에 어떤 거대한 슬픔을 담고 사는 사탕은 아직 완전히 녹지 않았다. 잊고 싶지 않은 시간을 속에 담아놓고 온전한 맛을 느끼고 있다. 봉지를 뜯었는데 내가 알던 사탕이 아니었다. 봉지를 뜯은 채로 가만히 서 있었다. 사과 사탕의 살색을 먹으려 샀는데 살색이 없어서 나는 무얼 해야 할지 몰랐다. 혀 밑에는 금세 투명해진 사과 맛 사탕이 녹아가고 있다. 깨지지 않았고 깨지기 전에 다른 사탕을 입에 넣을 것이다. 내가 오랫동안 썩지 않게 만든 언니를 생각한다. 사과 귀신의 소문은 씨의 행방이 묘연해지며 시작되었다. 과수원 바닥에 떨어진 사과들 안에 언제부턴가 한 쌍의 작은 씨가 사라졌다며 동네 사람들은 씨가 없는 사과만을 사 먹기 시작했고 우리 집 사과들은 계속해서 자신들의 씨를 감추기 시작했다. 탯줄을 자르는 것처럼 씨를 잘라냈고 사과는 더 이상 열리지 않게 되었다. 씨앗의 실종을 끝으로 아무것도 죽지 않는 이곳에 죽음이 사라졌다.

무섭도록 깔린 어둠 속에서 어린 언니가 몇 번이고 뛰쳐나올 것만 같았다. 또다시 후두둑, 내 뒤로 언니가 지나갔다고 느꼈다.

밝아져야겠다

영림중학교 2학년 기은서

밝아져야겠다, 고 생각했다. 새카만 어둠을 좋아할 사람은 없을 것이라고 생각했으니까.

낡고 허름한 옥상에 바람이 불어왔다. 장소와 어울리게 남루한 형색의 한 사내가 눈에 띄었다. 그는 멍하니 하늘을 올려다보기도 하고 우수에 젖은 눈을 깜빡거릴 때도 있었다. 그렇게나 매일 바라보던 하얗게 빛나는 수많은 별들은 그에게 풀리지 않는 질문을 던져주었고, 그로 인해 그의 얼굴은 날로 수척해져갔다.

모두가 자신을 바라보았으면 했다. 동경에 찬 눈으로 바라봐주었으면 했다. 그 수많은 눈에 둘러싸여 자신의 존재에 대해 당당해 지길 원했다. 너무나 오래 입어 다 헤진 빛바랜 회색 스웨터가 볼품없이 흩날리고 있었다. 새카만, 캄캄한 배경과 썩 잘 어울렸다.

***

사내는 중앙을 좋아했다. 어려서부터 언제나 그의 자리는 중앙이었다. 주변 사람들은 모두 그런 그를 이해해 주었고 별다른 말을 하지 않아 그는 얼마든지 주인공이 될 수 있었다. 어렸을 때니까, 아무것도 알지 못했을 때이니까, 소리만 크게 내었으면, 그저, 한 발짝 나서기만 하면 되었으니까.

속절없이 시간은 흘렀다. 여전히 사내는 중앙을 선호했고 그 자리를 차지하기 위해 남들보다 한 발짝 더 내딛었으며 목청을 높였다. 그러면 가운데는 그의 자리였다. 아니, 그래야만 했다. 그러나 사내는 무언가 다른 것을 느꼈다. 뭔가가 달라. 그는 생각했고 머지않아 그 다름을 알아차릴 수 있었다. 그는 중얼거렸다. 여기는 완벽한 중앙이 아니야. 조금 더 왼쪽으로 치우쳐져 있잖아.

'중앙'이라는 것에 대한 소유욕은 사내가 생각했던 것보다 훨씬 컸다. 더 거대했고, 더 빨랐으며 점점 더 거리가 가까워지고 있었다. 하루하루가 지날수록 그 덩어리는 몸을 부풀려가고 있었고 머지않아 사내를 덮쳐버릴 것이 분명했다.

왜 중앙이 아닌 거지? 고뇌에 빠진 사내에게 누군가 말했다. 시간은 흐르고 있어. 네 주위 모든 사람들도 달라지고 있지. 더 이상 코흘리개 어린아이가 아니란 말이야. 주위를 둘러봐. 아직까지 과거 어린아이에 머물러있는 자가 누구일까? 사내는 눈을 감았다. 나. 나만 빼고 다들 변해가고 있었어. 이내 그는 감았던 눈을 뜨며 허공을 향해 눈을 부라렸다. 내가 이길 거야. 나도 달라질 거라고. 두고 봐. 결국 자리를 차지하는 것은 누구인지 두 눈 똑똑히 뜨고 보라고.

***

"이렇게 밝게 빛나고 있는 나에게도 관심을 주지 않는데 볼품없는 너는 대체 어떤 얼간이가 봐주겠어?"

별은 말을 할 수 없다. 사내 역시 그 사실을 알았다. 그래서 그는 다른 이에게 말하지 않았다. 그가 별의 말 때문에 미쳐버리기 직전이라는 것을. 너는 졌어. 가운데서 밀려났다구. 끊임없이 반복되어 사내의 귓가에 머무르는 그 말에 정말이지 그는 돌아버릴 지경이었다. 별을 보지 않으면 되지 않겠느냐는 말도 일리가 없지는 않았다. 그러나 사내는 별들마저 없으면 살아갈 자신이, 버텨낼 자신이 없었다. 아이러니하게도 별은 그의 버팀목인 동시에 그를 찔러대며 붉게 생채기를 남기는 가시였다. 그래서 사내가 별을 보며 내일을 살아갈 희망을 얻으면 그 아래로는 붉은 선혈이 넘쳐흐르다 못해 작은 웅덩이를 만들어냈다.

사내는 가만히 하늘을 응시했다. 별도 그 순간만큼은 조용했다. 모두가 잠든 한밤중에 고요한 침묵만이 그를 감싸 안았다. 사내는 잠시 숨을 참았다. 참았던 숨을 내뱉으며 그는 인정했다. 내 자리는 중앙이 아냐. 고작 끄트머리 한구석쯤이지. 그는 쓰게 덧붙였다. 사내는 몸을 일으키더니 난간에 걸터앉았다. 누가 봐도 아찔한 행동이었으나 정작 당사자인 그는 별로 위험할 것 없다는 표정이었다. 사내는 눈을 감고 생각했다. 지금도 그리 나쁘지는 않아.

말을 멈춘 사내의 시선은 별에게서 멈췄다. 그는 팔을 쭉 뻗어 그의 손가락이 별을 향했다. 그런데 너는, 뭐지? 울컥, 화가 치밀어 오른 건지 사나운 말투로 그는 따졌다. 네가 뭔데? 뭔데 나를 그렇게나 조롱하는 거야? 너나 나나 다를 게 뭐가 있지? 여전히 삭히지 못한 화는 계속해서 터져 나왔다. 그렇게나 잘난 너는 과연 중앙일까? 너도 나처럼 별 볼일 없는 끝자락에 불과하다구. 더 소리를 지르려던 사내는 들고 있던 팔을 내렸다. 무슨 소리가 들린 것 같았다.

'중앙이 어디일까?' 따윈 중요하지 않아. 내가 있는 곳이 나에게는 중앙이니까.

허, 사내가 낮게 코웃음을 쳤다. 말도 안 되는 소리 하지 마. 그럼 누가 널 봐주는데? '너만의 중앙' 따위 알게 뭐야? 중앙에서 밀려나면 그에 비례해서 사람들의 관심도 사라져가. 그걸 모르겠어? 네가 있는 곳이 중앙이라고? 그런 것엔 아무도 관심 주지 않아.

관심 같은 건 필요 없어. 나는 그저 빛날 뿐이야. 매일 이 자리에서, 오늘을 살아갈 뿐이지.

사내는 고개를 저었다. 그게 말이 될 리 없잖아. 웃기지도 않는 소리야. 그러나 그는 그 말이 자신에게 많은 위로가 되고 있다는 것을 알았다. 언제나 중앙만을 바라보고 달리던 그는 어쩌면, 누군가 자신에게 그런 말을 해 주기를 바라고 있었는지도 몰랐다. 웃기게도 사내의 마음이 차분히 가라앉아 갔다. 오늘을 산다, 라. 아마 그 말은 사내의 가슴속에 꽤나 오랫동안 머무를 것이었다.

아, 내일.

몇 달 전에 걸려왔던 친구 녀석과의 전화가 생각났다. 왜 갑자기 그게 떠오른 건지는 몰랐다. 오랜만에 한 번 모이자는 내용이었다. 거절하기도 그렇고, 이 꼴로 가는 것도 수치스러워 차일피일 대답을 미루던 것이 어느새 모임은 내일로 다가와 있었다. 그나마 괜찮은 옷이 있던가, 그가 중얼거렸다. 당당해져야지. 난 하루하루를 살아갈 뿐이니까.

사내가 제 발밑을 바라보았다. 낡고 다 헤져 어느새 까맣게 보이는 하얀색 운동화가 발 디딘 곳 없이 흔들거리고 있었다. 그는 천천히 몸을 돌려 난간을 벗어났다. 불어오는 바람이 회색 스웨터를 한 번 털어주었다. 어느새 옥상 출입문에 다다른 사내는 망설임 없이 문을 열었다. 더 이상 별의 소리는 들리지 않았다. 아니, 하나 들은 것 같기도 했다.

축하해. 드디어 중앙에 서게 된 것을. 별이 마지막으로 속삭였다.

(-50)+(+50)=(+100)

길음중학교 3학년 김지우

손톱에 낀 모래가 은처럼 반짝였다. 자갈에 긁혀서 손등에 피가 어렸다. 나는 멈추지 않고 해안가를 파헤쳤다.

'보물찾기 놀이를 하는 거야.'

그는 어릴 적부터 놀이를 좋아했다. 네 살, 다시 생각해보니 다섯 살 때일 것이다. 그는 어머니가 어쩔 줄 모른 채 쫓아다니는 개구쟁이고 나는 그런 동생을 경멸하듯 내려다보는 초등학생이었다. 화창한 여름날 우리는 해변에 놀러왔다. 웃는 동생의 배경으로 끝없는 수평선이 푸르게 메아리쳤다. 내 움직임을 가두는 원피스 자락에 약이 올랐다더라. 반바지 차림의 동생은 해변 매점에서 50원짜리 막대사탕을 사 쪽쪽 빨아먹었다. 아직 껍질 벗기지 않은 막대사탕 하나가 놓인 손으로 동생이 물었다.

누나 하나 줄까?

그 천진한 표정을 잊을 수가 없다. 온전히 모르는 사람만이 지을 수 있는 표정. 부모님이 여자애가 살찌면 어쩌냐고 가로막았을 때도 그 순진한 얼굴은 그대로였다. 뱃속이 만들다 실수한 유리병처럼 조여들었다. 부모님이 맡겨둔 동생과 함께 해변을 걸었다. 사탕빠는 소리가 파도처럼 규칙적으로 들려왔다.

누나가 놀아줄까?

내가 상냥하게 미소지었다.

네가 열 셀 동안 눈을 감고 있는 거야. 누나는 그 동안 이 100원짜리 동전을 숨겨놓을게. 보물찾기 놀이야. 한번 잘 찾아봐. 하나, 둘, 셋, 시작!

눈을 꾹 감은 동생을 보고 남몰래 비소를 흘렸다. 내가 냉담한 표정으로 동전을 바닷속에 던졌다. 윤슬을 만들어내다 이마저도 사라지고 이내 가라앉는다.

…아홉, 열! 다 셌다! 내가 이기면 뭐라고 하지나 마!

흐음, 그러시겠지. 헐레벌떡 뛰쳐나가는 동생을 멀찍히 지켜보며 내가 비음을 흘렸다. 사단이 난 것은 저녁의 일이었다.

누나! 누나! 나 찾았어!

물먹은 비명이 바다에서부터 들려왔다. 믿지 못하는 이성과는 다르게 반응하는 고막에 내 시야가 비틀렸다. 아버지가 허우적거리는 동생을 건져올렸다. 동생은 죽어가는 송아지처럼 헐떡거렸다. 터질 듯이 붉어진 얼굴에서 줄줄 물이 흘렀다. 석양빛과 교차하며, 그의 손끝에서 50원짜리 동전이 장난처럼 빛났다.

우리 가족을 책임질 네 남동생이 어떻게 되기라도 하면 어쩌란 말이니?

울음이 목젖까지 차올랐지만 입술을 깨물며 삼켰다. 닫힌 문에 기대어 공허하게 혼잣말했다.

심지어 쟤는 제대로 찾지도 못했어. 무려 50원 차이나 난다고. 50원, 50원은 사탕 하나야. 100원으로는 사탕을 두 개나…….

나는 대학생이, 그는 중학생이 되었다. 나는 직장인이, 그는 고등학생이 되었다. 내가 들어간 회사보다도 이름이 유명한 고등학교였다. 내 대학 입학 때는 축하인사 한마디 제대로 하지 않았던 부모님은 동네방네 잔치를 벌였다.

나는 승진을 했고, 그는 아무것도 하지 못했다. 3년 후의 일이었다.

스무 살의 그가 TV 앞에서 휑한 표정으로 앉아 있었다. 훤칠하기로 칭찬받던 얼굴에는 거뭇거뭇하게 수염이 돋았다. 곧 여름인데 덥지도 않은지, 트레이닝복을 지퍼까지 잠근 채였다. 현관에 검은 구두를 가지런히 벗은 내가 거실을 지났다. 어머니가 식탁에서 밥그릇을 뒤적이며 말했다.

마침 잘 왔다. 안 그래도 좋은 선자리가 있다던데. 역시 여자에게는 결혼이 최고의 성공 아니니.

그가 화면으로부터 곁눈질하며 인사했다.

다녀왔어?

나는 그를 바라보지조차 않았다. 방에 들어가서야 문에 기대어 숨을 거칠게 몰아쉬었다. 저녁 시간이 되었지만 문을 두드리는 기척조차 없었다. 나는 자정이 되어서야 무표정하게 부엌으로 걸어갔다. 냉장고의 차가운 불빛이 내 얼굴에 그림자를 드리울 때, 그가 보였다.

너무하네, 동생 인사도 안 받아주고.

그가 키득키득 웃었다. 진득한 술냄새가 내 비강을 불쾌하게 옭아맸다. 그가 비틀거리면서도 나에게 손을 뻗었다. 삿대질이라도 하려는 것인지, 혹은 내가 잡아주길 바랐는지. 그의 손이 나에게 가까워진 만큼 나는 뒤로 한걸음씩 물러났다. 그의 팔이 부들부들 떨어졌다. 줄곧 싸늘하게 응시하던 내가 엷게 비웃었다.

너, 정말 편하게 사는구나.

그날 밤 자정 11분 45초, 00동 00아파트 18층에서 남자 모양의 그림자가 떨어졌다. 남자의 옷차림은 소주에 젖은 트레이닝복 그대로였고, 이제 피에 진득하게 적셔들었다. 부검 결과, 경찰은 남자의 팔에서 칼로 그은 듯한 흉터 열 몇 개를 발견했다. 트레이닝 소매에 감춰져 있던 상처였다. 경찰은 모두 몇 주 이상 되어 거의 아문 상흔이라고 말했다. 하지만 기괴하다 못해 변태적인 유서는, 경찰도 당혹스러워 선뜻 언론에 공개하지 못했다.

'보물찾기 놀이를 하는 거야.'

이제는 피가 줄줄 흐르는 손으로 나는 모래를 파헤친다. 너무 깊게 구멍을 파서 그런지, 마치 작은 운하를 만든 것처럼 바닷물이 서서히 들어왔다. 투명하게 일렁이는 소금물 위로 붉은 아지랑이가 번졌다. 몸서리치듯 울면서 눅눅한 흙을 뒤졌다. 금속성의 무언가가 차갑게 맞닿으며, 피로 혼탁한 수면을 뚫고 놓칠새라 바라봤다. 동그란 물체는 시원한 바닷물 속에서 작은 동물처럼 따스했다. 내가 동전을 품고 짐승의 울음을 내뱉었다. 밝은 태양 아래에 이마저도 곧 잦아들었다.

해변 매점은 늙은 주인도 그만큼 늙은 물건들도 그대로였다. 나는 50원짜리 막대사탕을 차마 쥐고 있을 수 없어 파도에 흘려보냈다.

맛

번동중학교 2학년 라현서

“아침은 뭐 먹을래?”

“그냥 알아서 때울게.”

상냥하게 묻는 엄마의 물음에, 밥이 아닌 다른 걸 먹겠다는 흑심을 품고 대답했다. 왠지 밥은 먹고 싶지 않았다. 이유를 설명하자면 매일 먹는 것이다 보니 질려서가 아닐까하는 신빙성있는 추측만이 이유의 자리를 때우고 있었다.

난 지금까지 아침을 걸러 본 적이 거의 없다. 학교를 가는 평일이라면, 아예 없었다. 아침을 거르고 등교하는 학생이 태반인 교실에서 가정시간마다 아침을 먹고 왔냐는 선생님의 질문에 꼬박꼬박 손을 드는 나 같은 사람은 매우 희귀했다. 그걸 가능하게 해 주신 것은 순전히 엄마 덕분이다. 매일 아침, 집 안에 고등학생이 생긴 지금은 새벽에 일찍 일어나 따듯한 김이 피어오르는 밥과 반찬을 국 또는 찌개와 함께 차려 주시는 엄마 덕분에 나는 아침을 먹는 습관이 단단히 자리잡을 수 있었다. 늦잠을 자 일어나자마자 식탁에 앉아도 밥은 항상 맛있는 것이었다.

그러나 요즘은 조금 달라졌다. 지금만 해도 내게 밥은 질려서 먹기 귀찮은 것이 되어 있었다. 간식만으로 배를 채우더라도, 식상한 밥보다는 달디 단 딸기잼을 듬뿍 바른 빵을 먹는 게 훨씬 좋았다. 물론 샌드위치도 아닌 잼만 바른 빵만 먹으면 엄마가 내 고르지 못한 영양소 섭취를 걱정하시지만 말이다.

그리고 아쉽지만 그런 이유로 오늘 저녁에는 꼭 밥을 먹어야만 했다. 아무리 다른 걸 먹겠다고 졸라도 소용없는 시간이다. 아점은 이미 빵이었고, 간식으로 밥을 먹지는 않았다. 그러니 하루에 한 번 만큼은 밥을 먹어야 한다는 엄마의 주장에 반박할 생각은 하기 어려웠다.

배도 별로 고프지 않아 뚱하게 식탁에 앉았다. 밥은 심지어 잡곡밥이었다. 흰 쌀 밥도 아니고, 자줏빛이 도는 잡곡밥. 엄마는 그 색이 예쁘다며 잡곡밥을 꽤 좋아하셨지만, 나는 그렇지 않았다. 참깨를 뿌려 참치 주먹밥을 해 먹으면 예쁜 흰 쌀밥이 잡곡밥에 비하면 그나마 나았다. 참치주먹밥의 재료로는 나름 좋아한다고 말할 수도 있었다. 하지만 잡곡밥이라니. 단 맛도 덜한 잡곡밥은 몸에 좋은 건 입에 쓰다는 말에 속하는 음식이었다.

그래도 끼니를 거르는 법을 배우지 않은 나는 잡곡밥을 입에 밀어넣었다. 역시나, 입 안에 넣기도 전부터 달콤한 향이 진하게 퍼지는 딸기잼과는 너무나 상반되는 맛이 느껴졌다. 바삭하지도, 기름의 고소함이 느껴지지도 않는다. 정말 끼니를 때운다는 느낌으로 잡곡밥을 씹었다.

"밥도 씹으면 달다더니, 암만 씹어도 별로 안 달잖아."

전에 들었던 엄마의 말에 배신감을 느끼며 밥을 그냥 목구멍으로 넘겨 버렸다.

"더 꼭꼭 씹어 봐. 많이 씹으면 잡곡밥이 흰쌀밥보다 달아."

내 투정에 엄마가 말씀하셨다. 어차피 이번 끼니는 잡곡밥. 조금이라도 단 맛을 느끼기 위해 열심히 턱을 움직이며 단 맛을 찾으려 애 썼다. 그러다보니, 단 맛 보다 다른 맛이 먼저 느껴졌다. 대충 씹어 넘길 때는 인지하지 못 했던 고소함이 코까지 넘어왔다. 기름의 느끼한 향과는 다른 향이 풍겼다. 겨우 찾은 잡곡밥의 고소함에 희망을 걸며 더욱 열심히 씹었다. 온 신경을 혀에 집중하고, 맛을 음미했다. 드디어 단 맛이 올라왔다. 딸기잼이나 초콜렛같은 강렬함은 덜했지만, 진한 단 맛이 분명하게 느껴졌다. 마침내 잡곡밥의 맛들을 찾아내고 밥을 삼켰다. 그리고 한 술을 더 떠 입에 넣었다. 방금보다 훨씬 빠르게 고소함과 단 맛을 찾을 수 있었다.

"뭐야, 정말 맛있잖아!"

난 매일 밥을 먹어왔는데 왜 이제야 이 맛을 찾은 건지 의문이었다. 잡곡밥은 분명하게 맛을 갖고 있었다. 하지만 지금껏 그 맛을 제대로 느끼지 못했다. 맛이 희미했던 것도 아니고, 진한 풍미를 머금고 있었는데. 내가 너무 밥의 단 맛에는 익숙해져 있었던 걸지도 몰랐다. 있는지도 모를 만큼, 당연하게 항상 그 자리에 있어와서.

어쩌면 잡곡밥과 가족이 닮았을지도 모른다는 생각이 들었다. 잊지 않고 느끼려 애 써도 애 쓰는 걸 잊어버릴 만큼 항상 날 사랑해주고, 아낌없이 주는 점이 똑 닮아있었다. 가끔은 쓴 맛이 날지라도 모두 좋은 것들이었다. 생각해보면, 엄마가 매일 세 번씩이나 나를 위해 밥을 챙겨주시는 일도 전혀 별 것 아닌 일이 아니었다. 십 년이 넘도록, 매일. 새벽에 일어나서라도 내 건강을 위해 밥을 차려주시는 일은 조금만 상상해봐도 힘들었다.

그 뿐만 아니라, 없을 수 있다는 가정마저 어려울 만큼 공기보다도 더 당연한 듯한 가족들의 사랑은 아침인사, 말 한마디, 포옹 한 번, 가만히 앉아 내 말을 들어주는 것 등의 모든 행동 하나하나에 어려 있었다.

다시 한 번 그 사랑들을 잊지 않겠다고 가족들의 사랑으로 이루어진 내 마음에 다짐했다. 참, 잡곡밥 같은 가족들이었다.

부유감

진선여자중학교 3학년 이준아

무심코 올려다본 하늘도 보랏빛이었다. 수업 내내 머릿속을 맴돌던 그 노랫소리도 보랏빛이었다. 왠지 모를 그 동질감에 그 노래가 다시 듣고 싶어져 헤드폰을 썼다.

목요일, 학원이 일찍 끝나는 날이면 늘 걸어서 집에 갔다. 집에 가는 길의 하늘은 늘 똑같이 주황색에서 파란색, 곤색, 그리고 마침내 심해의 빛깔로 접어들었다. 그러나 오늘은 달랐다. 보라색이었다.

보랏빛 하늘을 보자면 늘 떠오르는 장면이 있다. 어릴 적 피아노를 치며 바라보았던 그 하늘이. 선정릉이 보이는, 그 자그마한 방을 채우던 보랏빛 선율들이. 그 선율을 감싸던 불안감의 하늘이.

갑자기 코끝이 고소해져왔다. 늘 똑같이 지나가는 패스트푸드점이었다. 그 냄새와 독서실처럼 모두가 혼자 먹는 모습은 너무도 익숙했다. 그 장면이 나에게는 편안했고, 딱히 별 다른 감흥은 없었다. 그러나 냄새가 풍겨올수록 밀려오는 설움은 어찌할 수가 없었다. 다른 대책 없이 주위를 무시하며 무작정 집으로 걷기 시작했다.

냄새를 맡고 나니 저녁이 걱정되기 시작했다. 굶기에는 오늘 점심을 조금밖에 안 먹었다. 오늘 저녁에는 뭘 먹을까. 라면이나 끓여먹을까. 아니다, 너무 많이 먹으니까 장이 안 좋아져서 더 먹으면 안 될 것 같은데. 그러면 볶음밥 데워먹을까. 그거는 또 기름 많아서 내일 속 안 좋을 것 같아. 어제랑 똑같이 먹기는 싫은데. 사먹고 들어갈까.

그렇게 열어본 지갑에는 천 삼백 원밖에 없었다. 엄마가 준 체크카드는 쓰기가 왠지 꺼려진다. 그렇게 그 카드를 한 2년 안 쓴 것 같다.

어쩔 수 없이 김이랑 밥이랑 먹어야겠어.

보라색 하늘은 생각보다 오래 이어졌다. 너무 오래 이어져서 혹시나 시간이 멈춰버린 건 아닐까, 하는 생각이 들 정도였다. '혹시나'라고 말은 하지만 사실 시간이 진짜로 멈췄으면, 하고 바란 적이 한두 번이 아니다. 시간이 멈추면 끝

없이 혼자 있겠지만, 그건 나뿐만이 아닐 테니까. 그때쯤이었을까-

-부웅.

어지럼증. 늘 이 시간만 되면 겪던 것이다. 길거리가 어스름으로 수채화 칠해지듯이 물들어갈 때쯤에, 가로등의 불빛이 켜질 때쯤에 오는 어지럼증.

아니, 어쩌면 어지럼증이 아닐 지도 모른다. 아픈 감이 전혀 없다. 그저 부웅 뜨는 기분이다. 말 그대로 바람을 타고 일어서는 느낌의 혼미함이다. 전부터 귀가 안 좋았던 터에 다들 귀의 문제 때문일 거라고 하지만, 그런 식의 표현은 마음에 들지 않는다. 오히려 나는 이 느낌을 은근히 즐기고 있는 입장이었으니까. 어찌됐든, 나는 이 기분을 '부유감'이라고 부르기로 했다.

부유감으로 인한 이유모를 쾌감에 멈춰선 곳은 횡단보도 앞이었다. 모두가 스마트폰 만을 보고 있다. 그 세계 속에서 갇혀 사는 모습은 한심하기 그지없었다. 어쩌다가 나타나는 초등학생들, 서로에게 장난을 치며 은근한 유대를 쌓아가는 그런 아이들은 정말 바람 스치듯 지나가 버린다. 해맑게 뛰어다니는 모습에 가을 낀 도는 웃음이 번졌다.

하늘을 바라보며 나도 그러곤 했지 라고 말했다. 곰팡이보다도 작게 세상에 던져진 목소리는 금세 흩날려졌다. 진짜? 스스로에게 되물었다. 진짜로 내가 저랬을까? 꿈 따위 없이 학원에 갇혀 있던 것은 아니었나? 그 시절의 나는, 또래와 같았을까? 애매하게 보랏빛으로 물든 구름은 목화솜 같았다.

신호등을 건너 조금 걸어간 뒤 우회전하니 언덕이 있었다. 언덕을 오라다 나타난 정류장과 그 뒤에 자리한 육교가 이유 없이 애매하게 느껴졌다. 그 뒤에 펼쳐져 있는 하늘은 아까보다 어두워져있었다. 아마 언덕의 꼭대기에 도착하면 해가 완전히 지겠지.

언덕을 오르다 한 발짝 한 발짝 무게를 실어 내딛었다. 그럴수록 발만 아파왔다. 세상도 그렇다. 무게를 실어 내뱉은 말일 수록 나한테 돌아오는 상처만 더 커진다는 것. 주변인들은 모두 가벼운 진눈깨비일 뿐이다.

'밤'이 온다는 것은 나에게는 조금 무섭다. 방구석에서 무언가가 피어나는 듯한 기분 나쁨은 솔직히 형용할 수 없다. 그래, 검은 고양이의 눈 같다. 그래서 밤이 오지 않았으면 한다. '그래도 밝은 곳은 무서우니까'하며 지금 시간이 멈추길 바란다.

얼마 후에 다시 올려다 본 하늘은 거의 프러시안블루 색이었다. 아까보다 눈에 띄게 어두워졌다. 그래도 보라색 기운은 여전히 살짝 씩 엿보였다. 하늘의 명도가 낮아진 것을 보니 언덕의 끝에 가까워진다는 것이겠지.

그렇게 하늘을 응시하고 있자니 또다시 부유감을 느끼게 됐다. 오늘은 그리 심하지 않아 비틀거릴 정도는 아니었다. 그래도 기분이 묘해지는 건 똑같았다.

육교를 넘었다. 육교의 뒤에는 조금 더 좁아진 보도와 그 보도를 과하게 밝게 비추는 가로등이 있었다.

움츠러들었다. 움츠러들어버렸다. 나한테 '밝음'이 집중되어 있다. 한 5살쯤부터 형성된 습관이다. 밝은 곳은 익숙하지 않다.

가로등의 개수를 하나둘 세어나갔다. 곧 있으면 언덕의 꼭대기일 것이다. 그런 생각만 하자 한숨이 자연히 나왔다. 그와 동시에 부유감이 찾아왔다. 씁쓸한 웃음이 초콜릿처럼 피어올랐다. 어두운 것은 좋지만, 캄캄한 것은 싫다. 그저, 싫다.

집에 가기 싫다. 집에 가기 싫다. 집에 가기 싫다. 마음은 격하게 집을 거부하고 있었다. 마음은 집을 향하지 않았다. 그러나 다리는 자연히 집을 향했다. 집으로 가기 싫다.

그래도 지금은 싫음을 말할 수 있게 되었다. 싫음을 느끼면 그것을 거부할 수 있다는 것을 깨달았다. 사실 내면의 답답한 기분 나쁨이 싫음 이라는 걸 꽤 최근에야 알았다. 뭐, 그랬기에 나는 오랫동안 '착한 아이'로 남을 수 있었겠지.

혼자 있는 것은 익숙하다. 그러나 그 '혼자 있음'을 견뎌내는 것은 10년이 지난 지금도 익숙해지지 않는다. 아마 평생 익숙해지지 않을 거다. 버려진 마음에 멍이 빠질 때, 나는 아마 온기가 사라져 묻힌 지 오래일 테니까. 절대 그 시간을 잊을 수도, 용서할 수도 없을 테니까.

오늘도 집에 가면 혼자겠지. "늦었네, 미안해."라는 말에 익숙해진 나는 또 괜찮다며 웃어버리겠지. 늦는 건 이제 싫다고 말하기에는 '참 어른스럽구나' 라는 말을 너무 많이 들었기에 말하지 못하겠지. 그렇게 하루는 그대로 마무리되겠지.

문득 그리워진다. 엄마를 기다리며 혼자서 햄버거를 먹고 집으로 돌아왔던 그 때가. 어스름을 방안에 들인 채 피아노를 치던 그 때가. 지는 해를 잡으려 눈을 질끈 감았을 그 때가. 아마 부유감은 그 때부터였지 않았던가.

언덕의 꼭대기에 달은 없었다.

꽃에게

청량중학교 3학년 이채현

꽃잎을 다 떼버린 후에 다시 풀로 붙인다 한들 그것이 다시 원래의 모습일 수 있을까.

이른 아침, 알리에게 다시 연락이 왔다. 1년 전쯤에 말도 없이 사라져서 소식하나 들을 수 없었는데 대뜸 오늘 연락이 오니 조금 당황스러웠다. 아무 일 없다는 듯 홈파티를 하자는 말도 부자연스럽게 느껴졌다. 그래도 걱정 많이 했었는데 잘 지냈었구나 싶어 대충 준비를 마치고 알리의 집으로 향했다.

알리는 평소와 다를 것 없이 생글생글한 미소로 나를 반겼다. 변한 것이라곤 자신은 긴생머리가 어울린다며 길렀던 머리가 바싹 짧아졌다는 것, 그리고

"아무리 봄이래도 벌써 날씨는 여름인데 아직도 긴 팔 입어? 덥지 않아?"

더위도 잘 타면서 이 날씨에 긴 팔을 입고 있다는 것이었다. 알리는 덥지 않다 답하며 1년 동안 보지 못해 많이 그리웠다는 말을 덧붙였다. 그 1년 동안 어떤 일이 있었던 것인지는 묘하게 피하려는 눈치라 굳이 물어보지는 않았다.

거실로 걸음을 옮기자 여전히 베란다에 가득한 꽃이 보였다. 유채꽃, 팬지, 수선화, 히아신스, 노랑무늬붓꽃, 프리뮬러……. 햇볕을 쬐고 있는 모습이 정말 예뻤다. 그 중에서도 단언 가장 예쁜 꽃은 알리꽃일 것이다. 아아, 본래 이름이 알리꽃인 건 아니고 알리도 무슨 꽃인지 모른다 하여 내가 알리를 닮았다고 붙여놓은 이름이다. 하나하나 각기의 매력을 보유한 꽃들 사이에서도 가장 아름답고, 매혹적인 향기를 가진 꽃이니 그 누구라도 저 꽃에게 홀릴 수밖에 없을 것이다. 나도 그 예쁨에 순간 홀렸던 것인지, 오랜만에 알리꽃을 만나 기뻤던 이유인지 알리꽃에게 상체를 숙였다.

"가까이 가지 마!"

알리의 목소리였다. 나는 화들짝 놀라 몸을 일으켰고, 평소에 화를 내지 않던 알리 자신도 놀란 것 같았다.

"그게…… 그니까…… 그 꽃, 사람 손 타면 시들어."

잠시 정적이 흘렀다. 알리는 머쓱했던 것인지 잠시 화장실을 다녀오겠다며 황급히 화장실로 숨었다. 사과를 하려 했는데 괜히 알리의 반응에 나도 어색했다. 어색함에 휩싸인 기분이 싫어 적적한 거실의 분위기라도 바꾸고자 TV전원을 켰다. TV는 뉴스 채널로 맞춰져있었는데, 뽀로로보다 타요가 더 인기 있다는 관심 밖의 얘기, 성폭력을 조심하라는 내 주변에 없을 이야기 그리고 취업률은 계속 낮아지는데 대체 어디가 늘어났다는지 모르겠는 일자리 문제 등 시답잖은 뉴스였다.

“재미없네…….”

흥미를 잃고 고개를 돌리자 활짝 열린 창문으로 나비 한 마리가 들어온 것을 발견할 수 있었다. 팔랑팔랑 날갯짓하며 어느 꽃에 앉아야 달콤한 꿀을 얻을 수 있을까 고민하는 듯 했다. 나는 당연히 알리꽃에 앉을 것이라 생각했었다. 하지만 내 예상과 다르게 나비는 알리꽃의 주변에 다가오지도 않았다. 마치 알리꽃의 존재를 모르는 듯이. 분명 가장 유혹적인 향을 가진 꽃에게 나비는 홀리게 되어있는 것인데, 뭔가 이상했다. 그래서 나는 알리꽃에 코를 들이밀어 보았으나…… 꽃에는 아무 향기도 남아있지 않았다.

근처에만 가도 향이 느껴질 정도로 강한 향기를 가진 꽃에게서 어느 날 갑자기 향이 사라져버렸다는 것을 믿을 수 없어 나는 알리꽃에 손을 대버렸다. 그리고 꽃잎은 우수수 떨어졌다. 꽃잎을 억지로 붙여놓았던 것인지 손은 풀기가 묻어 끈적했다. 대체 그 누가 꽃잎을 뜯어내고 풀로 붙여놓는단 말인가.

이 상황을 혼란스러워하고 있는 와중에 뒤에서 인기척이 들려 돌아보자 몸을 떨며 산산이 분해된 꽃을 응시하고 있는 알리가 보였다. 꽃에 손을 댄 것에 대해 사과를 하려 했으나 알리는 나를 지나쳐 바닥에 흩뿌려진 꽃잎들을 떨림이 멈추지 않는 손으로 주워 안았다. 몸을 웅크린 채 정신이 나간 사람인 마냥 안 된다는 말을 반복적으로 중얼거렸다.

나는 알리의 상태가 이상하다 느껴 조심스레 알리의 어깨를 톡 쳤다. 그와 함께 진동이 알리의 몸으로 퍼져나가 듯 알리의 몸이 움찔거리더니 나를 돌아봤다. 손에 주워 담은 꽃잎들이 바닥으로 와르르 떨어진 것을 알기나 하는지 초점이 풀려버린 눈으로 나를 계속 응시했다. 알리의 입이 천천히 열리고, 나는 알리가 화를 낼 줄 알았다. 그러나 알리는 내가 예상치 못한 말을 꺼냈다.

"살려주세요…… 신고는 안 할게요…… 살려주세요……."

금방이라도 눈물이 떨어질 것 같은 두 눈엔 두려움이 가득 차 있었다. 그때, 열린 창문으로 강한 바람이 훅 불어왔고, 그로 인해 펄럭거린 알리의 긴 소매 속에서 팔 전체를 휘감은 멍을 보았다.

누군가가 어느 꽃의 꽃잎을 하나하나 뜯어낸다. 온몸에 소름이 돋는 끔찍한 미소를 띤 채로, 그저 화려한 것뿐이었던 죄 없는 꽃은 조각조각 나뉘어 더 이상 형체를 알아볼 수 없다. 꽃은 다시 자신의 모습을 살려보고자 풀을 진득이 발라 조립해봤지만 이젠 향기가 나지 않는다. 겉은 그 전과 비슷하게 만들어놓아도 결국 툭 치면 와르르 무너진다. 그렇게 숨는다. 꽃의 잘못은 없지만 결국 공포를 피해 웅크리는 것은 꽃이다. 사람들은 말한다, "꽃이 너무 화려해서 그런 거야." 우리가 정작 건네야 할 말은 외면한 채 엉뚱한 곳에 초점을 맞춘다.

자신의 모든 것이 무너지고도 생존한 그들에게, 살아돌아와 줘서 고마워.

아기는 사랑으로 큰다

상계중학교 3학년 조서영

'윤주는 좋겠다.' 일주일 전부터 입에서 맴돌고 있는 말이었다. 우리는 항상 여기서 같이 있었는데, 떨어진다고 생각하니 서운했다. 원장님의 말을 들은 후부터 나의 시선은 항상 윤주에게 고정되어 있었다. 마치, 무언가를 원한다는 눈빛으로.

"점심 먹자."

원장님의 말에 '아기'들이 어디선가 하나 둘 씩 나와 식판을 받기 시작했다. 텅 빈 눈동자는 하나 같이 똑같았다. 오늘도 역시, 냄새가 나는 밥과, 턱없이 모자란 점심이었다. 하지만 그 누구도 점심을 더 달라는 소리를 하지 못하였다. 저번에, 윤주가 아기들 대신 점심을 더 달라고 했다가, 원장실로 불려가 상처가 생겨 나왔다는 소문이 돌았기 때문이다. 그 이후로 겁에 질린 '아기'들은 한번도, 무엇에 대하여도 불평을 말하지 못했다. 원장님은 '아기'들이 밥 먹는 모습을 지켜보지도 않고 전화벨 소리에 자리를 벗어났다. 원장님이 나가고 나서도 '아기'들은 냄새나는 밥을, 며칠이 된 지도 모르는 밥을 꾸역꾸역 먹었다. 그리고 그 때, 하필이면 원장님이 없었던 그 때, 겨우 4살 밖에 되지 않은 '아기'가 기침을 하며 토를 하기 시작했다. 놀란 윤주와 '아기'들. 모두가 어쩔 줄 모르고 있을 때, 윤주는 그 '아기'를 데리고 원장님을 부르며 밖으로 나갔다. 그 이후로 원장님은 윤주를 매일 아침 데려가 저녁에나 돌려보내주었다. 무슨 일이 일어나는지 '아기'들은 알지 못했다.

4살 소라를 데리고 나온 것은 나도 모르게 한 행동이었다. 소라를 데리고 나온 후, 나는 겁이 나기 시작했다. 이제 어떡하지. 그런 생각에 몸이 부들부들 떨렸다. 하지만 다행히도 원장님이 우릴 발견하시고는 소라를 데려가셨고, 원장님 옆에 서있던 한 아줌마는 나를 뚫어져라 쳐다보기 시작했다. 자리를 옮겨 나의 옆모습을 보기도 하고, 나의 옷을 슬쩍 만져보기도 하였다. 손끝으로 더럽다는 듯이. 더러운 옷 때문인지 아줌마는 미간을 찌푸리며 나를 다시 쳐다보았다.

그런 시선이 아니꼬운 나는 식사실로 돌아가려고 몸을 돌렸다. 그런 나에게 아줌마는 내 뒷모습을 보면서 물었다. "이름이 뭐야? 꼬마야?"

그 이후로 원장님은 나를 불러 하루 종일 그 아줌마와 있게 하였다. 아줌마와 함께 밥을 먹으러 가기도 하고, 시설을 산책하기도 했다. 아줌마는 그때마다 나에게 웃어주었다. 항상 웃어주었다. 그 웃음 덕분에 나도 웃게 되었고, 아줌마와의 시간은 내게 특별해졌다. 아줌마는 나에게 많은 것을 해주었다. 맛있는 밥을 사주기도 하였고, 옷도 사주었다. 물론, 그 옷들은 우리 천사원 아이들에게 보여주기 전에 원장님에게 뺏기고 말았지만. 그래도 즐거웠다. 웃을 수 있었다.

'아기'들은 모두 윤주를 부러워하기 시작했다. 윤주의 외출이 잦아진다는 것은 윤주는 이제 입양을 가게 될 테니까. 부모님이 생기는 것이니까. 자신의 집이 생기고, 자랄 수 있다는 거니까. 천사원은 '아기'로 가득했다. 윤주도 '아기'였지만, 이젠 아닐 것이다. 윤주는 자랄 것이다. 말도 할 수 있고, 사랑할 수 있게 자랄 것이다. 입양을 가면, 모두들 사랑 받았으니까. 며칠 지나지 않아 원장님께서 윤주의 입양 소식을 듣게 되었다. 부럽다는 생각이 내 머릿속을 떠나지 않았다. 더 이상 이제, 윤주는 '아기'가 아닐 것이다. 그렇게 생각했다. 난 '아기'였으니까.

내가 이 집으로 입양 온 후, 3년이라는 시간이 지났다. 엄마가 된 아줌마는 나에게 항상 웃어주었다. 나에게 사랑을 주었다. 나는 자랐다. '아기'에서 '어린이'로. 항상 나에게 웃어주던 엄마에게서, 처음 눈물을 본 것은 며칠 전이었다. 엄마는 밥을 먹다가 갑자기 화장실로 뛰어갔고, 나는 그런 엄마를 따라갔다. 엄마는 변기를 잡고 멍해있었다. 왜 그러지?

"엄마, 괜찮아요?"

내가 묻자, 엄마는 나를 쳐다보고는 눈물을 흘렸다. 왜 그러지? 엄마는 나를 꽉 껴안았고, 나도 엄마를 안아주었다. 토닥토닥, 엄마를 달래주었다. 엄마는 나의 손길을 눈치 챈 듯, 꽉 안던 손을 내 어깨 위로 올리고는 항상 그랬듯이 나에게 웃어주었다. 그 예쁜 미소에, 나도 항상 웃게 되었다. 엄마는 그 날 밤, 아빠의 품에 안겨서 또 한 번 눈물을 흘렸다. 엄마와 아빠는 서로 고맙다고, 수

고했다며 눈물을 흘렸고 그 모습을 보고 난 왜 그러지? 라는 의문을 품고 잠들었다. 그 날 꿈속에서는 무엇인지 모를 불안감이 나를 괴롭혔다.

내가 일어났을 땐, 엄마가 나를 웃으며 바라보고 있었다. 나의 머리를 쓸어주고 있었다. 나도 따라서 웃자 엄마는 말했다.

"미안해, 미안해 우리 아가."

오늘은 내가 대표였다. 성공한 적은 없지만, 전과 다르게 우리는 매일 말하고 있었다. 점심이 적다. 항상 우리의 말은 똑같았다. 우리는 아직도 '아기'니까. 말하는 것만으로도 우리는 우리가 조금은 자랐다고 생각했다. 다 먹은 밥그릇을 들고 원장실로 향했다. 원장실 문을 슬쩍 열고, 안을 들여다보았다. 원장님은 통화 중이었다. 그 자리에 서서 통화내용을 엿들었다. 익숙한 이름 하나가 들렸다.

"아, 그러시구나… 윤주가 많이 아쉬워하겠어요. 네, 그럼 수요일 날 뵐게요."

윤주? 혹시… 윤주에 대해 생각을 하려다 원장님과 눈이 마주쳤고, 난 조심스럽게 말했다.

"밥이 너무 적어요…."

오늘도 역시 실패였고, 나는 팔을 문지르며 방으로 갔다. 아까 들었던 윤주에 대한 대화는 잊어버리고선. 하지만 얼마 지나지 않아 윤주를 볼 수 있었다. 윤주는 원장님에게 이끌려 천사원 안으로 들어오고 있었고, 그 뒤에서는 어떤 아줌마가 윤주를 보고 있었다. 윤주의 표정은, 얼이 빠져있다고 하나?

윤주가 다시 천사원으로 온 후, 이상해졌다. 전에는 대표로 점심이 적다고 말했다면, 이제는 묵묵히 적은 밥을 먹기만 했다. '아기'들과 논 후에 장난감을 정리하던 윤주는 도리어 '아기'들의 장난감을 뺏어'아기'들을 울리기 일쑤였다. '아기'보다 더 못해진 윤주는 가라앉은 것처럼 처져있었다.

자유 시간에 윤주는 항상 밖에 나가 멍을 때렸다. 무슨 생각을 하는지 도저히 모르겠어서 그 날은 윤주를 따라갔다. 윤주는 구석에 앉아 울고 있었다. 아무래도 윤주가 입양을 간 후 '아기'가 아닐 것이라는 내 생각은 틀렸던 것 같다. 이렇게 우는 모습을 보니, 윤주는 아직도 많이 어린 '아기'였다. 내가 등을 토닥여주기 시작하자, '아기'는 나를 보며 더욱 통곡했고, 내가 할 수 있는 일은 괜찮아, 괜찮아 하며 토닥여주는 일밖에 없었다. '아기'는 울며 말했다.

"내가 어렸어. 웃어주는 게 아니었어. 그 예쁜 미소 뒤에는 항상 울음이 섞여 있었어. 엄마라고 부르라고 했을 때도, 나를 처음으로 사랑한다 말했을 때도, 엄마가 나에게 마지막으로 한 말은 사랑해가 아니라 미안해였어. 그리고 원장님에게 전화했을 때는, 두렵다고 했어. 나에게 더 이상 사랑을 주지 못할 것 같아 두렵댔어. 난 그것도 모르고, 사랑을 주려고 노력하는 줄도 모르고 웃었어. 사랑 받는다고 생각했어. 자랐다고 생각했어."

천사원은 '아기'로 가득하다. 사랑을 받지도 못하고 버려진 '아기'들. 입양을 가면 모두 자란다는 희망을 갖고 천사원에 있는 '아기'들이었지만, 나는 윤주를 통해 알게 되었다. 입양이라는 것은 우리를 자라게 해주는 것만은 아니라는 것을. 이렇게 윤주처럼 더욱 '아기'가 돼서 돌아오는 '아기'도 있다는 것을 알았지만 더 이상 '아기'들에게서 뺏을 희망이 없기에, 이것을 숨기기로 했다. 우리는 내일도 점심이 적다 말할 것이고, 입양을 가게 된 '아기'를 부러워할 것이며, 자기 전에 기도할 것이다. 자라게 해주세요. 사랑 받게 해주세요.

아기는, 사랑으로 크기에.

자아(自我)

진선여자중학교 2학년 조수진

웃고 있는 나를 보았다
상처투성이인 나를 보았다
눈물 한 방울 대어보니
모든 것이 아파왔다

내 상처는 끊일 줄 몰라
끝없는 샛물 마냥 퍼져만 간다
처음엔 하찮은 것이,
온 샛물을 덮어버렸다

이 샛물이 비추는것이
정녕 옳은 거라면

잠깐 어긋나는 것도,
괜찮지 않을까.

오늘도 나는,
내가 아닌 채로 살아간다

시나리오

서연중학교 3학년 황현서

각이 잡힌 셔츠를 보자 다림질의 흔적들이 눈앞에 그려지는 것 같아 귀여웠다. 옷이 평평한 것이 마치 애니메이션 캐릭터 같았다. 나는 이런저런 생각을 제치고 입을 열었다. 시작은 꿈에 네가 나왔다는 흔해 빠진 이야기였다. 어둑한 놀이터엔 네 숨소리와 내 이야기 소리밖에 들리지 않았다. 숨을 잠깐 고르고 하소연에 가까운 말들을 이어나갔다. 심장이 너무 빨리 뛰어서 바닥만 쳐다봐야 했다. 그림자가 진 노란색 놀이터 바닥은 말랑했다. 두 발이 머물던 자리가 미세하게 움푹 들어갔다가 다시 원 상태로 돌아왔다. 아주 잠깐이지만 고개를 들었다. 5년간 빛날 줄 모르는 것만 같던 너의 두 눈은 밝게 빛났다. 가끔은 고개도 열심히 끄덕거리며 내 이야기를 들어주었다. 현실이 아닌 것만 같았다.

"네가 왜 나왔는지는 몰라. 꿈에서 무슨 일을 했는지도 몰라. 어쩌면 대판 싸웠을지도 모르지." '5년 전처럼 말이야.' 라는 생각이 들었으나 삼켜버렸다. 그 말이 끝나자 손이 머리카락을 한 움큼 쥐었다. "아냐, 그러진 않았을 거야."

"왜?" 네가 처음으로 입을 뗐다.

"왜냐고? 왜냐면…… 너무 좋았으니까." 내가 토해내듯 말했다. 머리카락을 마구 헤집었다. "일어났을 때 너무 좋았어. 그래서 다시 풀썩 누웠어. 그 정도로 좋았어. 근데 잠은 안 왔어. 그래서 화났어." 나는 마치 다섯 살짜리 아이라도 된 듯 기억에 의존한 짤막한 감정 조각들을 던져댔다.

"그랬구나." 고개를 끄덕이며 네가 말했다. 너는 아주 능숙하게 감정들을 다뤘다.

"그리고 나는 네가 없을 때 네 생각을 아주 많이 해. 그런데 너랑 마주쳤을 때만큼 많이 하진 않아. 너랑 마주치는 순간은 머릿속에 너밖에 없어. 눈은 어디다 둘지, 어색한 손은, 또 이상한 것만 같은 걸음걸이는 어떻고. 내 표정이 어떨지……." 나는 잠시 뜸을 들였다. "나는 그런 생각들을 해." 나는 숨을 쉬지 않고 다음 이야기를 시작했다. "지난번에 마주쳤을 때 화난 표정 지어서 미안해. 진심이 아니었어. 멋대로 나온 감정이야. 그렇다고 진심인 것도 아냐. 너무 당황스러웠어."
"으음."
"사실 이것도 진짜 웃긴 상황인데. 나는 우리가 이렇게 앉아서 이야기하는 것도 웃겨." 내가 허둥지둥 말했다.
"맞아, 웃겨." 너의 언어는 짧았고 느렸다. 네가 씨익 웃었다.
"나 너한테 연락도 해보려고 몇 번 해봤어. 대화창에 맨날 썼다 지웠다 했어."
"결국 보냈잖아."
"맞아, 기억하네? 미안해. 네가 너무 보고 싶었나봐." 나는 머릿속에 떠오른 말을 입으로 뱉는 형식의 대화를 진행했다. 몇 십년 만에 해보는 대화 같았다.
"으음."
분명 할 이야기는 쌓여 있었는데 나는 조급한 마음에 숨을 작게 헐떡거리기만 했다. 시험을 치는 것 같았다. 분명 공부한 건데 머릿속은 백지가 되어 아무것도 꺼낼 생각을 하지 않았다. 하얀 백지가 따뜻해졌다. 프린터에서 방금 뽑은 종이의 따스함이 나를 감쌌다.
네가 날 꽉 껴안았다가 놔주었다.
"괜찮아."
"…… 난 네가 비어 있는 표정으로 날 보고 지나갈 때 비참해. 정말 아무런 감정도 없는 눈을 마주 볼 때 아파."
나는 손톱을 맞부딪히며 딱- 딱- 거리는 소리를 냈다. 그러며 너의 입술이 움직이길 기다렸다. 너의 입에서 '네가 자초한 거잖아.' 같은 소리가 흘러나올 것이 두려웠다. 그것이 사실이란 것은 절망적이었다. 그 절망 속에서 너도 네 탓을 하고 있기를 바라는 나 자신이 너무 싫어 견디질 못할 지경이었다. 너의 입이 움직였다.
"그렇게 보지 않을게. 널 마주치면 웃고 화내고 말도 건네줄 거야. 일상적인 대화도 나누고 농담도 할게."
"정말?"
"정말."
나는 이야기를 쏟아냈다. 마음 속에서 꽁꽁 얼어버린 이야기들은 너와의 포옹에 하나 둘 흘러나오기 시작했다. 사방이 이야기들로 홍건했다. 너의 진심을 무시해서 미안했다는 이야기, 아플 땐 네 생각이 머릿속에 가장 먼저 든다는 이야기, 우리가 버스에서 만난 일은 운명과도 같았다는 이야기, 네가 좋아하던 음료수를 볼 때 기분이 이상하다는 이야기. 너는 시종일관 같은 표정이었다. 어딘가 가식적으로 보이는 웃음. 텅텅 빈 눈동자보단 훨씬 나아서 기분이 좋았다.

너는 버스에서 만난 일에 대해 제일 큰 반응을 보였다. 너는 우리의 만남이 영화 속 시나리오 같다고 얘기했다. 별 일도 아니었음에도 나는 그걸 운명이라 했고 너는 그것을 영화라고 칭했다. 나는 너와의 만남과 이별도 시나리오일 수 밖에 없다는 생각을 했다. 이 기적적인 두 번째 만남은 물론이고, 운명이었다.

"가야 해. 미안해."

"알았어. 잘 가."

그 만남의 이별은 간단했다. 너는 사라지듯 가버렸다. 첫 번째 이별과는 달랐다. 구질구질하지도 않았고 베개를 적시지도 않았다. 증오와 슬픔과 끝없는 그리움의 흔적은 어디에도 없었다. 대신 어떤 감정도 없었다. 마술사가 부린 요술처럼 너는 연기 속으로 사라져버렸다. 그 이별이 어딘가 이상했지만 날아갈듯한 행복은 많은 걸 쉽게 덮어버렸다.

집에 돌아와서 나는 이대로 내가 죽어버리는 건 아닐까 심각한 고민에 빠졌다. 내 작은 몸이 행복을 다 감당하지 못해 심장이 점점 부푸는 것만 같았다. 이대로 심장이 터져버렸음 좋겠단 생각을 안 한 것도 아니었다. 눈을 감을 땐 내일 아침에 깰 수 있길 기도해야했다.

소란스러운 길가에서도 끝에서 쿵쿵 울려대는 너의 발자국 소리는 나의 마음을 가득 채웠다. 치맛자락을 손가락 끝으로 만지작거리며 너에게 다가갔다. 눈을 이리저리 굴리며 어디에 둘지 몰라 끝내 바닥만을 쳐다봤다. 쿵, 쿵. 무슨 얘기를 하지? 무슨 농담을 할까? 이번엔 좀 다를까? 나한테 무슨 말을 걸까? 웃을까? 얼마나 웃을까? 나는……

쿵, 쿵. 너는 세상에서 가장 무료한 표정으로 내 옆을 지나쳤다.

귀신을 보는

이화여자대학교병설미디어고등학교 2학년 허유빈

나는 귀신이 싫다, 무섭고 끔찍하다. 왜냐고 묻는다면 그냥 생리적인 혐오감이라 대답하겠다. 존재하지도 않을 것들에 왠 유난이냐 말한다면 가엽게도, 나는 귀신이 보이는 사람이다.

…귀신이 보인다는 것은 정신건강에 지대한 악영향을 끼친다. 솔직히 이런 미친, 누가 좀비같이 도저히 살아있을 수 없는 상처를 가지고 태연히 사람들 사이에 섞여 행동하는 존재를 보고 멀쩡할 수 있을까? 일반적으론 불가능할 것이다. 심지어 대다수의 사람들이 보지 못하는 것을 본다는 건 정상의 범주에서 벗어난 이상한 것이었고 사람들은 그런 이상한 것을 배척하기 마련이었다.

어릴 적에는 뭣 모르고 보이는 것을 다 말해도 어린애가 상상력이 좋구나 혹은 무서운 이야기를 들었나 보구나 하고 넘기지만 그게 지속된다면 당연히 조금씩 이상하다 여기고 꺼리게 된다. 내가 그 사실을 깨달은 것은 초등학교에서 친구들에게 따돌림을 당하면서부터였다.

이따금씩 무섭고 소름돋는 이야기를 하는 애와 같이 놀고 싶어하는 애는 없었고 그렇게 저학년 시절에는 거의 혼자 지냈다. 이후에도 친구가 많은 편은 아니었지만 그래도 저학년 때에는 정말 내가 생각해도 심할 정도로 주변에 사람이 없었다. 부모님도 소름끼쳤는지 거리를 뒀으니까 유일한 예외라면 순진한 건지 바보인지 모를 여동생 뿐이었다. 6년 전이나 지금이나 똑같은 녀석이다.

그래서 어릴 적부터 꽤나 필사적으로 연기를 배웠다. 더 이상 귀신과 엮이고 싶진 않아서 하지만 이미 수포로 돌아간 지 오래다 한 6년 전부터 빌어먹을 귀신과는 절대 엮이고 싶지 않았건만….

오빠! 저거 봐! 바다야!

“오냐, 그래 바다다.”

뭐 그래도 지금은 멀쩡히 고등학생이 됐고 이제 좋지 않던 가족과의 사이도 그럭저럭이고, 즐거울 연말 가족여행 가는 중이고 몇 달 후면 이제 드디어 고삼…

끼이이이이익--- 쾅!!!
아 씨발 신이시여.

안녕? 나는 서우! 올해 8살이야!

나는 원래 무지 아팠는데 6년 전부터 다 낫고 아프지 않아서 오빠를 따라다니고 있어! 난 오빠가 무지 좋거든! 오빠는 내가 아파서 병원에 있을 때 책도 읽어주고 재미있는 귀신 이야기도 해 줬어! 엄마랑 아빠는 그걸 무지 싫어했지만 말이야

이상하게 병원에서 나온 후엔 오빠가 날 피해다닌 적이 있어서 좀 속상하긴 했지만 이젠 아니니까! 그건 그냥 오빠가 조금 바빴던 거겠지

오늘은 가족여행을 가는 날이야 바다로! 무지 기대하고 있어 나는 바다에서 놀아본 적이 없거든 그러니 이번엔 아주 신나게 놀 거야!

오빠! 저거 봐! 바다야!

"오냐, 그래 바다다."

우와 성의없다. 귀여운 동생에게 너무하네!

끼이이이이익--- 쾅!!!

어라?…

교통사고가 났대. 그래서 엄마랑 아빠는 다 죽었고 오빠는 죽을지도 모른대. 오빠가 죽는 건 싫은데… 진짜 싫은데…

응? 나는 당연히 멀쩡하지. 난 굉장하니까! 모두 크게 다쳤지만 난 아니야. 난 역시 굉장해!

눈을 뜬 것은 1달 후 눈을 뜨고 제일 처음 눈에 들어온 건 오빠가 정말 죽어버리는 줄 알았다며 펑펑 울고 있는 여동생이었고 나는 어이가 없었다. 네가 할 말이 아닐 텐데?

이번 사고는 말 그대로 불운한 사고이며 불행 중 다행으로 나는 비교적 멀쩡했다. 차들은 서로 정면에서 충돌했기에 뒷좌석은 비교적 멀쩡했던 덕이었다.

혹시나 싶어 둘러봤지만 부모님의 모습은 보이지 않았고 나는 그 사실에 안심했다. 귀신들은 사망 직전의 모습을 유지하기에 분명 온몸이 짓눌리고 으깨졌을 상태가 분명한데 나는 그 모습을 보고도 태연히 행동할 자신이 없었다. 병으로 죽은 귀신은 몰라도 교통사고나 살인으로 죽은 귀신은 태연히 보고 있기가 너무 힘들다.

그렇게 나는 어린 여동생과 단 둘이 남겨졌다.

나는 검은 상복을 동생은 언제나처럼의 하얀 옷을 입고 장례식을 치뤘다. 나는 상주라 한 자리에 있어야 했고 동생은 어린애이기 때문에 뭘 모르고 장례식장에서 하면 안되는 일을 하곤 해도 잘 말리지 못했지만 괜찮았다. 어차피 뭐라고 할 수 있는 사람은 나 외엔 아무도 없으니까.

오빠 부모님은 여기 안 계셔? 정말 안 보여?

“정말 안 보인다니까 그러네.”

장례식이 끝난 후에는 정말 별 일 없었다. 이상할 정도로 일상적이고 평범한 나날이었다. 하교 도중 갑자기 생각난 사실에 꽃집에 들러 국화꽃과 안개꽃으로 만들어진 꽃다발 하나를 가지고 집에 들어갔다. 동생에게 줄 선물이다.

왠 꽃다발이야? 안개꽃은 좋지만 국화꽃? 뭔가 재수없어!

“…싫으면 내놔라 짜샤 기껏 하얀색 꽃이 좋다길래 사다줬더니만 고마운 줄도 모르고 진짜”

하지만! 나는 오빠와는 비교도 할 수 없을 정도로 마음이 넓-고 깊으니 이해해 줄게!

“…마음이 넓고 깊은 사람 다 죽었군.”

악! 뭐가 어째?!

“해피 데스데이 동생.”

…? 불쌍한 우리 오빠, 맨날 귀신을 보더니 결국 노망났어! 매년 말하지만 내 생일은 오늘이 아냐!

“기껏 축하해 줬다니 이게 진짜….”

"해피 데스데이 동생"

우리 오빤 바보다. 중요하니 한번 더, 우리 오빤 바보야! 내! 생일은! 봄이라고! 겨울이 아니라!

내가 병원에 있었을 때는 제대로 챙겨줬으면서! 병원에서 나온 이후로 매년 오늘 선물을 준다고!

…그래도 꽃다발은 맘에 드니까 이번까지만 봐주지 뭐…

꽃다발을 받아들고 아닌 척 하지만 좋아하는 어린 여자아이.

추운 겨울날에 난방도 안하고 있고 냉골인 집 안에서 맨발에 얇디얇은 병원복 하나만을 걸친 기이한 차림새. 무엇보다 동생의 발밑에는 오직 꽃다발의 그림자만이 드리워져 있다.

오늘은 내 동생은 모르고 있는 내 동생의 사망일이다.

6년 전 동생은 결국 병을 이기지 못하고 병원에서 죽었지만 귀신으로 세상에 남았다. 길어봤자 2~3년 정도 머무르다 자신이 귀신이란 것을 자각하고 성불하는 다른 귀신들과는 달리 내 동생은 지금까지도 자신이 귀신이라는 사실을 모르며 자신은 병이 나아 병원에서 퇴원했다고 알고 있다.

6년 전 필사적으로 동생을 피한 것도 그 때문이다. 아무리 동생이라도 귀신과 엮이고 싶지 않았지만 친화력이 무척 좋은 동생 때문에 점점 가까워지다 어느날 차라리 성불해줬으면 해서 동생을 전신 거울 앞에 세워도 동생은 거울에 비치지 않는 자신의 모습을 알지 못했고 직접적으로 말해도 알아듣지 못했다. 자신이 귀신인지 알지 못하는 귀신은 성불할 수 없다. 이후 동생이 죽은 날마다 하얀 꽃으로 만든 꽃다발을 선물했다. 내 나름의 추모이자 선물이었다.

처음엔 무서웠지만 지금은 아니다. 살아있는 가족은 한 명도 남지 않았고 귀신인 동생과 사는 것은 조금은 무섭고 어찌 보면 미련이지만 그래도 가족이고 내 동생이니까. 생각해 보면 동생이 귀신인 정도야 귀신을 보는 나에게 비해서 나름 평범하지 않을까.

이유는 아무것도 없다

길음중학교 3학년 김지우

그녀는 채식주의자가 되겠다고 말했다.

"뭐? 갑자기 왜 그래?"

나는 스팸김치 삼각김밥을 우물거리면서 물었다. 동그랗게 커진 눈으로 그녀를 삿대질했다.

"그냥, 너무 지쳐서."

그녀는 힘없이 웃어보였다.

"살아가기 위해 다른 생물에 해를 끼치는 것도, 그 죄책감도 모두 지쳤어. 이제는 조금 편해지고 싶어."

"개가 풀 뜯어먹는 소리 한다. 먹고 먹히는 거, 그게 자연의 법칙이야. 그럼 사자나 호랑이는 다 죄인이라는 소리냐?"

밥풀을 튀기며 열변을 토하는 나에게 그녀는 웃기만 했다.

편의점에서 나가고, 횡단보도 앞에 섰다. 내가 입가를 슥슥 닦으며 그녀에게 말했다.

"너, 채식주의인지 뭔지 그만해. 영양부족으로 쓰러진다고."

"콩도 챙겨먹고, 영양제 잘 챙겨먹으면 단백질이나 비타민 부족해질 일은 없어……."

"걱정하면 좀 들어라. 다 조상의 지혜가 담겨있는 거란 말이야. 인간에게 고기가 필요한 게 아니면, 왜 조상님들이 불고기를 만들어 드셨겠어?"

그녀가 나를 물끄러미 바라봤다. 새빨간 신호등이 초록색으로 변했다. 걷기 시작했다.

"……조선의 식생활은 사실상 채식위주였어. 불고기는 잔칫날에나 먹을 수 있는 거였고."

"그러니까 키가 그렇게 작았나 보네. 아, 저 아저씨 뭐야! 아니 아저씨, 사람들 지나다니는데 안 멈추면 어떡해요!"

무례한 운전사에 정신이 팔려서, 손을 요란하게 흔들며 고함을 질렀다. 그녀는 여전히 나를 바라보고 있었다.

"아 맞다, 너 학교는 요즘 어떠냐? 대체 얼마나 과제가 많길래 친구랑 만날 시간도 없어?"

아까 깜빡하고 묻지 못했던 질문이었다. 그녀와 나는 고등학교 동창 출신으로, 그녀는 내가 아는 사람 중 유일하게 명문대에 진학했다. 그녀는 학교 수업을 따라가기 힘들다며 눈코뜰새도 없이 바빴다. 그래서 아까도 제대로 밥먹는 대신 편의점에서 잠깐 보았던 것이었다.

나는 퍽 아쉬운 눈치로 그녀를 쳐다봤다. 오랜만에 보는 건데, 카페도 가고 재밌게 놀 수 있었다면 좋았을 텐데. 그녀의 탓이 아닌걸 알지만 서운했다.

그녀가 나를 바라봤다. 내가 그녀보다 키가 크기에 나를 올려다보는 모양새였다. 마치 조각상처럼 움직이지 않는 갈색 홍채로 응시했다. 햇발이 그녀의 눈을 대각선으로 뚫고 지나갔다. 그녀의 눈은 순간 유리조각처럼 보였다. 연약하고, 또 구슬픈.

"괜찮아."

그녀가 답했다. 너무 여상해서 되려 묘한 얼굴로. 울지 않았지만 웃지도 않았다. 아니, 웃으려고 노력한 것도 같다. 입술을 찌그러뜨리며 말아올렸다. 웃는법을 잊어버린 사람이 웃음을 흉내내듯.

그 모습은 도저히 내 친구가 아니라서, 나는 묘한 눈으로 그녀를 지켜봤다.

내 친구는 이런 애가 아니었다. 얘는 코피를 줄줄 흘리면서도 헤실헤실 웃으며 밤샘공부를 하던 애였다. 그 정도로 목표가 선명하고 꿈을 사랑하던 애였다. 때로 1등급 성적표를 확인하며 때로 자신 때문에 2등급으로 내려간 애들에게 미안하다는 어이없는 소리를 하기도 했으나, 대체로 정상적이고 선량한 애였다. 그렇게 생각하며 괴이한 기분을 느꼈다. 내가 알던 세상이 꼭두각시 연극 같은 걸로 대체된 느낌이었다. 이루 말할 수 없이 기묘했다.

허나 곧 고개를 돌렸다.

우리는 그렇게 서로를 바라보지 않는 채로 묵묵히 걸어갔다. 헤어지며 인사할 때 나는 눈을 질끈 감았다. 나에게 웃으며 손을 흔드는 그녀의 모습을 보고 싶지 않았기 때문에.

그때부터 예견했던 걸지도 모른다. 무언가 잘못된 것을 알았기에, 보고 싶지 않았던 걸지도 모른다. 하지만 나는 그 사실을 알면서도 그녀를 마주하고 싶지 않았다. 슈뢰딩거의 상자 같았다. 상자를 열었을 때 나오는 것은 죽은 고양일지도 모른다는 사실이, 나를 더 지독하게 회피하게 만들었다.

나는 그날 이후 단 한번도 그녀에게 연락하지 않았다. 그녀도 내 마음을 처음부터 알기라도 했던 것처럼 연락하지 않았다. 그렇게 한달이 지나갔다.

그리고 문자가 왔다.

나는 문자를 보자마자 눈을 부릅뜬 채 움직이지 못했다. 곧 정지가 풀리고 학교 계단을 뛰어내려갔다. 정류장까지 달려가자 버스가 내 코앞에서 스쳐지나가고, 나는 결국 택시를 불렀다. 아저씨! 빨리 가주세요. 보너스 톡톡히 드릴 테니 제발요. 자취방 공과금을 위해 모아뒀던 현금을 탈탈 털리고 나서야 꽤 먼 거리의 한 캠퍼스에 도착할 수 있었다. 그녀가 다니는 학교였다.

"갑자기 왜 그래."

내 얼굴이 무너졌다. 온통 일그러져서 눈물이 흘러내려왔다. 그녀는 옥상 난간에 아슬아슬하게 선 그대로 환하게 웃었다. 웃음이라는 행동을 주입받은 자동기계처럼 덧없이 해맑았다.

"이 세상은 그게 당연한 걸까. 먹고 먹히는 자연의 법칙이."

나른한 목소리가 이상하게도 뚜렷하게 귓속에 박혔다.

"만일 살아남기 위해 다른 이를 짓밟는 게 자연의 섭리라면, 그런 세상은 애초부터 잘못된 게 아닐까. 과연 그런 세상에는 살아갈 이유가 있는 걸까."

속삭이듯 눈줄기를 타고 투명한 방울이 흘러내려갔다. 처음이자 마지막으로.

"나는 때때로 그걸 궁금해해."

휘청휘청 흔들리다 마치 애초에 깃털이었다는 양 자연스럽게, 그녀는 바람에 떠밀려 쓰러져버리고 말았다. 난간에 휙하고 그녀의 치맛자락이 휘날렸다. 나는 허망하게 난간 아래를 내려다봤다. 시멘트 바닥을 매만지는 손마디에 억센 힘이 들어갔다.

그녀가 남겼던 문자의 짧은 글귀. 한마디밖에 되지 않았던 그 말.

그녀는 그 말로 나에게 무슨 말을 하고 싶었던 것일까. 나는 오열하며 허공을 움켜쥐었다. 무언가 찾기라도 하듯 허우적거렸다.

하지만 그곳에는 정말 아무것도 없었다.

가벽의 전가

진선여자중학교 3학년 이준아

방 안에는 컴퓨터 자판을 두드리는 소리가 울려 퍼졌다. 책상과 의자 외에는 별다른 가구가 없어서인지, 동굴에 대고 소리 지를 때의 소리와 비슷했다. 빠르게 움직이는 손가락이 자아내는 그것이 조용한 방 안에서는 마치 경주마의 말발굽 소리처럼 들려왔다. 그 소리가 시작된 지도 어느덧 다섯 시간이 넘었다. 그 탓에 리라는 피곤한 듯 인상을 쓰고 있었다.

리라는 교재 만들기에 한창 열을 올리고 있었다. 저번 분기의 강의에서 모자랐던 점들을 메모해놓은 노트와 포스트잇을 마우스 옆에 중구난방으로 둔 채여서 책상이 유독 지저분해 보였다. 모니터와 그 종이들을 번갈아가며 보느라 고개가 아파오는 건지, 리라는 목덜미를 자신의 손으로 주물렀다.

이 짓도 이제 마지막이야, 라고 웅얼거린 리라는 눈을 살며시 감았다. 눈앞에는 당시의 상황이 생생하게 펼쳐졌다. 당황한 듯한 원장선생님, 만류하는 다른 선생님들, 내려다본 갈색 책상, 그리고 떨리는 입술로 내뱉은 마지막 부정적 대답. 엊그저께 사표를 제출하고 이번 내신까지만 맡기로 했으니까 말로만 마지막인 게 아니었다. 물론 다들 말리기는 했지만, 별 수 없었다. 리라는 이 곳을 싫어하니까.

다시 떠진 눈에는 거의 3년을 함께했던 익숙한 책상구조가 들어왔다. 인디블루 색의 플라스틱 책상의 왼쪽 가에 위치한 연필꽂이와 거기에 꽂혀있는 펜과 보드마카들. 그 옆에 가지런히 놓인 포스트잇 뭉텅이와 연필깎이, 책상의 오른쪽에는 듣기평가용 스피커. 그리고, 책상 한가운데에 놓인 노트북. 5년 전에는 나름 최고급 사양이었는데 현재는 그저 평범한 노트북이 되어버린 그 애석한 기계를 보고는 리라는 한숨을 내쉬었다. 대학교 졸업 선물로 받았던 것이기에 유독 애착이 가는 것이었다. 이 컴퓨터가 오래된 만큼 시간이 흘렀다는 것이겠지.

"서리라 선생님?"

그때 교실의 문이 열리더니 민트색 플로럴 원피스 위에 베이지색 카디건을 입은 중년 여성 한 명이 방 안으로 고개를 들이밀었다. 그녀는 흔히 '데스크 선생님'이라고 불리는, 학원의 잡 업무들을 처리해주는 사람이었다. 리라는 그 빼빼 마른 여성을 물끄러미 바라봤다. 그러자 데스크 선생님은 사람 좋아 보이는 웃음을 짓더니 방 안에 발을 디디고서는 리라가 앉아있는 책상까지 성큼성큼 걸어왔다. 순식간의 리라의 눈앞에 위치하게 된 그녀가 출석부라고 큼지막하게 적혀있는 노란색 서류철을 리라에게 건넸다.

"이번 기말고사 특강 신청한 학생들 명단이에요. 저번보다 여섯 명 가량 늘었더라고요."

리라는 그 말의 의미를 놓치지 않았다. 학생들이 많이 찾으니 그만 둘 생각하지 말고 조금만 더 수업을 해줬으면 한다는 것임이 틀림없다. 그 말이 이해가 되지 않는 건 아니었지만 어쩔 수 없다고 생각했다. 리라는 사표 낸 것을 무를 생각이 추호도 없었다. 그렇기에 그녀는 데스크 선생님에게 아무 말 없이 그저 빙긋 웃어보였다.

데스크 선생님이 방을 나가자 리라는 출석부를 넘겨보며 이름을 확인했다. 확실히, 처음 보는 이름들은 꽤 늘어있었다. 이 많은 학생들 앞에서 강의 할 생각을 하니 어딘지 울렁거렸다. 몇 년 전까지만 해도 자신이 이런 수업을 듣고 있었는데 말이다. 어색한 기분과 함께 이름들을 하나하나 읽어 내려가던 중, 리라의 눈에 띄는 이름 하나가 있었다.

이지호. 그는 착실한 학생이었다. 시키지 않으면 그닥 말을 많이 하지 않았지만, 웃긴 타이밍에는 적절하게 웃었다. 간단히만 언급해서 그녀조차 기억하지 못하는 숙제도 곧잘 해왔고, 일일평가에서도 늘 통과하기도 했다. 하지만 그게 다였다. 성실하기만 할 뿐, 수업 중에 눈길이 가는, 그런 종류의 학생은 아니었다는 소리다. 그럼에도 리라는 왜인지 지호가 신경 쓰였다. 단순한 '신경쓰임'보다는 거슬림에 더 가까웠다. 다른 학생들과는 두 달 정도 같이 수업을 하고 나면 리라 특유의 친화력 덕에 어느 정도 친해져서 농담이나 TMI까지 주고받을 수 있을 정도가 되었지만 지호는 2년을 봐왔음에도 그렇지 않았다. 누군가가 가벽을 세워놓은 것만 같았다. 그 가벽 너머의 그는 아득하게 느껴지기만 했다.

잠시 그의 이름만을 멍하니 응시하던 리라는 이내 그녀의 눈이 '이지호'라는 세 글자에서 멈춰버린 이유를 찾았다. 신경이 쓰였던 이유가 비단 평범한 감각뿐은 아니라는 것이다. 그 까닭에 대해 설명하자면 며칠 전으로 거슬러 올라가야 한다.

세 시간짜리 수업의 절반이 지나 쉬는 시간을 가졌을 때쯤이었다. 리라는 출력한 프린트물을 가져오기 위해 잠시 교실을 비웠고, 1분도 채 되지 않아 교실 앞에 도달했다. 교실 안은 왁자지껄하게 시끄러웠다. 그때였던가, 그 소음 사이로 목소리의 주인이 지호임이 분명한 말이 들려왔다. '서리라 나한테 계속 꼽줘.' 그 말은 리라의 뇌에 거칠게 각인되었다.

어떤 연유로 그가 그런 말을 하게 되었는지 리라는 아직까지도 이유를 찾지 못했다. 일에 관해서는 감정이 잘 드러나지 않는다는 평이 주였던 리라였기에 더욱 그랬다. 근본적으로, 가벽을 세운 장본인이 지호라고 생각하고 있던 리라는 그 말 자체가 이해되지 않았다.

리라는 출석부에서부터 눈을 돌려 맞은편 벽에 위치한 아날로그시계를 쳐다보았다. 밤 9시 46분을 나타내는 시곗바늘들이 마치 왜가리의 부리 같았다. 리라는 출석부에서 비롯된 생각이 다시 그녀의 고뇌의 시작점을 건드려버린 터라 더는 집중할 수 없겠다고 판단했다. 리라는 즉시 가방을 싸고 컴퓨터의 전원을 껐다.

쌩하니 교실에서 나온 리라는 학원의 출입구를 향했다. 출입구까지 가는 길에 위치한 데스크를 스쳐지나가면서 데스크선생님께 고개를 까닥였다. 데스크 선생님은 웃으며 내일 보자며 말했던 평소와는 다르게 리라의 이름을 불렀다. 그에 반응한 리라는 가던 길을 멈추고 데스크선생님에게 다가갔다. 그랬더니, 대뜸 묻는 것이었다.

"서 쌤도 전에 이 학원 다녔었죠?"

"아, 네…… 고등학생 때요."

"그때 우르르 몰려다니던 친구들 있지 않았어요? 그, 한지영이였나? 한지 ……."

"한지빈이요?"

"아, 맞아. 그 친구요. 그 친구는 요새 어떻게 지내요?"

글쎄요, 별로 안 친해서. 리라는 무심코 올라오려는 싸늘한 말을 꾹꾹 참고 억지로 미소 지었다. 질문 의도조차도 파악되지 않아 더욱 화가 치밀었다. 애써 대답으로써 적절한 말을 고르고 골랐다. 그렇게 고른 말조차 싸늘하기는 했지만 말이다.

"왜요?"

생각 외의 반응이었던지, 데스크 선생님의 표정은 무안과 당황의 보랏빛으로 물들었다. 그에 어떻게 대꾸해서

"그냥요. 요새 잘 지내나 싶어서."

아하하, 그렇군요. 리라는 애매한 반응을 보이며 눈치를 살폈다. 자연스럽게 출입구를 향해도 되는지. 다행히도 데스크 선생님도 더 말을 잇지 않고 잘 가라는 듯 특유의 웃음을 지어보였다. 리라도 그에 대충 답례인사를 했다. 그러더니 비바체의 발걸음을 이끌고서 학원을 나섰다.

10월 하순의 밤바람은 차갑게 리라의 얼굴을 후려쳤다. 겨울이 다가온다는 것을 실감할 수 있게 하는 계절의 손놀림이었다. 살을 에는 바람에 리라는 외투를 더 세게 부여잡았다. 그러면서도 머릿속에서는 지호가 했던 말의 원인을 찾아내려 애썼다. 한순간 떠오른 기억이 순식간에 정신을 장악했다. 그렇지만 의문은 그리 쉽게 풀리지 않았다.

꼽을 주다니. 리라는 지호뿐만 아니라 모든 학생들에게 속내를 내비친 적이 단 한 순간도 없었다. 모두에게 공평하게 안부 인사를 건넸고, 재시험에 걸린 학생들도 규칙에 맞도록 공정하게 처리했다. 그런데 그의 입에서 그런 소리가 나온 것은 그녀에게 꽤나 큰 충격으로 다가왔다. 그와 동시에 그 이유가 무엇인지 궁금해지기도 했다.

지호에 대한 생각이 '원인 알 수 없음'으로 결론지어지자 오랜만에 들었던 그 이름이 자연스레 수면 위로 떠올랐다. 한지빈. 한지빈이라…….

'리라야!'

그래, 이런 목소리로 늘 불러댔었지. 긍정적으로 무감각한 그녀의 목소리는 모두에게 호감을 샀었다. 그러나 이 익숙한 해맑은 목소리가 어느 순간부터 리라의 귀에는 순수하게 들리지가 않았다. 맞지 않는 가면에 눌려있었던 리라의 귀가 문제였던 건지, 아니면 실제로 지빈의 의도가 그것이었던 건지.

'리라야, 내일 토요일이잖아. 애들이랑 강남역 가기로 했는데 같이 가자!'

그래서 뭐라고 대답했더라. 리라는 고민했지만, 쉽게 떠오르지는 않았다. 한동안 학업으로 피곤했던 탓에 가면이 흘러내리는 상태로 거절했던 것은 확실하나

어떤 단어를 선택했는지 분명하지는 않은 것이다. 그리고 리라는 그 대답으로 인해서 모든 게 틀어졌었다고 기억했다. 정확히 말하자면 남들의 입을 타고 옮겨진 그녀의 대답으로 인해서. 그 후로 리라는 가면을 벗었던 것이다.

버스에 올라탄 리라는 뒷문 근처의 1인석에 털썩 앉았다. 주머니를 뒤져서 이어폰을 찾으려 했지만 주머니에는 지갑과 휴대폰밖에 없었다. 출근할 때는 분명히 있었는데 지금 없는 것으로 보아 학원에 놓고 온 모양이라고 그녀는 추측했다. 리라는 어쩔 수 없이 초점 없는 동공으로 창밖을 바라봤다. 각막에 투영되는 밤의 길거리는 너무도 익숙한 모습이었다. 차가운 창문에 스치는 모습들에 살얼음이 꼈다. 길가의 사람들은 그림자처럼 마냥 흐릿하게 보였다.

그렇게 스쳐지나가던 그림자들은 어느 순간부터 이상하게 변하기 시작했다. 물 흐르듯이 진행된 변형에 리라는 눈을 비벼댔다. 그렇지만 분명했다, 구부정한 자세로 커다란 가방을 매고 걸어가는 그 그림자들이 일그러지기 시작했다는 사실이. 제각각의 규칙을 갖고 왜곡되기 시작한 그림자들은 어느새 모두 같은 형상을 띠고 있었다. 익숙한 그 모습들에 리라는 눈을 질끈 감았다. 최근에 교재 만든답시고 몸을 혹사시켜서 피곤한 걸까, 생각하며 다시 눈을 떴을 때는 다시 원래대로 보이기를 바랐다. 리라는 다시 눈꺼풀을 들어올렸다. 그렇지만 그 그림자들은 이제 명확히 그녀였다.

드디어 맛이 간 모양이지. 손을 들어 올려 이어폰 줄을 찾으려 했지만 비어있는 귀에서 나올 선 따위 없었다. 습관적으로 볼륨을 올려 세상과의 단절을 꾀하는 것이 불가능한 것이었다. 어쩔 수 없이 바라보는 창밖의 '리라'들은 메스꺼울 정도로 그녀를 닮았다.

그 리라들은 괴로워하는 그녀를 아는지 모르는지 또다시 일그러지며 다른 누군가의 형상을 띠게 되었다. 이제는 '리라'들이 아닌 '지호'들이었다. 모두가 하나같이 그 특유의 맑은 듯하면서도 탁한 동공으로 리라를 쳐다보았다. 무언가의 말이 아라베스크 문양으로 퍼져나갔다. 귀에 닿을락말락한 목소리가 말랑하게 들려왔다.

'어쩌면 지호는 지호가 아닐지도 몰라.'

탁한 그 말은 이내 리라의 정신을 흐려놓았다. 숨이 가빠왔다. 그래, 지호는 지호가 아니고 리라는 리라가 아니었던 거지. 점점 혼탁해지는 의식이 잿빛으로 리라를 노려보았다. 발작적으로 내쉬는 숨은 아득히 먼 곳의 리라와 교신하는 것에 성공한 모양이었다. 그러자 숨이 뇌를 감싸는 느낌이 순식간에 사라지고 다시 모든 것이 맑아졌다.

이게 다 피곤해서 그래.

리라는 버스에서 내려 주위를 두리번거리며 걸어갔다.

회고록

중앙여자고등학교 2학년 채민서

아가, 엄마는 너를 낳기가 정말 죽기보다 싫었단다. 시간을 돌릴 수만 있다면, 절대 그이에게 눈길 한 번 주지 않을 자신 있는데. 우리의 무책임한 잠깐의 불장난 때문에 너를 제대로 완성되지 못한 환경에서 살게 하고 싶지 않았어. 그 누가 너의 존재를 미리 예상하고 이런 짓을 저질렀을까?

"생기면 책임지겠다며! 이제 와서 왜 그러는데?"

"내가 진짜 생길 줄 알았어?! 그러니까 돈 주겠다잖아! 알아서 키우든지, 정 안되겠으면 지우든지 너 알아서 하라고!"

그 남자의 입에서, 그런 말이 나올 줄은 정말 상상도 못했지. 좋아할 거라고 생각한 건 절대 아니지만, 그렇게 매정하게 내칠 줄은 몰랐단다. 그때 그의 옷깃에 매달려 있는 내 손을 쳐내던 그 손이, 야속하게도 얼마나 따뜻했던지. 이렇게 생각하는 내가 웃기지만, 그런 순간마저도 그 따뜻한 손을 잡고 함께 미래를 꾸려나가고 싶었지. 그의 눈은 이미 조금이라도 건들면 깨질 듯이 짱짱하게 얼어 있었는데 말이야. 이제야 고백하는 거지만, 너를 지울까 생각도 했었어. 그 남자가 던져준 돈으로 너를 책임질 자신이 없었거든. 그냥 딱 너를 처음부터 없었던 아이로 만들 수 있는 정도. 그 정도였단다. 사실 그 현실 앞에서, 그 막연함 앞에서 마구 흔들렸었어. 하지만 내가 여기서 널 포기하면 내가 눈을 감는 그 순간까지 네가 내 뱃속에서 살아 있을 것만 같아서, 널 포기할 수 없었다. 사실 그런 마음이 내 등을 떠민 거였어. 내 의지라고 보긴 힘들었지. 너를 살린 건 나의 책임감이 아니라, 그나마 남아있던 조금의 양심과 두려움이었으니까. 눈을 감으면, 이대로 눈을 감으면 모든 게 사라질까 생각했다. 사실은 시작도 하기 두려웠으니까. 정말 말 그대로 지푸라기라도 잡는 심정으로, 네 할머니를 찾아갔었어. 또다시 상처 받고, 더 힘들어질 걸 각오하면서. 내가 집 문을 두드리기 전에도 몇 번 그 바닥을 밟은 적이 있었는데, 그땐 차마 마지막 용기를 내지 못한 채 집에 돌아오곤 했었지. 어쨌든 그 문을 두드린 건, 내가 했던 무모